Der Autor dankt Shaahin Esfandiari für die Erlaubnis,
Fakten und Fiktion vermischen zu dürfen.

Um verwegenen Mutmaßungen des Lesers entgegenzutreten,
stellt der Autor fest, dass er keinen Château Guiraud trinkt,
keine lebensgroße Antinoos-Büste in seinem Bett hat
und auch keine Haare auf der Brust.

In memoriam M.A. und A.M.

L'histoire de ma vie n'existe pas. Ca n'existe pas.
Il n'y a jamais de centre. Pas de chemin, pas de ligne.
Marguerite Duras, L'Amant

… einfach Leben ballen,
Alltäglichkeit mit Zufälligem, Nicht-notwendigem.
Brigitte Reimann, Tagebuch, 4. November 1967

Le hasard est le plus grand romancier du monde.
Honoré de Balzac, La Comédie humaine

…, das ist kein Roman, das ist das Leben,
das kann man nicht so einfach erklären.
Juan Pablo Villalobos, Ich verkauf dir einen Hund

MEIN LEBEN VERDANKE ICH der Schönheit meiner Mutter. Ich war immer auf der Gewinnerseite. Alleine die Tatsache, dass meine Mutter eine Schönheit war, eine Schönheit wie Grace Kelly in ihren besten Cary-Grant-Jahren, brachte mich auf die Glücksspur. Mein Vater klimperte am Mittelmeerstrand mit seinem großen Schlüsselbund – sehr südlich, sehr machohaft, mit all seiner Potenz protzend –, und meine Arbeitermutter wurde die Gattin eines Botschafters, die Göttin der feinen Gesellschaft. Nicht meine Mutter hatte mich geboren, ihre Schönheit war Schuld an meinem Leben. Und auch an meinem Glück. Na ja, an meinem relativen Glück.

Und jetzt? Er kam in die Zeit, wo er seinen Körper in die guten und schlechten Teile aufteilte und nicht mehr als Ganzes, als Einheit, wahrnahm. Die Waden, die Schenkel, sie hielten sich gut, erstaunlich gut. Von der Zeit bewahrt. Er betrachtete sie gern. Aber die Brust? Die Brust, die zu Brüsten wurden, zu fallenden faltigen Brüsten. Zu Fremdkörpern. Es war auch die Zeit der Satz-Attacken, der Überfälle durch böse Sätze.

Mein Fazit ist, dass mein Leben verfluchte Scheiße war. Ein völlig bedeutungsloses, idiotisches Scheißleben. Warum fiel ihm gerade jetzt dieser Satz ein, hier im Bad, vor seinem Spiegel, nach frühmorgendlicher Liebe, dieser weinerliche Satz aus *Sarabande*? Bergman, diesen schwedischen Liebesschmerzensmann, hatte er doch noch nie gemocht. Diese angestrengten Welten langweilten ihn, mit Ausnahme vielleicht des *Schlangeneis*. Noch nicht mal die *Zauberflöte*. Und wie vertrug sich das Ganze mit der Glücksspur, auf der er doch glaubte zu sein?

Er hatte gut geschlafen, einen tiefen traumlosen Schlaf. Er lebte – nach einer halbjährigen Fernbeziehung, die seine damalige Liebe nur *FaceTime-Ficken* nannte – in einer schönen Beziehung. Einer Gelegenheitsbeziehung zwar, aber das war ja gerade das Schöne. Andrea, seine junge (allzu junge?) Liebe war erst vor einer halben Stunde zu einem Kongress aufgebrochen. Und er selbst ging einem kreativen Beruf nach, nicht gerade 1. Liga, aber wenigstens auch keine Schlachthaus-Maloche. Er war selbstständig, klein zwar, aber immerhin. Woher also dieser Satz? Es ging ihm doch gut. Er sah seinen nackten Brustkorb im Spiegel und fühlte sich stark, auf gebräunte Art schön und stark, dem Leben da draußen gewachsen. Er hatte viel von seiner Jugendschönheit hinüberretten können (wie Oskar Werner und Johnny Depp, wie Will Smith und Morten Harket), immer noch strahlte etwas von innen heraus. Sein Brustkorb strotzte behaart und zufrieden, er war kerngesund und dachte an diesen Bäume-ausreißen-Unsinn. Aber er hatte nur den oberen Teil gesehen, das obere Bild von sich, abgetrennt vom Rest. Unten am Fuß schmerzte ihn seit Monaten eine Neuralgie, ein immer wieder aufkommender heftig stechender Schmerz. Dabei hatte er sich mal vorgenommen, sich nur Krankheiten mit wohlklingenden Namen zuzulegen, poetisch wie: Karpal-Tunnel-Syndrom, Rotatoren-Manschetten-Reizung, Tuben-Katarrh, Koryphäen-Killer-Syndrom. Wer ausschließlich Krankheiten mit schönen Namen sammelt, bleibt gesund. Vor allem Phobien gaben Schönheit her: Anatiden-Phobie, Hippopotomonstrosesquippedaliophobia. Aber diese Neuralgie da unten hatte ohnehin nichts mit ihm zu tun, es war jenseits des Spiegelbilds, lächerlich, gehörte nicht zu ihm. Wie übrigens auch sein Bauch jenseits war, jenseits des Spiegels, im Badezimmerspiegel einfach nicht zu sehen war, dieses Blähding, das sich im Alltag auf mysteriöse Weise ständig einzog und wieder ausbeulte, einzog und ausbeulte.

Das Bild seines Selbst formten seine Sehnerven, die restlichen Nerven taten nichts dazu. Noch nicht. Und doch: Wo genau sein Körper anfing, wo er aufhörte, er wusste es nicht.

Mir geht es gut, dachte Yorickson, und er sah zuversichtlich auf die obere intakte Hälfte, auf das ungetrübte und unverfängliche Spiegelbild. Und obwohl das untere Leiden nicht sichtbar war, ahnte er, das Unheil würde übergriffig werden, würde irgendwann – wann? – übergreifen auf den Rest, die Brust, das Herz, das Hirn. Das Unheil würde übersetzen. Vielleicht waren diese Sätze, von denen er immer öfter belästigt wurde, Vorboten. Vielleicht kratzten sie an seinem Selbstverständnis, vielleicht kündigten sie die Zerrüttung an. Wer würde zuerst schlapp machen? Der Geist? Der Körper?

Das Alter war schon immer ein Risikofaktor fürs Leben, dachte er. Alt werden ist nicht gesund.

Unsinn. Alt werden ist schon in Ordnung. Altern ist das Problem.

Er löste sich von seinem Bild, ging an seinem Bett vorbei, wo er auf dem Kissen noch den Abdruck zweier Köpfe sah, die Mulden der nächtlichen Vertrautheit, machte sich in der Küche einen Milchkaffee, einen Toast mit Orangen-Marmelade, und setzte sich an den Schreibtisch. Andrea hatte ihn mit einer Bildschirmschoner-Nachricht überrascht: THX – CU – @. Kein Frühstück, aber immer Zeit für einen Gruß. Und für eine Zigarette. Selbst Sex konnte für eine Zigarette unterbrochen werden. Wenn die Bauchnabelmulde tief genug war, dann konnte man sogar die Kippe gefahrlos auf dem Bauch ablegen, die Glut und Asche über der Mulde.

Das aufgeregte wilde Blinken auf dem Bildschirm stand in eigenartigem Widerspruch zur Nüchternheit und Abstinenz des Gehalts. So ist sie, die hochtrabende Jugend. Als er das dachte, wusste er, der Zenit war überschritten. Wer die Jugend bemäkelt, gehört nicht mehr dazu, hat sich verabschiedet von den Freuden und Schwärmereien des Lebens. Frisch zusammengekleisterten Seelen ihre Frische vorzuwerfen, das war das Letzte, unterste Schublade. Jetzt ging es allenfalls nur noch um das Verhüllen dieses Überschreitens, um eine Gnadenfrist.

Den Zeitungsausschnitt mit der Abbildung (samt einer Art Umkehrbild ebendieser Abbildung, eine Art Negativ) hatte er schon am Vorabend aus dem Kasten genommen, und wie das nachtschwarze Negativ so dalehnte am alten Kerzenleuchter seiner Mutter, traten ihm plötzlich Tränen in die Augen. Tränen, die das sowieso schon Verschwommene noch verschwommener machten.

Tränen waren sein Problem. Von den Tränen kam er nicht los.

Sie haben Post, meldete der Mac.

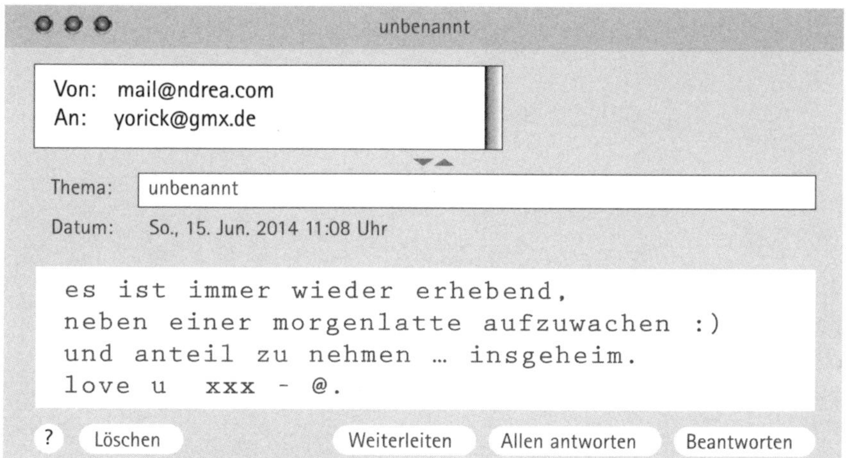

Glaubst du, dass Totenbahren besser als Matratzen sind? Das war der erste Satz, den er in den Laptop schrieb. Kein böser Satz, wie er fand.

Glaubst du, dass Totenbahren besser als Matratzen sind?
Forugh Farrochsad

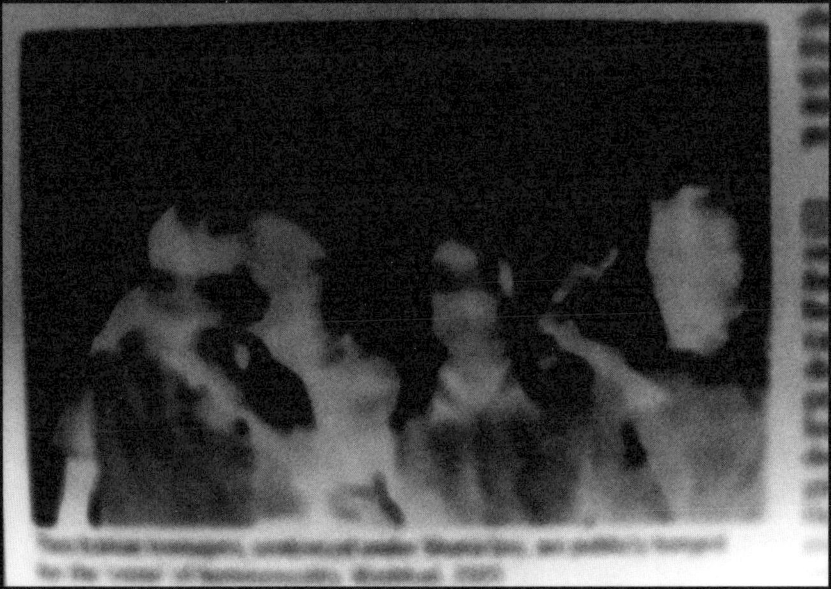

Vor dem Leben war der Tod. Er war einfach da gewesen. Er war da, bevor das Leben begann, das Lachen. Unbemerkt. Er schlich sich lautlos in ihre jungen Köpfe, in diese zwei unschuldigen schönen wunderschönen Köpfe und rumorte wild, ein Unding aus Flüchtigkeit und Penetranz, vollkommen präsent, und doch nicht im Geringsten greifbar oder gar angreifbar. Chimärenhaft. Wann war ihnen das Leben abhanden gekommen? Und warum? Wo war dieses trotzige *But I tried* von Jack geblieben? *But I tried, didn't I? Goddamnit! At least I did that.* Es war ausgeblieben in ihrem Leben, hatte sich nie eingestellt. Es war für sie ganz einfach nie da gewesen. Sie hatten nie diese Chance gehabt, Kraft zu erproben, diese McMurphy-Kraft, diesen vom Wahnsinn befallenen Nicholson-Irrsinn. Diese herrlich-verrückte Kraft des Lebens. Übermut und Zügellosigkeit, Ausschweifung und Begierde. Nie. Und das einzig nur des Leichtsinns wegen. Des Leichtsinns wegen, sich jung gefühlt zu haben.

Oder Erinnerung. Sie wussten doch noch gar nichts von Erinnerung, was Erinnerung überhaupt war. Erinnerung, die doch mit Alter verbunden ist. Mit einem weißen Bart und Furchen in der Haut, mit Haus und Hof. Mit einem Gemüsegarten. Was sollten sie mit ihrer jungen Erinnerung schon anfangen? Sie war doch noch nichts wert, oder kaum etwas. Erinnerungen an Johannisbeeren in Milch, an Luftschlösser und Baumhütten, an Fahrradschmiere, an die Schulferien und deren ungestümes Glück, an Sonnenbrand, an Kaugummi- und Spermageschmack. Zu was konnte das gut sein in diesen jungen Jahren, wo doch jeder Tag der gleiche war, Erinnerungen so gestrig wie der letzte Tag, gänzlich blank, ohne Wehmutspatina? Die blaubeerblauen

Blaubeermünder, das Salzwasser auf der Haut, die Weißdornbastarde, die Schneebeerenbüsche, ohne wirkliche Vergangenheit; das flachs- und quittengelbe Vergnügen des Frühlings, das Versteck im hohen Gras der Wiesen, der Duft des ockerfarbenen Harzes an den Sommerbäumen ohne die späten verhutzelten Jahre, wie sollte das gehen? Die übermütige Schwärmerei des Herbstlaubs, sein kraftstrotzendes goldbuntes Entzücken, die Erkenntnis, dass das Absterben einen so lebendigen Zauber hervorbringt – was konnte das schon bedeuten im Zustand der Erinnerungslosigkeit, der da Jugend heißt? Hat Jugend je gespürt, dass etwas vor ihr lag?

Das Blassgrün der jungen Weinstöcke würde doch erst später wieder auftauchen, das Hinabstürzen des Blauregens, die sonnenschweren Tage, viele Jahre später erst, in einem alten Lehnstuhl, als flüchtiges ganz weltvergessenes Bild, als kuriose sinnlose Andeutung im Widerschein eines Fensters an einem lichten Wintertag; später, wenn sich der Klang des Regens verändert hatte, nicht mehr der der Kindertage war; später, ganz unvermutet beim Einkaufen zwischen den Orangenkarren und Kurkumapyramiden und Safranbergen auf dem Markt. Erinnerung, die mit den Jahren wächst, immer schwerer wird, immer wertvoller, spukhaft aufscheint an unsinnigen Orten, zu unmöglichen Zeiten, bis sie ins Vergessen gleitet und dann das Leben erst erträglich macht. Vergessen – der Menschheit Schicksalswort. Aber bevor das passiert, bevor das Leuchten verblasst, gibt es doch diese fett aufgeladenen Erinnerungen. Zuallererst an das Kindsein – oh, sonnenbeschienenes Kinderland! –, an das Kind, in dem die Angst vor den Gruselgeschichten des Onkels und das Vertrauen in seine weiche Stimme und überhaupt sein Tun noch eine wunderliche Einheit waren. Die Angst und das Vertrauen, dieses Geschwisterpaar, zum Schaudern schön!

Und an den Geruch zum Beispiel, den Geruch von Nelkenöl, den Geruch der knisternden, knackenden Pinienzapfen auf den Winteröfen, den Geruch der Sonnencreme und nassen Badehosen, den Geruch der Souks von Tunis in den Sommerferien, den Salzgeruch des Meeres, das Aroma jugendlicher Strandkabinen-Lüsternheit, den Geruch der Erde, die abends die Hitze des Sommers ausatmet, den Geruch frischer orientalischer Morgen, die schweren Gartendüfte nach der Dämmerung, den Geschmack des herben Grases nach dem Regen, den süßlichen Geruch von weißem Moschus (an welche Lust sollte er das Alter später erinnern?), den Geruch von mit Fleisch und Tomaten und

Pfefferkümmel gefüllten Auberginen – war das nicht damals im Garten bei ... bei ... wie hieß sie noch gleich? Einerlei. Was zählt, ist ihr Bild, das durch den leicht verbrannten Geruch der Auberginen gewordene Bild von ihr. Nicht Jugend, das Gefühl von Jugend. Im Alter. Die tausendundeinen Gerüche, die unser Leben zusammenhalten.

Aber auch die Geräusche. Der Krach und Krakeel der ungestümen Kinderzimmer. Der Klang der Gläser beim Anstoßen in den wilden Nächten der Jugend. Das geheimnisumwobene Flüstern der Liebenden, vom Wind zu uns getragen.

Stärker noch als Geruch und Geräusch: die Berührung. Die Erinnerungsmagie der Berührung. Mit der Hand durchs Haar streichen ist Kinderzeit. Ein Leben lang. Aber sie werden nie sagen können zu ihren Geliebten, mit sechzig, mit siebzig: Mach es noch mal, das hat mein Vater immer gemacht, wenn wir spazieren gingen in den Bergen, am Strand. Und werden auch keine Erinnerung haben an die Liebeskuhlen der Nacht; an die erste Verführung, den Amorbogen der ersten Liebe; an den ersten Kuss in jungen Nächten, die nassen Zungen, das passgenaue Ineinandergleiten der samtenen Lippen, ihr weiches Saugen – und den hoffnungslosen Kummer danach. Das Zittern und Beben des ersten Mals. Das kurzatmige Herz einer verbotenen Leidenschaft. Ihre Haut wird nicht die Haut erinnern, die auf ihnen lag, noch die Kühle frischer und die Wärme verbrauchter Laken. Die Rührung des Lebens. Seine großen Gesten.

Das alles würden sie nicht haben. Wollust und Erinnerung, Kindheit und Jugend als ungreifbare und verlässliche Reminiszenz des Alters. Würden nie sagen können: *Kindheit,* diese Abfolge bronzener Augenblicke, dieser Ort mit den tausend, abertausend Winkeln, so zeitvergessen. Dieses Lächeln in die Zukunft. Würden nie sagen können: *Jugend,* diese süße Verzweiflung der ersten Liebe, ihr bebendes Erschauern, diese gewaltigen Erektionen, alle fünf Minuten das Erröten der Götter. Würden nie sagen: *Das war, als ...* Oder dieses heilige Wort der Erinnerung schlechthin: *Damals.* Würden nie sagen können: *Damals, weißt du noch, der flamboyante wilde Wein an der Mauer, die uns von Shirin trennte, so flamboyant, wie sie selbst. Von Shirin und ihren zusammengewachsenen Augenbrauen, die uns wie die Flugsilhouette einer Schwalbe erschien (einer mexikanischen Frida-Kahlo-Schwalbe). Von Shirin und ihrem glockenhellen Lachen, irre bis zur Atemlosigkeit, dem Ersticken nah. Von Shirin mit dem obsidianschwarzen Haar, ihrer hibiskusduftenden Haut.* Keine Erinnerung, die zu verteidigen war. Mnemosyne auf ewig stumm.

Und auch die Lust des Weitergebens nie erfahren. Das Schwimmen beibringen. Das Fahrradfahren. Das Schuhezubinden. Und die Sprachen. Wie schön das Wort *paayaan* doch ist! Kein Sich-sorgen-Dürfen um den Hund, die Kinder, die Schulaufgaben. Nie das durchheulte Begräbnis eines Wellensittichs mit dem Sohn, und auch nicht das Mädchenhaar kämmen im weichen Wind. Keine Kissenschlachten mit den Kleinen, keine Kreisel oder brennenden Reifen durch die Gassen jagen, kein Peitschen der Wiesen mit Eisenbaumruten. Keine Glöckchen, die zum Mittagessen läuten. Oder das Blau der Rotkehlcheneier. Kein spätes Lächeln über eine gelungene Geste gegen einen Fremden: *Kann ich Ihnen helfen? – Danke! Vielen, vielen Dank!* Diese Freude, freundlich zu sein. Gewogenheiten zu verteilen. Selbst der Duft einer Regenwiese bleibt eingeschlossen in sich selbst. Keine Erwartungen. Keine Erfüllungen. Nichts.

Stattdessen nur das Dunkel, das zeit- und geschichtslose schwer lastende Dunkel unter den Binden. Am unteren Rand leuchtet als Hohnzeichen der Hoffnung schmal und matt der letzte Lichtstreif ihrer Leben. Ansonsten nur dieses grauenerregende bleiblaue Dunkel und der Angsthauch, der sich ausbreitet unter den unschuldsweißen Hemden, schwül und warm. Ach, diese Hemden, diese Mütterhemden, schnell noch gekauft im tauben Schmerz. Dann das Kratzen am Hals, die fremden feuchten Hände am Kinn, und der Tod. Drei Buchstaben, drei Glyphen nur, noch nicht mal eine ungefähre Ahnung, auch nicht für die Mütter, die Väter, die Geschwister, für die Freunde. Tod. Drei Glyphen: T. O. D. – Tod.

Für die anderen, für Shaahin und all die anderen, bleiben nur die Tränen, das Salz der Tränen, um die Zukunft zu nähren.

Hatten auch jene unter den Kapuzen Angst?

Gab es Erregung?

YORICKSON LEGTE DAS NEGATIV in die linke leere Hälfte des Tric-Trac-Kastens, den Tod nach unten, kopfüber. Obwohl das Ganze erst sechs Jahre her war und dieser Brudertod am Strick die ganze Zeit über in diesem Kasten gelegen, also nie viel Sonne gesehen hatte, lag ein kräftiger Gilbschleier über dem Papier der New York Times. Es war wie ein zweites Sterben. El País geht gnädiger mit dem Tod um, dachte er, El País produziert kein Sepia. El País bleibt weiß, weil es kein Lignin enthält, es schont den Tod, hält ihn lebendig, gegenwärtig für uns, die Nachkommenden. Schlimmer aber als die New York Times war das ebenfalls beiliegende »Negativ« des gezeigten Bildes. Warum lag es dabei? Es machte den Schrecken zwar unsichtbar, aber mit dem Verschleiern auch unheimlicher. Dieses scheinbar sanfte Umschließen des Grauens war noch erbarmungsloser als die vergilbte Realität, es gab noch nicht mal den Trost des Erkennens – auf dem Bild war nichts, ein graudunkles trostloses Nichts.

Yorickson hätte auch mit einem anderen Bild beginnen können, einem gefälligeren, denn die Reihenfolge ist nicht wichtig, das Leben rollt vorüber, so oder so, die Summe bleibt gleich, einerlei, wie es zusammengewürfelt wird. Es gibt keinen vorskizzierten Plot. Das Leben entwickelt sich von Bild zu Bild. So wie es im Schicksalskasten vorgesehen ist. Im Tachte-Universum, in der Tric-Trac-Welt. Die Summe bleibt immer gleich.

Wirklich? Was ist, wenn wir ein Bild vorziehen? Das Bild des Lebens vor den Tod? Das Bild des Glücks vor das Zaudern? Das Lächeln vor die Wut, die Wut vor das Lächeln? Ändert sich das Leben, das richtige Leben, wenn wir ein Bild dem anderen vorziehen? Wenn das eine vor dem anderen geschieht, das Schicksal sich verkehrt? Was wäre zum Beispiel, wenn er mit der Pädophilie beginnen würde, mit der Melancholie?

Yorickson war sich nicht sicher. Auf alle Fälle, eine ordentliche Summe sollte es werden, das hatte er sich versprochen. Es war also nicht schlecht, nur logisch, mit dem Tod anzufangen, als Ausnahme von der Regel. Dann ist er abgehakt, fort und vorbei. Die Reihenfolge war nicht wichtig, sicher, aber den Tod vorausschicken, das garantierte ein pralles Leben … und ein endloses. Ja, der Tod musste gleich am Anfang abgehandelt werden, dann mischt er sich nicht mehr ins Leben, bleibt fern, auf immer. Den Makel des Todes ausradieren, wie anders konnte er diese Kinder – es waren Kinder! – aus ihrer Vergangenheit befreien, ihnen Erinnerung schenken, wie anders konnte er die Wahrheit erzählen, ein Leben führen. Nur so konnte alles auf Glück deuten. Ihr Leben musste, wenn sie doch schon gestorben waren, schon hatten sterben müssen, gelingen. Vorurteilsfrei und schicksalslos. Märchengleich.

Aber warum tat er das? Weshalb wollte er dieses dritte Sterben auf Gedeih und Verderb verhindern? Es ging ihn doch nichts an. War es Sentimentalität? Wichtigtuerei? »Es ist deine *Schuld.*« Andrea lag neben Yorickson, hatte sich an ihn geschmiegt in dieser kindischen Löffelchenstellung (gegen dieses peinliche embryonale Verknoten hatte er sich noch nie zur Wehr setzen können, gegen dieses Ersticken am Fleische), und hatte ihm das Ungehörige zugeflüstert, das Ungeheuerliche wie eine zarte giftige Liebkosung ins Ohr geträufelt: »Es ist deine *Schuld.*«

»Meine Schuld?

»Et oubliez jamais – tous coupable.«

»Was?«

»Melville, Vier im roten Kreis, erinnerst du dich nicht? *Il y a pas d'innocents. Les hommes sont coupables. Tous les hommes, M. Mattei.* Jeder hat sein kleines Geheimnis. Es hat mit dir zu tun.«

»Welches Geheimnis?«

»Ich weiß nicht. Ich meine nur: Pass auf, dass das Ganze nicht auf dich zurückfällt.« Andrea grinste. Ein Flackern zwischen Ironie und gespielter Boshaftigkeit.

Yorickson nahm das Foto zweier Tric-Trac-spielender Männer aus dem Kasten. Großvater wund Enkel? Hm, was konnte das wohl ergeben?

… und ich bin alle wilde Lust der Erde
Forugh Farrochsad

Mein Körper gleicht dem weiten, klaren Himmel
Der Wein des Tages füllt ihn bis zum Rand
Forugh Farrochsad

Alles, die ganze Liebe zu dem Jungen, begann mit einem Lächeln. Abends nach dem Jasminduft auf der Terrasse, im Schoß der Großmutter, war Shaahins Lächeln besonders groß. Allah hat uns einen Gruß geschickt, sagte sie dann. Und da Shaahin oft lächelte, ein Nimmersattlächler war, war das ganze Haus voller Grüße; überall schwirrten sie herum, setzten sich auf Pistazienkuchen und siedeten im Wasserkessel, steckten in den Seiten der Folianten – am liebsten im Diwan von Hafiz, in den bunten Miniaturmalereien der Ausgabe von 1585 –, ruhten sich aus auf den Quart- und Oktavbänden des Großvaters, ganz selig auf dem weichen Saffianleder, ließen sich nieder zwischen den fliegenden Kranichen und Wolkenbändern der Seidenteppiche, und immer wieder bogen sie scharf um die Ecke, provozierten Kollisionen, wichen in letzter Sekunde aus, feixten, streiften das Tuch der Bewohner und wirbelten davon. Gemeinsam mit ihren Kollegen, den Hausgeistern, deren Dienste Großvater, *die können richtige Zicken sein, wenn man ihnen zuwider ist*, regelmäßig in Cognac- und Whisky-Währung beglich (oder sollte man eher von Bestechung sprechen?), bei kleinen Gefälligkeiten mit kandierten Walnüssen oder Nougat aus Isfahan, führten sie ein strenges Regiment, wachten über Herd und Hof, über das Geziefer im Gehege, die Schafe und Lämmer der Wiesen, verscheuchten Lästlinge aus der Vorratskammer und hielten ihre schützende Hand über die Liebesspiele in Bett und Orangenhain. Ihr schönster Platz jedoch, und sie wussten gar nicht so recht, was es hier zu bewachen gab, war hoch oben auf dem mächtigen Bilderrahmen des *Philosophen-Eintopfs* – so nannte Großmutter Rafaels *Schule von Athen*. Wer zuerst da war, nahm majestätisch Platz auf dem rechten Teil des Bildes, ganz außen, direkt über Euklid und Ptolemäus, dort, wo Rafael höchstselbst mit Zarathustra im Gespräch war. Wer später kam, aber bei weitem noch zur rechten Zeit, suchte links die Gesellschaft Epikurs und Ibn Rushds (Großvater nannte ihn nur Ibn Rushd, nie Averroës, er bestand auf der arabischen Version des Namens, so viel Ehrerbietung sollte sein für den unerbittlichen Logiker, der bis heute, ganze acht Jahrhunderte lang, die islamische Orthodoxie ärgerte) oder begab sich direkt in die Mitte zum lässig sich dahinfläzenden Diogenes. Wahrlich, die Grüße und Geister hatten einen formidablen Geschmack.

Dass auch Platon dort im Zentrum herumstolzierte, mussten sie in Kauf nehmen. Wo auch immer es gerade war, das Heer der Grüße, durch Shaahins lichtes Lächeln in die Welt geschickt, es segnete den Ort, seine Menschen und seine Gäste. Das Haus des Enkels in Babolsar war ein glückliches Haus.

Shaahins Lächeln betörte alle: Besucher, Freunde, Verwandte. Es erheiterte jedes noch so traurige Gemüt, tat allen rundum gut. *Die Vögel fangen an zu singen.*

Es war das Fehlen der Schuld, das bedingungslose Annehmen der Welt, was gefiel. Ein Lächeln, das nie erlernt werden musste, so verlässlich, wie das der Belutschen, Reinheit durch und durch, von einer Großzügigkeit, einer Verschwendungssucht, die staunen machte, ein Lächeln, von dem manche behaupteten, es würde selbst noch im Schlaf erscheinen, und ja, es könne erröten wie das Lächeln des Sohrab nach seiner Geburt. Dass dieses Lächeln aber auch eingefordert wurde, *Wie schön doch dieser junge Teufel ist. Lach, Shaahin, lach, cause when you're smilin' the whole world smiles with you*, rigoros beansprucht, fast erzwungen wurde, als ob jeder einen Anspruch darauf hätte, das brachte nur Tante Simin fertig. Und nicht wenigen fiel auf, dass dabei, mit einer ordentlichen Portion orientalischer Verzückung, so etwas wie ein erotisches Begehren mitschwang: *O du mein Seelenjunge, mein Glücksdschinn, mein Augenstern. Du Herz meiner Sonne!*

Und auch ihre Freundschaft begann mit einem Lächeln. Die Freundschaft zwischen Shaahin und Aadish und Farshid. Das Alter war noch flaumig, die Unschuld nicht gänzlich besiegt, das Leben noch in der Unsterblichkeit. Der Ort, wo es geschah, war nicht heilig, meinte Großvater. Aber Shaahin trotzte, er ahnte, auch trostlose Orte haben ihre Begegnungen, ihr Erkennen. Für Großvater war nur das phosphoreszierende Leuchten der Wellen heilig. Warum Gotteshäuser? Seine Moschee war das Meer, das mythischblaue Meer – *der letzte Ort der Freiheit* –, dem er sich schon immer, seit frühen Kindertagen, brüderlich verbunden wusste. *Das Meer hat immer recht.* Wie Moravia von seinem kleinen Schreibtisch und Malaparte von seinem Klippenhaus auf das Mittelmeer sahen, so sah er auf das Kaspische Meer, ein Arbeitsrefugium für weites Denken und Müßiggang. *Unter anderen Himmeln lässt sich schwerlich leben.*

Horizonte, so weit, dass er die Erdkrümmung mit bloßem Auge ausmachen konnte, das war seine Welt. Wenn er sich von seinen Manuskripten wegträumte, wenn seine Augen ablassen konnten von, seinem halbgeflügelten Bronzegott auf dem Schreibtisch, wenn er sich

lösen konnte von seinem Lesepult, auf dem jedes Goldschnittbuch zum alles verheißenden Kontinent geriet, wenn er sich wegstahl von dem über ihn wachenden Mandelaugenblick Montaignes – *mein Mongolen-Montaigne* –, hinaus aufs königsblaue Meer, auf sein Brandungsgrollen, seinen wilden Wellenritt, wenn er sich nicht verlor im honigflüssigen Licht, das sich über seinen Schreibtisch ergoss, dann sah er dort – Debussys faunisch-lüsterne Träumerei im Hintergrund – den geilen Neptun liegen, lässig hingestreckt auf der Horizontlinie, nackt, muskulös, fett behaart, und neben ihm die sumerische Nammu, nicht als steifes Terrakotta-Figürchen, sondern geschmeidig und lässig-lasziv in die Lenden Neptuns geschmiegt, pralles, warmes Meeresgöttinnen-Fleisch, zum Greifen nah. Und nie blieb dieses orientalisch-okzidentale Liebesidyll statisch, es war nur immer das erste zarte Bild einer späteren Wüstenei. *Bin alle wilde Lust der Erde*, das war die Initialzündung, dann schob sich vor der blutend untergehenden Sonne ein Minotaurus (war er das selbst?) über Neptun, und Picassos Dora über Nammu, und sein Gesicht lag gierig nah an ihrem salzigen Schoß. Danach wurde es unübersichtlich in seinem Kopf, Gliedmaßen trennten sich, pfropften sich auf fremde Leiber, rieben sich, verkeilten, bohrten und trieben. Ein Vorne und Hinten im Gewühl der Nymphen und Nereïden, der Wasserlöwen und Medusenhäupter war nicht mehr auszumachen. Poseidon samt Dreispitz und Hippokampos kippte über die flirrende Horizontlinie nach hinten weg, direkt in den blaugrauen Bogen des

Erdschattens hinein, und irgendwo (nur die alten, längst verlassenen goldblonden Götter wussten, was geschah) steckte der Huf eines Fauns in der Öffnung einer Putte fest. Großvater griff nach dem schweren Duft einer noch sonnenwarmen Feige neben sich und biss und tropfte und ... bis alle wilde Lust der Erde ...

Der bacchanale Rausch auf seiner Retina erschöpfte ihn. Aber bei aller Liebe, es war – obwohl Großmutter nur den Wollustknäuel eines Primaners darin sah –, es war Wissenschaft. Nammu-Neptologie nannte er es: die Vereinigung verschiedener Kulturen und Menschen, über alle Zeiten und Orte hinweg. Davon träumte er. Götter und Göttinnen aus aller Welt – *wenn Religion, diese schlechte Angewohnheit, schwon nicht zu vermeiden war* – vereint mit uns, zu unserem Wohl. Möglichst viele. Einer allein, eine allein, für alles zuständig, das konnte nicht gut gehen. *Noch nicht mal, wenn ich mich selbst in Betracht ziehe,* alberte er.

Großmutter sah es als erwiesen an, dass ausschließlich dieses Leibergewuhle und Schwanzflossengewese im irisierenden Licht des sonnenüberglühten Meeres, dieser vulgäre Tanz auf der Horizontlinie, von dem er – ohne die geringste Scham – auch noch all seinen Freunden wie von einem Quod-erat-demonstrandum erzählte, dass einzig diese Habañera der schwülheißen Lust für sein politisches Engagement damals in den Siebzigern verantwortlich war. *Von wegen politischer Geist – wie eitel du dich doch im Glas deines kostbar gerahmten Sieur de Montaigne spiegelst.* Hier am silbrigblauen Wasser, wenn sein Blick mit wilder Lust ins Fleisch stach, wurde der Funke geschlagen für sein Mitwirken bei der Ramsar-Konvention. Als Jurist – Großmutter bestand auf *Koryphäe,* alleine der Nachbarn wegen, und trotz ihrer eigenen Vorbehalte (*du bist ein Professor zwischen E und U, ein virtuoser Dilettant*) –, als Jurist für internationales Umweltrecht hatte er sich immer wieder empfohlen. Als das Angebot kam teilzunehmen (ein Jahr zuvor war er zum Professor ernannt worden, und gleich danach erfolgte die Aufnahme in die *Internationale Vereinigung der Juristen zu Paris*), war klar, hier wollte er dabei sein, ein Stück Nammu-Neptologie.

Das Kaspische Meer als goldblau gewirkter Sonnenteppich neben sich – abends auf dem Rückweg wurde es, überzogen vom letzten Glanz der Abendröte, eine silbrigviolette Perlmuttscheibe, die Oberfläche wie gepunzt –, fuhr er täglich früh morgens, *die Sicht so klar, als fehle die Luft,* die zweihundert Küsten-Kilometer von Babolsar über Chalus nach Ramsar, um dort als juristischer Berater für völkerrechtliche Fragen seinen Beitrag zu leisten für den Umweltschutz. Die

Ramsar-Konvention zum Schutz von Feuchtgebieten (*Klar, was sonst?* kommentierten seine Freunde anzüglich) wurde ein Erfolg, und sein Anteil daran war nicht gering. Das einzige Manko: Es ging mehr um Wasser- und Watvögel als um Nymphen. *Wenn das Leben nicht zielgenau bei der Lust eingeht, muss man Shisha rauchen,* sagte Großvater. Er rauchte mehr, als ihm lieb war.

Dass reine Luft, sauberes Wasser und ungiftige Lebensmittel zu den Menschenrechten gehören, verstand sich für Großvater von selbst. Und doch, in einem (wenn man von den Frauen absah, und vielleicht auch da) blieb er ein ewig Pubertierender: bei Autos. Er hatte gleich zwei. Für die Ramsar-Fahrten (*eigens für den Umweltschutz angeschafft,* wie er listig anmerkte) hatte er sich 1971 (war das der Tag gewesen, an dem Coco Chanel starb oder als Muhammad Ali in seinem Fight of the Century eins auf die Fresse bekam? warum nur war Erinnerung so trügerisch? so widerspenstig?) einen weißen Paykan Pick-Up gekauft. Aber sein ganzer Stolz, seine große Leidenschaft war ein Mercedes Benz 500K Sedanca, ein Drop Head Coupé aus dem Jahr 1936: knallrote Lackierung, (*hurenrot,* sagte Großmutter), cremefarbenes Verdeck, austerngraue Lederpolsterung und ein Speichenlenkrad aus Makassar-Ebenholz. Noblesse pur. Er hatte ihn bei den Brüdern Khayami in Maschhad zwei Jahre nach dem Pick-Up-Kauf günstig erworben – wenn man die Summe von nahezu achtzehn monatlichen Professorengehältern günstig nennen konnte.

»Zwei Zweisitzer, wie bescheuert!«, schimpfte Großmutter. »Und dann auch noch so 'n Macho-Teil, ungefedert! Dieser himmelhohe Hochmut! Nicht umsonst – da haben diese Christen schon recht – ist Stolz die erste ihrer Todsünden. Wenn es wenigstens ein Aston Martin gewesen wäre, ein DB2 zum Beispiel, metallic-grün mit beigen Sitzpolstern, oder ein auberginefarbener Bristol 405. Bouvier genügte ein schmächtiger, schwindsüchtiger Fiat Topolino, um die Welt zu erfahren. Und du? Ein dummes Potenz-Gefährt. Hast du unser Sprichwort vergessen: *Ein goldener Sattel macht einen Esel noch lange nicht zum Pferd?*«

»*Lust verkürzt den Weg*«, donnerte er ihr in gespieltem Pathos seinen Shakespeare entgegen, »nur Lust, und nicht vier Zärtel-Fauteuils unterm Hintern«.

»Es wäre schön, wenn deine pompöse Lust auch mal den kurzen Weg zum Müll fände.«

Lust allerdings war in diesem Fall nur der halbe Grund. Das Coupé war insgeheim die späte Hommage an das Jahr 1936. Großvater war sechzehn und alles bewegte sich in ihm, als er erstmals auf der Straße ein Mädchen ohne Tschador sah. Auf der Straße! Man stelle sich das vor! Geschminkt, die Augenbrauen gezupft, ein mauvefarbenes getupftes Kleid, schwarze Nylon-Stockings, Riemchenschuhe und ein kecker weißer Hut auf dem Kopf – als ob frischer Schnee auf den Haaren läge. Mein Gott, endlich! Sein Herz geriet in Aufruhr. Und dann waren da immer mehr von ihnen, auch ohne Hüte, das Haar zu verführerischen Chignons hochgesteckt, als ob sie ihre Freiheit gerade erst im Zentrum des Hedonismus, in Paris, erlernt hätten. Diese offenen Nacken, ihr Flaum, wehrlos und verletzlich wie Schmetterlingsflügel. Von Tag zu Tag waren da immer mehr von diesen unglaublichen Frauen. Leuchtendweiße Gesichter, die gestern noch von Grabesschwärze umrahmt waren. Ätherische, sylphidengleiche Wesen, die auf der Schwelle zu einer geistigen ganz anders gearteten Welt schienen und doch so bestimmt – und bestimmend – ihre Schuhe auf den staubigen Asphalt der Straßen Babolsars setzten. Als ob sie wüssten, schon immer gewusst hatten, dass ihre Stadt einmal Teil des stolzen alten Hyrkaniens gewesen war. Als ob sie sich bei Herodot persönlich – gewissermaßen von Angesicht zu Angesicht – dafür bedanken wollten, dass er in uralten Schriften ihre Heimat gepriesen hatte. Hyrkanien, das antike sonnengebleichte Land, das vielleicht nur auf Grund seines wohlklingenden Namens so verwunschen war, so begehrlich. Sie gingen anders ohne Tschador: stolz, herausfordernd, entschlossen. Und doch auch schüchtern. Forsch und kleinmütig zugleich, denn niemand hatte ihnen je beigebracht, auf diese Art glücklich zu sein. Wie auch? Waren sie nicht gestern noch stumme Schatten gewesen, die an den Wänden der Straßen vorbeihuschten, von Gott und der Welt unbemerkt, von ihren Männern und Brüdern unbemerkt? Verschwiegene in schwarze Leichentücher gehüllte Schatten, deren Blicke immer nur auf den Boden gerichtet waren, Schatten, die das Leben verneinten. Und jetzt? Du meine Güte, dieser so unmissverständliche Blick in die Welt, dieser von unseren langen geschwungenen Wimpern – *Ach, diese Reiherfedern im goldenen Abendlicht!* – so feierlich gekrönte Blick. Erst jetzt wusste er, was er da immer auf alten persischen Miniaturen gesehen hatte. Und was für Haare! Dieses Fließen, dieser Glanz, tausend schillernde Farben, von der Sonne irisierend aufgeladen, Farben, die bis dato nie jemand zu träumen gewagt hatte. Endlich war das Glück erreichbar geworden.

Das Jahr 1936 war ein guter Jahrgang: die Abschaffung des Tschadors, die Beschneidung der Scharia-Tribunale, die Befreiung der Frau – und Großmutters Geburtsjahr. *Während Hitler das Abkommen von Locarno bricht, die Franco-Diktatur in Spanien beginnt und die Niagarafälle zufrieren, setzt bei uns dieses unglaubliche Tauwetter ein*, pflegte sich Großvater später immer wieder zu erinnern. Zum Leidwesen seiner Freunde wurde diese Feststellung sogar derart zum Mantra seiner späten Jahre, dass sie – eine beginnende Demenz aus Pietätsgründen kategorisch ausschließend – nie den Verdacht loswurden, es sei das einzige Schöne gewesen, was er je erlebt hatte. Fünf Jahre währte diese wundervoll erregende Straßenlust, deren verführerische Gefährlichkeit Großvater durchaus sah, nein, spürte, auf allen Blut- und Nervenbahnen spürte, dann war die schöne Hut-Zeit wieder vorbei, der Sohn des Großen Schah – der *Kleine Schah,* wie Großvater spitz bemerkte – hatte alles rückgängig gemacht: den Tschador wieder eingeführt, den Klerus in alte Rechte gesetzt, die Frauen in alte Pflichten. Vor allem hatte er – war er sich dieses Frevels gegen das eigene Volk eigentlich bewusst? – die Nylons wieder abgeschafft, die betörenden französischen Nylons und ihre – das war vielleicht das Schlimmste – akkuraten wie mit dem Lineal gezogenen Nähte. Einfach abgeschafft. *Die Zeit der verloren gegangenen Gesichter*, das würde später seine Erinnerung sein an diese Ära. *Zum Glück hat das Leben keinen Sinn, sonst täte es einem noch leid. Life is a random error.* Mehr sagte er nicht. Dass von dieser goldenen Ära alleine die abgrundtief bescheuerten Pahlewi-Hüte übrig geblieben waren, tat ihm weh. Ein Volk von Straßenbahnschaffnern waren sie geworden mit diesen albernen Hüten. Er dachte an Renoirs Korken, der ziellos im Wasser schwamm.

Die Tschadorkratie des Kleinen Schah pieksen, das war nahezu vierzig Jahre später der Beweggrund für diesen unsinnigen Coupé-Kauf gewesen. Dass niemand mehr wusste, was 1936 geschehen war, und schon gar nicht, dass der Roadster-Kauf ein Erinnerungszeichen an jene von ihm über alles geliebten hellen Tage sein sollte, die »revolutionäre« Tat ob ihrer Verkennung also gehörig ins Leere lief, und auch der Schah, noch irgendein anderer *US-Hampelmann* (O-Ton Großvater), je geneigt gewesen war, von jenem aus der Zeit gefallenen roten Gefährt in der Provinz Notiz zu nehmen, das focht Großvater nie an, allein *sein* Empfinden galt, sein Empfinden, eine umstürzlerische Großtat vollbracht zu haben. *Hedonismus! Mit flacher Salon-Anarchie mühsam verbrämter Hedonismus*, das war – trotz oder gerade weil sie selbst so fahrlässig in dieses törichte Erinnerungsspiel eingebaut worden war – der einzige Kommentar von Großmutter.

»Der Tschador hat auch sein Schönes, mein Lieber, etwas durch und durch Behütendes. Als Kind bin ich immer wieder – ich glaube, das Weltgewühl da draußen gefiel mir nicht so recht – unter den Seiden-Tschador meiner Tante gekrochen (wie Benjamin einst unter den Esstisch der *Berliner Kindheit*, dieser Esstisch, der ihm Tempel war), habe mich versteckt dort in der Gluckenwärme, und gespielt, und Pflaumen-Lavashak und Safran-Kekse geknabbert. Am kuscheligsten war es, wenn Tante gerade betete.«

»Schön, dass dich Verbrämen immer wieder so glücklich stimmt«, erwiderte Großvater lakonisch.

»Du bist so einseitig, mein Lieber, immer nur *eine* Wahrheit, sie ist aber zwiegesichtig, ist ein janusköpfiges Biest. Ist dir nie aufgefallen, dass der Tschador der klagenden Mütter vor dem Evin-Gefängnis etwas Heroisches hat, etwas Tröstendes? Auch das gibt es, alter Mann.«

Ab 1979 – die Bartgesellen mit ihren gravitätischen Prophetenvisagen hatten das Zepter übernommen (als ob die Ölpest vor der bretonischen Küste letztes Jahr nicht schon genug Übel gebracht hätte) – stand das Coupé nur noch in der Garage. Die Ayatollahs und Imame pieksen, das war dann doch etwas riskanter, schließlich stand sein Arbeitsplatz noch auf dem Spiel. Vierundzwanzig Jahre, fast ein Viertel Jahrhundert, in der Garage: welch plebejisches Dasein für ein Königscoupé. Einmal in der Woche wurde es gestartet, damit der Motor nicht vergaß, welche Bestimmung er hatte, und auch gewienert und gewartet wurde es regelmäßig, aber das war auch schon alles, woran sich Großvater in diesen Jahren in Sachen Coupé erfreuen konnte. Dann, im siebenundsechzigsten Jahr seines Bestehens, war es wieder so weit. Großvaters immense Fahrleidenschaft hatte sich in den letzten zweieinhalb Jahrzehnten im Wesentlichen auf den Pick-Up beschränkt. Doch nun war noch einmal – ganz unverhofft – die Zeit des Coupés gekommen. Es war Shaahins Wunsch gewesen, in die Masoumeh-Moschee nach Qom zu gehen, zum Wettbewerb der Kinderkoranprediger. Shaahin wollte Mahdi sehen – und hören –, den Soldaten Gottes, den Surenkenner, gerade mal acht Jahre alt, vier Jahre jünger als er selbst. Wie war er nur auf diesen Kinderkreuzzügler verfallen?, fragte sich Großvater. Religion, diese Schwachsinnspolice für die Zukurzgekommenen, noch dazu ohne konkrete Versicherungssumme. *Wer kauft schon das Ei im Arsch der Henne?* Religion, dieses Wort, das ihm widerlicher schien als Pornographie. Sicher, Tante Simin hatte immer behauptet, Shaahin sei im Himmel geboren (sie ließ übrigens auch nie von der eher unwahrscheinlichen Behauptung ab, er sei, *von Gott bestimmt, mit feuerblauen Augen zur Welt gekommen, wie facettierte Glasperlen),* aber hieß das auch gleich ...? Oder hatten sie ihren Enkel nicht genügend geliebt? Nur Menschen, die keine Aufmerksamkeit erfahren, verfallen doch den Drogen. Vielleicht war es Großmutter mit ihrem Allah-Geblubber gewesen, den gedankenlosen, ein Leben lang beibehaltenen religiösen Sprachfloskeln, immer rief sie ihren Allah an, ganz persönlich, so freundschaftlich vertraut, als ob er gleich nachher auf Tee und Petit-fours bei ihr vorbeischauen würde. Dabei wusste sie doch genauso gut wie er, dass es dieses traute Kränzchen nie geben würde. Kein Plausch, kein Schäkern, kein Scherzen. In welcher Sprache denn auch? Keinen theologischen Disput mit ihm über diese ewig leidige Frage seiner Konfessionszugehörigkeit und seinen wahren Namen. Hieß er Allah? Gott? Jahwe? War es Jahwe, der Krieger, Rächer und Vernichter? oder Jesulein süß, Jesulein mild? oder Allah, der Schöpfer der Welten? Oder doch eher Zarathustra? Oder gar so etwas Eigenartiges wie dieser kuriose monotheistische Jesiden-Gott? *Sein wahrer Name ist Ometeotl,* behauptete Großmutter zum Scherz, *ein Zwitter wäre doch gendergerecht.* Großvater hielt dagegen: *Meinst du ein Wesen mit Penis und Vagina regelt die Affairen der Welt besser als unser Macho-Typ?* Bei allem Geplänkel: kein Smalltalk mit Allah, das war ihr klar. *Er ek-sis-tiert nicht!,* da war sie sich mit Großvater durchaus einig, *niemand hat das Universum geschaffen, und niemand lenkt unsere Geschicke.* Noch nicht mal Stendhals Paradox: *Die einzige Entschuldigung Gottes ist, dass er nicht existiert* ließ sie gelten. Und doch hätte sie gerne gewusst – diese Widersprüchlichkeit erlaubte sie sich ohne jedes Zögern und ohne den geringsten Skrupel –, ob Großvater dereinst im Paradies als Belohnung (vorausgesetzt er würde bei der islamischen Seelenwägung überhaupt für rechtschaffen befunden werden, was ihr dann doch weniger als wahrscheinlich erschien) auf die Huris treffen würde, auf diese ominösen gefährlich weißstrahlenden Jungfrauen mit ihrem Schwarzhaar auf der Alabasterhaut, die Inkarnation der liebestollen Unschuld par excellence. Sie kam nicht umhin, immer wieder sah sie ihn (und all ihre Bildung, zu der auch ihre sich in Grenzen haltenden präposthumen Erwartungen gehörten, konnte sie nicht davon abbringen) dort oben im *Weinhaus der Liebe,* stets paschagleich dahingestreckt auf einer mit schwerem golddurchwirkten Brokat drapierten Ottomane und – wie er es wahrscheinlich von diesem fettlebrigen, szhirrösen Hafiz gelernt hatte, pah! – umgeben von randvoll gefüllten Weinkrügen. Immer sah sie ihn – wenn sie nicht gerade Anselm Feuerbachs blasiert-geilen Hafiz mit Lustknabe und Weib und nubischer Dienerin vor ihrem geistigen Auge hatte –, sah sie ihn umgeben von Wirtshaustüren schlagenden Engeln und einem trunkenen, Phrasen dreschenden Saki, vor allem aber zart umschmeichelt von jenen moschusgeschwängerten weißen Voile-Gewändern, die zwar die unschuldigste Unschuld, die sich denken ließ, vor sich herwehten, hinter deren luftig-perfider Halbdurchlässigkeit jedoch nichts als wüstes Begehren lauerte, eine hundsgefährliche Jungfrauen-Inbrunst, das Fleischlich-Laszive schlechthin. *Listiges Biesterpack! Allahs Paradiesgarten, ein Bordell der Lasterschwitzenden eher als die Lohnabteilung der Frommen.* Natürlich gab es hemmungslosen Sex dort oben, lüsterne Nachstellungen, exzessive Orgien, es konnte nicht anders sein. Und Großvater, der bis in die Bleichknochen Gottlose, mittendrin, das konnte nicht gut gehen: *Auf dich hat das Paradies gerade noch gewartet! Du, der du die Hunde im Souterrain nie wirklich an die Ketten legen konntest.* Andererseits, sollte sie sich Großvater etwa in der Hölle vorstellen, in einer Art *schattigem Herrenhaus,* wie das die Chinesen nannten? Auch nicht gerade vertrauenerweckend, nur Männer zusammen. Wer weiß, was da geschah? Einem *Lebensschmecker* (hatte Darius ihn nicht kürzlich so genannt?) konnte da so manches einfallen. Also besser vielleicht doch …

Warum dachte sie jetzt an Heine? *Und doch möcht ich im Grabe liegen, / Und mich an ein totes Liebchen schmiegen*?

Schließlich, was war mit ihr selbst im Jenseits, welcher himmlische Lohn würde *sie* erwarten am Tag des Großen Augenblicks? Einen viktorianischen Literatursalon mit Dickens und Pip und Miss Havisham? beehrt von Mister Do-Do-Dodgson, alias Dodo, und Humpty Dumpty? – nach der Devise: *Neues Leben, neues Glück.* Ja, das würde ihr durchaus genügen, wenn sie schon – als Äquivalent zu Großvaters Paradiesjungfrauen – keine zügellosen pausbäckigen Jünglinge erwarten durfte, an Strömen von Wein hingestreckt, pausbäckig hier und pausbäckig dort.

Nach Qom also sollte es gehen. Ausgerechnet ihm, dem meergläubigen Nammu-Neptologen, sollte das passieren. Er und sein Enkel bei den Unwürdigen, dort wo *Kanaille Chomeini* seit Jahren schon seinen theokratischen Beschiss … Undenkbar! Nie! *Die Demokratie, eine westliche*

Erfindung? Pah! Andererseits, er war schon lange emeritiert, die Professur nicht mehr in Gefahr, *Der Katheder vom Katheter abgelöst / Ach, Azar!*, und warum also sollte er auf seine alten Tage nicht noch etwas pieksen? Ein letzter theatraler Auftritt, auf der Bühne des Lebens, in der Höhle der Löwen, das konnte schon was werden. Großes Kino. Sein ganz persönlicher Schwanengesang. Warum nicht? Und was konnte zum Pieksen geeigneter sein als der alte Benz? Ein 67-jähriger Roadster, ein 83-jähriger Mann und ein 12-jähriger Junge mitten auf dem Platz der Masoumeh-Moschee, ein rotes Phallus-Coupé (die Dekadenz schlechthin) vor der goldenen Schiiten-Kuppel von Qom, endlich würde er es den Unseligen zeigen können, diesen satanischen Glaubensrittern und Gottesstaatwichten. Er hatte nichts mehr zu verlieren. Sollte Schaitan samt seiner 6666 Legionen ihn doch ins Gefängnis werfen. Noch etwas Farrochsad und Hedayat und Hafiz, noch etwas Pieksen, einen schöneren Abgang von der Lebensbühne konnte er sich gar nicht denken. Die Seligkeit, auf zypressengesäumten Straßen in den glitzernden Horizont zu fahren, nicht zu vergessen. Also Messer raus, Wurm raus, fertig ist das Leben.

»Denk an Byron«, sagte Großmutter, »*In Persien auf Reisen zu gehen ist wie eine mathematische Gleichung: Man weiß vorher nie, ob alles aufgeht.*«

»Das sagst ausgerechnet du? Als ob deine Gleichungen so wunderbar aufgehen.«

»Gleichung hin, Gleichung her, denk einfach daran, unser Land wird immer noch nach Murphys Gesetz regiert: *Alles, was schief gehen kann, wird auch schief gehen.*«

In die Hochburg der Imame und Ayatollahs und Muftis – *Was machen die eigentlich zwischen all unseren Satelittenschüsseln, diese vorzeitlichen Vergangenheiten entstiegenen Höhlenmenschen?* –, mit einem Auto, das wie die verkörperte Sünde erscheinen musste, Großmutter war alles andere als begeistert: *Du hast zwischen Dreikäsehoch und Tattergreis einfach nichts dazugelernt.* Aber sie wusste auch, sie würde nichts ausrichten können: *Alte Böcke haben harte Hörner.* War es die Gelassenheit des Alters, die Einsicht in die allgemeine Vergänglichkeit, die sie sanft werden ließen? *Schneide vorher wenigstens deine Nasenhaare.*

Wie eine Vedutenlandschaft von Melling, sagte Großvater. Prophetenblumen und Pistazienfelder säumten ihre Fahrt, Eukalyptusbüsche und Maulbeerbäume. *Kluge* Maulbeerbäume, wie er seltsamerweise betonte. Beim Lar National Park, mitten im gläsernen Flirren einer

Zitronenplantage, machten sie ein verbotenes Picknick: gefüllte in Granatapfelsaft gekochte Weinblätter, Juwelenreis mit Okra, Auberginen-Pfannkuchen. Als Dessert, für Großvater: Joghurt mit wildem Thymian und Sumak und Sesam. Für Shaahin: Fereni-Pudding mit gehackten Pistazien. O Großmutter! Am grellblauen Himmel, mitten im Zittern der heißen Luft, standen (ein Gruß von Cy Twombly?) zwei schattenlose Cirrus-Wolken, weißlichtig, fast durchsichtig, wie wässrige Pinselstriche auf weißem Grund, als ob das Leben ungefähr wäre, unverbindlich und bestimmungslos, als ob sich nichts abzeichnen konnte vor der Welt.

Großvater dachte an Byron: *One of those rare moments of absolute peace, when the body is loose, the mind asks no questions, and the world is a triumph.*

Die Beiden aßen und tranken, beseelt von einem ruhigen Gefühl der Zweisamkeit, als sie im Schatten einer Dattelpalme einen ziemlich abgerissenen Mann sahen, eine mythische Urgestalt, einen Der-alte-Mann-und-das-Meer-Mann, sonnengegerbt und weißhaarig, wie gekalkt. Im lächelnden Gesicht (war da auch Schlitzohrigkeit? eine Spur Hinterlist?) ein tabakvergilbter Schnauzer über dem fast zahnlosen Mund. Er musste Äonen hinter sich haben. Wo war er gewesen, als sie sich hier niedergelassen hatten? Warum hatten sie ihn nicht bemerkt, sein flinker Blick schoss doch unübersehbar Pfeile in die Landschaft? Pfeile, die sie doch schon längst getroffen haben mussten. Und wie konnte man nur mit so wenigen Zähnen so blendend lächeln, aus einem derart zerbröckeltem Gesicht so blendend lächeln?

Der Alte – *ein Bote des Hafiz,* wusste Großvater, *eine Art notwendiger Zufall* – hatte einen kinderbemalten Bauchladen um den Hals hängen, vollgestopft mit bunten kleinen selbst gebastelten Briefchen; auf seinem Rand saß ein türkis schillernder kleiner Vogel, ein Halsbandsittich. Unmittelbar nachdem Großvater den Alten bemerkt hatte, rief er ihn mit einer Handgeste zu sich.

»Wie viel?«, fragte er. Ja, Großvater wusste, um was es ging. Natürlich, es ging um die Weissagung des Hafiz, das Orakel. Fal-e Hafiz. Er kannte diese alten Männer und ihre einsamen Vögel. Er kannte sie vom Grabmal des Hafiz in Schiraz. Wenn sie nicht vor dem Pavillon hin und her gingen und im Schatten der Wolken ihre lichtblauen Paradiese suchten, schlenderten sie in den Musalla-Gärten zwischen den Bougainville-Rosen und Mandarinenbäumen umher und boten die Zukunft als Weisheit an.

»Was ist dir das Morgen wert?«, erwiderte der Alte.

»Tausend. Tausend für uns zwei.«

»Macht Zweitausend, richtig?«, sagte der Alte listig.

Und wie von geheimer Hand gelenkt, pickte der Sittich, während sein Herr in eine Art Pythia-Trance versank, an einem der vielen Briefchen, pickte und pickte frech mit seinem garnelenfarbenen Schnabel, immer ein Stück weiter, weiter und weiter, bis er das Briefchen schließlich aus dem Stapel herausgepickt hatte. Der Alte gab es Großvater. Er schlug es auf und las:

Fünf Tage misst die Frist,
die uns hieniden ist gewährt,
nutzt frohgemut die Zeit,
denn mit der Zeit ist's nicht mehr weit her!

Großvaters Augen begannen zu leuchten. Es gab noch Zeit für ihn, offensichtlich. Etwas Hafiz-Typisches – der Lob des Weins, die Verachtung der Frömmler –, wäre ihm zwar lieber gewesen, aber auch nicht schlecht: es gab noch Zeit für ihn. »Und jetzt du, Shaahin.« Und wieder pickte der kleine Vogel. Shaahin las:

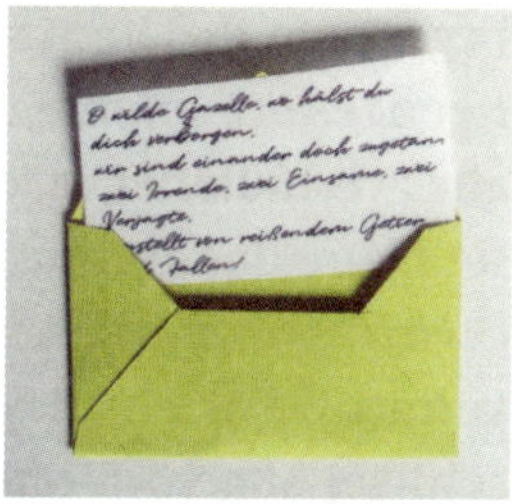

Höre, Schenke: purpurner Wein,
ein Obdach und ein zärtlicher Freund:
wann wäre uns das Glück gesonnen,
wenn nicht jetzt?

Als sie den Alten verließen, strich eine sanfte kühle Brise durch die Plantage. »Möge eure Reise fließen wie Wasser«, rief er uns mit seinem zahnlosem Lächeln hinterher. Als sie sich umdrehten, um zu danken, waren er und sein Lächeln schon nicht mehr zu sehen.

Auf der östlichen Umgehungsstraße, dort, wo die Stadt langsam ausfranste und in stoische graugrüne Landschaft überging, verließen sie Teheran. Die sirrende Luft legte einen Schleier über den Himmel, einen silbriggefrorenen Glast, unwirklich zwar, und doch aber auch, als ob er etwas bedeuten wollte. Großvater begann zunehmend auf dem Sitzleder hin und her zu rutschen. Rundweg wohl war ihm schon seit geraumer Zeit nicht mehr. In Babolsar, das schon auf Grund seiner demi-mondänen Vergangenheit aufgeschlossener war als andere Städte, war das (zugegeben seltene) Coupé-Ausfahren früher nie ein Problem gewesen; man kannte Großvater hier, er war eine lokale Größe mit Kauz- und Schrulligkeitsbonus, man wusste von seinen beruflichen Leistungen. Aber in Qom, würde ihnen da womöglich Ärger ins Haus stehen? Richtiger Ärger?

Sie genossen immer noch die Aufmerksamkeit, durchaus. Die Blicke, das Staunen, die offenen Münder. Sogar das hämische Kreischen, die ganze Unverhohlenheit. Großvaters Eitelkeit war noch im Glanz. Aber ab wann würde sich in diese fröhliche amüsiert-verächtliche Neugier auch Feindseligkeit mischen, jene blanke Feindseligkeit, die er sein Leben lang zwar – war es unverdiente Gnade? konfliktscheue Feigheit? – vermieden hatte, die sich jedoch trotz allem, immer wieder, wie im Buche stehend, auf ebenso unabänderliche wie geheime und kaum abweisbare Art dem menschlichen Dasein – auch ihm! – aufzudrängen schien? Er war verärgert über sich. Zu was nur hatte ihn da seine Altherren-Impertinenz verleitet? Hatte Großmutter vielleicht doch recht? War er im Grunde nur *ein altes Kind, unbelehrbar und störrisch*? Saß er lediglich einer in intellektuelle Scharmützel gewendeten Altersgeilheit auf? Diesem ganzen blöden Freudschen Kompensationshokuspokus?

Zu spät! Nach fast sechs Stunden erreichten sie Qom. Auch hier begegnete ihnen Staunen und Verblüffung, das ganze auf der bisherigen Fahrt erlebte Aufmerksamkeitsszenario. Aber irgendwie war alles verhaltener, nach innen gewendet. Gab es eine religiöse Noblesse? Nein, das konnte nicht sein, durfte nicht sein, wirklich nicht! Das *O Herr, setz diese Nichtwisser auf die Esel* des Hafiz, was hätte seine Erkenntnis für einen Sinn gehabt? Und doch, wie durch einen Nebelschleier abgemildert, ganz der Häme enthoben, traf sie mal hier ein couragierter Blick und dort ein kleines Schmunzeln, das war es aber auch schon, ansonsten geschah nichts. Kein teiggesichtiger Pfaffe, der sich entrüstete, kein Schreien, keine Wüten. Schon gar keine Festnahme. Die Abas schwebten wie auf Luftkissen gebettet, Haushaltsrobotern gleich, islamische Hoovercrafts im bleigrauen Dunst, und gingen, unaufgeregt und gänzlich unbeeindruckt vom fremden Geschehen, ihrem Alltagstun nach. Alles in allem: das ganz normale Betonglühen einer Millionen-Metropole, ihr Sieden, ihr Pulsen und Branden. Und überall vor ihnen, inmitten der Brüllhitze, das verschwenderische Sonnenlicht, wie mit einem Bottich ausgeschüttet.

Großvater war enttäuscht. Diese böswillige Nichtbeachtung. Er fühlte sich hinters Licht geführt von seiner Verblendung, betrogen von seinen eigenen Vorurteilen. Kein Verlass mehr war auf sie. Im mindesten hatte er hinterhältiges Lauern erwartet, eine seinem Mut angemessene Boshaftigkeit, eine Art höhnische Grundhaltung, im besten Fall eine aus dem Geist der diabolisch-religiösen Infamie erwachsene Niedertrachtsgesellschaft, zeternd, missmutig, zutiefst verschlagen. Aus seinem Arsenal der Voreingenommenheiten und Intoleranzen gegenüber allem Klerikalen hätte er noch unendlich vieles hinzufügen können. Wie sehr hätte ihn etwa ein ordentliches Abbé-Tolbiac-Gekeife erfreut. Aber nichts dergleichen war auf den Straßen zu sehen, im Gegenteil. Und letztlich musste er sich eingestehen, war er sogar froh darüber. Im letzten Winkel seines diffusen, weitläufigen Bewusstseins konnte er eine Erleichterung ausmachen, die seine Enttäuschung bei weitem überwog. Er lächelte. Er memorierte gedankenverloren Ghaselen von Hafiz. Er entschied, dass ihn das alles nichts mehr angehen sollte.

Gerade noch rechtzeitig vor dem Eintreffen Mahdis – der Ruf zum Abendgebet war gerade erklungen – betraten sie die Koranschule. Rosenwasser und Schweiß. Rosenschweiß. Er sieht gut aus in seinem kleinen Prophetenmantel, dachte Shaahin, seine Mutter hatte ihn eigens für ihn genäht. Der neue Erlöser!

Er litt so viel. Den Schmerz, den er duldete. Beweint ihn! Am 10. Tag wurde er getötet, und seine Augen zerbarsten, und sein Kopf wurde abgeschlagen, wehklagt Mahdi mit spitzer Stimme. Er bringt alle zum Weinen. Männer, Frauen und Kinder, Alte und Junge, sogar die Kahlköpfigen und Bärtigen, vor allem sie. Der neue Erlöser! *Bitte, bitte, betet für mich, dass auch ich für Allah den Märtyrertod sterbe.*

Werden ihn die angerufenen Revolutionswächter erhören? Werden sie ihm den Schlüssel zum Paradies um den schlanken Hals legen, um ihn als Kämpfer Gottes auf die Schlachtfelder der Ehre zu schicken? Eigentlich mag Shaahin den kleinen Mahdi, er würde gerne mit ihm spielen. Seit zwei Monaten – gesegnet sei Cousin Kian! – hatte er *Bounty Hunter* auf seinem Nintendo. Großvater wusste nichts davon, Großmutter schon gar nicht. Als Jango Fett den Jedi Komari Vosa jagen, mit Mahdi jagen, das wäre es. Oder auf dem Atari Marsianer killen. Wenn er nur nicht so weinerlich wäre, dieser Mahdi. Wie konnte es sein, dass dieser Knirps im Prophetenmantel bärtige Männer zum Weinen brachte, dass dieser Propheten-Dreikäsehoch der neue Erlöser geheißen wurde? Ob dieses weibische Bürschchen jemals die Gerechtigkeit auf die Erde würde bringen können, wie es vom verborgenen Imam erwartet wird? Unwahrscheinlich. *Westentaschenimam*, fluchte Großvater.

Plötzlich, in all diesem heiligen Toben und Wüten, hat Shaahin die Biene in Großvaters Schreibstube vor Augen, letzten Sommer, die wütende Biene, wie sie im Fensterahmen von links nach rechts summt, von rechts nach links, von oben nach unten saust – *Können Bienen traurig sein? Können sie Heimweh haben nach einem Ort?* –, neuen Anlauf nimmt, wieder links rechts, rechts links, und … sssst … nach unten knallt. Immer wieder das Gleiche. Nur zwei Zentimeter Abstand vom Glas, dachte Shaahin, dann über den Rahmen hinweg nach Wer-weiß-wohin – *Wo sind Bienen zuhause? Überall? Ortlos? Ist die Luft ihre Heimat?* – und alles wäre wieder gut, eine neue Welt täte sich auf, eine freie. Stattdessen hat sie sich totgeflogen. Blöde Biene! Und doch, er verstand sie. Wie könnte man etwas Gefangenes nicht verstehen?!

Das Schlimme nur, die Biene trug, wenn er die Augen ganz eng zusammenkniff, einen Prophetenmantel, und nichts war gut, im Gegenteil, in diesem Rahmen schwitzte und pochte es, ein Brodeln, wie in einer zu heiß gewordenen dicken Suppe auf Großmutters Herd, platzende Blasen, denen man besser nicht zu nahe kam. Er hatte Angst.

Shaahin traf ein dunkler Blick. »Komm, gehen wir. Chandler wartet … oder Farrochsad … oder Goethe … irgendwas Gescheites auf alle Fälle.« Shaahin kannte die Namen, und er kannte den Tonfall, dann war Großvater ungnädig, wollte sich davonstehlen … ganz gleich, ob aus Küchen oder Moscheen … wollte bei seinen literarischen Göttern und Göttinen sein. Und Großmutter schimpfte ihm dann hinterher: *Wir landen noch alle im Kerker, du Chandler. Du Chandler,* das war ihr höchstes Schimpfwort und umfasste all ihre Angst, die Angst als unmoralisch, als westlich erkannt zu werden. Das Als-westlich-*erkannt-Werden* war das Problem, nicht das Westlich-*Sein*.

Das offen zur Schau gestellte Westliche war auch der Grund, warum sie sich bis heute nicht wirklich anfreunden konnte mit ihrem eigenen Haus. Es war eine mentale Sache. Sie fühlte sich wohl, sehr sogar. Physisch gab es nichts auszusetzen an ihrem Heim, *ein Haus, das nie traurig ist,* aber immer wieder, intellektuell gewissermaßen, kam ihr dieses Haus ungehörig vor. Warum diese formalen Sperenzchen? Großvater auf alle Fälle hatte auf einer Synthese bestanden: *Ost & West,*

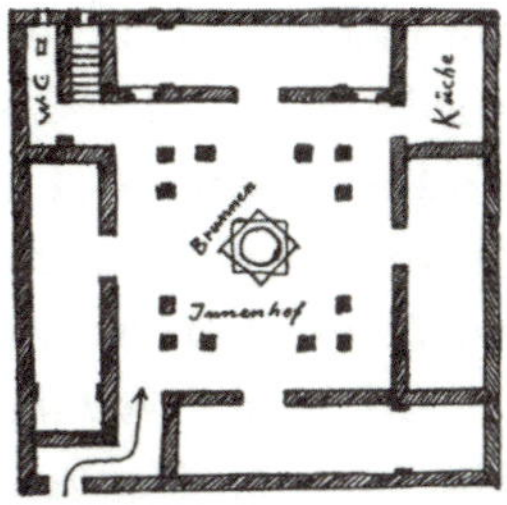

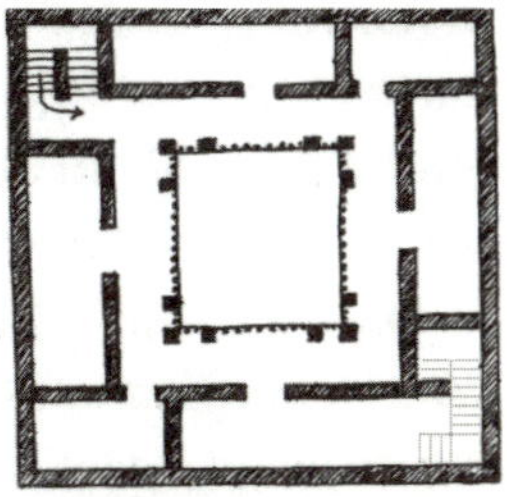
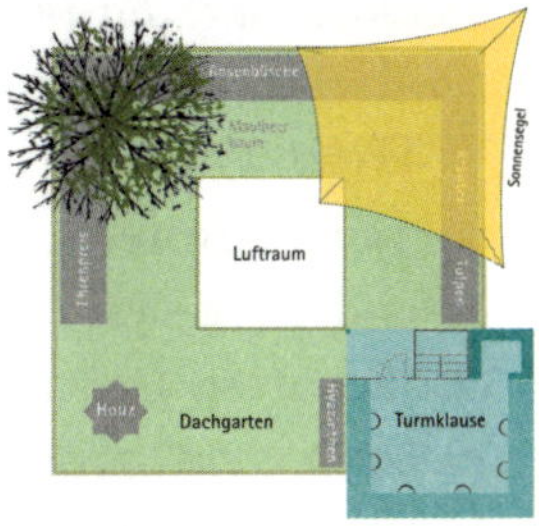

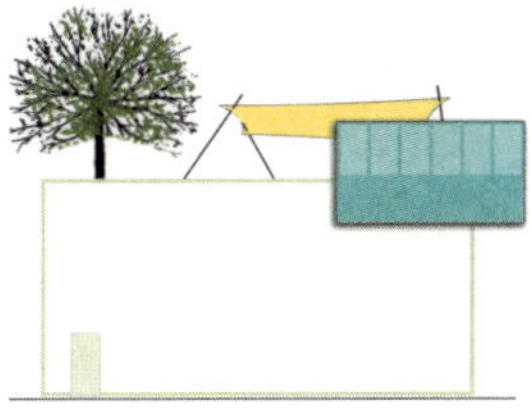

okzitalisch. Er wollte – damals, als sie ihr Haus in Babolsar planten – partout die im marokkanischen Fès übliche Haustypologie mit einem westlichen Architekturmuster kreuzen. Er war geradzu besoffen von der Idee. *Das Kind im Manne bekommt der Frau nicht*, stöhnte Großmutter, denn sie wusste genau, dass das Ganze mehr Spieltrieb und Theater war denn Überzeugung. In den 1960ern hatte Großvater in dem Buch eines verschrobenen helvetischen Sufi-Forschers die Grundriss-Skizze eines arabischen atriumartigen Hauses entdeckt, dem Typus einer alten römischen Villa ähnlich, oder dem eines marrokanischen Riads: Räume um einen Innenhof, zum Himmel hin offen, *alles von Licht und Schatten überströmt, nie aber von Sonne*, in der Mitte ein achteckiges Wasserbecken, im ersten Stock eine umlaufende Galerie. Keine Fenster, viel Tuch, tausend Teppiche. Und draußen vor der Tür: Hafiz' *kleines Wiesenstück*.

Großvater, der für sein Leben gern wohnte – *einen unverbesserlichen Wohner*, hieß Großmutter ihn, *einen Stubenhocker summa cum laude* –, liebte dieses Insichgekehrte. War es Camouflage? das Verstecken des libertären Geistes hinter den Mauern einer Festung? Und doch auch wollte er in die Welt schauen. Es war eine Art Eros des Unvereinbaren, der ihn antrieb. Das Verschlossene *und* Offene, das Verschwiegene *und* Laute, das Unzugängliche *und* Nahbare. Und also war seine Idee: ein Turm. Ein Aussichtsturm, der Weite bot in die traumblaue Ferne, gleichzeitig jedoch auch seine Gedankenverlorenheit umhegte. *Ein bisschen Montaigne muss sein, sogar bei uns, gerade bei uns*, sagte er. *Das ist kein Turm, das ist ein Parasit, eine Hausparasit*, höhnte sie. *Dein Turm schmarotzt.* Aber er ließ nicht ab. Er verschob zwei Wände im Grundriss des Sufi-Spinners, zeichnete im zweiten Stock eine Treppe ein nach oben aufs Dach, und fertig war ihr Haus. Ein weiß verputzter Quader, abweisend und unnahbar einerseits, andererseits mit einer freimütig und offenherzig in die Welt blickenden Kanzel:

Großvaters Turm-Eremitage, vollkommen gläsern, rundum transparent. Die Studierstube eines neuzeitlichen Hieronymus, nur ohne Löwe und Totenschädel. Ein je nach Lichteinfall zwischen pflaumenblau und türkisgrün glitzerndes Serail. Großvater: *Mit Schönheit der Rüpelhaftigkeit des Lebens trotzen. Das Fremde empfangen. Die Reisenden grüßen.*

Pah, deine Welt da draußen meint nur das Kaspische Meer, erwiderte Großmutter. *Nammu hinterherglotzen, mehr interessiert dich nicht. Von wegen Transparenz. Und dann auch noch dieser Whisky-Mihrab in deiner Klause, ausgeschlagen mit diesem strahlendblauen Glasmosaik, so inbrünstig, als ob du dein ganzes Leben lang schon immer alle Gebete verrichtet hättest. Zugegeben, raffiniert ist es schon: blau, die Farbe Persiens. So tun, als sei das Ganze von hier. Aber weist er nicht direkt nach New York, dein Mihrab?! Eine Gebetsnische für des Großen Teufels Getränk, sag mal, übertreibst du dein Ost-West-Getue nicht? Immerhin, die blaue Keramik aus Kaschan, die Teller, Schalen und Krüge, die deine Einsiedelei auf dem Fensterbord ringsum schmücken, sie sind echt.*

Wenn Großvater hier oben – in seinem *Pensatorio,* wie er sein Refugium nannte – Zimttee schlürfend und gebackene Akazienblüten essend über sich und die Welt nachdachte (*nachschlummert,* lästerte Großmutter, *Dormitorium müsste deine Klause heißen, dein Denken ist nichts als ein zielloses Streunen der Gedanken, unaufgeräumt wie eine Meskalin-Zeichnung von Michaux*), war er umgeben von einem Dachgarten, einer Art Hortus conclusus mit Mispelbaum, Houz und einem gelben Schatten spendenden Sonnensegel, das er, obwohl nur ein einfaches Tuch an vier Stangen, als reich ausgestattetes Beduinenzelt sah, unter dem all seine imaginierten und imaginären Abenteuer Wirklichkeit wurden. *Nur ziellos kommt man ans Ziel.*

Hier, im diffusen Siesta-Licht des Sonnensegels, in der warmen Umarmung seiner Träume, umgeben von einer botanischen Skyline aus Kräutern, Rosenbüschen und persischem Ehrenpreis, wurde er immer wieder von neuem Corto Maltese – Corto Maltese, der polyglotte glückslinienlose Poet mit der schemenverschwommenen Vergangenheit, der schöne, immer jünger werdende Weltenreisende, der Bruce Chatwin im Comicgewand. Hier, mitten im Zirpen der Zikaden, inmitten der wilden Düfte, träumte er sich, während der Wind graue Wolken über den Himmel schoss, in Malteses Uniform, zündete sich eine Zigarette an und schwebte, getragen vom körperlosen Dampf des Samowars, auf seinem fliegenden Teppich von Valletta nach Mu, von Córdoba in den Spanischen Bürgerkrieg und war selig wie ein Kapitän auf wilden Meeren. Er schämte sich kein bisschen dafür: *Besser mit Fantasia zuverlässig fliegen als auf dem schwankenden Boden unserer Wirklichkeit zugrunde gehen.* Und als Zeichen seiner unbeirrbaren Nonchalance (oder war es Gleichgültigkeit?) ergänzte er: *So ist es, oder auch nicht. Kindskopf,* murmelte Großmutter, *dieses Fremdgehen in Müßig-Land, diese Brahmanen-Erhabenheit. Und immer wieder dein knabenhafter Wunsch nach Heldentum ... Ts-ts-ts-ts-ts.*

Manchmal, wenn der samtene Nachthimmel über Babolsar das Aussehen von Schinkels Bühnenbild zu Mozarts *Zauberflöte* annahm, und erst recht, wenn zusätzlich noch alle Sternbilder zu sehen waren, so rein und klar wie jene in der goldblauen Kuppel der Grand Central Station in New York, kurz: *wenn der Himmel die Erde berührte,* wie Großmutter sagte, schliefen sie hier oben. *Blot out the moon / Pull down the stars.* Das war – ähnlich wie Swanns *faire catleya* – ihr geheimes Losungswort. *Lösch den Mond / Reiß die Sterne runter.* Wenn einer von beiden diese Parole ausgab, ganz gleich, ob morgens am Frühstückstisch oder abends beim Whiskytrinken mit Freunden, dann schlugen sie, kaum waren die letzten Gäste nachts gegangen, direkt neben den tiefblauen Weinhyazinthen und dem beruhigenden Plätschern des Brunnens, mitten im alles umschließenden Duft von Gewürzlorbeer und Rosmarin, ihr Lager auf und lauschten – während die in den Steinfliesen gespeicherte Sonne langsam unter ihnen aufstieg und wärmend in ihre Körper kroch – mit dem Kopf in den nachtschwärmerischen Sternen eng aneinander geschmiegt der Welt. Sah so das Aus-dem-Leben-Scheiden aus, wenn es glückt? Ein Duft- und Lustgarten wie Saadi ihn sah, im Hier und Jetzt für die Ewigkeit? Mag sein. Vorerst aber sollten die Sterne noch ganz takt- und schamlos auf ihr dem Leben gewidmetes Treiben schauen und ihrem Begehren den Segen geben.

Von wegen Begehren, korrigierte Großvater, *üppige Wollust war's, eine Symphonie des Fleisches, das Laster schlechthin. Das Paradies ist eine persische Erfindung:* پردیس *und es ist irdisch. Man muss nicht erst sterben, um es zu sehen. Wer, wie die klerikale Bagage, im Jenseits ein Paradies erfindet, will auf Erden einzig die Lust töten.*

Bei aller Kritik Großmutters, sie musste zugeben, ihr Haus löste weit weniger Befremden aus im Ort als das aufreizende Mercedes-Coupé. Alles in allem, befand sie schließlich, war es ein Haus, dass nach außen verschwiegen war, nach innen aber lachte.

Die Tatsache, dass ihr gemeinsames Haus das islamische Eherecht abbildete, demzufolge jedem Mann vier Frauen zustanden (und also je eine Seite des Hauses einer Frau), hatte Großvater bei der Planung seinerzeit allerdings unterschlagen und bis heute erfolgreich verschwiegen. Dass Großmutter trotz ihrer Bildung, trotz ihrer intellektuellen Schärfe (*Die Ehe ist nichts als ein religiös fundierter Irrtum der Geschichte*) dieser Teil der Wirklichkeit bislang entgangen war, lag auch an der Begabung Großvaters, dieses archaisch-architektonische Erbe des semitischen Nomadentums auf ganz besondere Weise zu nobilitieren, sprich: diese vier vor allem mit Licht und Schatten eingerichteten Vielehen-Räume derart mit Harmonie und Schönheit – und auch Heimeligkeit – aufzuladen, ihnen eine unverwechselbare, zauberhafte Gestalt zu geben, ein westlich pulsierendes Leben – *ein kosmopolitisches Lächeln* –, dass die ihnen ursprünglich eingeschriebene, oder besser: auferlegte Bedeutung einfach nicht mehr spürbar war. Einzig Darius, Großvaters unbarmherziger Freund aus Kindertagen, sagte, wenn auch halb im Scherz: *Du hältst deine Frau gefangen in alten Traditionen, du selbst aber willst den Blick in die freie Welt. Ich aber sage dir: Gleichberechtigung tut not,* und schmierte mit seinem Montblanc ein paar Striche auf die vor ihm liegende Zeitung.

»Und was ist das?«

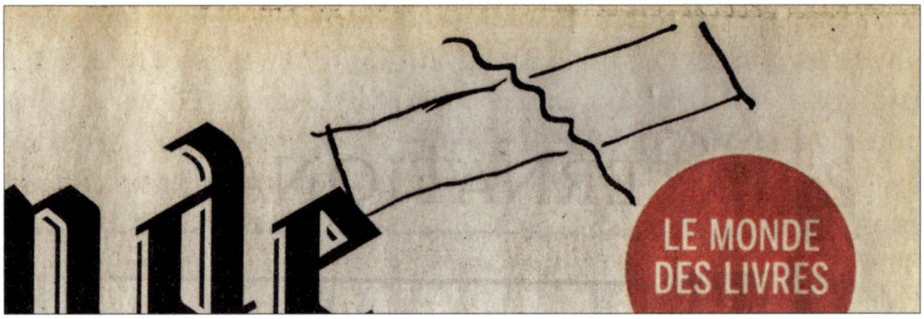

»Ein Haus. Ein Haus-Typus. Links der Mann, rechts die Frau.«

»Das nennst du Gleichberechtigung? Die linke Seite ist größer. Und dieser Blitz da in der Mitte, was …?«

»… das ist kein Blitz, das ist eine semipermeable Wand.«

»Eine semi…?«

»Zwischen Mensch und Mensch muss immer was Semipermeables stehen, sonst kommt er nicht zurecht mit sich. Keine vollständige Durchlässigkeit auf alle Fälle, keine allzu direkte Direktheit. Er muss vordringen können … und auch zurück. So ist der Mensch. So funktioniert Partnerschaft, so führt man das Ehejoch zum Erfolg, getrennt und doch vereint. Immer für sich, aber wenn man Lust hat, schlüpft man rüber, permeabel rüber.«

»Ist das ein Weltmodell?«

»Hm? Nicht schlecht.« Großvater nahm einen Kuli und schmierte eine kleine Skizze darunter.

»Wären *zwei* permeable Wände nicht besser, und in der Mitte eine neutrale Zone, neutral wie Genf. Der G-Raum der Ehe gewissermaßen.« Darius grummelte. Die Idee gefiel ihm.

Für die vielen Besucher des Hauses war das alles unerheblich. Vor allem der reich ausgestattete, üppig bepflanzte Innenhof zog mehrmals in der Woche nahe und ferne Gäste an, die – *wir waren ganz zufällig in der Nähe, und da dachten wir* – einfach mal vorbeischauten, ungebetene Gäste, die Großmutter dann zwar generös, aber immer auch mit einem zähneknirschenden Lächeln bewirtete, während Großvater es sich auf seinem Dachidyll – *In niz bogzarad* – gut gehen ließ. *Du hängst da oben rum wie Maupassants Abbé Picot in seinem Obstbaumgärtchen. Liest du auch sein blödes Brevier?*

Für die gebetenen Gäste allerdings gab es rauschende Feste. Feste, die legendär waren in Babolsar. Ihr Motto: Wer nicht feiert, stirbt, wer nicht wohnt, verdirbt. Feste, die Großvater – *so viel Ehrerbietung muss dem Westen erwiesen werden* – Cocktail-Partys nannte, Abendgesellschaften, für die das zentrale Wasserbecken im Innenhof eigens mit einer riesigen Platte aus feuerlackiertem Kachelmosaik abgedeckt wurde, um darauf ein opulentes pyramidenförmiges Büffet mit den lukullischsten Spezereien zu errichten. Das Muster der Kacheln war den azulejoähnlichen Sternenmotiven aus der Capilla de San Bartolomé in Córdoba nachempfunden. Die Idee dazu stammte von Darius: *Harmoniert das Mosaik nicht bestens mit den goldgebrannten Ziegeln des Houz? Kobaltblau und pflaumengrün auf Crema Catalana – voilà!*

Die Liebe zum Westen, als ob das nur Großvaters Problem gewesen wäre. Auch Großmutter las Ungehöriges, Unerhörtes. Wenn *Du Chandler!* ihr höchstes Schimpfwort war, dann hätte er *ihr* etwa hinterher rufen können: *Du Châtelet*! (oder *Du Madame!* oder auch *Du Marquise!*), wenn er denn mehr von Großmutters Geheimnissen gewusst oder wenigstens einmal während ihrer Ehe die Betten gemacht hätte. Madame du Châtelets *Discours sur le Bonheur* war nämlich Großmutters Kopfkissenbuch, schon seit vielen Jahren. Die Berechnung des Glücks (immerhin, davon wusste er!), sollte die, wie es Émilie du Châtelet in ihrem Büchlein behauptete, wirklich möglich sein? Das Lebensglück berechnen? als Gleichung? Das Richtige potenzieren, mit dem Richtigen multiplizieren – et voilà, das Glück? Diese Frage ließ Großmutter nie los, im Bett nicht und in der Welt. Das Glück in Mode bringen, das begeisterte sie. Der erbittertste Widersacher bei ihrer Glücksbestimmung (Großvater nahm sie nicht wirklich ernst: *Du verdankst dein Talent der Wahllosigkeit des Schöpfers*) war Baltasar Gracián, dieser spanische Unglückselige, dieser moralinsaure, miesepetrige Jesuit, für den das Glück – *Das Glück ist gleisnerisch* – nie und nimmer, unter keinen Umständen, zu erlangen war.

Auch Anthony Trollopes *Es gibt kein Glück in der Liebe, außer am Ende eines englischen Romans* tat sie als defätistisch ab, schon immer, schon seit sie viktorianische Literatur durchgenommen hatte mit ihren Studenten: »Trollope taugt nicht, ist nicht mal ne Unterhose wert. Haltet euch an Dickens (vor allem im Winter, Dickens ist ein Autor fürs Feuer, für die knisternden Scheite des Kamins, dieses In-sich-Zusammensacken von Seele und Zeit). Oder Carroll. Die *happy few* und *band of brothers*. Besser noch an Milne, Alexander Milne, an *Winnie-the-Pooh*. In ihren Geschichten zu sein genügt für ein Leben.«

Großmutter suchte eine Formel. Und es durfte, ähnlich wie Einsteins E=mc2, nicht weniger als eine Weltformel sein. G=lh2? Glück gleich Leidenschaft mal Humor zum Quadrat, war es das? Gehörte noch Ironie in die Formel [G=lh2+i]? *Ironie, die Göttin der Weisheit, die Erlöserin des Lebens,* so unerlässlich für alles Gelingen. Oder Gelassenheit [G=lh2+3g]? Stand das »l« für Liebe, statt für Leidenschaft? Oder gar für Laster? für Lust? Luxuria? Oder Laetitia, die grundlose Freude der Römer? Ja, das geht, und dann noch die Ironie dazu, also: G=lh2+i3 – Glück gleich Laetitia mal Humor zum Quadrat plus Ironie hoch drei. »Das ist es! Oh ja, mein Lieber, das ist es, die Unvermeidbarkeit des Glücks, man muss es nur wollen.«

»Ach, du mein kleines Talmi-Seelchen, du klingst wie 'n Glückskeks, wie 'n französisches Chanson. Was soll dieses Gebastel? Die Uhr in ihre Einzelteile zerlegen, heißt nicht, das Wesen der Zeit zu ergründen, meine Liebe. Außerdem: *Point de bonheur sans liberté. Kein Glück ohne Freiheit.* Siehst du irgendwo Freiheit in unseren persischen Gefilden? Nein? Nein! Aber als Schoßhündchen des Glücks durchs Leben gehen wollen. Na, denn Prost! Ah, ich hab's: Füge doch *minus L* ein, dann hast du es, ganz einfach.«

»Wie?«

»Na, abzüglich L. Abzüglich Leid.«

»Witzbold! Hauptsache, sich selbst ernst nehmen.«

»Oder warum lässt du nicht einfach auf deiner Hand die Glückslinie operativ korrigieren, die Kurven begradigen? ... und verlängern bis zur Kuppe des Mittelfingers, bis in alle Ewigkeit. Dann hast du doch dein Glück.«

»Haha!«

»Außerdem: Hast du noch nie von Nietzsches *purpurner Schwermut des Glücklichen* gehört? Und wenn nicht schwermütig, dann ist er einfältig. Werde ...«

»Siehst du, du bist einfältig ... ich wusste es schon immer.«

»Werde Traumhändlerin, meine Liebe! Etwas zu wünschen übrig haben, heißt Leben. Zu viel Glück ist tödlich. Weißt du, du bist wie Freund Euler. Der fromme Euler wollte auch mittels einer Formel etwas beweisen, die Existenz Gottes.«

»Euler?«

»Ja, der Mathematiker ... aber es war ein Bluff, mit einer faulen Formel, um den Atheisten Diderot reinzulegen: *Monsieur! (a+bn)/n = x, also existiert Gott. Ihre Antwort, bitte!* Döskopp Diderot ist reingefallen damals, konnte keine Mathematik und schlurfte von dannen. Und wen willst *du* reinlegen? Dich selbst? Acht Milliarden Menschen, oder wie viele sind wir? acht Milliarden Einsamkeiten, und alle wollen ihr Glück, ihr kleines je eigenes bescheuertes, kuhwarmes Glück. Da gibt es viel zu verteilen. Ich fürchte, es reicht nicht für alle. Das Leben ist eine Art *Reise nach Jerusalem* – es gibt nicht genügend Stühle für alle. Wahres Glück ist ohnehin nur ohne Zivilisation möglich. Wo Europas Kolonisateure waren, da kann kein Glück mehr sein. Kein Wunder führt die Südseeinsel Tanna den Happy Planet Index an. Das glücklichste Wesen auf Erden muss Koiametameta sein, der kleine rotköpfige Vogel, den Georg Forster auf Tanna entdeckte. Du jagst das Schnatz, meine

Liebe, du reist mit Lewis Carroll auf einem Narrenschiff und jagst das Schnatz. Aber du weißt ja, die Navigationskarten sind leer. Nichts als Meer. Kein Land, nirgendwo. Kein Ankommen. Selbst wenn du die Position der Atome und Moleküle in Zeit und Raum berechnen könntest, du könntest nie das Leben in den Griff kriegen. Nein, Glück heißt G+K+L, Gerstencremesuppe mit Kurkuma und Limette. Dazu eine Schlafstelle und keine Schmerzen. Okay, ab und zu *une gorgée de Château Margaux 1848*, Friedrich Engels' Lieblingsschluck.«

»Ah, deine epikureischen Plattitüden! Immerhin, mittlerweile hast du dir dein eigenes Menü zusammengestellt. Bislang war's die Speisefolge Nietzsches: *Ein Gärtchen, Feigen, kleine Käse und dazu drei oder vier gute Freunde.*«

»Vielleicht noch ein F. Das Fatum. Der Fatalismus als das originäre Glücksgefühl, der Ursprung aller Zufriedenheit. Na ja, wenigstens glaube ich nicht wie du, dass man das Leben einfangen kann wie ein scheues Kätzchen, oder pflücken wie eine Rose, samt ihrem Duft pflücken. Das Leben ist eher eine Distel. Sie steht windzerzaust und unordentlich auf dem Acker. Am Wegesrand. Die Blüte nimmst du kaum wahr, aber wenn dann doch mal ... und du gierig nach ihr greifst, piekst es gewaltig. Das Leben ist eine Acker-Kratzdistel, ziemlich schwierig zu handhaben. Weil du denkst, glaubst du auch zu wissen – ein Denkfehler, meine Liebe.«

»Ach, und für dich gilt das nicht, Schlaumeier? Behauptest du nicht immer, das Leben zu beherrschen ... den Zufall einfach austricksen ... amor fati, und so?«

»Du willst das Leben in Weisheiten packen, ein Schleifchen drumrum, dabei ist es nichts als hoffnungslose Zuversicht, einzig zu bestehen durch Gleichmut. Und Humor. Stoa ist ...«

»... sag ich doch: Humor ...«

»... Stoa ist alles. Du weißt, meine Liebe, ich bin ein Stoiker, ein unerschütterlicher ...«

»... Stoiker? Du bist Störriker! Ich habe selten ...«

»... *Glücklich leben die Zikaden, denn sie haben stumme Weiber*«, holte Großvater seinen Xenarchos hervor.

»... ich habe selten ein so renitentes Wesen wie dich gesehen. Allerdings, das muss ich leider zugeben, ist deine Starrköpfigkeit geschickt hinter der Maske *Sanftmut* verborgen. Außerdem: Die Stoiker halten ihre Begierde im Zaum, sie verstecken ihr Leben. Kann man das von dir und deinem Cabrio-Geprotze behaupten? ...«

»… oder Lukrezianer.«

»Lukrez hasste die Stoiker.«

»Okay, Tschechowerianer, wenn dir das lieber ist.«

»Was ist das denn?«

»Die Das-Leben-ist-trotz-aller-Desaster-schön-Finder: *Wenn dir in der Tasche die Streichhölzer losgehen, so freue dich und danke dem Himmel, dass du in deiner Tasche keinen Pulverkeller hast:* *¨*•⊠¸.*¨•*•⊠¸.•*¨••⊠¸.*¨ •¸*¨•*•⊠¸.• ¸*¨• ⊠¸*¨• ⊠¸*¨• ¸*¨•*⊠¸*¨•* ⊠¸*¨••⊠¸.•*•⊠¸.•*⊠¸.**¨•⊠¸.*¨ ¨••⊠¸.*¨¸.•* ⊠¸*⊠¸..•*¨••⊠¸.*¨•*•¸.*¨¸.•* ¨• ⊠¸*¨• ⊠¸*¨• ¸*¨•*⊠¸*¨•* ⊠¸*¨••⊠¸.•*•⊠¸.•*⊠¸.**¨•⊠¸.*¨ ¨••⊠¸.*¨¸.•*⊠¸*⊠¸..•*¨ ⊠¸*¨••⊠¸.•*•⊠¸.•*⊠¸.**¨•⊠¸.*¨ ¨••⊠¸.*¨¸.•*⊠¸*¸«

»Anyway, die Dinge geschehen nicht nach einem logischen Plan«, fuhr Großvater unbeirrt fort, »sie sind nicht plausibel. Noch nicht mal die Tiere und Pflanzen. Alles ist ziel- und zweckfrei, Kontrolle ist nicht möglich. Das Leben durch Entscheidungen bestimmen? Nein, dafür ist es zu unordentlich. Das Leben ist nicht konsequent, dieses Leben mit seinen vaporösen Leidenschaften, seinen zerfließenden Erkenntnissen, ist ein Camembertleben. Es ist ein Tand und wird so durchgetandelt. Glück hängt davon ab, ob man Glück hat. Außerdem, wenn du das Glück fern hältst, der Hoffnung misstraust, kommt dir auch das Unglück nicht in die Quere. So ist es, oder auch nicht.«

»Unsinn, Glück kann man können, muss man können. Das Glück gestattet sich keinen Zufall. Es will bewältigt sein, überwältigt …«

»… ja ja, was waren das doch für schöne Zeiten, als das Wünschen noch geholfen hat.«

»Nicht wünschen, berechnen!«

»Am Schluss wirst du eh immer angeschmiert vom Glück, es verlässt dich. Auch das Glück hängt sein Fähnchen in den Wind. Hat es dein Robert Burns nicht gesagt: *Die schönsten Pläne von Mensch und Maus zerbrechen in Stücke; sie hinterlassen selten Glück*. Nein, Ruhe muss man können, meine Liebe, und Verdauung, es muss weich und gemütlich pladdern (Spezifisches Gewicht: zw. 1050 und 1200 kg/m^3; Viskosität: 1010 mPas bei 36°C; Farbe: zwischen Zürcher Geschnetzeltem und ungarischem Gulasch), *das* bringt Glück. *Steinbrech an brauner Butter,* erinnere dich an deinen geliebten Bouvier … *harntreibend, darmreinigend …* Ja, die Darmflora muss einer duftenden Frühlingswiese gleichen, denn: *Alle Gesundheit fängt mit gutem Scheißen an,* persi … «

»… persisches Sprichwort, ich weiß.«

»Oder wie der gebildete Vulgär-Lateiner sagt: *Mangia bene, caca forte / Non avrai paura della morte!* Ein Königreich für Backpflaumen!«

»Ja ja, kennen wir alles ...«

»... auch geschmeidige, vorsichtige Bewegungen im Alltag bringen Glück: *Selten fällt, ...«*

»... *wer richtig geht.* Ja ja, dein Leo, aus Vinci. Ich weiß.« Großmutter kannte die Sprüche. Wie oft hatten sie sich wiederholt im Laufe der Jahre, das müde Mantra der Ehe, das Ceterum Censeo ihrer Zweisamkeit. Sie dachte an die mit unablässiger Stupidität wiederkehrenden Schaumkronen am Meeresstrand.

»Ahh, bitte, vermies mir meinen Nardo nicht. Bitte! Dank seiner hab ich dich überhaupt gesehen, wir haben ihm alles zu verdanken. Die Wahrscheinlichkeit war eins zu einer Billion ... Trillion ... Quadrillion. Mit ihm begann unsere erotische Dialektik. *Leonardo, tiefer und düstrer Spiegel, wo zauberhafte Engel mit sanftem Lächeln geheimnisträchtig uns erscheinen im Schatten der Gletscher und Pinien,* erinnerst du dich?«

»Nein.«

»Baudelaire. Unser Gletscher war ein Schiff, unsere Pinie ei...«

»... eine Reling. Ja, doch, die Geschichte kenne ich, kennen wir alle, die ganze Welt kennt sie, du hast sie immer wieder ... aber sie stimmt nicht. Dein behaupteter Sieg war keiner, alles geschah erst nachts, spät nachts, an der Bar ...der Barkeeper schwört Stein und Bein ...«

»... lass mich doch, ich erinnere mich einfach gerne ... New York, das war unsere Goldlack-Sehnsucht, hier wollten wir uns in die Welt werfen. Ja, die Reling, du hattest den Kopf leicht zur Seite geneigt, mit diesem weichen Sfumato-Lächeln auf den Lippen ... nein, ich hab es nicht vergessen, dieses verflixt raffinierte Lächeln zwischen Demut und Koketterie, wie irgendeine von Leonardos gezierten Felsengrottenmadonnen, oder die heilige Anna auf dem Burlington-Karton, oder ... ja, vielleicht hat mich sogar – oh holde Lüsternheit! – sein Johannes an dir betört, der *Angelo Incarnato,* warum nicht? Du als Johannes' Menschwerdung in Fleisch und Blut. Egal, auf alle Fälle war es diese aufreizende frivole Gottergebenheit, die mich ... nur ihretwegen habe ich ...«

»... Gottergebenheit? dass ich nicht lache. Nie, seit ich dich kenne, hattest du anderes als Swanns Begehren im Sinn, immer nur das *gesunde, vollbusige, rosige Fleisch ...«*

»... nur ihretwegen habe ich dich damals erkannt ... im doppelten Sinn dann sogar schließlich, biblisch und weltlich ... in meiner Kabine, erinnerst du dich ... keine Stunde nach dem Captain's Dinner ...«

»… Unsinn! Wie doch deine Augen alles schön sehen wollen …«

»… keine Stunde hat es gedauert und ein heftiger Sturm kam über dich, über uns … eine Madonna im erotischen Wirbelsturm … besinnungslos … welch Bild der Befreiung … auf der …«

»… *Madonna? Befreiung?* … du bist wohl mit dem Klammerbeutel gepudert, eher eine Pietà des Mitleids …«

»… auf der Beaufort-Skala irgendwo zwischen 10 und 11, das hat mich amüsiert damals. Das Wallen des Blutes, die Vereinigung unserer Seufzer … das Universum explodierte … also lass meinen Nardo in Ruhe …«

»… von wegen Vereinigung. Mnemosyne lacht sich 'n Ast. Da war nix. Du warst …«

»… nix ist besser als gar nix …«

»… genau, gar nix war mit dir los. Du warst sternhagelblau. Wir kamen nicht vom Captain's Dinner, wir kamen von der Bar … drei Uhr, oder so. Du bist weggeratzt an meinem Busen, hast geschnarcht wie 'ne Messerschmitt. Da war nix. Wie du noch Takte aus Beethovens Neunter pfeifen konntest, keine Ahnung, es bleibt auf ewig dein Geheimnis. Und lass bitte diesen Kitsch: *das Wallen des Blutes* … Brrrr … das ist abgeschmackt … *die Vereinigung unserer Seufzer* … hast du einen Kurs bei Herzschmerz-Lieschen belegt?«

»Bei wem?«

»Bei dieser Rosalinde Pilcher … oder wie die heißt … du redest wie ein Groschenroman … demnächst kommt noch *der Sandelholzduft deiner Haut* …«

»… gut möglich. Kitsch ist Zärtlichkeit, meine Liebe, eine perverse Form zwar, aber Zärtlichkeit. Auf alle Fälle, lass ihn in Ruhe, meinen Nardo, einzig seinetwegen hatte ich mich damals entschlossen, dich zu lieben, bin ich mit Vergnügen in die freiwillige Knechtschaft gezogen mit dir … gemeinsam bis ins Unglück. Du warst mein Zitterrochen, wie Sokrates dem Menon, du hast mich elektrisiert, und ich denke gerne daran… der Anfang war so leicht, so ausschließlich … aus dem Handgelenk haben wir …«

»… ja was nun? *Zitterrochen* oder *leicht*? … wenn ich mich recht erinnere, hatte Menon Angst vor Sokrates …«

»… aus dem Handgelenk haben wir das Leben geschüttelt. *Das Leben leben, bevor wir bei den Pillen ankommen*, erinnerst du dich, das hatten wir uns geschworen. Und? Haben wir es nicht hingekriegt? Ach, Azar, du weißt doch, du bist mein Harem, mein heiliges Land.«

»Gewiss, gewiss, oh du mein Imam. Du sprichst, ich höre, also sind wir. Wenn du auch im Land der Liebe nie sehr ehrgeizig warst.« Großmutters Stimme triefte vor Ironie. »Denn war es nicht in Wirklichkeit umgekehrt? Wenn ich dir nicht gesagt hätte, dass es so etwas wie Liebe überhaupt gibt, wärest du doch selbst nie darauf gekommen, stimmt's? *An Azar denken!* stand das nicht mal in deinem Kalender, oder täuscht mich meine Erinnerung? *Azar lieben!!!* sogar, mit drei Ausrufezeichen, als Aufforderung, als Mahnung an dich selbst. Eine Beweisführung der Liebe nenne ich das nicht. Als eine notwendige Erfordernis hast du sie gesehen, die Liebe, wie Verdauen. Und dass unser Staat die Ehe als institutionalisiertes Wolllustgefängnis sieht, auf dass die Unzucht nicht ausbüchsen und öffentlich ihr Unwesen treiben möge, auf dass die venerischen Begierden in ...«

»... warum so gestelzt, meine Liebe? heißt das Wort nicht Geilheit ...«

»... in Schach gehalten, im Wortsinn domestiziert werden können, das kam dir ganz gelegen, stimmt's? So hattest du eine staatlich sanktionierte Lustsklavin ganz allein für dich, als Antidot gegen das Gift der Langeweile. Ein Einzelgänger warst du in Wirklichkeit, ein verhinderter Einzelgänger allerdings. Verhindert, weil du den Sex zu sehr liebtest. Ich hätte es wissen müssen, ein Herr, der damit prahlt, Hegel *und* Niehoff zu kennen, Georg Wilhelm Friedrich *und* Domenica, was war von so einem schon zu erwarten? Und auch die Dienste, die du mir angeboten hast, weit her war es damit ni...«

»... welche Dienste?«

»Ja, daran erinnerst du dich nicht, typisch. In dem affektiertesten Französisch, das dir möglich war – ach, wie köstlich doch immer dein allzu angestrengtes Franzosen-Näseln war, so vornehm und durchlaucht, so distinguiert –, hast du dich angedient damals an deiner blöden Reling: *Puis-je, Madame, vous proposer mes services, sans risquer d'être importun? ... ohne Gefahr zu laufen, aufdringlich zu sein.* Wie doch alle Liebe mit der Lüge beginnt! Und gleich hinterher dieses unsägliche *Du bist mein Schatten am Tage, meine hundertblättrige Rose ...* wir kannten uns gerade mal zehn Minuten ... da sind ja französische Chansons noch origineller.«

»Unsäglich? Nein, Rückert, meine Liebe. Friedrich Rückert, unser liebster deutscher Perserfreund. Was kann ich dafür, dass dich die deutsche Bildung nie geküsst hat?«

»Ja ja. Wo war ich? Ah ja, deine Dienste. Gebittelt und gebettelt habe ich, für die kleinsten Dinge. Hast du auch nur einmal den Abwasch gemacht? Wenn's nach dir gegangen wäre, hätte sich unser Haus im Laufe der Zeit in eine gigantische Skulptur aus dreckigem Geschirr verwandelt. Tacu als Daniel Spoerri II. Und der Satz war auch geklaut.«

»Was? Welcher Satz?«

»Oh je, vergesslich wie 'ne Eintagsfliege.«

»Unsinn! Ich vergesse freiwillig … um Platz zu haben für Neues, to make an infinite world … Welcher Satz?«

»Dein französisches Sätzlein: *Puis-je, Madame, …*«

»Anyway, das weiträumige …«

»… was heißt da *anyway*? Nichts ist anyway … geh nicht hinweg über …«

»… das weiträumige Umgehen von Dachdeckerarbeiten und die perfekte Liegetechnik im Bett tragen mehr zum Glück bei als all deine Rechenkunst. Vor allem: den Wohnort nie in der Nähe von Chemiefabriken wählen. Die explodieren nämlich immer mal wieder gerne. Und an Fußgängerübergängen immer …«

»… im Schutz von Pollern und Verkehrsampeln stehen, ja, ich weiß, das schützt vor Autos, deren Fahrer der Herzinfarkt getroffen hat und nun führerlos direkt auf dich zufahren. Dein billiger Pragmatismus nervt. Du bist fundamentalistischer als unsere Djihadisten. Und jetzt kommt wahrscheinlich noch: kalte Luftzüge meiden und Messerblöcke aus Ehen raushalten. Du bist sooo spießig! Wie auch dein ewiges Gerede von der goldenen Mitte.«

»Wieso Gerede? Horaz rettet Leben, sein *aurea mediocritas* rettet Leben. Wer die Extreme meidet, der lebt sicher. Das ganze Wissen nützt ja nichts, wenn du ungeschickt bist. Albert Camus zum Beispiel, trotz seiner Sisyphos-Gescheitheiten, er stirbt bei einem Autounfall, und aus war's mit seiner trunkenen Lebenslust. Auch Vilém Flusser stirbt bei einem Autounfall, und Roland Barthes, der Tölpel, trottelt in einen Kleinlaster, auch tot. Dieses haufenweise Hopsgehen der Klugen stärkt ja nicht gerade das Vertrauen in die gängige Philosophie, in kompliziertes Denken, findest du nicht? Die Leute machen sich zu viele Gedanken, das Leben ist einfacher als gedacht. In der Regel purzelt es sowieso auf immer gleiche Weise zusammen, wie es ihm gefällt. Man versteht die Dinge ohnehin erst, wenn sie geworden sind … auch dann noch nicht mal richtig. Die Welt ist nicht denkbar, der Mensch unerkennbar. Ach ja, den armen Sebald hat's auch im Auto erwischt, knallt einfach mit 'nem Laster zusammen, aus die Maus. Kein Deut besser als dieses IQ-starke Blondchen Jayne Mansfield. Die Intelligenzija scheint durch Autos und Brummis draufzugehen.«

»Dann kann dir ja nichts passieren in deinem Nobelgefährt. Wenn ich dich so reden höre, heißt *aurea mediocritas*, richtig übersetzt, wohl eher goldene Mittelmäßigkeit.«

»Haa-haa! Nein, im Ernst. Das Denken ist fatal. Wer es zu seinem Beruf erhebt, steckt ständig in der Bredouille, in unausgesetzter Beweisnot gewissermaßen. Die Niederlagen sind vorprogrammiert. *Das Sein und das Nichts* – haha. *Das ontisch-ontologische Sein* – haha. Aber wie sollte es auch gelingen, das Denken, so unfrei, wie es ist, diese Hegeleien und Kantiaden, so eingesperrt im beinharten Kalebassen-Schädel? Mit den Denkern ist es wie mit allen Berufen, das Maß ihrer Qualifikationen bildet die Gaußsche Normalverteilung ab: am Anfang die absoluten Total-Loser, in der Mitte die peaksüchtige Masse der Stinknormalen, am Ende die wenigen Talente. Alles ist Gauß! Auf alle Fälle: Beim Denken sitzt es sich am sichersten zwischen den Stühlen. Nur die Belletristik funktioniert, sie darf Behauptung sein, muss nicht beweisen. Die Philosophie dagegen ist krankheitsanfällig, per se, krankheitsanfällig wie ein Chihuahua, und in der Regel auch so mickrig ... außer Nietzsche natürlich, und Montaigne ... klar, die waren ja auch keine Autofahrer.«

»Der Unterschied, *deine* Überheblichkeit ist *grundsätzlich* krank.«

»Ja ja. Übrigens, zum Vermeiden der Extreme gehört auch, seine Süchte richtig einzuteilen: zuerst Sex, rasend (bis 40); dann Liebe, genussvoll (bis 60) ...«

»... Daaaanke! ...«

»... dann Drogen, exzessiv (bis Tod). Das macht ein langes Leben aus, mindestens bis hundert, denn die jeweiligen Negativfolgen können dich nie einholen. Auf die Verteilung kommt es an. Am prallsten sind die Übergangsphasen: wenn das eine Laster noch nicht richtig beendet ist und das andere schon beginnt. Apropos Mitte, hab ich dir schon erzählt, warum wir beide im alten Europa immer in der Mitte eines Zuges Platz nehmen?«

»Weil dort das Bord-Restaurant ist, der Whisky-Tumbler?«

»Was hast du gegen meine Whiskys? Nein, dort ist es am sichersten. Wenn zwei Züge auf dem gleichen Gleis – quasi nicht verabredet – aufeinander zurasen, türmen sich beim Zusammenstoß lediglich die ersten Waggons auf, und kippen tödlich zur Seite; die hinteren dagegen, in der Regel ab der Mitte, bleiben stehen, wunderbar unversehrt, ganz aufrecht auf den Gleisen. Nur ein heftiges Rütteln vom Aufprall, die Koffer fallen auf den Kopf, ein paar Beulen und Schrammen, sonst nichts. Überleben.«

»Aha!«

»Na ja, auf alle Fälle, die Abwesenheit von Unglück ist allemal wichtiger als die Anwesenheit des Glücks. Es gibt so viel vorhersehbare Desaster.«

»Und das Unvorhersehbare, was machst du damit? Manchmal schäme ich mich für dein schlichtes Denken. Ich meine, der ganze Tag, die Nacht, das Leben, bestehen doch nur aus Unvorhersehbarem, es begegnet dir ständig.«

»Minimieren!«

»Und wie, bitte?«

»Ausweichen. Drum herumtanzen. Das Glück kümmert sich nicht um Mathematik, es ist nicht durch Berechnung zu erzwingen, weder durch *notwendige* oder *hinreichende Bedingungen,* wie deine Mathematiker sagen, allein das Minimieren des Unglücks schafft ...«

»... das ist auch eine Art Berechnung. Außerdem, bei dir hat es geklappt.«

»Bei mir?

»Ja, bei dir hat mein Glück geklappt. Du bist die glücklichste meiner Berechnungen. Du passt in meine Formeln. Immer noch. Auch wenn es mir schwer fällt, es zuzugeben.«

»Ah ja, am Ende also doch ... immer hast du gemeckert, nie war ich dir gut genug. Warum bist du denn damals bei mir geblieben, nach unserer Schiffsliebelei, wenn ich's dir – schon damals – nicht recht machen konnte?«

»*Wenn du einen Vogel aufhebst ...*«, Großmutter setzte ihr griechisches Sphinx-Lächeln auf, das Großvater eher wie das unheilvolle Grinsen einer blinden Katze vorkam, »*... Wenn du einen Vogel aufhebst, musst du ihn auch bis ins Nest tragen,* ich konnte nicht anders.«

»Oh, wie großzügig, danke, meine Liebe. Das Kompliment kann ich zurückgeben: *Wer die Rose liebt, darf die Dornen nicht fürchten.*« Die üblichen Kabbeleien nach Jahrzehnten der Ehe. Wenn nicht Shakespeare, dann schlugen sie sich persische Sprichwörter um die Ohren, oder Xenarchos, oder den Koran. Großvaters unschlagbare Schmähung im ironischen Alltagsfrotzeln war Sure 4, 34: *Die Männer stehen über den Frauen, weil Gott sie ausgezeichnet hat,* damit war dann jede Diskussion für Stunden beendet, oft für Tage.

»Apropos Liebelei, ein S fehlt, meine Liebe, nie ist ein S in deinen Berechnungen. Wenn man aber deine verträumten Backfischspielchen, dieses ganze endorphinbesoffene Glücksgemütlichkeitsgesäusel nur für eine Sekunde ernst nähme, dann müsste ja wohl ein S rein, oder?«

»Unsinn. Das wahre Glück kommt ohne S aus. Es ist gut, wenn sich die Wollust bescheiden muss. Seien wir froh, dass wir, ganz anders als die Heutigen, noch Liebe erleben durften. Und die sehe ich, wie du weißt, eher im Reich der gebändigten Leidenschaft. Mlle de Scudéry hatte recht. Mit ihrem *Land der Zärtlichkeiten* hat sie uns den Weg gewiesen, es reist sich gut in dieser sanfthügeligen Landschaft.«

Großmutter war definitiv gegen ein S, denn wer konnte als intelligenter und gebildeter Mensch, der seine Leidenschaften ordentlich – und das hieß, nach allen Regeln arithmetisch-geometrischer Kunst, mit allenfalls noch ein paar Ergänzungen der Infinitesimalrechnung – durchkalkuliert und seine Sinne also beisammen hatte, wer konnte schon von sich weisen, dass S nur Leid und Gram und Enttäuschung brachten? Da musste sie ihrer alten Freundin Virginia schon recht geben: *eindeutig überschätzt. Was soll mir das elende Zappeln des Wurms in einem Fleischloch?* »Das Hitchcocksche Feuerwerk, sein in den Tunnel rasender Zug – so what! Diese Körperartistik, diese Plackerei, dabei so wenig nachhaltig. Von gutem Essen mit Freunden bleibt am Ende des Lebens summa summarum doch mehr übrig als von all unseren Orgasmen, findest du nicht?«

»Holla, Madame, was haben Sie gegen unsere Orgasmen?«

»Manchmal denke ich, welch Segen es doch für die Menschheit wäre, in einer Welt der erektilen Dysfunktionalität zu leben. Ahmadineschad wäre ein Würstchen … Chomeini ein Würstchen … Clinton, der Zigarrenraucher, ein Würstchen … Erdogan … Baschar al-Assad … Kim Jong-un … Putin … alle wären kriegsuntaugliche Würstchen, und wir lebten in Frieden.«

Okay, vielleicht doch ein kleines s, sagte sie sich, es war ja durchaus auch *apart* gewesen … manchmal. *Apart*, zu mehr ließ sie sich nicht hinreißen. Aber auf keinen Fall ein P.

»Sei vorsichtig mit deinen Glückswünschen, sie könnten in Erfüllung gehen. Zuviel ist ungesund. Das einzig Positive daran: Das Glück mag Wollust und Verderbnis. Es ist unmoralisch, es ist geil.«

Draußen im Abendschatten des Julis, in dem etwas modrigen Sommer-Fauteuil unter dem Mispelbaum mit Shaahin auf dem Schoß, gelangen ihr die Formeln besonders gut. Es war die Ohrmuschel ihres Enkels – *erinnert sie dich nicht an das Jünglingsportrait von Masaccio?* –, dieser zarte Trichter, dessen aufgenommene Stimmen und Klänge in eine weite Zukunft wiesen – eine Zukunft, die sie selbst nicht mehr erleben würde –, der ihr die Entschlossenheit gab, eine Universalformel zu suchen und die Zuversicht, sie auch zu finden; eine seit der Abdankung des Großen Schah zwar nur mühsam zu rechtfertigende aber dennoch existente Zuversicht, jene Art Trotz-Zuversicht, die in allen Müttern und Großmüttern des Universums seit Urzeiten ein aufrührerisches und robustes Dasein führt, ganz ungeachtet dessen, was war, ist oder sein wird. Das in diesen Trichter geflüsterte Glück, diese Minuskeln und Majuskeln der Hoffnung, durften nichts anderes sein als das eingehauchte Versprechen des Lebens – keine Spielerei, keine Tricks, keine Volten. Fahrlässigkeit konnte das Leben beschädigen.

Ja, draußen unter dem alten Mispelbaum, die vollendet zarte Anmut des Enkelohrs vor ihren Lippen und gefährlich betört von den tintenschwarzen Augen mit den federgleichen Wimpern – *die Vordächer seines Lächelns* – fielen ihr die wichtigsten, die wahrscheinlichsten Größen und Einheiten für ihre Formel ein. V etwa. Das Ganze musste, neben einem kleinen v für Vorsicht, ein großes V haben. Großvater hatte natürlich auf *Verdauung* getippt (*Typ 4 nach den Bristol Stool Charts*). Nein, V als Differenzquotient (oder war es der Differentialquotient?) für *Veränderung* und *Veränderbarkeit*, denn das schien das Wesen des Glücks ganz entschieden zu bestimmen. Sicher, es gab nur *eine* Formel, durfte nur *eine* geben, aber es war – weitaus flexibler als bei Einstein, armer Tropf! – eine bewegliche Formel, mit je eigenen Werten und Parametern: für alle Lebensalter und Lebenslagen, zeitabhängig, für Groß und Klein, Jung und Alt. Auch Männer und Frauen hatten ihr je eigenes Glück. So musste es sein. Eigenartig, in ihren diversen Glücksformeln konnte nie etwas abgezogen werden, nur addiert, oder potenziert, allenfalls dividiert. Kein Minus, keine Subtraktion. »Glück ist Zusammenzählen«, sagte sie Shaahin. Glück ist die pure Addition. Alles zählt. Und zum Zusammenzählen gehört: sich erinnern, was war, das Gute wie das Schlechte, alles, das Gute wurde erst durch das Schlechte gut. Ja, »E« gehörte wohl auch hinein, »E« für Erinnerung, zumindest eine vom Engel des Vergessens getröstete Erinnerung. Das mit dem «i« musste allerdings noch einmal durchdacht werden, denn war Ironie nicht auch die Schutzheilige aller Enttäuschten? War »i« also eigentlich Illusion, Madame Châtelets Illusion – *denn den Großteil unserer Vergnügen schulden wir der Illusion, und unglücklich ist, wer sie verliert?*

»Doch, es gibt etwas abzuziehen«, sagte Großvater, »du hast deinen Poe nicht richtig gelesen. Zu den Elementarbedingungen des Glücks zählt die *Verachtung des Ehrgeizes*. Und wenn schon Ehrgeiz, dann wenigstens ein vom Hedonismus stark korrumpierter.«

Was für Großvater die Nammu-Neptologie war, war für Großmutter also das Buchstabieren des Glücks, und so ging sie mit Madame du Châtelet (und vielen anderen) durchaus auf ähnlich gefährlichen Pfaden wie Großvater. Mit einem Unterschied, sie war wesentlich vorsichtiger. Grundsätzlich las sie nur hinter gut gesicherten Türen, doppelt und dreifach verschlossen, verrammelt und verriegelt, außerdem schlug sie jedes Buch, ohne Unterschied, selbst Koch- und Schach- und Yogabücher, sorgfältig in Zeitungs- oder Packpapier ein, denn der Wissensdrang der Nachbarn, ganz gleich, ob der vor- oder nachrevolutionäre, konnte immens sein – und tödlich.

»Yalla, Habibi!« Großvater führte Shaahin hinaus. »Inzuchtbagage«, grummelte er, »so inzüchtig wie diese Wolke aus Schweiß und Rosenduft. Sag mal, ist das Angstschweiß? Mir ist speiübel. Endlich Licht. Luft. Verwegenheit.«

Und dort standen sie also, im violetten Schatten der Markise, jeder ein Bein angewinkelt, die staubigen nackten Fußsohlen an die Moscheemauer gedrückt. Wie Zinnsoldaten, so unbeweglich wie unerschrocken. Hatte er diese aufgesetzte Lässigkeit nicht schon mal gesehen? Diese Lässigkeit, in die sich eine Art Lauern mischen, in der sogar Verschlagenheit aufblitzen konnte. In den dunklen Gassen Babolsars? Am Busbahnhof? Shaahins Augen sandten ein Lächeln hinüber, gedankenverloren, er selbst schien kaum beteiligt daran, schien nicht zu wissen, warum – und das Unglück erschrak. Der Ort *war* heilig, ohne Frage. Großvater täuschte sich. Der Ort, wo Blicke Freundschaften begründen, ist immer heilig, er bleibt eingebrannt in unsere Erinnerung auf alle Zeit, eingeschrieben wie das immerwährende Silbernitrat auf einem alten Glasplatten-Negativ. Später halten wir sie in der Hand, die tausend Doppelbelichtungen des Anfangs, die palimpsestartig übereinandergelegten ersten Augenblicke, und wir wissen: Das war der Ort, so begann es, genau hier. Aadish und Farshid indes waren eine einzige Verachtung, ihr Brustkorb hob sich, die Augen drohten aus schmalen Scharten, die Münder wurden hart und schief – alles vollkommen synchron. Als ob sie *ein* Wesen wären, *eine* Einheit. Eine Gemeinschaft, in die es kein Einbrechen gab. Kannte er sie? Der größere von beiden, der kräftigere mit den kleinen dreckigen Pfützenaugen – wie trübe Smaragde –, der nachlässig mit seiner Tasbih spielte, spuckte vor seine Füße. Ein Auswurf von Hohn, Abscheu und Gleichgültigkeit. Was wollte dieser Schwanzlutscher von ihnen? Großvater war das Augenspiel der Jungen nicht entgangen, auch nicht dieses faunisch-verschmitzte Lächeln des Pfützenaugenjungen, oder war das schon das maliziöse Grinsen der Levante? Er spürte genau, die Moïren hatten sich gerade mächtig verschworen, das Schicksal war auf eine ziemlich widerliche Art unduldsam geworden, drängend und fordernd. Und da es sich überdies – List schien sein zweites Naturell zu sein, kaum von Hinterlist zu unterscheiden – als harmloser Zufall verkleidet hatte, so tat, als ob eine Wahl bestünde, konnte es nun umso unverhohlener und mitleidloser zu Werke gehen. Ob das gut ausgehen würde?

Und wirklich, das Schicksal hatte sich unentbehrlich gemacht. Monate später, am Strand von Babolsar, im Glutkern der Mittagshitze, sah er sie wieder. Ja, er kannte sie. Shaahin döste auf seinem Badetuch, er hing verschwommenen sonnenölverschmierten Bildern nach, beobachtete all diese Menschen, die da geistesabwesend, ganz unbesonnen, auf ihren kurzen Schatten herumtrampelten, als ihn ein Ball traf ... und gleich danach dieser schlammgrüne Blick. »Salam, Wichser«. Der Kerl nahm den Ball und war auch schon gleich wieder weg. Erst Stunden später tauchte er wieder auf, diesmal als diffuse, fast schwarze Fläche, mit einer an den Rändern sich grell-orange auflösenden Korona im Licht der Abendsonne – wie der Lichtkranz eines Heiligen. *Der Lichtkranz eines Teufels*, dachte Shaahin, *eines abtrünnigen Engels*. Er schlenderte selbstvergessen, wie abwesend, an ihm vorbei. Warum hatte Shaahin den Eindruck, dass er Gedankenlosigkeit vorspiegelte? Er sandte ihm – wie schon an der Moscheemauer damals konnte er nicht anders – sein Augenlächeln hinterher, aber es erreichte sein Ziel nicht, versank vorher im Sand.

In ihn zu fließen, dachte Shaahin, seinen Schattenriss auszufüllen, vollkommen, in seinen Körper zu schlüpfen, unter die Haut bis in jede Fingerkuppe und Haarspitze ... ach, wie schön das doch ... und wenn das schon nicht möglich wäre, so doch wenigstens einmal im jadegrünen Meer zwischen seinen nackten Beinen hindurch schwimmen.

Und plötzlich sah er auch den anderen, sah jetzt beide, wie sie kickten und köpften, in den Sand hechteten und balgten und rangen als ob das Leben Ausgelassenheit hieße. Sie hatten nicht viel Ähnlichkeit miteinander, und trotzdem hatten sie etwas Eineiiges, ihr Gang war gleich, ihr Rennen, die ganze Haltung. Die Art, wie sie Fußball spielten – Bruder und Schatten, Schatten und Bruder. Die Art, wie sie am Saum des Meeres – das Abendglühen hinter sich, flüssig wie ein frisches Aquarell – mit ihren kleinen sehnigen Bizepsbergen prahlten, vor allen Leuten, immer waren sie eins. Kein Blatt passte zwischen sie, beim Spielen nicht und nicht beim Streit. Wenn Aadish ein Rad schlug, schlug auch Farshid eines, wenn Farshid alle viere von sich streckte, lag Aadish gleich neben ihm, zwei Kreuze im Sand, jeder des anderen Avatar. Castor und Pollux, unzertrennlich. Lediglich ihre Badehosen kamen aus verschiedenen Welten. An Aadishs Hüften hing etwas graue Baumwolle herunter, ein schlabberndes Etwas, unförmig, grob, mit kleinen Filzkügelchen besetzt; jede Bewegung, jeder Schritt, drohte die Sicht frei zu geben auf eine erstaunlich frühe Reife. Farshid hingegen trug eine grün-weiß-rot-gestreifte Badehose von Nike (niemand wusste, woher … leisten konnte er sie sich nicht), einen Beach-Hipslip, so eng anliegend, dass er die Dinge, ihr ganzes Ausmaß, alle Linien, noch so adernfein, jede kleinste Wölbung und Erhebung unter dem Verbergen deutlicher aufscheinen ließ, als wenn er nackt gewesen wäre. Ein mit Vermutungen und Phantasien prächtig gefüllter Raum. Das Weiß der Trikolore war durch Mikrofaserglanz hervorgehoben (ausgerechnet das Weiß von Frieden & Freundschaft!), und zudem besetzt mit einem goldenen Löwen (der Schah-Löwe? wusste Nike wirklich nicht, wem sie da dienten?) und Aadish, dafür hatte Shaahin einen sicheren Instinkt, wusste sich nicht so recht zu entscheiden zwischen Neid und Bewunderung.

In Wirklichkeit waren sie keine Brüder, sie waren zusammen aufgewachsen, zusammengewachsen, ihre Mütter kannten sich, hatten sich im Kaspischen Meer kennengelernt – ja, *im* Meer, im wahrsten Sinn. Bei den pinkfarbenen Flügelfischen. Jedes Jahr am 26. Februar, dem Geburtstag von Delkash, nahm Aadishs Mutter um 6 Uhr früh ein Bad mit frischem Zitronensaft, packte ihren Rekorder, die Kopfhörer und eine Musikkassette in die Einkaufstasche, legte eine Tüte Datteln dazu, zwei, drei Stücke Baklava (mit gemahlenen Nelken und einem Hauch von Koriander, so wollte es die Familientradition seit Generationen) und ging in aller Frühe hinaus auf die Mole. Dort saß sie dann, ganz allein, und hörte – bis sie die Backofenhitze des Mittags in den Schatten vertrieb – das immer gleiche Lied: *Yade man kon – Erinnere dich an mich,* die große unendlich lange Wehklage von Delkash. Weder das Rauschen und Knarzen des alten Rekorders und auch nicht die Tatsache, dass sie alle paar Minuten das Band immer wieder zurückspulen musste, konnten die Festlichkeit ihrer Wehmut stören.

Eingehüllt in eine unstillbar erscheinende Sehnsucht nach Nichts saß sie da und beobachtete, wie sich ihr ins Ungefähre gerichtetes, sich selbst genügendes Fernweh ganz gegenständlich in der Diesigkeit des Meeres verlor – und sich doch immer wieder neu auffüllte.

»Können Engel Rücken an Rücken liegen?« Aadishs Mutter nahm die Kopfhörer ab. »Können Engel Rücken an Rücken liegen?« Ausgerechnet hier an *ihrem* Ort sollte ihr so was passieren! Vor 16 Jahren war das, sie wusste es so genau, weil sie Aadish vier Monate zuvor geboren hatte. Die Frau war von hinten an sie herangetreten. »Oder verhaken sich ihre Flügel?« Sollte sie ihre Ungehaltenheit zeigen? oder höflich ...? »Wenn ja, wie gut geht es uns Menschen dann doch, wie sehr müssen sie uns doch beneiden!?« Und bevor sie etwas erwidern konnte ...

»Aus Sternenstaub sind wir geboren.«

»Darf ich Sie bitten ... ich wollte eigentlich etwas Ruhe ...«

»Sind das nicht schöne Bilder?

»Nun, ...«

»Für schöne Bilder braucht es keinen Grund.«

Offenbar brauchte die Frau auch für ihr Gerede keinen Grund. Aadishs Mutter wurde das schließlich zu viel, sie streifte Schuhe und Strümpfe ab und mit einem knappen *Tschuldigung*, das viel eher *Unsinn!* bedeuten sollte, rutschte sie etwas ungelenk auf ihrem Hintern am Molenrand hinunter und setzte sich ins Wasser.

Da saß sie nun auf diesem spitzen Felsen und ärgerte sich über den verdorbenen Geburtstag. Das Widrige in Neugier oder doch wenigstens in eine Art neutrale Zuversicht zu wenden, dafür wurde sie von ihren Freundinnen geschätzt, oft sogar bewundert. Aber diese Frau war einfach zu ... Oder war es Eifersucht? Eifersucht auf diese simple Fröhlichkeit, diese freche Direktheit, den unverfrorenen, schamlosen Kitsch? War ihr eigenes rührseliges Delkash-Lied letztlich nicht auch eine einzige große Lüge, und durfte sie sich also derart erheben?

Wenige Augenblicke später hätte die Mannschaft eines vorbeifahrenden Kutters zwei pinguinähnliche Wesen am Molenrand ausmachen können, zwei Pinguine in Jeans und schwarzem Tschador, bis zu den Hüften vollgesogen mit Wasser, irgendwie lächerlich anzuschauen, lächerlich anrührend. Die Frau war einfach nachgeklettert und hatte sich neben Aadishs Mutter gesetzt. Zehn Monate später, drei Monate nachdem die Frau ihren Sohn entbunden hatte, lagen ihre Söhne Rücken an Rücken, Aadish und Farshid, das *Licht* und der *Glanz des Lichts*. Die peinliche Namensgebung als schwärmerische Replik auf den

Namen Aadishs war auch so eine Anwandlung, von der Farshids Mutter nicht abzubringen gewesen war. Die perfide Kraft des Kitsches hatte nicht nur obsiegt, sie hatte sich, so kam es Aadishs Mutter zumindest vor, auch noch mit einer Portion Narzissmus verbündet – als ob eine bordeauxrote Kerze in einem alten stumpfen Messingleuchter nicht schon genug zweifelhafte Schönheit wäre und nun auch noch selbstgefällig gedoppelt werden musste in einem mit schwerem Gold besetzten Khatamkari-Spiegel. Aber immerhin, die penetrante Kitschseligkeit von Fardishs Mutter hatte die Söhne unzertrennlich gemacht, das musste gesagt werden. Und das war eindeutig mehr als ihnen vom ursprünglichen Schicksal eigentlich beschieden war. Manchmal lagen sie sogar heute noch Rücken an Rücken.

Wann genau sich das *Salam, Wichser* in ein *Salam, Königsfalke* – oder kurz, in ein *Salam, Falke* – verwandelt hatte, war nicht klar; irgendwann hatten sie Shaahin ebenso beiläufig wie bestimmt in ihrer Mitte aufgenommen. Ganz wortlos, nur eine sparsame mürrische Geste, die zum Mitkicken aufforderte, das war alles. So mussten Aadish und Farshid sich von der Selbstverständlichkeit Shaahins schließlich doch geschlagen geben; er glaubte an sich, er strahlte Würde aus, etwas Unabdingbares, Urwesentliches, sie spürten, auf so jemanden konnte man keinesfalls verzichten. Es wäre einfach nur unklug gewesen, dieses Potenzial, diese so ansteckende Kraft für ihr eigenes Leben nicht zu nutzen. Aadish und Farshid waren oft unten am Meer, eigentlich wann immer sie wollten, wann immer die Zeit es zuließ – und die Zeit ließ es immer zu, wenn sie wollten. Und wenn dann auch noch Allah, *der Vorteil Gebende,* keine Einwände hatte, trafen sie Shaahin. Zuerst nur zufällig, ohne Absprache, von Zeit zu Zeit. Dann, fast schüchtern, noch alles offen lassend, war da dieses erste *Wir sind morgen wieder da,* fast beiläufig, als ob es niemanden etwas anginge. Später eindeutig drängender, zwar Frage noch, doch kaum Widerspruch zulassend: *Du kommst morgen auch, Königsfalke?! Um Fünf! Wir spielen Siebzehn zu Null.*

Und so war es dann. Als Shaahin kam, *was war »Siebzehn zu Null«?,* standen die Mannschaften schon bereit. Die vier Jungs, die die gegnerische Mannschaft bilden sollten, waren schon gefunden. Und auch der eigene Torwart. Es war immer Mehdi, Mehdi mit den querstehenden Augen, die alles sahen, Mehdi mit den idealen Torwart-Augen. Obwohl er etwas Tapirhaftes hatte, war er ziemlich wendig und äußerst sprunggewaltig. Mehdi war immer am Strand.

»Komm, Shaahin! Hierher!«

Und dann ging es los. Vier gegen vier. Farshid, Aadish, Shaahin und Mehdi gegen die anderen. 17:0, das war das Ziel. So wie beim Qualifikationsspiel 1997 gegen die Malediven. 17:0. Jenes Spiel, dass Iran zur Fußballweltmeisterschaft führte, wo sie im zweiten Gruppenspiel gegen die USA – *gegen die stupsnasigen Amis*, wie Farshids Tante immer sagte – ihren historischen 2:1-Sieg erzielten, den Großen Teufel vom Platz fegten. Jenes 2:1, dass die Frauen auf den Straßen tanzen ließ, mitten in der stehenden Hitze, wild und ausgelassen … und schleierlos.

Für jedes Gegentor, so die Abmachung, war eine Parsi-Cola fällig. Heute mussten sie vier Cola zahlen, vier mal vier Cola für vier blöde Typen. Eindeutig zuviel. Das musste besser werden. Shaahin war sich nicht sicher, ob dieses Spiel sinnvoll war.

Königsfalke. Warum sie ihm gerade diesen Namen gegeben hatten, sie wussten es selbst nicht. Er konnte nicht besonders gut sehen, er war nicht außergewöhnlich schnell, und auch fliegen konnte er nicht, wenn er auch oft in den Wolken war – *im Äthergold lebte*, wie Tante Simin sagte –, nichts war falkengleich an ihm. Vielleicht war es einfach ein Geschenk, ein Wohllaut als Geschenk. Eher glich er einem Fisch. Wenn sie gemeinsam ins Wasser gingen, splitterfasernackt, war er immer der erste – *Wieso bist du da unten noch so angezogen, Shaahin?* –, der kopfüber in die sich überrollende Brandungswelle hineinschoss, um dann kurz hinter der Schaumkrone wieder aufzutauchen, luftschnappend aufzutauchen, ein sich auf und ab schlängelnder sehniger Leib, pfeilschlank, wendig wie eine Muräne, elegant wie eine Perlenfischerin. Die Haut leuchtete. Der kleine karamellbraune Hintern, vom goldflammenden Abendlicht überzogen, hob und senkte sich, als ob das Meer schon immer zu ihm gehört hatte. Eine pralle muskelzuckende Zwillingsboje, hüpfend und klatschend, vom Glanz der silbrig schimmernden Gischt überzogen, mit einem gleißenden Punkt obenauf, als ob ein impressionistischer Maler – Sorolla? – einen Lichtreflex gesetzt hätte mit Zinkweiß. Aadish und Farshid schauten ihm dann einfach nach, merkwürdig reglos schauten sie ihm nach, und wenn dann schließlich das Bild vom blank polierten Schönheitswunder in ihren Köpfen verloschen war, die Silhouette vom Butterfly-Schwimmer sich erschöpft hatte, erst dann – derart erwiesen sie ihrem jungen Freund Referenz – stürzten auch sie ihm endlich hinterher.

Im Meer – *im Königreich unserer Freundschaft*, wie Farshid es mal genannt hatte – wurden sie vollends eins. Das Toben, das Spritzen, ihr unbändiges Wasserschlagen schäumte einen perlenden Teppich um sie herum, weiß und weich, an den Rändern ständig vergehend, und doch beharrlich sein vom Übermut einmal erzeugtes Ausmaß wahrend. Und Aadish und Farshid und Shaahin mittendrin. Überbordend und grenzenlos, weder Tod noch Teufel fürchtend. Als ob es nur eine, nur diese eine Welt gäbe, die große Kinderbrüderlichkeit, nur dieses eine vom Leichtsinn sekundierte ungehörige Glück.

Zu dritt schossen sie hinab zum *Mut-Tunnel*. So nannten Aadish und Farshid ziemlich ehrfürchtig jenen schlanken Korridor, den sie letzten Sommer – damals noch nicht *vollständig*, wie sie, im Blick auf Shaahin, geheimnisvoll raunten – zufällig entdeckt hatten, eine Art Kanal, konisch zulaufend, rundherum mit leuchtgrünem korallenscharfem Fels ausgekleidet. Auf den ersten Metern waren noch normale ausgreifende Schwimmbewegungen möglich, die aber bald schon in eine Art Hundekraulen übergehen mussten, so eng wurde es gegen das ovale Ende hin. Sie stießen hinab, drei schlanke braunglänzende Striche, vollkommen parallel, hinab in ihre Lieblingsgefahr, die ihnen wie das wahre Leben erschien. Wer erreichte die Öffnung zuerst? Shaahin war nicht der Kräftigste, aber er war der beste Schwimmer, immer war er es, der das Ende des 50-Sekunden-Tunnels zuerst erreichte. Fünfzig Sekunden, so lange brauchten sie, um den Schrecken zu passieren. Die Sekunden, der Sauerstoff, das Einatmen waren nicht das Problem. An Land schafften sie fast das Doppelte. Es war die Angst, eine vor dem jeweils anderen sorgfältig verborgene, dennoch schiere Angst, die ihnen den Atem stahl. Trotzdem – oder gerade deshalb – stießen sie immer wieder hinunter in die schorfige Kraterlandschaft, hinab in das trübe Halbdunkel mit dem lichten eisgrünen Ausgang am Ende, allein um das erregende Pochen der Angst zu erleben, dieses Bangen, ob der gespeicherte Sauerstoff reichen, ob er versiegen, der Mut versagen würde. Und immer wieder ging alles gut. Wie konnte es auch anders sein. Farshid, der von seiner Sternenstaubmutter nicht nur jenen fatalen Hang zur Kitschseligkeit geerbt hatte, sondern auch die alltäglichen religiösen Gebärden und Rituale, rief, begleitet vom ewigen Spiel mit seiner Gebetskette, für alles und jedes mit theatralischer zum Himmel weisenden Geste Allah an (vor zehn Jahren war es noch dessen Konkurrent Batman gewesen), und wenn es hinunterging zum Mut-Tunnel, kurz vor dem Eintauchen, waren es vor allem Allah, *der Wahrer der Sicherheit* und, um die Sache gänzlich perfekt zu machen, auch gleich noch Allah, *der Führung gebende*, die er mit einer kaum bittenden, viel eher grimmigen Mimik aufforderte, die ihm und seinen Freunden selbstredend zustehende Protektion zu gewähren. Und Farshid, das muss man sagen, war durchaus erfolgreich damit, gewährte Allah ihnen doch von Mal zu Mal in einem Maße Schutz, wie es ihr Leichtsinn und ihre Leichtlebigkeit sicher nicht verdient hatten, so sehr sogar, dass ihnen während ihrer Passage – und trotz ihrer furchtgepressten Herzen – nicht mal das wunderliche Leben unter Wasser entging: das Robbenjunge etwa, das da in einer Mischung aus kindlichem Spiel und Überlebenstrieb hinter den quirligen regenbogenbunten Lanzettfischen herjagte, oder der im weißen Sand schlummernde Blaurochen, der sich vom eigenartigen Treiben dieser drei fremden über ihm hinwegschwebenden Gestalten keineswegs beirren ließ, vielmehr – obwohl vermutlich hellwach – Gleichgültigkeit vorspielte und so tat, als ob er sich langweilte und also einfach weiterdöste. Farshid schaute den Rochen an, eigentlich schauten sie sich gegenseitig an, und Farshid musste, der allzu blöden Augen wegen, die ihm da entgegen stierten, kichern; dieses schlafwache stieläugige Basedow-Glotzen irritierte ihn dermaßen, dass er sich an seinem eigenen Lachen verschluckte. *Blödes Vieh*, dachte er, und ihm wurde schummerig. Shaahin quetschte sich als Erster durch den Tunnelausgang und schoss japsend nach oben. *Geschafft!* Aadish und Farshid prahlten beim gemeinsamen Auftauchen mit einer Art kollektivem Brunftschrei ihren ganzen Kleinmännerstolz hinaus. *Geschafft!*

Dieses *Geschafft!* bestimmte alles in ihrem derzeitigen Leben. Dabei handelte es sich nicht um ein momentanes durch Erfolg hervorgerufenes flüchtiges Empfinden, viel eher war es ein durch das Gelingen zwar ausgelöstes, jedoch lange anhaltendes Hochgefühl, das alles Lastende und Drückende in der Lage war, beiseite zu schieben, und sich erst wieder auflöste – manchmal Stunden oder auch Tage später –, wenn der Außendruck des Gewöhnlichen zu stark wurde, das Hochgefühl so sehr in Bedrängnis geriet, dass es nicht mehr im Stande war, sich zu erwehren. Bis dahin jedoch legte sich jedes Gelingen – und meist wurden, einzig der Umwidmung des Alltags wegen, auch mittelmäßige Erlebnisse zu Erfolgen erhoben – wie ein riesiger überdimensionierter Wattebausch über die Bedenken und Sorgen des Alltags, hüllte ihn rundherum ein, derart kompakt, dass er nichts durchließ, nicht das geringste Geräusch, weder das in einem fort auf sie eindrängende fordernde Lärmen der Eltern, noch das fast allgegenwärtige unerträglich lästige Dröhnen der Schule. Das Hintergrundrauschen des Unannehmlichen, dieser in ihrer Kindheit ursprünglich mal nebensächliche, und weil es sie selbst noch nicht so sehr anging teilweise sogar angenehme, dann aber mit dem Großwerden immer störender werdende Grundton des Lebens war dann wie fortgescheucht. Sogar schlechtes Gewissen war es in der Lage zu verdrängen.

Derart frisch geboren gingen sie an Land. Sie zitterten. Dass ihr Leben mit dem Ende verknüpft war, auf etwas Unwiderrufliches zielte, spürten ihre jungen Körper nicht.

Das Versprechen eines Lebens – früh gegeben, fürs erste bis in die Kindheit und Jugend gerettet –, das waren Aadish und Farshid und Shaahin am Meer. Ihre Tollheit und Kraft, die Lust, alles und jedes galt es zu verschwenden. Und niemand hinderte sie. Bubenglück. Reines, helles Bubenglück. Ihre Fußspuren im Sand verwischte das Meer.

Drüben in der Bucht am Rotfelsen war Sonne, mindestens zwei Stunden noch, Zeit genug, um den Königsfalken noch etwas zu quälen. Ja, *quälen*, so nannten sie es. Alles, was sie dazu brauchten, war im Versteck: die Würfel in der alten Kaviardose, in der Feuerstelle die verkohlten Buchenstöcke, im Dunkel der Felsnische die Grausteine und Weißmuscheln, je fünfzehn Stück. Und das Öl. Keiner sagte etwas, jeder kannte seinen Part. Shaahin legte sich auf den Felsen, er fror immer noch. Die Füße waren nahezu vollständig mit Sand und Muschelsplitt bedeckt, sein kleiner dattelfarbener Penis – schlank und anmutig wie ein mit Tusche gezeichnetes Alif – schmiegte sich in seine linke Leiste, und ein paar Tropfen Meerwasser perlten auf seinen Wimpern, auf seinen langen schwarzseidenen Wimpern, die so aufregend schön waren, dass sie ihm niemand glauben mochte.

Die Augen waren erwartungsvoll geschlossen, nur scheinbar ruhig, denn etwas Bangigkeit begleitete ihn doch immer noch hier oben. Sicher, er vertraute seinen Freunden, aber konnte man denn …? War es so bei Ismail gewesen oder hatte er Angst gehabt, als Ibrahim sein Messer …? Großmutter erzählte immer nur (woher wollte sie das eigentlich wissen?), wie schön das Messer gewesen war, ein kleiner Sarazener Dolch, mit einem Türkis aus Nischapur besetzt, aber von Ismail nie ein Wort, von seinen Augen, seinem Mund, einem möglichen Schrei, nie ein Wort.

Sie hatten es schon oft gespielt, er hatte die Prozedur jetzt schon bald ein Dutzend mal über sich ergehen lassen, er kannte die begleitenden Geräusche, das verwaschene Gemurmel der Freunde, und doch: man wusste nie, etwas Unerwartetes konnte immer … Die Augen geschlossen, so ganz schutzlos im Einswerden mit seinen Freunden, ja, das hatte schon was, aber rechtfertigte dieser kleine Kitzel wirklich das Ausbrechen der über ihm lauernden Gefahr, die Möglichkeit der Gewalt? Warum er sich so bereitwillig, so widerstandslos dafür hergab, warum er den Schauder des Ungewissen ertrug, ja, genoss, sogar immer wieder suchte, indem er freudig und wie selbstverständlich in das Begehren der Freunde einwilligte, es herausforderte, indem er bei auch nur der kleinsten Gelegenheit Anspielungen auf Muscheln oder Steine oder Schicksal machte – er wusste es nicht. Letztlich schloss sein Vertrauen alle Selbstaufopferung ein, die ihm möglich war, ohne jegliche Bedingung. Freundschaft.

Eine Gazelle sollte er sein, eine den Löwen jagende wilde Gazelle aus Hafiz' *Land der Liebe. Dort sah ich, dass Gazellen / die mich Schwachen stets erfreuten / Löwen jagten, die sich scheuten*, so wollte es Großvater immer, und was war er? Ein willfähriges gefügiges Lamm.

Was taten sie da eigentlich? Was würde Allah dazu sagen, Allah, *der gerechte Vergelter*? Oder Großmutter?

Shaahin lag da und fror. Farshid sah auf den nackten schönen Körper hinab. Zwischen Schlüsselbein und Brust, ganz dicht unter der seidenen Haut, zeichnete sich ein zartes weit verästeltes Flussnetz von Adern ab, Haupt- und Nebenflüsse, reißende und gemächlich dahintreibende, Quellen, Ströme, Kanäle, sogar Staubecken und kleine Seen konnte er ausmachen. Für Sekunden fuhr Farshid auf ihnen wild und kreuz und quer in ein fremdes Land, in eine furchtlose, übermütige Welt, mit allen Freiheiten, die sich nur denken ließen. Fern und ohnegleichen. Die ganze Verwegenheit des Glücks, das Abenteuer schlechthin, schoss ihm in den Körper – ohne Bilder im Kopf, ohne konkrete Vorstellungen –, einzig als ein mächtiges feierlich erhabenes Gefühl jenseits aller Wirklichkeit. Im hohen Bogen flog er schließlich über Bord als er Aadishs Ellbogen in seinen Rippen spürte und tauchte ganz benommen aus dem Phantasiestrom wieder auf.

Aadish und Farshid setzten sich jeder auf eine Seite von Shaahins Brustkorb und wischten mit routinierten leichten Bewegungen den Sand und Kies von seinem Körper – eine glatte Haut erleichterte das Spiel. Aadish träufelte einen dünnen Streifen Olivenöl von Hals und Schlüsselbein herab über die Brust bis hin zum Bauch und verteilte ihn mit der flachen Hand gleichmäßig nach beiden Seiten, ein hauchdünner Film, der das Gleiten der Steine und Muscheln erleichterte, über alle Senken und Erhebungen hinweg. Der kleine Ölsee im Bauchnabel konnte bleiben, er würde nicht stören. Das Öl roch nicht mehr sehr gut. Schon zu lange – Farshids Mutter hatte es vor Monaten in eine Flasche Parsi-Cola umgefüllt – hatte es im Versteck gestanden, war in der Hitze ranzig geworden, aber Shaahin hielt still, er atmete den über seiner Brust liegenden Faulgeruch ein und beschwerte sich nicht; er musste wieder an Ismail denken, Ismail hatte sicher mehr gelitten. Litt er selbst denn überhaupt? Er schrak auf als er etwas Warmes, Weiches, Nasses – eine leckende Zunge? – auf seinem rechten Augenlid spürte. »Keine Panik, du hast da ein Sandkorn«, sagte Farshid. Er hielt still und schloss seine Augen wieder. Er hielt auch still – die Abwehr war eher innerlich –, als Aadish und Farshid nun ihre Köpfe über ihm zusammensteckten und lange Spuckefäden auf seiner sonnenheißen Brust niederließen. Wie auch das Öl zuvor wurden sie gleichmäßig verteilt. War es Schauern, oder fror er immer noch? Die Linien – zwölf auf jeder Seite des Brustbeins, als regelmäßige Parallelen vom Schlüsselbein zu den Lenden hin verlaufend – waren schnell gezeichnet. Das verkohlte Ende des Holzstocks löste sich in dem Geschmier aus Öl und Spucke beim Zeichnen auf der Haut an und hinterließ kräftige dunkle Striche, furchige Spuren, eingegraben wie fette Graphitlinien in frisch geschöpftem Büttenpapier. Das Ende jeder zweiten Linie wurde zur Torsomitte hin als Pfeil ausgebildet, um die zwei eigentlich unterschiedlichen Farben der Felder zu markieren und so beim Spielen besser unterscheiden zu können. Aadish und Farshid kannten ihr Spiel, sie wussten genau, auf welcher Höhe sie unterhalb des Schlüsselbeins mit dem Zeichnen der parallelen Linien beginnen mussten und wussten die genauen Abstände einzuhalten, um mit jeweils dem fünften Strich genau die Höhe der Brustwarze zu treffen. Es waren die zwei Linien, die sie im Vergleich zu den anderen zweiundzwanzig immer etwas genauer, etwas bedächtiger zeichneten, aufreizend langsam, fast rituell glitten sie, begleitet von einem frivolen kaum merklichen Lächeln – ein Augenwinkellächeln – über die dunkle, fast schwarze, an den Rändern mit ein paar flaumigen Härchen besetzte widerständige Erhebung. Wie die Signatur eines obszönen Gelübdes. Aadish legte seinen Kopf schräg: War alles richtig? Hatten sie sich auch nicht verzählt? Vierundzwanzig Linien, zwölf auf jeder Seite. Perfekt! Wenn Allahs hundertster Name *Der von den Mysterien des Humors Beglückte* hieße, würde er jetzt bemerken, dass Shaahin mit seinen Kohlestreifen auf der Haut aussah wie ein auf einem Rost gegrilltes Stück heiliges Lammfleisch, fehlte nur noch der Safranreis daneben und Großmutters Gurken-Joghurt-Sauce mit frischer Minze.

Shaahin lächelte. Verlegenheit, Unruhe, wohliges Grauen – von allem etwas lag darin.

Farshid legte das alte verrostete noch sonnenwarme Emailschild mit der Aufschrift *Traditional Beach-Hotel*, das sie im Frühjahr am Strand gefunden hatten, über die Schenkel Shaahins und begann darauf zu würfeln. Wahrscheinlich hatte es die alte Hyäne, die ihnen unlängst an einem regnerischen Spätnachmittag mit einem Gaskocherteil im Maul begegnet war und ihnen mit ihrem hypnotischen schwer zu deutenden Blick (war es Angst? Aggression?) einen fürchterlichen Schrecken eingejagt hatte, einfach auf einem ihrer Eroberungszüge im Sand abgelegt; vielleicht war es *Madame Trödler* irgendwann zu schwer geworden auf ihrem Nachhauseweg von den Müllcontainern des Strandhotels zu ihrer Felsenhöhle. *Madame Trödler*, oder auch *Tante Pyjama*, so nannten sie dieses in einem fort Plunder sammelnde staubgraue Streifenvieh, und zwar einzig um die Furcht vor diesem hinterhältigen Schleichen und Hinken und seinen heiseren hysterischen Schreien, die sich jederzeit, wie sie glaubten, in einem ganz fürchterlichen Angriff gegen sie entladen konnte, von sich zu weisen.

4 und 6. Nicht schlecht, ein passabler Anfang.

2 und 1; 5 und 2; 6 und 2; 5 und 3; 6 und 2; 3er-Pasch. Niemand sprach. Das Klacken der kleinen Würfel auf dem Metall reizte ihre Nerven, zerrte an ihnen, sorgte für Anspannung. Einerseits. Es war aber auch wie eine Art Mantra, in dessen stupider Wiederholung etwas beruhigend Einfaches und Selbstverständliches lag, eine Art Gebet, ein Versprechen, dass alles zu bewältigen, ins Positive zu wenden war. Nicht nur das Mantra, auch das Spiel selbst gab Versprechen. Die Würfel waren der Zufall, er selbst konnte nicht beherrscht werden, Zufall geschah, ohne Absicht, seinen Launen folgend, aber die Deutung des einem Zugefallenen, seine Auslegung und Lesart, das geschickte Wenden, das war Kunst und musste unweigerlich in die Dominierbarkeit des Lebens führen. In sein Bezwingen. Es gab immer eine richtige Antwort, nie eine falsche, selten. Man musste es nur lernen. Schließlich gab es immer wieder Gewinner, allzu oft die gleichen. Das konnte kein Zufall sein! Sogar Weltmeister gab es. Wiederholte Weltmeister: Tim Holland (3 mal), Jörgen Granstedt (2 mal). Und die Bahamas-Siege von Oswald Jacoby: 1966, '67, '68. 1972 dann Weltmeister. Das konnte kein Zufall sein! Zufall braucht Talent, den vorbereiteten Geist, braucht Genie und Geduld, haushohe Geduld. Den Zufall zum Glück nutzen, darum geht es. Sich liebend in dessen Fallstricke werfen.

»Wenn es Weltmeister im Tric-Trac gab, dann gibt es auch Weltmeister des Lebens«, sagte Shaahins Großvater immer. »Da Allah uns nicht gnädigerweise morphintauglich gemacht hat, gibt es ihn auch nicht, und weil es ihn nicht gibt, gibt es Tric-Trac – um uns das Leben zu lehren, das Ertragen des Lebens, ohne Morphin. Die Anmut des Zufalls lieben, das, was uns geschickt wird, in Leben zu verwandeln, voilà. In Leben und Lachen und Zuversicht. Vermeiden, dem Unausweichlichen auszuweichen.« Eine Art Credo war das, sein *Amor-fati-Credo,* wie er es nannte. Unfälle lieben, von Herzen mögen, wenn ihnen schon nicht zu entkommen ist, nur so sei dem Chaos etwas abzugewinnen. Ein Credo, das viele belächelten, eines Professors der Jurisprudenz nicht für würdig befanden – obwohl er es immerhin nach einem Philosophen, einem deutschen gar (*die mussten es doch wissen!*), benannt hatte –, aber *dieses Höhnen der Ungehörigen* focht ihn nicht an. Als Quittung für derlei Anfeindungen hielt er immer und einzig sein durch kein Lästern oder Verunglimpfen aus der Ruhe zu bringendes Lächeln parat, selbst dann noch, wenn Großmutters hämische Frage *Die Zukunft, ein Spiel?* durch die Räume schallte. *Es wird dir wie dieser barbusigen Dame gehen,* entgegnete er, *du weißt schon, in diesem Gemälde von Laurent de la Hyre; sie sucht würfelnd ihr Glück während ein Ziegelstein seinen Weg sucht auf ihren Kopf – und findet.*

Vom Dach aber ein Ziegel rot
Herunder fiel, traff sie zu todt

Großvaters Necken (Darius nannte es Boshaftigkeit) ging so weit, dass er Großmutter drei, vier Wochen nach diesem Wortwechsel eine antiquarische, mit einem eigens für sie entworfenen Ex Libris versehene Ausgabe von *Lady Chatterley's Lover (Unexpurgated authorized edition)* schenkte. Das Ex Libris zeigte die erwähnte Busendame mit ihren Busenfreundinnen beim Würfelspiel, und zwar die italienische Ur-Version des Motivs aus dem *Emblematum Liber* von Andrea Alciati. Reine Boshaftigkeit, Darius hatte recht.

Ob das Ex Libris etwas mit Lawrences heiligen Unzüchtigkeiten von Connie Reid & Oliver Mellors zu tun hatte, warum er ihr gerade dieses Buch, noch dazu eine so genannte *Continental Edition* mit dem Vermerk: *This edition must not be sold in the British Empire or U.S.A.* geschenkt hatte, vom Jan Förlag Verlag aus Stockholm, niemand wusste es. Eine weitere Boshaftigkeit wahrscheinlich. Aber wer verstand sie schon? Weder Ehebruch hatte sie begangen, noch hatte sie, wie der Wildhüter und seine Wildgeliebte, eine besondere Liebe zu Fasanenküken.

»Das philosophische Auseinanderdividieren von Schicksal und Vorsehung und Fügung und Zufall ist müßig«, sagte Großvater, »sogar Quatsch, weil alles, mit Ausnahme vielleicht des Todes – und sogar der? – formbar ist. Wir sind freie Wesen, geboren als glückliche Hasardeure, die Sterne haben keine Schuld. Gott einzig ist der Falschspieler, ein elender Mythomane! Ja, nicht nur der Zufall, sogar der Unfall gehört zu uns, sie sind Antrieb, wir sollten happy sein. Vielleicht sollten wir unsere Zukunft mehr den Geschicken der heidnischen Fortuna anvertrauen als diesem obskuren lichtscheuen ständig die Seile verheddernden Strippenzieher im Schnürboden des Seins. Gesegnet seien die selig im Heidentum Schlummernden! Fortuna ist wendig. Das richtige Auslegen und Bestimmen dessen, was sich uns entgegenstellt, macht ein zufriedenes, vielleicht sogar glückliches Leben aus. Das Unabänderliche ist nicht unabänderlich. Das Leben ist kein Glücksspiel, es ist ein Geschicklichkeitsspiel – wie Tric-Trac. Das Schicksal würfelt, wir spielen. Das Schicksal des Menschen ist sein Geschick. Schach ist nur Intelligenz, Tric-Trac ist Leben. Schach verhält sich zu Tric-Trac wie Geist zu Eros. Schach ist Krieg, Tric-Trac ist Frieden. Dem Zufall, diesem gottverfluchten Bastard, gehörig in den Arsch treten, wenn nötig die Fresse polieren. Zicke Zufall & Luder Leben bändigen. Der Zufall (und Unfall) als Sparringspartner, um im Leben zu reüssieren.« Er meinte es ernst. Einigermaßen.

»Du mit deinen Kalenderblattweisheiten.«

Ja, ja, er hatte es selbst gemerkt, aber es focht ihn nicht an: »Tric-Trac ist älter als Gott.«

Dass Großvater kein wirklich guter Tric-Trac-Spieler war, war letztlich nur der Beweis dafür, dass er kein wirklich guter Tric-Trac-Spieler war. Mit dem Leben wusste er geschickter umzugehen – nach den geheimen Spielregeln des Tric-Trac. »Man müsste ein Buch schreiben.

Mit dem Titel *Tric-Trac des Lebens* oder so, ein Kultbuch«, sagte er. »Und für das Cover dann diesen wunderschönen Stich von Quirin Boel verwenden: *Twee apen spelen trictrac.* Unser Menschsein, wie es sein sollte: Spiel und Wein. Wein und Spiel. Das Berauschtsein und der Zufall. Unser Leben. Hafiz in Vollendung. Überhaupt: Tric-Trac spielende Affen, das ist der Beweis. Wenn diese Knaben nach dem Monkey-Theorem, dem Zufallsexperiment von diesem, wie heißt er noch gleich? ... auf der Schreibmaschine *Hamlet* hinkriegen, wenn sie es nur lange genug probieren, und zwar auf Punkt und Komma genau, dann kriegen sie auch das Leben hin ... auf Punkt und Komma genau. Und wollen wir wirklich blöder als Affen sein?«

»Gut gebrüllt, Mister Sophisticated«, erwiderte Großmutter. »Wir haben aber, vielleicht ist Ihnen das schon mal aufgefallen, werter Herr, nur *einen* Versuch. Deine blöden Affen können sich ihre Affenfinger wundwürfeln, und es interessiert kein Schwein, wann – und ob überhaupt – sie ihr tolles Leben hinkriegen.«

***

Ziemlich schnell hatte sich der Spielfeld-Torso Shaahins mit den auf den Kohlelinien platzierten Steinen und Muscheln gefüllt.

»Ey, Falke, halt die Luft an, die Steine purzeln runter.« Shaahin hätte beinahe laut losgeprustet. Wie sollte er das anstellen, schließlich musste er Luft kriegen? Außerdem kitzelte das ganze Gefummel auf seiner Brust. Trotzdem versuchte er, ruhiger zu atmen und sich, obwohl eine Felsstelle in sein Schulterblatt drückte, weniger zu bewegen, schließlich wollte er kein Spielverderber sein.

Gerade mal zwanzig Minuten dauerte es, und Farshid hatte den ersten Durchgang gewonnen. Aadish nahm Shaahins Penis, der mittlerweile seine Gestalt verändert hatte, und legte ihn nach unten zwischen seine Schenkel, um Platz zu machen für den Spieleinsatz. 500 Toman für jedes verlorene Spiel, das war die Abmachung. Aadish legte sie in die Haare über Shaahins Penis. Es war der sicherste Ort hatten sie herausgefunden, hier konnte nichts verloren gehen, hier konnten ihre Einsätze nicht abrutschen auf den Felsen oder ins Bodenlose. »Sicher wie in Shaahins Schoß«, das wurde eine Redewendung unter ihnen, und vor allem, hier ...

Und dann geschah es. Schatten legten sich auf Aadish und Farshid und Shaahin. Ohne Vorahnung. Zwei uniformierte Schatten von oben herab … *komisch, diese Ohren, wie Gummibärchen, durchscheinend wie Gummibärchen,* dachte Farshid … legten sich dunkel über das Spielfeld, über die Steine und Muscheln, legten sich über das jetzt, im Abendlicht, auberginefarbene Glied, fielen über die Körper und Felsen – und ergriffen Besitz.

Unzucht, Wollust, Laster.
Schamlosigkeit.

So geschah es. Mit einem Mal sollte ihre Jugend in Frage gestellt sein, beschädigt, ihr Leben vernichtet. Die Schatten sollten ihre Vertreibung aus dem Paradies werden, der letzte Sommer ihrer Kindheit. Keine Rabauken mehr, kein Mut-Tunnel. Keine Kindheit mehr im Garten, keine Jugend mehr am Meer.

Und niemand hatte sie gewarnt.

ES WAR SPÄT GEWORDEN. Halb drei. Die Flasche war schon lange leer. Die Flaschen. Yorickson legte das Foto mit den Backgammon spielenden Männern auf das Todesbild. Mit der Vorderseite nach unten. Es war ihm unangenehm, dass sie sich so nahe kamen, der Tod und das Leben, so Haut an Haut, zärtlich vertraut, fast liebkosend, kopulierend. Eros und Thanatos, das abendländische Schwachsinnsmotiv. Tristan und Konsorten, widerlich! Zum Kotzen!

Ist Eros eigentlich der Klügere, weil er nachgibt? Weil Thanatos der Sieger bleibt, Arschloch Thanatos auf immer ganz oben auf dem Treppchen?

Mit einem Mal wusste er, wie schwer es werden würde. Wie schwer es werden würde, ein Leben zu bereiten … und nicht mit dem Verderben zu beschmutzen.

Nicht nur die Vergangenheit ist ein fremdes Land, Mr Hartley, auch die Zukunft. Und das Glück allemal.

Wenn doch sein Schwanz nur anders gelegen hätte. Warum in der Leiste, nach oben gerichtet in der verdammten Leiste. Graziös, schlank, und doch verwegen nach oben. Liegend zwar, aber nach oben. Warum weist das Ding nicht, wie es sich gehört, brav und gerade und bescheiden nach unten? Alles wäre anders gekommen! Genauso anders, wie wenn es nicht die östliche Umgehungsstraße gewesen wäre, sondern die Landstraße über Qarchak und Varamin nach Qom, die verpasste Abzweigung auf der Lebensstraße. *The Road Not Taken.* Shaahin hätte die beiden nie kennengelernt, die Schatten hätten keine Chance gehabt, es hätte ja keinen Grund gegeben, diese Mittelklassewichserschatten in Uniform wären nicht durchgekommen mit ihrer Scheiße, hätten keinen Erfolg gehabt, ihre bornierte menschenverachtende Flachwichse hätten sie grandios an die Wand gefahren; keine Anzeige, kein Verrat wäre möglich gewesen, nie, und Aadish und Farshid und Shaahin hätten ihre Familien nicht verlassen müssen, die verhaltenen Stimmen der Cousinen und Geschwister, ihr sanftes Gleiten über die blauen Fliesen Isfahans, getragen von jahrtausendalter Noblesse – Yorickson traten Tränen in die Augen –, hätten den Strand nicht verlassen müssen, die Muscheln und Grausteine, die vertrauten Lichter ihrer vertrauten Orte, und Shaahin nicht den Duft der hundertjährigen Maulbeerbäume, den Duft der Rosenbüsche auf dem Dachgarten seiner Großeltern, nie – Yorickson verschwamm der Blick –, und vor allem: Niemand müsste sich jetzt um sie mühen, müsste sich ihrer annehmen, ihrer Zukunft, ihres Glücks annehmen. Klar, diese Uniformen-Schatten waren elende Nichtwisser, frigide impotente Nichtwichser, blöde Diener eines blöden Staates, Idioten, klar, aber …

Warum diese zotige Wut, Yorickson? Was willst du dir beweisen? Jugend? Aufgeschlossenheit? Modernität? Den immer noch heiligen, nein, nicht heiligen: den liederlichen Zorn hinüber gerettet ins Alter? Oder war nur der Wein so vulgär? Nein, das konnte nicht sein, es war ein 98er Château Guiraud, vom Feinsten. Also kein Grund, deine Verkommenheit mit dem Wein zu begründen. Wollte er sich wirklich so aus der Affäre ziehen?

Noch einmal dachte er über die Möglichkeitsform des Penis nach, das Konjunktivische, das Konjunktivistische (ui, das klang scharf revolutionär), über den Potentialis, den persischen, über die Form und ihre Weiterungen aufs Leben. Unsinn! Immerhin, das spürte er noch, wenn auch vage, sehr vage: besoffener Unsinn. Und bekifft. Heilig bekifft. Das auch noch. Er sollte ins Bett gehen. Es war höchste Zeit. Guiraud hin, Konjunktiv her.

Yorickson musste früh aufstehen. Neun Uhr. Der Wecker klingelte, und es ging ihm blendend. Ein Lob auf das Château Guiraud und auf Afrika, ein Lob auf Qualität. Warum hatte er nicht noch die zweite Flasche … nicht noch das letzte peacige Piece …? Er musste heute dringend die Genehmigungsplanung für die Mehrzweckhalle der Gemeinde hinkriegen. Also Duschen, Pömpeln, (kein Teigschaber heute!), Kaffee, Orthomol, Computer anschmeißen. Arbeiten. Kurz vor vier war er fertig. Zu spät zwar für ein PDF an Kowalski, der packte im Bauamt gerade die Thermoskanne ein, die leere Brotstullendose, aber morgen würde er alles per Ausdruck auf seinem Schreibtisch haben. Und der Genehmigungsbehördenmensch Kowalski würde nicht merken, dass Yorickson die notwendigen Befreiungen in den Eingaben noch nicht alle aufgeführt hatte. Für ihn war es gelaufen. Man konnte sich auf seine Beamten verlassen.

Obszön, mir diesen präparierten Fleischstummel in den Weg zu legen. Jeder Auslandskrüppel bekommt heute mehr Liebe als ich. Plötzlich war da wieder so ein Satz, ganz unvorbereitet, böse, unfassbar, ein Überfall aus Werweiß-Woher. Und gleichzeitig so bescheuert, so unsinnig, denn er hatte doch seine Liebe: Andrea. Was wollte er eigentlich? Er war doch wohlgelitten, überall, woher also …? Die Bestie im Bürgerzwirn? Das Grauen in Zivil? Im Grunde wusste er, woher es kam. Er wollte einkaufen gehen, und es gab eine Trias des Schreckens für ihn beim Einkaufen: Schweißwolke, Kosovostummel, Pfennigfuchser. In dieser Reihenfolge. Wenn er von seinem Elfenbeinturm (an dessen Mauern, wie er zuverlässig wusste, Flauberts *Flut von Scheiße* brandete), herabstieg, musste er, ein Stockwerk weiter unten *(NachbARSCHaft!)* als erstes Schuhe passieren, vor der Wohnungstür abgestellte Nachbarsschuhe, Businessschuhe, Joggingschuhe, Bikeschuhe, das ganze großstädtische Treter-Arsenal. Manchmal auch knatschig zerlatschte

Einlegesohlen, die in irgendwelchen Ecken unachtsam rumflogen. All diesen Dreck, den man sich in der eigenen Wohnung nicht zumuten will, anderen aufzwingen: Schuhe in Hausfluren, Handygequatsche auf Balkonen. Wenn er Glück hatte ging alles gut, und der Anblick versetzte ihn lediglich in gelinden Aufruhr, das Olfaktorische wirkte nicht. Aber es gab auch vom Glück nicht verwöhnte Tage, dann hieß es, durch schwer gärenden Dunst steigen zu müssen (wer kam auf das Wort Dunstkreis? war es nicht vielmehr eine bleischwere Dunstkugel), er sah sie vor sich, wabernd, mit klaren Umrisslinien (Umrisslinien wie bei den Venusbrüsten des Botticelli oder den Frauenportraits Modiglianis), zuerst stieß seine Nase hinein, dann der Kopf, schließlich stand er mit dem gesamten Oberkörper darin, augenbrennende Schweißdunstwolken, Dunstschweißwolken, die da wie beiläufig Vergessenes, auf öffentlichem Terrain, seinem Terrain, ihre Wirkung taten. Ungehörig. Atem nehmend. Fern jeder Zivilisation. Grund genug für ihn, sich zu verabschieden, Urlaub zu nehmen von den Erfordernissen und Zumutungen dieser Welt. Aber manchmal kam man auch glücklich daran vorbei, dann hatte man sich nicht gar so wichtig genommen und gelangte ganz unbehelligt auf die Straße, irgendwie gedankenverloren, aber mehr oder weniger heil. Draußen in der kleinen Gasse aber lauerte Trias-Nr. 2. Das Bein. Der Stummel. Sorgfältig aufbereitet für Touristen, und – so sehr er sich auch auszunehmen suchte, schließlich lebte er hier – auch für ihn. Ein Touristenbein. Ein Kosovo-Irak-woher-auch-immer-Bein. Davor eine Baseballkappe mit Tarnmuster für das Geld. Ausgerechnet nebeneinander die Verstümmelung und die Camouflage, ausgerechnet hier das Fleckmuster, das Heilsversprechen des Krieges, das das Unheil nicht verhindert hatte. Und dazu die unverständlichen, in einer Art Mantra hervorgebrachten, sich ständig wiederholenden Laute des Beinträgers.

Wo kommt dieses Scheißbein her, dieses Bein, für das er nichts konnte, das ihm Scham und Verlegenheit aufdrängte und seine Ruhe raubte? Säuberlich präpariert, wie für die Titelseite eines Grosz- oder Dix-Katalogs. Strahlend weißer Mull, akkurat eingebettet in einer tiefen Längsmulde am Schienbein, schon lange ausgeheilt. Eine makellose Wunde, in die halbe Gasse gestreckt, von links nach rechts in die Mitte. Ein Stolperangebot für Passanten. Eine Monstranz des Grauens. Ein liturgisches Schaugerät. Die konsekrierte Hostie des Kriegs zur touristischen Anbetung freigegeben. Widerlich!

Und noch ehe Yorickson schlecht wird, physisch schlecht, gewissensmäßig schlecht, kommt da wieder – er war froh, dass ihn niemand haftbar machen konnte – so ein böser Satz: *Das Bein wird noch heute Abend zurückkehren in den »Cour des miracles«, so sicher wie das Amen in der Kirche. So ist das mit diesen Beinen, diesen Burschen, abends gesellen sie sich zu ihrer Familie (Balkan-Connection?), essen und trinken, scherzen und lachen, lachen ihr heilig-zotiges Osterlachen – und nichts tut mehr weh. Das Wunder der Auferstehung, so ist das.*

Aber Gott sei Dank, Yorickson weiß, wie er an diesem Bein einigermaßen unbeschadet vorbeikommt: beiläufig nach rechts schauen, und beiläufig – ganz, ganz unmerklich – nach rechts abdriften (nicht zu sehr, nicht zu abrupt) und an etwas völlig anderes denken, an den Blowjob von gestern Abend, an das Pfifferling-Omelett danach. An irgend etwas, nur an irgend etwas. Ganz beiläufig. Und dann. Schon bist du vorbei. Hélas!

Du bist einer dieser Ich-bin-ja-kein-Rassist-aber-Rassisten, sagte Andrea.

Trias-Nr. 3 ist harmlos dagegen: Pfennigfuchserei. Er weiß, es gibt Wichtigeres im Leben, als sich an der Kasse über centzählende Frauen aufzuregen. Wartense, vier hab ich. Kram, kram, kram. Und nach einer gefühlten Ewigkeit: Äh … nein … äh … nur drei.

Wolke, Stummel und Fuchserei. Aber heute keins von dreien. Heute nur Hintenrausnehmer an den Regalen und Einzelbohnennehmer an der Gemüseauslage. Und Straßenmusiker. Trotzdem, immer öfter blieb ihm nur, sich in die Phantasie zu flüchten. Dass er sich auch irgendwie wohlfühlte bei den testosteron-geschwängerten Aldi-Prolls tat nichts zur Sache.

Heute Abend gab es Bœuf à la Casserole. Nach Proust. Für ihn und seine Freunde. Freunde, das waren die Menschen, die ihn mehr oder weniger zufällig umgaben, die ihm halfen zu bestehen, zu bestehen im Alltagswust, die ihm das Gefühl gaben, nicht gänzlich auf sich selbst gestellt zu sein. Die Notbeleuchtung in den dunklen Gängen des Lebens. Freunde, das waren die zufällig Hängengebliebenen, wie Fliegen an der Fliegenfängerspirale zufällig Hängengebliebenen. Freundschaften, das waren Gewohnheiten. Es gab auch Mottenbekanntschaften. Das waren die auf den Sexuallockstoffen kleben Gebliebenen. War Andrea eine Mottenbekanntschaft, eine Pheromonliebelei?

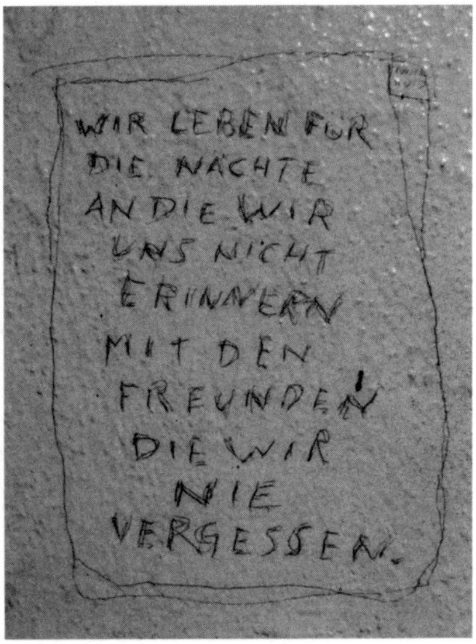

Der Klospruch hatte recht, der sophisticated Klospruch rechts neben dem Kondom-Automat hatte recht.

Nicht, dass er Proust je gelesen hätte. Zumindest nicht viel. Manchmal trank er Lindenblütentee. Trank Lindenblütentee, alleine um an Proust zu denken, so wie Proust bei einer in Lindenblütentee getunkten Madeleine an Combray und seine Gärten dachte. Proust, das sollte eher etwas für den Spätherbst werden, den Spätherbst des Lebens.

Es war einfach eine schicke Architektenattitüde. Der Spritzschutz in seiner Küche war Proust gewidmet, lächerlich, auf Alu-Dibond aufgezogene Bilder und Texte: ein Portrait von Marcel (als Überblendung über Manets *Olympia* gelegt, über die Nackte und ihre Dienerin); ein Satz aus der *Recherche*; ein Rezept (woher auch immer, sicher nicht vom Muttersöhnchen selbst):

Und kaum wurde zum Abendessen geklingelt, rannte ich eiligst ins Esszimmer, wo die schwerfällige Hängelampe nichts von Golo und Blaubart wusste, dafür aber meine Eltern und den Bœuf à la casserole kannte und wie jeden Abend ihr Licht spendete, um mich in die Arme Mamas zu werfen, die mir durch Genoveva von Brabants trauriges Schicksal noch lieber wurde, während mich Golos Verbrechen anhielten, mein eigenes Gewissen mit noch mehr Sorgfalt zu durchforschen.

- *800 – 1000 g Rindfleisch aus der Keule*
- *2 Gemüsezwiebeln*
- *Salz und Pfeffer*
- *Herbes de Provence,*
- *Butter oder Butterfett,*
- *¼ l saure Sahne*

Fleisch und Zwiebeln in dünne Scheiben schneiden, einen großen Schmortopf üppig mit Butter ausstreichen. Abwechselnd Fleisch und Zwiebelscheiben einschichten, jede Lage salzen, pfeffern, mit Kräutern bestreuen. Alles mit Sahne begießen, zugedeckt bei 250 Grad in den Ofen schieben, nach 30 Minuten auf 200 Grad runterschalten; insgesamt 1 ½ Stunden garen.

Schweiß. Scharfer beißender Schweiß. Also doch noch. Yorickson stand an der Fleischtheke, er schaute nach links neben sich. Ein umbra-beige gekleideter Mann, dick und schwitzend, mit knochigen Egon-Schiele-Händen stand da. Hosen, die ihm bis unter seine Brüste reichten, ein bisschen wie bei Diego Rivera. Verschwand sein Penis in den Bauchfalten, fand er ihn noch? Schon wieder dieses Böse, Gehässige. Yorickson schämte sich für seinen Gedanken. Das schüttere Haar hatte die Farbe von ungeweißtem Mehl, vereinzelt ein paar dreckigblonde Strähnen darin. Er roch streng. Unter dem rechten Kieferknochen hing ein verwahrloster Streifen langer Barthaare, der beim Rasieren übersehen worden war. Seine altersfleckige Hand, mit Adern, die stockiges pflaumenbraunes Blut zu enthalten schienen, suchte zitternd Halt am Tresen. Die mürbe aschfahle Haut auf den Fingerknöcheln stand wie ein Faltengebirge sinnlos nach oben, und die langen schwarzgerandeten Fingernägel klackten hörbar auf der Resopalplatte. Ein grauer farbloser Mensch, lebendig das Leben aushauchend. Wie alt mochte er sein? Mitte sechzig? Siebzig? Auf die achtzig? Vorurzeitlich? Unten am Hosenbein lugte Papier hervor. Küchenpapier. Den ausgeleierten Unterhosen entwischt? Gelb vollgesogenes verkrumpeltes Krepp. Durchgerutscht bis unten, bis auf die Schuhe, den Boden.

Speckige Hose, Flecken, knotige Finger – genau, so würde es anfangen, Yorick. Oder war das schon das Ende? Yorickson wischte sich verstohlen ein paar Tränen aus dem Gesicht. Ein Kilo Rindfleisch, bitte! Der Geruch von Wachstuch wehte ihn an, von altem Urin und katholisch zerkochtem Essen. Eine dumpfe Schmierlappenmuffigkeit. Aber konnte das sein? Er war sich nicht sicher. Vielleicht war es nur so etwas wie eine Art mémoire fictive, eine durch ein Bild ausgelöste olfaktorische Erinnerung? Gab es so etwas? Ihm wurde schlecht.

Dabei war der Geist des Alten – so schien es ihm – noch lange nicht dort angekommen, wo sein Körper sich jetzt schon befand. Irgendwas wehrte sich noch. Die Augen, zwei trübe schlammige Seen, durch die ein ausgelassener, fast wilder Gebirgsbach floss – wie zum Trotz. Als ob es das Stockende und Faulige aufzuwühlen gelte. Dem Stillstand begegnen. Warum konnte die körperliche Verfallszeit nicht mit dem tatsächlichen Leben des Alten mithalten, synchron verlaufen? Und was hatte das mit ihm zu tun, mit Yorickson? Warum griff es ihn an? So sehr vor der Zeit, wie er meinte. Jetzt, wo doch alles bei ihm seinen Fluss hatte, seinen ruhigen Fluss, nicht mehr dieser reißende Strom war, mit diesen Todesstrudeln, die so bedrohlich (in Wirklichkeit natürlich lächerlich unbedeutend) dahergekommen waren, jetzt, wo er endlich das Lebensprinzip: *das Leben, seit jeher ein Loop; vom Bau zur Äsung, von der Äsung zum Bau; die Endlichen in der Endlosschleife; die stereotypen Abläufe eines Aspergerlebens, eher tröstlich denn entmutigend,* gelernt hatte, jetzt, wo die alltäglichen Verrichtungen wie selbstverständlich ineinander griffen: Aufstehen, Wasserkocher, Clo, Duschen, Pömpeln, Teigschaber, Zähne, Creme, Kaffee, Orthomol, schließlich der Rechner; jetzt, wo die Bewegungsabläufe das Leben prall scheißgedächtnis

Von: mail@ndrea.com
An: yorick@gmx.de

Thema: scheißgedächtnis

Datum: Do., 19. Jun 2014 17:28 Uhr

hm?goldgewirkter byzantinenschmonz :D a bit corny, ziemlich passé, oder? außerdem: check mal dein schwarzes gedächtnis, junge ;-) farshid war eingeklemmt im muttunnel, kam einfach nich mehr rauf, shaahin hat es uns erzählt, in deinem büro. vergessen? grünkotzübel war ihm, und schwindlig, atemnot, blut ausm ohr und diese ganze scheiße, lungenriss, oder embolie, oder beides, hätt beinah den löffel abgegebn, kam aber wieder zu sich, *vor* der ambulanz noch - und du? warum sagst du nicht, dass shaahin ihn raufgeholt hat, in letzter sekunde? wär selbst fast draufgegangen. farshid wär heut hopps ohne seinen königsfalkenfreund, und du, du könnst nix schreiben, mein lieber, allenfalls übern toten. 'n schriftsteller mit 'nem taubengedächtnis, also ohne, leergefegt, unzuverlässig, nichts als launische erinnerung, echt spooky! dazu wortbrüchig. keine guten attribute fürn schriftsteller.

cu, du mann meiner nachtlosen träume - @.
KISS - b.

Sent from my iPad

? Löschen Weiterleiten Allen antworten Beantworten

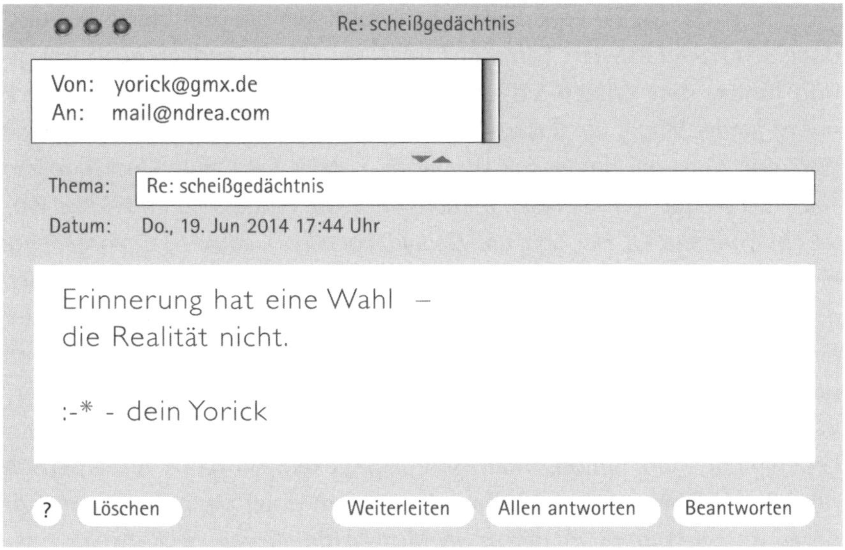

auffüllten, so angenehm machten, verführerisch geschmeidig, fabelhaft leichte Kunstgriffe, jeder ein Fest, eine Balance aus Technik, Erfahrung und Anmut; das Füllen der Teetasse: bis hierher, nicht weiter, nicht weniger, nicht mehr, der intuitiv bemessene Bogen des Ausgussstrahls, kein Kleckern, kein Verschütten, reine empirische Geschicklichkeit. Ein einziges unaufhörliches Gleiten, in dem man das Einerlei der Tage nicht mehr als störend, sondern einfach nur noch als wohltuend tröstlich empfand. *La douce uniformité, le petit traintrain.* Jetzt, wo die Bewegungen des Lebens rund wurden, wo die Gegenstände nicht mehr gegenständig waren, sich nicht mehr widersetzten, ihr ureigenes Wesen, sich gegen dich zu stellen, aufgegeben hatten – ausgerechnet jetzt sollte alles vorbei sein? Gerade jetzt, wo er sich als Genie der Alltagsbewältigung sah, dieses ganze unnötig-wichtige Spießergedöns intus hatte, und endlich – nach 50 Jahren! – auch die ideale Schlafposition im Bett gefunden war? Wo er endlich sein Pfannenputzsystem zur Vollendung gebracht und schließlich auch das überaus Praktische von Gallseife entdeckt hatte, vor allem für Hemdkrägen. Jetzt, da sich die richtigen Antworten auf dumme Fragen vervollständigt hatten (die Antwort war selten 42), da die richtigen Bonmots auf alle Lebensfragen gefunden waren. Jetzt, wo er wusste, dass man beim Einkaufen alten Damen und ihren Hausfrauenweisheiten (vor allem die Bräute Christi waren auf Zack, die Nonnen, ihr himmlischer Gatte musste schließlich vollendet umsorgt werden) folgen musste, buchstäblich auf Schritt und Tritt folgen, um die besten (und günstigsten) Dinge zu ergattern:

Wo gab es das ideale Preis-Leistungs-Salatöl, wo die preiswertesten und doch schmackhaftesten Tomaten? Jetzt, wo er sich endlich auch frei genug fühlte, den Wissen-Sie-junger-Mann-Ratschlägen zu folgen: *Backpulver, junger Mann, nur Backpulver zum Bleichen / Rotweinflecken gehen mit Weißwein raus, am besten mit Weißwein … oder Salz, einer Unmenge von Salz / Bei verstopften Abflüssen immer nur: Soda, Essigessenz und heißes Wasser / Mayonnaise: Öl, Eier, Senf und Geduld. Vor allem Geduld / Schmorgerichte nur aufgewärmt – lecker, sag ich Ihnen / Das Klo, jeden Tag sauber halten, dann müssen Sie es nie putzen / Nehmen Sie doch Natron als Deodorant, Kaiser-Natron / Treppen nur mit Charlie-Chaplin-Schritten runtergehen, dann stolpern Sie nie / Ohne Weichspüler gewaschene Handtücher ersetzen Peeling / In zu enge Schuhe reinpinkeln, junger Mann, am nächsten Tag passen sie.* Letzthin hatte ihm ein besonders schrulliges Exemplar dieser Altdamenspezies mit schalkhaftem Blick und verschworenem Unterton in der Stimme zugeraunt: *Viel Magnesium gegen viel Muskelkrämpfe von viel Rotwein.*

Bis man zu leben gelernt hat, bis alles in ein dionysisch-heidnisches Ja zur Welt übergegangen ist, dachte er, ist es schon zu spät. Just in diesem Moment – der Generation Fitness-Tracker zum Trotz – fällst du ins pergamentbleiche Alter, ins trauergraue Greisentum, als ob es eine arithmetische Formel des Lebens wäre. Es bleibt dann nur noch ein Rest. Die Restzeit, in der die kurze Tuchfühlung mit einem Menschen in der U-Bahn einem Orgasmus gleicht. Das Leben, ein Aberwitz, ein einziges Konkursverfahren.

Ausgerechnet jetzt also das Ende? Jetzt, wo er die Cremes und Putzmittel, die verlässlich waren, endlich alle zusammen hatte. Jetzt, wo er endlich wusste, auf welche Position die Mischarmatur nach dem Duschen gestellt sein musste, um das Gelingen des Alltags nicht durch nervtötendes Tropfen zu gefährden. Jetzt, wo das Andrea-Glück alles rundete? Selbst die Frustfallen des Alltags wurden weniger. Früher war er der Stadtköter, der losschoss, um die Taube zu jagen, dann, abgelenkt, abrupt stehen blieb, um sich dem Scheißhaufen seines Kollegen zu widmen, olfaktorisch enttäuscht die Jagd dann wieder aufnimmt – aber die Taube ist weg. Heute war er ein fauler Hund, blieb einfach sitzen. Wozu die Aufregung? Lass sie doch fliegen! Immer häufiger schlug er sich auf die Seite von Senecas *otiosi.* Die *occupati* schwitzten ihm zu sehr, waren abstoßend, abgestorbene Lust, hässlich wie Katzenfutter, sie sahen die Camemberthaftigkeit der Zeit am Cap de Creus einfach nicht. Er freute sich über seine hündische Einsicht in die menschliche Vergeblichkeit, die er sich weigerte Desillusionierung zu nennen. Und auch, dass es wohl spießig zu nennen war, derart auf den Hund gekommen zu sein, focht ihn nicht an.

Yorickson legte den Einkauf in der Küche ab und ging – noch bevor er alles einsortierte – an seinen Rechner. Andrea, die Generation der Einsilbigkeit, hatte sich gemeldet.

Diese cybröse Sprache, wie er das hasste. Nein, nicht wirklich. Okay, er selbst war in der Wenn-das-jeder-täte-Zeit aufgewachsen, damals, als die Frauen noch Bienenkorb- und Duttfrisuren trugen, aber immerhin, er war kein Hemd-in-der-Hose-Typ, der nicht wusste, dass die Welt weiterging. Immer weiter voranschritt. Allein schon wegen Andrea. Jeder Zeit ihre Mode, ihre Sonderheit, ihren Unsinn ... und die aus ihr erwachsenen Chancen. Neue Theorien, Modelle, Axiome, Ideale. Alles Erstmalige – wie verquer auch immer, selbst dieses Mail-Volapük der Kiddies, dieses absurde Völkerdolmetsch – galt es zu verteidigen gegen jede pontifikale Überheblichkeit, gegen die Vergangenheitsbehüter, die ihre güldene Historie samt heiliger Bildungshuberei, ihren ganzen mummenschanzigen Bewahrungsquatsch wie eine Monstranz vor sich hertrugen. *Mehr Perserschutt,* dachte Yorickson, *fuck the past! Wer weniger auf die Vergangenheit schaut, hat mehr von der Zukunft.* Es war schon erregend, wie aus all dem kuriosen und manchmal durchaus bescheuerten, kruden Zeug immer wieder pralle Kultur erwuchs, flirrend Neues, Kultur, die dann schließlich – wenn gar nichts mehr abzuwehren war, wenn die letzten Gestrigen ihre Balsaholz-Bastionen räumen mussten – wieder Einzug fand in die so genannte Hochkultur, Bestandteil wurde eines neuen intellektuellen und ganz am Schluss dann auch: professoralen Entzückens. Wie recht doch Cymbeline hatte: *Begegnen wir der Zeit, wie sie uns sucht!* Aber dieser Buchstabendurchfall am Ende immer, das machte ihm dann doch zu schaffen. Was bedeutete »b«? Bacio? baba? bye? Und »cu«? Einerlei. Er würde es mit der Zeit lernen – *KISS* ist gut!

Aber »Byzantinenschmonz«? O diese Einfalt der Kids! Ist unser Problem nicht gerade, dass wir uns immer genau dort befinden, wo wir keinen Überblick haben über die Dinge? Über uns, das Geschehen, die Dynamik des Fortgangs? Über unsere eigene Geschichte – und die anderer? Und also nicht wissen, was sein und kommen wird, was richtig ist – Schwelgerei oder Reduktion. Wer kann das Jetzt schon sehen, wenn das Morgen noch nicht da ist? Vielleicht ist ja Neo-Byzanz unsere eigentliche Gegenwart, kupfern und golden und üppig, zumindest unsere nahe Zukunft – bis sie wieder Vergangenheit wird. Weil alles immer im Wechsel ist. Mal dieses richtig ist, mal jenes. Haben Architektur, Design, Musik, Literatur, Tanz – und auch wir selbst – in den letzten zehn Jahrzehnten nicht eine Entwicklung der Ernüchterung, oder besser: der Vernüchterung durchgemacht?

Und stecken wir da nicht mitten drin? Und stecken fest. Und erkennen nicht, dass nur das Betrunkene, das Angeschlagene und Beschickerte – auch sprachlich – unser innerstes Wesen ist.

Trotzdem, warum nur hatte er Andrea den Text gegeben? Was versprach er sich davon? Sein Text in der Hand der Sprachwissenschaft, warum diese Leichtfertigkeit? Wo er doch nur für sich schrieb. Das sibi scribere des Pferde-Umarmers, allein darum ging es ihm doch. Sagte er! Einzig Schreiben ist Freiheit. Sagte er!

Thomas Bernhard: *Schimpfen als künstlerischer Selbstentwurf.* Was wollte Andrea auf diesem Kongress in Rom? Was bedeutete das für ihre Liebe? Schimpfen als Selbstentwurf. Nur das Selbst bedenken, nie das Gegenüber. Und was hieß das für ihn, was hieß das für Yoricksons Text? Man kannte das ja: Alles Gegenwärtige bestimmte ganz zufällig unser Geschehen, auch wenn das Vergangene – die Sommer voller Jugend – viel besser zu uns gepasst hätte, und so ein blödes Thomas-Bernhard-Symposion war dann bestimmend und ausschlaggebend für das eigene Leben und würde unser Denken und Schreiben ausmachen. Sollte der Alpengrantler derart über ihn, über sie beide verfügen? Verfügen dürfen?

Nicht, dass Aadish es unangenehm gewesen war, er hatte das störende Ding ganz einfach beiseite gelegt, ganz selbstverständlich, ganz so, als ob er gemäß der notwendigen Erfordernisse eines Handwerks handelte. Eines feinen Handwerks, kein grobschlächtiges, kein Schmied oder Klempner oder Schlachter, eher ein Goldschmied, ein Schneider, ein Ziseleur, das war alles. Warum wurde so ein Aufhebens darum gemacht?! Einfach weiterspielen wollte er, den Gewinn ablegen, und einstreichen, darum ging es doch.

Die Jungs gingen Yorickson nicht aus dem Sinn. Es war doch etwas zurückzugeben. Und das konnte doch nur so sanft, so gütig und entgegenkommend geschehen wie irgend möglich.

So gütig wie möglich? Oh je, was war in ihn gefahren? Yorickson im Christen-Orbit. Hatte ihn diese Scheiße jetzt auch schon erreicht!? Überkam das letztlich alle? Anyway. Was ihm wirklich Sorgen machte: Hatte Andrea womöglich recht? Mit diesem Schmonz? Mit dem passé? Musste das klarer werden, moderner, carveresker? Irgendwie hard boiled? Nein, er verbat sich jede Einmischung in das Glücklichmachen, in die absolute Notwendigkeit des Glücklichmachens. Was hatte die Moderne damit am Hut? Seit wann bestimmte Raymond Carver das Glück? Oder sein Lektoren-Tölpel Gordon Lish? Das Glück gehörte den Glücklichen, wie sollte es den Pechlichen gehören? Den Glücklichen. Wem sonst?

Viel wichtiger: Was hatte dieses Foto mit dem Glück zu tun? Dieses Foto mit dem Bild eines Mannes, der den Zeigefinger auf seine Lippen legt. Yorickson nahm das Bild an der Fotoklemme aus dem Kasten und pinnte es mit einer Eisbärnadel an die Wand neben sich. Wohin wird dieser Mann mich führen? Was hat er hier verloren? Und würde es kitschig werden? Keine Sorge, Yorick. Das Leben wird ohnehin von Kitsch getragen, vom heißen Brodeln und Blubbern des Kitschs. Und die hohe Literatur überhöht ihn nur – auf dass es niemand merke.

Und seine Hoffnungslosigkeit
Pflegt er wie Ausweis, Feuerzeug, Terminkalender
Taschentuch und Kugelschreiber mitzuführen
Auf die Straße und in den Basar
Und seine Hoffnungslosigkeit
Ist so klein, dass er sie jede Nacht
Im Gedränge einer Bar verliert.
Forugh Farrochsad

Im Becher funkelt der rote Wein
In seinen Augen funkelt die Lust
Und auf dem weichen Lager zitterte mein Leib
Vor Trunkenheit auf seiner nackten Brust
Forugh Farrochsad

Farshid nahm die letzte Olive aus der Schale. Grüne Oliven mit Granatapfelmark und geraspelter Walnuss. Er sieht das Bild des zueinander geneigten Paars auf dem Grund der Schale und denkt: *Liebe. Kostbar.* Aber er weiß nicht, *wie* kostbar. Quarzfritte mit Zinnglasur und Lüsterbemalung, 13. Jh., Kashan. Und er denkt: Olive, Granatapfel, Walnuss – wie in aller Welt kommt man auf solch eine Kombination? Dazu noch Liebe. »Oliven schmecken einfach nicht. Alles nur Konvention. Einfach bescheuert. Espresso auch nicht.«

»Was?«

»Hast du mal Kaffee getrunken und so getan, als ob du es das erste mal tust, am Anfang der Welt, also richtig ge-schmeckt? Dem Geschmack genau nachgegangen, nach-geschmeckt? Wie er sich nach und nach bildet, auf den Geschmacksnerven? Pfui Deibel! Manchmal denk ich, alle Kaffees dieser Welt sind aus dieser grandiosen Kopi-Luwak-Katzenkacke gemacht, diesen indonesischen Kötteln. Weißt du, warum es immer Wasser zum Espresso gibt? Zum Spülen. Irgendwie muss man den widerlichen Geschmack auf der Zunge ja wieder loswerden.«

»Du spinnst, Farshid. Es ist 10 Uhr morgens, kein Wunder, dass dir die Oliven nicht schmecken. Sie sind von gestern Abend, eingetrocknet, schal, wahrscheinlich schon ranzig. Geschmack ist eine Frage der Zeit. Und ein Corretto mit Anis, das ist keine Konvention. Oder Trüffel ...«

»... pah! Gerade Trüffel. Eklig! Schweine fressen Trüffel. Diese Papillen und Knospen stecken unter einer Decke mit den kulturellen Gepflogenheiten eines Landes, mit den Großschwätzern, die alles vorgeben. Mit den Angebern, den Meinungsparvenüs und Geschmacksmachern.

Vor allem hier, in diesem Land, wo alle so unsicher sind, alles nur nachäffen, im Nachäffen ihr Heil sehen, fürchterlich. Dein Gaumen gehorcht der gesellschaftlichen Übereinkunft, nicht dir. Einer französischen oder japanischen Übereinkunft, einer deutschen, persischen oder taiwanesischen Übereinkunft. Einer römischen. Der findet nix selbst raus, der Gaumen. Nicht *du* schmeckst, andere schmecken für dich. Und geben's vor. Papillen sind kleine miese Konspirateure, die dir im Namen einer nationalen Gesinnung eins überbraten; sie zwingen dich, noch an der lausigsten Konvention und Konfession Gefallen zu finden. Zur Delikatesse kann man alles machen. Auch Oper schmeckt nicht: *Weia! Wagalaweia! Wallala weiala weia!* Haha! Oper ist wie Kaffee. Nichts als Konvention. Ein Schwuchtel- und Bildungsbürgerkonventionsmenü. Besserwissermahlzeit. Grässlich! Stell dir vor, du servierst jemandem Oliven in einer Katzenfutterdose, und er weiß nicht, dass das eigentlich feinste Gourmetkost ist. Er kotzt dir die Oliven in die Ohren. Und umgekehrt: In der grüngoldenen Lichtung eines Pinienhains, wenn du Kavafis liest und in die schönsten Sonnenuntergänge siehst, dann werden diese Dinger zum gesegneten Himmelsbrot. Die Umgebung macht's, das Versprechen. Und der Preis. Geschmack richtet sich nach dem Preis: Trüffel, Oper, französische Fayence, Wildschweinzitzen-Pastete – alles hässlich. Wie Seeigelschleim. Oder die Callas, mit ihrer scheppernden Sägeblatt-Stimme. Selbst unsere Süchte sind nichts anderes als Konvention. Ganz gleich ob Wein oder Koks, ob Bier oder Pfeife, Shisha oder Shit. Oder die Liebe. Die Kunst ist, nach den richtigen Dingen süchtig zu werden: nach Obst, nach Wasser, nach Geselligkeit. Und dafür muss man ganz schön frei sein im Hirn.«

»Puh! Bist du fertig, Farshid? Woher hast du diesen Kram? Paris scheint dir wohl nicht bekommen zu sein.«

»Ich mein' es ernst, ihr Blödsäcke. Auch Currywurst schmeckt nicht. Aber wenn man sich erst mal an den billigen Geschmack gewöhnt hat, will man gar nicht mehr davon lassen. Auch als feiner Mensch. Der Dünkel wendet sich nur gegen den Proll, nicht gegen die Wurst.«

»Howgh, Ew. Herrlichkeit haben gesprochen. Ich sag nur Schlaukacke.«

Da saßen sie nun, in der Fremde. Mit Farshids steilen Thesen (seit der *École Said* nur noch steile Thesen). Einer Fremde, die ihnen gar nicht so fremd vorkam, wie sie es sich, allein um der Behaglichkeit der Trauer wegen, gewünscht hatten. Wer glücklich ist am Ende will traurig sein! Schuhe waren ihnen hinterher geflogen, damals, als sie flohen. Eigentlich Sandalen, wie es in der Sure heißt. Aber Polizisten tragen selten Sandalen am Strand. Es waren Schuhe. Sie lachten, jungentoll, sie wussten, wie schnell sie waren, von fetten schweißtreibenden Männern nicht einzuholen – *von triefenden Fettquallen nie und nimmer!* – und warfen dem Polizisten ihre Flip-Flops an den Kopf … und rannten weg. Lachten und rannten weg, so selbstverständlich, als ob Rennen und Lachen ihre Muttersprache wäre. Rannten über den Strand, über die silbrig schimmernden Felsen, vorbei am Beach-Hotel – *Tante Pyjama, Adieu!* –, rannten und lachten, ganz jung, ließen Grausteine und Weißmuscheln hinter sich, den ganzen Tric-Trac-Kram, küssten Neffen und Brüder und Mütter, apfelrunde Großmütter, umarmten und weinten und lachten – *Salam, Shaahinjan!* – packten Rucksäcke, rannten über Dürre und Berge, querten Hitze und Sand, rannten zum Container, das falsche Lächeln des Schleusers (Betrug?), krochen ins Dunkel, flohen übers Meer, über das mintblaugrün gedachte todgraue Meer, rannten in die Kälte, den Morgentau, unter schweren Nebelwolken, durch fette Wiesen und schwarze Wälder, klirrende Fahnen, französisch gewandete klirrende Fahnen, rannten, rannten, rannten – und lachten, als sie Europa fanden.

وَٱلَّذَانِ يَأْتِيَٰنِهَا مِنكُمْ فَـَٔاذُوهُمَا
فَإِن تَابَا وَأَصْلَحَا فَأَعْرِضُوا۟ عَنْهُمَآ
إِنَّ ٱللَّهَ كَانَ تَوَّابًا رَّحِيمًا

Sure 4:16 – Und wenn zwei von euch Männern es begehen, dann fügt ihnen Übel zu. Wenn sie aber umkehren und sich bessern, dann lasset ab von ihnen, denn Allah ist gnädig und barmherzig.

Genau hier – Sure hin, Sure her – setzen wir die Richtungsänderung an, nicht bei der östlichen Umgehungsstraße, nicht bei der Landstraße über Qarchak und Varamin nach Qom – denn kennenlernen sollten die Freunde sich ja schon. Am Strand, beim viel zu fetten, viel zu langsamen Polizisten am Strand setzen wir an, umgehen wir das Verhängnis, ist der Scheideweg, genau hier nimmt das Leben seine Abzweigung, den geplanten und zweckmäßigen und eigenen Lauf. *Im Namen des barmherzigen und gnädigen Gottes.* Und weil Allah, der mit hundertstem Namen *Der Freiheit zum Willen Gebende* heißt – so war er einst gedacht, und so sah ihn Farshid – kein verdammter Hasenfuß ist, heißt er diese Entscheidung willkommen.

Und jetzt sitzen sie also hier an diesem Tisch – dank Allah? dank der Präzision des Zufalls? – und essen Oliven (also doch!) mit Granatapfelmark und Walnuss und trinken wie Hafiz ... sitzen an dieser gewaltigen Holzscheibe, fast acht Meter lang ... *ein Tisch wie eine Ewigkeit* ... und so dick wie ein Männerarm, an der Unterseite mit unsichtbaren Flachstählen bewehrt. Ein schwebender Refektoriumskoloss. Die Oberfläche hatte Shaahin eigenhändig geschliffen, bis zum 5000er-Schleifpapier rauf, nass geschliffen und poliert, nur das obere rechte Eck war naturbelassen, die Rinde teilweise abgesprungen, hier hatte er mit seinem kleinen Laguiole-Messer (ein Geschenk von Onkel Said) die Losung von König Artus' Tafelrunde eingraviert – soldatisch und jünglingshaft (und etwas unpassend für einen Zweiundzwanzigjährigen): *Indem wir einander dienen, werden wir frei.*

Es ging ihnen gut. Dank Shell. Natürlich ging es ihnen gut, es war ihnen auferlegt. Im Becher funkelte Forughs Wein, und es perlte die Pepsi. Der Status *Réfugiés mineurs non accompagnés*, das kam für sie nicht in Frage. *Unbegleiteter minderjähriger Flüchtling*, um Gottes Willen, nein! Keine Erstaufnahmeunterkunft in Gebäuden kahler Wände, kein Ausrutschen auf dem spermaverschmierten Holzrost der Duschen. Von übelriechenden schweißschmatzenden Adiletten ganz zu schweigen. Auch keine Immigrantensonden in Lastwägen. So Unwürdiges – ganz ohne Menschengefallen – war nicht vorgesehen. Nein, ihre Perspektive war reich, märchenhaft reich.

Vielleicht waren sie etwas dreckig als sie in Paris ankamen, damals bei Onkel Said, das schon. Verschwitzt und dreckig. Aber reich, das wussten sie. Oder würden es sein. Sie standen vor dem Portal der Avenue Foch Nr. 44 und zögerten. Sieben Jahre ist das jetzt schon her. Keiner von ihnen kannte Onkel Said, noch nicht mal Shaahin, sein leibhaftiger Neffe. Die anderen nannten ihn nur so, schon lange bevor sie ihn kennenlernen sollten. Aber Onkel Said musste es sein, er war der einzige Verwandte im Ausland. Der einzige Halt.

»Ein etwas altertümlicher, knöcherner Halt vielleicht, vorzeitig vergreist, ein wundes, abgenutztes Herz, mag sein, er lebt in einer versiegelten Zeit«, sagte Großmutter, »aber immerhin: bis ihr weiterzieht, wird's genügen, fürs Erste genügen. Ein klappriger Bourgeoisie-Schrat zwar, grandios verwirrt, bis unter den Kajalstrich selbstverliebt, aber einnehmend wie die Tore unserer Gefängnisse. Keine Sorge, Onkel Said ist reich, ihr braucht nicht zu knausern. Letzthin, stell dir vor, Shaahin, hat er in einer noblen Pariser Galerie das Werk einer britischen Turner-Preisträgerin gekauft, ein Triptychon für 24.000 Euro, gerade mal so, gewissermaßen aus der Portokasse, irgendwas komisch Unscharfes, Verpixeltes: *Iranian Rape.*

Und für einen kaputten Teller von Ai Weiwei mit dem Titel *Tribute to Chinese Politics* hat er bei Sotheby's London sogar 27.000 £ hingelegt.

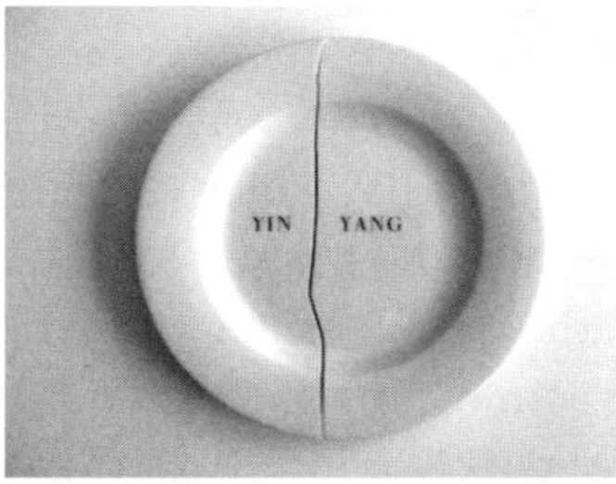

Du siehst, das Erdöl, das Shell seinerzeit auf dem Boden meiner Eltern gefunden hat, die Petrodollar – *deine imperialistischen Devisen, deine Schwarzgeldkonten,* sagte Großvater, du siehst, Shaahin, er lässt nicht ab vom Sticheln –, sie reichen noch für Generationen. Und trotz seiner Einsamkeit – eine ziemlich perverse Leidenschaft, ich weiß, er versinkt in ihr, wie das alte Venedig im Moder der Lagune –, er wird für euch da sein, er hat nichts anderes.

Damals hat er gezahlt, mit persischer Münze, zuerst mit der Schah-Seite, dann, zwanzig Jahre später, mit der Mullah-Seite. Die zwei Seiten unserer Medaille, unser Leben seit langer Zeit. Despoten-Währung. Er konnte den Mund nicht halten. Ein Gedicht, zwei fatale Verse:

Denn nur, wer, verdammt, den mut hat, frei zu fassen
Das leben, wird leben und nie zugrunde gehn.

Was ihn ärgerte: Er wusste nicht, ob er eines schlechten Gedichts wegen verfolgt wurde (das hätte er nicht verwunden) oder seines Inhalts wegen. Immerhin, von *Oberschülerinnenreimerei* war in einer Besprechung die Rede, von *herzerweichender Backfischlyrik*, von *geharnischtem Kitsch*, dabei schienen ihm seine Verse so kostbar wie jene aus Hyperions Schicksalslied: *Die leidenden Menschen / Blindlings von einer / Stunde zur andern / Wie Wasser von Klippe / Zu Klippe* ... Natürlich war das nicht nur übertrieben, es war, allen Realitätssinn verlierend, über die Maßen arrogant. Seitdem auf alle Fälle ist Schweigen seine erste Natur, trübte sich sein Blick in die Zukunft. Wie schockerstarrt lebt er vor sich hin, eingeschlossen in einer Oubliette, in der die Uhren, wie in Giorgiones *Gewitter*, stehen geblieben sind auf alle Zeit; der frühe Ausklang eines Lebens ohne Wünsche und Erwartungen, grau und aschen, untergegangen im dunklen alles verschlingenden Moor des Vergessens. Das Leben als marche funèbre.

Wie oft habe ich ihn mir als Direktor, oder besser noch als Wächter eines Museums der stehengebliebenen Uhren vorgestellt? Immer wieder konnte er – eine Leidenschaft, die er von Großvater geerbt hatte – Rückert zitieren: *Ich bin der Welt abhanden gekommen / Mit der ich sonst viele Zeit verdorben.* Er konnte das ganze Gedicht auswendig, im Original, und wenn er irgendwo die Mahler-Vertonung dazu hörte, Anne Sofie von Otter im Radio zum Beispiel, dann begann er mitzusingen, die Töne schrecklich schräg – in den tiefen Lagen ein Brummen, in den hohen kaum besser als Florence Foster Jenkins –, aber die Worte geradeheraus, absolut textsicher.

Manchmal habe ich Watanabe in ihm gesehen, Shaahin, aus Kurosawas Film *Ikiru*, so verloren. Kennst du *Ikiru*?

Das Leben ist kurz.
Verliebt euch, ihr Jungfrauen,
bevor das Purpurrot
eurer Lippen verblasst.

Kann ich dafür, dass meine Liebe zum Leben nie erwidert wurde? So sieht Onkel Saids klebriges Selbstmitleid aus, Shaahin, sein faulendes Gemüt, sein lustvolles Schmachten nach Melancholie, das obszöne Liebkosen seiner Tristesse. *Sie lassen nach, die Menschen, wenn man sie kennenlernt; irgendwann hat man sie durchgeliebt.* Wenn du mich fragst, er macht es sich gemütlich in seiner Depression: *vom Tod vergessen, von der Liebe verachtet; vielleicht sollte ich meine Haut austauschen.* Er sammelt Schwermut auf Vorrat. Wie viele Säcke hat er im Keller? Immer wieder zitierte er diesen Tropf Maeterlinck, dessen Pelléas:

Doch, doch, ja, ich bin glücklich, doch ich bin traurig.

Liebe gibt es nicht, sagte er. *Amor ist ein sinnlos verspieltes Bürschchen, ein rücksichtsloses trotziges Jüngelchen, nicht selten ein Rotzlöffel. Verzärtelt zwar, aber Rotzlöffel. Die Liebe: ein kurzes Rasen, dann Gewöhnung, wenn's dumm kommt ein Leben lang, ein rostbrandiges Leben lang.*

Das Alter als Niemandsland, als Sperrzone, unzugänglich für das Leben – wie kann man nur? Nein, sich seiner Enttäuschung hingeben wie einer Religion, das ist unanständig, Shaahin. Die Amöbenhaftigkeit des Seins beklagen – *ein Elementarteilchen auf einem Hundehaufen,* so sah er sich –, als ob uns das von unserer Verantwortung, unser Leben zu leben, entbinden könnte. Dieses Wir-leben-auf-einem-Staubkorn-im-Universum-Gewäsch, hat uns das je weitergebracht?

Weißt du, wie Großvater das sah? also das mit dem Alter: *Man darf nicht alt werden. Man muss sich weigern. Geh nie greisenhaft gebückt. Gewöhn dich erst gar nicht daran. Ein Leben lang Kind, das ist der ganze Trick beim Gelingen des Alters, des Lebens. Bleibe Wildwuchs. Immer. So ist es, oder auch nicht.*

Natürlich war das Unsinn, dieses ewige Peter-Pan-Bla-bla. Aber es war auch großartig. Großartiger Unsinn. Ganz anders als dein Onkel, der mir immer vorkam wie ein Seestern, seelenlos dahinvegetierend, älter als die Zeit. *Warum ist Jugend nicht dem Alter gegeben?,* fragte er. *Jugend ist immer an Jugend verschwendet, nie ans Alter. Seit wann versteht Jugend etwas von Jugend? Jugend weiß doch nie Jugend zu nutzen. Erst das Alter ...* Ich habe immer Mutterschmerzen gelitten, wenn ihm die Angstblüte ins Gesicht geschrieben stand, sein beinschwarzes Denken, wenn er vom *Krebsgang des Lebens* gesprochen hat, schlimmer noch: vom *Leben als Schüttellähmung.* Dieses Lebenstableau im Chiaroscuro, mehr *scuro* als *chiaro* ... das Leben als fortdauerndes Begräbnis, als kitschige Schmerzenselegie ... *Ich bin nicht gestorben, schlimmer: ich lebe* ... was hat ihn nur dorthin gebracht? Doch nicht unser persisches Los? ... *Tu t'en vas sans moi, ma vie* ... Noch nicht mal Whisky, sein geliebter Whisky, konnte sein stählernes Korsett aufbrechen, nicht drei, nicht vier Gläser, keine Flasche, keine Gallone, alles hat er versucht, immer verschlossen wie ein Bleisarg.

Das Leben ist nicht kostendeckend. Reiß die Angst aus Kopf und Herz! Vergeblich, mein Appell, Shaahin. Es hat nichts genützt. *Mein Herz schlägt unregelmäßig, schlägt nicht im Rhythmus des Lebens*, hat er genölt. Seine Wehmut war wie ein Gewürm, das sich in einer faulenden Wunde suhlt. Stell dir vor, Shaahin, schon morgens, kurz nach dem Aufstehen, konnte er sagen: *Hoffentlich ist bald Nacht, damit ich schlafen, der Alltag wieder verschwinden kann im Dunkel.* Er stand vor dem Badezimmerspiegel – na ja, weniger vor dem Spiegel, als eher neben sich – und schaute dem Verstreichen der Zeit zu. Dabei, die Zeit macht doch auch nur ihren Job.

Meine Empfindungen sind so vorhersehbar, sagte er mir einmal, *die Geborgenheit nur eine gelbstichige Erinnerung, zurückgelassen in den sommertrunkenen Heimatnächten, in den paradiesischen Gärten meiner Kinderzeit – le monde d'hier. Nie wieder bin ich im Schattenspiel unserer Bäume erwacht – pays perdu.*

Mit solchen Dingen liegt er mir in den Ohren, Shaahin, wirklich ... mit diesem unsäglichen Kitsch, mit diesem Capri-c'est-fini-Trübsinn, seit Jahren ... *Persien, das Schatzhaus meiner Sehnsüchte, mes souvenirs d'amour* ... als ob er es persönlich erfunden hätte, dieses Land, als ob man alten Zeiten ungeschoren hinterherleben kann, als ob wir ein Recht hätten, die verlorene Zeit zu richten. *Meine Heimat, das Nirgendwo*, der pure Defätismus. Manchmal habe ich mich für dieses Memmenhafte geschämt, fremdgeschämt, so weinerlich, so abgrundtief weinerlich, dieses ewige Trölen und Nölen ... *all die schönen Erinnerungen, schrecklich!* ... Einfach vom Leben desertieren, wie kann man nur? Ist es nicht immer Aufstieg und Fall? So what? *Die Menschen befinden sich selten am richtigen Ort*, auch so ein Un-Satz. Ich kenne sie alle auswendig, seine Überdruss-Sätze: *Arglist & Hinterlist, die DNA des Lebens.* Wie ein Skarabäus rollt er seinen immer größer werdenden Mist vor sich her, bis ans Ende der Zeiten.

Mir ist speiübel, Shaahin. Jetzt, wo ich das alles erinnere, diese bleischweren Sätzen, die nach Erbrochenem riechen, wird mir schlecht, sie liegen mir im Magen, ich möchte mich übergeben.

Weißt du, Shaahin, ich habe mich nie daran gestört, dass er anders war, als Kind, und später, anders als all die anderen, seiner Zeit so unähnlich, so fern, den Menschen so fremd. Mir war doch immer herzlich egal, wohin die Liebe fällt, und sei sie noch so kitschig. Natürlich hat das Leben eine Unwucht, ich sage doch nichts anderes, aber gibt es nicht Gegengewichte, zum Auswuchten? Als ob ich nicht wüsste, schließlich war Großvater mein Lehrmeister, dass Liebe kein Zuckerschlecken ist. Trotzdem, er übt sich lieber im Lamento, wird nicht müde, dieses wehleidige *Chaque-homme-dans-sa-nuit* seines lebenslangen Anwalts Julien Green zu wiederholen. *O eingerastetes Leben. O gestocktes Blut.* Aber Leben ist Gegenrechnen, habe ich ihm gesagt, auf der Habenseite steht immer mehr als man denkt, liste es auf, den Rest vergiss. Geh in Opiumhöhlen. Vergiss! Notfalls korrigiere die Bilanz, lerne von den Wirtschaftsganoven. Das Leben ist Spiel, es muss geschummelt werden. Schreibe die Zahlen der Aktivposten größer, so groß, dass sie das Soll überdecken, fett und breit rüberschwappen auf die andere Seite, etwas kreative Buchführung tut manchmal not. Für schlechte Erinnerungen gibt es ohnehin eine Verfallszeit. Also wenn schon Green, dann richtig: *Das Vergessen ist eine Wahl, dank der allein das Wesentliche übrig bleibt.* Aber wie will man ein mit hart gebranntem Klinker zugemauertes Herz schon erreichen? Und prompt schallte mir dann auch schon sein geballter Trotz entgegen: *Vergessen ist das Sterben der Ereignisse, ihr Tod. Ich will nicht ohne Erinnerungen leben, will behalten.* Aber was zu viel ist, ist doch zu viel, oder? Fast, als ob er Schiit wäre, einer dieser Schiiten, die ihre Kränkungen pflegen wie alte Weiber ihre Hühneraugen, bis heute nicht vergessen können, dass ihr Prophetenenkel Hussein in der Schlacht von Kerbela von den Sunniten abgemurkst wurde, vor tausenddreihundert Jahren! … einzig um die ollen Kamellen immer wieder rauszukramen und den Zwist alljährlich von Neuem feierlich zu befeuern.

Manchmal hatte ich den Eindruck, das Wort *Erinnern* war alleine für ihn erfunden, so sehr wie er das Vergessen verweigerte.

Alte Erinnerungen eifersüchtig hüten, was soll das? Erinnerung tötet! Mehr zumindest als sie rettet. Wer auf seinen Erinnerungen sitzt, wie die kolumbianische Sturzbachente auf ihrer Brut, dem bleibt natürlich wenig Zeit für sich selbst … und die Freiheit. Und wenn ich ihm dann noch Großvater als Vorbild … dann wurde er richtig böse: *Vater ist nur zu faul, sich zu erinnern, hat einfach ein verdammt träges Gedächtnis … dazu 'ne ganze Menge gefälschte Erinnerungen, zumindest weichgezeichnet. Oder weichgespült? Manchmal denke ich, er ist im Zustand der puerilen Amnesie stecken geblieben.*

Oder sein *Wir-alle-sind-Fischer-auf-dem-fischlosen-Meer.* Warum nur wirft er nicht einfach ein paar Fische hinein und angelt sie dann, frage ich dich, Shaahin. So einfach kann doch Leben sein. *Le bonheur sans cause,* um noch mal den alten Green … *das Glück ohne Anlass.* Aber nein, lieber legt dein Onkel die Hände in den Schoß, besser gesagt: in sein Erbe. Dieses Lehnstuhl-Gehabe … Ts-ts-ts. Er hätte auch den Sieg des Überflüssigen über das Notwendige feiern können, Gebrauch machen können vom Unbrauchbaren, dieses blöde chinesische Philosophiegedöns, so hätte Großvater das gemacht, unser Pläsier-Mensch, einfach um das Leben zu feiern, nach der Devise: *Ein glücklicher Fischer auf dem fischlosen Meer. So wenig wie möglich schuldig werden*, sagte er, *der Rest ist Geschmeidigkeit.* Ja, dein Großvater ist ein anderes Kaliber, Shaahin. Auch wenn seine Eskapaden manchmal anstrengend waren … immer noch sind. *Much madness is divinest sense,* wie oft hat er mir das mit diabolischem Grinsen entgegengeschleudert.

Ja, *madness.* Weißt du, wie wir uns kennengelernt haben, dein Großvater und ich? Also unser wirklicher Gründungsmythos, nicht diese Phantastereien von einem erfrechten Sieg an der Reling. Ja, es war auf der Überfahrt nach New York, stimmt schon. Aber nicht an der Reling, wie er immer behauptet. Nein, er saß Whisky oder Whiskey trinkend, also entweder irisch oder amerikanisch benebelt, an der Bar des Dampfers, lallte eine Humphrey-Bogart-Phrase vor sich hin, *Man muss dem Leben immer um mindestens einen Whisky voraus sein*, oder einen anderen amerikanischen Stuss, und brabbelte vor sich hin: *Die Nächste wird es. Die nächste Schöne. Die nächste schöne und Esprit sprühende Frau, die innerhalb der nächsten Stunde hier vorbeikommt, soll meine Frau werden, ich werde sie umwerben, auf Teufel komm raus, mit ihr werde ich mich in die Welt werfen.* Genauso hat er es gesagt: *auf Teufel komm raus in die Welt werfen.* (So hat es mir der Barkeeper anderntags erzählt, etwas frivol; Großvater war der einzige Gast, und der Barkeeper ging also der Berufung aller Barkeeper nach: Er sammelte Geschichten für Freunde und Kollegen.) Aber die schöne Frau kam nicht, nicht innerhalb der vorgegebenen Stunde. Alle hässlich. Glaubst du, Shaahin, das störte ihn? *Manchmal ist der Zufall jenseits allen Zeitgefühls, dann verspätet er sich. Man muss ihm dann ein Viertel Stündchen mehr Zeit geben, pünktlich zu sein. Warten wir auf ihn, haben wir Geduld, lauern wir ihm auf. Nicht nur die universitäre Lehre, auch das profane Leben hat cum tempore verdient.* Und tatsächlich, glaube es oder glaube es nicht: ich kam. Und habe ihn angesprochen. Ich habe *ihn* gesehen, nicht er *mich*. Wir tranken noch bis drei Uhr nachts, Großvater, der Barkeeper und ich. Bis drei Uhr nachts. Danach …

Na ja, vielleicht stimmen auch beide Versionen irgendwie, die Reling- *und* Barversion.

Letzthin saß Großvater – auch so ein *madness*-Fall – in seinem geliebten Voltaire, seinem kitschig vergoldeten Louis-Philippe-Fauteuil, den er von Darius, seinem Studienfreund, zum Sechzigsten geschenkt bekommen hatte. Er hörte diese schwüle Treibhausmusik von Ravel, den *Bolero*, die lange Version von Celibidache mit den Münchner Philharmonikern, 17 Minuten, 6 Sekunden, dieser quälend in alle Ewigkeit hinausgezögerte Orgasmus, und träumte vor sich hin, kognitiv etwas behindert, wenn du mich fragst, aber selig wie die Sonne. *Was ist los mit dir?* habe ich ihn gefragt. *Ich richte mich ein im Nutzlosen, im Unnützen, ich lerne die Langeweile, das Lassen-Tun.* Hat jemals jemand einen solchen Unsinn gehört, frage ich dich, von einem Professor? Wie Duchamp in den Tag trölen, die Tugend des Nichtstuns feiern ... Ts-ts-ts-ts. Und dann: *Nur wer die nachtdunkle Hoffnungslosigkeit liebt, ein Hoffnungsloser ist, ein Hoffnungs-Loser, ist frei. Gegen jede Hoffnung hoffnungsvoll lieben. Sich einfach in Zeit und Raum bewegen – nichts wollen. Das Leben, ein Farb- und Klanggedicht. Es leben, als ob dich morgen eine Vogelspinne beißt – endlich.* Praktische Philosophie hat er das genannt, die Kunst der Kunst. Philosophie, die zählt, habe auf ein Reiskorn zu passen, alles andere: Stubenhockerdenken, Königsberger Lehnstuhlphilosophie, ungelüftet, nicht zurechnungsfähig. Sein Standard-Beispiel war Wittgenstein: *Wovon man nicht sprechen kann, darüber muss man schweigen.* So ein Unfug! Natürlich kann man sinnlos sprechen (er selbst ist der beste Beweis), muss es sogar, sonst kommt man nicht weiter. Heimwerker-Denken ist das, wenn du mich fragst, Shaahin. Sometimes he drove me crazy. Es war nicht immer leicht, das auszuhalten, diesen gespreizten Unsinn, diese bunte selbstgefällige Dufy-Zufriedenheit. Wie konnte er nerven mit seinem: *So ist es, oder auch nicht*, oder seinem: *Alles ist immer.* Mit seiner Lust am Augenblick: *Die Zeit kostet nichts.* Immer mehr Grille als Ameise. Und auch dieses eigenartige Sätzlein: *Meine großen Gedanken habe ich alle verloren,* das sich immer wieder – auf unheimliche, unverständliche Weise – abwechselte mit dem Satz: *Meine großen Gedanken habe ich nie verstanden.* Was sollte das? Er wird als geistenthemmter Sprücheklopfer in die Geschichte eingehen.

Am irritierendsten aber (um ehrlich zu sein, es war nahezu unerträglich) war sein penetrant wiederholtes Diktum *Wer denkt, lebt nicht. Intelligenz, mit der man den Tag verkleckert, ist Dummheit.* Seine penetrante Weigerung, denken zu wollen, wissen zu wollen: Attitüde! Nichts als Attitüde, sage ich dir. Den selig Nichtwissenden geben, die Unwissenheit wie ein reich verziertes liturgisches Gerät vor sich hertragen, nichts als Show. Hartnäckiger als eine Napfschnecke auf ihrem Stein klebte er an diesem Nonsens. Er war Professor, Shaahin, er *musste* denken, *musste* wissen, was sollte das? Obwohl. Eigentlich gehörte er zur Familie der Faultiere, keine sieben Meter legte er am Tag zurück, es könnte also schon sein, dass er ... Er blieb dabei: *Wer nichts weiß, kann nichts vergessen. Wer vergesslich ist, vergisst auch seine Dummheiten.* Später, als die Demenz – die ganz natürliche, nicht die medizinische – sich ihm näherte, lautete der Satz: *Ich habe noch gar nichts gewusst, da habe ich schon vergessen, aber wie!*

Manchmal habe ich deinen Großvater nicht verstanden, sein Kryptozösisch, fließend hat er es beherrscht: *Mein stilles Wissen aber geht gegen unendlich.* Aber besser so, als diese ranzige Trauer deines Onkels, dieses vom Herbsthauch umwehte Leben, süchtig nach Einsamkeit. Du musst dich nicht jedem Leid hingeben, habe ich ihm gesagt; wenn die Welt in Scherben geht, setze zum Höhenflug an, du kannst es machen wie Freund Modigliani im 1. Weltkrieg: schöne Frauen malen, ganz zärtlich. Mitten im großen und größten Verstümmeln glühend leuchtendes Fleisch malen, schwindelerregende Haut. Die Erhabenheit des Lebens feiern, die Lust, und sei sie noch so nuttig, mitten in der Apokalypse.

Aber das Leben an sich vorbeiziehen lassen wie Regen, chronisch ziellos durch Tage und Nächte taumeln, nein, das gehört sich nicht. Ständig an der Inventur seiner Lebensmöglichkeiten rummachen, einzig das Bollwerk Vergangenheit verteidigen, wie einfältig kann man eigentlich sein? Wusste er nicht, dass es nicht nur *eine* Vergangenheit gab, immer nur mehrere, sich durchaus widersprechende, überlappende? Viele Lesarten. Aber dann, stell dir vor, Shaahin, als ob es nicht schon genügend Ungereimtheiten gäbe im Leben, sagt er: *Zorba le Grec, mein Lieblingsfilm, diese unbändige Freiheit.* Ausgerechnet Said, unser geistiger Revierhirsch, unser Freiheitsverrächter. Wirklich, das hat er mir unlängst zugeflüstert, fast triumphierend, als ob er ganz zufällig etwas unheimlich Wertvolles im steinzeitlichen Museum seiner Erinnerung gefunden hätte, in den düsteren Grabkammern seines Gedächtnisses. Genauso wie er ab und an Kierkegaards *Mut ist das einzige Maß im Leben* im Munde führt. Wie kann man sich nur derart entfernen von Vorsatz und Ziel, zumal wenn man ständig rumläuft wie ein Bruckner-Adaggio, endlos ersterbend?

Ich habe ihn spät entdeckt, Shaahin, den Komfort des Vergessens, er ist nicht hoch genug einzuschätzen. Ich war selbst mal auf diesem unerbittlichen Trip, habe Erinnerungen vergeudet ohne Ende.

Weißt du, wie Großvater sich manchmal nannte: *König glücklicher Vergessenheit,* und brüllte dann unüberhörbar hinterher: *Was heißt da: ›The past is never dead. It's not even past?‹ Bullshit, Faulkner! Nein. Die Gegenwart feiern, die Vergangenheit feuern, darum geht es. Lass die Vergangenheit dort, wo sie hingehört: in der Vergangenheit. Lasst uns Hier- und Jetztmenschen sein. Das Leben, ein Erdrutschsieg!* Freunde beklagten solcher Trivialitäten wegen seine Eintopfseligkeit. Wie keiner hat er die Kunst des Vergessens, oft ging sie mit einem geradezu sakralen Bedürfnis nach Ignoranz einher, zelebriert. Auch wenn ich gealbert habe – *du meinst Vergesslichkeit* –, manches, das habe ich gelernt (spät, ich gebe es zu!), ist definitiv besser *hinter* den Vorhängen der Erinnerung aufgehoben. Ihr Wesen ist das Verschwinden, ihre Gnade die Vergebung, egal, was da für Unrecht war. Da hatte er schon recht, da sprudelte es bei ihm nur so: *Die Gegenwart gegen die Vergangenheit und Zukunft verteidigen ... Die Erinnerung vergessen, aus dem Vergessen den Mut schöpfen für Neues ... Vergessen untergräbt den Hass, Vergessen schützt ... Nachdrücklich vergessen heißt ausdrücklich leben ... Ein Lob auf alle friedliebenden Kif rauchenden Vergessenheitssucher dieser Welt ... Das Leben braucht eine Oblivionsklausel, eine Oblivionsklausel wie der Westfälische Friede.*

Wie fremd ihm doch diese in Aspik eingelegten Erinnerungen deines Onkels waren, diese ungehemmte Morbidität. *Aspik? Kunstharz ist das,* höhnte er, *da ist kein Rauskommen mehr, eingekerkert für alle Zeit. Um endlich wieder anzukommen im Hier und Jetzt, müsste er schon den halben Lethe leer trinken. Wie Lots Weib schaut er zurück, immer nur zurück, und zack: Salzsäure. Stuporverdächtig.* Es gibt keinen größeren Unterschied als den zwischen deinem Großvater und deinem Onkel: hier ein ungestüm sprudelnder Quell, selbst noch beim Erlernen des Müßiggangs (*das einzige Fragment von Gottähnlichkeit, das uns noch aus dem Paradiese blieb,* hier war ihm Gott dann doch recht), dort ein versiegter Brunnen, oder besser: ein mit Selbstmitleid gefülltes Fass, überlaufend. Der eine so weltseitig wie nur was, der andere nur sich selbst im Blick. Die Dinge des Lebens haben *mir* zu dienen, nicht umgekehrt, das war Großvater. Und dann erinnerte er sich immer an Hartley. Eigentlich mochte er Hartley nicht, L. P. Hartley, den Proto-Briten. Mochte ihn nicht, weil er ihn als *literarisch hervorragenden Langweiler* sah (wobei mir nie ganz klar war, ob er das *hervorragend* auf *literarisch* bezog oder auf *Langweiler*), vor allem aber: *O dieser eitle Oberschichten-Hanswurst mit seinem Klassendünkel, diese unselige Cricket-Seligkeit. Wie kann man dieses unappetitliche Gentleman-Getue nur aushalten? Adelsgeschmeiß, britisches!* Und doch, ein

Satz aus seinem *Go-Between* war ihm heilig: *I expected things to go my way, and without much conscious effort on my part. I had only to wish them to serve me and they would.* Dass *die Dinge ihm dienten*, ihm allein zu dienen hatten, das gefiel ihm. Onkel Said war meilenweit davon entfernt.

Wenn wir, Said und ich, im Schattenfeld unseres Mispelbaums saßen (dem gleichen Mispelbaum, unter dem auch du … weißt du noch? … dort haben wir immer unseren Joghurt mit Muskat getrunken), dann habe ich auf seine Haare geschaut, wunderbar energiestrotzendes, vom Pimentöl zimtduftendes Haar, als ob es das Leben nie würde angreifen können … und auch ihn nicht. Wie man sich doch täuschen kann, so schütter wie beides nun geworden ist. Einfach aufhören zu leben, wie man aufhört, Federball zu spielen, von heute auf morgen, das will einer verstehen.

By the way, Shaahin: An irgendeinem unserer Hochzeitstage (ich musste ihn natürlich, als ob alle Familienklischees ein imperatives Recht auf Erfüllung hätten, jedes Jahr aufs Neue daran erinnern, worauf er stets kehrreimartig erwiderte: *Was kann ich für die Treulosigkeit meines Gedächtnisses*) sind Großvater und ich Tee trinken gegangen. Im Tee-Haus von Aznavuryan (er wurde später unser Lebensmensch) gab es zwei Bleche mit Baklavas zur Auswahl. Auf dem einen etwas größer geschnittene Stücke, auf dem anderen kleinere, beide wunderbar goldbraun. Ob groß oder klein, das interessierte ihn nicht. Groß bedeutete: es schmeckt länger. Klein bedeutete: weniger Kalorien. *Das Leben ist voller Vorteile, man muss nur wählen. Messer raus, Wurm raus, fertig ist das Leben.* So war er, mein Pläsier-Mensch. Es war ihm egal. Etwas einfach gestrickt, aber liebenswert. *Savoir faire* war sein liebstes Wort. Weißt du, was sein Lieblingskuchen war? Tarte Tatin. Und weißt du, warum? Er konnte sich nicht einkriegen vor Freude darüber, dass dieser herrliche Kuchen dem Zufall geschuldet war. Er wurde nicht müde, die Geschichte der tütteligen Tante Tatin zu erzählen, die eine Kuchenform mit Apfelschnitzen – aber ohne Teig! – in den Ofen geschoben hatte, und, als sie ihr Missgeschick bemerkte, einfach Teig oben auffüllte und nach dem Backen das Ganze stürzte. Die Tarte Tatin war gefunden (erfunden?). Vom Schlamassel blieb das Massel, vom *schlimmen Glück* das Glück. Aus einem Unfall Welt-Pâtisserie machen, das gefiel ihm: *Genau genommen ein Fall von Serendipität, meine Liebe, wie auch die »Erfindung« der Autoreifen. Und Kondome. Purer Zufall. Zufall durch Schusseligkeit. Erinnerst du dich? Charles Goodyear war sein Schwefel-Kautschuk-Gemisch auf ne Heizplatte gefallen, aus Versehen, und die Vulkanisation war erfunden ... und damit der Gummi. Man sollte das Fallenlassen üben, meine Liebe, da entstehen schöne Dinge. Kuchen & Kondome. Mit Schusseligkeit kann man die Welt erobern. Kein Tierdarm mehr für das Praktizieren der Liebe, geschweige denn kratzende Leinensäckchen, das ist doch was. Sich von Zufällen ernähren, einzig und unablässig – das ist es.*

Aber zurück zur Erinnerung, Shaahin. Ich persönlich habe sie immer wie mein Cortázar-Cronopium gehandhabt: einfach *lose zwischen fröhlichen Juchzern im Hause herumliegen lassen.* Denn kann man sie wirklich ernst nehmen, so oberflächlich wie sie daherkommt, so wischi-waschi?

Aber leider, unserem Said fehlt diese Seligkeit, das Hexenwerk der Leichtigkeit. Zum Handwerk des Lebens gehört Vergessen. Und Leim. Viel Leim. Mit Zwingen allein ist das Leben nicht zusammenzuhalten, sie lösen sich mit der Zeit, das kann dir jeder Tischler sagen. Falltüren für falsche Erinnerungen wären eine Möglichkeit.

Immer war er ein Fremder in seiner eigenen Vergangenheit, unser armer Said, ein Grossist der Sentimentalitäten. Als ob es im Dunkel dieser mit Brettern vernagelten Welt ein ordentliches Leben gäbe. Nein, er wusste noch nie etwas Schönes aus seinen Tagträumen zu basteln, die Tonne des Diogenes als Palast zu sehen, das Leben als Amour fou. Stattdessen wird er an den Lastern seines unerfüllten Lebens zugrunde gehen. Ausgeschlagene Lust stirbt ab, und mit ihr das ganze Fleisch, ist es nicht so, Shaahin?

Ja, wie ist das eigentlich, wenn die Verwirklichung stirbt? Nicht langsam, in Raten, wie bei uns anderen, den Weltlichen, sondern mit einem Schlag, von heute auf morgen? Das Leben, wie wir es uns vorgestellt haben – weg. Damals war es, als er seine Zukunft an – ja, an was? an die Leere? an das Nichts? – verpfändet hatte und nie mehr einlöste. Damals war es, als er sein zusammengekrümmtes Engerling-Dasein begann. Ein Engerling mit Phantomschmerzen, wenn du mich fragst. *Meine Zukunft ist meine Vergangenheit, meine Trauer ist Trost.* Wie viele Wände der Avenue Foch könnte er mit diesem Elendstrief, diesem morbiden Nonsens tapezieren? Alle? Würden ihre Flächen ausreichen?

Wie Flaubert sich mit Emma identifizierte, begann er sich eines Morgens mit Maupassants Jeanne zu identifizieren: *Jeanne, c'est moi. Was bleibt mir noch zu tun?*

Eine Zeitlang hatte er es mit dem Verseschmieden à la Verlaine versucht, oder Rimbaud, aber nein, auch das half nicht.

Bis heute ist sein Leben ohne Struktur, sind seine Tage konturlos. Er steht auf, wie es kommt, er geht ins Bett, wie es kommt. Ein breiiger

Alltag, in dem er vergeblich zu schwimmen, zu atmen versucht, einzig da, um schon in der Gegenwart Erinnerung zu werden. Stundenlang legt er Patiencen: *Die Abende füllen, den Schmerz der Nächte.* Stundenlang versinkt er in einem Meer aus Kissen und Plumeaus, tags den Abend erwartend, nachts den Tod. Wovon lebt er, frage ich dich? Von Luft? Von Melancholie? Kann man Melancholie mit Zärtlichkeit erschlagen, mit Menschenzärtlichkeit? Ich würde es ihm wünschen.

Großvaters Reaktion auf Saids Todesgesäusel war unerbittlich: *Mit dem Tod kann ich mich noch beschäftigen, wenn ich tot bin. Dum vivimus, vivamus. Solange wir leben, lasst uns leben. Dieser Schnösel mit seinem todschickem Stundenglas und seiner schneidigen Sense interessiert mich nicht, noch nicht mal als kunsthistorischer Vanitas-Quatsch. Soll er doch kommen, der eitle Sack, ich hau ihm Eine in die Klöten.* Und in Bezug auf Saids Vergangenheitsmanie: *Der Kopf ist nicht das Gefäß der Vergangenheit, die Psychoanalytiker spinnen. Wenn man wie Keats tuberkulosegequält nur noch ein »posthumes Leben« führt, dann hat Leiden seine Berechtigung, er kann nicht anders, aber unser kleiner Erinnerungspornograph, der soll seinen Arsch heben und … Nie an den Ufern der Wollust stranden, wie soll das gut gehen!?*

Dabei hatte alles so fröhlich begonnen bei ihm, das Lachen der Kindheit, das Tollen der Jugend. Bis S I E kamen. Mit ihnen und ihrer lügenplumpen Revolution brach unsere Gesellschaft auseinander, so wie ein Kontinent auseinanderbricht durch wild gewordene tektonische Kräfte. Ein von dünkeldummen Pfaffen sklerotisiertes Land ist ein verhunztes Land, ein Schauderland, ein Totenreich auf Erden. Da aber solch eine Wirklichkeit nicht für Sehnsuchtsmenschen taugt, *überkam ihn die Trauer, wie die Steiß-Räude das Rind* (O-Ton Großvater).

Unser Said, er war ein guter Junge, Shaahin. Wirklich. Bei uns zuhause schwirrte er noch als persischer Schmetterling umher, mit frisch entfalteten Flügeln, leicht wie eine Daune im Frühlingswind. Inzwischen aber hat er das Fliegen aufgegeben und ist in eine französische Puppe geschlüpft. Letzte Woche habe ich mit ihm telefoniert. Weißt du, was er gesagt hat: *Ich habe zwei Schatten auf der Lunge. Einer heißt Pahlewi, der andere Chomeini, sie machen mir das Atmen schwer. Der Pfau hatte tausend Augen, und die Mullahs haben einen langen Arm.* Unsinn, was sollen *wir* da sagen, hab ich ihn gefragt. Er hat doch gar nichts mehr mit ihnen zu tun? Als ob es je etwas genützt hätte, die Vorsehung anzuklagen; allein ihr merkwürdig perfider Sinn für Humor, was will man davon halten? Sicher, Iran wird heute grausam buchstabiert: Inquisition · Religionswahn · Angsttraum · Narzissmus. I.R.A.N.

Die Versalien der Hölle, der Missbrauch einer Nation, ihr absurdes Übertöten. Wir leben wie waidwunde Tiere, im Schutz rebschwarzer Dunkelheit suchen wir den Tod. Aber du, du lebst doch in Schlampampenland, lebst ein dolce far niente ohnegleichen. Was stellst du die Borsten auf gegen die Welt?

Ja, Shaahin, er hat geweint. *In das Verschwinden sich einüben, alleine darauf kommt es an.* Mehr fiel ihm nicht ein, dem Dolm. *Zwischen Kot und Urin geboren, was kann man schon erwarten?* Grässlich! Dabei ist sein Mittagsdämon doch schon längst vorübergezogen. Und stell dir vor, dann schlachtete er noch unseren Hedayat für sich aus und tat so, als ob das Sätzlein von ihm wäre:

در زندگی زخمهایی هست که مثل خوره در انزوا روح را آهسته در انزوا می خورد و میتراشد

Es gibt im Leben Wunden, die wie die Lepra, langsam, in der Einsamkeit an der Seele zehren.

Glaubte er wirklich, dass ich seine Anleihe nicht bemerken würde? Wer kennt ihn nicht, unseren Hedayat? Am liebsten hätte er Klatschmohn gepflanzt für sich, Klatschmohn, unsere Blume des Martyriums. Die Alten hatten ein schönes Wort für diese Miesepetrigkeit, ein trauriges: Acedia. Die Trägheit des Herzens, seine Trockenheit, die Lähmung der Seele. O Gott, was für ein übles Laster! Hoffentlich bleibt er wenigstens von den Töchtern der Acedia verschont, das sind ganz üble Biester: Bosheit, Verzweiflung, Niedertracht. Und Schlimmeres mehr.

Immerhin: Er freut sich auf euch. Wahrscheinlich übt er gerade wieder das Lachen ein, oder wenigstens ein kleines Lächeln, vor irgendeinem Spiegel. Wo ist sein Kinderlachen geblieben? Wenn er es versucht, misslingt es ihm, bis heute, immer war da nur ein eigentümlich verdrehter Mund, ein verklemmtes Humphrey-Bogart-Grinsen, sein Lachen war immer schief, unsymmetrisch.

Selbst als Kind, und da lief doch noch alles rund für ihn, musste ich immer um ein Lächeln von ihm kämpfen, es war nie einfach von ihm zu haben, war immer so unendlich schwer verdient.

Doch, er freut sich auf euch. Das ist viel, wo er doch schon lange gewohnt ist, sich selbst anderen vorzuziehen. Selbst Pompon und Pomponette, seine getigerten Bengal-Katzen, lässt er links liegen. Marie muss sich um sie kümmern. Einzig *Seigneur* hört er noch zu. *Seigneur,* seinem Cocker-Spaniel, den er allerdings immer mal wieder versehentlich – aus Sehnsucht nach einer ungestillten Loyalität? – *Argos* nennt. Jeden

Tag genau um 14.30 Uhr, *man muss ein Zeichen setzen gegen den schlurfenden Gang des Lebens*, und immer mit der Frage *Seigneur, auriez-vous la bonté d'accompagner votre serviteur?* eingeleitet, begleitet ihn Seigneur, seine hündische Treue, dankbar hechelnd zum Square Lamartine, wo er, ganz unabhängig vom Wetter, stets mit Galoschen angetan und seinem Parapluie versehen, in den immer gleichen *Méditations Poétiques* seines geliebten Alphonse liest: *Un seul être vous manque, et tout est dépeuplé* … Gehässige Geister sagen, er führe nicht Seigneur aus, sondern seinen Aquascutum, seinen überaus noblen, wenn auch schon längst aus der Mode gekommenen achatblauen Kaschmirmantel. *Nobel? Hah. Modell: Tschetschenische Mafia. Raglan-Ärmel, das sagt doch alles. Und dann auch noch Handschuhe aus Pekarileder. Lavendelfarben. Ts-ts-ts.*

Frag Onkel Said nach dem Tric-Trac-Kasten, Shaahin. Nicht vergessen, denn *er* vergisst's bestimmt! Das Erbe deiner Eltern. Es ist eure Zukunft, das, was Gott eigentlich wollte, aber vermasselt hat, gründlich vermasselt.

Frag ihn, du musst ihn daran erinnern, denn er will sich mit nichts mehr befassen. Er ist ein Innenmensch geworden, ein Atlas, der schwer an der Last des Alltags trägt.«

Sie standen da, schwitzten und traten erschrocken zurück als die Tür aufging. Zuerst waren da der Stock und die faltige Hand. Und dann dieser Morgenrock aus schwerem nachtfarbenen Damast. Nie würden sie diese Hand vergessen, diese blauschwarzen Adern, die, fetten Würmern gleich, unter dem steifen Damastärmel mit den goldenen Kedern hervorkrochen. Und diese Augen, als ob Honig ausliefe. Etwas düster, sicher, und doch auch märchenonkelhaft, wie aus der Zeit gefallen. Onkel Said.

In der Aufregung widerfuhr Shaahin ein Lächeln, ganz grundlos, denn als erstes erreichte ihn eigentlich Furcht, eine Art Grusel, dieses aschige Gesicht mit den versteinerten Falten, so alt wie die Welt, trotzdem war es ganz Shaahins Lächeln, dieses Lächeln, das nicht ihm gehörte, ihn nichts anzugehen schien. Onkel Said stellte seinen Gehstock in die Türnische und breitete theatralisch die Arme aus, ins Ungefähre hinein und so heftig, dass sich die goldenen Paisley-Blätter vom blauen Grund seines seidenen Hausmantels lösten, vom prallen Bauch einfach wegsprangen – plop, plOP, PLOPP –, auf Abenteuer aus, und die drei Freunde tänzelnd in der Luft umschwirrten. Drei schweißperlende Jünglinge im rosenduftigen Paisley-Gewölk.

Er reichte einem nach dem anderen die Hand, legte dabei sanft – sah so das Antlitz der Güte aus? – seine Linke oben auf, als ob es etwas ungemein Wertvolles (etwas Begehrenswertes?) zu schützen gelte und stand, ein verwischtes Lächeln im Gesicht, jeweils für einen kurzen Augenblick entrückt da, vollkommen still. Farshid kamen Mafia-Filme in den Sinn, der starre, undurchdringliche Vipernblick eines Cosa-Nostra-Bosses. Don Vito Corleone?

»Bonjour. Salam.«

»Salam, Onkel«, erwiderte Shaahin.

Eine übertrieben höfische Geste – vergangenen Jahrhunderten entliehen, nicht von dieser Welt – bat die Jungs in die Wohnung. Mit schwerfälligem Gang, als ob er Blei in den Hohlknochen hätte, und begleitet von diversen Altersseufzern, ging er voran. Eine schwere Süße aus Würztabak und Parfum lag in der Luft, fast greifbar, eine unbewegte dichte Wolke, die einem den Atem nahm.

Warum nur hatte das Schicksal sie auf Paris angesetzt, das intrigante Schicksal, ausgerechnet auf diesen Onkel, dachte Farshid. Warum hatten sich die Parzen als Verkehrspolizistinnen verkleidet – er sah ihr höhnisches Feixen –, um an der Kreuzung des Lebens nach Frankreich zu weisen? Oder hatte da jemand ganz einfach die Wegweiser verstellt? Das Leben als Überraschungsei, wer nur ist auf diese alberne Kinderei verfallen? Schwachsinn!

Er kam sich vor wie ein Stück Kork in einer dreckigen Pfütze, durchbohrt mit einer Nadel, gewaltsam genordet. Und wer war dieser zarte nubische Bronze-Knabe mit den hohen Wangenknochen à la Beardsley (oder war das nur aufgeschminkt?), dieser wuschelhaarige widerlich gut aussehende Livrée-Schlaks, der sie vom Eingang an mit kleinen servilen Gesten und heliumheller Stimme begleitet hatte? dieser grazile verwunschene General mit den auf Glanz polierten Fingernägeln und dem metallisch-grünen Mascara auf den Wimpern? Wer war er? wie alt mochte er sein? vierzehn? fünfzehn? Farshid hatte ein flaues Gefühl im Magen.

Noch vor dem Safran-Huhn mit Berberitzen-Reis und libanesischem Wein waren da die weichen Polster. Nur dorthin ging anfangs ihr Blick. Erschöpft waren sie … und glücklich, angekommen zu sein … und traurig. Und ließen sich fallen. Die Diwane von Onkel Said konnten Trauer aufnehmen, ganz erstaunlich, unendlich viel Trauer, sie verlor sich, weiß und weich, in den Daunen und sank auf den Grund. Persische Trauer auf französischem Grund. Bis Behagen aufstieg schließlich – und übergroße Zufriedenheit.

»Wollt ihr Tee? Diplomatenmischung, halb Darjeeling, halb Earl Grey. Oder lieber Kaffee? arabisch, mit Kardamom. Tamal, bring beides, s'il te plaît, die Herren sind noch nicht ganz anwesend, können sich noch nicht entscheiden. Und vergiss die Ispahans nicht.«

»Pardon, Monsieur?«

»Na, die Rosen-Litschi-Macarons, die von Pierre Hermé, im Büffet rechts oben hinter dem Mehl, Marie versteckt sie dort immer ... keine Ahnung, warum sie ...«

Zwei Stunden Glieder fahren lassen, das hatte ausgereicht, um wieder angekommen zu sein in der Gegenwart. Shaahin lächelte immer noch, sanft, unendlich sanft, wie ein griechischer Kouros, ein Lächeln, das nicht verlöschen wollte; seit dem Betreten der Wohnung hatte er nicht aufgehört, auch auf dem Diwan nicht, während des Ruhens – ein Lächeln, wie in Bernstein versiegelt auf alle Zeit. Es passte gut in die Wohnung, passte zur Noblesse der alten Aubussons mit ihren Petit-Point-Stickereien, passte zu dem mit dem Wind flirtenden Voile vor den französischen Balkonen, passte zu den halbierten ehemaligen Seidenbrokat-Stolen katholischer Pfaffen, die rechts und links die Durchgänge der Räumlichkeiten zierten, passte auch – eigenartig! – zu den mit altrosa Chintz bezogenen Louis-Seize-Stühlen (waren da wirklich frivole Motive zu sehen?), und auch zu dem vornehm leise klirrenden Murano-Lüster über dem Tisch.

Tamal, der nubische Boy, hatte sich zum Servieren umgezogen: weißer Kaftan, rote Bauchbinde, Tarbusch. Für Onkel Said glich Tamal, wie er da so wach- und schweigsam an der Wand stand, einer Art orientalischer Sehnsuchtsskulptur. Unter dem Firnis Kleidung vermutete er etwas Rohes, Ungestümes, ganz und gar Zivilisationsfernes. Etwas Erfüllendes. *O ihr dienstbaren Geister alter Welten.*

Gegenüber seinen Freunden, die sich über dieses kolonialistische Dienstherrengebaren wunderten, sprach Onkel Said schon mal vom *freundlichen Negerstamm*, und wenn diese darüber die Stirn runzelten, sich mokierten oder beschwerten – erwiderte er triumphierend, als ob es das offen Rassistische besser machte: *von Thomas Mann.*

Der dunkle Klang eines chinesischen Gongs ertönte.

»Ich bin der Glückliche«, begann Onkel Said ganz unvermittelt bei Tisch und hob sein Glas. »Cin Cin, Santé.« Auch Shaahin und Farshid und Aadish hoben ihre Gläser und nickten stumm in Richtung Onkel Said. Nur Farshid hatte bemerkt, dass auf jedem der Gläser die Worte *verre de l'amitié* eingraviert waren. Zuerst der Bronze-Jüngling, dachte er, dann die Frivolitäten im Chintz, und jetzt diese Gravuren? Was ging hier vor?

»Said, das heißt *Der Glückliche*«, fuhr Onkel Said fort. »Deine Großmutter, Shaahin, wollte es so. So war es geplant. Als ob das Glück vererbbar wäre. Ich war eine Bestimmung, eine Mutter-Beschwörung. Ich war Glück, auf Gedeih und Verderb. Said, der Glückliche, Said im Glück, so war ich gedacht. Dabei hinterlässt das Glück doch so wenig Spuren. Le bonheur n'est plus ce qu'il était – right? Aber mit euch ... mit euch, ihr Lieben, werde ich mich wieder einüben in die Welt, so viel ist gewiss. Noch etwas Champagner? Veuve Clicquot? Witwen sind immer vorrätig bei mir. Noch etwas Hühnchen, Aadish? Du isst ja gar nicht. Leg dich nicht mit Marie an, seit heute früh steht sie in der Küche. Und vom Tahdig müsst Ihr nehmen. Es ist gelungen, buttrigknusprig-gelb, so muss es sein. Das einzige, was ich selbst mache. Reis in goldene Kartoffelscheiben eingebrannt, dafür sterbe ich. Als Kinder haben wir uns immer um die Kruste gestritten. Die Franzosen können es nicht, können nur ihren Kram machen, ihren angeberischen Haute-Cuisine-Kram, ihr schickes Gastro-Chi-Chi ... na ja, nicht schlecht, nein, wirklich nicht, aber wenn sie mal was von anderen Kulturen lernen sollen, das raffiniert Einfache – ein anständiges Taboulé zum Beispiel schaffen sie bis heute nicht, scheint dann doch etwas zu arabisch, zu ausländisch zu sein –, dann ... na ja, sie müssen halt immer auf très chic machen, die Grandeur-Gockel, diese armen gallischen Grandeur-Gockel. Freunde, esset und trinket, denn morgen sind wir tot.«

Onkel Said sprach nicht nur gerne vom Essen, er aß auch fürs Leben gerne, das einzige, was er vielleicht noch wirklich fürs Leben tat, mit einer geradezu sybaritischen Lust, als ob es seine letzte Leidenschaft wäre. Ein Hohepriester des Schlemmens. Die Speisen auf dem weißen Damast, das war seine Heimat. Esstische im allgemeinen. *Essen und Trinken, das sind die drei schönsten Dinge des Lebens. Mein Lieblingsdessert: »Verbotene Früchte«*. Natürlich war dabei nicht ausgeblieben, dass er im Laufe der Jahre eine wohlgepolsterte Statur, eine kaum zu übersehende Gestalt eingenommen hatte. *Wie der Sitzende Perser von Watteau*, sagten seine Bridge-Freunde, *eine leibhaftige Bastion, wahrlich, aber mit der noblen Bäuchigkeit eines Peter Ustinov ... nicht so 'ne wabbelige Frustplauze wie bei den Amis ... ja, er hat Stil, wie macht er das bloß?* Am liebsten hätte er für den Rest seines Lebens am Frühstückstisch der Ruderer von Renoir gesessen, anstelle der Dame mit dem cremefarbenen Hut vielleicht.

»Auch das Licht in dieser Stadt, sie haben nie gelernt, wie man Licht macht«, setzte Onkel Said erneut an. »Gott in Frankreich hat einen Teller Graupensuppe da oben hingeknallt, einen Putzeimer dreckiges Wasser. Zumindest hier in Paris, und Paris ist doch wichtig! Ja, ja, nachts schon, nachts kann sie sich sehen lassen, la ville lumière ... aber das hat ja auch nichts mit Ihm zu tun, das Kunstlicht haben ja wohl eher seine göttlichen Eleven hingezaubert, seine Menschenkinder. O wie ich unser Licht vermisse, das persische Licht. Unser junges stolzes Juli-Licht; das klare, mondkalte Winterlicht; unser elegantes Licht in den Bergen samt goldenem Schlagmetallhimmel. Dieses saftige Licht, das Lust auf Körper macht, auf den eigenen, auf den anderer, vieler anderer Körper, auf ihren Besitz, ihre Besessenheit. Wie es berührt, wie es liebkost, das Körperlicht meiner Kindheit! Manchmal kommt es irgendwo auf, hier in Paris, ein sanfter Schein, wie ein schüchtern klingendes Echo aus unvordenklichen Zeiten. Aber kaum da, ist es auch schon wieder weg, hat dich lediglich genarrt mit dummen Versprechungen.

Aber immerhin, es gibt Gerüche hier, meine Nase erinnert sie ... in den Straßen ... dans les boîtes ... dans Les Halles ... bei den Bouquinisten unten an der Seine. Fast wie zuhause. Fast. Das ist schon viel! In der Rue d'Alésia, wo die Akaziendüfte stehen. Der Geruch des weißen Jasmins, des Korianders, der Duft der Walnussbäume mitten in der Stadt. Manchmal reicht es, reicht es zum Leben. Selten.«

Onkel Said saß kompliziert am Tisch. So kompliziert und steif, wie es seine Kleidung (natürlich hatte er sich, so gehörte sich das, eigens fürs Dinieren umgekleidet) erforderte: ein eisgrauer Prince-de-Galles-Anzug mit blaugrünem Tweed-Gilet, irisierend wie ein Libellenflügel (Farshid traute seinen Augen nicht: *Da wird man ja blind!*), darunter ein Button-Down-Hemd mit Seiden-Foulard, mimosengelb. Die Schuhe: rahmengenähte rotbraune Full-Brogues. Alles in allem: eine unorthodoxe Mischung aus Bloomsbury und Monte Carlo. *Sehr en mode.* Farshid schossen Bilder durch den Kopf: ein selbstverliebtes Fabergé-Ei, ein übertrieben rausgeputzter Pfingstochse – er wusste nicht, was besser war. *Wenigstens trägt er diese weibischen Hausslipper nicht mehr. Lackleder, schwarzglänzend, geht's noch?*

Eigentlich, aber wer verstand schon dieses bourgeoise Raffinement, meinte Onkel Said mit seinem Äußeren, ungeachtet seiner Steifheit, nichts anderes als Castiglionis *sprezzatura,* diese Lässigkeit (nie aber Nachlässigkeit) der italienischen Höflinge, deren mühelose, alle Anstrengung negierende Perfektion. In Wirklichkeit war es wohl eher so etwas wie sein äußerster verbliebener Lebensmut, ein fataler (fatalistischer?) Daseinsrest. Wie oft würde er ihn noch in Stellung bringen können gegen die Welt?

Dazu: alles war schwer eingehüllt in Moschus, in schweren Nerval-Moschus. *Green Love*? *Magic Love*? *Wild Love*? Irgendeine Liebe. Er ging zum Plattenspieler, kramte in einer alten Hülle, und legte eine Schellack-Scheibe auf.

»Amadé, le Divin … das regt den Appetit an. Zum Fressen gut. In aller Welt. Mozarts A-Dur-Klarinetten-Adagio, ist es nicht direkt vom Himmel gefallen, so selbstverständlich, wie es daherkommt? Es konnte gar nicht anders komponiert werden, nie und nimmer, jeder Ton war schon im vorhinein bekannt. Mozart war nur der Götterbote. Das Tahdig kommt schon noch weg, meine Lieben.

Das Passy, 16. Arrondissement, wisst ihr, was das heißt? Dieses legendäre Haus: 44 Avenue Foch? Das ist unverschämtes Glück, Freunde. Ich bin der unmittelbare Nachfahre der Callas … und der von Fernandel. Sie haben hier gewohnt – die Callas hier, und oben Fernandel –, hier in der 44, hier leben ihre Atome, gemeinsam mit mir, hier im Salon, im Bad (wenn ich mich betrachte im Spiegel sieht mich die Göttin), hier im Bett unter dem Baldachin – Freund Satyr am Kopfende ist mein Zeuge – atmen wir gemeinsam. Was kann es für ein größeres Glück geben, jeden Tag denke ich daran: Fernandel, der begnadet Gottesuntüchtige (oder war das Don Camillo?) und Maria, die Wohlgeborene, die Drei-Oktaven-Königin. Und drüben in der Rue de la Pompe waren die Bardot und Julien Green. Bardot, die Le-Pen-Schlampe … m'excuse, mais je m'emmerde ce grande putain. Aber Green … quel homme! welch Glücksapostel! von Kindesbeinen an.

Qu'importe? Ja, ich weiß, das interessiert euch nicht. Natürlich. Was wisst ihr schon von Smokings mit Wildseiden-Revers? Was wisst ihr schon von Gala-Menüs? Die persischen Kaviarberge sind verschwunden, die Foie gras gegessen, die Austern-Bankette und Champagner-Kaskaden, all das war einmal. All die mondänen Soireen, die Gatsby-Herrlichkeiten mit ihren knisternden Roben und ihrer seidentaftigen Eleganz – vorbei. *Adieu foulard, adieu madras.* Die Partygänger und Müßiggänger, die Tränen der Ausgelassenheit – aus und vorbei. Und die einstigen Größen des Passy liegen drüben auf dem Cimetière … der arme Mallet-Stevens verrottet, wenn auch gediegen … der arme Jean-Louis Barrault stinkt vor sich hin … und auch Madeleine Renaud, die göttliche Maude aus *Harold and Maude*, nein, ich hab sie nicht vergessen, auch sie. Nur ich bin übrig. Ich allein. Vom Odeur des Hl. Balenciaga, vom Bouquet der Veuves Clicquot – meine Schutzheiligen von Foch – konserviert. Immerhin, die Rauschfreunde sind mir geblieben. Die anderen Freunde allerdings gehen mir aus. Hélas! *Ce grand malheur, de ne pouvoir pas être seul.*

Ja, die Zeiten. Warum bleibt so wenig? Diese schwachen *reflets d'un temps disparu*. Und hier, hier ist die Zeit so schwer zu füllen, sind die kommenden leeren Tage so schwer zu planen. Gestern habe ich ein Lied gehört im Radio: *It must be an open door for you / To come back* … Eine Geliebte? Sicher. Aber nein, es war die Zeit, stellt euch vor, die Geliebte *Zeit*. Meine Jugendliebe *Zeit*, geliebte Jugendzeit.Ganz klar. *It must be an open door for you / To come back*. Für mich auf alle Fälle. Die Zeit.«

Onkel Said, wie er so dasaß am Tisch, glich trotz seiner buddhaartigen lebensprallen Schwergewichtigkeit einer dieser hageren Figuren von Bernard Buffet, einem dieser Ramsch- und Schund-Tableaux mit ihrer edelkitschigen Todessüchtigkeit. Sein Kopf bewegte sich nur in Zeitlupe, schien sich den Ereignissen immer nur auf merkwürdige Art hinterherzubewegen, war immer einen Tick zu spät beim eigentlichen Geschehen. *Er will nur nicht, dass seine fleischigen Kehllappen zu schwabbeln beginnen*, dachte Farshid.

Onkel Said schaute auf den Elfenbeinknauf seines Gehstocks, der am Esstisch lehnte, und betrachtete gedankenverloren die Inschrift: *Virtute comite, fortuna salus! – Führe mit Würde und freue dich des Glücks!* Aber das Glück wollte nicht so recht gehorchen, denn er begann die ersten Zeilen eines Chansons von Reggiani zu intonieren – leise, aber klar vernehmlich:

Combien de temps …
Combien de temps encore
Des années, des jours, des heures combien?
Quand j'y pense mon cœur bat si fort …
Mon pays c'est la vie.
Combien de temps …
Combien

»Wie geht es Mutter, Shaahin? Haben sich ihre Schwindelanfälle gelegt, raucht sie immer noch diese grässlichen *Oshno Spezial*? Haben sie die Revolution überlebt? So unvernünftig, nie zum Arzt zu gehen! Obwohl.

Manchmal glaube ich, Avicenna war der letzte fähige Arzt bei uns. Vielleicht ist es besser so ... Nein wirklich, warum geht sie nicht zum ... ich denke so oft an euch.«

Onkel Said begann leiser zu reden, ganz leise, und abgewandt von den Wänden. »Ich sitze hier, fürsorglich belagert von meinen mémoires involontaires. Auch wenn ich nicht will, sie kommen, ungeladen ... und ihr da drüben, ihr wisst nicht, bei jeder Tür, die aufgeht ... ihr wisst nicht, wer ... wisst nicht, ist es der Nachbar ... oder doch dieser ... Und wenn sie dann wieder fort sind und die *Agenten des CIA* mitgenommen haben, bleiben immer nur diese leeren Räume. Und ihre Stille, massiv wie Stein. Der stumme Chor der Schatten. Und wenn du schließlich hingehst, um deine verschleppten Freunde zu suchen (haben sie sie wirklich abgeholt? wirst du sie wirklich nie mehr wiedersehen?), findest du in diesen Räumen nur noch ihre begonnenen, aber nie vollendeten Gesten – wie in die Luft gezeichnet, sichtbar und unsichtbar zugleich –, ihre mitten in der Bewegung abgebrochenen, nicht mehr zu Ende geführten Handlungen: die aus der Packung herausgenommene Zigarette auf dem Tisch, nie angezündet; die in Scheiben geschnittenen Zucchini, zum Anbraten bereitet und nie gegessen; den angefangenen Brief auf dem Tisch, der Schreiber wartet noch heute auf die Antwort.

Die Räume sind schwerer, körperlicher, wenn die Mullahs und Gardisten unterwegs sind. Die Wände atmen. Sie atmen Nachrichten, Konspiratives, künden Botschaften. Du wirst deine Schuld nicht los, auch wenn es nie eine gab, wenn du nie eine auf dich geladen hast. Willst unsichtbar werden, dein Ich auslöschen, verschwinden. War dieser Schatten gestern schon da? Dieser schräge Schatten, der da in der Ecke wie ein graues diffuses Ungeheuer lauert? Warum ist seine Form plötzlich so anders, wer oder was hat sie verändert? Und überhaupt Türen. Ich kann sie mir nur noch geschlossen denken. Seit vielen Jahren. Nur geschlossen. Jedes Klingeln immer noch ein Stich, jedes Klopfen ein Schmerz. Hört ihr das Nachhallen der Stiefel im Flur? Das dumpfe Despotengetrampel?«

Onkel Said war kaum noch zu verstehen. Er sprach nicht für sich, er sprach gegen die *falschen Ohren*. *Les oreilles fausses*, so nannte er sie, oder auch einfach: *Les décollées*. Manchmal sah er sie nur als einzelne Stuckform an der Wand kleben, ein einsames Paar Ohren neben dem bleifarbenen, weiß überhöhten Gouache-Portrait von Kiarostami – abstehend, neugierig, erwartungsvoll. In anderen Zeiten jedoch, vor allem wenn sein ihm gestohlenes Leben bildhaft vor ihm ablief und nichts als eine hilflos-schmerzhafte Sehnsucht übrig blieb, erschienen sie auch hundertfach multipliziert, über alle freien Wandflächen des Salons gleichmäßig verteilt, unendlich viele weiße Stuckohren als geometrisch akkurat angeordnete Hochreliefmuster zwischen den Bildern und Seidenteppichen, den Masken und Lampen und Spiegeln. Sogar auf dem Steinway lagen sie. Er kam etwas ins Schwitzen.

»Wie viele wurden dieses Jahr vom Auto überfahren, *aus Versehen überfahren*, Shaahin? Und gibt es noch diese *unerklärlichen Fleischvergiftungen, die bedauerlichen Röntgenunfälle?* Oder diese *rätselhaften Selbstmorde,* durch Abhacken beider Arme? Ihr versteht nicht? Vor drei Jahren hatten sie bei einem alten Mann, der einen Mullah beleidigt hatte, Selbstmord diagnostiziert. Auf dem Totenschein stand: *Selbstmord, Schuss in den Rücken.*«

Ich sehe Vater noch, wie er, mit seiner gestreiften Pyjamahose und einem alten cremefarbenen Dinnerjacket aus Rohseide etwas unkonventionell gekleidet, auf der Dachterrasse niederkniet, auf seinem pistaziengrünen abgeschossenen Kaschanteppich, den er so liebte, niederkniet, und die Parabolantenne anbetet. Glühender hat Abraham nicht gebetet. Als ob er sich von diesen über den Äther entsandten fahlen Lichtgestalten eine neue Welt versprochen hätte. Von Michael Jackson etwa. Oder Bernard Lévy. *Ridicule! Kennt ihr Lévy? Nicht wichtig! Noch unwichtiger als Jackson!* Natürlich, ich weiß, Vater hat's ironisch gemeint, als eine Art Happening. *Happyning* sagte er. Er war verrückt, ein Spieler, begnadet, ein Lebensspieler – oh, wie hab ich ihn geliebt dafür! Er war verrückt, ohne Berechnung. Trotzdem, ich habe ihn nie verstanden, seinen blanken Unsinn, seinen leichten Sinn ... die Satellitenschüssel nie versteckt, nie auch nur ein bisschen. Wie er die Oscar-Verleihungen liebte! Goethe und Rückert im Original lesen, und dann dieser Hollywoodglitterquatsch, der rote Teppich, die tiefen Dekolltés. Das will einer verstehen ... na ja, die Dekolltés schon. Ja, der Leichtsinn, das war sein Gottvertrauen. So ungeschützt, so ... Noch mit dem unsinnigsten Unfug hat er jongliert. (Gibt es einen Gott des Leichtsinns, wenigstens bei den Griechen? Man müsste ihn erfinden, allein für ihn.) Er hat sich immer unsichtbar geglaubt – zu den Zeiten, als es noch Huren und Whisky-Soda gab genauso wie auch in der Nach-Huren-Ära. Sogar dort oben noch auf dem Dach, bei helllichter Mondnacht, vor aller Augen, aller Ohren. Er ignorierte in einem fort, dass es andere gab, mit anderem Sinn. *Der Fäulnisanfälligkeit des Lebens widerstehen.* Anita Ekbergs

Busen auf die Wand des Nachbarhauses projiziert, das war sein Glück, sein störrisch-kindisches Glück. Gegen alle Welt. *La dolce vita.* Anita Ekbergs schlohweißes Alabastergewoge auf dem grauen persischen Putz der Nachbarn (*der freundlichen, frömmelnden Nachbarn*), das war keine Andeutung, keine Metapher, und auch kein Happening, es war pure Demonstration. Und sein Sehnen. *So ist es, oder auch nicht*, sagte er – und keiner verstand ihn.

Schon seine Großmutter war so: Demonstration und Sehnen pur, wenn auch bei ihr eher im Unbewussten. Sie war eine Kaschgai-Frau, eine Teppichknüpferin im Zagros-Gebirge. Bitterarm, aber stolz wie ein Männerpfau. Und klug, wovon sie allerdings nichts wusste. *Wir nomadisieren durchs Leben, selbst wenn wir sesshaft sind.* Solcher Sätze wegen hielt sich hartnäckig der Glaube, sie sei eine weise Frau. Oder: *Die Welt, Allahs fundamentale Todsünde.* Ihr geistesabwesendes, müßiges Lächeln und ihre stets mit Kajal dunkel zugeschmierten Lemuren-Augen – beides gab ihr etwas finster Geheimnisumwobenes – taten ihr Übriges. Dass ihr die Vorschriften des Islam nicht viel galten, *Das Himmelreich ist auf Erden,* dass sie den Reiz einer gottlosen Welt besang, *Wer Blumen und Bäume hat, braucht keinen Gott* (es ging sogar das Gerücht, dass sie Anti-Mohammed-Gedichte der Jüdin Asma bint Marwan las: *Ihr Gefickten gehorcht einem Ausländer, der nicht aus eurer Gegend stammt*), und sich stattdessen lieber auf die Anmut der Welt verließ, *Meine Heimat ist die Schönheit, sie ist überall, sei sie noch so herb,* all das änderte nichts an der ihr entgegengebrachten Wertschätzung. *Die bringt keine zwei Ziegen gegen sich auf.* Im Gegenteil, es interessierte dort oben in den Bergen niemand, festigte lediglich ihren fabelhaften Ruf, eine starke Frau zu sein. *Die kann Kamele überzeugen, Eier zu legen.*

Zu viert saßen sie nebeneinander vor dem Webrahmen im Zelt und knüpften Teppiche, Gartenteppiche, Kaschgai-Teppiche auf Wollkette, stundenlang. Plaudern und Knüpfen, stundenlang. Den ganzen Tag. Pflanzen, Tiere, Rauten, symmetrisch angeordnet. Motive, die nicht viel Leidenschaft erforderten, wenig Talent, aber Beständigkeit. Sie wussten, was von ihnen erwartet wurde. Sie wussten es so sehr, dass man ihnen getrost das Muster überließ. Ein bisschen Freiheit, das wussten die Herren Unternehmer, würden das Spontane, Unregelmäßige, das *Künstlerische* stärken – und also die Teppiche verkäuflicher machen. Aber das Spontane ist kein Schoßhund, zwischendurch will es ausbüchsen, und so erschien eines Tages zwischen all den liebreizenden stilisierten Bäumchen und Blümchen und Vögelchen ein liebreizender

Penis, tief violett, mit Tupfern von Purpur und Azur. *ER ist mir gar nicht aufgefallen,* sagte sie später. Ja, alle verstanden *ER*. Dabei wollte sie eigentlich *Er* sagen. Er ist mir gar nicht aufgefallen. Großvaters Mutter war selbst überrascht. Erst als er anstelle einer Blume – so hätte es die mit ihren Webfreundinnen abgesprochene Symmetrie erfordert – gewoben war, und auch dann noch lange nicht, sah sie ihn (*IHN?*).

Zunächst hielten ihre Freundinnen das Ding ganz unschuldig für die zu dick geratene Blüte einer Anthurie. Aber war das wirklich möglich? Jemand, der so gut zu weben verstand wie ihre Freundin? Sicher, sie hatte sich wie üblich im Quasseln verloren, erzählte schwärmend von den Weisheiten der Belutschen: *Geboren werden, umherirren, sterben, verfaulen, vergessen werden,* aber noch nie hatte ihr Plappern und Schwatzen ihre Konzentration beeinträchtigt. Nein, es musste – wenn nicht gerade ein Hilfsgeselle des Teufels, irgend so ein amateurhafter Liederling seine Hände im Spiel hatte – ein geplanter Fehler sein, eine dieser Demutsgesten, um Gott zu besänftigen, so war es ihnen seit Jahrhunderten von der dörflichen Gepflogenheit aufgetragen. Nie und nimmer sollte Allah, dieser eifersüchtige Hansel, auf die Idee kommen, die Irdischen wollten mit eigenen Schöpfungen sein herrliches Werk korrigieren – oder gar zur Vollendung bringen. Sich in die Erschaffung seiner Welt einzumischen kam nicht in Frage, womöglich verpfuschte man sie noch. Nie und nimmer sollte Allah neidisch sein auf die Größe des Menschen, auf seine Begabungen, seine Talente. Allein ER ist der Schöpfer alles Gewesenen, Seienden und Zukünftigen. Aber schließlich war dann doch klar: Es war kein Fehler, und auch keine beabsichtigte Ungeschicklichkeit, keine Verneigung vor Gott, derlei absurde Konventionen waren ihr fremd, mochten andere solchem Unsinn folgen, ihr Ruf als Gottverächterin war ihr heilig. Es war, nun ja … es war tatsächlich ein … Es war eben dieses Sehnen, nur nicht ganz so offenkundig und aufdringlich wie später bei ihrem Sohn.

Bescheiden ist sie, deine Anthurie, ziemlich genügsam, recht klein, spottete eine Freundin. *Größe geht, Schönheit bleibt.* Wieder so ein Satz von ihr. Später ergänzte sie: *Wer die Schönheit liebt, taugt nicht für Kriege.*

Auf alle Fälle, sie schämte sich nicht. Oder gerade nur so sehr, dass sie – mit *Naturalien* bezahlt, munkelte man, Großmutter war jung! – den Teppich später selbst erwarb, damit er nicht in die Öffentlichkeit …

»Er müsste oben bei … liegt er nicht oben bei euch? Seht ihr, das Tahdig ist fast weg, grâce au divin. Jetzt braucht ihr nur noch etwas Platz für Maries warme Baisers … mit Feigen- und Granatapfel-Sorbet.

Es gibt auch Guaven-Soufflé, wenn ihr mögt. Wer möchte Soufflé? Wer Sorbet? Noch eine Veuve, Aadish? Du trinkst ja gar nicht. Nicht so schüchtern. Eine Davidoff? Einen Marc de Champagne? Ahh, der Kaffee ... danke, Marie! ... und die Weihrauch-Pralinen aus Oman, herrlich ... danke! Und was hast du morgen Schönes für uns?«

»Morgen, Monsieur, gibt es Entenbrust mit Honigfeigen und Kichererbsen. Und zum Dessert: Strudel mit geräuchertem Ziegenkäse und Datteln. Oder möchten Monsieur etwas anderes? Ein Poulet à la broche? Eine Daube provençale könnte ich auch ...«

»... nein, nein, Ente ist wunderbar, Marie, danke.« Er sah in Maries fein geschnittenes Gesicht und dachte: *Warum nur ist nirgendwo auch so ein fein geschnittenes Herz für mich, ganz allein für mich?*

»Ihr seht«, wandte sich Onkel Said wieder seinen Gästen zu, »ihr werdet es gut haben hier. Es ist gesorgt für euch. Als ob es einen Gott gäbe. Ihr könnt bleiben, solange ihr wollt. Lernen, Studieren, Amusement. Travaille et Plaisir. Und das in Paris, in der Heimatstadt der Jahrhunderte. Quel chance! Ich habe Lehrer engagiert für die *prépas*, die besten, Privatunterricht. Natürlich könnt ihr auch ins Lycée gehen, ins Janson de Sailly drüben, keine fünf Minuten von hier, später dann ins Henri IV wegen der Concours, das würde euch die Écoles Supérieures garantieren, die Kaderschmieden der Führungseliten. Aber ich denke, wir machen das besser hier bei mir. Das können wir genauso gut. Die Drillanstalten unserer Republik, sie produzieren doch nur Panikattacken und Selbstmördereien. Ich werde den blauen Salon herrichten, drei Arbeitstische, meine drei Louis zusammenstellen für euch: den quatorze, den quinze und den seize, meine drei Royals auf ihren spillerigen Beinen. Und auch einen Screen für dieses neuartige Powerpoint-Zeug. Und dann ... würdest du mir bitte das Salz reichen, Aadish ... werdet ihr lernen. Französisch natürlich. Französisch, die Königssprache, sie galt immer viel in unserer Familie. Nicht dieses Pidgin-Französisch, diese schicken lingua-franca-Angebereien. Nein, richtiges Französisch. Dann Englisch und Deutsch – so gut wie Frankenstein werdet ihr es können. Überhaupt Sprachen, auch Arabisch. Und Astronomie (die Sterne, die geheime Wohnung der Glühwürmchen, die zeige *ich* euch, an meinem Teleskop in der Mansarde oben, ein H-Alpha Sonnen-Teleskop, immerhin), Koran, Kosmografie, alles. Auch die Bibel ... dein Großvater, der Gottesleugner, mochte sie ... Brecht, der Kommunist, mochte sie ... stehen poetische Sachen drin. Alles, womit sich's leben lässt, womit man leben muss, Kunst, vor allem Kunst, wenn ihr wollt, und Literatur, Novalis und Montaigne, Julien Green und Mary Shelley, Jean Genet und Jean Rhys, Bergson und Baudelaire, Kierkegaard, Cocteau, Bassani; of course Voltaire: *Zadig ou la destinée*; Montesquieus *Les Lettres Persanes*, Rückerts *Östliche Rosen* und *Kindertotenlieder*, Faris Shidyaqs *Al-saq 'ala al-saq* … wie heißt das noch gleich? *La Jambe sur la Jambe*, glaube ich … und dann: Victor Hugos orientalische Gedichte, Gontscharows *Oblomow*, das Wundertier Forster.« *Scheiß Bildungsscheißer!* dachte Farshid. »Stendhal, Pascal, Musil … ja, Musil, der ist besser als dieser Klöppelspitzen-Fatzke Thomas Mann … hat schon seine Gründe, dass dieser Pediküren-Prosaist nicht in der Pléiade vertreten ist … Philippe Jaccottet schafft's zu Lebzeiten, Thomas Mann noch nicht mal nach einem halben Jahrhundert Verrotten … dann die drei K (Kleist, Kafka, Kavafis) … und die Tanz- und Tummelplätze Nietzsches natürlich. Und Heidegger. Na ja, letzteren, diesen Ärmelschonerträger des Denkens, eher als Abschreckung … und um mitreden zu können, Bescheid zu wissen über die Holzwege der Welt.«

»Kafka, ist das nicht der Typ, der sein Zeug verbrennen wollte?«, fragte Farshid.

»Ja, ein Freund von ihm sollte es nach seinem Tod verbrennen.«

»Fand ich blöd!«

»Dass er es verbrennen wollte?«

»Hätt er mal besser gemacht … nee, den Typ meine ich. Notorisch überschätzt, der Knabe. Ich hab mal was von ihm gelesen, *Die Höhle* oder so … mit 'nem Dachs drin …«

»… *Der Bau*?«

»Vielleicht, keine Ahnung … dieser blöde Verfolgungswahn … und dann noch das Sicherheitsbedürfnis von dem Vieh … geht einem ganz schön auf den Keks … sollte doch so'n überschlaues Bürschchen wissen, dass es nichts Sicheres gibt auf der Welt.«

»Aber das ist es ja gerade. Er beschreibt die Angst, deine Angst, meine. Die Urangst. Keine Gewissheit, nirgends, für niemanden. Wie es ist, den Mächten ausgeliefert zu sein, sie nicht beherrschen zu können. Das muss nicht vernünftig sein. Es ist das Leben.«

»Ich beherrsch sie doch.«

»Ja, ja.«

»Ich versteh den nicht.«

»Kommt noch. Aber weiter, wen haben wir noch? Unseren Bouvier natürlich, Nicolas Bouvier, neben Rückert unser zweiter Perserfreund. Stefan Zweig wäre auch nicht schlecht. Und die Vorsokratiker:

Heraklit & Konsorten. Unsinn, wie komme ich denn darauf, die Vorsokratiker habe ich doch gar nicht gelesen. Aber *De Rerum Natura,* das Lustmanifest des Lukrez, diese Schönheitsfeier einer gottlosen Welt ... *denn nur als ästhetisches Phänomen ist das Dasein und die Welt ewig gerechtfertigt.* Und unsere Freigeister natürlich. Allen voran unsere drei liberalen Trunkenbolde Hafiz und Rumi und Chayyam, aber auch Attar und Farrochsad; dann Pessoa und Benjamin, und Roland Barthes (muss klug sein, der Kerl, ich versteh kein Wort), die *Propos* von Alain (das beste Vademecum für Weltschmerzmenschen), die Psalme, und *Maldoror* von ... von diesem, na? ... ich komme nicht drauf ... egal ... und *Rayuela* von Cortázar, bien sûr! deine Großeltern mochten ihn, Shaahin ... Großvater hatte über Jahre dessen Portrait in seinem Portemonnaie, das gab richtig Ärger, obwohl Großmutter ihn ja auch mochte ... *Wäre dir ein Pin-up-girl lieber gewesen?* ... ach ja, die Mythen & Sagen natürlich, die persischen, die griechischen, die römischen ... und Shakespeare, habe ich Shakespeare vergessen? ... man vergisst die Selbstverständlichkeiten so leicht ... und Proust ... Proust, den Lebensabend-Dichter, zum Abschied nehmen von der Welt ... Obwohl, braucht man Proust, diese Girlandenprosa ohne Charme, diese Vom-Hölzchen-aufs-Stöckchen-Literatur? Mein Proust heißt eher Nádas. Na ja, auch Monstersätze. Dann die Musik, die Deutschen, oh die Deutschen! Beethoven, Schubert (die Lieder; die *Winterreise*), Brahms (das Andante moderato der 4ten, von Kleiber natürlich; das Cello aus dem Andante des 2. Klavierkonzerts von Brendel / Abbado), Mozart, vor allem Mozart; für ihn gab dereinst Ernst Theodor Wilhelm seinen *Wilhelm* her, ersetzte ihn durch *Amadeus,* um zu E.T.A. Hoffmann zu mutieren, welch' Freundschaftsdienst! ... und Mahler, diese heitere, so weitgespannte Todessehnsucht ... aber auch Elgar, Debussy und Grieg, ja. Und Tschaikowski, für den Sturm und Drang der Jugend. Vom Leben und den Sternen und der Brüderlichkeit werdet ihr hören, ja, von Bruder Mossadegh und all den anderen nationalen Wunden, unsere Geschichte und Geschichten, von Politik, von Wundern und Philosophie, Butterrezepten und Filoteig. Alles. Die ganze Welt gespiegelt in der Schale Djams. Das Zufallsdurcheinander des Lebens. Eine *École Said,* eine Glücksschule.« Onkel Said hatte sich schwindelig geredet.

»Gehen wir auch schwimmen? Wir gehen doch auch schwimmen, Onkel Said?«, fragte Shaahin.

»Oh nein, ich bin nichts mehr für die Öffentlichkeit. Schon gar nicht in Badehose. Für mich eher das Haman, für mich die wunderbarsten

Wonnen der Welt. Aber ihr, natürlich werdet ihr schwimmen gehen. *Die Kindheit träumt, das Alter siecht / die Jugend lebt, die rasche* ... kennt ihr das? ... wo war ich? ... ach ja, die Glücksschule, das würde Mutter gefallen: *une École Said*. Vielleicht sollten wir das Fach *Lächeln* einführen. Als Hauptfach? als Nebenfach? Was meint ihr? Die Magie des Lächelns. Das Lächeln als Ware. Thesen zum ökonomischen Wert des Lächelns, zu seiner Marktverwertbarkeit. Denn wer lächelt, macht das Rennen. Das Lächeln und die Schönheit machen das Rennen. Immer. Aus ihnen erwächst das Geld. Zuallererst aber aus der Schönheit. *Die Vorrechte der Schönheit sind unermesslich*. Das Festhalten an der Schönheit bezeugt nichts anderes als Vertrauen in die Welt. Unberechtigterweise, aber Vertrauen. Wie Religion. Wollt ihr Atomphysik? Makro-Ökonomie? Nano-Technologie? So kompliziert ihr's wollt, es soll euer sein. Und cinephil müsst ihr werden, die Filmklassiker werdet ihr schauen: *Citizen Kane, La Grande Illusion, Entr'acte, Ikiru* (armer Kerl, dieser Watanabe!), *Casablanca, Jules et Jim, Zorba le Grec* (ja, vor allem den Sorbas, dieses griechische Urvieh, das alle und alles befreit), *Le feu follet* mit den Hauptdarstellern Maurice Ronet & Eric Satie*, Some Like It Hot, Singin' in the Rain, Endstation Sehnsucht* und ... und was noch? ja, *Nosferatu, Das Cabinet des Dr. Caligari* und ...«

»... das ist was Deutsches, oder? Deutsche Filme sind blöd!«

»Was? Wie kommst du denn darauf, junger Mann?«

»Die sind einfach schlecht. Also zumindest die, die groß tun.«

»Versteh' ich nicht. Kennst du die Filme denn überhaupt, also *Nosferatu* und *Das Cabi*...«

»... nein, aber ich kenn anderes von denen ... die tun nur groß, können's aber nicht.«

»Na, dann schaut sich Monsieur mal den deutschen Film-Expressionismus an und wird sehen, das waren ganz eigene Zeiten.«

»Ich glaub, die sind verklemmt, haben Minderwer ...«

»... Unsinn, Farshid! Aber weiter ... okay, *Sunset Boulevard* müsste noch dabei sein, und *Atalante, The General*, vielleicht *Ronda Nocturna,* und und und ... oh ja, *Les Amants* hätte ich fast vergessen(la Moreau nue, himmlisch nackt, nur züchtig bekleidet mit einem dreireihigen Perlencollier, wie schon Monets *Olympia* mit einer koketten Haarschleife und Tropfenperle am Hals vollkommen nackt angezogen war – voilà, das hat Stil!). Und natürlich *Liaisons Dangereuses,* alle Versionen ... allein um herauszufinden, wie man unterschiedlich verführt ... in Frankreich, in England, in Korea. Und im Mai dann nach Cannes, wie wär's?«

Farshid war das alles zuviel. Diese Angeberei. Sich derart wichtig tun mit Bildung. Immer mehr hing er seinen eigenen Gedanken nach. Bei *Film* dachte er ohnehin eher an Vampirfilme, an Samurai-Filme und Splatter-Movies. An *Block Bastards,* wie er das – in der Annahme, das hieße tatsächlich so – nannte. An *X-Men* also und *ET* und *Top Gun*. An *Der Mann mit der Todeskralle, Der schwarze Korsar, Dawn of the Dead,* an *Armageddon* und *Krieg der Sterne*. An *Matrix* und *Scarface*. Und dann diese schwuchtelige Ordnung hier, das ging ihm mächtig auf den Keks. Wie konnte man nur? Alles so peinlich aufgeräumt, wie in einem Militär-Hospital. Bei dem liegt kein Schamhaar krumm, dachte er. (Farshid konnte nicht wissen, dass man in Onkel Saids Kreisen gar keine Schamhaare trug, da unten blank war wie ein islamistischer Selbstmordattentäter, wie ein ägyptischer Priester, bevor er in den Tempel geht, die Entwicklung vom Urwald zum Barockgarten vollziehend ein kunstvoll getrimmtes nobles Etwas hatte, kurzen Buchsbaumbeschnitt). Und die Dosen und Tübchen auf den Ablagen in seinem Bad, wie Zinnsoldaten, das *Immortelle Serum Précieux* exakt kantenbündig mit dem *Gel Contour des Yeux Anti-Poches Anti-Cernes* und weitere zwölf Produkte. Vierzehn Zinnsoldaten, eine ganze Armee, für die Maske der falschen Versprechungen. Etwas abseits, neben einer mit *Champagner Bath Bombs* gefüllten Kristallschale, stand der Embelliseur-General *Blanc Universel de Chanel*. Wo war er hier nur hingeraten?!

»Und nachmittags dann Gärtnern«, fuhr Onkel Said fort, »oder in den Bois flanieren, meinetwegen auch zu den Engländern in die Buttes-Chaumont … Flaneure, wisst ihr, das sind einfach Spaziergänger, nur hochnäsig, so nennt man die hier.«

Selbst Flaneur, du Angeber, dachte Farshid.

»Vielleicht finden wir sogar einen Nammu-Neptologen. Und einen Tric-Tracologen. À propos Tric-Trac, wartet!« Onkel Said stand auf und ging, gestützt auf seinen Gehstock, seinen ständigen Begleiter, der wohl mehr Attitüde als Notwendigkeit war, zu einer ausladenden lasziv geformten Kommode – *Meine Ära Mitterand, Louis dix-sept* –, machte eine Schublade auf und brachte einen undefinierbaren Gegenstand zum Tisch: Größe Laptop, umwickelt mit ausgefranstem, fadenscheinigem Goldbrokat. »Das hat mir Mutter mitgegeben damals, für dich, Shaahin, damals, kurz nachdem ich – von der Hoffnung aufs Kreuz gelegt – das zweite Mal fortging, in der Nach-Huren-Ära. Was heißt da Nach-Huren-Ära? Sie haben sie nur besser versteckt, die Huren – und nicht nur in den Zeit-Ehen versteckt. Wie konnte man so blind sein zu hoffen? Wie konnte man zurückkehren in die Heimat, so unbekümmert und voller Erwartungen, trotz all der Erosionen, um Hals über Kopf dann doch wieder zu fliehen. In welche Ecke hatte sich da unser Zweifel verkrochen? Feiges Ding! Überläuferschwein!

Es war uns aber dann schnell klar geworden, noch vor dem Exekutionsfuror, dem großen wilden Morden, dass wir nicht erwünscht waren; spätestens als wir die wütenden Slogans auf den Mauern sahen – *Mark Bar Amerika / Tod Amerika* – wussten wir Bescheid. Oder die Transparente der Chomeini-Gang: *Wir werden Emigranten, die jetzt vom Ausland heimkehren, nicht erlauben, die Früchte unserer Revolution zu pflücken.* Als ob wir diese faulen, wurmstichigen Früchte ernten wollten! Also nichts wie weg. Noch mal Exilant in der eigenen Heimat? Nein. Wir wollten nicht mehr als ewige Hüter des eigenen Schmerzes leben. Wir wollten nicht leben in einem Land, aus dem alle Farbe verschwunden war, fast alle Farbe: nur noch Schwarz, Ayatollah-Schwarz, und bluttriefendes Rot, Chomeini-Rot. Das Gelb der Shirin-Zitronen konnte schon lange nicht mehr trösten.

Wusstet ihr, dass Chomeini Liebesgedichte schrieb? dass er ein Liebesgedichte schreibender Killer war? *Die Seele Gottes* hieß er mit Vornamen, *Ruhollah*. Ruhollah Chomeini. Hah, sieht so die Seele Gottes aus? Wenn dieses Morden und Schlachten die Seele Gottes ist, dann wissen wir, in welchem Inferno wir enden werden. Die Seele Gottes – pah! Ein seelenfressender Oger ist er. Das Schlimme, die Götter – gleich wie falsch, gleich wie närrisch, ob im Himmel oder auf Erden – werden alle überleben, auf dem Schlachtfeld werden einzig *wir* liegen. Und danach wieder: Auf zur nächsten Runde im ewigen Spiel Gott-gegen-Mensch! Und es bleibt die ewige Frage, was aus uns werden könnte, wenn wir selbst entschieden – ganz ohne Götter.

Wusste Mutter, dass das die Zukunft sein würde? Dieses Paris? Dieses Frankreich? Das ganze Ausland? Für uns alle? Auch für euch? Für alle Rechtschaffenen? Nein, nein, als ob die Daheimgebliebenen nicht rechtschaffen, nicht redlich wären, ich will nicht ungerecht sein. Ich weiß, dass das Bleiben auch Widerstand sein kann. Wusste sie, dass das Leben irgendwo anders stattfand? Sie kannte wohl ihre Gesellen: *An den Bewegungen erkennst du sie. Nicht am Reden, das kannst du verstellen. Nein, an den Bewegungen, die trügen nicht, niemals. Vor allem am Gang. An der zur Schau gestellten Gewandtheit des Gangs, wie erlernt und nie zur Natürlichkeit gebracht. Nur wer tanzen kann, dessen Gang wird ungezwungen. Mörder können nicht tanzen.* Und also hat sie vorgesorgt.

So war es, das Gespür der Frauenwesen, diese Rehnasen.«

Onkel Said gab Shaahin das brokatumwickelte Paket. »Also, lass sehen, Junge!« Shaahin stand etwas verloren da, schaute scheu seine Freunde an und rollte schließlich vorsichtig das alte Tuch ab, bis er ... einen Tric-Trac-Kasten in der Hand hielt, ein Tachte-Spiel. Alt, wie es schien. Sehr alt. Onkel Said konnte nicht an sich halten: »Das allein, ihr Lieben, ist so viel wert wie Peugeot. Nicht das Auto wohlgemerkt, ich meine den Konzern! Und die Trottel am Zoll haben nichts gemerkt. War ihnen zu alt. Fahriges Geritze auf Speckstein ... nichts wert ... überhebliches, schafsblödes Grinsen. Aber: Das Ding stammt aus den Ausgrabungen von Schahr-e Suchte, fünftausend Jahre alt. Na, was sagt ihr? Zwei Spielfelder mit aufgesetztem Rahmen, lose kopfüber aufeinander gelegt, kein Scharnier, nichts. Das erste seiner Art. Einzigartig! Aber es geht noch weiter. Los, mach auf! Mach auf, Shaahin! Allez hop! Die Welt spiegelt sich nicht nur in der Schale Djams ... vielleicht ist es das Tachte, das Backgammon, in dem sich die Welt ... mach auf, Shaahin.« Shaahin nahm einen Schuber aus dem Kasten, in dem zwei Büch... »Galuchat, Rochenhaut«, sagte Onkel Said, »der Schuber ist aus eingefärbter Rochenhaut, et voilà: zwei Bücher, zwei Brüder, die Zwillinge Hafiz und Goethe ... in rotes Saffianleder gebunden ... eine Privat-Edition, 6er-Auflage, 1852 ... da haben die Briten gerade mal ihre erste Bedürfnisanstalt in London eingerichtet ... die Gashelen und der West-östliche Diwan, einzig vereint, was sagt ihr? *Wie du zu lieben und zu trinken / Das soll mein Stolz, mein Leben sein.* Ja, das ist es, diese Freundschaft, das allein, was gibt es mehr? Ja, vereint. Und doch auch getrennt, im Schuber getrennt. Jeder für sich. Hier Hafiz, dort Goethe. Zwei große Individuen. Miteinander *und* nebeneinander. Diesen Orient-und-Okzident-sind-nicht-mehr-zu-trennen-Schmu habe ich noch nie gemocht, diesen imbezilen Versöhnungsquatsch von Lessing. *Osten bleibt Ost und Westen bleibt West / sich einen, das werden sie nicht,* war das Kipling? In Cordoba hat's nicht geklappt, die drei Religionen blieben sich fremd. Krumm- und Spitzschnäbel nie zusammen! Gleichzeitig aber auch: *There is neither East nor West, Border, nor Breed, nor Birth. Keine Grenze, keine Rasse, keine Herkunft, wenn Menschen zusammenstehen.* Nebenan zum Döner-Bistrot gehen, oder in die Bouillabaisserie ... grüßen, essen, freundlich nicken, lächeln, gehen ... so sollte es sein. Das Zahlen nicht vergessen. Gibt es Schöneres als: die einen da, die anderen dort, getrennt, nebeneinander, ganz nah, sich höflich verneigend, freundschaftlich verbunden!? So sollte Leben sein! Es muss nicht alles kopulieren.«

Onkel Said verlor sich, versank in sich, war abwesend. Er schaute in die Ferne und sprach zu sich selbst. Wann hatte er das letzte Mal so viel gesprochen? Normalerweise, im Alltag daheim, war sein Mund voller Wörter, aber es kam nichts raus … als ob ein viel zu großes Stück Fleisch, quer im Mund, nicht zu drehen und zu wenden und zu beißen war. »Meine Räume hier sind nur dreieinhalb Meter hoch, aber sie kommen mir doppelt so hoch vor, und die obere Hälfte ist bis unter den Plafond angefüllt mit Einsamkeit, mit *deep, dark, death-like solitude*. Unten bei den Möbeln ist meine Geschichte, chronologisch aufgeräumt: die Taubentürme meiner Kindheit und die Nachrichten der Pusteblumen; die wilde Erregung in den *Zehn Nächten Teherans*; das schiere Hoffen; die abgefangene Post in der Heimat; die leeren Briefkästen im Exil; und noch mal dieses dumme, aberdumme Hoffen, die Hoffnung, die nicht mitaltert; und dann endlich die Gardisten, das Blut und die von ihnen zertrampelte Erinnerung, der Grabeshauch meiner so zynisch abgeschlachteten Heimat. Und darüber, über den Möbeln, drückt ein Stapel bleierner Platten, jede raumgroß, jede eine Schicht Gegenwartstrauer … wie geologische Schichtungen, einzeln datierbar … meine Trauer-Sedimente, gesammelt aus den Erinnerungen der Gegenwart, jeden Tag … noch in den traumlosen Nächten, den leeren Stunden. Die Luft unten ist so dicht, dass es schwer fällt zu atmen.

Und draußen, draußen erkennen sie dich immer gleich. Das Exil hetzt dir unbekannte Augen ins Gesicht. Die Blicke auf den Straßen wissen, dass du fremd bist, *un métèque*, und Schlimmeres. Sie erwischen dich, in der Metro, im Lafayette, gleich wo, ganz zuverlässig. Sie erwischen dich. Immer. Mit der Präzision eines deutschen Militär-Fernglases erspähen sie dich, mit aller Zeiss-Unerbittlichkeit, noch im dunkelsten Dunkel, wenn du dich im Nachtschatten der Häuser sicher fühlst, erspähen sie dich mit ihren eigens für Exilanten trainierten Nachtsichtaugen. Aber wahrscheinlich können sie gar nichts dafür. Irgendwie müssen sie ja schauen, die armen Franzosen …«

Wie ein nasser Hund, der sich schüttelt, um den Regen in seinem Fell abzuschlagen, brachte sich Onkel Said in die Gegenwart zurück. »Leider, Jungs, ist das andere Buch mehr wert als der Schuber mit den Dichterkönigen. Die Welt war noch nie gerecht. Eine Bibel, dreisprachig: Arabisch, Hebräisch, Latein. Nicht gerade der Wert Peugeots, aber ein Haus, mindestens. Wohl eher ein Anwesen, ein stattliches Anwesen. Kommt, lasst uns nach nebenan gehen, ins Kaminzimmer, wir brauchen einen Drink, eine Havanna, das ist zu viel. Kommt!«

Auf dem Weg ins Kaminzimmer – wie sehr doch Wohnungen immer wieder Zeitmaschinen in die Vergangenheit sind – blieb Onkel Said einen fast unmerklichen Moment vor einem großen Ölgemälde stehen. *O du meine arabische Unschuld!* dachte er und freute sich stillschweigend, dass Louis Reijtenbagh, dieser korrupte niederländische Finanzjongleur, immer noch glaubte, er habe 2009 bei Sotheby's das Original erworben, für $ 13.802.500. *Nee, Mijnheer, Kees van Dongens Jeune Arabe hängt bei mir. Allein bei mir. Beltracchi hat nicht nur das Frauenporträt mit Hut gefälscht, er hat auch … du bist ihm aufgesessen, du Nordseetürken-Kretin!*

Im Kaminzimmer ging Onkel Said auf eine mit Ebenholzpalmetten verzierte Empire-Kommode zu, auf der neben einer Vase mit strahlendweißen Nacht-Hyazinthen ein fein ziseliertes Damaszener Silbertablett mit Karaffen, Gläsern und einer Syphonflasche stand. Er schenkte vier Whiskys ein (Macallan Fine Oak, 18 yrs), Whiskys, die stehen blieben, nicht weitergereicht wurden, weil sein Blick hängenblieb an einer Fotografie direkt vor ihm: »Shirin Neshat … ein Hamam … dieses Jahr erworben … bei Gladstone«, sagte er zu dem Bild. Er lächelte, und es tat ihm sichtlich weh. Er lächelte und zwei, drei sehnsuchtsvolle Tränen … Trotz vieler einsamer Nächte hatte er noch Tränen übrig für die Erinnerung … für die Erinnerung an die Erinnerung.

Das Adagio von Mozarts Violinenkonzert Nr. 3 lief gerade und verschmolz mit ihm. Onkel Said, Mozart und sein Hamam. Er griff in die Innentasche seines Jackets und gab Shaahin ein kleines Päckchen: Packpapier, Schnur, Adress-Aufkleber, Briefmarke.

»Später, kurz nachdem der Gottesgaukler die Geschäfte übernommen hatte, hat mir Mutter noch das hier geschickt. Für dich, Shaahin. Oder für euch, wie du willst, wie ihr wollt. Ich habe es nie geöffnet, dumm vielleicht, denn wer weiß, ob die uns am Zoll das Ganze nicht gegen ein paar Zigarettenschachteln ausgetauscht haben und die Überraschung jetzt also gar keine mehr ist. Manchmal – meist ganz unvermittelt, wie ein Überfall – habe ich es rausgeholt und angeschaut, nur angeschaut, ungläubig, nachts und tags angeschaut, morgens, abends. Sogar wenn Gäste da waren, habe ich insgeheim … die doppelte Diktatur hatte mich immer im Griff … gestern noch Zwillingsdichter, nun Zwillingstyrannen … Seht ihr die Briefmarke, das Portrait? Zwar schon die neue Diktatur, aber immer noch der alte aufgeblasene Pfau. Der Alte als Steigbügelhalter des Neuen. Das Despotenkomplott, die Perversion im Doppelpack. Was soll's, lasst uns Glanz auf die Augen zaubern. Mach auf, Shaahin, ich weiß, was drin ist – na ja, was drin sein *sollte.*«

Nachdem Shaahin Schnur und Papier ehrfürchtig gelöst und den Karton geöffnet hatte (die Tyrannenrede klang noch in seinen Ohren), lag eine schäbig abgewetzte schwarze Ledermappe vor ihm. Er löst das eingelassene Band und klappt eine Seite nach rechts, eine nach links, und sieht auf einen Stapel Blätter, papyrusartige Blätter, nicht mehr als zwanzig Stück, drei Zigarettenschachteln groß.

»Bon Dieu de merde, sie hat's geschafft! *Rechnen durch Ergänzung und Ausgleich* von unserem al-Chwarazmi, das legendäre ... also, irgend so ein bedeutendes Manuskript über Algebra ... ich versteh nichts davon ... lineare und quadratische Gleichungen und so ... was immer die auch konnten damals ... und zwar nicht die arabische oder lateinische Abschrift, sondern *sein* ureigenes Original, *seine* Handschrift von ... ich weiß nicht mehr ... 830? ... 31? ... 32? ... Putain, die Zauberin hat's geschafft, wieder mal geschafft. Der gleiche, immer gleiche Trick: alten räudigen Kram versammeln, verkrumpelt einpacken, und ab die Post. So rettet man Autographe aus Diktaturen. Deine Großmutter, die Trickkünstlerin! Mein Gott, was wäre dieses Land ohne die Frauen! Sie werden uns retten, ganz sicher. Wie auch in Afghanistan, in Indien, in Pakistan. Und erst die Kinder.

Das al-Chwarazmi. Ich denke gerne zurück an den Erfolg der arabischen Welt: *Alles hat zum Grünen gebracht der Regen der Araber.*

Also gut, Shaahin, das ist es also, dein Schlaraffen-Erbe, hat alles Platz in einem Kästchen, das ganze Leben. Das Leben, in einem Kästchen.

Cheers, ihr Lieben! Ich beneide euch.

Und am Samstag Sussan Deyhim? Was haltet ihr davon? Sie gastiert im Olympia. Habt ihr Lust? Jaaa, jaaa, ich weiß, Lady Gaga wäre euch lieber ... oder Madonna ... oder wie die heißen. Trotzdem, ich würde mich freuen ... Es ist spät geworden, mein *bed of Ware* wartet, ich muss ... Also, bonne nuit, mes amis, schlaft gut! Ihr wisst ja, wo alles ist. Nächste Woche sind eure Refugien unterm Dach fertig. Schlaft gut, grüßt Morpheus von mir. Wecken um zehn, d'accord? Bon nuit, alors! Und vergesst nicht: Träumen ist Menschenpflicht.«

Zehn Minuten nachdem alle zu Bett gegangen waren, schlich Shaahin in das Zimmer nach nebenan und kroch mit einer noch fast vollen Flasche Veuve Cliquot in das breite Bett zu seinen Freunden. Er war einsam und zwängte sich in die Zehnminutenwärme. Und so lagen sie also nun zu dritt. Nebeneinander. Auf dem Rücken nebeneinander, unter der atlasseidenen Decke im schwülen Paris. Sie tranken abwechselnd Champagner, reichten einander die Flasche und genossen still ihre Zufriedenheit. Fremd zwar, aber Zufriedenheit. Sie lagen schweigend. Sie lagen bis plötzlich ein Sprühnebel über sie kam, über alle drei. Ein Sprühnebel von Shaahin. Shaahin hatte mit aller Lungenkraft einen Mund voll Champagner in die Luft gesprüht. Und da nieselte das Glück. Ein Sprühfontänenglück. Ein Fontänensprühglück. Attisch blauer nebelfeuchter Übermut. Sie prusteten, sie feixten und lachten. Grundlos. Grundlos? Aadish dachte an Schweine, die kicherten. An Schweine, denen Milch aus den Ohren lief, lustige Milch. Lustige Schweine. Grundlos. Bis plötzlich lustige Zelte auftauchten. Direkt vor ihnen. Zuerst das von Farshid. Dann nichts, einige Zeit nichts. Dann die der anderen beiden, fast zeitgleich. Seidenbespannte Kegelzelte. Betttuchzelte. Drei kleine lustige Tipis, die ihnen ungemein groß vorkamen, indianergroß. *Gelobt sei der Erhabene, gesegnet der Allmächtige,* grinste Farshid und dachte sich den hundertsten Namen Allahs gewaltig, immens gewaltig, berggewaltig, gewaltig eifersüchtig – und schämte sich gleich darauf für seinen Unsinn. Trotzdem: *Solche Offenbarungen, solche Erscheinungen, hatte der Ehrwürdige sie je erlebt, der Lebenspendende und Vergeber der Sünden?*

Der Champagnerregen perlte auf die Seidenbespannung. Immer noch lagen sie nebeneinander. Auf dem Rücken. Sie sahen ihre Zelte vor sich, ihr gemeinsames Dreimannzelt im Pariser Mondlicht. Und sahen, dass sie zusammengehörten. Töricht, wer behauptete: *Drei sind einer zu viel.* Plötzlich küsste Shaahin Farshid auf den Mund, zuerst ganz schüchtern, herzklopfend schüchtern, herzklopfend bis in den Hals, dann hastig und ungeschickt, fast grob. Er nahm einen Schluck Champagner und stieß ihn Farshid in den Mund (hatte er das irgendwo gesehen? oder gehörte allein ihm dieser Impuls? oder allen Menschen?), ließ ihn rübergleiten, saugte ihn zurück, stieß und saugte, hin und her, bis das Perlen nachließ und nur noch schal schmeckte, fremd und köstlich schal an Farshids Mund.

Später gerieten die drei Körper durcheinander. Sie lagen nicht mehr auf dem Rücken. Sie lagen Rücken an Rücken. Sie lagen Gesicht an Gesicht. Gesicht an Brust, Brust an Gesicht, kreuz und quer, wie es kam, wie es geschah. Ganz ohne Ordnung, zitternd und nackt. Die pralle Lust der Herrlichkeit. Ihr Atem fiel überall hin, willkürlich, auf Schulterblätter, auf Schenkel, auf Münder, mal hier, mal dort. Er kitzelte in Ohren, kitzelte in Achseln, war an den denkbarsten Orten. Und den undenkbaren. Strich über Füße und Lenden. Über Schöße. Der Atem kreiste wie der Champagner, der Champagner wie der Atem.

Kinderspiele. Bubenglück.

Plötzlich, ganz unvermittelt, als ob er nie Teil des Geschehens gewesen wäre, nie zu dieser bizarren Bruderschaft der ulkigen Exerzitien gehört hätte, setzte sich Aadish auf, die Ernsthaftigkeit in Person, und fragte Farshid: »Wenn du deinen Schwanz gegen den eines anderen austauschen könntest ... welchen würdest du wählen?«

»Häh ... will ich überhaupt? Sehen vom Mond aus nicht alle gleich aus?«

»Du willst«, sagte Aadish ungewohnt direkt, »alle Männer sind unzufrieden mit ...«

»... so eine Art Penis-Transplantation? Also ich weiß nicht. Es hilft ja nicht. Keine Liebe wurde je gerettet, keine Trennung, keine Scheidung je verhindert ... nur weil dein Schwanz anders ... lediglich die Promiskuität ...«

»Mach schon. Ich helf dir. Wie wär's mit Michael Fassbender, mit Kurt Cobain ... oder Ewan McGregor.«

»Nee, ich weiß nicht, sagt mir nix ...«

»... oder Bruce Willis ...«

» iiiiiiihhhh! Okay, also gut: Sidney Poitier vielleicht.«

»Ein Neger? Weil die 'n größeren haben?«

»Das ist Sexismus, sexistischer Rassismus«, entrüstete sich Farshid betont gespielt.

»Neger?«

»Nein, großer Schwanz«, grinste Farshid mit fast vollkommen verschwindenen Augen.

»Wenn's dir nur darum geht, also nicht um Ästhetik, kannst du gleich den von Rocco Siffredi nehmen ...«

»... Rocco wer?«

»Egal. Der ist sowieso eher was, um Betonwände zu bohren ... tut Frauen nur weh, zerquetscht alles. Nein, es geht um Charakter.«

»Versteh ich nicht.«

»Ein anderer sein, das ist doch interessant.«

»Wieso, liegt dein Ich bei dir im Schwanz, Aadish? Ein Schwanz-Ich? Hm! Ich finde Ohrläppchen eigentlich wichtiger. Interessanter wäre doch der Austausch des ganzen Ichs. Drehen wir das Ganze. Wenn ihr morgen ganz jemand anderes sein könntet, euch austauschen könntet mit einer bewunderten Person, *das* wäre spannend. Wie Mystique in X-Men, so in etwa, nur auf Lebzeit. Also, wer wolltet ihr sein? Aber Achtung, es gilt eine Regel: Ihr könnt diesen Anderen nur als Ganzes bekommen, mit all seinem Lachen und Ruhm, der Lebensfreude, den Talenten, aber gleichzeitig kriegt ihr auch seine Probleme und Gebrechen, seine Trauer, seine Bedrückung und Gram, das ganze Verzagen. Ihr könnt euch die Krätze einfangen und die schönste Furunkulose, irgendeine Idiotie, Hodenhochstand, oder gar keine Eier, einen Sack Feigwarzen oder fäkales Erbrechen, einen juvenilen Schlaganfall, eine Hirnerweichung, oder gleich den Tod. Aber auch Smartness und das absolute Glück. Also, mit wem würdet ihr gerne tauschen?«

»Buster Keaton«, sagte Shaahin. Schon lange nicht mehr war Shaahin so schnell und direkt gewesen.

»Ein Toter?«

»Ich mag seine lustige Trauer. Und seinen Hut.«

»Denk dran, mit *allen* Konsequenzen. Die schönste Trauer ist nichts wert, wenn der Rest dich runterzieht.«

»Traurig, aber schön – was will man mehr?«

»Er hatte Geschwüre an seinem Schwanz, die ihn sein Leben lang plagten, ganz fürchterlich, schlimmer als seine Trauer. Elephantiasis, die ihn nie zum Schuss kommen ließ.«

»Du spinnst! Woher willst du das wissen?«

»Oder was anderes halt, von dem du nichts weißt. Alkohol vielleicht. Tödliche familiäre Schlaflosigkeit. Encephalitis lethargica. Augenwürmer. Irgendwas. Abgefressene Fingernägel. Pickelitis. Irgendwas.«

»Idiot! Ich bleibe bei Keaton.«

»Und du, Aadish, wer willst du sein?«

»Laurie Anderson.«

»Eine Frau?«

»Ja, aber als Mann. In einer Kurta.«

»Was? Wie?«

»Na, irgendwie beides, Mann *und* Frau. Ich finde, meiner könnte etwas kleiner, irgendwie höflicher sein. Manchmal hat man Angst, dass man stört.«

»Raff ich nicht. Egal, Laurie Anderson also?«

»Na ja, vielleicht bleibe ich doch lieber der, der ich bin. Wer weiß, was *die* hat. Ja, ich find's ganz in Ordnung so. Ich bin zufrieden, ich bleibe bei mir. Außerdem: Wer wählt, verzichtet immer auch auf das Nichtgewählte, das ist doch traurig. Und du, Farshid?«

»Hm, Superman ... oder Son-Goku.«

»Das gilt nicht. Eine reale Person!«

»Okay, Neo. Ich glaube, ich würde einen guten Neo abgeben.«

»Wen? Wen würdest du ...«

»... Neo, diesen Matrix-Typ.«

»Real heißt real ... real wie 'n verbeulter Reiskocher ... real wie Shirini Napoleoni.«

»Ich mein Keanu Reeves ... der, der ihn spielt ... der ist doch real.«

»Dieser Typ, der ständig in Computerwelten lebt? Die Welt als gigantische Simulation? Ein einziger Traum, nie wirklich? Der ist doch Vergangenheit. Ob *der* das Wahre ist, ich weiß nicht? Der hat wahrscheinlich ein Lungensarkom, oder Skrofulose, oder ein faulbrandiges Bein.«

»Na, ich würd's riskieren. Und wenn alles schief geht, rettet mich die Kohle.«

»Kohle?«

»Die von Keanu. Vielleicht aber auch Einstein, auch cool, der Typ.«

»Eigenartig auf dieser Kugel ...«, kam es plötzlich von Shaahin, ganz zaghaft.

»Was?«

»... die Schwerkraft, das Runterfallen. Die Häuser, die Wälder und Berge, warum fallen die nicht runter? Die Seen und Meere, die müssen doch auslaufen? Dass Häuser noch stehen, wenn man am nächsten Tag wiederkommt, wo doch die Erde sich dreht ... die Zentrifugalkraft ... die müssen doch runterfallen ... weggeschleudert werden.«

»Ach Unsinn, keine Sorge, es bleibt wie es ist, so wie es ist und immer war, kleiner Falke«, beschwichtigte Farshid. »So ist die Welt, beständig, gestern wie heute, im Schlechten wie im Guten.«

»Nichts funktioniert. Auch der Mond nicht. Wir verlieren ihn. Unser Alien haut ab. Er entfernt sich von uns, weg von der Erde. Jeden Tag ein bisschen mehr. In was weiß ich wie vielen Millionen Jahren hat er die Erde verlassen, raus aus dem Gravitationsfeld, verschwindet im Universum, für immer ... und die ...«

»... na und?«

»... auch die Sonne wird irgendwann kollabieren ... und die Sonnenstürme, die Plasmawolken, sie bedrohen uns ... auch die Asteroiden, Apophis zum Beispiel ...«

»... Aphosis?«

»Ja, er wird uns treffen, in zwanzig, dreißig Jahre. Und wir, was machen wir? Wir machen uns Sorgen über die Pünktlichkeit der Müllabfuhr. Und das Universum? Es pulsiert, dehnt sich aus, zieht sich zusammen. Onkel Said hat es uns gesagt, in der Mansarde oben, als er uns die Plejaden gezeigt hat. Aber ich merke nichts. Es muss doch einen Sog geben. Warum fallen meine Wangen nicht ein? Warum hab ich keine Ohrenschmerzen?«

»Ey, Junge, du musst nicht alles glauben, was Onkel Said ...«

»... und diese schwarzen Löcher, wenn diese monströsen Biester durch das Sonnensystem fliegen, dann werden doch alle Planeten aus ihren Bahnen gerissen ... und dann gibt's *un grand casino,* hat Onkel Said ge...«

»... jetzt hör doch mal auf mit deinem Onkel, der macht dich noch ganz kirre ... wir leben doch in einem kosmischen Hinterhof ... ach was, in einer Abstellkammer des Universums, infinitesimal winzig ... da ist nix los, tote Hose ... da gibt's keine schwarzen Löcher ... die gibt's nur, wo es große Sterne gibt, zehn mal so groß wie die Sonne, richtig große verglühende Sterne ... schwarze Löcher sind Sternenleichen, und die gibt's nur in den feinen Salons des Universums. Also ...«

»... es muss schön sein, im Himmel zu sitzen«, wechselte Shaahin plötzlich das Thema. »Mitten im Sternenschwarm. Das Träumen. Ich habe in den Plejaden ein Sternbild gesehen, einen Stuhl. *Der Große Stuhl,* hat Onkel Said gesagt, *nenn es Der Große Stuhl. Er ist immer am Himmel, wie Cassiopeia.* Ja, da draußen sitzen und aufgehoben sein in der eisblauen Kälte, in frischen 300 Grad minus, das wäre schön. In den Himmel gehen, und die Welt dreht sich weiter.«

»Ey, Falke, was ist los mit dir, was ist?«

»Glaubt ihr, dass wir mehrere Leben haben?«

»Also wir drei auf alle Fälle«, Farshid wuschelte Shaahin durchs Haar, »wir sind doch Musketiere. Wir werden uns in allen Leben nie verlieren.«

»Versprochen?«

»Versprochen!«

»Indianerehrenwort?«

»Indianerehrenwort!«

Aaadish und Farshid nahmen Shaahin in den Arm und drückten ihn fest an sich. Ihre Zeltstangen kollidierten.

»Keine Sorge, Kleiner, wir sind bei dir, wir bleiben zusammen. Immer. Versprochen. Du gehst nicht verloren. Du bist du, und der Puls ist da draußen. Das Universum kann uns mal. Es geht ums Leben«, flüsterte Farshid und küsste Shaahin die Tränen aus dem Gesicht. »Wir sind Musketiere, Kleiner, die Leibgarde des Königs. Wir sind die drei persischen Musketiere. Einer für alle, alle für einen. Kommt, wir gehen auf den Balkon ... Mond schauen ... kommt!«

Wie auf einen geheimen Startschuss hin sprangen sie alle drei gleichzeitig aus dem Bett und rannten auf den Balkon. Keiner von ihnen merkte, dass sie immer noch nackt waren. Sie trugen ihre Nacktheit wie ein vornehmes Gewand, wie maßgeschneidertes Kardinalspurpur. Es verging keine Minute – noch niemand hatte ernsthaft zum Mond geschaut –, da brüllte Aadish: »Wer kommt bis zu den Rosenakazien«? Niemand musste fragen, alle wussten, was Aadish meinte, die Scham war im Zimmer geblieben. Und so tat also jeder sein Bestes. Der Herausforderer – natürlich – siegte. Herausforderer siegen meistens, sie wissen ihre Kraft einzuschätzen. Und da alle auf den weiten weißglänzenden Strahl Aadishs fixiert waren – *Boah, wie der Asteroid P/2010 A2* –, gebannt waren von dieser ungemein artistischen Lust – *Seht da, unser kleiner Eumel und sein Ömmel* –, entging ihnen, dass es auch Geklecker gab (wessen?). Geklecker, das an der Fassade (immerhin Zweites Empire, dazu der gleiche Naturstein, wie er auch bei der Abtei Sainte-Marie de Fontfroide Verwendung fand) hinunterschlabberte, na ja, um genau zu sein: irgendwo im Putz hängen blieb, nicht weiterkam, einfach versickerte.

»Duftwolke zu Duftwolke«, triumphierte Aadish. Er strahlte und trommelte tarzanartig mit seinen Fäusten gegen die Brust. Und wirklich, in hohem Bogen, über die Lorbeerbüsche hinweg, begleitet von einer Art Hundefiepen und einem zischenden Einatmen durch die Zähne, hatte er die Rosenakazien erreicht, ganz mühelos, der Mondregenbogen war Zeuge. »Die ganze Ladung direkt in die fetten Blütentrauben hinein, gut und gerne drei Meter«, schwärmte Farshid. »Und wie sein knackiges Ärschchen dabei mitgeht ... sich zusammenzieht ... und wieder aufmacht ... hin und her ... wow, alle Achtung! ... mit dem kannst du Nüsse knacken, Aadish ... nicht nur Erdnüsse, auch Walnüsse und Paranüsse ... Kokosnüsse ... und wie!«

Kinderspiele. Alte Kinderspiele. Uralt.

»Haben Hunde eigentlich eine Morgenlatte«, fragte Aadish.

»Spinnst du, die haben ja auch keine Popel«, erwiderte Shaahin.

So begann Paris. So begann die Fremde.

Das Vergessen. Und auch die Verschwendung.

Onkel Said hatte einen seiner vielen Morgenröcke an, heute weinrot, mit mittelalterlichem Gold durchwirkt. »Ich erzähl euch eine Geschichte.« *Nicht schon wieder,* dachte Farshid und nahm eine Feige vom Frühstückstisch. *Und diese morgendliche Verkleidung, was soll das? Als ob er nur halb da ist, immer irgendwie zwischen Leben und Tod.* »Der

Mann hat es immer warm gehabt bei mir ... versucht die Erdbeer-Pistazien-Confitüre, selbstgemacht von Marie, sie ist köstlich, und nehmt vom Fisch«, Großvater reichte Farshid die Platte mit Kaviar und Lachs, »der Mann hat es immer warm gehabt bei mir ... so warm, wie es ein Mann haben sollte. Oh, auch eine Frau sollte es warm haben. Aber hier ist der Mann gefragt. Am Zoll hat man ihn grausam verletzt. Aber hier bei mir hat er es warm gehabt, hier wurde er geliebt. Gepflegt und geliebt. Gehätschelt geradezu ...«

Onkel Said war wieder im Selbstrausch. Abwesend, als ob seine Gedanken auf den Boden gefallen wären. Ganz beiläufig zeigte er auf ein Portrait über dem kleinen Zylinder-Sekretär und ...

»Seht ihn euch an. Das Messer hatte einst tiefe Furchen geschnitten. Furchen, die weh taten, immer noch weh tun, am Haupt, an der Brust – letztlich aber zu verschmerzen waren. Zwei Furchen allerdings waren wirklich schlimm, unverzeihlich. Die Messerfurchen, die zu Tränen wurden. Mitten im Gesicht. Eine unter dem rechten Auge, eine unter dem linken. Präzise geschnitten. Als ob der Zöllner beim Aufschneiden des Pakets die Tränen ganz absichtlich hat zeichnen, das Leid ganz gezielt hat eingraben wollen. Ein nahezu unversehrtes Antlitz, nur zwei mit dem Messer gezeichnete Tränen. Umso mehr wurde er von mir geliebt. Die Tränen haben es warm gehabt bei mir. Mein Caravaggio hat es warm gehabt, so warm, wie mein Nachbar Julien Green es sich für Bilder in Häusern wünschte ... in *Moïra*, glaube ich. Nicht umsonst hat er seit fünf Jahrhunderten seinen Finger auf die Lippen gelegt. Ich habe zwar nie herausgefunden, warum. Um zu warnen? Legt er den Finger auf den Mund, auf die Wunde der Geschwätzigkeit, um zum Schweigen zu gemahnen, das große Leid zu trösten – angesichts des Unbegreiflichen, der unendlichen Rätsel? Oder beschweigt er die Liebe? Ich war immer verliebt in diesen Mann. Er war mein Lebensmensch. Er war mein Weltmysterium, meine große Weisheit. Ohne sie wirklich je ergründet zu haben. Aber vielleicht ist es doch das Schweigen, vielleicht gibt es nichts Größeres unter der Sonne als das Schweigen. Das Schweigen inmitten der Gefechte, inmitten des Religionengekeifes, der Schwachsinnsideologien und Liebeshändel. Das Schweigen selbst inmitten der Freunde im Basar und am Küchentisch. *Shisha rauchen, Tee trinken, Schweigen,* hat schon Vater gesagt ... na ja, dran gehalten hat er sich selten. Und doch fragte er mich immer wieder: *Warum tut das Schweigen der Dinge so gut, ihre Verschwiegenheit?* Verzeiht, ich bin ... bin ... nicht ganz bei euch.«

Farshid kam als Spitzname für Onkel Said plötzlich *Cold Turkey* in den Sinn – *ein Leben wie ein einziger kalter Entzug*, dachte er.

»Ich glaube, ich habe einen Fehler gemacht, irgendwann wollte ich ihn rein haben, unverletzt. Ich habe ihn restaurieren lassen, meinen Mann ... hier in Paris, in einer bescheuerten Werkstatt. Die Patina der Bürgerlichkeit, den Wohlanständigkeit, wollte ich ihm verpassen. Zu spät habe ich festgestellt: zerstört und vernichtet wäre er mir lieber gewesen, verletzt und ausgesetzt wie Leonardos *Abendmahl*, viel lieber. Ich habe die Kostbarkeit seiner Räudigkeit nicht begriffen. Die Kostbarkeit seiner Alltagsvulgarität, seine Verletzlichkeit. Fettes buntes Öl liegt jetzt über seiner zarten Haut, Restauratorenöl, und die Tränen sind begraben. Zu spät bemerkt. Vielleicht habe ich sogar das Anstößige gelöscht, das Unanständige, das seine Verletzungen hervorgebracht hat. Das Menschliche entzogen. Den Abgrund.

Ich schenk' dir meinen Mann, Shaahin. Meinen leiderprobten, leidreparierten Mann. Er soll *dein* Mann sein von nun an. Ein bisschen Partnerwechsel tut Not, tut der Welt gut. Er ist immer noch viel wert. Christie's Paris hat ihn trotz der Leidminderung und trotz des Sündenschwunds immerhin noch auf satte 1.750.000 US-Dollar taxiert. Einstiegspreis! Er gehört dir.

Ich bin sicher, wenn er in zehn Jahren bei Christie's auf der Staffelei steht, wird irgendein unbekannter imbeziler Hedgefonds-Asiate online das Zehnfache bieten ... oder irgend so'n durchgeknallter russischer Schwachsinns-Oligarch. Obwohl, vielleicht ist es klug, für das Schweigen so viel zu zahlen. 17,5 Mio. US-Dollar für das Schweigen? Vielleicht ist es ja so viel wert – und noch mehr. Genau so viel wert wie ein Gedanke, ein richtiger. Oder eine Freundschaft, eine richtige, aufrichtige. Aber bitte, Shaahin, tu es nicht! Behalte ihn! Du kannst alles verscherbeln, den al-Chwarazmi, das Tric-Trac, die Bücher, das bringt dir Sicherheit bis ans Ende deiner Tage ... eurer Tage meinetwegen. Nur nicht ihn, den Warner unserer Familie. Deine Großmutter liebte ihn über alles – *mein König ohne Thron, mein Lear ohne Reich* –mehr als Hafiz, mehr als Highsmith oder Farrochsad. Sogar mehr noch als Humpty Dumpty. Immer wenn wir zu laut wurden, Großvater oder auch ich, gefährlich laut, dann wies sie streng zu ihm an die Wand: *Nur Schweigen ist nicht zu widerlegen*, warnte sie. *Schweigen ist kein Beweis. Für nichts. Für niemanden. Das Schweigen kann der Wind nicht weitertragen.* Einerlei. Vielleicht gewinnst du ihn ja genauso lieb wie wir, lernst seine Vornehmheit schätzen, seine gewandte Verschwiegenheit, die Klugheit seiner Unauffälligkeit … und hältst ihm die Treue. Verkauf ihn nicht, Shaahin! Gib ihn nicht weg! Pass auf ihn auf! Bitte! Versprochen?«

»…«

»Versprochen???«

»Versprochen!«

Viel, sehr viel im Leben der Drei spielte sich tatsächlich in der Wohnung ab. 460 qm, da ließ es sich leben. 460 qm für die Drei … und für Onkel Said natürlich … und Marie, und Tamal, den nubischen Bronze-Diener. 460 qm auf zwei Stockwerken, verbunden mit einer innen liegenden Treppe. Dazu noch ein Zimmer mit *Geistermöbeln*. Ein stets abgeschlossenes, mit einer schweren abweisenden Polstertür versehenes schalldichtes Zimmer (warum kamen Freunden immer nur Wörter wie *Mausoleum* oder *Horrorkabinett* in den Sinn?), in denen chintzbezogene Regency-Sessel und arg lädierte Chaiselongues unter weißen Leinentüchern ihren launischen (erotischen?) Erinnerungen nachhingen. *Meine Vergangenheit im Leichentuch / mein Cocteau-Zimmer, ein bisschen Milly-la-Forêt im Passy / mein stilles Inselglück / das Gravitationszentrum meines Lebens / mein Kitsch, mein heiliger persischer Kitsch, Krempel halt / für Kitsch muss Platz sein in jeder Hütte, ein goldbesticktes Pantöffelchen im Mindesten, aus Samt, wenn's beliebt …*

Manchmal, wenn er sich alleine wusste – *Ach, wo seid ihr nur? ihr Hirtenknaben des Corydon, so klaglos nackt* – saß er dort bei Monsieur Cocteau, im traurigen Licht alter Émile-Gallé-Lampen, im staubigen Geruch alter Gobelins, hörte Richard Straussens *Der Abend,* Händels *Ombra mai fu*, Wagners *Liebestod* und Offenbachs *Barcarole* in Dauerschleife und hüllte sich in seine herbstlaubfarbenen Cashmere-Plaids. Onkel Said hatte *Plaids*, Onkel Said hatte keine *Decken;* und statt *herbstlaubfarben* sagte er lieber *comme des feuilles mortes – weil der Tod darin so schön leuchtet.*

Meist hatte er dann seinen geliebten *Larousse Médical* im Schoß, um sich den Wonnen der Hypochondrie hinzugeben und blickte auf die bernsteinschimmernden Eiswürfel seines Whiskyglases, lauschte ihrem Klirren – ein fernes Läuten aus der Heimat, ein persisch-amerikanisches Läuten – und erinnerte sich an das, was er gerne erlebt hätte.

Nicht selten kam ihm dann sein verehrter Maupassant in den Sinn: *Rosalie, ma fille, apporte-moi le tiroir aux souvenirs*, um einzutauchen in das hoffnungslos Alte, das Vormalige, in die verdorrte Zeit, in all die Fotos und Briefe und Kalender der Vergangenheit. *Ist das Unvordenkliche nicht eigentlich ein Raum, ein goldener Raum, in dem man Ewigkeiten verweilen kann?* Onkel Said war sich seiner Marotten (oder waren es Abseitigkeiten? war er krank?) durchaus bewusst. Nicht seine Mutter, nicht seine Freunde, nein, er selbst war es, der von sich sagte, zumindest in seinen selbstkritischen Momenten, dass er das Leben in einer Pralinenschachtel führte. Er wusste, dass er hier, in dieser lakenüberzogenen Welt, hinter den schweren zerschlissenen Vorhängen Cocteaus, nichts anderes als Selbstmitleid sammelte und mottenzerfressenen Erinnerungen nachhing. Dass er Sätze imaginierte, Ich-Sätze, von denen er glaubte, dass sie ihm gut taten. Er wusste, dass sie kitschig waren, verschnörkelt und überladen, ein sinnloses Um-sich-selber-Kreisen. Sätze wie:

Ich bin die Zeit, die verschwunden ist.
Ich bin eine Erinnerung, eine einzige Erinnerung.
Ich bin nichts als verweste Vergangenheit.

Sein Selbstmitleid – wie oft sah er sich verloren und nackt, splitterfasernackt, auf einem kargen persischen Feld unter einem düsteren petrolblauen Gewitterhimmel – beschränkte sich jedoch nicht nur auf Sätze. Das Cocteau-Zimmer (eigentlich zwei mit großen Schiebetüren verbundene Zimmer eines Mezzaningeschosses) barg auch Musik. Andere Musik als die im Salon drüben, *Diaspora-Musik*, wie er sagte, ein Gebräu aus Lebens-Schmalz & Todes-Melancholie. Da war einerseits das Crooner-Selige, Nat King Coles *Unforgettable*, Mel Tormés *Adios*, Sinatras *Strangers in the Night* (*So was macht doch impotent*, blaffte Farshid), auf der anderen Seite all das Herzwehkranke der französischen Chansons, ihre süße Lust, ihre heiß brodelnde Verzweiflung. Onkel Said schien sie zu sammeln: Johnny Hallydays *J'ai oublié de vivre* | Jacques Brels *Le Moribond* | Charles Trenets *Que reste-t-il de nos amours* | Jean Sablons *J'attendrai* | Hélène Martins *Le Condamné à mort* | Serge Reggianis *Ma Solitude* | Gilbert Bécauds *Et maintenant* | Léo Ferrés *Avec le Temps* (hier sogar noch die kaum wiederzuerkennende arabische Version von Sapho). Die einzige Ausnahme in diesem Kitsch-Kosmos bildete eine Oper. Immer wieder saß er in seinem alten Ohrensessel, eingetaucht in dunkelgelbes diesiges Licht, wie aus dem 19. Jahrhundert übrig geblieben, und schaute – wenn er nicht gerade seine älteste Videokasette (warum war sie direkt neben Tinto Brass' *Caligula* einsortiert?) in den Player geschoben hatte, um zum x-ten Mal die Goldglitterhärchen auf den muskulösen Bronzeschenkeln von Christopher Atkins in *The Blue Lagoon* zu bewundern, *oh, how you have to cringe and hide* –, schaute schmachtend auf seinen geliebten *Sluggard*, die lebensgroße Bronzestatue eines nackten sich wohlig räkelnden Jünglings von Frederic Leighton – *On m'aura mise en terre / Seule, laide et livide / Sans toi* – und hörte Benjamin Brittens *Death in Venice.* Zwar konnte er sich nie an diese Art von Musik gewöhnen – *diese Arien-Inbrunst, so katholisch-brünstig ... nur Niedergang und Verfall lieben Oper ... am Schluss immer der Bühnentod einer fettqualligen Matrone ... und hier im Speziellen noch dieses englische Opern-Geschnatter ... das italienische geht ja noch, aber das englische, einfach lächerlich* –, trotzdem: Er hörte und hörte und hörte, als ob es etwas zu lernen gäbe.

Na ja, was heißt da lernen? waren es doch die immer zwei gleichen Stellen, an denen er hängen blieb, beziehungsweise zu denen er vorspulte; er kannte die Timecodes, die Minuten- und Sekundenangaben der Stellen auswendig. Zunächst ging es um Aschenbachs schmerzlicherhabene Beschreibung des Jünglings:

Surely the soul of Greece lies in that bright perfection. (36' 16")
A golden look, a timeless air. (36' 25")
Mortal child with more than mortal grace. (36' 36")

Danach zog er den Regler zehn Minuten weiter, auf 45' 57", wo das *sterbliche Kind mit der unsterblichen Grazie*, also Tadzio (alias Sam Zaldivar), das Rad schlägt, und schließlich auf 48' 30", um dem Ballett, oder besser: der ungezügelten Welpentollerei der Jungen beizuwohnen: *How does such beauty come about?*

Wie doch alle Jugend die Unschuld so vorzüglich kleidet. Die vermeintliche Unschuld.

Aber auch bei den Sätzen und Liedern ließ er es schließlich nicht bewenden. Seine Rührseligkeit brauchte mehr. Immer mehr. Alles hatte mit den halb geöffneten melancholischen mittelmeerblauen Augen eines gewissen Jake Gyllenhaal begonnen – oder waren es die kornblumenblauen von Tobey Maguire gewesen? in welchem Film noch gleich? –, hatte mit Verführen begonnen, mit Betören, mit Hypnotisieren. Und also kamen Bilder hinzu, Gesichter. Ein ganzes Erbauungsarsenal. Immer wenn er bei Cocteau zu Gast war, *in meinem Sehnsuchtskabinett, in meiner Kapelle der Lüste*, vertiefte er sich in seine geliebten Gesichter. Sein *Heiliges Gesichterschauen*, wie er es nannte. Oder war es ein Schauen von Heiligen, so etwas wie seine ganz persönliche Sammlung von Fayum-Portraits, zwischen Schönheit und Tod – *in der Schönheit lauert der Tod besonders hinterhältig* –, zwischen Hiersein und Vergehen? Dann schaute er – im Hintergrund an der Wand direkt neben dem Heiligen Sebastian von Nicolas Régnier hing die Reproduktion einer griechischen Trinkschale, auf der Achill die Wunden von Patroklos versorgte, und gleich daneben einer jener für all die Zartfühlenden dieser Welt obligaten Renaissance-Jünglinge, irgend so ein Lorenzo Lotto oder Filippo Lippi – dann schaute er auf all die Gesichter, *meine jung-jungen Wundergesichter*, die er hier wie einen Schutzwall gegen die Einsamkeit – *ja, Einsamkeit ist der kleine Tod, nicht der Orgasmus, nein, Einsamkeit, ein kleiner langwährender Tod* – auf seinen diversen Staffeleien, die er ganz für sich auch schon mal Altäre nannte, versammelt hatte. Ein Schauen, das wie ein übergroßes Verschwenden war, ein Überlaufen der Sehnsüchte und Begierden mitten im gedämpften Dunkel seiner Pariser Wohnung. Bis zu zwanzig Gesichter auf einer Staffelei: Zeitungsausschnitte, Fotos, Kopien. In Farbe und Duplex, in Sepia oder Schwarz-Weiß. Matt oder glänzend. Das Leben.

Es roch nach fauligem Blumenwasser.

Erst später, viel später, sollte er auch die scharfen Sehnsüchte auf den verborgenen Seiten des Internets kennenlernen.

Und zwischen all dem – als schon lange überflüssig gewordene, aber nicht abzuschüttelnde Gewohnheit – immer wieder die BBC, heimlich und leise die Nachrichten aus der Heimat.

Es gab drei Kategorien von Portraits. Alle drei, unabhängig von ihrer Art, gaben ihm das frische Herz eines Sechzehnjährigen zurück:

1. Die Unbekannten, die unbekannt blieben.
2. Die Unbekannten, die berühmt wurden – und es blieben.
3. Die Unbekannten, die berühmt wurden – und es nicht blieben.

Natürlich konnte er sie nicht auseinanderhalten, das wollte er auch gar nicht, es war schlicht und einfach nicht Sinn und Zweck seines Tuns. Sein Sehnen, sein Begehren, ließ kein Ordnen zu, kein Inventarisieren.

Wir sammeln, was uns fehlt, entfuhr es Onkel Said bei einem Diner.
Wer sammelt, ist tot, dachte Farshid.

ad 1 Die Kids, die Youngsters, die einfach erschienen, irgendwo im Weltgeschehen erschienen, einmalig auftauchten, unschuldig, in ihrem ganzen Jugendschmelz, in dieser nicht zu begreifenden atemberaubenden absurden Chorknaben-Schönheit – noch die hässlichste Jugend konnte vor Schönheit strotzen! –, und dann auch gleich schon wieder vergingen, nie eine auch nur irgendwie geartete Zukunft haben würden. Einfach futsch. Ins Unwillkommene abgeschoben, vom Schicksal verachtet, verraten und verkauft. Die Zukurzgekommenen, nur kurzzeitig Strahlenden, die leeren Menschenversprechen. Die Namenlosen, die in die Vergessenheit entschwanden, aber immer noch, auf einer unscharfen Fotografie, in einem vergessenen Bild, leuchteten, wenn auch matt. Arme Teufel, die nirgendwo erschienen, in keiner Zeitschrift, auf keiner Mitgliederliste eines Sport- oder Schachclubs, nicht die kleinste Notiz, in keines Menschen Leben, nirgends. Noch nicht mal in der Anonymität einer gottverlassenen Familie. Die nicht gelebten Leben, von keiner Menschenseele gesehen, geschweige denn geborgen. Gerade noch waren sie das Ebenmaß schlechthin, das Wunder der Lust, von allen geliebt, von Brüdern und Großmüttern, den Freunden und Geliebten, die scheue Selbstbehauptung der 14-Jährigen, unbescheiden schüchtern, herrlich androgyn, und nun, fünf, sechs Jahre später: der Kiefer verschoben, Hals und Backen aufgequollen, der trübe, schon haltlose Blick.

Der Junge von nebenan war so jemand: ein kurzes Erscheinen, auf Lebenszeit verfemt. Aber was für ein Bild, welch Schnappschuss, irgendwo gefunden im Müll nebenan. Ein Gott von einem Mensch. Gnadenlos schön.

Wie will man mit all den entschwundenen Blicken und Gesten leben?

ad 2 Alles wie bei ad 1. Aber Langweiler, perfekte karrieristische Langweiler, hochprofessionell. Sie retten sich, in ihrer Jugend blendend schön, mit Mittelmäßigkeiten in die Zukunft, um auf ewig zu bestehen. Um Berühmtheiten zu werden, klingende Namen, die allseits glänzenden Celebrities. (Klingt wie Cerebellitis – hm?) Aber ihre Jugendbilder, ihr Begehren, ist so verführerisch wie das der armen Teufel. Das Schlimme, sie bleiben schön. Schnulli-Schönheiten.

Rob Lowe war so ein Typ. What a pitty!

ad 3 Die Jung-Berühmten, im Stadium des Noch-nicht-gänzlich-Berühmtseins, die bis in alle Ewigkeit auf ihre endgültige lebenslange Berühmtheit warten, auf ihre Verwandlung in Beständiges. Jene, die die Last des Ruhms tragen in jungen Jahren und doch nie weitergeben können an ihre späteren und späten Jahre.

Tadzio war so jemand, aus Viscontis Film. O herzlose Schönheit!

Sieh, wie der Raubzug deiner Locken Aufruhr hinterlässt!

Wer wusste schon, wer Tadzio wirklich war, wie Tadzio wirklich hieß, der Schauspieler im richtigen Leben? Onkel Said wusste es: Björn Johan Andrésen. Aber aufzubewahren war nur Viscontis Schöpfung, dieses Leinwandbild von Tadzio. Der Kronprinz aller Schönen. Alles danach, nun ja, war Schmerz, konnte nichts anderes sein als Schmerz. Für Björn Schmerz, für den Betrachter Schmerz, für alle. Weil das Vergehen schließlich eingeschrieben war. Endgültig. Wie hat es Visconti gesagt? *Poser les yeux sur la beauté, c'est déjà poser les yeux sur la mort.* Und so war es auch mit all den anderen Schönen, von denen das Vorher-Nacher bekannt war. Der Glanz, der ins Abseits geriet, in das fahle Schattendunkel vergeblicher Erinnerung. Nur die Gleichgültigen bleiben ungerührt.

Onkel Said machte auf seiner Staffelei, wie gesagt, keinerlei Unterscheidungen. Es waren alle brüderlich vereint, ob gottgeboren oder gottverloren, Helden oder Loser. Hauptsache begehrenswert:

– Neben Tadzio (wie oft hatte er diese ergreifende Schönheit schon besessen?) war da Jackie Coogan zum Beispiel, dieses aufreizend schelmische Lümmelchen, diese kulleräugige Unschuld aus *The Kid* von Charlie Chaplin. *Das menschliche Auge liebt frische unverdorbene Dinge, es ist seine Berufung, vom Hässlichen wird es beleidigt.* Der gleiche Coogan, der als glotzäugiger, glatzköpfiger Uncle Fester in *Addams Family* endete. Onkel Said kannte nur die Kid-Fotos. Nein, das stimmte nicht. Er wollte nur sie kennen. Aber er kannte auch die späten glubschäugigen. Jedoch, sie gehörten nicht in seine Welt, waren beheimatet in einem traurigen Jenseits, belastet von den betonschweren Gewissheiten des Alters. Er schaute an der Staffelei vorbei ... ins Dunkel.

– Oder Dominic Guard (alias Leo Colston) in Joseph Loseys Film *The Go-Between*. Auch hier: dass der Kerl Kinder-Psychotherapeut werden sollte, enttäuschte ihn. Warum konnte er nicht so bleiben, die Ewigkeit pachten, warum konnte nichts so bleiben, wie es war?

– Oder Pelle Hvenegaard, aus *Pelle, der Eroberer.* Mit zwölf ein Kulleraugen-Junge, dann der unaufhaltsame Abstieg zum TV-Moderator, den niemand braucht.

Und all die anderen?

– Roddy McDowall als Huw Morgan in *So grün war mein Tal.* Was war aus ihm geworden? Ein Archäologe in *Planet der Affen*? Davon wollte er nichts wissen. Ein Kinderstar, das hätte ihm genügt, ein famoser Kinderstar!

– Tom Hanley, alias Jimmy (oder hieß er Tommy?), der Junge neben Marlon Brando und Eva Saint Marie auf dem Taubendach von *Faust im Nacken.* Was macht er? Spielt er Golf mit seinen gichtverkrüppelten Händen? Zwei oder drei über Par, in Milwaukee, Wisconsin? Golf mit den anderen Hollywood-Losern? Oder ist er immer noch ein stolzer *Golden Warrior* wie im Film?

– Benoît Ferreux, das 15-jährige Bourgeois-Bürschchen und Proust-Leserchen aus Louis Malles *Herzflimmern.* Ist es immer noch so inzestuös unterwegs? Immer noch im Liebes-Clinch mit Mamma Massari?

– Der kleine Hopper, aus *The Color of Time* und Gus van Sants *Restless* – wird diese Reinheit, diese absurde Anmut, mal so verknarzt aussehen wie die seines Daddys Dennis? wird ihr dereinst womöglich Vergewaltigung vorgeworfen werden? Oder ist es gar schon Wirklichkeit?

– Der kleinste der sieben Ariels (wie heißt du im wirklichen Leben?) in Greenaways *Prospero's Books,* wie er athletisch-frohlockend gen Himmel fährt – wird sich dieser Freudenjubel in seinem Leben behaupten oder wird er in manisch-depressiven Turbulenzen zugrunde gehen?

– Und natürlich Samy Ben-Youb, der kleine Momo aus *Mama Rosa,* was ist aus ihm geworden? Ach!

Und so reihten sich die Gesichter aneinander, eins an das andere auf den Staffeleien: der junge Glenn Gould am Klavier mit seinem Hund *Sir Nickolson of Garelocheed.* Warum kann dieses Bild nicht bleiben, diese uferlose Liebe? Stattdessen: 50-jährig glatzköpfig der Schlag. | Cartier-Bressons Capote-Bild im Dschungel der lasziven Blätter. Jung und verführerisch, für das Zeitlose gedacht, ganz sicher! Aber der Verrat kam schließlich doch. Von einem Kollegen: Richard Avedon. Wie er dein freudloses Alter aufnahm, deine traurigschwer verhangenen Lider, so kaltblütig! So gnadenlos abgelichtet, grausam erschlagen mit einem unhöflichen Objektiv. Truman, sag mir, warum zeigt er dich so? Muss das sein, diese skrupellose Foto-Liebe, dieses dumme Entlarven der Vergeblichkeit, die Entbehrlichkeit eines Jugendtraums? Warum deiner so einmaligen Lebensbravour die Maske entreißen? Ist das fair? | Der schwarz-weiße gorgeous Timothy Bottoms in *The Last Picture Show.* Seine frühen Jahre bleiben. Gewiss! Aber als George-W.-Bush-Klon untergehen, in bunten B-Movies versuppen, konntest du das nicht verhindern, Bogdanovich? | Der strahlende Jean Marais, diese weißmarmorne Skulptur an der Seite Cocteaus, geschlagen von des Meisters Hand, sterbenstraurig untergegangen schließlich in Bertoluccis Altherrenphantasie *Stealing Beauty.* Warum nur, Jean, musstest du weitermachen bis zum entwürdigenden Schluss? Wusstest du nicht, dass dein schöner Kopf den Weg aller Köpfe gehen würde, blankbleich & leichenfahl? Warum überhaupt müssen wir alle weitermachen bis zum entwürdigenden Schluss? Warum können wir sie nicht vergessen, diese Figuren, die vor unserem geistigen Auge eh nie etwas anderes waren als eingefrorene Schönheiten, ohne Alter, ohne Verderben?

Und all die anderen unsterblichen Kinder, wo seid ihr? wo seid ihr geblieben? Die *Kinder des Olymp* von Marcel Carné, vor allem jenes in der Loge von Pierre Brasseur, alias Frédérick Lemaître | die von Hooks *Lord of the Flies* | von *Au revoir, les enfants*, die in der Jazz-Szene, oder jene ganz am Schluss | und *Fanny und Alexander* und *Yvan und Abraham* ... und und und ...

Wenn Onkel Said auf die Portraits seiner Altäre schaute – vielleicht ging es Thomas Mann auch so, wenn er vis-à-vis seines Schreibtischs auf seine wasserspielenden nackten Jünglinge blickte und die *hohe, neue, festliche Menschlichkeit* lobte –, war die Summe seiner Empfindungen immer nur: O ihr Unsterblichen aller Länder, ich vermisse euch! Ich vermisse euer nicht abreißen wollendes, immer wieder so tapfer bekundetes Gelübde, die Zukunft erobern zu wollen, ich vermisse euer Man-müsste-eigentlich, eure Purzelbaum schlagende Kaltschnäuzigkeit. Habt ihr nicht tausend Jugend-Eide geschworen, Millionen Indianer-Ehrenworte gegeben, dass ihr das Kommende, sprich: die elende Welt meistern würdet, sogar verändern zum Guten? Und dann? Alles für die Katz! Geblieben waren Truggebilde und Hirngespinste. Wunschlose Phantome. Geblieben waren schale Worte ... von Adorno, Benjamin, Camus ... diese ein ganzes Leben lang währenden ABC-Waffen der Intelligenzija, die bei jeder passenden und unpassenden Gelegenheit zitiert wurden, einzig um zu beweisen, dass da mal was war ...

Besonders lang schaute er – und vermisste er – Sebastian Flyte, alias Ben Whishaw. Das katholische Oxford-Jüngelchen und seinen Teddybären Aloysius aus *Brideshead Revisited*. Onkel Said hätte sich so sehr gewünscht, dass Sebastian (man stelle sich vor: um diesem britischen Zögling seine Liebe zu bekunden, zog er sogar lächerliche Kricket-Pullover an), dass Sebastian etwas hätte ausrichten können in der Welt. Stattdessen aber kam: der Untergang im Suff, im Adel, im Schoß der Kirche. Die ganze irdische Verdammungsseligkeit. Wenigstens die Ehe blieb ihm erspart!

Joyce, der kleine frech herausfordernd in die Welt blickende Junge im Matrosenanzug, der von keinem Zweifel angekränkelte Jesuitenknabe, war auf der Staffelei einer der Wenigen – neben Leonardo di Caprio, aber für den interessierte sich Onkel Said nicht wirklich: *Pfannkuchen mit Stirnfalte* –, Joyce war einer der Wenigen, die später die Welt eroberten. Doch selbst er konnte letztlich keinen Trost spenden. Der Leichenzug der Kinder, die nicht, oder ungenügend, alt wurde – und wenn doch alt, dann an Geist oder Körper verkrüppelt –, war zu lang.

Der Mensch, ein Barock-Kastrat, brauchbar nur für ein kurzes Glück, dachte er. Vor allem für das kurze Glück der anderen. Wenn er jünger gewesen wäre, hätte er seinen Barock-Kastraten mit Pink Floyds Syd Barrett ausgetauscht, aber das Gefühl wäre das gleiche geblieben: Vergeblichkeit.

Natürlich ging es bei diesem ganzen Gesichter-Bohei nie darum, irgendwelche gewieften Erkenntnisse über die Flatterhaftigkeit des Lebens zu erlangen, seine Vergänglichkeit, seinen irrwitzigen Wankelmut. *Nought may endure but mutability!* das wusste er nur zu gut. Nichts bleibt, nur Unbeständigkeit. Das Schwelgen in den Begriffen der Hinfälligkeit war vordergründig, wenn auch immer wieder – trotz seines Schreckens – voller Trost.

Im Eigentlichen ging es darum, und in klaren Momenten gestand Onkel Said es sich durchaus ein, Jugend und Schönheit zu stehlen, die *gracia adolescente*, wie Cortázar das nannte, sie gewaltsam seinen Altären zu entreißen und sich in die offene Brust zu stopfen, wie primitive Volksstämme sich durch geheime Elexiere Kraft und Leben einverleiben, nicht anders als jede so genannte Hochreligion. Ja, eigentlich glich das Ganze einem religiösen Akt, einer Art geschlechtlich-religiösem Akt. Oder war es Menschenfresserei, seine ganz eigene Heilige Kommunion? Böse Zungen – es gab tatsächlich Gerüchte – riefen: Pädophilie!
Und wirklich: Besucher von Onkel Said wollten in einer dunklen, penetrant nach Krankenhaus riechenden Ecke seiner Wohnung, direkt neben jener ominösen gepolsterten Türe, die sie schon immer *Dinge*

vermuten ließen *(Ein Opfertempel kallipygischer Matze! / Nicht dein Ernst!?)*, drei goldgerahmte Portraits ausgemacht haben: Dante, Petrarca, Nabokov. *Na klar, die drei Schutzheiligen der Pädophilie: die Liebhaber von Beatrice, Laura und Lolita.* Onkel Said ließ sich nie herab zu antworten. Wie auch? Schließlich waren für ihn Pädophilie und Melancholie ein und dasselbe. Pädophilie, dieses Balthus-Zeug, ein Wort für Erinnerung, das Anagramm von Sehnsucht. Kinder, ein Synonym für Lebendigkeit, für Strahlen und Lachen. Im Land der imaginierten Lüste wildern – so what? Wem tat man schon weh? Schließlich war es, man musste es sich nur eingestehen, die Heimstatt aller Menschen. Vor allem, man musste unterscheiden: Pädophilie, Hebephilie, Ephebophilie. *Warum nur sind sie so früh reif, diese Dinger? Mit vierzehn, fünfzehn, sechzehn. Warum gibt es das Wort »Kindmann« nicht? So was wie der Jungmann zwischen Moses und Leichtmatrose. Kindmann, das Pendant zu Kindfrau. Nabokovsche Lolitos. Welpen-Faune. Kleine Virilchen.*

Wen oder was Onkel Said liebte, wem er Schaden zufügte, wen er beglückte, niemand wusste es. War er pervers? Kriminell? Stattdessen nur Flüstern: *Der ist doch garantiert asexuell, asexuell wie 'n Pandabär / Ach was, schwuler als hundert Kardinäle, bishonen-geil / Der will sogar neben dem Taucher aus Paestum beerdigt werden / Die dritte Generation ist immer dekadent, sie erbleicht, ist der Verwesung geweiht, einfach zu faul für Geficke und Gevögel / Die Sünden Lots, nein, das kann ich mir nicht vorstellen / Gay ja, aber sexuell? / Wetten, der beteiligt sich noch nicht mal an den Ausschweifungen seiner Pollutionsträume / Die Melancholie des Exils? I wo, die Melancholie einer Silberlöckchen-Schwuchtel / Klar ist der pädophil, pädosexuell sogar, ein unverbesserlicher Perineumlüstling, wohnhaft in 342 Lawn Street / Dieser Blick, der von tausend Exzessen mit tausend Knaben träumt / Nichts als unerfahrene Wollust / Quatsch: Knabenlese vom Feinsten – pédé comme un phoque / Gardemaßschönheiten – Gardemaß hier, Gardemaß dort …*

Onkel Said (zu sich): *Der Joghurt kennt das Haltbarkeitsdatum auf seinem Becher nicht. Wenn man die Geburtstage nicht zählt, hat man kein Alter. Die biologische Reife ist nicht messbar. Wer kann schon verlässliche Daten erheben? Also was soll's? Das Maß bleibt der Wille, der gemeinsame Wille.* Wusste er, dass er sich was vormachte, schlimmer: dass er lächerlich war?

Sich die Schönheit einzuverleiben, das war gar nicht so einfach. Denn was war Schönheit? Sie änderte sich ständig. Welche war gerade en vogue, welche hatte Konjunktur? Wenn Onkel Said auf seinem Bilderaltar David Fray sah, dann dachte er: Wow, wie schön, welch Makellosigkeit! Sein zweiter Impuls, eigentlich war es erst der dritte oder vierte: zu schön, um wahr zu sein, eigentlich unansehnlich, Schönheit mit Würgereiz. Er dachte an Schnitzler: *Schöne Männer sind mir überhaupt ein Graus*. Er dachte an die Camus'sche Schönheit, *an das Bedrückende in ihr*. Nofretete etwa, hatte ihre kaltblütige Faltenlosigkeit nicht etwas Erbarmungsloses, etwas sinnlos Gefälliges? Etwas Bedrückendes eben? Übertrieben schön ist hässlich. Kein gutes Omen für die Schönen der Welt.

Onkel Said mochte den Begriff, den die Franzosen dafür hatten: *La belle laide* – die schöne Hässliche: Rossy de Palma, Charlotte Gainsbourg, Bette Davis, Marisa Paredes. Gab es auch den *beau laid*, den schönen Hässlichen? Jean-Paul Belmondo? Franz Rogowski? Javier Bardem? Hm?

Er sollte den reizlosen Beau David Fray gegen James Hunter Black Draftee austauschen, dachte er, gegen die nie fertiggestellte Skizze von Alice Neel; der Modell sitzende Bursche musste in den Vietnamkrieg. Das Unvollendete als Vollendung.

Ja, Schönheit war immer Fragment, nie meisterlich, als Bruchstück meisterlich allenfalls, das hatte er mittlerweile gelernt. Das unvollendete *Auferstehung* von Max Beckmann etwa, es war näher am Leben, am Tod – in seiner Aussage des Unsagbaren – als Picassos *Guernica*.

Ja, Schönheit war schräg. Schräg, wie der Mund von Francesco Tristano, die schiefen wollüstigen Lippen des Klavier-Jüngelchens. Ja, das Schräge war im Eigentlichen Schönheit! Zur Vollkommenheit gehört der Mangel. Das Unfertige war – ganz ähnlich wie stilistische Marotten und Unzulänglichkeiten zum Glanz eines Kunstwerks beitrugen – die einzig mögliche Form der Vollendung. *En beten scheef hett Gott leef.* (Wie war dieses deutsche Wort in seine Familie geraten?) Einzig Tristano, der Scheefe, der anziehend Hässliche, der raffiniert Unvollkommene, das hatte er bei seinem *Heiligen Gesichterschauen* während der nächtlichen Exerzitien gelernt, war Vollendung.

Gehörte auch die Hakennase von Louis Garrel hierher? die Silberblick-Schönheit Sabin Tambreas? der herbe Zahnlücken-Charme Thure Lindhardts? die schattenverhangenen Augen von August Prinz zu Sayn-Wittgenstein, oder die seitlich verschobenen von Christopher Lambert? die geile Knopfäugigkeit Pierre Nineys? die Schmallippigkeit Friedemann Vogels? die modernen Krähenfüße Eddie Redmaynes? das Sommersprossengesprengsel auf den Schultern von Malik Zidi? (eigentlich zu erotisch für den göttlichen Makel, wie auch das Muttermal links neben Jakub Józef Orlinskis Adamsapfel nicht wirklich ein Fehler war), die Nicht-Hundertprozentigkeit des Nik Xhelilaj (welches war *sein* göttlicher Makel?), die Kantigkeit von Douglas Booth, oder das schiefe Ganovenlächeln Alain Delons, dieses, von ihm aus gesehen, von rechts unten nach links oben weisende Lächeln – bei Rocco und Tancredi besonders verführerisch? All diese schrägen Landmarken der Liebe.

Wer je in der wunderbar vernarbten Schönheit, in der so glamourös schmachtenden Leidensmiene von Luka Sulic das kindertrotzige Mundwinkellächeln gesehen hat – erotischer als alle Porn-Clips auf YouTube –, weiß, worum es geht. Ach, was würde ich geben, wenn das auch sein Gesichtsausdruck beim Abspritzen wäre. Onkel Said dachte an die verstörte (verstörende?) Seligkeit der Orgasmen Peter Hujars.

Schön, ohne Schönling zu sein, Schönheit ohne den Makel der Perfektion – wie sehr ihn dieses Ideal doch umtrieb und selbst noch in den sorglosesten und entspanntesten Momenten nie zur Ruhe kommen ließ.

Die Dobermann-Narbe Gaspard Ulliels etwa, dieser Götterbogen unter dem linken Wangenknochen, dieses zweite Lächeln. Genau das ist es. Der Chance gewordene Unfall.

Das Perverse: Für die Sucht nach Schönheit konnte sogar das Elend herhalten. Inmitten all dieser hehren Göttlichkeiten, inmitten dieser erhaben-bourgeoisen Said-Welt, war da auch ein Bild, das verstörte. Es war nicht auf der Staffelei, es hing abseits, in einer dunklen Ecke seines Séparées. Ein Filmstill, schlicht gerahmt: *Salz der Erde.* Es wollte nicht so recht in dieses vornehme Ambiente passen. Und doch war es hier, forderte Schönheit für die Welt, forderte Lust, forderte ausgebeutet zu werden. *Wie sah wohl der Schwanz des Elends aus? Wo fand er Erleichterung?*

Abends, nachts, ging es in die ehemaligen Domestikenverliese, in ihr eigenes Reich unter dem Dach. Noch mal fast 120 qm. 120 qm Nacht. 120 qm ziemlich dunkle, staubige, mit verwaistem Möbelplunder vollgestopfte, mit altem Nussbaumparkett versehene Quadratmeter. 120 qm Räume, Kammern, Flure, die Türen mit schweren Portieren verhangen. Alles in allem eine Mischung aus Wohnung und Abstellkammer. Schäbige, wehmütige Eleganz. Das Herzstück: ein Kaminzimmer, spärlich mit drei kleinen Dachgaubenfenstern belichtet, mit Sofas, Fauteuils und Recamieren möbliert (alles ziemlich durchgesessen). Darüber hinaus, überall verteilt: ein abgrundtief hässlicher Bar-Globus (voller klebriger Liköre); ein alter amerikanischer Philco-Fernseher (noch nicht mal mehr *Schnee*); ein Victrola-Grammophon-Koffer aus Rosenholz (mit einer eingestaubten *His Master's Voice* auf dem Drehteller: *Ich küsse Ihre Hand, Madame* von Jack Smith, in wessen Erinnerung lebt sie fort?); eine zerbeulte Wärmflasche aus Zink; eine wurmstichige Puppenbank; zwei kupfergrüne geflügelte Fascina mit äußerst stattlichen Maßen (und nachgerade idealischen Proportionen); ein korallengerahmter schwarzblinder Spiegel; ein kapitolinischer Dornauszieher aus Bronze (auf einem Deckchen aus Alençon-Spitze); ein kleiner rostgoldener Eiffelturm; eine angeschlagene Delfter Fayence-Terrine mit stockfleckigen Servietten darin und einem Falzbein; ein silberner viktorianischer Samowar; zuletzt eine ziemlich schwülstige Louis-XV-Frisierkommode, auf deren rosa Steinabdeckung (*Metzger-Marmor,* dachte Shaahin), direkt neben einer mit Ormoulu gefassten Empire-Uhr, nun Farshids altes MacBook Pro mit zwei angeschlossenen Boxen samt Subwoofer stand: ihre I-Tunes-Musik. 4.331 Objekte; 12,4 Tage; 26,59 GB. Rock, Pop, Indie, House, Techno, alles. Sogar Klassik … die allerdings nie angeklickt wurde.

Wenn sich das einst wohlhabende Leben erst mal abgewandt hat, bleibt nur noch Trauer, abgegriffene Trauer, fasste Farshid das Intérieur zusammen, *wie eine vorrevolutionäre persische Hinterhof-Hure*. Woher wollte er Huren kennen?

Es roch nach abgestandenem Vetiver und alten schimmelsporigen Büchern.

»Komisch, eure Primatenmusik«, sagte Onkel Said, »wie der Soundtrack zu Hieronymus Boschs Höllenvisionen.«

»Misophoniker, elender«, brummte Farshid schlecht gelaunt in sich hinein.

»Wie haltet ihr diesen Tinitus-Mix nur aus? Das Geschrei gefolterter Katzen ist Labsal dagegen.«

Außerdem befand sich Onkel Saids abgestoßene Bibliothek hier oben. *Ver*-stoßene müsste man eigentlich sagen, *aus*-gestoßene. Er selbst blätterte nur noch in *Die Brüder Löwenherz* und seinem geliebten vollkommen zerfledderten *Huckleberry Finn*. Hin und wieder auch in einem Mantel- und Degenroman. *Der Husar über den Dächern* etwa, um Mut zu schöpfen fürs Leben, um den Edelmut nicht zu verlernen, das Wesen der Ritterlichkeit: *N'ayez pas peur. Je suis un gentilhomme.* Vielleicht waren es aber auch ganz einfach die vollen Lippen Angelos, das sinnliche Schmachten des Husaren (zumindest stellte er es sich so vor), das ihn gefangen nahm. Seine wilde Aristokraten-Schönheit. Die großen Ausnahmen in diesen pubertär-regressiven Zeiten blieben Stefan Zweigs *Die Welt von Gestern* und Vladimir Nabokovs *Erinnerung, sprich. Auch aus dem Kindheitsparadies Vertriebene,* klagte er. An ihnen konnte er sich laben. Vor allem an Nabokovs Wort, dass die Zeit, die auf den ersten Blick so grenzenlos scheint, ein Gefängnis ist, dass das Gefängnis der Zeit eine Kugel ist, ohne Ausweg. Eine dieser kitschigen Schneekugeln, wie er sie sich dann vorstellte, in der die Flocken wie flüchtige Reminiszenzen waren, ab und an hochgewirbelt von fremder mysteriöser Hand, meistens aber – wer wollte sie schon ständig in Bewegung halten? – abgelagert wie ein schweres Sediment auf den Boden gesogen von dunkler Macht, einer Macht, von der selbst eine so bedeutende seherische Institution wie das Orakel von Delphi nichts wusste. Auch Sibylle nicht.

Erinnere dich doch an die Zukunft, sagten ihm Witzbold-Freunde. *O wie schick ihr doch denken könnt,* brummte Said.

Die abgestoßene Bibliothek (früher hatte er sie immer nur *Seelen-Apotheke* oder *Sentimenthek* genannt, *mein Vademecum gegen die Langeweile*), die abgestoßene Bibliothek: drei schmale, schwarzglänzende viktorianische Ebenholz-Regale, auf deren durchhängenden Böden die verstaubte, zerfingerte Weltliteratur stand – na ja, vor allem die französische Weltliteratur, *meine Bataillone des Geistes*: Bergson, Baudelaire, Huysmans, Benjamin (von Onkel Said offensichtlich in La Grande Nation eingemeindet), Alain, Crevel, Maupassant (*mein Liebling!*), de Laclos, Lautréamont – alles auf Persisch, wie zwangsexiliert (*ausrangiert wie er selbst,* sagte Farshid). *Die Gesänge des Maldoror, Die Blumen des Bösen* und *Die Pflicht glücklich zu sein* in Übersetzungen von Onkel Said. Einzig Thomas Manns *La Montagne magique* und Joseph Conrads *Au cœur des ténèbres* auf Französisch. Dickens' *Great Expectations* im Original (mit einer zärtlichen Widmung seiner Mutter: *À Said – de tout cœur).* Ein ziemliches Durcheinander. Trotzdem verstieg sich Farshid regelmäßig darin – in die Bibliothek und in das Durcheinander –, verirrte sich am tiefsten. Er hatte die größte Kraft von allen, das Besondere zu wollen, das Besondere *sein* zu wollen. Das Besondere als Gestenspiel fürs ganze Leben. Er ahnte, dass da was war, etwas, das ihn herausheben konnte, eine Art Beherrschung bedeutete, Herrschaft. Mit diesen Scheißbüchern – *Intellekt ist erotisch*, das hatte er irgendwo gelesen – konnte ihm niemand mehr etwas anhaben, sie würden sein Schutzschild sein im unausweichlichen Leben, das spürte er. Auch wenn er sie eigentlich nicht mochte, nicht wirklich, alleine schon wegen dieses Aufwands, der ihnen geschenkt werden musste. Was heißt da *geschenkt?* Abtrotzen musste man, niedergezwungen werden mussten sie. Ja, oft genug hatte er daran gedacht, sie wieder loswerden zu wollen. Obwohl, irgendwie mochte er sie auch. Diesen Ludern hörig zu sein, diese Erregung, die da war, eine Art lustvolle Unmündigkeit, das war schon was, etwas ungemein Sicheres, eine Art Aufgehobensein. Wie dem auch war, Aufwand oder Erregung, schon bald sollte er feststellen, sie blieben ohnehin an ihm kleben, er konnte gar nichts daran ändern, wie freche Geckos hafteten sie an ihm.

Immerhin: Die Vergangenheitsbücher Onkel Saids durften durch Farshid endlich wieder eine neue Zukunft erleben.

Er hat was … nicht eigentlich ein Wissenwoller, aber ein Eigendenker. Als Genie vielleicht etwas unvollendet, trotzdem: ein quickes, weltlustiges Bürschchen, eine menschliche Selbstentzündung … ein Eigner, er gehört sich … la race de diamant, qui coupe la race des vitres, so sah Onkel Said das. Immer öfter nannte er ihn Farshid al-Hakim, Farshid, den Urteilsfähigen. Und doch auch: *un poco maestoso, der Junge … der Ehrgeiz etwas zu sehr aufgeplustert, sein Geist ziemlich parfümiert … all diese romanhaften Gedanken, diese zu Kostbarkeiten erhobenen Banalitäten … nicht gerade ein Titan der Bescheidenheit … das Charisma eines betrunkenen Nashorns … gibt sich erhaben wie ein Kreis, nicht wissend, dass dieser nur die selbstherrliche Sonderform der tollkühnen Ellipse ist … sieht seinen Glanz noch in der dreckigsten Pfütze widergespiegelt … Jugend halt, heroisch … autistisch-absolutistisch …*

Farshid, es wunderte niemanden, hatte seine eigene Sicht: *Stell dein Licht nicht unter den Scheffel, es erstickt … sei ein Surfer auf dem heißen Magma-Strom des Lebens … ein freies Elektron in einer unfreien Welt. Genie ist Vorsatz! No guts no glory!*

Und trotzdem (lange noch bevor andere ihn einen *Lebensmogler* und *Sekundärmenschen* hießen, einen *Rechthabezwerg* und *Zierbengel* tauften, irgendjemand verstieg sich sogar darauf, ihn einen *persischen Parsifal* zu nennen, *mit falschem Wissen imprägniert, irgendwie Narr und König zugleich; der existiert doch gar nicht, der hat sich einfach erlogen, erstunken und erlogen; mehr Neigung als Talent; ein bisschen viel Wikipedia-Gegoogle*) kam Onkel Said immer öfter ein Psalm-Wort in den Sinn: *Wie wird ein Jüngling seinen Weg unsträflich gehen?*

Der ausgemusterte mit grünem Filz bespannte Bridgetisch wurde ihr Frühstückstisch. Er wurde von einer von der Decke herabhängenden funzeligen Glühbirne schwach beleuchtet und flankiert von einem altersschwachen klapprigen Chippendale-Teewagen, auf dem Farshid stets frische Blumen arrangierte – auffallend liebevoll, geradezu rührend. Blumen, für die er eigens Vasen bastelte, aus allen möglichen Behältnissen, die ihr Alltag so hergab. Zum Beispiel die Tinbox eines *Bombay Sapphire Gins*; die Nähte innen hatte er mit Silikon abgedichtet. *Das passt gar nicht zu dir, dieses Blumen-Getue,* meinte Aadish. *Kennst du etwas, was zum Menschen passt,* erwiderte Farshid. An Festtagen (Festtage konnten auch ganz normale Alltage sein, die Farshid aus nicht weiter bestimmten Gründen zu Festtagen erhob) kramte er allerdings eine besonders wertvolle aus makellos weißem hauchdünnem Porzellan stammende chinesische Vase hervor – *aus Jingdezhen, frühes 18. Jahrhundert ... Petuntse und Kaolin zu gleichen Teilen gemischt ... aus dem Nachlass meiner Familie ... der Beginn der Moderne ... lasst bloß die Pfoten von dem Ding, es ist sehr zerbrechlich, wahnsinnig wertvoll.* Normalerweise standen drei, vier Rosen darin. Während der Monate März, April, Mai aber nur Duftveilchen, *die Lieblingsblumen Chopins,* wie Farshid gewohnt geheimnisvoll erklärte.

Erst Jahre später, in Deutschland, sollte sich herausstellen, dass auch diese Vase nichts weiter war als eine mit einem Brotmesser geköpfte und mit Kieselsteinen beschwerte Shampoo-Flasche: *Head & Shoulders Men Ultra Tiefenreinigung.* Aus Kunststoff. Kein Wunder, durften sie sie nicht berühren, der Schmu wäre aufgeflogen. Bricoleur-Kunst ist empfindlich.

Aaadish und Shaahin saßen schon lange bei Kaffee und Brioches, jeden Morgen verträumt bei Kaffee und Brioches, die Gedanken in den Wolken noch oder im Bett, wenn Farshid stets als Letzter kam, mit umschatteten Augen, die schlaflose Nacht im Gesicht, so zerwühlt wie das Bett, aus dem er gerade gestiegen war. Breitbeinig, traumverquollen und etwas verloren stand er dann da, mit kokett wippendem Boxershort-Tipi, absolut schamlos, schamlos wie sonst nur die Liebe der Vögel. Blutwallendes morgendliches Fleisch, mit dem er den halben Frühstückstisch abzuräumen drohte, wenn er so dastand vor dem Tisch (ungewaschen noch, aber bereits maßlos Parfum ausströmend – *L'Heure Bleue* von Guerlain) und mit rauer schlafbelegter Stimme rief: *Ich hab auf Ahmadineschad geschissen, auf Paris Match … unser Scheißer war heute auf dem Titelblatt, und ich hab ihn ins Klo gelegt, direkt auf den Flachspülerthron, seine Judenhasserfresse fein säuberlich nach oben, und direkt auf seine scheißbeschissene Visage geschissen … Scheißer gegen Scheißer … ein Duell von Arsch zu Arsch, von Angesicht zu Angesicht … hab fabulöse Hagelkörner aus dem Hintern gedonnert … Mein heißer Portwein, wo ist mein heißer Portwein, mein Zimttoast?* und frech wie Priapos hin und her schlug mit allem, was sich da wölbte und türmte in seinen morgendlichen Shorts.

»Cooles Teil«, sagte Aadish und wies auf die Shorts.

»*Lupo*, Ami-Branding, Brooklyn … Neymar trägt so 'n Teil«, erwiderte Farshid. Ja, hier oben war Freiheit. Freiheit und Unordnung, das Selbstverständliche schlechthin. Oder wie Farshid sagte: *eine umgekehrte Ordnung.*

Onkel Said, der nur ein einziges Mal den Weg nach hier oben gefunden hatte (an einem Donnerstag, der allwöchentliche Tag, an dem er – mascaraverschmiert, mit den unterlaufenen Augen eines übernächtigten Croupiers, nach abgestandener Luft und Zigarettenrauch riechend, stets etwas derangiert und erhitzt und ziemlich angetrunken – an dem er erst spät nachts nach Hause kam, niemand wusste woher; jene Donnerstage, an denen dann von unten herauf zu später Stunde immer wieder *Comme ils disent* von Aznavour zu hören war, vor allem immer wieder die Zeilen: *A l'heure ou naît un jour nouveau / Je rentre retrouver mon lot / De solitude* und *Je pense à mes amours sans joie / Si dérisoires / A ce garçon beau comme un dieu*), Onkel Said schüttelte den Kopf und meinte lediglich: *Putain de bordel de merde, hat hier Timur seine Schlacht geschlagen über das osmanische Heer? Da hilft nur die Augiasstall-Methode: Herkules engagieren, die Seine umleiten.*

Ordne das Chaos nie, deute es! war die lakonische Antwort Farshids. *Schlauberger,* entfuhr es Shaahin, *du immer mit deinen Weisheiten.*

Ja, hier oben war Chaos,
um die Welt zu beeindrucken
so konnte man sagen
Sturm & Drang
Socken und Kebab-
reste
Mangas & Comics
kerzenbesetzte Fiasco-Flaschen
vergammelte Hot-Dogs
Musik & DVDs
Basecaps und Hanteln
das Glück der leeren Hoden
Sonnenblumenkerne
mobilier et vêtements
JungmännerSchweiß und
die Wohlgerüche Arabiens
verklebte Taschentücher
Staubmäuse hinter
Choderlos de Laclos
und Kumpanen
Pastis Anilou & Tabasco …
lässig angelegt vor aufmerk-
samen Spiegeln
englische Schubladen
mit englischen Krawatten
Weidenkörbe, randvoll
gefüllt mit dunkellocken-
den Geheimnisen
diziplinert chaotisch

Wie nur konnte aus einem derartigen Durcheinander (dem Durcheinander der Jugend) je ein zielgerichtetes Leben werden? Wie um alles in der Welt?

Die DVDs: *Persepolis* und *Avatar, Star Wars* und *Matrix, Blade Runner* und *Mond Sonne Blume Spiel* (von Onkel Said, noch eingeschweißt), *Kill Bill* und *Das Schwert des gelben Tigers* … alles und mehr.

Auch die Musik – natürlich – ein Durcheinander: Diamanda Gallas und Amy Winehouse und Pärt, Best-of-Fairuz-Compilations, Ricky Nelson und Bab' Aziz (der Soundtrack), Kaiser Chiefs, das Fundamental-Album der Pet-Shop-Boys, Frusciante und Mozart und Radiohead. Metallica. Alles. Doors (*My Only Friend, the End*), Madonna, Franz Ferdinand und Eddie-Come-back-Vedder. Griegs A-Moll-Klavierkonzert und Arcade Fire und Shaahin Najawi. Schubert und White Stripes. Alles. Das ganze Durcheinander. Haroun Teboul nicht zu vergessen und Salar Aghili und Beyoncé und Bécaud … Und natürlich – Onkel Said sei Dank! – die Deyhim-Teufelin. Selbst die Delkash von Aadishs Mutter, die Arme, hatte hier Asyl: *Yade Man Kon – Erinnere dich an mich;* es war Aadishs fast einziger Beitrag zum Durcheinander (außer seinen Mangas und Comics – vor allem Tintin, fast schon konnte er als Tintinologe durchgehen, so sehr versank er in Tintins Welt – und einer Unmenge gerösteter Sonnenblumenkerne, aufgeknabbert und nicht aufgeknabbert, auf dem Boden, im Bett, in allen Ritzen). Daneben war er auch zuständig für orchestrales Gewaber, lieblich von Sigur Rós, bombastisch von Brett Anderson. Stundenlang konnte er die immergleiche Track-Schleife – bestehend aus Placebos *Black-Eyed*, Bon Ivers *Calgary* und Suedes *Positivity* – hören. Manchmal, wenn besonders viel Schwere in der Luft lag, kam noch *England* und *Slipped* von The National dazu, und Nick Caves *Straight to you*.

Nur Shaahin war anders, weniger laut. Wenn er alleine zu Hause war, dann wurde es ruhig; er liebte die Musik der Stille und spielte ... *leiser als das Brausen einer Muschel, feiner als das Sirren der Nacht* ... nichts.

Die Erprobung von Literatur im richtigen Leben – was war brauchbar? welcher Spleen? welches Lächeln? welcher Tweed? welche Blume im Knopfloch? – war Farshids Lieblingsspiel.

Zuallererst waren da die Gesten. *For such gestures, one falls hopelessly in love for a lifetime,* zitierte er immer wieder Virginia Woolf. Die Geste, die diesem Satz voranging – *he flicks his hand to the back of his neck* –, wurde seine literarische Lieblingsgeste, auch wenn er nicht recht wusste, zu welcher Gelegenheit, zu welchem Gefühl sie passen könnte und lange brauchte, bis er sie sich derart einverleibt hatte, dass sie ihm gut zu Gesicht stand und einigermaßen natürlich wirkte. Trotz solch anfänglicher Adaptionsschwierigkeiten imitierte er nahezu jede neue Geste, die ihm die Dichter schenkten, und zwar so formvollendet, so durch und durch, dass Außenstehende immer öfter den Eindruck gewannen, er sei eigentlich, ähnlich einem mythologischen Mischwesen, aus einer Unmenge fremder Ichs zusammengesetzt. So verschwommen, wie ein in der Zeitung abgebildetes Portrait, bei dem die Passermarken nicht exakt übereinander liegen.

Übrigens hinderte ihn dieses ganze Schablonen-Wesen, all die Täuschungsmanöver, die er selbst nie als solche empfand – zumindest selten –, die ganzen Vorspiegelungen des Daseins und Exaltationen seines Herzens nie daran, wirklich klug, um nicht zu sagen: intelligent zu sein. Was ihn jedoch nicht davon abhielt, es war der Kulminationspunkt seiner Verdrehtheit, zu behaupten: *Intelligenz gibt es nicht ... jeder ist gleich intelligent ... sie muss nur gebildet werden ... durch die Mutter, die Sonne, den Wind.*

Lässige, beliebige Sentenzen, wie Onkel Said meinte, die einzig dem Zweck dienten, eine Persönlichkeit abzugeben, einen originellen

Charakter, gleich welchen, und darüber hinaus nichts bedeuteten. *Eitler Fant!*

Zum großen Gestenspiel Farshids gehörten auch seine Verneigungen. Aadish hatte ihn mal dabei überrascht, wie er (ausnahmsweise mal nicht auf *Quest of Persia* oder *PornDig.com* unterwegs, und lange bevor er – stets sein *Video, ergo sum* auf den Lippen, sein *Ich sehe, also bin ich* – zum HBO- und Netflix-Junkie wurde) in seinem Zimmer auf seinem Laptop einen YouTube-Clip anschaute, der Gabriel García Márquez' Auftritt bei dessen Nobelpreisverleihung in Stockholm zeigte. Vielleicht war es die Hitze, die der Fayence-Ofen in seinem Zimmer verströmte, vielleicht war es auch nur eine späte kindlich-animalische Lust, auf alle Fälle stand Farshid vor dem Monitor, nackt, in großer Erregung, mit seinen Infrarot-Kopfhörern von Dr. Dre auf dem Kopf, mit seiner arroganten Rückenmuskulatur und seinem kleinen Michelangelo-David-Bäuchlein, auf dem sich das warme Bernsteingelb der Samttapeten widerspiegelte – alles in allem im Kokon seines Ichs gewissermaßen, in der Echokammer seines Selbst – und verneigte sich huldvoll ins Leere, so wie es auch Márquez in Stockholm gerade vor ihm auf dem Bildschirm tat: ein kleiner Schuljunge im weißen Nobel-Anzug, der strahlend in die Runde der Honoratioren und Exzellenzen schaut und sich brav bedankt, mit einer anbiedernden Verbeugung brav bedankt, weil er endlich sein rotes Nobelpreis-Feuerwehrauto bekommen hat.

Eine Variante der Verneigungen war das Dirigieren, dann stand er am kleinen Laptop vor einem großen Symphonieorchester, wieder nackt, nur mit einem Star-Wars-Stormtrooper-Helm auf dem Kopf, niemand wusste warum, und gab mit dicken Schweißperlen auf der Stirn wild fuchtelnd – sein Pimmel schlug mächtig und furchterregend in in der Gegend herum – den Maestro, mit einem Bleistift als Dirigierstab in der Hand und einem imaginierten Pult vor sich, auf dem er die gleichfalls imaginierten Notenblätter (das Finale der *Eroica*) wendete.

»Bestehst du eigentlich noch aus dir?«, fragte Aadish.

»Jetzt memm hier mal nicht so rum. Ich bin ein Kaleidoskop, mein Lieber ... lauter Kristalle, immer die gleiche Anzahl, bei jeder Drehung ein neues Bild ... hundert Geschichten, tausend Facetten ... ein Wandelbarer, wie Proteus ... bin der immer andere, immer selbe... ein Anderselbst, wie alle, die sich spüren ... mal dieser, mal jener. Folgt mir auf das Schiff meiner Träume ... «

Onkel Said, wenn er anwesend gewesen wäre, hätte gewusst, dass Proteus nicht nur wandlungsfähig war, sondern auch unbeständig und gerissen und verlogen. Er hätte Farshid – schon lange war ihm sein einstiges Urteil über Farshid vom *Eigendenker* oder *quicken Bürschchen* verdächtig geworden – eher als spanischen Pícaro gesehen, ein Wesen zwischen Schelm und Schuft. Als einen Trickster – wie Loki, der nordische Gott.

Wenn die Gestensucht noch alleine Farshid vorbehalten war, so gab es aber auch Bereiche in seinem Literatur-gleich-Leben-Spiel, bei denen er seine Freunde nötigte mitzuspielen. Die Speisen und Getränke etwa. Kaum hatte er etwas Ess- oder Trinkbares entdeckt in den vielen Büchern, die er kreuz und quer verschlang, mit Betonung auf »kreuz und quer«, denn bis auf *Frankenstein, Herr der Ringe, Michael Strogoff, Fight Club* und *Per Anhalter durch die Galaxis* (seine liebste Lektüre), hatte er kaum etwas vollständig gelesen (in Prousts *Recherche* war er nie über die Madeleine-Episode hinausgekommen; das Lesebändchen seiner 15-bändigen Gallimard-Ausgabe von 1946/47 war immer noch am Ende des ersten Kapitels bei Seite 101 eingelegt), kaum also hatte er etwas Ess- oder Trinkbares entdeckt, musste es auf den Tisch. Vorausgesetzt, es war nur ein wenig exotisch: der Mate-Tee und die geschälten Pfirsiche von Cortázar etwa (später, in *Die Autonauten auf der Kosmobahn,* dessen Glen Mavis, blended and bottled in Scotland); das rohe Pferdefleisch und Cassis-Halbgefrorene von Claude Lanzmann; der Château Peyraguey mit den Erdbeeren und türkischen Zigaretten von Evelyn Waugh (wie auch seine Weinbrandbutter – *was es nicht alles gibt!* – und sein Vier-Gänge-Menü: Sauerampfersuppe, Seezunge in Weißwein, caneton à la presse, Zitronensoufflé); der Cassava-Kuchen mit Guavengelee von Jean Rhys; die mit Senf bestrichenen gegrillten Andouillettes von Simenon (diese Kaldaunenwürste, die auch Foucault und Umberto Eco so sehr mochten – *wer war Foucault? wer war Eco?*); die Krammetsvögelbrüste mit der dunklen Kraftbrühe von Fontane (*wo bekam man Wacholderdrosseln her?*); das Zitronengelee von Onetti; die Xuxos von Kitaj; die Madeleines von Proust (in Lindenblütentee getunkt natürlich, mit *plaisir délicieux*) und seine Sauce gribiche; der heiße Port von Charlotte Brontë; der Mostrich mit Kresse, *mustard and cress,* von Lewis Carroll (Farshid hatte nie begriffen, dass es Carroll gar nicht ernst gewesen war damit); die Wedgwood-Kanne mit Katherine-Mansfield-Tee (pro Tasse *one silver spoon);* Tee allgemein auch gerne mit Marmelade, *un peu de thé avec de la confiture,* wie bei Émile Ajar, alias Romain Gary, alias usw; der Gin mit Ananassaft von Nabokov (eigentlich von Humbert Humbert); der Sarrabulho von Antonio Tabucchi;

die Champignons à la grecque von Highsmith; der Zimttoast von … von … Merde, von wem war dieser Scheißzimttoast? Kundera? Murakami? Blixen? Stundenlang konnte Farshid auf der Suche sein nach der Quelle. Wer hatte diesen Zimttoast gegessen, diesen scheißblöden Zimttoast? In welchem Buch noch gleich? Welche Geschichte, verdammt? Ein Roman? Eine Erzählung? Ein Gedicht? Eine Biografie? Er trank einen *Camus*, einen *Camus VSOP Elegance*, er trank mehrere; vielleicht konnte Camus seinen Geist beflügeln, seine Erinnerung … aber er fand nichts, die Erinnerung war leer.

Er hatte es nie herausgefunden. Spätestens mit der Entdeckung der Frühstücksgewohnheiten von Julio Cortázar ließ sein Interesse an Zimttoasts ohnehin drastisch nach. Ab jetzt – und zwar bis an sein bedauerliches Lebensende – nahm er morgens mit stupider, durch nichts und niemanden zu erschütternden Regelmäßigkeit *Naranjas, magdalenas, dulce de higos, café* zu sich – Orangen, Madeleines, Feigengelee, Kaffee. Allenfalls die Madeleines durften hin und wieder durch Brioches ersetzt werden, und das Feigengelee durch grüne Tomatenkonfitüre (beides auch von Cortázar).

Farshids literarisch-kulinarische Obsession ging so weit, dass er für seine Freunde unbedingt ein bei Nicolas Bouvier erwähntes Menü kochen wollte:

Compote de melon glacé
Riz à la confiture
Poulet grillé à la menthe
Lait caillé aux concombres et aux raisins secs

Eisgekühltes Melonenkompott
Reis mit eingemachten Früchten
Grilliertes Poulet mit Pfefferminz
Saure Milch mit Gurken und Rosinen

Es kam nie dazu.

Derart also musste alles Gelesene – angeführt von Farshid – erprobt und nachgespielt werden, nach-geschaut, nach-getrunken, nach-gekocht und nach-gegessen werden. Nach-geliebt. Die Erotik des ersten Wissens, das war es. Die anderen folgten. Neugierig und widerwillig zugleich. Sie folgten, weil es nichts gab, was sie entgegenzusetzen gehabt hätten. Weder Phantasie noch Wissensdrang noch Protest. Die Erotik des ersten Wissens – einerseits. Aber jeder, der sehen konnte, sah auch, das Ganze (dieses zusammengestückelte Wissen) würde irgendwann einer gewaltigen Sales-Promotion dienen. Vielleicht war nicht unbedingt so etwas wie Vorsatz erkennbar – für Farshid nicht und auch nicht die anderen –, was man aber sah: Farshid bereitete sich auf die Welt vor. Irgendwann würde alles einmal einsetzbar sein, auf wundersame Weise.

Sogar eine »Café-Liste« hatte Farshid aufgestellt (*allein für die Zukunft notiert*, wie er sagte), die Lieblingscafés der Schriftsteller, irgendwann würde er sie besuchen, diese gewaltige Caféhaus-Gelehrsamkeit. Er würde ihre Kaffeebohnen schmecken, so wie er ihre Philosophie schmeckte. Philosophie und Literatur konnten geschmeckt werden; das Lesen war nicht unbedingt erforderlich, zumindest nicht in Gänze. Ein Roman musste nicht unter allen Umständen von A bis Z gelesen werden, ein paar Kapitel genügten, manchmal ein paar Abschnitte, gar Zeilen, und die Essenz lag in der Nase. Die Aura schnuppern, um eins zu werden mit ihnen – ganz so wie manche Stämme durch die Einnahme bestimmter Tieressenzen Weisheit und Kraft erlangten. Stärke durch Bullenessenz, sexuelle Potenz durch Schlangenextrakt. Dazu würde also dereinst Magris' *San Marco* in Triest dienen, Machfus' *Ali Baba* in Kairo, Pessoas *Martinho da Arcada*, Prousts Salon de thé *Angelina*, Sartres und Beauvoirs *Café de Flore*, Cortázars *Old Navy* am Boulevard Saint-Germain 150, das *Café Bräunerhof* von Bernhard, Sadegh Hedayats und Simin Daneshvars *Café Naderi*, das *Griensteidl* von Hofmannsthal, das *Nicolson's* von der Rowling, das *Tabou* von Boris Vian. (*Gab es das noch?*) Sogar das *Café du Croissant* von Jean Jaurès stand auf der Liste, auch wenn er nie etwas von ihm gelesen hatte, nie auch nur eine Zeile (*Besser nicht besuchen, Jaurès wurde dort gekillt*).

Warum überhaupt lesen? Hatte er in Onkel Saids Bibel nicht gelesen: *Wo viel Weisheit, da ist viel Kummer, und wer viel lernt, der muss viel leiden?* Die Plot-Beschreibungen auf Wikipedia, die Zusammenfassungen in den Nachschlagewerken, die Kommentare und Klappentexte, die Waschzettel und Inhaltsangaben – genügte das nicht, konnte man nicht unendlich weit damit kommen? Musste man sich der Mühsal aussetzen, alles vollständig gelesen zu haben? Es war eh meist amüsanter (effektiver, ökonomischer) sich seine Welt aus editorischen Notizen und Anmerkungen, aus Indizes und Konkordanzen zu bauen. Aus Vor- und Nachworten.

Vor allem Vor- und Nachworte hatten es ihm angetan. Was dies betraf, war Malcolm Lowry sein persönlicher Guru. Hatte er nicht das Vorwort seines Romans *Unter dem Vulkan* mit den Worten begonnen: *Ich mag Vorworte. Ich lese sie. Manchmal lasse ich es dabei bewenden.* Und genau das tat Farshid: er ließ es bewenden. Auch bei Lowry.

Ja, gerade aus Vor- und Nachworten ließ sich ein ins Unermessliche wachsender Zitatenschatz anhäufen, der einem – selbst ein leidlich trainiertes Gedächtnis reichte hierfür aus – für alle Gelegenheiten die passenden Antworten und Bonmots bereithielt. Über Joseph Conrads *Herz der Finsternis* etwa – er hatte nur flüchtig darin herumgeblättert – wurde er nie müde zu sagen: *Eine gigantische Fahrt in eine gigantische Vulva.* Das hatte er in einem Nachwort gelesen, wenn auch sehr viel eleganter formuliert, *irgendwie verschämt,* dachte er. Derlei brachte ihm immer wieder Bewunderung ein für *seine frappante Belesenheit.* Nicht Wenige hielten ihn für einen Bibliomanen. Dass er Vulva jahrelang mit Vulkan verwechselte, verschwieg er.

Und wenn dann noch die Prospekte in den Buchhandlungen, diese mit allerhand unmäßigen Erbaulichkeiten jonglierende Vorschauprosa der Werbebroschüren dazukamen – was für eine Welt! Alles Leben konnte sich hier zusammenballen. Auf kleinstem Raum. Er liebte diese kleinen Textwelten, die alles ersetzten. Diese Welttext-Bullenessenzen samt Verlagsanpreisungen:

Fernweh, Abschied und die Sehnsucht, irgendwo zuhause zu sein.

»Jede Seite dieses Romans ist ein Wunder!«
Times Literary Supplement

»Das beste, was die zeitgenössische Literatur zu bieten hat!«
Salman Rushdie

Fernweh, Abschied und die Sehnsucht, irgendwo zuhause zu sein. Fast wie ein Haiku. Das Leben, zusammengeschnurrt auf ein, zwei Zeilen. Musste man da noch das Buch gelesen haben? War das nicht schon das ganze Buch, imaginiert in *einem* Satz, geballt in *einem* Glücks- und Traurigkeitsmoment? Was wollte man mehr? Arme Schriftsteller!

Es gab auch Sätze, die er als Bluff entlarvte, durchaus, als billige Tattoo-Sprüche. Und doch, sie behielten ihr Gewicht, ihr ganzes Gaukelpotenzial, die unabweisbare Mythosschwere, trotz ihrer offensichtlichen Lächerlichkeit: *Der beste Teil des Lebens ist der, den wir nicht leben können* oder *Willentlich dumm zu bleiben, ist die vernünftigste Art intelligent zu sein.* Ob Wahrheit oder Bluff, es diente dem Leben, es diente seinem Wohl. Und etwas anderes interessierte ihn nicht.

Zeitungsbesprechungen und Rezensionsbände allerdings waren seine liebsten Quellen. Sie boten Inhaltliches und Atmosphärisches in Hülle und Fülle und waren – auch im Hinblick auf eine günstige Einsatz-und-Ertrags-Bilanz – das ideale Instrument, um nahezu bei jedem Gespräch profund mitreden zu können; noch nie hatte jemand (mit Ausnahme Onkel Saids vielleicht, der mal, trotz seiner stillen und nicht-stillen Bewunderung für Farshid, das Wort *Geist-Schnorrer* in die Runde warf) während solcher intellektueller – oder vermeintlich intellektueller – Diskurse gemerkt, dass Farshid sich gerade mit fremden Federn schmückte. Der gut memorierte Begriff am richtigen Ort, und fertig war der Intellektuelle. Das bisschen Denkflexibilität, das dann noch vonnöten war, um die Sache zu »verschleifen«, war dann keine große Sache mehr, beherrschte mit etwas Übung jeder universitäre Kleinganove.

Selbst der von Onkel Said zusammengestellte Bildungskanon für den Unterricht wurde nie als Ganzes begriffen, er wurde vielmehr schamlos ausgeschlachtet, einzelne Sentenzen, meist zusammenhanglos und stets auf deren mögliche zukünftige Verwendbarkeit abgeklopft, wurden beim Stöbern wild geräubert. Ein Repertoire, das wuchs und wuchs. Noch Jahre später konnte er sich wortgenau an Sätze erinnern. Zum Beispiel Forster, Georg Forster: Wer der Kerl war, keine Ahnung. Aber das Satzfragment *mit Kunstwörtern fleißig ausstaffiert, mit nachgebeteter Verehrung angefüllt* sollte er bis an sein Lebensende erinnern.

Und manchmal genügte ihm sogar nur der Gestus. Jener Gestus, behaglich in einem Fauteuil zu sitzen, direkt am Kamin, mit übereinandergeschlagenen Beinen, ein aufgeschlagenes Buch im Schoß, keinesfalls lesend, aber rotgoldenen Tee trinkend, mit Zimt und Kardamom, durch ein Stück Zucker hindurch, und das Wissen, das Gefühl des Wissens, strömte ihm entgegen, direkt in ihn hinein, wie weiches goldbraunes Herbstlicht in ihn hinein, durch ihn hindurch.

Wenn der Satz *Man ist, was man liest* richtig ist, dann war Farshid so etwas wie ein Quilt-Denker, ein Patchwork-Intellekt, der bunte

Wissensfetzen und Zufallsfunde des Weltgeistes – zu ihnen gehörten auch die Geistesschätze eines Bücherregals, das ungeachtet der Sujets ausschließlich aus roten Büchern bestand – willkürlich versammelte, sich zu eigen machte, sein eigen nannte, sie mehr oder weniger kunstvoll zusammensetzte, um dieses Flickwerk dann als harmonische Einheit, als Zierdecke der ganz besonderen Art erscheinen zu lassen – immer begleitet von einem vielsagenden Augurenlächeln. *Er saugt in einem fort,* dachte Shaahin, *ein Schwamm, ein Hohltier.*

Farshid hatte schon lange aufgehört, das dünne Eis der Gaukelei, auf dem er stand, seine Anwandlungen und Aneignungen samt allem spielerischen Dünkel, noch wahrzunehmen. *Ich zähle meine Anleihen nicht, ich wiege sie,* prahlte er und hatte schon wieder ein Wort entlehnt, er wusste nur nicht mehr, von wem. Selbst noch sein Wahlspruch, einer seiner vielen: *making myself uncommon,* war bei Dickens geklaut. Er war einfach besessen von der Welt. Onkel Said sah Bergsons *élan vital* im Spiel, *eines größeren Glückes wert,* hatte andererseits aber auch große Lust, Farshid etwas von Voltaires Begriff der Eigenliebe zu erzählen, dass die Eigenliebe ein windgefüllter Ballon sei, der, angepiekst, die heftigsten Stürme entlässt. *Dein Sterben wird elend sein,* sagte Shaahin. *Toller Hecht, der du bist, wirst du dich selbst einfach nie verlassen können.* Trotzdem, Farshid blieb dabei: Das Leben zu genau zu nehmen, hatte keinen Sinn, es beginnt ohnehin in jedem Moment neu, mit neuem Sinn. *Tout passe, tout casse, tout lasse, wie der Franzmann sagt.* Er gierte nach Wissen, nach Empfindungen und Gefühlen, klaute Perlen der Weisheit überall; er sammelte Sinneseindrücke und Meinungen wie andere Schmetterlinge in das Samtkissen stachen; er sammelte Klänge, Farben und Gerüche, Formen und Gestalten. Ein Lebenssauger, unsterblich. Ein Vulkanherz. *Wer nicht an die Unsterblichkeit glaubt, kann sich gleich die Kugel geben.* Ein Lebenskoster war er, ein schamloser Weltenfresser, bis in die letzte Faser erlebnisgierig. So konnte ihm das mephistophelische Goethe-Wort *Gestaltung, Umgestaltung / Des ewigen Sinnes ewige Unterhaltung* genauso ernsthaft in Erinnerung bleiben wie der Plot von Lucky-Luke-Heften oder die testosteron-luzide Beobachtung, dass Goethe Linksträger war. »Nur Kapriolen-Stimmung bereichert die Welt! Der Rest ist nichts. Und? Habe ich nicht recht? Schaut euch das Weimarer Denkmal in unserem Buch doch mal genauer an! Kapriolenstimmung, sag ich euch, das ist es.« *Immer frei, nie ziellos.* Nein, nicht Nietzsche, nicht Bergson. John Player! Sogar noch aus dem Slogan einer Zigarettenmarke konnte er Leben ziehen, Kapriolenleben. Das

Große aus dem Kleinen schöpfen, so einfach konnte Leben sein. Und wenn ihm die Dinge dabei irgendwann durcheinandergerieten (nur andere behaupteten das: *Der ändert seine Launen und Vorlieben wie der Mond seine Phasen am Himmel*), sich lustvoll, aus Versehen ins Gegenteil verkehrten: *Ha, who cares? Ordnung? Pah!*, Lebensmottos waren nicht fürs Leben gemacht, manchmal währten sie nur eine Woche, einen Tag, eine Stunde. *Allein Interimswahrheiten sollten rechtlich Gültigkeit haben.*

Alles Fremde, alles Exotische galt es zu erproben, zu denken, zu fühlen, das erste Mal. Unablässig. *Ich könnte alle Welten in mich hineintrinken*, das war Farshid in Paris. *Noch als Topfpflanze würde der sich nicht langweilen,* sagte Onkel Said. Es ging um den Zauber der Premiere in einer neuen Welt: das erste grandseigneurhaft hingehauchte Kompliment (ganz gleich, ob an eine junge Mädchenblüte oder eine verwelkte Concierge gerichtet); das erste öffentliche Pochen als Zeichen frech funkelnder Libertinage unter Freunden (… vergessen in welchem Buch, oder war das eine eigene Erfindung? auch das kam vor); die erste vollendete Geste der Nachsicht. Selbst noch die politische Demonstration auf der Straße galt es zu erproben: *Diese Geste der Revolution, diese Schönheitsgeste, das hat was … die geballten Fäuste, die skandierenden Massen …* Das eigentliche Anliegen des Protests, die Ideen dahinter, ließen ihn kalt. *Die Welt retten, ihr ewiges Auf und Ab? Pah! Who cares?*

Manchmal, wenn das Gute – die Moral der *École Said*? – zu sehr aufgebraucht war und alles ganz langweilig wurde, ließen nur Gemeinheiten Raum für neue Gesten. »Auch das Boshafte, die Heimtücke, der Hass streben nach Ausdruck. Die Teufelei ist benachteiligt in der Formgebung. Das ist ungerecht. Wir müssen ihr beistehen, zum Teufel konvertieren. Gutes Handeln ist nicht möglich. Wie hat es Darth Vader gesagt: *Komm auf die dunkle Seite der Macht.*« Es war die Zeit, da Farshid glaubte, Pubertäres in die Welt bringen zu müssen. Gotteslästerliches, Zotiges, Pornografisches. Hauptsache sündig und wüst.

»Echt jetzt? *Komm auf die dunkle Seite?* Manchmal bist du nicht von dieser Welt, Farshid. Glaubst du wirklich daran, oder ist das nur schickes Geschwätz aus deinen ach so gescheiten Büchern, deinen blöden Filmen? Deine Geistreicheleien gehen mir auf den Sack.«

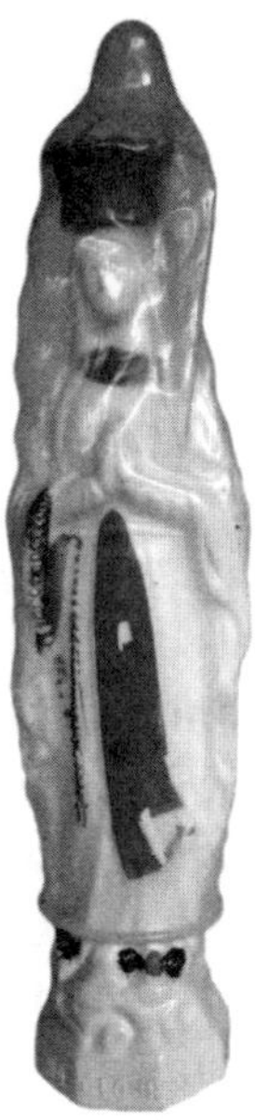

Pensa, Papa, me too.
(Multiple)

Die Blauäugigkeit Allahs (Montage)

Es war das erste Mal, dass Aadish etwas sagte, etwas, das ihm wichtig vorkam, das erste Mal, dass er überhaupt eine Meinung hatte. Bisher hatte er geschwiegen, hatte sich festgehalten an den Tagesnotwendigkeiten ihres gemeinsamen Lebens: Tee kochen ... Spülen ... Baklava backen ... Blunts bauen (mit den Zigarren von Onkel Said) ... Würfeln ... Chillen ... Tric-Trac spielen ... Snakeboard-Cruisen ... *mindestens sechsmal am Tag die Schlange würgen* (O-Ton Farshid) ... Lernen ... in die Sonne blinzeln ... Parkour (eher unbeholfene Versuche) ... Dope quarzen ...Hairstyling ... Playlists erstellen ... Einkaufen ... Flaschen entkorken ... CDs einlegen. Nie war er sich anderer Dinge als dieser sicher gewesen. Farshid war so wissend (Onkel Said sprach von *stupender Intelligenz, etwas großsprecherisch, preziös, aber Intelligenz, ein rechter Bescheidwisser*), Shaahin so klug, wenn auch auf stille Art (*Immer Meinungen haben ... hm, affig, oder? ... irgendwie veraltet ... muss ich mir wirklich auch noch eine zulegen? ... Standpunkte, so unbeweglich, stehen nur blöd rum ... das Leben ist sowieso immer falsch, immer zu viel und immer zu wenig ... manchmal verliert es dich sogar aus den Augen ... ein Magic Roundabout ... am End weiß keiner nix.*) Und er? Er saß in sich fest. Er hatte das Gefühl, von den Dingen des Lebens nichts zu wissen, er konnte nichts und niemandem etwas entgegensetzen. Aber heute ...

»Verstopfung«, sagte Farshid. »Kann ich dafür, dass ihr alle an Verstopfung leidet? Warum meckerst du, Aadish? Ich garantiere euch, der Schaitan hat es nicht leicht!«

»Und du willst an Gott glauben? Du bist ein betender Teufel.«

»Das geht dich nichts an, davon verstehst du nichts«, sagte Farshid und steckte seine Tasbih in die Hosentasche. »Die Welt ist ein Bauklotz-Turm, von einem göttlichen Kind erbaut – und zerstört. Dieses Heraklit-Zeug. Erbaut und zerstört ... und wieder erbaut und wieder zerstört ... und so weiter ... patati, patata ... ad infinitum. Nein, gutes Handeln ist nicht möglich! Und ihr sprecht von der Machbarkeit der Zukunft? Lächerlich! Habt ihr's nicht begriffen?«

»Ja was nun? Gott? Teufel? Positives Handeln? Negatives? Zukunft oder keine? Da passt nix zusammen. Kannst du dich nicht entscheiden? Du bist ein dummer Spieler.«

Zum Durcheinander also gesellte sich Verdrehtheit. Es war absehbar, dass etwas geschah, etwas geschehen musste. Aadish und Shaahin waren heute allein zu Hause. Farshid wollte sich *umschauen, in der Stadt umschauen,* schon seit dem frühen Mittag. Mark Lanegans *Museum* lief schon seit Stunden auf Repeat (Shaahin hatte – wenn es nicht die Stille war – ein Faible für Lanegan):

Stay unchained
Around and round you go
They'll never know, what you've seen

Und die beiden saßen, wie aus dem Leben geschieden, ganz so, als ob eine nomadische Zeit sich hier in Paris niedergelassen hätte, im Schneidersitz auf dem Kaschgai-Teppich (ja, es war jener ominöse Teppich, von dem Onkel Said erzählt hatte ... ja, da war ... da war: ER! Aadish hatte IHN als erster gesehen) und spielten Tric-Trac, direkt vor den lodernden Scheiten des Kamins. Das Feuer fühlte sich vertraut an, wie aus einer altbekannten Welt. Seit sie eingezogen waren hier oben, kämpfte es tapfer gegen Kälte und Dunkelheit an. Vergeblich.

Und dann plötzlich der Knall, ganz ohne Ankündigung: Farshid stand in der Tür, in der bunten Livrée eines Zirkusdirektors mit goldbetresstem Kragen und schwarzen Hosen mit glänzenden Galonstreifen an den Seiten. Wie der leibhaftig gewordene Jeans-Slogan stand er da: *Smile in Life – And Enjoy!* Ein Posterboy im Phantasie-Look. Ein Erwählter. Gottgeküsst und rotzlöffelig. Ein Versprechen auf die Zukunft. Er trug neongrüne Augen (Partykontaktlinsen?) und rote Reeboks. Statt eines Straußes Huysmans'scher Parmaveilchen im Ausschnitt (wie doch nach seiner kürzlichen Lektüre von Huysmans' *À Rebours* viel eher zu erwarten gewesen wäre) giftgrün glühende Augen. Hulk-Augen. Und im breitsträhnig gegelten blauschwarzen Haar diamantener Glitter. Als ob er Leuchtkäfer ins Haar gebunden hätte. Da stand er in der Tür dieser launigen Pariser Nacht und trug Korallenrot und Smaragdgrün. Wie selbstverständlich. Pastisgetränktes Korallenrot und Smaragdgrün. Vollendet komplementär, vollendet besoffen. Mit breiter Brust und wichtiger Miene verwegen in die Zukunft gewandt. »Egal, wie dicht ich bin, Bukowski ist Dichter«, brüllte er mit schwerer Zunge. »Sein oder Unsein, das ist hier die Frage.« Er war wie die äußere Erscheinung einer inneren Explosion. Ganz Körper, null Geist. Ein Lebensgeysir. Sah so das Leben vor der Verwirklichung aus – vor dem Fliehen der Zeit, ihrem Verglühen – die gleißenden Verheißungen, das Brennen, der Aufbruch in die glorreiche Welt, das Große Rauschen? Sah so die Jugend aus, die vielversprechende, die alles versprechende, so kaltschnäuzig übermütig? Die Revolte gegen das uns Auferlegte, randvoll gefüllt mit Hoffnung und Zuversicht? Das Leben in Technicolor auf Breitleinwand?

»I'm the king of the world«, grölte er mit theatralisch herumrudernden Armen, »ich bin ein Komet, und ihr alle seid nur Trabanten auf meiner Umlaufbahn, fahle Funken auf meinem goldenen Schweif … man muss immer einen …«

»… du mich auch, Ziegenbock, elender«, erwiderte Aadish und verdrehte genervt die Augen, »lass mal 'n bisschen Luft aus deinem Ego …«

»… Ziegenbock …?«

»… immer auf dem höchsten Felsen, immer von oben herab …«

»… man muss immer einen guten Feind haben, in allen Lebenslagen …«, mit einer schmierigen absurd anmutenden Mafioso-Geste (wer weiß, welchem Film entliehen?) küsste er seinen Siegelring (vom Marché aux Puces?), »… ein guter Feind ist unser treuester Freund.« Niemand wusste, was er meinte. Alles so zusammenhanglos. Er lallte.

Woher kam er? Es war 4 Uhr morgens. Eine Pussy-Posse à la DiCaprio in der Stadt? Wie Napoleon stand er in der Tür, wie Mussolini, ein breitbeiniger Napolini, die Hände in die Hüften gestemmt, mit bedeutungsvollem Blick, das Kinn in dieser Was-kostet-die-Scheißwelt-Manier nach vorne gestreckt, sein Lächeln strahlend süffisant – der personifizierte Gershwin-Song:

One look and I had found a world completely new,
When love walked in … with you.

An einer roten Leine führte er einen Leguan mit sich. »Das ist Joséphine, Leute. Sag *Bonsoir, mes amis,* Joséphine. Wir waren spazieren, im Pavillon Dauphine, wir haben im Etoile die Arschgesichter erschreckt, den mottenkugeligen Cocktail-Ladies Zoten ins Ohr gerülpst, den pomadigen Yardley-Lavender-Typen ihre debile Ähnlichkeit mit Joséphine vorgeführt. Joséphine, zeig deine Kehlwamme … los, zeig dein Churchill-Gewabbel! Habt ihr schon mal ein solch herrlich-degeneriertes Schrumpelgehänge gesehen? Geil! Richtig präsidial! Du stehst denen in nix nach, Joséphine, mon amour, im Gegenteil. Wisst ihr, früher sind die hier mit vergoldeten Schildkröten rumgelaufen, echtes Blattgold, haben einen auf nobel gemacht, auf dis-tin-guéééé! Aber das ist scheißlangsam. Verdammt scheißlangsam. Leguane sind schneller.

Aber nur, wenn sie wollen. Leguan, das ist gewissermaßen die megaschnelle Art, langsam zu sein. Echt cool! *À jour,* wie dein Paisley-Onkel sagen würde. Alles wird schneller heutzutage, selbst die Langsamkeit, der Müßiggang.«

Farshid wankte zu seinem MacBook Pro, klickte auf ITunes, auf *Love Will Tear Us Apart* von Joy Division, und fing an – *I'm a kite, dancing in a hurricane,* brüllte er – wie ein Irrer zu tanzen, ungelenk, abgehackt, spastisch. So kannten sie ihn: als Adrenalin-Junkie, immer Stand-by, immer aufgedreht, unter Strom, ein Leben auf der Vorspultaste. *Wie ein wild gewordener Pinball in einem Spielautomaten,* dachte Aadish. Er war sich nicht sicher: Ist das Pogo, ist das Epilepsie, oder beides?

»Los, Leute«, schrie Farshid. »*Nous sommes si jeunes, nous ne pouvons pas attendre,* wie sie hier sagen. Brechen wir auf, werden wir ungewöhnlich. Ja, ungewöhnlich!«

Mit dem rotgrünen Farshid-Knall wurde alles anders. Vier Jahre waren sie jetzt schon in Paris. Vor allem gelernt hatten sie, abwechselnd widerwillig und begeistert gelernt. Und sich abgelenkt. Mit Blödsinn und Wein. Mehr war nicht in diesen ersten Jahren: Bildung, Blödsinn und Wein. Manchmal ein bisschen Dope, ein Whisky, ein Glas Pastis. Und Farshids fieberheiße Phantasien. Phantasien, in denen er schon mal Rambo mit Rimbaud verwechselte, oder Händels stimmbegabten Rinaldo mit einem bein-, aber kaum hirnbegabten Ronaldo. Sie hatten nichts vermisst, wobei sie viel hätten vermissen können, wenn sie sich nur ein bisschen Mühe gegeben hätten. Selten noch dachten sie daran, woher sie kamen, dass ihre Landsleute – wie Onkel Said etwa – die Folter der Hoffnung ertrugen, dass sie, Aadish und Farshid, eigentlich gar nicht mehr waren, nicht sein durften, nicht mehr lebten und … gerettet worden waren von einer suspekten Instanz.

Aber dann, seit dem Farshid-Knall, war es aus mit dem gemütlichen Aufgehobensein, war es aus mit der gediegenen Kuschelwärme des *Onkel-Exils.* Onkel-Exil? Eine Boshaftigkeit Farshids. Eigenes brach auf. Jenseits aller Onkelhaftigkeit. Gefährliches. In die Zukunft Gedachtes, ins Leben. Die Welt aus den Angeln heben, das war es. Und es ging wieder von Farshid aus.

Die Kunstaktion war der zweite Knall. Ganz unvermittelt. Die Initialzündung für alles Weitere. Der erste Knall war normal, Selbstdarstellung, wie es sie immer schon gab bei jenen, die sich aufmachten, die Welt zu behaupten. Diesen Wenigen, die sich aufmachten. Der zweite Knall war unverfroren.

»Zieht euch aus«, sagte er. Es war Maria Himmelfahrt, die Bitttage gerade vorbei, es war der 15. August 2009, ein Samstag, da kam Farshid auf sein erstes Kunstprojekt. Er nannte es: D 1. »Le Corbusier hat alles durchnummeriert: LC 1 bis LC-was-weiß-der-Himmel. Das sollte gehen. Da kommt man nicht durcheinander.« Aber natürlich war es nicht Kunst, alles andere als Kunst. Es war Alltag. Und Zufall. Laune.

»Sag ich doch: Kunst.« Die Kerzen flackerten ihre Schatten an die Wände, die Rotweinflaschen aus Onkel Saids Keller standen herum, die Shisha-Schwaden legten sich über die Schachteln mit schimmeligen Pizzaresten, und inmitten dieser unvermeidlichen stetig wiederkehrenden Jugend-Klischees sagte Farshid plötzlich: *Ich bin Künstler!* Nicht: ich *werde* … ich *bin*. *Ich bin Künstler!* Es war keine Meinung, es war eine Detonation. »Dein Hirn kocht über«, sagte Aadish. Farshid antwortete nicht.

Farshids Pariser Scrap-Book, Tome

Das erste Anzeichen, dass er es ernst meinte, waren seine selbst gefertigten Kunstkladden. *Holy Scrap* nannte er sie – mit Zwirn mittels Schulbuchheftung eigens vernähte Bögen Papier, die er durchnummerierte: *Tome 1, Tome 2,* bis *Tome unendlich.* Kladden, die alles festhielten, was ihm Wert schien, festgehalten zu werden: Ideen, Bilder, Zeitungsauschnitte, Kunstvorhaben, Projektiertes & Realisiertes, einfach alles. »Und mein nickname – was heißt da *nickname*? mein *nom de guerre,* denn Kunst ist Krieg! – heißt *D'Aramis*«, fuhr er fort. »Das klingt international. International und adlig. Vor allem aber kryptisch, das ist wichtig. Überhaupt Labels. Das mögen sie. Was haltet ihr von *d'aramis@vipmail.com*?«

Farshids Vorstellungen von Kunst waren vage. Es gab zwar nichts, was er nicht verschlungen hätte in der *École Said,* alles, was da zu greifen war: Enzyklopädien, Monografien, Lexika, Dissertationen – ganz gleich. Über Ägypten und Griechenland hatte er gelesen, über Renaissance und Rokoko, Barock und Manierismus (vor allem Manierismus!), über Kirchenbau und Enkaustik und Ikonenmalerei, über Dadaismus und Objektkunst, nichts ausgelassen hatte er, alles gelesen – wenn auch nur stückchenweise, in kleinen verdaulichen Häppchen –, von der Höhlenmalerei bis zur experimentellen Kunst alles: Lascaux & Chauvet, Suprematismus, Op-Art. Sogar holländische Genremalerei. Und trotz der verwegensten Studien (wer kannte schon William Boyds Dissertation *Die europäische Feigenblattmalerei im 16. und 17. Jahrhundert unter besonderer Berücksichtigung des Hosenmalers Daniele da Volterra* oder Evelyn Waughs *In Defence of Cubism?*) blieb alles irgendwie vage. Was ihn nicht daran hinderte, das einmal Gesehene, einmal Gelesene auf ewig (oder was man allgemein für das Ewige hielt, also die Zeit bis sich die Nebelwände der Demenz um einen errichten) in Erinnerung zu behalten. Jede Nebensächlichkeit, alles Wichtige, alles Bedeutungslose, einfach alles. Eine eigenartige Widersprüchlichkeit. Denn eigentlich war er stolz auf sein Montaigne-Gedächtnis: *Ich habe ein Gedächtnis wie Montaigne – nämlich keins.* Er tat diese Diskrepanz, das gleichzeitige Sich-erinnern-und-Sich-nicht-erinnern-Können (-Wollen?), als eine der üblichen Ungereimtheiten des Lebens ab.

Seine liebste Lektüre aber blieben Kunstbände, Kataloge. Wenig Text, viel Bild. Nie und nimmer würde er die Originale brauchen, sagte er sich. *Prado, Tate, Louvre – never!* Warum auch? Die Kopien reichten ihm. Sogar als Postkarte noch waren sie anbetungswürdig. Was unterschied eine ölbekleckste Leinwand schon von einem arschglatten Print?

Im Gegenteil, der Print war besser, eindeutig vorzuziehen. Die Reproduktion erschien ihm immer – kompakt und verdichtet wie sie war, von ihren Unebenheiten bereinigt, farblich überhöht – als das vollkommenere Original.

Bei aller Gelehrsamkeit (*Schnäppchen-Belesenheit*, sagte Onkel Said mittlerweile), Farshids Vorstellungen von Kunst blieben so vage und undurchsichtig wie Turners Bildernebel, aber für Farshid spielte das keine Rolle, Farshid war ein Entschlussmensch: *Rumspinnen, nicht Schriftstellern! (zu viel Maloche, zu wenig Kohle); Rumspinnen, nicht Tänzern! (die Knochen mit Dreißig am Arsch); Rumspinnen, nicht Musizieren! (Hörsturzgefahr). Nein: Rumspinnnen! Künstlern! Ewig jung sein! Spielen!* Und Hauptsache, der Name stimmte schon mal, dieses Norma-Mortenson-wird-zu-Marilyn-Monroe-Ding. Ein schöner Name konnte Mysterien schüren. Es lebt sich leichter. Gus van Sant etwa: Ohne diesen Namen wäre sein Film *Restless* sicher nicht so makellos geworden, so incredible gentle and magic. Wer Loïc LeGrand hieß oder Linus von Seth, wer Pier-Gabriel Lajoie hieß oder Jean Claracq, John le Carée oder Lovis Corinth, Xavier de Maistre, Moro Anghileri, Pegah Ferydoni, Gevrey Chambertin, Nathan Maloney, Noah Saavedra, Adrian Leverkühn oder Agnès Varda, der hatte schon die halbe Künstlermiete. Oder Mowgli. Und natürlich Tybalt. Gut, gut, Tybalt wurde ermordet, ein raufsüchtiger Kotzbrocken, aber immerhin hat er's zu 'ner Shakespeare-Figur gebracht, wer kann das schon von sich behaupten? Es war ihm klar, der Zauber der Namen bestimmte die Welt. Er dachte an Prousts *braungoldenen Wohlklang des Namens Brabant*, an den *einzigartigen verführerischen Reiz, den der Name Swann* für den Erzähler besaß. Ja, alles in allem: das konnte was werden.

Es war nicht im geringsten verstörend für ihn aufzubrechen; er wusste gar nicht, dass er aufbrach. Es geschah einfach. Bevor die Zukunft kam, floss sie schon in seinen Adern. Zweifel gab es nicht, die Entscheidung stand grundlos fest. *Sie werden mir zu Füßen liegen.* So grundlos fest wie das Ziel klar umrissen. Das Ziel war Spiel. Spiel, Fun und Party. Welteroberung. Selbstbemeisterung. Der Rest war egal. Vorerst egal. Den Tod gab es nicht.

Wenn unserem Luftmensch bei der Welteroberung nur nicht sein Hang zur Prokrastination im Wege steht, bemerkte Onkel Said trocken. Farshid, der sich – *wenn schon defekt, dann wohlklingend defekt* – eher als Histrioniker sah, äußerte sich zu diesem Vorwurf nie, was Onkel Said wiederum gerade als Bestätigung für seine Vermutung sah.

»Zieht euch aus!«

»Was gibt das denn jetzt?« Aadish war irritiert.

Farshid, er hielt eine halbvolle Rotweinflasche in der Hand, war besoffen. Er grölte wild herumfuchtelnd: »Die Welt ist wüst vom Scheitel bis zu der Füße Rand / Das Wüstsein ist das Beste in einem wüsten Land«, um dann verschwörerisch fortzufahren: »Liberté. Égalité. Fraternité. Lasst uns die Heiligen Insignien Frankreichs auf unsere membra virilia tätowieren, in feinster klassizistischer Antiqua. Bauer Bodoni. Oder Walbaum. Lasst uns La Grande Nation feiern.«

»Was? ... membra-was?«

»Membrum virile ... Schwanz, du Dulli ... auf unsere Schwänze tätowieren.«

»Angeber!«

»Lasst uns *uns* feiern! Unsere Gemeinsamkeit. Das Zeichen unserer Liebe, unserer Musketier-Verbundenheit. Los, Hosen runter! Schwänze raus! Alle! Einer für alle, alle für einen!«

»Spinnst du«, sagte Shaahin, »was ist, wenn Onkel Said ...«

»... Quatsch, der sitzt auf seinem Klismos und wartet auf Mousaio, oder ...«

»... häh? Klis-was? Mus-was? ...«

»... oder holt Cocteau einen runter, im Weichspülerduft seiner ägyptischen Baumwolle, mit seidenen Socken angetan, und goldenem Siegelring ...«

»... wenn er's nicht vor seinem Trumeau macht ...« Aadish erschrak über seine Bemerkung, was hatte er sich nur dabei gedacht? Er hatte nie vorgehabt, so etwas zu sagen. Wer oder was hatte ihn angesteckt?

Vier Jahre Paris in Onkel Saids Wohnung im Passy – letztlich war es ein Abenteuer für die Drei. Ein großes Abenteuer der Vergnügungen und Verspieltheiten. Und selten, ganz selten, auch der ernsten Gespräche, der Besonnenheiten, des intelligenten Glücks. Die Zeremonienmeister gaben Farshid und Onkel Said. Oben Farshid – derb und attitüdenhaft distinguiert (als blasser Widerschein des Hausherrn), unten Onkel Said, hilfreich und geduldig.

Vier Jahre Paris in Onkel Saids Wohnung im Passy, vor allem einem tat das gut: Onkel Said. Diese Unvernunft um ihn herum: *Exquisit! Formidable!* Von Jahr zu Jahr wurde er jünger, beweglicher. Immer öfter löste er sich aus seinem watteweichen Kokon, in dem er das dumpfe Brausen der Erinnerung zu ersticken suchte, um Schritte nach draußen zu tun, um Schritt zu halten mit der Welt. Früher hatte er, zur

Sicherung des Alltags (die Tier-Dokus in der Zeit davor – *Die Löwen in der Kalahari, Die Gesichter der Savanne, Der ungezähmte Kontinent* – halfen schon lange nicht mehr; auch nicht die skandinavischen Krimis, deren Landschaften ihm, vor allem die Fjorde Schwedens, wie leibhaftige Demokratien erschienen; ach, wie hatte er sich doch wunderbar einkuscheln können in Verbrechen und Gewalt), früher hatte er immer wieder die gleichen Filme angeschaut, eine kleine Sammlung von vielleicht zehn, fünfzehn Filmen. Filme, deren Dialoge er zwar auswendig kannte, die er aber trotzdem immer wieder durcheinanderbrachte. Filme aus den 30er- bis 60er-Jahren: *Der Malteser Falke, Frühstück bei Tiffany (O dieses Moonriver-Happyend, zum Dahinschmelzen), Warum hab' ich ja gesagt?, Sunset Boulevard* oder *Leoparden küsst man nicht.* Sogar Frauenschmonz. *Fun in Acapulco* zum Beispiel, mit Elvis, dieses schwül überhitzte Celluloid. Sein liebster Frauenschmonz aber, mindestens einmal im Jahr, war *An Affair to Remember.* Just to have a good cry. Unvergessen, unvergesslich: Deborah Kerr und Cary Grant in der Kutschfahrt vor der französischen Riviera. Vor allem aber: Rock-Hudson-Konserven. Die Film-Trias der Schmerztherapie: *Send Me No Flowers, Lover Come Back, Pillow Talk.* Wunderbar! Sich mit Rock Hudson und Doris Day (welcher Idiot hatte sie *eine der groteskesten Anmutungen von Unschuld* genannt?) wegträumen, das war Leben! *Like a pot-bellied stove on a frosty morning,* wie es in *Bettgeflüster* hieß. Genau, das war es. Warm ums Herz wurde es ihm, wenn er das hörte. Das ideale Mittel, um die stetigen Veränderungen der Welt, die ihm nur Herausforderung und Schmerz waren, zu verweigern.

Und laut losprusten konnte er gar, wenn er die betrunkene Alma, alias Thelma Ritter, sah.

Doris: *What a day, Alma. Isn't it a beautiful day?*
Alma (sturzbesoffen): *You can't go by me. I haven't seen it yet.*

Das Schönste an solch rührseligen Romanzen: Die Liebespaare in ihnen hatten keinen Sex. Und so fiel ihm die meiste Zeit auch nicht auf, dass ihm etwas fehlte.

Es waren nicht die kleinen (zugegebenermaßen sehr kleinen) Hollywood-Jokes und Bedroom-Problems, die ihm Leben gaben, es war das Zeitalter des kultivierten Geschmacks, in dem es zum guten Ton gehörte, sich morgens einen Heidsieck oder Amontillado zu genehmigen, robuste Naturen einen Büffelgraswodka oder Single Malt, und wie selbstverständlich allerorts geraucht werden durfte, ohne verächtlich angeschaut zu werden, wie ein Triebtäter angeschaut zu werden – *jeder hatte eine Roger-Vadim-Kippe zwischen den Lippen –*, diese so schön aufgeräumte Welt mit ihren gut sitzenden Anzügen und blendend weißen Manschetten, die in genau jenem richtigen Maß – *comme il faut!* – unter dem Jackettärmel hervorlugten, wie es sich nun mal, gemäß seiner einmal erlernten und auf alle Zeit festgeschriebenen Etikette, gehörte. *Kennt ihr die Manschetten von Michel Piccoli in Sautets Les choses de la vie? So makellos, dass man von der Kinoleinwand herunter den Lavendelduft des Bügelwassers riechen kann: Eau de Linge Bleu Lavande. Ganz sicher! O wie gerne wäre ich doch ein französischer Film. Von André Téchiné vielleicht. Oder wenigstens eine Hemdmanschette von Piccoli.*

Es waren die Gesten des Höfischen im Allgemeinen, die gepflegten Hände im Besonderen, diese dezent manikürte Akkuratesse der Unbeschwerten. *Schaut euch doch dagegen mal die Fingernägel heutiger Schauspieler an: dreckig, abgefressen, widerlich; manche scheinen direkt vom Rübenacker zu kommen; ich möchte nicht die Fußnägel …* Es waren die kecken Kleider und Colliers und Frisuren, die ihm das Gefühl gaben dazuzugehören. Die Pelzboleros und Perlenketten. Die Hemden mit Umlegekragen. Die Bügelfalten, die sich wie Wellenbrecher standhaft gegen die Fährnisse des Lebens stellten. Es waren Humphrey Bogart und Cary Grant und Gregory Peck, waren Audrey Hepburn, Deborah Kerr und Grace Kelly. Die Tröstungen Hollywoods. Eine Welt ohne Makel, von unaufdringlicher Selbstverständlichkeit, einzig wehrhaft durch Stil & Schönheit. *Gesten sind nur dann kostbar, wenn sie beiläufig erfolgen*, pflegte er zu sagen. *Manieren sind unsichtbar. Aber leider, Edmund Burke hatte wohl recht: »The Age of Chivalry is Gone«.*

(Dass er trotz alledem nichts mit dem schnöseligen Kammerdiener Jeeves aus Wodhouses Krimis anzufangen vermochte, lag einzig daran, dass er mit der Instanz eines *gentleman's personal gentleman* nicht einverstanden war; das ging nun wirklich zu weit, sich von einem Butler die Welt erklären zu lassen. Nein! Nur Männer erziehende Frauen waren noch schlimmer!)

Auf die Schlichtheit seiner Film-Schmonzetten angesprochen, konnte er – einer der wenigen Ausfälle, die er sich zu leisten bereit war – sogar boshaft werden: *Ich brauche eure Absolutionsfilme nicht, euer Celluloid-Grauen, euer Sozial-Gedusel, mit dem ihr euer Gewissen onduliert, euren verlogenen kathartischen Quatsch, der euch das Elend der Welt erträglich macht.*

Eigentlich war er ein Vergangenheitsmensch lange bevor seine Vergangenheit aufschien, sagte Großmutter. *Schon als Kind lebte er in einer alten Sepia-Vergangenheit, einer Vergangenheit, die es eigentlich noch gar nicht geben konnte. Dieses ewige Tête-à-tête mit sich selbst, wie kann man nur? dieses zählebige Beschwören seiner Kinderheimat, wo wir doch im Treibsand der dunstgrauen Geschichte noch nicht mal ein Körnchen sind. Sollte man nicht wissen, dass man nichtig, dass man entbehrlich ist?*

Old-fashioned, das traf es, das war Onkel Said. Courtoisie comme il faut. Was waren das doch noch für Zeiten, als sich – *oh heiliges viktorianisches Erbe!* – Männer und Frauen nach dem Dinner trennten, um in separaten Räumen ihrem je eigenen Daseinszweck nachzugehen.

Ja, old-fashioned. Er mochte Frauen mit Röcken, die – *Oh, du göttlich schreitende Fanny Ardant in* Vivement Dimanche! – zwei Fingerbreit unter dem Knie endeten. Alles andere schickte sich nicht. Er verabscheute das Wort *Ferien* – wie ordinär, nur den Niederen vorbehalten. Stattdessen fuhr man in die Sommerfrische. Er war der Typ Mann, der selbst noch, wenn er ganz alleine im Bett gähnte, die Hand vor den Mund hielt; der seine Bücher in der Öffentlichkeit (in einem Tea-Room etwa) nur mit der Rückseite nach oben ablegte; dem Kerzendochte, die nicht angebrannt waren und Brandyflaschen die nicht angebrochen waren, unschicklich vorkamen; der seine Nägel nur schnitt, wenn Marie und der Diener ihren freien Tag hatten; dem Schlürfen, sogar hörbares Schlucken, Ekel verursachten; dem lautes platschendes Weineinschenken und randvoll gefüllte Gläser oder das Klacken von Schuhabsätzen auf dem Parkett als Unhöflichkeit gegen die Welt erschienen; dem Fingeranlecken beim Zeitschriftenblättern als Rohheit galt (wie es zum Beispiel dieser ungezogene Flegel Robert-Redford-Gatsby im Häuschen von Nick Carraway tut – *na ja, Neue Welt, Amerikaner halt*); dem das Aufsetzen des Flaschenhalses auf dem Rand eines Weinglases unmanierlich vorkam; dem zerknüllte die Rest-Sauce aufsaugende Servietten auf den Tellern einen Würgereiz verursachten; dem Worte wie *Schweiß* und *Socken* verpönt waren, als bare Unanständigkeit vorkamen, so was sprach man nicht aus. Oder das Ablecken von Kaffeelöffeln – widerlich! Wie auch Krankheit und Tod, widerlich! Unappetitlich wie ungemachte Betten. Dieses Zurschaustellen des Verfalls: *Seht her, ich leide! Siri-Hustvedt-Unanständigkeiten. Mann, Siri, behalte doch deine kranke Suhl-Lust für dich!* Manchmal jedoch, sehr selten, kam auch Bedauern auf, ein Gefühl der Anteilnahme mit jenen, die ihm so grob erschienen – woher das kam? er konnte es sich beim besten Willen nicht erklären –, dann blieb sein Lebensgefühl zwischen Angewidertsein und Mitleid stecken, ziemlich genau zwischen Angewidertsein und Mitleid.

Manchmal musste er den Film anhalten, weil ihn die schiere Anmut der Bilder, all die so überschwänglich mit dem Talent der Schönheit Begabten atemlos machte. Und wenn dann noch diese Autofahrten vor den Rückprojektionen dazukamen, diese Fahrten, in denen der blendend aussehende Fahrer immer ein paar Augenblicke zu lang (der Unfall musste doch schon lange geschehen sein) zur blendend aussehenden Beifahrerin mit ihrem im Fahrtwind dahinwehenden Haar sieht, dann war ihm, als ob er gerade all seinen Ballast abgeworfen hätte, als ob er Mutters Beschreibung von ihm als einem *aus der Zeit gefallenem Mammut* endgültig abstreifen könnte. Er fuhr dann als Cockerspaniel mit seinen flatternden Ohren auf dem Rücksitz mit, geradewegs ins Kolorierte hinein. Die Ächtungen und Verbote seiner Vergangenheit, die in ihm festsaßen wie in einem gepeinigten Kind, waren dann einfach verflogen. Für einen Moment lang war er nicht mehr der verlorene Reisende in der Zeit, sein Lächeln war frei, fand zurück in die Kindheit, begann wieder zu leuchten, stillzufrieden. Einzig wenn sie sich küssten, schaute er schamhaft weg. Glück war schwer zu ertragen, Glück konnte er nicht sehen.

Sollte also Leben wirklich noch einmal möglich sein? Er versteckte geschickt seine Wehmütigkeiten, sprach nicht mehr ständig von abgenutzten Vergangenheiten, sah gelegentlich das Hier und Jetzt. Ja, er verliebte sich sogar hin und wieder, wenn auch nur in die Liebe selbst. Er richtete sich auf. In Maßen zwar, denn den melancholischen Epikureer konnte er nie ganz ablegen, aber immerhin.

»Ich bin ein Adagio-Mensch«, sagte er, »Adagietto vielleicht ... wie Karajans Mahler-Nummer-5. Auf alle Fälle: lento, con molto sentimento. Wer braucht schon das Getöse drumherum, die Pauken und Trompeten, das Gepolter, das, was Tschaikowski die *lärmenden Allegri* nannte!?« Schon in Babolsar – da war er noch keine siebzehn – wähnten ihn seine Freunde *am besten aufgehoben in einem Douglas-Sirk-Melodram ... largo assai ... Schwarz-Weiß.*

Vier Jahre Paris in Onkel Saids Wohnung im Passy, das war ein vierjähriges andächtiges Oratorium, in dem Laster und Laszivität und Zügellosigkeit (die Tipis gaben den Ton an!) genauso Berechtigung fanden, wie der so genannte Ernst. Lust & Lernen, das war die Zusammenfassung von Paris. Die Lehrjahre der Erregung.

Hand aufs Herz. Ja, das genau war der Abschied nach vier Jahren. Das letzte, was sie aus Paris mitnahmen, war ihre Hand auf Onkel Saids Herz. Sein Hand-aufs-Herz. Sie standen unten vor dem Eingangstor der Avenue Foch Nr. 44, direkt neben der Rosenakazie (Farshid grinste in sich hinein; war das wirklich die *Duftwolke* Aadishs, die ihm da durch die Nase … nein, das konnte nicht sein, er musste sich täuschen), und Onkel Said nahm ihre Hände, die Hand von Shaahin, die Hand von Aadish, die Hand von Farshid, eine nach der anderen, erhaben wie ein Priester die geweihte Hostie, und legte sie sich auf seine Brust.

»Früher, wisst ihr, ganz am Anfang, unter Napoleon III, hieß sie Avenue de l'Impératrice, diese Straße hier. Und wisst ihr was? So erging es mir mit euch; es waren kaiserliche Jahre. Das ist nicht viel für euch, ich weiß. Für mich war es ein Segen. Was soll ich euch wünschen? Eine herrschaftliche Zeit? Auf alle Fälle: Bleibt eure Herren! Was Besseres gibt es nicht. Mögen eure Schatten niemals kleiner werden. Und: Packt Kierkegaards Mut ein, Ihr wisst ja: *Mut ist das einzige Maß im Leben*. Mut ist ein Anagramm des Glücks.«

»Wir haben etwas für dich, Onkel, ein kleines Dankeschön von uns Dreien, für die schöne Zeit.« Shaahin überreichte Onkel Said ein mit zerknittertem Packpapier umwickeltes Paket. Farshid und Aadish standen überrascht daneben, Shaahin hatte ihnen nichts gesagt.

»Für mich? Das ist aber …« Onkel Said riss das Papier auf, ungeduldig wie ein kleiner Schuljunge. «Oh! *Der Große Stuhl*, dein Sitz im Himmel, Shaahin. Dein Himmelssitz. Schön! Das ist aber nett, ich danke euch! Du hast recht, Shaahin, es ist ein schöner Ort zum Sitzen. Demiurgen wären glücklich, so einen Überblick zu haben. Ja, immer wieder den Schalter auf *Außenblick* umstellen können, das garantiert Leben. Unser Bassani hat es gesagt: *Wenn man die Dinge aus der Distanz betrachtet, sind sie nicht mehr so viel wert.*« Merkte Onkel Said wirklich nicht, dass er sich selbst widersprach, dass dieses zimperlich Mädchenhafte, das er für gewöhnlich an den Tag legte, im Gegensatz stand zu seiner hier vorgeschützten Tatkraft? »Er wird einen Ehrenplatz bei mir bekommen … neben dem Portrait von Omar Chayyam vielleicht, er war ja nicht nur Philosoph, nicht nur Dichter, er war ja auch Astronom. Mal sehn. Wusstet ihr, dass es keinen Wohngegenstand unter den Sternbildern gibt? Es gibt Luftpumpen und Teleskope, Grabstichel und sogar das Achterdeck eines Schiffs. Aber keinen Tisch, keinen Stuhl, kein Bett. Als ob das Wohnen nicht wichtig wäre. *Das Große Bett* als Sternzeichen, ach, das wär's! *Gib dich einzig den Möbeln hin*, heißt es nicht so bei Brodsky? *Kein Leben ohne Möbel!* Das ist schon eine besondere astronomische Entdeckung, die du da gemacht hast, Shaahin. *Der Große Stuhl*, toll! Er sollte in die Liste der *Internationalen Astronomischen Union* aufgenommen werden. Aber Schluss jetzt, Jungs, macht euch auf den Weg, sonst … Salut, mes amis!« In den Augen von Onkel Said begannen ein paar Tränen zu glänzen. *Mais vous pleurez, Milord*, dachte Shaahin, er dachte an das Piaf-Chanson, das Onkel Said so oft gehört hatte.

Und also brachen sie auf. Sie liefen zur Metro Victor Hugo. Aber auf Umwegen, Shaahin hatte darauf bestanden, er wollte kein Taxi. Er wollte laufen, die Wege noch einmal gehen … *den Abschied hinauszögern.*

Farshid nahm seine EarPods ab: »Du hättest auch was sagen können, wir standen ziemlich blöd da, als du dein blödes Geschenk …« Kaum gesagt, war er schon wieder in anderen Gedanken: *Diese moschusschwere Paisley-Welt, dieses Leben auf Halbmast, endlich vorbei … vor allem dieses persische Pathos-Geschwalle … die schmierige Selbstergriffenheit … so vertrieft … endlich …*

Farshid konnte sich nicht zurückhalten, es musste raus: »Nichts auf die Reihe kriegen, der Lebenssextant am Arsch, als Bündel schaler Erinnerungen rumlaufen, aber von Philosophie faseln … flotte Sprüche über Mut auf den Lippen … Lippgloss-Lippen, geht's noch? … und doch ständig auf der Rewind-Taste des Lebens … diese Scheißoberschwuchtel, immer in der …«

»… sag mal, spinnst du, du Arsch …«, entgegnete Shaahin, »was spackst du hier rum?«

»… immer in der Prähistorie. Selbst Frankensteins Monster hat sich am Glück versucht. Und wer hat denn heute noch Rosenholz-Bürsten … mit Initialen aus purem Silber, auf Nussbaum-Konsolen mit Kariathyden-Beinchen. Ey, wie schwul darf man eigentlich sein? Cremt sich selbst im Hochsommer noch mit Wind- und Wettercreme ein. Mir auf alle Fälle …«, Farshid war jetzt wie entfesselt, »… ist dieser parfümierte Pathos-Schwanz auf den Sack gegangen … der Typ riecht so süßlich wie eine Umkleidekabine im Strandbad ... dieses billige Secondhand-Leben. *Meine Geschichte hat ein anderer geschrieben,* dass ich nicht lache, bla-bla-bla ... dieses lausige Erinnerungsgeseire, so lausig wie seine Erektionen ...«

»... Scheiße, woher weißt du von ... ey, du bist so 'n Sackgesicht, Farshid ... was weißt du schon von seinen ... er hat uns geholfen, er hat uns Zeit geschenkt ... Bildung, Erfahrung ... findest du nicht, dass wir ihm ...«

»... ja ja, verteidige deinen Schlaraffenonkel nur ... man kann immer großtun, wenn man Kohle hat ... aber ich hab mir meinen Teil geholt.«

»Wie? Was meinst du?«

»Seine Smokingknöpfe, die goldenen aus Venedig, mit den Perlen in der Mitte, ich hab sie. Schau!«

»Sagma, hammse dir ins Hirn geschissen? Warum hast du ...«

»... yo, chill! Sie haben mir gefallen. *Die Dinge gehören einem nie allein. Man bewahrt sie immer schon auch für die nächste Generation.*«

»Häh, wassn das fürn Scheiß?«

»Irgendso 'n Reklame-Slogan.«

»Und du bist also die nächste Generation?«

»Klar, die Dinge sind mitnehmbar.«

»Alter, das nennt man Stehlen. Hast du noch mehr gestoh...«

»... nur noch das goldene Zigarettenetui von ...«

»... das von Adolf Loos? aus dem Sekretär? Ey, du bist voll der Assi-Arsch, weißt du das? Das ist sauteuer. Findest du nicht, wir sollten ihm etwas mehr Dankbarkeit ...«

»... ach was, ein Leben wie 'ne ausgelatschte Pantoffel ...«

»... Pantoffel?«

»... na, diese zerschlissenen Dinger, bei denen einzig der Besitzer nie merkt, wie schmierig ausgetreten und stinkend sie eigentlich schon sind, schon lange entsorgt gehören, und doch immer wieder in sie reinschlüpft, so würdelos. *Den Schalter auf Außenblick umlegen*, dass ich nicht lache. *Ein Zeichen setzen gegen den schlurfenden Gang des Lebens*, dass ich nicht lache. Für einen Pyrrhoneer hat er sich gehalten, einen philosophisch durchgeistigten Skeptiker. Ein geistig verhärmter Mummelgreis war er, ein wehleidiger in Zebraplüsch gehüllter Schlappschwanz mit blöden T-Shirt-Weisheiten ... Ach, vergiss es! ... Der trägt seinen Morgenrock wie 'n Königshermelin, läuft aber rum wie 'n Zahnstocher ... lebensuntauglich wie nur was. Das einzige, was unser Cold Turkey kann: sich müde durchs Leben chillen, auf dem Canapé liegen und den Oblomow geben. Diesen Trauer-Wichser kann nur noch ein Systemabsturz retten. Erst wenn alle Daten futsch sind bei dem, kommt der wieder auf die Beine. Khodafez, Onkelchen.«

MORGENS, WENN ER BEGANN, seinen Herzschlag im Kissen zu hören, gab es zwei Möglichkeiten: sich für oder gegen die Welt zu entscheiden. Heute wollte er sich eindeutig für sie entscheiden. Zufall? Zufall! Noch nicht mal der aufs Bett fallende Sonnenstrahl oder der erotisch-amüsante REM-Traum mit nackten, lasziven Löwenmenschen hatten einen fördernden Anteil daran. Schlechte Laune sollte heute einfach keine Chance haben, Misanthropie war out. Warum das so war, wer das entschied, er wusste es nicht. Heute war es so. Punkt.

Es begann schon auf dem Clo. Clo-Spülungen machten ihn glücklich. Eigentlich Clo-Spülungen und Tische. Die Clo-Spülung und der Tisch waren ihm die liebsten Dinge. Aber heute morgen war nur die Clo-Spülung schuld an seinem Glück. Die Clo-Spülung stand für alles, was gut war, was positiv war im Leben. Für alles, was funktionierte. Das perfekte Bild eines Weltenplans, einer Lebensutopie, oder besser: für den Wahnsinn dieser Utopie. Die Scheiße rückstandslos los werden, direkt in den Orkus, und das auf unendlich elegante Weise, das war es. Wer hatte das erfunden? Wessen Genialität war verantwortlich für den perfekten Zauber dieses Verschwindens, welche Ingenieurskunst? Ein großer Wasserwirbel, eine ausgeklügelte Technik von gegenläufig rauschenden Strudeln, wunderbar klar, und die Scheiße war weg. Welche Noblesse! So sollte Welt sein. Für alles Übel, für alle Scheiße, ein klarer heiterer Wassersturm. Das war's. Das konnte man doch verlangen! Etwas Magie. Oder nicht?

Yorickson verließ das Bad und ging in die Küche. Er machte sich – auch auf die Gefahr hin, dass er sich verriet – einen Zimttoast. Und einen sehr starken Kaffee. Er stellte beides auf seinem Schreibtisch ab und machte seinen Mac an. Oh Gott, warum nur musste ausgerechnet auf seinem Arbeitstisch immer wieder der Zweite Hauptsatz der Thermodynamik seine Gesetzmäßigkeit beweisen? Er riss den Aluminiumverschluss eines Fläschchens *Orthomol vital m (Für Ihn)* auf, nahm die Kapsel und spülte sie mit dem klebrig-süßen Zeug hinunter. Vielleicht half es, schließlich war man ja mal aufgebrochen vor vielen Jahren, ins Erwartungsvolle. Und es galt durchzuhalten. Obwohl, vorige Woche hatte er den Rasierapparat an den Kopf gehalten – in der Annahme, es sei der Föhn. Und schlimmer noch: Gestern Abend hatte er sich das erste mal die Notfallnummern neben das Bett gelegt. Ganz ohne Anlass. Sogar an den Kauf einer GPS-Armbanduhr für Senioren hatte er gedacht. Und auch wenn er sich keine zulegte, so klebte er sich doch immerhin die wichtigsten Notrufnummer auf die Rückseite seines schnurlosen Telefons und legte es vor dem Schlafengehen in Reichweite neben sein Bett. Und letzthin stand er im Supermarkt und wollte Quarklotion kaufen. Was zum Teufel war Quarklotion? Er hatte sogar eine Verkäuferin gefragt und sich lächerlich gemacht. Er musste unverrichteter Dinge gehen. Erst zuhause fiel ihm auf, dass er auf seinem Einkaufszettel aus Versehen die Begriffe Quark und Lotion zusammengeschrieben hatte, nebeneinander – statt untereinander. Dass er unlängst Geschirrspülmittel statt Olivenöl für die Salatsauce verwendet hatte, ließ er allerdings nicht als Zeichen für Verwirrtheit gelten, schließlich stand beides in der Küche zum Verwechseln ähnlich nebeneinander.

Trotzdem: Alles in allem kein Grund anzunehmen, dass es gut enden könnte. Wenigstens hatte er mit der allmorgendlichen Fluorid-Spülung im Mund noch nicht versucht, seine Brille anzuhauchen, oder Kants *Ewigen Frieden* im Kühlschrank gesucht, wie unlängst ein Freund von ihm. Na ja, vielleicht ein Happening, vielleicht sollte der Friede auch nur konserviert werden für eine günstigere Zeit.

Trotzdem, es war sein Clo-Spülung-Tag, ein guter Tag. Die Birkenstock-Tusse drüben auf der Morgenterrasse konnte ihn heute nicht irritieren, wie sie da (schon wieder trächtig?) die Wäsche aufhängte und Blumen goss und ihren schreienden Windelkacker – demnächst abgerichteter Töpfchenscheißer – wiegte, alles gleichzeitig. Wie sie ins Handy quakend ihre scheißblöde Quatsche, ihren Sprachmüll, ablud in aller Öffentlichkeit. Dazu noch diese lesbische Schießschartenbrille. Dein Leben wird übler enden als meins. Dieses drall-deutsche vielarmige Muttertier, schamlos selbstgewiss jeder Schritt, strotzend vor hormoneller Zufriedenheit. Nein, diese breitschultrige Walküren-Dummheit, deren schweißige Dunstschwaden so weit weg waren und die er doch so nah roch, metallisch, wie frisch gesägtes Eisen – konnte es wirklich sein, dass er die Mens seiner Ex roch? –, focht ihn heute nicht an. Lächeln, darüber hinwegsehen, das war heute angesagt. Sich glücklich schätzen, nicht umringt zu sein von Kindern, von Windeln und Gebrüll. Auch die dämlich gurrenden Tauben da drüben: darüber hinweghören. Sie würden ohnehin Kehlkopfkrebs kriegen von ihrem penetranten Gegurgel. Heute war Clo-Spülung-Tag. Alles gut. Und er war jung, die Verwandlung in etwas Abgegriffenes noch fern.

Der Mac machte seine Morgengeräusche. Andrea hatte gemailt.

ich komme !!!

Von: mail@ndrea.com
An: yorick@gmx.de

Thema: ich komme !!!

Datum: Sa., 14. Nov. 2015 15:25 Uhr

hm, was für 'ne story gibt das denn, du plunderkopf? wenn du nicht aufpasst und dich den dingen so überlässt, kann das nur deine eigene werden, deine leiche im keller gewissermaßen - oder hast du sie irgendwo anders versteckt? In der bibliothek, hinter den büchern? das würde dir ähnlich sehen. ich vermute sie hinter einer tapetentür, unsichtbar gemacht durch überbordendes trompe-l'œil, eine mirage, die von leben und liebe und frühling erzählt, die tod und verderben verschweigt.
und überhaupt, wo treibst du denn den armen farshid hin? is nix mehr mit rührung, häh? du bist wie ein schlecht gelaunter demiurg. ich glaube, du vergeigst es. pass auf, dass dich deine figuren nicht verarschen.
rom ist ein grandioser reinfall. hab keinen bock mehr. komm gegen 23 h bei dir an. heute! gebongt???

cu, love @. By the way: rock hudson - igitt-igitt, hässlich wie quasimodos traktor!

liebe & leben,
laster & leidenschaft!

? Löschen Weiterleiten Allen antworten Beantworten

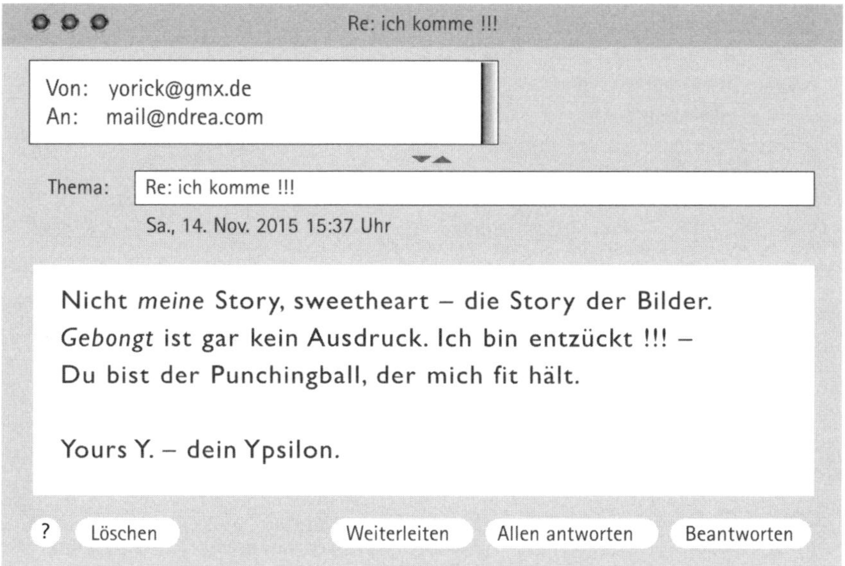
Re: ich komme !!!

Von: yorick@gmx.de
An: mail@ndrea.com

Thema: Re: ich komme !!!

Sa., 14. Nov. 2015 15:37 Uhr

Nicht *meine* Story, sweetheart – die Story der Bilder.
Gebongt ist gar kein Ausdruck. Ich bin entzückt !!! –
Du bist der Punchingball, der mich fit hält.

Yours Y. – dein Ypsilon.

? Löschen Weiterleiten Allen antworten Beantworten

Der Zimttoast war aufgegessen, aber er hatte noch Hunger. Die Zufriedenheit zollte ihren Tribut. Ein Honigbrot? Ja, ein Toast mit wildem Honig von den Lavendelfeldern Südfrankreichs. So hatte es auch Milton gemacht, wenn er den englischen Winter vergessen wollte – oder die englische Politik. Dann aß er eine Olive, und Italien war da. Alles andere weg.

Die Wüsteneien seines Traums fielen ihm plötzlich wieder ein. Er wurde rot.

Der Tag hatte sich als Clo-Spülung-Tag erwiesen; Südfrankreich war im Herbst bei ihm eingekehrt; und nun hatte sich auch noch Andrea angekündigt. Let our heart call it a day, dachte er. Das immer gleiche morgendliche Geschehen (Aufstehen, Wasserkocher, Clo, Duschen, Pömpeln, Teigschaber, Zähne, Creme, Kaffee, Orthomol, Mac – das alltägliche Blabla), heute war es ihm nicht Zeichen der Lebensmonotonie, heute bedeutete es Verlässlichkeit; er war ein zutrauliches Wesen gegenüber der Welt. Kein Wunder also, dass er – seine Samstagsbeschäftigung – den ganzen Vormittag vertrödelte, aktiv herumlungerte, nur unwichtige Dinge tat und zu jenen ernannte, die schon lange dringend erledigt gehörten, und schließlich schon gegen halb Zwölf zum Mittagessen ging.

Re: Re: ich komme !!!

Von: mail@ndrea.com
An: yorick@gmx.de

Thema: Re: Re: ich komme !!!
Datum: Sa., 14 Nov. 2015 15:45 Uhr

```
punchingball? - hastese noch alle, yorick?
ich will keine prügel von dir beziehen.
über sparringspartner können wir reden.
sparringspartner der liebe, das ja, vllt.
aber … cu soon - @.
```

? Löschen Weiterleiten Allen antworten Beantworten

Kaum war er fünf Minuten außer Haus, bemerkte er, dass er sein Geld vergessen hatte. Scheiße, den ganzen Weg wieder zurück. Ein kurzer Anflug von Ungeduld, eine erste Andeutung von schlechter Laune machten sich breit. Von einer Sekunde auf die andere aber – bevor alles weiter hochkochen, das Unbehagen sich breit machen konnte – fiel alles Schwere von ihm ab und verkehrte sich ins Gegenteil, in eine Art Kinderspiel. Ein alter Trick. Na ja, so alt auch wieder nicht, in den letzten vier, fünf Jahren erlernt – mühsam und zu spät erlernt, wie er fand –, aber immerhin schon zur Vollendung gebracht, fast. Der Trick: Er stellte die Zeit auf Null. Ha, darauf war Einstein nicht gekommen: die Zeit auf Null stellen. Die Zeit in Gedanken zurückspulen, auf Null stellen, ihren Lauf wieder in Ordnung bringen, das hieß: Sie war nicht verloren, konnte gelebt werden, erneut gelebt, in vollem Umfang. In ihrer ganzen Ausdehnung, horizontal, vertikal – wie immer die blöden Physiker, die das Wesentliche der Zeit nicht begriffen hatten, es wollten. Mehrmals am Tag, immer wenn der Alltag Zeitverzug meldete, stellte er die gefühlte Zeit auf Null. Ein genialer Schachzug. Ein Lebenskunstgriff, ein Überlebenskunstgriff, für den er ein Patent anmelden sollte.

Er war stolz darauf, kindlich-stolz, wie Kids stolz waren auf ihre Skateboardtricks in der Halfpipe. Chronos in die Schranken gewiesen, ihn zur Kapitulation gezwungen zu haben, sich gegen die Einbußen der Zeit gewehrt zu haben, erfolgreich, wem war das je gelungen? Noch nicht mal den Südamerikanern traute er dieses Zeitmanagement zu, zumindest nicht als etwas tapfer Erworbenes, allenfalls war es eingeschrieben bei ihnen in die DNA und also nicht weiter der Erwähnung wert.

Schon als Kind wollte er die Zeit in die Schranken weisen, Macht haben über das Zeitdepot. Wenn Eile geboten war, so hatte er damals rausgefunden, galt es immer das gerade Unwichtigste als erstes zu erledigen – keinesfalls das wirklich Wichtige – so konnte aller Hast die Schärfe genommen, das Leben gemächlich weitergelebt werden.

Yorickson ging zurück nach Hause – die Durchführung des Tricks verlangte, die Laufgeschwindigkeit zu halbieren, mindestens, nur so war die Zeit zu überlisten – steckte sein Geld ein, und begann seinen Weg von Neuem, in aller Gelassenheit.

Auf dem Gang in die Stadt kam er bei seinen zwei Lieblingspennern vorbei (es gab die formidablen, die lustigen, wenn auch angeschlagenen, die, die sich – trotz blutverkrusteter Nase, trotz aufgebrochener Haut und aufgeschlagener Stirn – nicht gehen ließen, die netten, gewitzten, gutgelaunten, die Charme- und Schalk-Typen, und es gab die wirklich scheißkaputten, die der Welt und den Menschen abhandengekommenen, die süßlich stinkenden, nach faulendem Aas, die verrotzten und verpissten, die er angewidert mied; es gab die guten und die schlechten, die funktionierenden (die Schönen bekamen ohnehin immer Geld) und die Verweigerer, selbst hier noch also die Ausmusterung des Systems!) und kaufte ihnen eine Straßenzeitung ab, nicht ohne ihnen mit lässiger, unauffälliger Bescheidenheit – aber großer innerer Genugtuung – einen Euro mehr zu geben.

Widerlich, deine Großkotz-Bescheidenheit, sagte Andrea, wenn er das sah. Ansonsten nahm er heute nichts wahr. Fast nichts. Natürlich wusste er auch heute, dass die Menschen nichts anderes als Tauben waren, Tauben, die sich entweder in allen möglichen Dachnischen auf, oder sollte er besser sagen: in ihrer eigenen Scheiße niederließen, sich dort gemütlich einrichteten und angelegentlich darin herumpickten, um das schon mal Verdaute noch einmal der Verwertung zuzuführen; Dachratten auf geklöppelter Spitzendeckchenkacke, monströses sich blöde im Kreis drehendes Ungeziefer, sich gegenseitig weghackend. Von wegen Friedenstauben. Und trotzdem war heute alles positiv. Na ja, zumindest konnte er über die Scheiße (die der Tauben und die der Menschen und die des Lebens) hinwegsehen, konnte die entgeisterten Bulämie-Girlies mit ihren Hirschgeweihen über dem am Hintern rauslugenden Spitzenslip, all die über und über mit Silberlametta durchwirkten Gestalten, die mit ihren Handys wie blind – irgendwie neben sich, als ob sie gerade vom derben nachmittäglichen

Vögeln kämen, in postkoitaler Verwirrnis gewissermaßen – durch die Massen liefen und in einem fort andere anrempelten genauso generös übersehen, wie auch die nach Moschus und Milch riechenden, auf wackeligen Kork-High-Heels ihre Cellulitis spazierentragenden hochbusigen Hotpants-Kolleginnen, und auch jene alten Ladies, die direkt am Rolltreppenaustritt abrupt stehen blieben, vollkommen kopflos transusten, und alle Nachfolgenden auflaufen ließen, ins Stolpern brachten. Frauen haben einfach keine Augen am Hinterkopf!

Ein Segen außerdem: keine Salafisten-Hipster heute weit und breit.

Ja, der Tag war ein schöner Tag heute. Ein guter Tag.

Aber auch die guten Tage hatten ihre bösen Sätze. Die Neger bewachen jetzt die Weißen, dachte er, als er an Breuninger vorbeiging und dort am Eingang schwarze Schwarze aufgestellt sah, Schwarze mit schwarzen Gesichtern, in schwarzen Anzügen mit schwarzen Hemden und schwarzen Krawatten und schwarzen Schuhen und schwarzen Socken, wie sie da etwas verloren, sinn- und ziellos, die Hände vor ihren schwarzen Schwänzen verschränkt, der Herrenrasse preisgegeben (immer noch der Herrenrasse preisgegeben!), rumstanden, militärisch streng rumstanden, wie Vier-Sterne-Generäle, und ihren mutlosen Dienst taten für ihren weißen Kaufhaus-Massa. Warum immer nur diese bösen Sätze? *Man muss gegenüber Negern und Touristen genauso vorurteilsfrei sein wie gegenüber Schönheitschirurgen.* Sätze wie objets trouvés, sie lagen einfach da, und er las sie auf. Hässliche mots trouvés, die besser liegen geblieben wären, das wusste er.

Er ging an einer unmäßig dicken Frau vorbei, bei der alles wogte und bebte, Unmengen auseinanderfließendes Fett, das über den Asphalt schwabberte, der ganze Ausfluss des Überflusses – er konnte das Geräusch der aneinander schabenden Oberschenkel hören –, und schämte sich beim Überholen für seine Schnelligkeit. Wie kommen die während dieser wohl kaum zielführenden Körperumwabungen nur zu Kindern, wo bleibt da die Liebe, dachte er. Sich in diesen Fettmassiven zurechtfinden, sexuell, technisch, logistisch, irgendetwas zu fühlen … wie machte man das, wer brachte das fertig? Musste man sich überwinden? Gab es so etwas wie ein Sumosutra? Ach, wie unappetitlich!

Unappetitlich? hätte Andrea gefragt. Nein, imposant wie 'n adipöses Filigran, das reicht als Beschreibung, man muss nicht gleich bitchy werden. Und was die Liebe anbelangt: sie wächst mit, sie wird auch dick, so einfach ist das, du Idiot.

In seinem angestammten Bistro endlich fand er Ruhe, ein Gefühl der Kumpanei, eingehüllt in Stille und Verschwiegenheit. Der glücklich lächelnde Jude dort drüben in der Ecke zum Beispiel, mit der riesigen jüdischen Nase, er machte ihm Freude, war irgendwie Heimat für ihn. Sein verschmitztes, frivoles Grinsen, wo kam es her? Nix da: Leide bis du erlöst wirst. Kein Religionsgedusel im Gesicht. Einfach nur Mensch. Er hatte seine Kippa neben sich abgelegt und lächelte vor sich hin, wie aus Versehen. Ein Festtagslächeln.

Das Bistro wurde von Türken geführt, von einer riesigen undurchsichtigen Türkenfamilie. Väter, Tanten, Mütter, Cousinen, Brüder, Großmütter, Freunde – einfach alles. Wer da zu wem gehörte, ob Allah es wusste? Immer wieder in der Vergangenheit hatte er die Befürchtung gehabt, das Ganze wäre eine Geldwaschanlage (nein, jetzt nicht schon wieder ein böser Satz!), aber diese Freundlichkeit, diese alles überstrahlende (und ihn peinlich berührende) Ergebenheit, das konnte nichts mit krummen Geschäften zu tun haben. Obwohl: vielleicht gerade deshalb. Seitdem die Kamelhaarmantel-Corleones reihenweise zu Strickjacken-Mafiosi mutierten ... wer konnte schon wissen, was da vor sich ging?

Er bestellte Pide mit Spinat und Schafskäse und einen billigen Chardonnay. Und plötzlich war er wieder da, dieser weinerliche, verschwörerische Einklang mit der Welt. Er sah in die freundlichen Augen dieses schönen jungen Mannes (warum hatte er den Eindruck, dass Intellekt durch seine Augen sprach?), sah in seine melancholischen feuchten Schwarzdorn-Pupillen (die ojos negros, von denen Sara Montiel sang, erschienen plötzlich in Übergröße), sah in dieses unbedingt selbstlose Lächeln, das ihn wie eine übergroße Daunenjacke umgab (wie kam er auf selbstlos? es ging doch um Geschäft, um Umsatz; trotzdem, es war selbstlos), er sah dieses schüchterne, fast devote Verneigen vor ihm und musste seine Tränen zurückhalten, *Boys Don't Cry*, zumindest für den kurzen Moment, bis er seine Bestellung aufgegeben hatte und der Mann (warum war es ihm fremd, einen Zwanzigjährigen Mann zu nennen?) wieder gegangen war. Danach floss es einfach. Auf das Weinen, dass ihn – wie die bösen Sätze – mit zunehmendem Alter immer öfter überfiel, war er mittlerweile, zumindest nach Außen hin, gut eingerichtet. Um nicht peinlich aufzufallen, hatte er sich Ausreden zurechtgelegt. Im Winter war es die Kälte, die ihm die Tränen in die Augen trieb, im Sommer wahlweise Gräserallergie oder die gleißende Sonne. Manchmal auch ein Staubkorn, eine Wimper, eine Fruchtfliege, oder – wenn ihm so schnell nichts einfiel – eine Irritation. Selbst die vom vielen Weinen entzündeten und verkrusteten Augenwinkel waren binnen kürzester Zeit – meist über Nacht – mittels Polyspectran-Salbe oder Ähnlichem zu beseitigen. Kein Problem. Trotzdem wurde ihm diese Geschichte mit dem Weinen immer unangenehmer. Beim besten Willen konnte er sich nicht erklären, woher das kam. Es passte einfach nicht zu den bösen Sätzen, zu der von ihm selbst meist als lästig empfundenen Menschenverachtung. Du pflegst deine Zynismen wie meine Großmutter ihre Topfpflanzen, sagte Andrea. Dass er bei vielen, allzu vielen Filmen, weinte, oder bei einer gewissen Art von Musik, oder bei Willy Brandts Kniefall in Warschau, mochte ja gerade noch angehen, das konnte man emanzipatorisch deuten (von wegen unsensibel, nein, wir Typen können genauso einfühlsam sein wie ihr Frauen, wir sind keine blinden Nashörner), war allenfalls ein empirischer Leckerbissen für lesbische Genderstudies-Professorinnen. Dass er also bei Truffauts *Fahrenheit 451* hemmungslos zu weinen anfing, bis zur Dehydrierung, fast krampfend, wenn gegen Schluss die frierenden Büchermenschen kreuz und quer durch die verschneite Insellandschaft liefen und ihr Buch für die Nachwelt memorierten, um es vor der Tyrannei zu retten; dass er bei *Children of a Lesser God* plärrte wie ein kleines Kind, wenn William Hurts Gehörlosenschüler zur Musik tanzten, zur Musik, die sie nicht hören konnten; und dass ihm bei Nanni Morettis *Caro Diario* die Tränen kamen, wenn auf der Fahrt zu Pasolinis Sterbeort am Strand das Köln-Konzert von Keith Jarrett gespielt wurde (wenn es doch wenigstens Klassik gewesen wäre, das Adagietto aus Mahlers Fünfter etwa, am Lido in Venedig), das alles ging in Ordnung, gerade noch. Sogar bei religiösem Quatsch konnte es passieren. Unlängst sah er, wie Michael Londsdale in dem Film *Von Menschen und Göttern* als Mönch mit geradezu göttlich-menschlicher Laszivität einen Ghettoblaster anstellte, um seinen Klosterbrüdern im Angesicht der größten Gefahr Tschaikowskis *Schwanensee* vorzuspielen, und er flennte los wie ein verschrumpeltes Katholikenweib, scheißverzärtelt. Oder als dieser unerträglich deutsche Papst mit seinen grau-labbrigen Ohren und blöd-flatternden Händen da oben auf dem Balkon vor seinen Schäfchen abdankte: Grazie e buona notte. Das waren die vielleicht widerlichsten Tränen, die ihm je gekommen waren, eine duselige Gefühlsinkontinenz, die er sich nie verzieh. Wie passte das zu der Unchristlichkeit, sich per Skype – als ob Skype-Sex eine Lösung wäre – einen runterzuholen: das Tablet vor den Schwanz und das Filmchen direkt zu Andrea? Aber es gab auch schöne Tränen, zumindest Tränen, die er diesem verratzten Papst eindeutig vorzog. Spiderman-Tränen etwa. Na ja, auch peinlich, aber anders peinlich. Als der Onkel Spider-Mans starb (Spider-Man, das ist der mit den tights and that tight little … das ist der mit den engen Strumpfhosen und dem kleinen knackigen …), das heißt, wenige Minuten später, als Peter Parker auf dem Bett saß und ihm die Tränen kamen, weinte er mit ihm, er musste einfach mitweinen. Auch nicht gerade heldenhaft. Das absolute Desaster allerdings, denn es geschah in aller Öffentlichkeit, widerfuhr ihm diesen Sommer. Er stand bei *The Last Night of the Proms* in der Royal Albert Hall, es war gegen Schluss, und all diese Lieder wurden gesungen (*Rule, Britannia! / Land of Hope and Glory / Jerusalem / You'll never walk alone / God Save the Queen*), und als dann – er hatte schon bei *walk on, walk on with hope in your heart* um Fassung gerungen – Robert Burns Zeile *We'll take a cup of kindness yet aus Auld Lang Syne* erklang, da war es um ihn geschehen. Er heulte Rotz und Wasser, ganze Amazonasströme flossen über seine Wangen. (*Land of Hope and Glory*, die Hymne des Todes auf den Schlachtfeldern ... im Burenkrieg ... im 1. Weltkrieg ... und du plärrst, machte sich Andrea über seine Larmoyanz lustig.) Nur noch Beethovens himmelsgleicher, zum Sterben schöner Kitsch *an die Freude* (ja, es hieß nicht *Ode an die Freude*) konnte ähnliches bei ihm bewirken.

Aber er konnte auch aus ganz unerfindlichen Gründen loslegen. Jedes Jahr aufs Neue genügte es, im Fernseher von dem gerade frisch ernannten Friedensnobelpreisträger zu hören – und die Dämme brachen. Oder, und schon wieder schwammen seine Augen in Tränen, es fiel ganz einfach das Wort Teamgeist bei einem Champions-League-Spiel, oder ein ganz sanftes Ich wünsche Ihnen noch einen schönen Tag des Nachbarn. Allein das Wort Danke, ganz gleich, ob an ihn gerichtet oder von ihm selbst ausgesprochen, konnte ihn aufwühlen. Das Schlimmste aber: Schon wenn er nur daran denken musste, dass er oft und viel weinte, konnte er in Tränen zerfließen. Rührung rührte ihn.

Auf der einen Seite also diese prahlende Empörung, diese aufgekratzte, reizbare Ungehaltenheit, auf der anderen dieses unerklärliche, durch nichts gerechtfertigte oder zu rechtfertigende (wenn man mal von ein paar smaragdgrünen mediterranen Korallenbänken und dem Zauber eines jeden Kinderlächelns absah) Gerührtsein von der Welt. Das sollte einer verstehen. Immerhin erklärte sich so diese peinliche Ergriffenheit, die plötzlichen Tränen auf S. 12.

Ein eigenartiger Ableger dieser Larmoyanz war übrigens der häufige Gebrauch des Wortes großartig. Yorickson ging durch die Straßen und fand es großartig. Einfach nur großartig. Nicht bestimmte Dinge oder Vorkommnisse, sondern ganz allgemein es. Er fand es nicht nur großartig, ganz für sich, als ungefähres Gefühl, als stillschweigendes Einverstandensein mit – ja, mit was eigentlich? mit dem Sein? mit der Welt? – nein, er musste es, zumindest in Gedanken, aussprechen. Er hatte etwas Angst, für einen alten, in Selbstgespräche versunkenen Eigenbrötler gehalten zu werden, etwas schrullig, wunderlich. Trotzdem, an manchen Tagen kam ihm einfach – ganz ohne Grund und auffallend oft – das Wort großartig über die Lippen. Ganz leise, und nur das Wort, ganz ohne Sinn. Er liebte ganz einfach das Zelebrieren dieses Wortes großartig. Es feierlich und würdevoll zu begehen, wie ein Fest, fast wie eine Liturgie, das war sein geheimer Antrieb. Wie im übrigen auch die Wörter in Liebe oder Entschuldigung. Vielleicht weil es Wörter waren, die das Leben priesen, die Höflichkeit – unbedingt und großartig.

Genug getrödelt, sagte sich Yorickson. Bis Andrea kommen würde, wollte er noch etwas schreiben. Der junge Türke hatte ihm Lust gemacht. Er ging verstohlen zum Tresen, um dort unbemerkt zahlen zu können. Noch einmal in diese überaus freundlichen Augen schauen zu müssen, das würde er nicht aushalten; er würde einfach die Freude über seine eigene Freundlichkeit, die er dem Jungen angedeihen würde, nicht überstehen.

Zu Hause auf dem Balkon schloss er seinen MacBook an. Es bleibt spätsommerlich warm, hieß es in den heute-Xpress-Nachrichten. Schon wieder Spätsommer also, bald Winter, schon wieder alles vorbei. Vorbei – dieses allgemeine Schwachsinnsgefühl, so absurd. Der Winter ist die Jahreszeit, in der man sich auf den Sommer freut, auf das Leuchten, hieß es bei ihm zu Hause immer, sehr kategorisch. Aber was sollte man damit schon anfangen, wenn es doch einfach scheißkalt war!?

Wo ist der Tric-Trac-Kasten? Hier. Eine Stahlplatte. Vielleicht 10 x 10 cm groß. Fast 1 cm dick. Mit eigenartigen geometrisch angeordneten Roststreifen darauf. Woher? Woher die Platte, woher die Streifen? Nicht nur Zeitungsausschnitte und beschriebene Papierschnipsel und Fotos waren in dem Tric-Trac-Kasten, auch eine alte Uhr und eine Smith & Wesson, eine Wäscheklammer (an die ein nackter Mann geklemmt war – holla!), und ein Penis-Verlängerungs-Kondom (Extension-Sleeve 342). Und eine Stahlplatte eben. Oder Gusseisen? Was sollte er dazu sagen? Zu wem gehörte sie? Zu Shaahin, zu Farshid, zu Aadish? Zu wessen Leben? Zu wessen Liebe? Zu allen Dreien? Waren sie eins? Und: War es dieses oder jenes Leben, das in der Phantasie oder im wirklichen Leben? Wie kam diese Platte in den Kasten, was stellte sie dar? Wie konnte damit ein Leben geformt werden, ein erfülltes, ein zum Weinen erfülltes Leben? Denn darum ging es doch: zum Weinen erfüllt sein!

Gordon-Carver, verpiss dich! Carver-Gordon. Was weißt du schon? … Du bist mir zu cool … verpiss di…

Gewährt mir Zuflucht, ihr verstörten Lampen
Ihr lichtvollen skeptischen Häuser
Forugh Farrochsad

Er wollte Silberglanz und Perlensaum
Er wollte den Fisch aus seinem Traum
Forugh Farrochsad

Es gab drei Meere, wie bei Plinius. Und hundert Fenster und dreißig Türen. In a town by the river Rhein. Und in der tausendundzweiten Nacht geschah es. Aber in Wirklichkeit war es Wirklichkeit, und also gab es keine drei Meere, keine hundert Fenster und dreißig Türen. Und es geschah auch nichts in der tausendundzweiten Nacht. Sie hätten sich das alles wohl so gewünscht, allein um des Glanzes willen, der Mystik wegen, aber die Realität war anders. Sie gestattete jedem seine ganz eigene Herrlichkeit. Jenseits des Rheins.

Arcade. Farshid wollte unbedingt, dass sie ihr Refugium so nannten. Arcade, ihr neues Domizil. »Namen sind entscheidend, Namen machen den Unterschied, Namen machen Karriere.« Dass er dabei *Arkade* mit *Arkadien* verwechselte, wusste er – nachdem er irgendwann seinen Fehler bemerkt hatte – geschickt zu verbergen. »Was soll's, so ist das Leben, zum Verwechseln reich.«

Das mit den Schwänzen hatte nicht funktioniert. Liberté, Égalité, Fraternité auf die Schwänze zu tätowieren, man stelle sich das vor. Gewaltig in die Hose gegangen war das damals in Paris. Natürlich. Aber es lag nicht an Farshid, das muss fairerweise gesagt werden. Zumindest nicht nur. In erster Linie lag es an der Phänomenologie der Schwänze, an ihrer eigenartigen Beschaffenheit, an der mangelnden Zuverlässigkeit des Fleisches, nicht an Farshid, nicht an La Grande Nation. Schon gar nicht an ihren hehren Idealen. Das in unterschiedlicher Weise Zum-Aufrichten-gewillt-Sein war das Problem. Da kann die Kunst noch so sehr heischen, manchmal muss sie kapitulieren vor den Kümmernissen des Lebens. Dabei war Farshids Idee einfach: eine Art Reif auf die auskragenden Geschöpfe legen und entlang des äußeren Kreisbogens bei jedem der drei eine der französischen Revolutionslosungen eintätowieren: Liberté, Égalité, Fraternité. Die Heiligen Insignien, als Dank an ihr erstes Asyl gewissermaßen. Und bevor Shaahin und Aadish auch nur daran denken konnten, Wünsche bezüglich der Wahl zu äußern, hatte sich Farshid schon entschieden: »Fraternité. Ich bin Fraternité.« Dass er darüber hinaus ganz geheime Phantasien hatte, an ergänzende Tätowierungen dachte wie etwa *Dein Freund und Helfer* oder *Allein für dich,* verschwieg er. Er dachte an die Verlängerung der Schmerzen, an die zu erwartende Höllenpein – und verzichtete.

Sie standen reihum damals, bei Said in der Dachwohnung, direkt neben den brennenden Holzscheiten, nackt einander zugewandt, und schauten an den flackernden Schatten vorbei erwartungsvoll an sich hinunter. Und tatsächlich: Der eine erhob sich, sogar recht imposant – »Das war ja klar!«, maulte Farshid –, aber bei Shaahin geschah gar nichts, und bei Farshid nur Halbmast. Wie sollte man da vernünftig tätowieren? Schon gar Insignien. Heilige Insignien. Die Wörter sollten doch – im gleichen »Aggregatzustand« gewissermaßen – auch gleichermaßen zu lesen sein, gleich deutlich, auf einem imaginären Kreisbogen, als immerwährendes Symbol unverbrüchlicher Liebe. Nicht das eine Wort verschrumpelt, das andere schräg, das dritte akkurat und stramm. Das stellte keine Einheit dar, keine gleichwertige Gemeinschaft. Ein Symbol der Brüderlichkeit, das war die Idee. *Indem wir einander dienen, werden wir frei.*

Neben den physischen Unzulänglichkeiten war aber auch hinderlich, dass Farshid selbst Bildträger *und* Ausführender sein musste, denn nur er verstand etwas vom Tätowieren. Verstehen ist zu viel gesagt. Zumindest hatte er sich gewisse Grundfertigkeiten angeeignet. Im schmerzhaften Selbstversuch hatte er sich ein © auf die Innenseite seines linken Handgelenks tätowiert, gefolgt von der Jahreszahl 2008 und seinem Künstlernamen *D'Aramis*. »Man ist sein eigener Urheber. Ich erschaffe mich selbst. Nicht Gott, nicht Eltern oder Menschen, keine Gene – ich allein«, jauchzte er, ein Jauchzen zwischen kindlicher Freude und romantischer Schwärmerei, dazu ein guter Schuss Halbstarken-Attitüde. »Ich bin einzig, nicht kopierbar, beispiellos.« Zu diesem Werk (nach offizieller Lesart handelte es sich später um D1, obwohl er kurz davor, in Paris, ziemlich prominent direkt bei den Säulen von Daniel Buren, eine erste, von anderen danach immer wieder kopierte Kunstaktion mit dem Titel *Naked Invisible Man* durchgeführt hatte), würde sich die Kunstkritik später noch oft äußern.

Vorerst aber war sein eigentliches Kunstprojekt gescheitert, denn es war nicht ausreichend geplant und vorbereitet worden. Kein Aufmaß und Modell, keine Vorzeichnungen, keine Material- und Schriftproben. Nichts. D2 war ein Flop. Vielleicht nur ein Anfängerflop, aber doch ein Flop. Zumindest in dieser Version. Und doch nicht ganz. »Denn alles Tüfteln (auch das scheinbar vergebliche) führt zu etwas«, sagte er, »alles Experimentieren bringt Ergebnisse zutage, und seien sie noch so schmal. Gesammelt und ausgewertet werden sie fett.« Farshid hatte während der Versuchsanordnung etwas entdeckt, oder besser: wollte erkannt haben, dass die Schwänze die Hauptcharakteristika ihrer Träger widerspiegelten. »Das ist doch was. Das Tipi korrespondiert mit dem Rest, dem Seins- und Wesensrest. Tipi pro toto. Was für eine These.« Er wusste noch nicht, was er mit einer derartigen Erkenntnis anfangen sollte, (selbst ihm kam das Wort *Erkenntnis* etwas hochtrabend vor), aber immerhin, das Ergebnis war da; es war da, um etwas mit ihm anzustellen. Vorerst galt es (das wusste er nur ganz vage), diese eigenartigen Beobachtungen festzuhalten, aufzubewahren, zu klassifizieren; später würde daraus schon so etwas wie ein Weltgebäude, *ein System*, zu errichten sein. »Sich selbst bestimmen, und die Welt, darum geht es, Freunde. Linné hat es auch so gemacht«, erinnerte er sich, »oder war es dieser Nobalis … Novalis …?«

Naked Invisible Man, ©D'Aramis

»Die *École Said* und das gescheite Gebrabbel dort haben dir ganz schön den Kopf verdreht«, maulte Aadish, »du bringst alles durcheinander, und uns auch. Du goutierst plötzlich Systeme, dazu noch derart verquere, wie kommt's? War nicht die Unordnung immer dein Ding, das *Genie der Unordnung*, das war doch dein Leben? Der Herr stampft rum, wie der Held vom Erdbeerfeld.«

»Je m'en fous. Im Ernst, schauen wir uns nur dich an, Shaahin. Groß bist du nicht gerade, aber doch irgendwie eine schlanke schöne

Erscheinung. Alif-schlank. Wie würde Cold Turkey sagen: *Gerade so schön, um nicht als Schönling zu gelten – also wahrlich schön.* Hat unser Shaahin nicht die grazile Anmut eines arabischen Wüstensohns, oder besser: die eines kastilischen Granden, Aadish? Durch und durch aristokratisch. Blaublütig. Sogar seine Gottesferne sieht man ihm an, das großelterliche Erbe der Ungläubigkeit. Ganz gottesleugnerisch, mit Haut und Haaren! Und dann diese Zurückhaltung. Welche Noblesse! Sich nur nicht gegen die Welt richten, sich niemandem entgegenstellen, weder Mann noch Frau, weder Freund noch Feind. Ist das nicht unser Shaahin!? Poesie. Die reinste Poesie. Nein, Tipi pro toto, das stimmt. Oder du, Aadish, du bist groß gewachsen, mächti…«

»… hör auf, Farshid, wir wollen's nicht hören, es ist Unsinn.« Aaadish spuckte verächtlich die Schalen von ein paar Sonneblumenkernen in die Hand. »Wenn du auch nur annähernd recht hättest, mein Lieber, dann müsstest du ziemlich mittelmäßig … ich meine, schau einfach hin … dein Tipi ist doch …«

Für Arcade schließlich hatte sich Farshid nun doch noch eine abgespeckte Version von D2 vorgenommen. Offensichtlich war er Künstler genug, das Unerreichte, das Unerreichbare, gegen das Erreichbare auszutauschen und als das Eigentliche darzustellen, das ursprünglich Angestrebte, das eigentliche künstlerische Ziel, wie von Anfang an geplant. Alles musste verwertet werden. Also Reif weg und das Ganze vereinfachen. Das hieß: nur die Initialen L und E und F einsetzen, nicht die ganzen Wörter. Und zwar direkt an der Wurzel des Schafts. Für ein ganzes Wort konnte sowieso niemand Raum genug bieten, noch nicht mal Aadish, weder in der einen, noch in der anderen Form. Schon gar nicht, wenn Adern quer standen. Außerdem: Raum für eine Revolution auf 4 bis 5 cm Breite, wie konnte er übersehen haben, dass das zu wenig war?

Die Freunde ließen es sich gefallen. Das war eigenartig, denn Farshid konnte sie immer wieder maßlos verärgern, oder besser: auf's Blut reizen, zur Weißglut treiben mit seinen Dreistigkeiten und Unverfrorenheiten. Vor allem seine Klugscheißerei – *Zumutungen sind zumutbar* –, die sich zunehmend mit einer unbelehrbaren Rechthaberei vermengte (er selbst sah sich noch bei den rüdesten Streitsüchtigkeiten *lediglich auf der Suche nach der Gebrauchsanleitung für das Leben*), ging ihnen mächtig auf die Nerven, dieser ganze hochtrabende Ton seit der *École Said*, sein ständiges Zitieren schlauer Sentenzen aus seiner Lederkladde, und doch hatten sie immer wieder auch Freude an seinen

Spleens, an seinem eigenartigen Drängen, seinen Verrücktheiten, seinem Wirbeln und Tun, und war es noch so selbstgefällig. Seine Unverfrorenheiten hatten gleichzeitig etwas Entwaffnendes. Also geschah es in Arcade. Eines Abends hatten sie sich die Initialen gegenseitig eingeschrieben, oben, ganz oben an der Wurzel des Schafts. L.E.F. – Liberté, Égalité, Fraternité. Oder: Levyi Front Iskusstv – Linke Front der Kunst, wie Farshid verschmitzt hinzufügte. Es juckte und schmerzte noch Tage, bei Shaahin noch Wochen, freundschaftlich gezeichnet aber waren sie für ein Leben.

Arcade war ein Flugzeughangar. Arcade war keine laurentinische Villa in hitziger Landschaft. Arcade hatte keine drei Meere, auch keine dreißig Türen. Arcade war ein wunderschön gelegener Hangar auf einem Hochplateau. Eine verwegene Glas-Stahl-Konstruktion, futuristisch wie ein Perry-Rhodan-Raumschiff, silbrig leuchtend vor einem azurblauen Glassplitt-Himmel. Mit knallbunt gestreiften Marquisen à la Buren. Ein gewaltiger Kristall, in einer Landschaft, die aussah, wie von einem lieblichen Arkadien abgekupfert, eine Fälschung von Elmyr de Hory, in der lichte Magritte-Wolken über einer sonnigen Wiese von van Gogh schweben, irgendwo zwischen Auvers und Sanary sur Mer, zwischen Norman Douglas' Faraglioni-Felsen und David Hockneys Yorkshire Landscape, ortlos hingesetzt. Die okzidentale Version eines Palastes aus *Tausendundeiner Nacht*.

Arcade war nichts Militärisches. Arcade wurde allein für ihre Zwecke errichtet, allein für ihr Wohnen, *anspruchslos und doch nicht ärmlich*, um doch noch etwas Plinius in die Angelegenheit zu bringen. Arcade, der Hangar also, war Farshids Idee gewesen. Zumindest glaubte er das. *Ein Original ist heute, wer zuerst gestohlen hat*. Das hatte er sich, wenn ihm auch der Autor partout nicht mehr einfiel, aus dem Deutschunterricht der *École Said* gemerkt, wie er sich überhaupt alles merkte, was ihm auch nur im Geringsten nützlich erschien – wenn auch meistenteils für's Erste lediglich von einer sehr ungefähren Nützlichkeit. Und so gehörte die Idee, drei Domizile unter einem Hangardach zu vereinen, also ihm, allein ihm. Shaahin hatte noch nicht einmal gemerkt, dass ihm seine Idee abhandengekommen war, schlimmer, es focht ihn nicht an. Nicht im Geringsten.

»Ein Riesendach über uns, und wir können darunter alles machen, was wir wollen. Wir können Möglichkeitshäuser bauen, wir können unsere Köpfe einrichten, wir können vergessene Räume entwerfen (vor allem, Messieurs, muss man das vorsätzliche Vergessen üben!), wir können Refugien schaffen für uns selbst. Wie Gott in Frankreich … oder Hafiz im Paradies. Wir können auf uns selbst hören. Ja, auf uns selbst … und wer da gesagt hat, Wunschgebäude seien zerbrechlich … give a shit … kommt, lasst uns unser Wesen bauen. Also, wie soll *dein* Haus aussehen, Aadish?«

»Was?«

»Dein Haus … was willst du?«

»Ich brauche nicht viel.«

Ja, das war Aadish. Typisch Aadish. Immer klein und bescheiden. (Wenn Farshid hier aufgepasst hätte, wäre ihm klar geworden, dass seine Tipi-These nichts taugte. Klein und bescheiden – pah, ganz im Gegenteil.)

»Nicht viel ist nicht nichts. Also was, du Esel?«

»Ein Eselhaus.«

»Mehr fällt dir nicht ein, du Esel? Ein Eselhaus? Manchmal bist du blöder als eine Stadttaube.«

»Kräuter vielleicht. Blumen. Wildblumen.«

»Ein Kräuter-Esel-Haus also, oder? Ihr müsst schon sagen, was ihr wollt. Etwas Phantasie, meine Herren! Courage, Messieurs! Gebt das Stichwort eurer Träume, und wir bauen es. Oder müssen wir den guten Hafiz stechen?«

»Ich bleibe dabei.«

»Also gut. Ein Kräuter-Blumen-Esel-Haus für Aadish. Du hast recht: Aus allem lässt sich eine Welt bauen. Denn *wir* allein entscheiden, wie es geschehen soll. Wir machen das Sperrholz zu Gold und hängen an den Trash Juwelen.«

»Disteln und Lächeln.«

»Was?«

»Ich will noch Disteln, für den Esel. Und Lächeln. Ein Haus gebaut aus Lächeln. Und Tausendgüldenkraut.«

»Na, endlich. Das wird ja doch noch. Ein Kräuter-Blumen-Esel-Distel-Lächeln-Tausendgüldenkraut-Haus.«

»Onkel Said hat sein Versprechen nie gehalten. Das Einzige, was mich an seinem Unterricht damals interessiert hätte, wäre dieses Fach *Lächeln* gewesen, diese Scheißschule des Lächelns. Er hat sie nie eingerichtet.«

»Ach was, wir hatten uns damals nur für die Magie des Lächelns interessiert und nicht für die Ökonomie, für den ökonomischen Wert des Lächelns, für seine Marktverwertbarkeit. Das Lächeln als Ware, *das* war doch Cold Turkeys Clou – und wir wollten nicht. Auch du nicht, Aadish. Schade eigentlich. Julian Prescott hätte uns unterrichten sollen. Wisst ihr noch, wie sein Axiom hieß: *Nur Lächeln, Schönheit und Sprache sind in der Lage, die Welt zu erobern; sie sind die wesentlichen Säulen einer jeden Nationalökonomie. Das Lächeln an erster Stelle.* Damit wollte Cold Turkey uns damals ködern, und wir haben, blöd wie wir waren, abgelehnt. Erinnert ihr euch? Aber wir ...«

»... Sex!«

»Wie?«

»Es ist der Sex. Nichts wirkt stärker in die Welt. Von daher kommt sie. Sex ist der alles entscheidende Faktor für das Bruttosozialprodukt, er bestimmt alles«, sagte Aadish. »Nicht Schönheit, nicht Sprache, nicht Lächeln. Sex ist der Souverän des Lebens. Da unten werden Welten entschieden ... viel mehr als oben.«

Muschis und Möpse und Schwänze als Regenten der Welt. Farshid war amüsiert. So viel Witz hatte er Aadish gar nicht zugetraut. Darauf war er nicht gekommen.

»Auch Politik und Wirtschaft?«, fragte Farshid.

»Gerade die. Und das willst du nun also alles bauen!? Von Architektur keine Ahnung, aber den Baumeister geben und ...«

»... ach, ihr Kleinlinge, wisst ihr, was die Elbenfürstin Galadriel dem Hobbit Frodo gesagt hat: *Selbst der Kleinste vermag den Lauf des Schicksals zu verändern.* Außerdem: Architektur ist nicht schwierig, wenn du topophil bist.«

»Topo-häh?«

»Wenn du Räume magst, du Eumel. Du musst in Häuser verliebt sein, das ist alles ... so wie man in Wolken verliebt ist, oder in Frauen ... und den Wünschen gehorchen, deinen eigenen und denen des Bauherrn ... für den Rest gibt's Fachleute, Handwerker und Ingenieure ... und dann nur noch sorgsam mit ihnen umgehen, denn sie gehen auch sorgsam mit dir um ... bieten sie dir nicht geduldig Schutz gegen alle Fährnisse der Welt? An den Fakultäten für Architektur wird das Träumen nicht gelehrt, das ist das Problem. Schau dir doch unsere Städte an, dann weißt du es. Dabei sind die Häuser unsere Brüder und Schwestern. Besser noch: Sie sind die menschlichsten Wesen ever. Und du, Shaahin, was willst du?«

»Stich den Hafiz! Für mich meinetwegen stich den Hafiz, unseren Meister. Vielleicht weiß er ja eine Antwort.«

»Ein ganz schönes Risiko.«

»Du sagst es: ein *schönes* Risiko. Das Schicksal ist immer ein schönes Risiko. Erinnert ihr euch: *Nimm hin, was dir zugefallen, / und grüble nicht vergebens, / die Tür der Wahl / steht dir und mir nicht offen!* Freund Hafiz. Nein, keine Sorge, besser kann nicht gestochen werden, noch nicht mal im Koran. Nur zu.«

»Also gut, Shaahin, dein Messer! Und hol deinen Hafiz!«

Farshid, Aadish und Shaahin standen eng beisammen, wie die verschworene Bruderschaft von Arcade. Farshid stach die Klinge in den schmalen abgegriffenen Band von Liebesgedichten, klappte ihn auf und las: *Die Ernte in der Werkstatt des Daseins / ist nicht sehr ergiebig, / bring Wein herbei, denn mit dem Werkzeug / dieser Welt ist's nicht weit her!*

»Mist, unser Alki Hafiz, immer das Gleiche bei ihm: Wein, immer nur Wein. Der Saufbruder bringt es noch fertig, seinen gottverdammten Wein unter der Kutte in die Kaaba zu schmuggeln, so abhängig ist er. Obwohl, Wein ist gut. *Trink Wein, denn du weißt nicht, wohin du gehst.* Holst du Wein, Aadish!? Ich hab ein paar Kisten *Serendipia* geordert, bei Ebay, aragonesischen Chardonnay, Bio, keine Zirrhose also heute … er ist bei mir drüben im Kühlschrank … ja, Wein, das ist gut … ehren wir unseren spirituellen Säufer-Freund Hafiz.«

»Schön und gut. Aber wie willst du daraus ein Haus bauen? Ein Haus aus Wein?«

»Das ist ja der Sinn des Stechens. Alles will angenommen sein, alles. Ein Haus aus Wein also. Außerdem, schaut, hier: *vom Kloster bis zum Weinhaus / ist auch der Weg nicht weit* – zwei Verse, die uns helfen könnten, das Schicksal zu bezwingen.«

»Das Schicksal zu bescheißen, meinst du. Du hast eine Seite weitergeblättert.«

»Es ist das gleiche Gedicht, das gilt auch. Man muss die Regeln selber machen, wenn das Schicksal nicht bei der Sache ist, man muss es an die Kandare nehmen. Wo kämen wir sonst hin!? In Teufels Küche. Das Schicksal ist unser Kumpel, nicht unser Feind. Ein Weinhaus und ein Kloster also. Das Kloster als Weinhaus, die Spelunke als Gebetstempel. Und ein Esel-Blumen-Haus. Zwei Häuser haben wir schon. Das wird, Leute, das wird! Lasst mich nur machen!«

»Und du?« Shaahin und Aadish hatten fast gleichzeitig gefragt. Farshid schaute gedankenverloren auf eine Stahlplatte, die er während der Hangar-Inspektion gefunden hatte und schon die ganze Zeit in seinen Händen hielt.

»Ein schönes Muster. Verdammt schön! Sind das Rostlinien? Sieht wie ein Grundriss aus. Ja, warum nicht? ... Der Grundriss einer Welt. Oder *mein* Grundriss? Ja, das ist es. Mein Grundriss. Wir haben's. Die Zahl ist voll. Wir können anfangen.«

Fünfeinhalb Monate später stand alles. Das Genie der entfesselten Jugend ließ zeichnen und rechnen, beschäftigte Statiker und Ingenieure, gab Handwerkern herrische Anweisungen, und vor allem: orderte Geld, viel Geld. Bei Shaahin. So viel, dass niemand bemerkte, dass in den Baukosten plötzlich auch ein Peugeot 504 Cabrio – *O diese zurückhaltende Eleganz!* – auftauchte, der mit einem Mal vor dem Hangar stand. Und das allein deshalb, weil Jeanne Moreau irgendwann mal in einem Film – *Cet Amour-là*? – in einem solchen Peugeot mit ihrem besessenen Lover Yann Andrea (Farshid hatte nie begriffen, dass es sich eigentlich um Marguerite Duras und ihren Yann Lemée handelte) durch die Normandie (?) fuhr.

Farshids rigorose und unbekümmerte Zielstrebigkeit ließ in kürzester Zeit drei phantastisch-absurde Gebäude entstehen: das aus Aluminiumblech wild zusammengenietete Wein-Kloster Shaahins, eine Art Adlerhorst, oder Krähennest, oder besser: eine Elfenbeinturmhöhle. Sie glich dem Wrack einer abgestürzten Cessna (oder einer von Frank O. Gehry zerknautschten, à la Oldenburg ins Überdimensionale vergrößerten Zigarettenschachtel) und hing wie provisorisch gebastelt ganz oben in der Ecke des Hangars, lediglich über eine steile Samba-Treppe erreichbar.

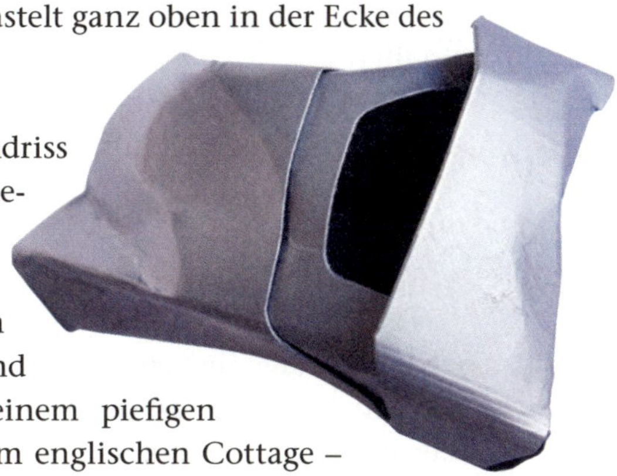

Farshids auf seinem Zufallsgrundriss errichtetes Haus (es stand an der anderen Kurzseite des Hangars, diagonal entgegengesetzt zum Wein-Kloster), das sich, trotz seiner äußerlichen Solidität, ziemlich lässig gab; – und Aadishs kuriose Mischung aus einem piefigen Schrebergartenhäuschen und einem englischen Cottage – es bildete das Zentrum, umgeben von einem an Biederkeit kaum zu überbietenden Jägerzaun. Plastik! Weiß! Ekelhaft! Hängegeranien!

Etwas Widerlicheres war nicht aufzutreiben gewesen. Farshid lachte sich ins Fäustchen: *Ein jeder bekommt Tisch, Stuhl und Bett auf seine Weise.*

Trotz der Knautschkonstruktion, Shaahins Refugium war im Grunde einfach: ein großes, übergroßes Bett *(weil er gerne schlief und träumte)*, zwei Fenster aus Alabaster, ein Fernrohr *(weil seit dem Astronomieunterricht in der École Said die Lust zugenommen hatte, Domizil zu beziehen im Himmel)* und ein Weinfass. In den Wintermonaten, es war Farshids ganzer Planerstolz, wies eine raffiniert berechnete Lichtfalle – *Gab es so etwas nicht in der Basilika von Aquileia?* – am frühen Nachmittag für wenige Minuten einen konzentrierten Strahl direkt auf seinen Schweiger, den Caravaggio. Das war alles. Eine Art Höhle, als ob der von mohnwilden Träumen heimgesuchte Hypnos zurückgekehrt wäre. Ein Nest. Ein Glückswinkel. Ziemlich sonderbar – und ziemlich spirituell. »Und du meinst, das bin ich«, fragte Shaahin, »so verschroben?«

Aadishs Esel-Blumen-Haus (vom Typ Ein-Haus-ist-ein-Haus-ist-ein-Haus) war da, entgegen seiner vermeintlichen Einfachheit, schon etwas komplizierter. Es lag nicht an den Blumen und Kräutern; die standen einfach überall rum, verbreiteten ihre Gerüche, betörten und brachten um den Verstand. Nichts einfacher als das. Nein, Farshids abstruse Idee, eine Einliegerwohnung für Aadishs Esel, einen haselnussbraunen kleinen Hausesel mit weißer Blesse, *treuherzig wie Hieronymus Boschs Esel in der Anbetung der Könige*, zu schaffen, war das eigentliche Problem. Wie konnte die Einliegerwohnung mit dem Freien verbunden werden? Ganz einfach, Farshid ließ in die Rückwand des Hangars eine Öffnung schneiden, mit einer Art Scheunentor davor. Ein Verbindungsweg zwischen Esel-Einlieger-Wohnung und Tor führte dann unter einer Allee betörendblauer Jacarandabäume hindurch direkt hinaus zum Distelhain.

»Nenn ihn Napoleon, deinen Esel«, hatte Farshid vorgeschlagen, »dann verträgt er sich mit Joséphine.«

»Oder auch gerade nicht.«

»Oder Buridan.«

»Buridan?«

»Der Philosoph. Weil er ein Dummkopf war. Natürlich kann man sich entscheiden im Leben, muss weder Nietzsches immer I-A sagender Esel sein noch leibhaftiger Neinsager. Buridans Esel hätte gewürfelt, oder so was, mit großen für Hufe geeigneten Eselswürfeln ... der verhungert doch nicht vor zwei leckeren Strohhaufen, und seien sie noch so gleich. Oder er hätte gewusst, dass es nichts wirklich Gleiches gibt.

Oder ein von links kommender Wind hätte einen herrlichen Strohduft an seine Nüstern getragen, und es hätte so der linke Haufen eher die Aufmerksamkeit auf sich gezogen, damit wäre klar gewesen, welchem er seine Fressleidenschaft widmet. Es gibt immer ein Mehr bei einem von zwei vermeintlich gleichen Dingen. Man kann sich entscheiden im Leben. Buridan war der Esel, nicht der Esel. Der Esel ist doch nicht blöd.«

»Nein, er heißt Dakota.«

»Dakota? Was soll das denn?«

»Das heißt *Verbündeter* auf Dakotaisch ... kann es nie genug geben!«

»Was ist Dakotaisch?«

»Eine Indianersprache.«

In Aadishs Haus fand alles statt, *sollte* alles stattfinden. Hier im Zentrum des Hangars war – nach Farshids Willen – alle Geselligkeit angesiedelt, alles Geschehen, zumindest was Fremde betraf. Aadish wehrte sich nicht, und Shaahin war es recht. Hier in der Mitte, flankiert von zwei langen durchgehenden Bänken, thronte der König-Artus-Tisch, denn vor allem Tafeln konnten hier gestellt werden, Esstafeln, große Zusammenkünfte des Schlemmens, des Lachens, des Redens, und hier, inmitten der Fettlebe, hatte Farshid auch ein Heimkino untergebracht, denn eine der Seitenwände des Hauses diente als Fläche für Filmprojektionen. Das also war das Kräuter-Blumen-Esel-Distel-Haus von Aadish. Zugegeben, für's Erste ein Provisorium. Denn ein Kräuter-Blumen-Esel-Distel-*Lächeln*-Haus war es noch nicht. »Am Lächeln muss noch gearbeitet werden«, sagte Farshid, »am Lächeln muss immer gearbeitet werden«.

Farshids eigenes Haus, exakt auf dem hochskalierten Grundriss seiner Stahlplatte errichtet – *Ich baue auf den Zufall! Auf den Zufall ist Verlass!* –, war ein kleines Wunder. Das Wunder hatte er für sich reserviert. Natürlich. Schon der zum Hauseingang führende Steg, an dessen Anfang ein sich drehender marmorner Kopf stand – der zwiegesichtige Janus: um die bösen Gäste abzuweisen, die guten freudig zu begrüßen –, war über die Maßen dramatisch, denn an seinem Ende befand sich ein riesiges Schmetterlingshaus, ein nachts magisch mit farbwechselndem LED-Licht ausgeleuchteter Glasquader, der die Besucher derart in Bann und Zauber schlug, dass sie oft das Eintreten vergaßen, als ob die Essenz einer unheilbringenden Schönheit ihre Nerven gelähmt hätte. »Eine Hommage an Nabokov«, sagte Farshid, »nicht eigentlich für ihn, einzig seines schelmischen Lachens wegen«, wie er freimütig zugab, »oh, diese elysische Verschmitztheit. Nein, gelesen habe ich nichts von ihm ... doch, *Pnin*, glaube ich ... hundert Seiten? Aber diese Bläulinge und Weißlinge, die Feuerfalter, Tagpfauenaugen und Monarchfalter, das ist schon was. Die Tigerschwalbenschwänze und Aurorafalter. Die sonnengelben Schwefelfalter. Und natürlich der *Karner Blue (Lycaeides melissa samuelis)*, seine ganz eigene azurne Schöpfung. All diese ephemeren Geschöpfe, diese leptologischen Lebenslustlinge«, er meinte: lepidopterologisch, »mit ihren magischen Namen, einzig, um das Leben zu feiern, die Fragilität des Lebens, ihnen zu dienen, das ist ... das ist ...«

Wer aber im Vorbeigehen dann doch die Machtfülle dieser zwar flüchtigen und dennoch überwältigenden Anmut unbeschadet überstanden hatte und tatsächlich eintrat, erlebte dieses Haus – kaum weniger dramatisch als die Entrée-Situation – als eine einzige rigoros überspitzte Gegenüberstellung zweier Welten.

Der Zentralraum war eine Klause für strenges Arbeiten und Denken, vollgestellt ausschließlich mit unendlich vielen Stühlen und Tischen – für jede Tätigkeit, jedes Projekt ein Tisch (bei Bert Brecht abgeschaut): groß, klein, rund, quadratisch, oval, länglich; Stehpulte, Sekretäre, Werkbänke, Zeichentische – nichts als Stühle und Tische. *Die Tische, meine Freunde, meine Trostgefährten,* sagte Farshid. *Schweigsam und empfänglich, immer bereit. Ihre Lebenskunst: Jeden Überfall nehmen sie klaglos hin, geduldig wie Esel. Meine Eseltische.* Sie waren voll mit Materialien, auf Vorrat gesammelt: Skizzenpapier, Kartons, Farben, Lacke, Finnpappe, Winkelmesser, Balsaholz, Klebstoff, Vergé-Papier, TK-Stifte, Spitzer, Radierfedern, Silberstifte, Conté-Kreiden, Leichtschaumplatten, Modelliermasse, Lineale, Glassine-Papier, Maßstäbe, Zeichenkohle, Cumberland-Bleistifte, Heißdrahtschneider, Buntpapiere, Zollstöcke, Layoutmarker, Cutter ... Sein ganzer Biber-Stolz aber war ein riesiges Koh-I-Noor-Arsenal von Zedernholzbleistiften. *Nicht zum Zeichnen, nur zum Riechen. Der Rausch des Zedernholzes unter der Nase, diese gewaltige Riechbetörung.* Es gab Abende – aus purem orientalischem Übermut streifte er sich dann eine weiße Dschallabija über, *den Pathos des Moments genießen* –, da band er sich drei, vier Zedernholzbleistifte als Schnurrbart unter die Nase, mit einer Kordel oder einem Gummiband über beide Ohren am Hinterkopf verknüpft. *Besser als Roederer! Besser als Taittinger!* Dann saß er stundenlang, die apathische Joséphine auf seiner Schulter, selig abwesend da wie ein chinesischer Opiumraucher in seiner Höhle und versuchte sich an einem lebenserfahrenen weltklugen Blick. Seine Zedernholzbleistifte liebte er so sehr, dass er sie kaum verwendete, weil es ihm leid tat, ihr nobles Dasein im Spitzerorkus verschwinden zu sehen.

Die zweite Welt, die das Zentrum umrahmenden Bereiche, allesamt fokussiert auf einen gläsernen offenen Kamin – *der Gemütlichkeit wegen; Architekten benutzen dieses Wort, als ob es eine Geschlechtskrankheit wäre; selbst Perry Rhodan hatte ein HAUS DER GEMÜTLICHKEIT* –, diente allein dem Entspannen: Bett, Whirlpool, Filmprojektor, Esstafel, Bibliothek, Tric-Trac-Tisch, Bar – eine Zimmerflucht des Müßiggangs. Oder besser: ein Kordon. Und so nannte er das Ganze auch: *meinen Chillkordon.* In geschwollenen Momenten, wenn das Mitmenschentum beeindruckt werden sollte, sagte er schlicht: *mein Otium.* Selbst noch ein Gebetsteppich (der stark verkleinerte Ardabil-Teppich aus dem Victoria-and-Albert-Museum auf eine gilbweiße LKW-Plane gedruckt) reihte sich hier ein, direkt neben seinen Musikinstrumenten, der Tombak und der Tar. *Beten ist spirituelles Entspannen,* sagte Farshid. Lediglich der stille Gruß an seine mexikanische Künstlerkollegin Teresa Margolles, der Totenkopf an der Eingangstür, in absurd-befremdlicher Nachbarschaft zum bunten Zick-Zack-Tanz der Schmetterlinge und ergänzt durch den Hinweis *Bis bald!* (zudem waren die deutschen Begriffe *Lust, Begehren, Luxuria* zwischen den Knochennähten der Schädelplatte eingraviert und schwarz ausgelegt), beeinträchtigte die Behaglichkeit des Kordons. Zumindest sahen es die meisten Besucher so. Für Farshid selbst reihte sich dieser Schädel, den er samt Gravur und eingewickelt in schwarzes Tuch auf dem Flohmarkt von Saint-Ouen zwischen allem Trödel und Tand gefunden hatte und – so hatte man ihm hinter vorgehaltener Hand zugeraunt – aus einem baltischen Pestgrab stammen sollte, auf's Selbstverständlichste ein: *Zu jeder Gemütlichkeit gehört der Tod – damit's nicht zu gemütlich wird. Von anderen Religionen lernen, dieses Memento-mori-Zeug der Christenmönche. Dabei weiß ich noch nicht mal, ob der Schädel einem Tyrannen gehörte oder einem Menschen. Es ist ein Kinderschädel, wohl doch eher Mensch. Obwohl, wer weiß?* Er nannte ihn liebevoll *Kaunias,* eine Zusammenziehung zweier Namen, bestehend

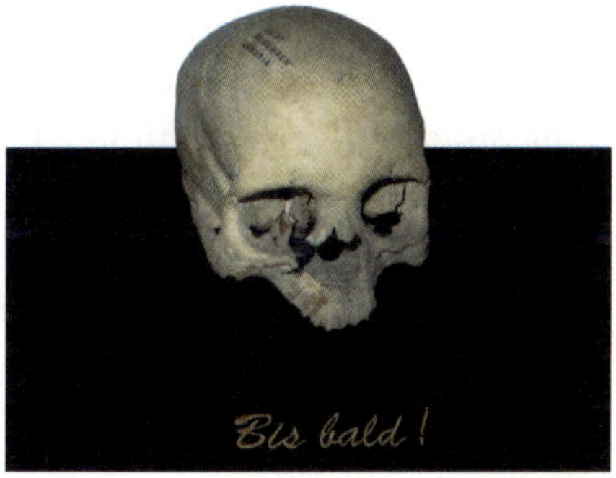

aus dem litauischen Kobold und Haushaltsgeist *Kaukas* und dem litauischen Teufel *Velnias: Kaunias. Der Mensch ist Spaßmacher und Scheusal in einem. Unser Sein.*

Als Farshid wenige Wochen nach seiner Ankunft in Frankreich die Pariser Katakomben besucht hatte, wunderte er sich angesichts der meterhoch aufgeschichteten abertausend Schädel mit ihrem unpersönlichen Ausdruck und namenlosen Blick, dass ein Totenschädel mal so viel Individualität besessen haben soll: *Sehen alle gleich aus, und doch war da mal viel mehr, waren Hoffnungen und Träume, Vertrauen und Zuversicht. Und jetzt? Im Mahlstrom des Vergessens zerrieben, pulverisiert, alle eins.* Auch daran erinnerte ihn Kaunias.

Das Erstaunliche an Farshids Haus: Es gab keine teuren Materialien. *Mein Herz wird auch auf Polyethylen zu einem Tempel,* verteidigte er seine Lkw-Plane als Gebetsteppich. Bei Onkel Said in Paris hatte er mit Rochenhaut furnierte Kommoden gesehen, mit Blattgold besetzte chinesische Paravents, Vernis-Martin-Boiserien, phantastische Trompe-l'œil-Marqueterien, sogar einen mit der Penisvorhaut eines Wals bespannten Lampenschirm (von einem kleinen Mädchen aus der Nachbarswohnung mit herzallerliebsten Prinzessinnen, mit bunten Regenbögen und kopfhängenden Blumen bemalt), aber Farshid benutzte nur billiges Holz, ausschließlich – nur Spanplatten, MDF-Platten, Schaltafeln, Dachlatten, Fundholz, nobilitiert allenfalls durch kleine Einlassungen, durch minimale Ergänzungen und Veränderungen –, und doch wirkte das Zusammenspiel von Proportionen, Texturen, Kubaturen, von Licht und Schatten, als ob sich Farshid bei der Wahl der Werkstoffe in den kostbarsten Wunderkammern der Welt bedient hätte. Am Bodenbelag war dieses Prinzip – *Das Alltägliche will poetisiert werden* – besonders eindrucksvoll zu erkennen. Der Boden bestand nur aus abwechselnd silbergrau und anthrazitfarben lasiertem Holz. Aber die Zusammensetzung, die Fügung, die geometrische Zeichnung war pure Magie: ein Penrose-Parkett, ein aus lediglich zwei unterschiedlichen Rauten zusammengesetztes Feld von sich nie wiederholendem Muster. Jede Figur einzigartig, und doch ein harmonisches Ganzes. Quasikristalle. Beim Gehen musste man aufpassen, den optischen Illusionen nicht zu erliegen. Unsichere Wesen kamen über diesem *ideal geplanten Zufall, dem Spinngewebe Gottes,* wie Farshid das nannte, schnell zu Fall. Selbst Escher hätte es schwer gehabt.

Zum Schluss blieb nur die Signatur. Farshid hatte die französischen Tonsilben Do Mi Si La Do Ré in nachtblauer Neonschrift herstellen und über dem Eingang des Hangars montieren lassen: *Domicile Adoré*.

Und jetzt also, nachdem alles weitgehend fertiggestellt war – ein bizarrer Swimmingpool, der sich abwechselnd schlank und breit zwischen den Domizilen dahinschlängelte, ergänzte das Ensemble –, saßen sie hier in der Fremde, tranken Hafiz-Wein und aßen Oliven mit Granatapfelmark und gestoßenen Walnüssen. Sie saßen etwas verloren da, an diesem Ungetüm von Tisch, in dieser riesigen Halle. Die Halle selbst wohnlich zu gestalten, mit Bäumen und Sträuchern, mit Skulpturen und Accessoires, mit Kunst und Kitsch *(künstlerisch gewendet, versteht sich, nicht diese schäbigen, würdelosen Schundexaltationen meiner Mutter)*, und zuletzt auch mit Licht, das sollte Farshid erst im Laufe der Zeit umsetzen. Vorerst war alles noch etwas kahl und kalt, lediglich der am Eingang des Hangars positionierte Barberinische Faun mit seinen heidnisch gespreizten Schenkeln (eine beim Replikenhandel in England georderte Nachbildung aus kostbarem Gips), bekundete den Willen zu mehr. Allein Joséphine schien sich jetzt schon rundum wohl zu fühlen. Ursprünglich hatte Farshid eine Miniaturausgabe der Villa Savoye von Le Corbusier für Joséphine bauen lassen (im Grundriss 2 x 2,26 m groß) und vor sein Seerosen-Bassin gestellt, aber ihr neuer Wohnort machte sie apathisch, Joséphine fraß nicht mehr, schlief nur noch. Der kleine Nachbau eines Schweizer Chalets – mit helvetisch-heimeligem Interieur: Holz, Holz, Holz – machte sie schließlich glücklich. Sie schaute selbstverliebt in die Welt, rannte neugierig umher und gierte nach Aufmerksamkeit. Es ging ihr gut – wie ihrem Herrn.

»Et in Arcade ego«, rief Farshid und zelebrierte mit stolzer Ironie und einem breiten Grinsen seine einstige Verwechslung. »Et in Arcadia ego, lasst uns die Fertigstellung der Domizile feiern.« Und so lud Farshid in sein Haus, genauer: in seinen Whirlpool. »Lasst uns Tric-Trac spielen zur Feier des Tages, wir haben schon lange nicht mehr. Ein Turnier, wie in alten Zeiten, wie in Felsenzeiten.« Farshid hatte in der Mitte seines Whirlpools eine Drehscheibe einbauen lassen (aus rötlichem Pockholz,

+ 0.54
LESEN
Tric-Trac
HANDBIBLIOTHEK
+ 0.18
+ 0.36
BETEN
TOMBAK/TAR
- 0.25
SEEROSEN-BASSIN
OFFENER KAMIN
+ 0.00
CHILLEN
+ 0.36
ESSEN
+ 0.18
HOLZ
KÜCHE

HAUS DER TISCHE UND STÜHLE
(aus der Serie »Zähmung des Zufalls«)

wie er sie bei Onkel Saids chinesischem Esstisch gesehen hatte), eine dreh- und arretierbare runde Scheibe, direkt über dem Wasserspiegel schwebend, 70 cm im Durchmesser, gerade Platz genug für ein Tric-Trac-Brett, ein paar Gläser und Schalen und einen Eiskühler samt Flasche. Und am Rand des Pools waren zusätzlich, thermisch aufwändig getrennt vom warmen Wasser und regelmäßig am Beckenrand verteilt, drei Kühlfächer für je drei Champagnerflaschen eingebaut. Acht rotierende Power-Hydrojet-Düsen, eine Unterwasserbeleuchtung mit Farbwechslerfunktion und ein Touchscreen-Display zur Audio- und Videosteuerung ergänzten Farshids Pool-Poolkonzept.

Als Aadish und Shaahin das Farshid'sche Zufallshaus betraten, war alles – als ob ein moderner Rembrandt die Szenerie gemalt hätte – in ein flimmerndes Bernsteingold getaucht. Auf allen Tischen – auf allen! – standen neben Kupfertabletts mit getrocknetem Weihrauch und seidenglänzenden, mit Rosenblättern gefüllten Holzschalen eine schiere Unmenge an Kerzenleuchtern, die ihr Licht in den Raum flackerten. Kitsch pur.

Nach dem Begrüßungsdrink an der Bar gingen sie hinüber zum Pool, zogen sich aus und stiegen in das sprudelnde dampfende Wasser.

Im Pool sitzend ging Farshid noch seinen Gastgeberpflichten nach (er schenkte Champagner ein, bot gebackene Datteln in Fladenbrot an, reichte Schalen mit Pistazien und Sonnenblumenkernen, mit Tamarindenkonfekt und gezuckerten Mandarinen), als Aadish und Shaahin bereits das erste Spiel bestritten.

»Und nächstes Jahr dann mach ich den Garten. Den Garten Gottes, ganz nach dem Zufallsprinzip, denn Zufall ist das Pseudonym von Allah«, sagte Farshid.

»Den mach ich«, sagte Shaahin. »Lass mich das machen, Farshid. Es muss nicht alles Zufall sein, schon gar nicht Gott.« In der Iris der Augen Farshids sah Shaahin das Flackern der Kerzen.

Anfangs, nach den ersten wenigen Partien, lagen die Drei noch etwa gleich auf, jeder gewann immer wieder ein Spiel für sich, das Leben drängte noch nicht auf Entscheidungen. Doch bald schon zog dann doch Farshid mit einer Serie von Siegen auf und davon. Eine Serie, die er bis in die frühen Stunden hinein mit nur kleinen Unterbrechungen fortsetzen und ausbauen konnte, und das, obwohl irgendjemand (Shaahin? Aadish?) mit seinen Zehen zwischen Farshids Beinen ein eigenartiges Unterwasserspiel spielte, das erst beendet war, als Farshid kurz, nahezu unbemerkt – er gab einen eigenartigen Laut von sich – der Atem stockte und einen Stein falsch setzte.

Als die ersten Morgenstrahlen über dem Seerosenbassin zu ihnen vordrangen, hatten sie nahezu sieben der neun Flaschen Champagner geleert, und die Beine der vielen Tische und Stühle vor ihnen erschienen Farshid wie die ekstatisch tanzenden Derwische Rumis – im trancehaften Wirbel der Liebe Gottes hingegeben.

Ich bin Rausch, zitierte er Rumi emphatisch in den aufbrechenden Tag hinein, *der Liebeswein mein Urspring.* Und diesmal korrigierte er sich nicht.

ES KLINGELTE. Yorickson klappte mitten im Satz sein Notebook zu und öffnete die Tür. Zuerst war da diese feingliedrig, fast balinesisch anmutende Hand, in ihr ein üppiger Strauß feuerflammender Freesien, dahinter eine Stimme: »Schwer süß, dein Lieblingskraut. Ich könnt' kotzen. Nur gut, dass der Weg vom Bahnhofskiosk hierher so kurz ist.« Andrea kippte den Strauß zur Seite und grinste erwartungsvoll, frech herausfordernd wie ein Kind, das sich seiner Ungezogenheit – und möglichen Bestrafung – bewusst ist. »A subtle symphonic arrangement of stinky flowers, um Freund Oscar zu zitieren, den Wilden. Und, Großer, wie geht's dem Leben? Alles gut?«

»Never mind, flowers have all exquisite figures.«

»Wie?«

»Bacon, Francis ... der junge.«

»Häh? Apropos Leben ...«, Andrea kramte eine Zigarettenschachtel aus der Jackentasche und gab sie Yorickson, »... für dich, mein Vintage-Onkel: Das Leben im Kleinen ... mach auf!«

Yorickson puhlte zwei kleine Figuren aus der Schachtel. »Oh, die sind aber schön. Danke. Danke. Aber warum *Das Leben im Kleinen*?«

»Findest du nicht? Anyway, hab ich für dich geschnitzt.«

»Sie werden einen Ehrenplatz bekommen, vielleicht lüftet die Zeit ihr Geheimnis. Geht es um Begehren? Das Leben als ewiges Begehren und dessen schaurig-schöne Agonie? Wo schaut denn der Alte da hin?«

Früher, wenn Andrea nach längerer Abwesenheit Yorickson besuchte, in der ersten Zeit ihrer Beziehung, fielen sie wild übereinander her. Sex als Akt der einvernehmlichen Gewalt nannte Andrea das, hart an der Grenze zu Griechisch-Römisch, wie Ochsenfrösche bei der Paarung. Sie wussten dann, am nächsten Morgen würden sie an allen möglichen (und auch unmöglichen) Stellen Hämatome haben, in allen Schattierungen, von Indischgelb über Braungrün bis Auberginesschwarz – wie faulig gesprenkelte Herbstblätter. *Unser Indian Summer.* Dazu jede Menge Bissmale und Schürfwunden. Und die Schuhe an fremden Orten, unaufgeschnürt. Yorickson stolperte dann – als ob jeder ihm ansehen konnte, was sie in der Nacht getrieben hatten – immer etwas unwirklich im Alltag herum.

Heute, nach etwas über drei Jahren Liebe, gab es diese Trophäen der Leidenschaft immer seltener, es ging alles etwas gelassener zu: Essen, Reden, Trinken, Rauchen, Musik. Sogar Zärtlichkeiten. O Gott, Zärtlichkeit! War der Zyklon wirklich zu einem derart lauen Windchen verkommen? Das Präludium auf alle Fälle konnte sich mittlerweile ziemlich lange hinziehen. Es war die Zeit der geduldigen Hosenknöpfe, nicht mehr das schnelle Ratschen des Reißverschlusses.

Selbst später dann im Bett noch – die vierte Flasche *Château Guiraud* hatten sie nur noch knapp zur Hälfte geschafft – wunderte sich Yorickson, wie unaufgeregt (und doch erregt) er an diesem Abend war. Wie konnte er nur gerade jetzt so ausgiebig Gefallen finden an den schönen schlanken Fingern von Andrea? Waren sie nicht gerade dabei, sich besonders fürsorglich seiner samtenen Eichel anzunehmen? Strichen Daumen, Zeige- und Mittelfinger nicht gerade zärtlich über ihren Rand, auf und ab, mit einer Sanftheit, als müssten sie gerade die Augen eines geliebten Toten schließen? Galt es jetzt nicht eigentlich, Lust zu kosten? Sicher. Trotzdem hatte Yorickson nur Augen und Sinne für diese vollendeten Finger. Sein Blick verlor sich derart in der wunderschön ebenmäßigen Form der Nägel, als gelte es ein Himmelsschauspiel von überwältigendem Ausmaß zu bewundern, mindestens so etwas wie den Strahlkranz einer totalen Sonnenfinsternis über dem saphirblauen Meer. Selbst jetzt noch, da Andrea Yoricksons Schwanz fester umfasste (die Joystick-Nummer, wie sie das nannten) und sich sein himmelwärts verdrehter Blick wie bei einer religiösen Verzückung verschleierte – *Du schaust wie die Heilige Theresa von Bernini, irgendwie plemplem, marienerscheinungsdebil* –, war er immer noch eingenommen von diesen tadellos manikürten Nägeln. Vor allem von den wie mit Perlmutt aufgemalten Halbmonden war er angetan und freute sich bei jedem Auf und Ab über die delikate Anmut der Rundungen, über die Noblesse der Bewegungen. Konnte er sich in der Politur der Nägel wirklich spiegeln … oder bildete er sich das nur ein? Fratze oder Ebenbild?

»Dir ist schon klar, dass du gemäß Tschechows Pistolenregel deine *Smith & Wesson* auch benutzen musst. Wenn du sie im ersten Akt auf die Bühne bringst, musst du sie auch irgendwann abfeuern. Chabrol war da verlässlich; erinnerst du dich an *La Cérémonie?*«

Andreas Zunge hing schwer und breiig im Mund, die Wörter verklebten sich und fanden nur als unförmige Satzklumpen nach draußen. Immerhin, der Geist schien rege, fast unbeeindruckt vom vielen Wein. Trotzdem, Yorickson war irritiert. Konnte Andrea wirklich übersehen haben, dass sie gerade im Bett lagen, vollkommen nackt, einander zugewandt, aneinandergeschmiegt, und da irgendetwas taten, was man Sex nannte? Zumindest den Anfang davon …

»Lass Tschechow aus dem Spiel … willst meine Kassandra geben, häh? Ich befolge meine eigene Regel, und die heißt: Alles, was im Kasten ist, wird auch verwendet. Außerdem will ich …«

»… also doch Tschechow!?«

»Unsinn!«

»Trotzdem. Manchmal denke ich, dein versprochenes Glück ist schon etwas ramponiert. Glaubst du eigentlich noch, dass deine Schützlinge übergeben … äh, überleben werden?«

»Hör auf. Du lallst.«

Yorickson hatte keine Lust auf diese Debatte. Nicht hier und nicht jetzt. Eigentlich überhaupt nicht. Ein paar Semester Sprachwissenschaft, und schon glauben sie, mitmischen zu können. Noch dazu komplett storno. Nun, da ihm sein schönes Fingertraumbild genommen war, hatte er andere Lüste. Und Umwege waren ihm fremd, zumindest in solchen Situationen: »Schluss jetzt! Komm, ich möchte meine Moleküle in dich schießen, ich will auf ewig mit dir sein.«

»Moleküle schießen? Ey, chill, Alter! Blas dir selber einen!« Andrea lachte laut auf, mitleidlos laut, hämisch und amüsiert, und schmiegte sich mit kaltblütiger Zärtlichkeit an Yorickson, mit einer Zärtlichkeit, die nichts Anderes zuließ, als eben diese Zärtlichkeit, diese umklammernde, erdrückende Zärtlichkeit. »Herrjemine, wenn das mein Sohn hören würde, der sagt mit sieben schon *Fick dich!* Mann, Yorick, manchmal hast du echt 'n Laufwerkfehler. Von der Lust vernebelt, das mag ja noch angehn, aber noch mal so 'n Porn-Kitsch, Junge, und ich mach nasses Hundefutter aus dir. Denk dran, du bist im Heimtrainer- und Pillendosenalter … 'n verdammter Zeitzeuge … bald Geröllhaldengesicht … da is nix mehr mit Schießen, eher biodynamischer Blümchensex. Du hast noch Papierkalender, Junge, und Dias und DVDs, bist 'n Oldie … demnächst Ro…«

»… ah, aber dein Lustspielmännchen, dein Bettdiener darf ich sein …«

»… demnächst Rollatorpilot. Alles klar?«

»Cheers! Mach nur weiter, ist ein freies Land, you're welcome!«

»Gleitsichtgucker, Regenschirmbenutzer, V-Kragen-Träger, Headset-Bluetooth-Telefonierer …«

»… sind Headsets nicht in?«

»O Mann, voll der Boomer! Das ist so was von möchtegernhipp … nur alte weiße Männer, die megacool sein wollen, tragen Headsets … Leserbriefschreiber, Nach-Beischlaf-Duscher, AOL-Opa, E-Mail-Schreiber …«

»… du schreibst selbst Mails …«

»… nur dir zuliebe. Ey, das is voll retro … heute gibt's WhatsApp, du Saurier … oder Skype, oder iNews …, Mann, kapier's endlich, wir sind nicht mehr im 20. Jahrhundert …«

»… hör auf … got it.«

Ja, Yorickson hatte verstanden. Heute gab es kein Erbarmen, keinen Einlass, Andrea hatte viel zu viel getrunken. Er wusste genau, da würde nichts mehr zu machen sein. Also fügte er sich, ließ die Lust fahren und genoss ganz einfach die Nähe. Er ertappte sich bei dem tröstenden Gedanken, dass all das auch Andrea ereilen würde. Am Schluss verlieren wir alle, am Schluss sitzen selbst die erfolgsverwöhntesten Mösen und Schwänze im Rollstuhl.

»Du bist schön, Andrea, weißt du das?«

»Jaa, jaa! Bleib mir weg mit deinem Schönheitsbrimborium, Yorick. Aus bestimmten, ganz einzigartigen, etwas schrägen Perspektiven sehen wir alle schön aus. Wer will uns schon sagen, was schön ist? Die Venus? Klar! Aber die fette von Willendorf oder die von Botticelli? Das Lächeln der Mona Lisa? Oder das von Berlusconi? Ich schenk dir alle zerquälten Lächeln dieser Mona Lisa für nur ein einziges von Ethan Hawke. Na ja, zumindest sein junges Lächeln, sein *Sunrise*-Lächeln, oder besser noch das vom *Club der toten Dichter*. Und die Mamsellen von Rubens leg ich noch obendrauf. Schönheit? Pah! Romantischer Mistkerl!«

»Täte dir auch mal ganz gut.«

Sie redeten und redeten, viel Verqueres, manch Amüsantes, wenig Kluges. Vor allem aber Hämisches und Neckisches, sarkastisch Durchtriebenes – trotz oder gerade wegen ihrer Liebe. Und immer nach der Devise: Du gehst mir auf den Geist, also bin ich. Sie redeten, bis Andrea, durch den Wein schwer angeschlagen, einschlief, mit Yorickson im Rücken.

Yorickson hob neben dem Bett sein Smartphone vom Boden auf und begann, Andrea beim Schlafen zu filmen. Das Atmen, die Unschuld und Entspannung, die Friedfertigkeit, das kleine Zittern der Nase. Fast Wesenlosigkeit. Ein Erwachsener, der Kind spielt, ganz erlöst, wie befreit von seinen letzten zwanzig Jahren. Oder ein Kind, das Ernst macht, ernst macht mit dem Glücklichsein. Auf alle Fälle etwas, das hin- und herspringt, zwischen Schlaf und Wandel, zwischen Erde und Mond, Gegenwart und Vergangenheit, Traum und Wirklichkeit, zwischen den Welten hin und her. Es gibt kaum Schöneres, als jemanden beim Schlafen zu beobachten, dachte Yorickson. Man will sich drüberbeugen, mit großen breiten

Schwingen die Verletzlichkeit schützen, und auch die Verletztheit, die Verletzung, wo nötig. Ganz instinktiv. Wenn Andrea wüsste.

Yorickson stellte das iPhone senkrecht am Rand des Kissens ab und ließ es weiterlaufen, das Objektiv auf sie beide gerichtet. Er umkreiste zärtlich Andreas Brustwarzen. Sie lebten. Trotz des tiefen Schlafs lebten sie auf, kleine, widerständige, lebendige Spitzhügel. Er könnte dort stundenlang spielen, das zur Auflösung, zur Abflachung Neigende immer wieder aufbauen, aber seine Hände – warum immer nur das Eine? – glitten weiter nach unten, sie schwebten hauchdünn über der Haut, so dünn, dass er nur Härchen spürte, keine Haut, nur feine und feinste Härchen. Elektrostatische Lust. Sein Herz schlug schnell. Er roch Lotion und frischen Schweiß und sog das betörende Gemisch tief ein. Immer wieder, als ob er mit jedem Einatmen ein Stück Körper inhalierte, er sog so lange, bis er das Gefühl hatte, Andrea zum Verschwinden gebracht, alle Körperteile in sich aufgenommen zu haben. Seine Hände passierten Rundungen – wow, das *Zepter seiner Leidenschaft* (warum dachte er gerade jetzt an Nabokovs Kitsch?) küsste seinen Bauchnabel –, sie passierten zarte Falten und Muttermale, begaben sich, einzig, um von ihrem kaum verschleierten Ziel abzulenken, auf Abwege in weniger bekannte Regionen, um dann schließlich doch ihre letzte Bestimmung zu erreichen und dem Begehren nachzugeben. Er nahm seine Finger in den Mund, feuchtete sie kräftig an und ließ sie spielen dort im Epizentrum der Lust. Er umkreiste, teilte behutsam Fleisch und Haut, öffnete sanft und fand – Graf F mochte es ähnlich ergangen sein – leichten Zugang. Er bewegte sich nur ganz leicht hin und her, im Metrum des Herzens, ganz leicht, um nicht zu stören, eher ein Pulsieren, ein rhythmisches Atmen, als ein Stoßen, denn er wollte Andrea auf keinen Fall … auf keinen Fall behelligen … oder gar, um Gottes Willen … wecken. Fünf Minuten vielleicht, oder zehn, kaum mehr. Aber ohne wirkliche Beteiligung eines Vis-à-vis machte es Yorickson keinen rechten Spaß, es war wie Tennisbälle an die Wand schlagen.. So allein, ohne einen Gegenspieler, der lachte, fluchte, jaulte, herausforderte, der keuchte und schwitzte und stöhnte, jubilierte und jauchzte und schrie: 30:love, 40: love, love game, machte es keinen Spaß. Also zog er sich wieder zurück. Stattdessen nahm er vorsichtig Andreas Hand und führte sie zu seiner Eichel. Hormone und Intelligenz fallen selten in eins, dachte er. Und plötzlich war es wieder da, das Fingertraumbild mit den ebenmäßigen Formen. Das Perlmutt, die Halbmonde, der Spiegelglanz. Und es spielte wie vormals sein zärtliches Auf und Ab – nur diesmal nicht eigenständig, sondern geführt von Yorickson. Ein Auf und Ab,

Puritaner aller Länder habt acht. Und auch ihr anderen Lustfeinde everywhere. Wenn Sie ein Freund des Mützenmanns sind, ein Freund Uwe Tellkamps also, dann lesen Sie bitte erst an der mit einem roten Stern markierten Stelle weiter, denn es kann durchaus sein, dass von dem Milchstraßensperma, das über diesen Pegida-Clown hinwegfliegt, auch ein paar Spritzer über ihm niedergegangen sind. Ach, was heißt »kann sein«? Es gingen welche nieder, denn wir befinden uns ja mitten in der Wirklichkeit.

das er, mit diesen weichen Andreahänden als Werkzeug, so lange wie möglich unternahm, das er, durch Variieren des Drucks, immer wieder kunstvoll hinauszögerte, um endlich dann doch, eine halbe Stunde war sicher vergangen, sein warmes, nach weißem Moschus riechendes, schon etwas angegrautes Sperma – die Farbe von alt gewordenem Tafelmeerrettich, dachte er –, einem Milchstraßennebel gleich, weit davonzuschießen, gute zwei Meter über den Bettrand und Teppich hinaus, über den Turm eines gewissen Tellkamp hinweg, direkt in die Freesien hinein. Quod erat demonstrandum, lächelte er sanft. Es ist ja nicht so wie bei einem Sprung vom Zehn-Meter-Turm, der spritzlos zu geschehen hat, dachte er verschmitzt; bei manchen kleckert's raus wie aus einer Tube Uhu, bei anderen eben, den begabteren, ist's ein sprühendes Feuerwerk. Und selbst für das, was an Andreas Fingern hängen geblieben war, gab es noch Lust. Yorickson nahm einen Finger nach dem anderen in den Mund, umschloss sie eng und zog das übriggebliebene – den Trank der Götter, den Nektar der Wüstenei – mit seinen Lippen sorgsam ab. Es kam ihm der Slogan *Save water, take a Milky-Way-Shot®* in den Sinn. Yorickson schmiegte sich behaglich an Andrea, umfasste seinen Schwanz, das ganze Paket – Körbchengröße XXL, dachte er – und schlief fest ein.

* Beim Aufwachen – Andrea war schon aufgestanden, das Tablet auf dem Fußboden schepperte immer noch sein Popgedudel – sah er auf dem Monitor als Erstes eine Botschaft von Andrea: Liebeselegie. Aber die Mitte setzte sich ab: Lieb-ESEL-egie :-) Danach (war Andrea also doch kitschig, so eine Art romantischer Macho, oder war's Ironie?): *Welch eine Nacht! Ihr Götter und Göttinnen!/Wie weich das Lager! Da hingen wir/ Vereint, in Liebesglut, in Lust vergehend …* Du hast keinen Kaffee im Haus, ich hole welchen. Petronius, wenn er sich recht erinnerte (also, nicht das mit dem Kaffee), Petronius, der Schiedsrichter des feinen Geschmacks.

Aufstehen, Wasserkocher, Klo, Duschen, Pömpeln, Zähne, Creme, Kaffee. Heute ohne Teigschaber und Orthomol. Die junge Liebe ließ solche Schwächen nicht zu, das mit dem Pillendosenalter heute Nacht hatte ihm gereicht. Stattdessen ein ordentliches Frühstück mit Croissants und Lachs, mit Lavendelhonig und Lemon Curd.

Andrea nahm die Tetrapackung mit dem Cranberrysaft, schenkte sich ein Glas ein und las: »*Lieber Valensina KühlfrischKunde.* Mann, eure deutschen Klumpkomposita sind echt was Feines, dieser Wortmatsch, herrlich: Spinnennetzstrumpfhose, Schaukelpferdfliege, Mönchsgrasmücke. Oder: Ein Smaragdprachtbarsch schnappt nach einem Bachflohkrebs, ich liebe sie, eure Klumpatschsprache, aber KühlfrischKunde, who the fuck lässt sich denn so 'n Scheiß einfallen? Werbern sollte man Sprache verbieten, am Besten gleich die Zunge rausschneiden. Auf dem Weg hierher habe ich bei einem Discounter »Schnäppchenalarm« gelesen. Und »Frischeausrüstung« steht auf meinen neuen Strümpfen und »Hautschutzversprechen« auf meiner Cremetube. Ihr habt sie echt nicht alle. Na ja, zumindest ist sie ulkig, eure Sprache … Gurkenkrümmungsverordnung … ich lach mich schlapp.«

»… im Sanskrit geht das auch …«, erwiderte Yorickson.

»… weißt du, was ich meinen Schülern beibringe: Hottentottenstottertrottelmutter, das hat Mark Twain mal irgendwo, ich weiß nicht mehr wo … Und Rindfleischetikettierungsüberwachungsaufgabenübertragungsgesetz, das sagen sie bei euch in Meckpomm. Grenzt irgendwie ans Zwangsneurotische, oder? Wenn ihr auf der Couch läget, ich meine, eure ganze germanische Mischpoke auf der Couch, ich glaube, da käme Übles dabei raus. Irgendwas Analfixiertes. Zugegeben: manchmal was Gescheit-Analfixiertes. Trotzdem anal.«

»Du kommst über mich wie ein Fluch, Andrea. Trotzdem, you are my favorite asshole. Ich liebe dich.«

»Ja, ja, und Kurt Cobain hat *I don't have a gun* gesungen. Wer's glaubt, wird selig. Spar dir deinen Lyrikscheiß. Du bist echt hilfiger, oberpeinlich, lass das. Du riechst alt, wenn du so sprichst, zu alt für dein Alter.«

Was immer er jetzt sagte, er hatte keine Chance. Andrea war in Maullaune. Ganz eindeutig. Yorickson konnte froh sein, wenn heute kein Koprolaliefeuerwerk über ihm abgefackelt wurde. Yorickson sehnte sich zurück nach freundlicheren Zeiten, nach liebevolleren, zärtlicheren. Sehnte sich nach Zeiten zurück, als er – na ja, so war wohl der Anfang aller Liebe – Andrea noch Andrea senza errori nannte, den fehlerlosen Andrea, in scherzhafter Anlehnung an Giorgio Vasaris Namensgebung für den fehlerlosen

Maler Andrea del Sarto. Er sehnte sich zurück zu den Gesten der Innigkeit. Wie gerne erinnerte er sich an den Valentinstag, als Andrea ihm ein Parfüm geschenkt hatte, ein Parfüm, das Andrea selbst verwendete. Andrea wollte einfach, dass sie beide gleich rochen. Ja, das war Liebe, dachte Yorickson. Aber all das war einmal. Und jetzt? Jetzt kümmerte er sich um Andreas Fluchwut. Das einzig Interessante daran: In der Fluchwut gelangen ihm die schönsten Alliterationen, die er dann genussvoll dehnte und zischend ausspie: beschissene Scheißschlampenschnepfe.

Es musste sich gar nicht – wie die Scheißschlampenschnepfe – gegen ihn richten (wenngleich das auch vorkam), es reichte ihm schon, wenn er nur Leidtragender war, wenn er diesen Fucksprech ständig mit anhören musste. Vielleicht war das der Preis, den er für seine junge Liebe zahlen musste: die mitleidlosen Ausuferungen und Eskalationen der Jugend. Sein Trost: Dieses Abkotzen war eine Phase, wie Akne. Oder Fieber. Aber diesmal blieb es harmlos. Heute waren nur die Deutschen dran – dieses als Kleinbürgergewächs gedachte Großvolk –, die Deutschen in ihrer dämlichen Überheblichkeitsblase, die Deutschen und ihr dorftrotteliges Wesen: »Euer Gebäck wird immer größer und schmeckt immer pappiger; der Schaum eurer Cappuccinos wird …«

»… Cappuccini!«, korrigierte Yorickson.

»Ja, das ist auch so was, euer Vorabendserienwissen, eure Nippesweisheiten: Cappuccino/Cappuccini; Pizza/Pizze; Penis/Penes. Auf alle Fälle: Der Schaum eurer Cappuccinos wird immer gewaltiger, ihr trinkt den Kaffee gar nicht mehr, ihr esst ihn, ihr schaufelt Berge von Schaum in euch rein, teutonischen Schaum, dieses vulgäre Schaumlöffeln bis zum Tassenboden, diese Kaffeelöffel schleckenden Müttermonster, widerlich … widerlich, eure Schaumschlägereien … in den Getränkekarten solltet ihr den Cappuccino als Betonsahneberg mit Kaffeepfütze ausweisen … Marcello Mastroianni bestellt ihn nur *senza schiuma*, capito? Und die Rotweingläser werden auch immer bombastischer, ganz gleich, ob ihr miesen Fusel trinkt oder was Besseres, so was kann nur Desperate Housewives einfallen, oder Kleinbürgerlächerlingen: Gläser als Distinktionswaffen. Pah! Allein der hässlich-hohle Klang beim Abstellen dieser Riesengläser auf den Tischen sagt alles, der miese Klang als Vorahnung eines miesen Weins. Da hilft euch euer *Großer Johnson* auch nichts, euer Intensives-Bouquet-dezentes-Tannin-mit-erdiger-Note-feine-Balance-langer-würziger-Abgang-Gerede. Wie ihr mich anwidert mit eurem Großkotzgehabe. Großbürgerprolls seid ihr. Schau mal in deinen bundesrepublikanischen Krimi-Unsinn rein. In jedem eurer Krimis gibt's Gläser, die größer sind als des Mörders Schuld. Gläser bis zur Decke. Tatort-Humpen, so riesig, dass sie bis in die letzten Tage der Menschheit ihr Bouquet bewahren könnten. Wenn es denn überhaupt ein Bouquet gäbe, etwas irgendwie Nennens- oder Riechenswertes. Humpenideologen seid ihr. Ach was: Humpenfaschisten. Die gleichen Leu…«

»… sag mal, geht dir gerade einer ab? … Oder hast du …«

»… die gleichen Leute, die 'n Chablis nicht von 'nem Chagall unterscheiden können, die in aller Regel eine Blindverkostung nie heil überstehen würden, weil sie nämlich keinen guten Wein von einem Fusel für zwofuffzich unterscheiden könnten. Hauptsache, es steht Château drauf, irgendwas Ausländisches. Rothschild zum Beispiel, als ob's Engelspisse wäre, biodynamische Engelspisse. Fleur-de-Sel ist auch so 'ne Angeberei. Fleur-de-Sel-Spießer seid ihr, genau. Fleur-de-Sel-Spießer, die ihr Geschnitten-Brot-Spießertum hinter sich lassen wollen. Und auch das Baguette, vollkommen überbewertet, eine mythosbefrachtete Teigstange mit Luftlöchern. Oder dieses französische Austerngeglibber. Oder Clafoutis. Nenn es Clafoutis, und deine Gäste stehen Kopf, nenn es Kirschauflauf, und du kackst ab. Den ganzen Kram bei anderen Nationen abkupfern und dann wie bescheuert übertreiben, obszön ist das. Die bourgeoise Plebs tut sich groß. Schwarzbrotesser seid ihr, die auf fein machen … Très-soigné-Mistkerle, die sich dem bourgeoisen Gelümmel anbiedern … dekadente Dekantierprolos …«

»… während ihr Italiener uns Obst andreht, das nicht reif ist, nach zwei Tagen von innen verfault …«

»… was hat das denn jetzt mit … aber klar, behalten wir das schmackhafte Zeug für uns, das ist unsere Rache an eurer Touristeninvasion bei uns … haha. Auf alle Fälle: Foie-gras-Heinis seid ihr, die in ihrem Innersten Leberwursttypen geblieben sind, und zwar grobe Hausmacher. Ihr lebt in einer inzestuösen Republik, hasst die Fremden, weist sie angewidert von euch, lasst keine Vermischung zu, verblödet auf eurer einsamen Insel, giert aber nach fremdländischem Lifestyle-Schnickschnack. Merkt ihr nicht, dass ihr mit euren bourgeoisen Allüren – ah, toll, jetzt habt ihr schließlich sogar die verdeckte Knopfleiste entdeckt! – immer mehr verspießt, zu kleinbürgerlichen Großbürgern verkommt, zu großbürgerlichen Kleinbürgern? Immer nur Größe, Größe, blasierte Größe, das ist eure Spezialität. Dégoûtant! Eure Großmannssucht, man erkennt sie schon an euren aufgeblasenen Croissants, wie mit der Fahrradpumpe aufge… ihr leidet an so 'ner Art SUVismus …«

»… Schlechte Laune im Gepäck, wie? Du ätzt ganz schön rum … bist schlechter drauf als 'ne englische Bulldogge … mach ma 'n Chakra-Cleaning, das entspannt …«

»… dieses heilige französische Kleinod, wie habt ihr es nur entweiht! Wie ihr überhaupt die miesesten Nachahmer seid. Dieses Sichrüberschummeln und Hinaufschwindeln in alle höheren Schichten – zum Kotzen! Glaubt ihr wirklich, dass es euch als soziale Überläufer, als Never-brown-after-six-Wichser jemals besser gehen wird? Jedes Schlampenflittchen weiß besser das Großbürgertum zu beerben als ihr Kleinparvenüs andere Kulturen. Ein Lude mit seinem ganzen fetten Goldgeklunker hat mehr Stil als eure affige Mittelklassewichser-Vornehmheit. Oh, ihr Bling-Bling-Parvenüs, die ihr nicht wisst, dass wahrer Stil in der Zurückhaltung liegt. Unaufdringlichkeit, darum geht es. Das Große ist vulgär, ob bei Gläsern oder Croissants, bei Möpsen oder Schwänzen. Wie haltet ihr das nur aus, kein Maß zu haben? Diese würdelose, schäbige Ranschmeiße an die Bourgeoisie. Romantik > Holocaust > Großkotz. Das ist eure Geschichte. Von Novalis über Hitler zu Schröder. Alles immer nur übertreiben. Eine große Töne spuckende Schwätzernation. Habt ihr's nicht mal 'ne Nummer kleiner, ihr Distinktions…? Pâtisserie statt Großtortensucht? Und à propos Hitler. Euer Sprachzaudern, ach was, eure Sprachfeigheit … ihr könnt nicht mehr Jude sagen, ohne dass sich eure Vorhaut zusammenzieht. Und auch nicht Neger oder Zigeuner. Oder Zwerg. Dabei sind sie viel schnuckeliger. Ach, was heißt schnuckeliger: viel geiler als eure korrekten Kleinwüchsigen. Wolltet ihr nicht alle schon mal mit einem … ? Wie erfrischend ungeniert und wunderbar unschuldig war da noch unser guter alter Bouvier mit seinen verlausten Zigeunern und mongoloiden Zwergen, die er so liebte. Sprach- und Lebensschisser seid ihr! Was habt ihr gegen Gypsies, ist eh viel lustiger. The jolly gypsy, the gypsy jolly … and witty dazu. Eure reingewaschene Sprache. Eure Saubersprache garantiert euch euer Saubergewissen, das saubere Gewissen der Dreckspatzen und Massenmörder. Korrigiert sie nur fleißig, eure Sprache … was nützt sie euch, wenn ihr eure Denke nicht korrigiert? Wer sich nicht um Flüchtlinge kümmert, wird sich auch nicht der Geflüchteten annehmen. Ihr seid zwar Saubersprecher, wollt aber nicht akzeptieren, dass Adam und Eva Neger waren. Maximalpigmentiert. Die Cranachs zum Beispiel, die Pfeifen, der alte und der junge, nix da Wirklichkeit, die haben ausschließlich weiße Urmenschen gemalt, Äpfel essende weiße Veganer. War ja auch bequemer für's Missionieren. Ein *vergnügter Neger* bei Nabokov ist mir lieber als ein ermordeter Schwarzer bei rassistischen Amis. Ihr habt es euch gemütlich gemacht in eurem Falschsprech, kuschelig wie Kleinkinder in ihrem Plüschtierhaufen. Hab ich vorher Kleinbürger gesagt? Nein, Kleinstbürger! Mickerlinge! Fuckin' Mickerlinge! Aber was soll man schon halten von Nationen, die Wörter wie *Gesäßtasche* haben oder *beködern*, von einem Gendersternchen ejakulierenden Volk: *Mensch*in, Leut*in, Bürger*innenmeister*in.* Demnächst *Putzkraft*er.* Linksakademischer Gesinnungsquatsch von Trottel*innen!«

»Fertig mit deinem Jeremiadenscheiß? Findest du das jetzt toll? Ich meine, das mit dem Holocaust. Und warum Schröder? Ist dir Berlusconi vielleicht lieber?«

»Das Lemon Curd ist gut. Selbst gemacht?«

»Extra für dich und deine Ach-so-gescheiten Urteile.«

»Hallooo, eingeschnappt? Kann ich was dafür, dass ihr ein Popanzvolk seid, ordinär und parvenükrank. In allem durchgeknallt. Sogar die Hypochondrie übertreibt ihr noch: Bioschümli, Chai-Latte mit Sojamilch und all dem Scheiß. Demnächst gibt's gluten- und proteinfreien Biosex in Shoppingmalls zu kaufen. Und laktosefreie Laktose. Rechtsdrehend, linksfurzend. Vegetarischen Wurstsalat. Tofurinderfilets, saignant. Eure glücklichen, weil auf Drogen gesetzten und beim mozartberieselten Ficken in Bodenhaltung erschossenen Hühner gehen mir auf den Sack. Ihr seid eine einzige verwöhnte Nouveau-riche-Bande. Eure Probleme möchte ich haben. Salat vorher, Salat nachher, in der Mitte – das ist auch so 'ne Glaubensfrage bei euch. Esst ihn doch einfach. Wirklich, Eure Probleme möchte ich haben.«

»Das ist unter deinem Niveau, Andrea.«

»Ist mir so was von schnurz, ärgern kann ich mich nur unter meinem Niveau. Und überhaupt: Woher kennst du mein Niveau? Mann, Yorick, wach auf, du lebst in einem Land, das Sättigungsbeilagen kennt. Und Nachschlach. Lass dir das mal auf der Zunge zergehen. Sättigungsbeilage: kulinarischen Genuss auf eine Magenfülltätigkeit reduzieren, darauf könnt auch nur ihr kommen. Kannst du dich da wohlfühlen, in so 'nem Scheißstaat?«

»Jaaa jaaa. Ich meine: Nein! Willst du nicht zu 'ner Realityshow mit deinen billigen Weisheiten? Anderen Nationen geht's beschissener … anderswo wirst du wegen eines Gedichts auf Wasser und …«

»… ja, ja, ich kenne deinen Text …«

»… auf Wasser und Brot gesetzt. Ein Vers, zehn Wörter, die ihnen nicht passen, aus fadenscheinigen Gründen nicht passen … und aus die Maus. Wörter, deren Bedeutung als Worte sie verpassen. Ein einziger Reim … und aus. Aus und vorbei. In anderen Ländern darfst du Frauen nicht die Hand geben, kleine Mädchen werden wegen pinkfarbener Söckchen in den Knast gesteckt. Von wegen westliches Gehabe. Und dann geht's ab zum Jungfräulichkeitstest. Und nach einem erzwungenen Geständnis zur Belohnung eine Vergewaltigung, und zwanzig Peitschenhiebe obendrauf. Wenn's blöd läuft, reißen sie dir noch die dezent lackierten Fingernägel raus. Und du Scheißsinnsucher kommst hier mit Biofürzen und Bodenhaltung. Weißt du, du als Raucher wärest schon lange von Djihadisten exekutiert worden.«

»Du als Obergrummler auch.«

»Häh? Sag mal, warum distanzierst du dich eigentlich ständig? Deine Mutter ist Deutsche, Andrea, du bist vollkommen zweisprachig. Hast du Schiss, zu viel abgekriegt zu haben vom teutschen Wesen? ... Deshalb so angepisst?«

»Fanculo!«

»Gehen wir heute wandern? Ich hätte Lu...«

»... bist du behindert? Wie kommst du denn plötzlich auf ... du hast doch noch nie ...«

»... ein bisschen frische Luft täte uns ganz gut, die Landschaft hier ist gar nicht so ...«

»... Landschaft ist was für Doofis ... allenfalls was für die Kinoleinwand, handverlesen und vorkadriert. Eine Terrasse und aufs Meer gucken, okay ... aufs wild blinkende Meer ... blaulich, kräuselnd, heiter ... mit sicherem Abstand, meinetwegen auch auf einen Wald, einen Olivenwald bevorzugt, knorrige, nach dem Wind gewachsene Van-Gogh-Bäume ... aber drin rumlaufen, in der Landschaft, was soll das? Man verschandelt sie nur, und ...«

»... ja, ja ... ist ja gut ... stress hier nicht so rum ... aber heute Abend auf die Fete von Mario, okay?«

»Das heißt Party, du Ötzi ... können wir machen ... Mario ist gut, sehr gut ...«

Und es ist so
Dass einer stirbt
Und einer bleibt
Forugh Farrochsad

Du pralles Leben, ich bin wie ein Spiegel
Von dir bin ich erfüllt, schaust du hinein
Doch wenn sich einst der Tod darin betrachtet
Wird sein Glas dunkel wie der Abend sein.
Forugh Farrochsad

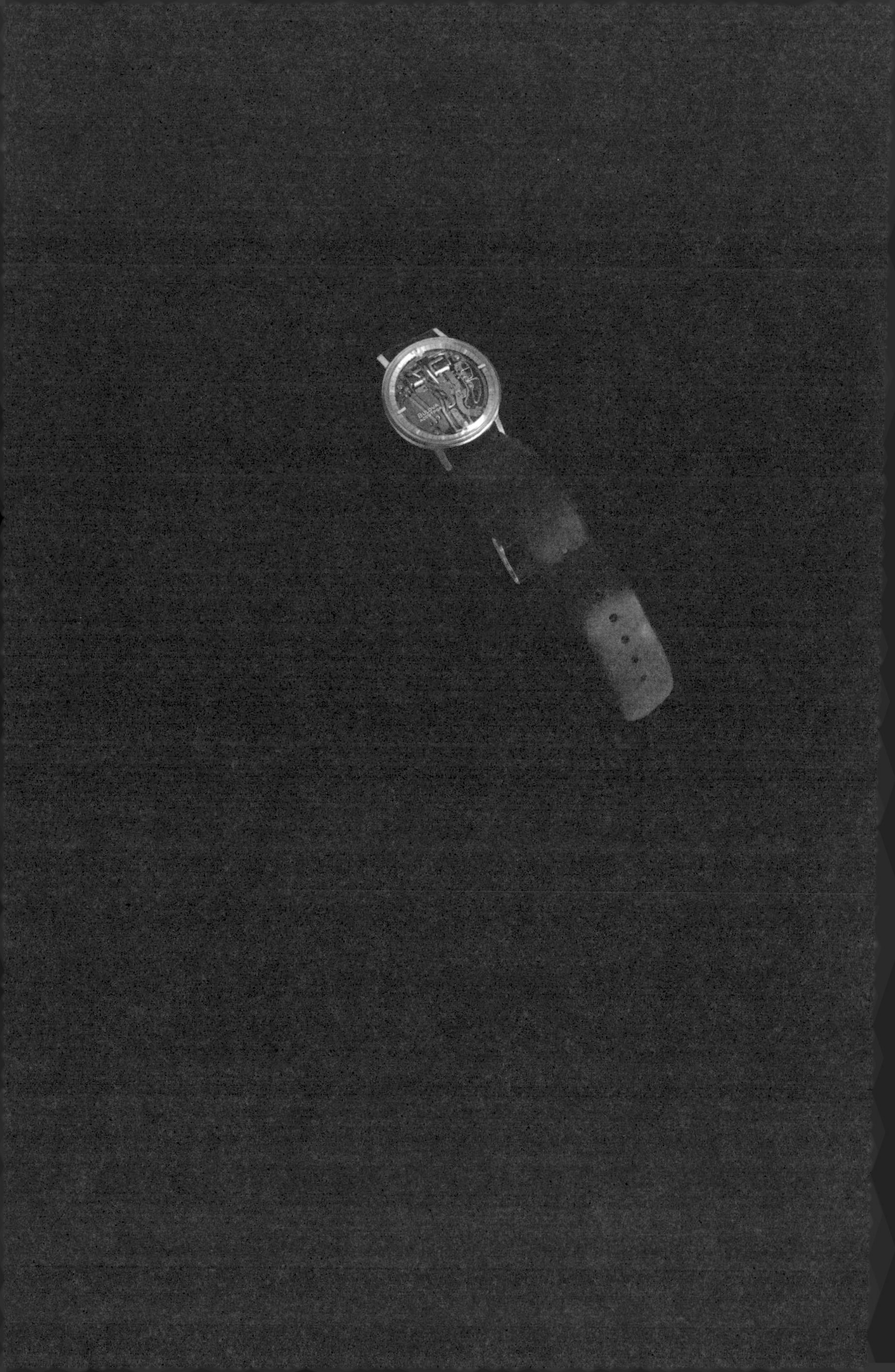

Wenn Sie den Tod nicht mögen, sollten Sie dieses Kapitel überspringen.

Mein lieber Shaahinjan,
das war's jetzt also. Sei nicht traurig. Ich fand es aufregend. Richtig aufregend. Aber jetzt reicht's. Ab jetzt kein Schicksal mehr! Na ja, was heißt, es reicht? In Wirklichkeit, wenn ich bedenke, was es alles noch zu schauen und zu denken und zu erleben gäbe, würde es leicht für ein zweites, ein drittes Leben reichen. Ein viertes gar. Man hätte sich mehr beeilen müssen. Und doch: Für mich zumindest gibt es nichts mehr zu tun, und genau das tue ich jetzt. Ich fühle mich wie ein Füller ohne Tinte. Irgendwann hat sich's ausgeschrieben. Man kann ja nicht auf ewig den Dorian Gray geben, das musste selbst Dorian Gray erkennen. Zu sterben und zu vergessen ist immer eine feine Option. Also Messer raus, Wurm raus, fertig ist das Leben.

Ich bin jetzt über neunzig, für mein zerschlissenes Alter noch recht munter, ein zähes altes Reptil gewissermaßen, aber verspüre keine große Lust, am Ende doch noch von den freundlichen Armen unserer freundlichen Revolutionsgardisten umarmt zu werden. Von welchem Nutzen könnte ich ihnen schon sein? Das will immerhin auch bedacht werden, bei aller Liebe. Ein ziemlich belangloser ausgedienter Juralehrer mit ziemlich privaten Neigungen zu anarchistischen Schrullen in der Folterzelle – lächerlich! Eines alten Roadsters wegen, ein paar Gedanken wegen – absurd! Die Tragik ist, dass diese Blutburschen vom Savak-Geheimdienst noch nicht mal wissen, wer oder was staatsgefährdend ist und was abgehakt werden kann unter: Was soll's? Diese törichte Willkür ist das eigentlich Grässliche. Die erschütternde abgrundtiefe Dummheit der Mächtigen. Aber: In niz bogzarad, auch das wird vorübergehen.

Zum Beispiel als du weggingst damals, dein etwas überstürzter Aufbruch, um Onkel Said zu besuchen in Paris. (Nebenbei: Wir hatten das alle nicht so recht verstanden, so Hals über Kopf, wie du gegangen bist … so abrupt, so jung …) Kurz davor hatten sie hier zwei Jungs festgenommen, einfach so. Die haben mit ihren Pimmeln gespielt am Strand, die Welt erkundet, (wenn es überhaupt wahr ist), und das hat unsere Herren gestört, unsere islamischen Herren (als ob sie es nicht selber täten, mit sich, allein, mit anderen, mit Frauen, Männern, mit Buben, pimpern tun sie doch alle; sogar in aller Öffentlichkeit noch haben sie ihre Hand ständig an dem Ding, dieses Zipfelzupfen, dieses Fingern und Kneten in einem fort). Also hat man sie festgesetzt und gefoltert, öffentlich ausgepeitscht. Sie sollten hingerichtet werden. Zwei kleine persische Pimmel, die vom Savak verfolgt werden, man stelle sich das vor. Liegen die da auf der Lauer am Strand und … Sag, Shaahin, haben die nichts Besseres zu tun, macht die das heiß? Die Wirtschaft liegt am Boden, die Inflation saugt uns das Mark aus den Knochen, der Brotpreis wächst ins Astronomische, und die halten Ausschau nach staatsgefährdenden Pimmeln. Macht denen das Spaß? Und dann nennen sie's auch noch Revolution. Aber Gott sei … nein, Schaitan sei Dank, die Buben waren dann plötzlich nicht mehr da, wie vom Erdboden verschluckt. Und der Savak hat blöd aus der Wäsche geschaut. Oder der Vevak, oder wie immer die auch jetzt heißen … was machen schon die wechselnden Namen? … in ihrer Widerwärtigkeit bleiben sie gleich, sind sie sich treu. Henker bleiben Henker. Savak oder Vevak, gibt es irgendeinen Grund, warum wir uns alle Nase lang neue Namen für alte Gräuel merken sollten, für die seit Jahrzehnten immergleichen Abscheulichkeiten? Das schmerzt doch nur zusätzlich. Einerlei, wenigstens dieses eine Mal hatte sich die Gerechtigkeit eingemischt: Die Jungs waren weg, in Sicherheit. Irgendwo.

Und stell dir vor, letzthin waren sie auch bei mir, diese Savak-Vevak-Burschen. Bis obenhin mit Steroiden vollgepumpt. Mit triefend öligem Haar standen sie da. Warum nur sind diese Typen immer so pomadig? Als ob sie ein Klischee erfüllen, den Erbfluch alter Generationen antreten müssten. Sie kamen mit ihrem schmutzig-weißen Toyota-Streifenwagen und standen plötzlich vor der Tür. Khakiuniform und Palästinenserschal. Zwei knoblauchschwitzende halslose Gardisten, beide mit Schwellungen im Schritt, die unhöflich große Glieder vermuten ließen. Schwellungen, die – es konnte nicht anders sein, dafür waren sie bestellt – einzig das schamlos Lüsterne ihres Geschäfts bezeugen sollten.

Noch an der Tür faselten sie wirres Zeug: »Gefährdung der nationalen Sicherheit«, »zionistische Umtriebe«, »Konspiration gegen die Geistlichkeit«.

Ich verstand zuerst gar nicht. Ich musste – ich weiß nicht warum – an all die jungen Mädchen denken, die kurz vor der Hinrichtung noch schnell vergewaltigt werden, weil unser islamisches Gesetz die Tötung von Jungfrauen verbietet. Großmutter bestand darauf, dass sie sich auswiesen. Einer der beiden, breitbeinig wie John Wayne, glaskauend, komplizenhaft grinsend (wahrscheinlich auch einer dieser postkoitalen Mörder), schlug gespielt beiläufig seine Jacke auf und wies, während er lasziv mit seinem Zahnstocher zwischen seinen schmierigen Zähnen spielte, so dezent wie deutlich auf seine Pistole: »Alles klar? Donnerstag im Ministerium!«

Ich wusste sofort: das Ministerium für Staatssicherheit. Klar. Darüber hinaus: keine Erklärung, nichts. Nur hohles unzusammenhängendes Kriegsgebrüll: »Kollaboration mit dem Imperialismus«, »BBC World Service«, »Radio Israel«. Und wenn ich nicht … sie könnten einem »alten Greis« (Hohlköpfe, die sie keine Tautologie erkennen!) »auch noch den Kiefer zertrümmern, kein Problem«. Also machte ich mich drei Tage später bereit.

Weißt du, Shaahin, woran ich immer wieder denke? Während Hitler das Abkommen von Locarno brach, die Franco-Diktatur in Spanien begann und die Niagarafälle zufroren, setzte bei uns dieses unglaubliche Tauwetter ein, diese Explosion des Liberalen. Was waren wir stolz! Und jetzt? Aber das kennst du ja …

Immer wieder frage ich mich, ob das alles auch passiert wäre, wenn wir in Babolsar geblieben wären. Was hatte uns damals eigentlich geritten, unser Sufi-Refugium am Meer zu verraten, die angenehme Kühle unseres Fès-Hauses, seine großen Welten? Hatten wir es nicht gut in unserem schmucken Lehen, so herzerweiternd, so mummelig, wie es war? Und warum gerade nach Teheran? Allein, weil Tante Nahid die Dosierung ihrer Herztabletten nicht beherrschte? Und dann auch noch ins Elahieh-Viertel, in den snobistischen Norden, zu den Diplomaten und Embassy-Gardens und Poolpartys mit ihren Champagnerschalen und Krabbencocktails. Warum war uns nicht mehr Bescheidenheit möglich? Widerspruch, das erste und letzte Wort unseres Lebens. Ich schäme mich.

Ich bin sogar so weit gegangen, mich immer wieder, allein ihrer majestätischen Anmut wegen, in die Valiasr-Straße zu schleichen, in den von Papa Schah begonnenen und von Sohnemann Schah (»I have a divine command«, Prahlhans, der er mehr zu sein glaubte als ein Mensch, Hurensohn!) fertiggestellten Haussmann'schen Prachtboulevard, in diese prunkende Platanentollheit, diese achtzehntausendfache Sycamorenlust: im Herbst eine dunkelrot blutende Allee mit kupferfarbenem Glanz; im Sommer die vollendete Inkarnation des Grüns; und im Winter ein metallener, polarweiß glitzernder

Eiskanal. Ja, unsere gekrönten Diktatoren hatten Sinn für die verschwenderische Schönheit der Welt.

By the way: Was hat es eigentlich zu bedeuten, dass im Norden Teherans sowohl das Grauen als auch die Annehmlichkeit so häuslich vereint sind, sowohl die Verließe und Folterkammern des Evin-Gefängnisses als auch die Villen der Botschafter liegen? Ist der Norden unser Kriminellentreffpunkt? Treffen sich hier die Folterknechte und Prätendenten des Regimes, seine Schergen und Repräsentanten? »Und die Leute, die beim Schlachthaus wohnen / Deren Garten blutig ist … / Warum tun die nichts« – ach, Forugh!

Ich wusste nicht, ob ich eine Krawatte anlegen sollte oder nicht. Eine Krawatte, das hieß: Lakai von Uncle Sam. Am Schreibtisch trage ich meistens eine, wie Thomas Mann, um der alten Zeiten willen (nicht um der Schah-Zeiten willen – wer braucht schon wie Soraya ein mit sechstausend Diamanten verziertes Dior-Kleid aus Silberlamé? – Nein, um unserer zivilisierten Zeiten wegen), irgendwie muss man doch Haltung bewahren im Leben. Dreimal hab ich vor dem Spiegel gewechselt: mit – ohne – mit. Schließlich ging ich sicherheitshalber, und das heißt natürlich großmutterhalber (»Bartlos ist schon riskant genug«) doch ohne. Ich hab mich nicht sehr wohl gefühlt in dieser Ahmadinedschad-Kluft. So unvollständig, unfertig, wie der ganze Kerl. Und als ich dann schließlich dort war, haben sie mich einfach wieder fortgeschickt: »Keine Zeit jetzt, nächste Woche, vielleicht übernächste, halten Sie sich bereit.«

Achtzehntausend Toman Taxi umsonst für diese unrasierten Revolutionskanaillen. Quer durch unser stickiges abgasverpestetes Teheran, unter dem dreckigbraunen Smog hindurch. Alles ohne Klimaanlage. Der Mitfahrer stank nach Schweiß. Alle paar Augenblicke das Hochziehen seines rußschwarzen Schleims. Auf dem Boden ein Meer von Pistazienschalen. Unser Byron wusste es schon vor langer Zeit: »Damn this place«.

Immerhin, im Radio lief Shaahin Najafis Ingooneh, *der von unseren Religionsrevoluzzern verbotene Song. Der Fahrer hatte den Ton sogar noch lauter gestellt. Eigenartig, was sich die Leute – über alle Verbote hinweg – immer wieder trauen, dieser Mut des Alltäglichen, dieser gefährliche aberwitzige Helden(über)mut.*

Noch Tage danach hatte ich gerötete Augen und gereizte Schleimhäute und dieses schmerzende Brennen in den Lungen, trotz Mundschutz. Was waren das doch für Zeiten, da die Luft noch sauber war und der Himmel von Tiepolo gemalt, rosa und blau, altrosa und seidenblau, mit Tupfern von Lavendel?

Mit Cyrus, meinem Studienfreund in Lausanne und Freiburg und Ferrara (er war mir, was Étienne de la Boétie für Montaigne war: ein Herzensmensch), haben sie das zwölf Mal gemacht, also das mit dem Einbestellen zum Verhör, ganze zwölf Mal, alle möglichen Varianten:*

- *hinzitieren / wegschicken*
- *hinzitieren / zwei Tage einsperren / freilassen*
- *hinzitieren / verhören / wegschicken*
- *hinzitieren / verhören / foltern / freilassen*

So zermürben sie dich. Irgendwann wirst du ganz fühllos, und du befiehlst dir, mit dem Denken aufzuhören. Du befiehlst es dir selbst und denkst nur noch an die Ruhe der Gräber. »Der Schmerz steht neben dir«, so hat es Cyrus ausgedrückt. Schließlich haben sie ihn vorübergehend ins Gefängnis gesteckt. Vorübergehend! Für vier Jahre. Und dann doch noch die Exekution. Und warum? Weil kein Platz mehr im Gefängnis war. Stell dir vor, sie töten aus Platzgründen. Und aus Langeweile zertrümmern sie vorher noch deinen Unterkiefer und treten dir die Rippen in die Lunge. Kühltransporter holen die Leichen ab.

Nein, diese Spielchen sind nichts für mich. Unter Augenbinden durch die Todeskorridore laufen, ständig den asthmatischen Atem des Schreckens im Nacken, nur noch Angst riechen, Blut und Schweiß, Pisse und Scheiße, und auf dem Folterbett schließlich zerfleischt werden – nein! Wer will da nicht liebend gerne, ganz freiwillig, mit Blitz und Donner in die Grube fahren? Man muss so lange leben, bis es vorbei ist. Wenn die alte Zeit gehen will, lass sie gehen. Spätestens dann: Auf, auf ins finsterblaue Dunkel. Zudem glaube ich auch nicht, dass mich im Evin-Gefängnis ein vornehmer Bediensteter in Livrée empfangen würde. Also sage ich: Nein. Nicht, weil ich bedient werden will, sondern weil ich etwas von Vornehmheit halte, und zwar von jener Vornehmheit, die von gestern ist, die, die nicht knechtet. Außerdem haben sie kein Pistazien-Safran-Eis.

Ausgerechnet jetzt denke ich an Byron: »Wenn die persischen Beamten ihrer natürlichen Liebenswürdigkeit freien Lauf lassen, kann das Land sehr schön sein.« Welch Treppenwitz der Geschichte.

Aber ich will aus meinem Herzen keine Mördergrube machen, ich muss zugeben, Shaahin, der Savak-Vevak ist womöglich nicht mein erstes Problem,

---

**Ich habe den Namen geändert, Shaahin, zum Schutz von Cyrus' Familie, denn der Brief hat das Land noch nicht verlassen. Du weißt, wen ich meine. Der Arme, jetzt wird mein lieber alter Freund auch noch zur billigen Fußnote unserer so traurigen Geschichte.*

nicht mein einziges. Letzten Monat waren wir im Tschaichane, Großmutter und ich, im Teehaus beim alten Aznavuryan, unserem armenischen Freund. Immer noch verunstaltet das Schild »Religiöse Minderheit« seine Tür. Die Frommen könnten sich ja bei dem schmutzigen Christen die religiöse Krätze holen. (Oder ist er Jude? können Armenier Juden sein?) Uns vis-à-vis saßen junge Mädchen. Oder waren es Frauen? Dieser gefährliche Übergang auf alle Fälle. Wunderschön. Nicht die Gesichter (auch die, trotz ihrer Nasen-OPs), einfach nur dieses schamlose unverschämte Jungsein, so unglaublich schön. Dieser Umbruch. Wo hat man je solche Augenbrauenskulpturen gesehen? Selbst noch unter ihren Tüchern sind sie schön (kostbar wie die Goldblattrahmung einer byzantinischen Ikone), vielleicht noch schöner als ohne, was ich früher gar nicht glauben mochte. Vor allem erotischer, dieser verführerische Reiz des Geheimnisumwobenen, der Blick in die Augen, durch die Fenster direkt in ihre Unsterblichkeit, ganz ohne Ablenkung. Diese Strähnen, die unter dem Kopftuch wie unbeabsichtigt hervorschauen, welch Versprechen! Diese schwarzen und hennafarbenen hungrigen Versprechen. Mehr Versuchung geht nicht. Und ich frage dich, waren rubinrot leuchtende Lippen je verlockender in Szene gesetzt als durch einen schwarzen Hidschab? Ganz zu schweigen von den Mantos. Sag, Shaahin, ist die betörende Sinnlichkeit des Mantos unser Beitrag zur internationalen Mode, sind unsere Mullahs die Couturiers der modernen Frau? Tragen sie überhaupt etwas darunter (also die Frauen, nicht die Mullahs – obwohl)? Mit welcher Grazie, mit welcher Würde sie die Mantos doch tragen, mit welcher erotischen Ungezogenheit … als ob Jean-Paul Gaultier … oder Dries Van Noten … ist es nicht die göttliche Verwandlung des Verbots in Verführung … in ein göttliches Verführungsversprechen? Man merkt ihnen ihre Alibifunktion gar nicht mehr an.

Und bei euch im Westen tragen sie regenbogenfarbene am Schenkelfleisch klebende Leggins. Igittigitt!

Wie abgestumpft müssen doch unsere Mordgesellen sein, dass sie das Subversive der imaginierten Grazie nicht spüren! Allerdings, letzthin hatte ich eine Vermutung. Vielleicht ist genau das gewollt von ihnen: der Hidschab (oder Manto) als die im Geiste zu entblätternde Reizwäsche, auf dass unsere geilen Säcke auch im Alltag ihren sexuellen Hunger stillen können, unter aller Augen, mitten im Basar, unbemerkt. Denn, je größer das Verbergen, desto schwüler die Lust. (Na ja, eigentlich auch nicht besser als die im Papismus da drüben, denn ist deren Maria nicht auch nur Vorwand und Sublimation für die Notgeilheit seiner füßeküssenden, blutsaufenden Popen? Kommen sich dann wahrscheinlich alle wie der Heilige Geist vor, der unbefleckt vögelt. Eine »autoerotische Spiritualität« nannte der deutsche Papst den Buddhismus mal. Wie würde er seine eigene Kiste benennen? Heilige Genophobie? Erotische Agonie? Etwas dazwischen? Auf alle Fälle was Verklemmtes.)

EINE FRAU MIT HIDSCHAB IST WIE EINE PERLE IN DER MUSCHEL, das steht an den Wänden unserer Schulen und Universitäten, dick und fett. Siehst du ihre geilen lefzentriefenden Fratzen, Shaahin?

Und unter den gänzlich Verschleierten, was denkst du, Shaahin, wie viele sind da eigentlich in konspirativer Mission unterwegs, auf amourösen Pfaden vielleicht sogar – unerkannt von den Bütteln der Macht? Meinst du, es sind auch Jungs darunter, die Knaben ihrer Lust?

Mir fiel die Zufriedenheit auf, die Zufriedenheit dieser Gesichter vor dem Buch, dem Laptop, vor den Gläsern mit dem heißen Tee. (Auch hier: Ich wette, die schlanken Taillen unserer Teegläser sind von den Frauen inspiriert, sie schlürfen daran – ein putziger Surrogatversuch für die unterdrückte Lust, ein wenig wirksames Palliativ.) In ihren Augen sah ich, wie sie sich freuten auf ihre zukünftigen Erinnerungen (nur ich wusste, wie wertlos sie werden konnten) und wie sie sich weigerten, ihr junges oratorisches Lachen an die Despoten verloren zu geben. Und als ich merkte, dass ich eifersüchtig war, Neid verspürte wegen ihres kleinen Glücks (natürlich wusste ich, dass es klein war, dieses Glück, sein Gewicht nie über ein Quäntchen hinausgehen würde, dass dieses Glück nie überschäumen würde wie das Brausepulver der Kindheit, lediglich abgetrotzt war dieser Man-rückt-näher-zusammen-Wärme einer repressiven Gesellschaft, und überhaupt Lebensregel war, Verordnung und Bestimmung, auch sie würde es irgendwann erwischen, wenn es nicht der Savak-Vevak sein würde, seine Blutraserei, dann eine unglückliche Liebe, oder der mordende Nachbar, oder ein zerstörtes Haus, vielleicht ein lächerlich kleiner Keim, der zur Hirnvenenthrombose führt – das Leben eben, seine Todesbeharrlichkeit), da wusste ich, dass ich ein Todgeweihter war, ich konnte nicht mehr teilen. Mein Herz war ausgebrannt. Also warum dann noch das Leben? Diese Mädchen waren da, um mich zu verscheuchen, um mir meinen Platz streitig zu machen. Ungeflügelte Boten, deren Aufgabe es war, mir zuzuflüstern: Gestorben werden muss! Geheime Herolde, die mir zuriefen: Be a Scheißself-Slaughter, Alter, auch wir wollen leben, was tatterst du lustgreisig in die Bar, wenn du doch schon lange auf den Schinderkarren gehörst. Und hatten sie nicht recht? Schließlich geht es bei diesem ganzen Lebens- und Todesreigen ja auch immer ums Platz machen, ums Platz machen für andere, die Nachgeborenen. Haben sie nicht auch Rechte? Und wir, haben wir nicht unsere Chancen gehabt? Nachts, wenn du die Bettdecke über dir hochziehst und erkennst, dass dein Leben nur ein Lichtspalt ist zwischen zwei rabenschwarzen Dunkelheiten, wenn du spürst, dass du nicht mehr bist als ein Insekt auf dem Rücken eines Flohs (oder die Giardien im Darm eines Hundes), wenn du dich als Nichtigkeit erkennst, als subatomaren Krümel, als Nanokern in den multiplen Welten des Alls, um den Faktor 10 hoch 100 kleiner als ein Proton, wenn dir vage, blitzartig vage, bewusst wird, keine Fußnote bleibt, geschweige eine Legende (wie kommen wir eigentlich darauf, dass wir mehr sind als nichts im Leben, mehr als die kleinste Kleinstheit; so viel Seele und Zuversicht und Leidenschaft für einen albernen Punkt im All, so viel Aufhebens, wie kommt's?), dann spürst du es am stärksten: Gestorben werden muss! Sonst geht nichts weiter. In Gedanken grüßte ich sie, die anderen acht Milliarden (wie oft waren sie mir als Beleidigung meiner Einzigartigkeit erschienen, hatten sie meinen Narzissmus in den Dreck gezogen?), und wünschte ihnen Glück. Warum sollten sie ihr Lebensglück versauen, indem sie seibernden alten Säcken den Arsch abwischen? Ein schiefer Gesellschaftsvertrag, auf Kosten der Jugend, der ihr Leben gestohlen wird und darüber verbittert und gewalttätig wird, gegen sich und andere. Nicht »erhalten« ist dem Leben als Gesetz eingeschrieben, sondern »vergehen«. Und es wird nur deshalb nicht tragisch sein, weil es nichts geben wird. Es wird danach nichts geben, wie es auch davor nichts gab. Nur das Leben gibt es, das ziellose Leben. Den Menschen als »nutzlose Passion«, als »gemeine Marmelade«.

Und Gevatter Hein, der Unverfrorene? Noch nicht mal ein Kaminfeuer kann er anbieten in seinen Gemächern, um die kalten, steifen Knochen zu wärmen. Dabei gehören Kamine doch zur conditio humana. Was kann er also schon wert sein, dieser Herr?

Vielleicht sollten wir es ohnehin wie die Trauser machen (schlage nach bei Herodot): Die Neugeborenen beweinen, denn sie haben das Leid noch vor sich; den Tod besingen, denn alle Lebensqual ist nun vorbei.

Was bleibt, ist immer wieder dieser faszinierende Gegensatz zwischen der Nichtigkeit des Lebens und der Größe des Ichs. Oder war's umgekehrt?

Wenn wir jung sind, Shaahin, im Protz der unsterbbaren Jugend, erträumen wir uns eine schöne Zukunft, und dann, später, als spitzbäuchige grindige Zausel, wenn diese Zukunft schon längst Vergangenheit geworden ist, die Haut grau und falb, vollends überwuchert mit Friedhofsröschen, wollen wir immer nur noch mehr Zukunft, eine Art Nachschlag des Seins. Die Gierigen und Unersättlichen wollen immer einen Nachschlag – auf Kosten der Allgemeinheit. Wünsche haben die Eigenschaft nachzuwachsen. Kennst du unser persisches Sprichwort: Wünsche und Macht / Sind auf Nachschlag bedacht? Richtig. Nie ist es genug! Dabei gilt es einzusehen wie Chopin, wie

Freund Freddy-Frédéric: »Meine Versuche sind nach Maßgabe dessen verendet vollendet, was mir zu erreichen möglich war.« Jetzt belästigt mich schon der blöde Freud mit seinen Fehlleistungen, die natürlich nie welche sind. Versprecher sind Versprecher, nie Fehlleistungen, selten, auf alle Fälle nicht angetan, von dem geistig enthemmten Interpretationsbrimborium dieses vermaledeiten Wieners angefressen zu werden. Der Typ wäre besser unterblieben. Hoffentlich war er als Zoologe besser.

Aber schlimmer noch, Shaahin: Auch die Neugier ist verschwunden. Über neunzigmal habe ich jetzt den Frühling gesehen, mich in seinen apfelgrünen Duft versenkt, und immer wieder war er frisch und munter, ein Glücksereignis, erregend wie beim ersten Mal. Aber jetzt, die dunkle Deadline vor Augen, lässt er nach, wird zum lästigen Déjà-vécu. Die Welt wird stumpf, das Ende der Erwartungen. Und trotzdem tüttelst du ewig weiter und gehst anderen auf die Nerven. Warum nur, warum?

Weißt du, man wirft uns Alten Demenz vor. Weit gefehlt, Shaahin. Das Interesse an den Sonnenumdrehungen nimmt ab, das ist alles. Irgendwie totgelaufen. Warum sich also die Dinge noch merken, wozu? Die Demenz, zunächst nichts Anderes als ein sukzessives Sichausklinken, am Schluss eine radikale Form des Abschiednehmens, ein verdeckter, versteckter Selbsttod.

Obwohl, vielleicht will ich mir meine wachsende Schusseligkeit nur nicht eingestehen; heute Nachmittag habe ich in der Universitätsbibliothek versucht, mit dem Personalausweis das Schließfach zu entsperren, immer und immer wieder …

Die Vitalität des Frühlings … ja, die Kraft der x-ten Neuentdeckung ist geschwunden. Sie nimmt proportional ab zur Melancholie der Todeserwartung. Ich kann mich nicht mehr selbst überraschen. Die Neugier aufs Leben hat sich davongestohlen, einfach weg. Wenn das Lernen-Wollen vergeht, wenn es nichts mehr anzuhäufen gibt und zu sehen, wenn die Antworten jene von gestern sind, von vor zehn Jahren, das Denken einrastet, einrostet, wenn sich schließlich also alles verliert, ist es dann nicht Zeit zu … Ist die einzige Wahrheit des Lebens nicht das Lernen, bis zum Tod? (Ach Gott, »Wahrheit des Lebens«, wie debil hört sich das denn an? Als ob man von Wahrheit sprechen kann, wenn man sich selbst kaum angehört, nie angehört hat. Was hat Großmutter immer gesagt: »Hört, hört, ihr Prawda-Ideologen: Die Wahrheit ist ein glitschiger Aal, versuch das Geschlängel mal zu greifen.«)

Nein, das überwältigende Gefühl des Alters, des Ruhestands, das Gefühl, jeglicher Pflichten entledigt zu sein, von allen Zwängen befreit siegesgewiss in den Tag leben zu können, um die Dinge mit den wachen Augen eines Kindes wieder und wieder neu zu sehen, dieses Gefühl lässt jetzt nach. (Gehen deshalb so viele im Alter als Zeitvertreib auf Beerdigungen, weil es neu ist?) Außerdem, seit fünfzehn Jahren schon brauche ich keinen Katheter … ui, ui, gibt es diesen Fehlleistungsquatsch womöglich doch? … Kalender mehr. Meine Jahrestermine – darunter alleine acht Geburtstage, nur drei oder vier sind wirklich wichtig – passen auf die Rückseite meiner Visitenkarte. Und mein Adressbuch gleicht einem Totenverzeichnis, einer Nekropole zwischen Buchdeckeln; alle haben sie sich davongemacht, alle Freunde nach und nach, wie in Haydns Abschiedssymphonie. Die Zeit der Nachrufe ist kein Pläsier. Die Zeit, in der jedes Schlafengehen zum Sterben, zum halben Tod gerät, ist nicht lustig.

Und jetzt, da selbst die Möbel unfreundlich zu mir werden, sich gegen mich stellen, sturköpfig und widerspenstig …

Ich sage Nein, Shaahin, obwohl es mir schwerfällt, immer schwerer, das alles zu verlassen, so mir nix, dir nix zu verlassen. Meine grenzenlose Liebe zum Humor, zur Ironie der Menschen, ja, sogar zu ihrer begnadeten Häme, wie will man das verlassen wollen? Das große Pfund des Lebens. Und dann die verschiedenen Formen der Frühstücke: unseres, das englische, italienische, sogar das lausig-amerikanische. Wenn das amerikanische nicht so lausig wäre, wüssten wir dann, dass das französische ein Fest ist?

Die anderen lachen weiter, das ist das eigentlich Schlimme, die narzisstische Kränkung schlechthin, sie bleiben da und lachen weiter … in Paris und Schiraz, in Venedig und anderswo … lachen einfach weiter und trinken Bellinis in Harry's Bar. Wenigstens die Grässlichen überleben, sollte das nicht möglich sein?

Ich mache einen Vorschlag, Shaahin. Wenn es statt dieses demütigenden Einzelsterbens alle siebzig, achtzig Jahre einen großen Knall gäbe, und die ganze Erdenpopulation wäre weg, das wäre doch ein akzeptables Modell, findest du nicht? Deine Freunde könnten dich nicht überleben, wäre das nicht schön?

Aber nicht nur subjektiv, auch objektiv lassen die Dinge nach. Das Café Naderi – unser persisches Deux Magots – in der Jomhouri Avenue etwa, wo ich früher so glücklich, ambitionslos glücklich, die Eiswürfel kreisen ließ im Whiskyglas. Ich bin sicher, selbst unserem traurigen Hedayat muss dort das Glück gelungen sein, wenn auch nur ein Augenblicksglück, aber Glück. Was ist aus diesem legendären Intellektuellentreffpunkt in postrevolutionären Zeiten geworden? Ein alkoholfreier Weltschmerzort, in jeder Ecke, in jedem Winkel die fahlen Spinnfäden der Melancholie? Draußen auf alle Fälle ziehen dunkle Seelen durch ein sprachloses Land.

Früher war halt alles besser: das Leben, die Poesie, der Tod.

Eigentlich hatte ich mir vorgenommen, nicht zu sterben, mich aus dem Staub zu machen ins Nirgendwo. Den Tod zu überlisten. Dem Wegelagerer eins überzubraten. Zumindest ihm dreckig ins Gesicht zu lachen, mir Zeit zu lassen. Besser noch: die Sanduhr des Schicksals wenden, immer wieder, ad infinitum. Wer will schon ein Überläuferschwein sein? Aber letztlich behält er ja doch immer recht, behält die Oberhand, der Saukerl. Sein kaltes Blut obsiegt.

Der Tod verehrt mich.
Der Tod verheert mich.
Nur unter Protest werd' ich …

Ach was, Monty Python treten nicht mehr auf, Visconti dreht keine Filme mehr, und Romy Schneider ist auch nicht mehr, was also soll's, das alleine ist schon Grund genug, sich auf und davon zu machen.

Schon komisch, dieses Gefühl, dass es ohne mich weitergehen wird. Das grenzt an Ehrverletzung, ein Dropkick gegen mein Gemüt. Mein Gott, oder vielmehr: Mein Schaitan, o mein Heiliger Höllenboss, wie ich das alles lieben gelernt habe: die Bücher, den Wein, die Frauen. (Ich war immer treu, Shaahin, treu wie Gold, glaube mir! Auch wenn Großmutter immer behauptete, ich wäre nur an die Uni gegangen, weil ich dort von einem Harem lieblicher Odalisken (Ingres? Picou? Boucher?) umgeben sei. Nein, ich war immer treu! Na ja, mit Ausnahme von Maryam, meiner jungen Sekretärin, der einzige »Herzanfall« außer Großmutter. Das war zu der Zeit, als Großmutter mich im Bad – ich war gerade aus der Wanne gestiegen –, auf meine Mitte zeigend, fragte: Sag mal, tut's der eigentlich noch, oder wurde das Stehaufmännchen schon von seinen Geistern verlassen? Maryam war damals bereits weit über fünf Jahre lang meine rechte Hand an der Fakultät, da kommt man sich schon mal näher, da kommt es schon mal vor, dass … so sind die physikalischen Gesetze … und die physischen. Zumal es etwas zu beweisen galt. Das war natürlich nicht ganz richtig, aber auch nicht so falsch, dass Großmutter das Recht gehabt hätte, Maryam mit einem Pfirsich zu vergleichen, einem überreifen Pfirsich, der durch sein eigenes matschiges Gewicht absackt, in sich zusammenfällt und auseinanderplatscht, bis nur noch fauliges soßendes Fleisch übrig bleibt. Nassfäule. »Dieser Matschpfirsich macht noch Wackelpudding aus dir.« Nein, das war nicht fair, denn so war Maryam nicht. Wie oft habe ich deiner Großmutter gesagt: »Du warst immer meine Heimat, mein Zuhause. Bei ihr, der anderen – O welch appetitliche Bräune! – war ich lediglich zu Besuch, ein Zaungast nur. Ein Gastdozent. Du, alleine du, bist und bleibst meine einzige Geliebte, nur du.« Trotzdem hat sie mir immer die Schuld gegeben an ihrem bösen Satz, dafür, dass er ihr entglitten war, wo sie doch immer so viel Wert auf Contenance gelegt hatte. Es war ihr Satz, und ich sollte Schuld daran haben? Das will einer verstehen! Jedes Mal, wenn ich auf der Straße dem Blick einer anderen Frau nicht ausweichen konnte, weil nun mal eben die direkte Verbindung zweier Punkte die Gerade ist, hieß es immer nur: »Denk dran, faule Pfirsiche schmecken nicht.« Selbst dann, wenn es sich um einen ganz frischen gehandelt hatte, sagte sie es. Manchmal sagte sie auch nur ganz einfach: »Achtung, Matsch!«

Übrigens: Cyrus, dem seine Frau immer mehr eine femme contre-coeur wurde (»Sie lässt ihre Slips liegen überall, als ob es keinen Grund mehr gäbe für die Würde des Lebens. Warum habe ich nicht die Zeitehe gewählt?«), der immer öfter »Meine Frau, das Unwetter« skandierte, immer öfter seine Ehe verfluchte und bei uns Unterschlupf suchte (»Die Reibungen der europäischen und eurasischen Erdplatten sind sanfter als die unserer Beziehung«), war viel matschanfälliger als ich. Wo viel Ärger, da viel Matsch, *könnte auch ein persisches Sprichwort sein, findest du nicht? Die Ehe ist eine Mischkalkulation, habe ich ihm gesagt, aber er hörte nicht zu.*

Die Bücher, die Frauen, der Wein. Mein Schaitan, ich sage dir: Großartig! Verdammt großartig! Ein Fest für's Leben! Nur Bücher, Frauen und Wein haben keine Angst vor dem Frieden. Aber kannst du dir vorstellen, schon mit Vierzig etwa – damals hatte ich noch nicht verstanden, wie sich das Leben so verdammt leicht an uns gewöhnen konnte und wir uns schließlich auch an das Leben – waren es immer mehr die Kleinigkeiten, die mich für mich einnahmen, für meine – angesichts der weltweiten Gräuel – dann doch ziemlich unbegründete Lust am Leben. Ich liebe Kleinigkeiten über alles, Shaahin. Hast du schon mal die Hände gesehen an einer Dinner-Tafel, dieses aufgeregte Tun? Diese geheimen Beichten, verstohlenen Botschaften? Kennst du ihren Ausdruck, ihre Kraft? Ihre geschwätzige Verschwiegenheit, ihre Bekenntnisse, ihre Geschichten? Hände bringen immer einen Gedanken, ein ganzes Denken gar, zum Ausdruck. Schau dir mal Dürers Bild Jesus unter den Schriftgelehrten *an. Die Hände verraten einen, Shaahin. Hände sind Wörterbücher, sind Seelenzustände, Äcker, in die sich das Leben gräbt. Man kann sie lesen, haargenau. Faltengenau wie ein Denner'sches Porträt.*

Grundsätzlich ist die Sprache der Hände zweigeteilt: Es ist entweder die des Entzückens oder die der Wut, ganz gleich, ob offenes oder runtergeschlucktes Entzücken, ob offene oder runtergeschluckte Wut. Herrlich anzuschauen, stundenlang. Manchmal erreichte mich dann aus der Ferne ein mahnendes: »Hallooo! Bist du noch da?« Ich hab es mir immer wie ein gemeinsam von Ionesco und Hedayat verfasstes Marionettenspiel vorgestellt (mit Ballettein-

lagen einer Martha-Graham-Figur vielleicht; Regie: Heinrich von Kleist), ein Theater mit ausschließlich Händen als Akteure, sie erklären alles, sehr absurd und konkret zugleich – die Welt am Faden. Da gibt es Falstaff-Hände und Mörderhände, Liebeshände (nennen wir sie ruhig Farrochsad-Hände! Wer hat sie mehr verdient?) und Zornhände, Spieler- und Narrenhände, wilde Tyrannenhände, aber auch ganz sanfte Nicht-Tyrannenhände, genannt Streichelhände; es gibt Weissagungshände und solche der Verführung (und der Verführten), Heilhände, und HEILhände, kriegerische Pfaffenhände (also Todesdienerhände), pfäffische Kriegerhände, auch Räuber- und Nebenbuhlerhände, Zerstörerhände, sehr keusche und inzestuöse Hände, fahrige Borderlinehände (Hamlet-Hände genannt), missvergnügte und goldgierig-geile, schelmische und frauenräuberische Hände, männerräuberische, Einsiedlerhände, sensible Freundschaftshände, saubere & dreckige, Märtyrerhände, Priesterhände (wie blasse aufgequollene Teigstangen), Doppelgängerhände, Felix-Krull-Hände und schwesterliche Amazonenhände (ich glaube, dein Onkel Said hatte solche); und denke nur, Shaahin, es gibt sogar Mondhände, wenn mir auch nie ganz klar wurde, zu was sie gut waren, für was sie standen, aber ich hab sie gesehen, kalt und schlank und weiß, winckelmannmarmorweiß, sinnlicher Alabaster, etwas nervös, fast erregt; beim Dinner schien es immer, als könnten sie sich nicht entscheiden, stummer Zeuge der Geheimnisse oder Mittler der Wahrheit zu sein. Schließlich gibt es göttliche Hände, wenn es mir auch schwerfällt, das zu sagen, also zumindest »göttlich« im übertragenen Sinn, und die heißen dann Menschenhände. Und alle zusammen führen sie das Lebens-und-Todes-Schauspiel auf, als perfekte Dublette unseres Daseins, an unser aller Tische. Der Titel dieser Tragikkomödie: Geburt, Sex, Tod und Verrat. *Ach ja, Judashände gibt es noch. Das Wichtigste hätte ich beinahe vergessen. Viel zu viele Judashände gibt es. Ich glaube, wenn man alle Judasse zusammennimmt, also die, die andere verraten und jene, die sich zu allem Überfluss auch noch selbst verraten, und das Leben gleich mit, gibt es von dieser Händespezies wohl am meisten: buttergelbe Bethände, fast durchsichtig, die Verräterhände sind. Beim Dinner sind sie nicht leicht zu erkennen, sie tragen gerne Ringe, aber im Unterschied zu den harmlos hochstaplerischen Felix-Krull-Ringen (dem Siegelring mit frei phantasiertem Adelswappen), sind Judasringe weniger auffallend, sie geben sich schlicht, aber die Bewegungen sind flink und agil und irritierend, sodass sie schwer zu lesen sind. Der Verrat kommt wendig daher, aber mucksmäuschenstill, als Handkantenschlag, schlimmer als Mord. Mit einem Mord an dir kannst du wenigstens sterben, mit Verrat kein bisschen leben. Shaahin, ich glaube, es kommt ganz einfach drauf an, die Judashände zu erkennen, die Judashände im großen Mysterienspiel des Lebens, und ihnen aus dem Weg zu gehen. Wenn du gelernt hast, sie zu erkennen, sie nie zu schütteln, ihre Knochen zu brechen, dann hast du das halbe Leben gewonnen. Die zweite Hälfte heißt Miteinander.*

Was hast du für Hände, Shaahin?

Nein, Shaahin-Junge, ich hab mich getäuscht. Hände sind keine Kleinigkeit! Sie sind das Universum. Die Welt in der Nussschale … oder über der Dinnertafel eben. Sie greifen zum Kristall, sie löffeln die Suppe aus, sie würzen und applaudieren, sie liebkosen und argumentieren und meucheln – sie sagen alles. Sie gehören zum Aufregendsten, was ich erlebt habe. Und zum Feinsten, wenn ich die bescheidenen betrachte, die unaufdringlich bescheidenen, jene, die ganz bei sich bleiben können und nicht jedes und alles fuchtelnd kommentieren müssen – wie ich selbst es leider oft genug getan habe.

Also das Loslassen von Kleinigkeiten, die Großartigkeiten sind, das fällt mir jetzt am schwersten. Zum Beispiel auch meine Kochrezepte, dieses endlose Verfeinern, hier eine Prise dazu, dort eine Zutat ändern, dazu die Kräuterpflege, all diese Dinge. Oh, wie mir der Trost ehrfürchtiger alter Gebäude fehlen wird, die Naturstein-Cottages in England, die Brownstone-Häuser in New York, vor allem die an der Upper West Side und in Brooklyn. Oder unsere Bibliothek, das Ergänzen und Aussortieren, das könnte doch einfach so weitergehen, ad infinitum – man möchte einfach nicht aufhören damit.

Warum das alles zerstören, was doch so schön aufgebaut wurde?! Das Verschwinden der Wörter, der funkelnden Gedanken, das Wissen gekapert von Unbekannt, dessen Übergehen ins Nichts. Diese sinnlose Vergeudung von Lebensenergie. Welche Demütigung! Allein deshalb schon kann es keinen Gott geben. Diese liederliche Energieverschwendung. Das ganze mühsam gehortete Eiweiß im Hirn – einfach weg, verplempert, sinnlos verspielt. Als ob blutige Auswürfe eine Option wären. Darüber hinaus, tausend Venengänge und nur ein Herz, kein Ersatzherz im Leib – wie soll das gut gehen? Das ist wie tausend Sonnen im Universum und nur ein Ich.

Andererseits: Es waren Größere da als du, Größere, die den gleichen Weg gegangen sind. Und da ist mehr futsch gegangen. Was also soll's?

Aber lassen wir das, Shaahin, schließlich will ich dich nicht mit Großvaterkram belästigen, mit wohlfeilen klugscheißerischen Rilke-Ratschlägen à la Briefe an einen jungen Dichter*. Grässlich! Fehlt noch: Führe kein Leben in Konjunktiven. Ein Ratschlag ist meistens eine Eule nach Athen. Oder für die Katz. Also besser nicht. Wer will schon ein tauber, zahnloser Nörgelopa sein, weise wider Willen?*

Aber da nun mal jedes Aufbauen dem Großen Aus zuwiderläuft, habe ich mich jetzt, da die Bilder immer mehr in den Hintergrund schwinden, doch in das ewig Unabänderliche ergeben. Mein Gesicht ist mittlerweile ein einziges Faltengebirge; eine tiefe Furche läuft quer über die Stirn beidseitig an den Augen vorbei senkrecht die Wangen hinunter direkt zum Kinn, das mittlerweile den Lefzensäcken eines triefäugigen Bassets gleicht. Als ob mir die Verwüstungen der Zeit, das ständige Gären von Tod und Verderben eine schattenrandige Maske aufgesetzt hätten, eine pergamentene Larve, die meinen Stolz verhöhnt, meine immer doch noch aufblitzende Freude verspottet. Wenn ich lache, habe ich Angst, dass sich meine Falten (nicht umsonst liegt »alt« inmitten von F-alt-e) in die Quere kommen und gegenseitig zerstören. Ein surreal anmutendes palimpsestartiges Konterfei aus den drei Urverwitterungen Auden, Riefenstahl und Wyndham. Und mittendrin die grell leuchtende Blüte der Rosacea, jene Blüte, die das Alter so unvergleichlich charakterisiert, die Blaue Blume des Alters. Wo kommt sie her? Der einzige Vorteil all dieser Verkarstungen: Ich weiß immer sofort, wer mich da morgens aus dem Spiegel anschaut, keine Verwechslung möglich. Ein ausgetrocknetes zerbröselndes Insekt.

Hat Bonnard sich in den Spiegeln von Le Bousquet ähnlich gesehen?

Ich hätte nie gedacht, dass ich einmal verfallen könnte. »Wer stirbt, ist selbst schuld«, war das nicht unser Jugendcredo, unser grausam-arrogantes Jugendcredo?

Andererseits: Wenn nichts nachlassen würde, weder Körper noch Geist Kratzer bekämen, wenn du zu Lebzeiten dich nicht anschauen müsstest aus finster verschatteten prämortalen Augenhöhlen – Höhlen, die später, du weißt es, kohlschwarze Löcher in kalkweißen Schädeln werden –, hätten wir dann je Lust nachzugeben, gäbe es da jemals dieses große Begehren des Sterbens, das freudige Einreihen schließlich in den Dance Macabre? Wir würden auf ewig den Algorithmus der Unsterblichkeit suchen, den Betriebsmodus Fortbestand, die Verwirklichung der Immortalität. Aber ist das sinnvoll, ist Unsterblichkeit nicht langweilig? Irgendwann musst du dich als Nichtigkeit erkennen. Vielleicht ist es gut so. Der Mensch ist nun mal ein Makeltier, ein Sterbling von Geburt.

Gestern bekam ich ein Bildnis von mir in die Hand, so ein unerwartetes vergilbtes Schubladenereignis, du weißt schon. Bin ich das?

So jugendsatt, so bestürzend schön. Wer ist dieser blutstrotzende braungebrannte Schönling da am Strand – bis zur Unkenntlichkeit jung? Ja, ich erkenne mich nicht. Dieses Ich ist mir abhandengekommen. Dieses Ich, einst saftig und fiebrig in die Welt blickend (ach, in den hätte ich mich wohl verlieben können, ja), dieses Ich, das heute austrocknet und bald vor sich hin sabbern und sich einschmutzen wird, ganz grässlich stinken wird wie ein nasser alter Hund. Wie mir auch der Ort abhandengekommen ist. Ist das wirklich das Kaspische Meer, sein goldgesiebter Strand? Und wer legt da so intim seinen Arm auf meine Schulter …?

Besser nicht fragen. Als Tourist der eigenen Jugend durchs Leben gehen, nein! Maupassants kluger Baron Simon-Jacques Le Perthuis des Vauds wusste es: »Il n'y a rien de plus terrible, quand on est vieux, que de remettre le nez dans sa jeunesse. Wenn man alt ist, gibt es nichts Schrecklicheres, als die Nase noch einmal in seine Jugend zu stecken.«

Stell dir vor, Shaahin, für's Rasieren morgens (ein Prophetenbart kommt mir nicht ins Haus!) brauche ich mittlerweile, durch all die Gräben und Schrunden hindurch, eine geschlagene Stunde. Da hatten es selbst die grotesken Köpfe von Leonardo einfacher, jenem aus Vinci. Mein Gesicht, so runzlig und zerfurcht wie die Ellbogenhaut einer alten persischen Dorfbäuerin. Also, was soll da das Hinauszögern noch? Zumal der Mensch ja ein Naturtalent für's Sterben zu haben scheint. Allen gelingt es auf Anhieb, noch keiner hat es vermasselt. Masel tov! Dieses Reüssieren angesichts des Todes, dieses Streben nach ihm, bewundernswert, als ob wir es von der Pike auf erlernt hätten. Lustig, dass »Sterben« und »Streben« aus den gleichen Buchstaben gemacht sind, und so klangverwandt. Der Mensch alles in allem hat eine Begabung eher für den Tod als für das Leben. Das Leben, dieses Wer-hält-am-längsten-durch-Spiel, das die wenigsten gewinnen. Warum also warten, bis mein Gesicht derart zerknittert ist, mein Hals einem Truthahn-Gehänge gleicht, dass ich für's Rasieren so lange brauche, bis ich nicht mehr hinterherkomme, dass ich links anfange und dann, rechts angekommen, links schon wieder Stoppeln wuchern? Ein Rasier-Sisyphos, der den ganzen Tag vor dem Spiegel steht. Da macht ja Steine schleppen noch mehr Spaß. Nein, der Übergang von der gefälligen, fast nobel zu nennenden Altersschönheit – Louise Bourgeois, Kurt Vonnegut, Charlotte Perriand, Bill Nighy, Silvia Bovenschen, Aida Katz, Matthias Habich, Paul Verhoeven, Edith Clever, Leonard Bernstein, Fanny Ardant, Nadine Gordimer, Sebastião Salgado, Glen Close, Jane Goodall, Amos Oz – ins Spuk- und Fratzenhafte war nicht angenehm. Sich verwest fühlen, bevor man gestorben ist, Totenflecken sehen vor der Zeit, und dabei gleichzeitig von Madeleine-Momenten immer häufiger belästigt, von trügerischen

Bildern der Kindheit überfallen zu werden, vollkommen veraltet, zombiegleich, nee.

Dumm nur, dass mir erst jetzt im Alter, mit all dem Nachlassen und Ermüden also, das Menschsein so richtig gelingt. Das ist nicht klug erdacht, findest du nicht, Shaahin?

(In einer anderen Welt hätte ich mir einen schönen Altersbart wachsen lassen, weiß und ehrfürchtig. Ehrfurchtgebietend. Aber hier doch nicht, Shaahin, hier, wo der Bart fast einem Bekenntnis zum Morden gleicht, der Konfession der Tyrannei. »Wo ist dein Bart, Bruder«, hat mich letzthin jemand auf der Straße angemault. Meinst du, der auffallend kurze, akkurat getrimmte Bart von Khatami ist ein Friedensangebot? Wird etwas Ruhe einkehren bei uns?)

Und dann diese ständige Pflege, mehr Pflege- als Lebensmittel. Jeden Tag maniküren, jeden Tag pediküren, dieses Einweichen und Einwalken, Schrubben und Bürsten, nur nirgends ein Pickel- oder Pustelchen. Ein einziges Pulen und Knibbeln, der Schorf muss schließlich weg, das Warzengekröse. Lauter Cremes und Peelings, Lotionen und Tinkturen, dazu die Bimssteine, Skalpelle und Hornhautschaber. Man will ja nicht tot aufgefunden werden mit diesem Flechtenzeugs, mit all den Schrunden und Schwären im faulenden Fleisch, den Inkrustationen des Niedergangs, den Verwerfungen des karstigen Körpers und dem Pathologen auf Gemüt und Magen schlagen. Schließlich hat er Familie. Nein, sich sterbefein machen ist nicht leicht.

Eros & Thanatos, fällt mir gerade auf, beide verlangen ein Übermaß an Vor- und Zubereitung, an Körperpflege. Ich putze mich heute für den Tod heraus wie einst für meine ersten Rendezvous. Allerdings: Thanatos riecht anders. Nicht nach Acqua di Giò. Nicht nach Chanel Nr. 5 oder L'Heure Bleue. Schon gar nicht nach Bel Ami. Gestern habe ich nach ranzigem abgestandenem Bratfett gerochen. Säuerlich. Alt eben.

Getting old ain't for sissies.

Wenigstens noch kein künstlicher Darmausgang, obwohl der Terror der Organe schon mächtig rumort … na ja …

Wie hat es der kolumbianische Meister (nein, um Gottes Willen, nicht Márquez) gesagt? »Im Alter ist alles unschicklich: Töten, Lachen, Sex, und vor allem: Weiterleben. Bis auf Sterben ist im Alter alles unschicklich.« Recht hat er.

Mithin gilt es also, die Fragen zu beantworten:

- *Haben Kadaverfleisch und fauliger Atem Recht auf Lüsternheit?*
- *Taugt man zum Feinschmecker noch, wenn die Kacke den Parkettboden sprenkelt?*

- *Sind ein aufgeweichtes Hirn und ein verwüsteter Geist einem Opernbesuch zuträglich?*
- *Will man wirklich unter Schnabeltassengreisen sein Gnadenbrot fristen?*

Ich habe für meine letzten Tage und Wochen und Monate (als mentale Vorbereitung für's Siechen und Darren?) eine Häppchenbibliothek zusammengestellt, einen Noch-zu-lesen-Stapel. Das Bett ist sehr gut für's Häppchenlesen. Meine Letzte Bibliothek gewissermaßen. Andere haben die Letzte Ölung, ich habe die Letzte Bibliothek. Und zwar im Edward. So nennen Großmutter und ich (das wirst du nicht wissen, Shaahin) unser Mahogany Revolving Bookcase aus König Edwards Zeit. Den ganzen Lesestoff auf das Volumen eines englischen Bücherkubus reduziert, das schien uns passend für das Ermüden des Geistes, für das Nachlassen der Zeit. War das, entgegen unserer Überzeugung, dass ein zweites Leben unmöglich ist (wenn doch, ich würde sofort bei Montaigne anklopfen, um mit ihm einen draufzumachen: »Monsieur, on boit un coup? Un p'tit Château Yquem, ça vous dit?«), war das der Wunsch nach einer portablen Geisteswelt, die auch Platz hat im Fährboot über den Styx bei der schwefelgelben Überfahrt von hier nach Nowhere? Sogar zwei, drei Bücher für Charon, den elenden Schnapphahn, waren dabei (die SATANISCHEN VERSE *Rushdies; Bram Stokers* DRACULA*; ein Kochbuch, die sollen ja mittlerweile wichtiger sein als alle Hochliteratur), als Bakschisch gewissermaßen, als Wegezoll für die Überfahrt, man weiß ja nie. Und schon wieder ist man – man hält es nicht für möglich – mitten in den alten Religionsbildern, die uns, sosehr wir uns auch dagegen wehren, seit Kindesbeinen nicht mehr loslassen. (By the way: Weißt du, was das Schlimmste an der Religion ist, Shaahin? Sie entzaubert das Leben, das Mysterium Leben. Sie erklärt es, sie sagt, wo es herkommt. Genesis und so. Das ist unanständig. Ein Mysterium aber lebt dadurch, dass es Mysterium bleibt. Wunder. Unerklärt. Auf ewig.)*

Aber warum verlegst du dich eigentlich auf die westlichen Bilder, Tacu? Charon ist im Todeseinerlei doch gar nicht zuständig für dich. Falsche Abteilung! Warum Charon? Warum nicht Azrael, dein islamischer Todesengel, der die Namen streicht im Weltgeschehen. Deinen Namen. Alle Namen. Nein, in deiner Todeswelt wird nicht Griechisch gesprochen, Tacu, schon gar nicht Französisch, das hättest du gerne, weil sich dort – so sind sie, die Franzosen! – die wilde Wollust der Welt versammelt, ihr überfeinerter Sinn, die ganze Geilheit ihrer herrlich arroganten dekadenten Bourgeoisie.

Ich rede Unsinn, Shaahin. Es ist doch alles eins. Ob Charon oder Azrael, ob Dschahannam oder Hölle, ob Dschanna oder Paradies, alles eins. Ein teuflisch-göttliches Durcheinander.

Trotzdem: Wie wohl der Frühling wird im Paradies? Eine Anstellung als Gärtner käme mir gelegen, dann könnte ich meine Lesewäldchen bestellen dort.

Ein schöner Nebeneffekt meiner Häppchenbibliothek auf alle Fälle: endlich die Staubfängerliteratur los zu sein, all die Bücher, die dich schon immer so devot umschmeichelt haben, dieses ständige Barmen, das Zetern und Wehklagen, bis sie schließlich doch einsehen mussten, dass sie nichts ausrichten konnten im großen Lebensspiel, der Welt nicht beikommen würden. Welche Wohltat zu sehen, endlich sind sie allein: Montaigne und Ibn Rushd, Shakespeare & Co, endlich all die anderen lästigen Nebenbuhler los, die 150 Millionen Titel seit Gutenberg.

Und wie viele sind in dieser Letzten Bibliothek, die du nicht kennst, immer aufbewahrt hast auf alle Zeit, um sie zu lesen ganz am Schluss, weil am Schluss das Verständnis ist, die Weisheit für Mensch und Welt? César Aira etwa (DIE NÄCHTE VON FLORES), immer noch nicht gelesen – kann man ein solches Leben gerecht nennen? Oh, ich werde genug zu lesen haben dort drüben. Zu viel habe ich hinausgeschoben bis …

Warum eigentlich diese Bücher bis zum Schluss, dieses Lesen bis zur Neige? Dieses Herumschleichen um sie, Tag und Nacht. Ich weiß es nicht. Ist das nicht ein Sammeln im Krämerseelengeist? Gehen nicht an alles Gesammelte der Rost und die Motten? Heißt sammeln nicht eigentlich trauern, beginnt mit allem Horten und Häufen nicht schon das Sterben?

Fertige Lebensgeheimnisse gab's doch eh nie in den Büchern, immer alles nur Stückwerk, die Besinnungslosigkeit im Mausoleum des Wissens. Was bleibt von Shakespeare und Dickens, wenn man festgestellt hat, dass Shakespeare + Dickens = Ken Follett ist, oder HOUSE OF CARDS; was bleibt von Hammett und Rumi und Highsmith, wenn der Literaturkritiker, der Zeit seines Lebens aberhunderte Bücher gelesen und ihrer Lebensklugheit wegen wertgeschätzt hat, abends zu seiner kleinen Tochter ans Bettchen geht, um sie zu trösten, weil sie Blutkrebs hat? Da nützt auch der ganze Epikur nichts mehr, all die großen Sonntagsreden zur Seelenruhe oder das aufreizende Gelassenheitsgeschwafel von Meister Eckhart; der hatte eh leicht reden in der sicheren Obhut seiner Pfaffenbrüder, so unbeleckt von den Fährnissen der Welt. Even Cato, der stoische Todesverachter, wept over the dead body of his brother.

Bücher sind wie Hunde, stumme Haustiere, sie sind dir jederzeit treu ergeben, sabbern dir huldvoll entgegen, und du fühlst dich wohl. Das Tolle aber: Wenn du sie nicht brauchst, halten sie die Schnauze.

Bücher sind Flickschusterei. Sie lehren dich nichts über die Welt, Erkenntnisgewinn gleich null. Oder noch mal der kolumbianische Meister (nein, verdammt noch mal, nicht Márquez, wie oft soll ich es noch sagen): »Was habe ich nicht alles für Bücher gelesen, und schauen sie mich an, was hat es mir gebracht«. Genauso gut könntest du Fußballbildchen sammeln. Du liest und liest und sammelst ein Leben lang, in diesem Leben, das doch nur eine einzige Verwesung ist, und am Schluss bleiben, wie alte vergessene Unterhosen in den Ecken der Kommoden, ein paar löchrige ausgeleierte Weisheiten. Und wenn du es recht bedenkst, kanntest du sie schon mit zwölf. Spätestens mit vierzehn. Der schlaue Wittgenstein wusste es: »Wie wenig damit getan ist, dass die Probleme gelöst sind.« Im Grunde genommen sind wir unser ganzes Leben lang auf der Suche nach einem einzigen Buch. Unserem?

Nein, Worte wiegen nichts. Okay, wenig. Bei uns mehr als anderswo, das ist sicher, in jeder Tyrannei mehr als anderswo. Natürlich, in unserer Situation, im Angesicht der Despotie, sind Worte Hoffnungsträger, doch kaum erwachsen geworden, sprich: demokratisch, werden sie zu Lügengebilden, zu leeren Hülsen. Lügen beginnen immer mit der Wahrheit.

Man sollte als Erstes den ollen FAUST lesen, Shaahin – als Erstes und Einziges –, dann wüsste man's auf ewig: Es ist müßig zu studieren. Den Deal mit Mephisto und ab ins Leben – darum geht es, das isses. Messer raus, Wurm raus, fertig ist das Leben.

Kurz: Deinen Lebensplan musst du dir schon ganz alleine basteln. Na ja, eher ein Zusammenstückeln ist es, ein lästiges und mühseliges Rumfrickeln. Wobei unser von Gleichgültigkeiten geplagtes und mit wohlfeilen, großtuerischen Phrasen verstopftes Universum nicht gerade eine Hilfe ist, ich weiß.

Und trotzdem bleibt sie, diese magische Sucht, die schöne Schreckensherrschaft der Bücher. Den Leserattejahren entraten, wie soll das gehen? Immer wieder kehrst du zurück auf diesen Archipel der schönen, schrecklichen Geschichten, ins Allerheiligste der wundersamen Mythen und Fabeln.

Meine Letzte Bibliothek also. Am Schluss zählst du immer auf, was war. Im Leben wie bei den Büchern was war.

In der Auswahl sind (nein, nichts Neues – verzeih Aira! –, nur das Vertraute, die Lebensbücher, einfach die Triumphe wiederholen): Farrochsad (die Göttin!). Farrochsad (die Königin!). Und Farrochsad (die Liebhaberin!). Und dann: Musils DER MANN OHNE EIGENSCHAFTEN (da kann Proust abstinken mit seinem Weißdorn-Gehampel); die SAKRILEGIEN von Gombrowicz. (Für alle, die Lust haben am Tanz der Worte, am Singsang der bösen Gedanken und der Ausschweifungen des Lebens; außerdem: herrliche Ungezogenheiten; vielleicht sollte ich die SAKRILEGIEN mit ins Grab nehmen und den Paradiesjungfrauen daraus vorlesen, am Ufer eines wild sprudelnden Weinbachs vielleicht, von

Hafiz gesegnet. Hätten sie Spaß an dem Ichologen, der sein »Haupt wie eine Leuchte« trug?) Und weiter: Émile Ajars La Vie Devant Soi *(ein Buch, so schön, dass man das Leben noch mal beginnen möchte); Alains* Propos sur le bonheur *(weniger »propos«, denn gewitzte »causerien« … solltest du lesen, Shaahin … die Übersetzung deines Onkels ins Persische ist zwar ganz hübsch, aber du kannst ja jetzt genügend Französisch, also lies es im Original); Shakespeare (*Heinrich IV*, die* Sonnette*, und Blooms Shakespearebuch dazu); Amiels Aufzeichnungen; die Erzählungen von Tschechow (in der Übertragung von Kabiri); Robert Byrons* Persische Reise*; Pierre Lotis* Vers Isphahan *(um die Zeit der Rosenblüten zu sehen);* Das Buch vom Tee *und* Das Lob des Schattens *(diese japanischen Lebenstauglichkeiten);* Earthly Powers *vom ollen-dollen Schweinigelkatholiken Burgess; Beckfords* Vathek*; Greens* Tagebücher *(Alle! Alle! Es ist so ein herrliches Flanieren, ganz ohne Erschöpfung! In alle Ewigkeit!); Kafkas Erzählungen und Maupassants Novellen (die Übersetzungen von Hedayat, na ja, sie sind ganz ordentlich, aber die Originale: o là, là); die Erzählungen und Gedichte von Nahid Kabiri;* Der Kirschgarten *(in der Übertragung von Simin Daneshwar); den* Hadji Baba *(wenn du dort bei dir in der Fremde deine abgeschnittenen persischen Wurzeln kennenlernen und womöglich wieder einpflanzen, das Pflänzchen wieder treiben lassen willst, Shaahin, musst du diesen verdammten Engländer Morier lesen, James Morier … im* Hadji Baba *steht das Beste über uns. »Persien ist noch immer das Land von* Hadji Baba*«, sagt Byron, und siebzig Jahre später ist es immer noch so, auch wenn wir Perser nicht alle Schelme sind, wie Morier die Welt glauben machen will); Savinios* Privates Lexikon*; Montaigne, der glücklichste Franzose; Lichtenberg, der glücklichste Deutsche (zum Leidwesen der auf ihren Humor eingebildeten Franzosen war das bucklicht Männlein allerdings witziger);* Tausendundeine Nacht*. Bei Nabokov bin ich mir noch nicht sicher; schon lustig, der Knabe, und genuin genial, aber manchmal auch etwas überkanditelt und verzwirbelt, und dann diese kandierten Metaphern – ich weiß nicht recht. Etwas dünkelig, der Herr. Aber Bergotte, der muss sein! Und unser Hafiz natürlich, eine schöne Auswahl vom Meister. Irgendwann musst du meinen Antiquar in der Manutschihri-Straße aufsuchen, Shaahin; er hat mich mit den schönsten Hafiz-Preziosen beschenkt. (Habe ich gerade Bergotte gesagt? Was rede ich? als ob er leibhaftig wäre, dabei gibt es ihn doch nur bei Proust.) Goethe, denke ich, brauch ich nicht mehr, nichts Schräges an dem Typ, nichts aufrichtig Böses, keine anständige Trunkenheit, alles so furchterregend richtig, diese erhabene Geheimratsprosa, diese bemühten Bilder in den* Wahlverwandtschaften*. Elender Gimpel! Und dann noch der Ginkgo als Liebesmetapher … schreibt 'n* *kitschiges Liebesgedicht für die blöde Willemer mit dem Ginkgo als Sinnbild der Freundschaft (»Ist's eins, das sich in 2 theilt, oder zwey, die sich in eins verbinden?« – wie geistreich, Herr Kunscht-Meyer! Welch horrend-horribler Kitsch!) und denkt nicht daran, dass dieser Ginkgo, der weibliche, regelmäßig zum Himmel stinkt, oder mehr noch zur Erde hin, wie die frische Kotze eines von der Welt Verlassenen. Ein stinkender Baum als Liebesbotschaft, wie einfältig. Nein, 'nen Typen, der sich als Greis nicht entblödet, noch mal den Teen raushängen zu lassen, um die Verheerungen der Pubertät aufs Neue auszuschwitzen, brauch ich nicht. Oder was sollte dieses Suleyka-&-Hatem-Spiel? Und auch nicht diesen Thomas Mann und seine hypotaktische Fleißkärtchenprosa, diesen angestrengten Erzlangweiler und sein spießiges Routinegebossel. Hinfort damit! Also Goethe und Mann streichen. Und wen stattdessen? Für Goethe Vallejo, den verhurenbalgten Vallejo, klar, den lateinamerikanischen Bruder Gombrowiczs. Und für Mann? Cortázar natürlich, Cortázar und seine giglische Sprache. Für ihn habe ich einen Ehrenplatz eingerichtet, schon vor aller Zeit, einen aufklappbaren Maroquin-Rahmen auf dem Kaminsims mit seinem Porträt (die Kippe im Mund, klar; das Rauchen war noch kein Verbrechen), das Foto von Sara Facio, diese Bild gewordene Sinnlichkeit der Intellektualität. Wer wird nach mir dieses göttliche Vergnügen haben? Welcher verfluchte Mistkerl wird ihn für sich entdecken, wird meine Freude so grundlos ablösen? Der blanke Neid steigt in mir auf, wenn ich mir vorstelle, dass irgend so ein Hurensohn dieses Lesewunder, diesen ausgekochten Bastard aus Geist und Eros, diesen melancholischen Hedonisten (hedonistischen Melancholiker?) noch vor sich hat. Und dabei vielleicht noch Charlie Parkers LOVER MAN hört, oder das KOL NIDREI von Bruch. Oh, wie ich diese besten Bücher liebe, vor allem RAYUELA, diese irdischgöttliche Himmelssuche. Plötzlich fängst du an, laut zu lesen, ohne es zu wollen, oder gar zu bemerken. Herrlich! Goethe hätte nicht »Mehr Licht!« greinen sollen auf seinem Totenlager, »Mehr Cortázar«, das wär's gewesen. Stümper! Wenigstens ~~streben~~ sterben sollte man ohne Bedeutungsschwangerschaft auf den Lippen! (Ja, Shaahin, ich weiß, der Alte hat vor Julio gelebt, ich weiß …)*

Das war's. Das ist mein Letztes Lesen, Shaahin, meine illustre Nachtgesellschaft, das sind meine Buchkomplizen, allesamt so loyal wie Gangstermoral. Na ja, vielleicht schummle ich noch die Fröhlichen Wissenschaften rein. Aber ja keine »richtigen« Philosophen: nichts als Pappnasen! Kopfschmerzdenker! Nebelspalter! Kalt und frigide. Sie können nicht trösten. Wer nicht trösten kann, ist überflüssig. Landschaften trösten; Frivolität und Sandkuchen trösten (Mandelsandkuchen natürlich, in Grand-Marnier getunkt, mit englischer Kaki-Orangen-Konfitüre darauf); Baloo, der Bär, tröstet

(»Look for the bare necessities / The simple bare necessities / Forget about your worries and your strife«); Kitsch tröstet (Goldblattherbste par exemple, mit antikem Licht übergossen); Beerdigungen am übertrieben blauen Meer trösten; mille-feuilles und Profiteroles; Ahornpropeller und Zitterpappeln; heiße Milch und warme Socken; Sonnenlichtschemen in Schlüsselbeinkuhlen; dicker Winternebel im Gesicht; Waffelhandtücher im Süden trösten und die Herbstnachtkühle nach lohgelben Sommertagen; ein Haus für alle Jahreszeiten tröstet, vor allem Backsteinhäuser mit Kuschel-Erkern, den Modernisten zum Trotz; Schirme beim Durchkreuzen des Regens trösten; eine morgenverschlafene Stadt (vor allem jene am quecksilbrigen Meer; schon wieder das Meer, immer wieder das so bewundernswert gleichmütige Meer); blütenweiße Laken in Hotels und Krankenhäusern trösten; Kochlöffel aus Holz und traurige Sonntage; lodernde Scheite im Kamin trösten (offene Kamine sind Menschennotwendigkeit, ihr Öko-Faschos! – »Give me a good book, or a good newspaper, and sit me down afore a good fire, and I ask no better. Lord!«); Vuillard tröstet (kennst du seine ENFANTS DANS UNE CHAMBRE*?); das goldflüssige Meer des Abends tröstet, und das aluminiumfarbene des Morgens; Pfeifenqualm und Fensterwetter trösten; der Geruch am Seetangstrand; die stille Stunde der Dämmerung, vor allem die gewaltigen Clyfford-Still-Abendröten vor den Bergen; Melonenkerne spucken Richtung Süden tröstet; ein Buchumschlag, der sich streicheln lässt; die vormorgendliche Kühle einer Straßenschlucht in Manhatten; Whisky tröstet (manchmal sogar Whiskey); Bomben, auf die Touristen Capris geworfen, trösten. So gut wie alles kann trösten. Nur Philosophen nicht. Große Gedanken – pah! Was sind schon große Gedanken (Gibt es überhaupt noch welche? Sind sie nicht alle aufgebraucht? Hatte es sich weltweit nicht schon lange ausgedacht?) gegen kleine Gesten. Dieser Heidegger etwa, der alte geistgestörte Kaiman, dieser Gipsheilige der Asiaten. Zu schade noch als Mumienfüllung. Heidegger-Sätze unterstreichen heißt Zeit verschwenden. Wenn wir an der Fakultät auf ihn zu sprechen kamen, kramte mein Freund Cyrus immer seine ganzen Dialektkenntnisse aus unseren gemeinsamen Studientagen in Deutschland zusammen: »'s Heideggerle usm Bläck Forescht und sinni Dodele-Sproch. Seller Bächle- un Bobbele- un Brunzdubelgeischt.« Das hatte er in Freiburg gelernt. Nie vergessen und nie ganz begriffen, aber immer freudig zitiert. »Wie aber west Heidegger?«, das hat Cyrus unseren deutschen Prof mal gefragt und die Antwort gleich mitgegeben: »Heidegger heideggert.« Sollte man Heidegger in die deutsche Sprache nicht als Synonym für Hohlkopf einführen? Heidegger also, dieser nach Krematoriumsrauch stinkende Schwarzwaldzipfelmützenlächerling. Aus Maulwurfshügelhausen. Weißt du, was dieser Nazi-Mystagoge gefordert hat: »die Vollendung des Menschen*

im Barbarischen«. Ich frage dich, kann das trösten? Krokodile sind tröstender! Und Menschen trösten. Die Begegnungen, die Gesichter, die Stimmen. Menschen können ganz ungemein trösten. Aber Philosophen sind ja keine Menschen. Montaigne und Nietzsche waren Menschen, nicht Philosophen. Und Lukrez. Überhaupt, was braucht es Philosophie, wenn man zufrieden ist? All diese ungedeckten Schecks. Ganz wichtig noch: Es kommen weder Koran noch Bibel zu den Häppchen – keine geistigen Brandsätze auf Totholz, keine literarischen Blutbringer –, auch wenn es dort manch schöne Geschichte geben mag, vereinzelt. Sehr vereinzelt! Aber was nutzt Schönheit, frage ich dich, wenn sie mit dem Verzicht auf Wahrheit erkauft werden muss? (Von Buñuel?)

Meinst du, Shaahin, ich sollte noch Ibn Rushd … Ach, was frage ich? Natürlich. Warum bin ich nicht früher darauf gekommen? Wo mir doch Ibn Rushd, alias Averroës, sogar mal eine Art Epiphanie beschert hat. Und das mir! Denn stell dir vor, Shaahin, eine orientalische Mauerwespe hat auf dem Buchschuber meines Averroès – Un Rationaliste en Islam von Roger Arnaldez ihre taubengrauen Lehmnester gebaut und ausgerechnet an unserem Unglückstag, dem 1. Februar 1979, also wie zum Protest gegen die Verunglimpfung des Islam durch diesen komischen Ayatollahheini, haben acht von ihnen dort – an der Wiege aller Aufklärung gewissermaßen – das Licht der Welt erblickt, ich nehme an, einzig, um frei in die Welt zu fliegen. Orientalische Mauerwespen können klug sein.

Die Nester der orientalischen Mauerwespe auf Großvaters Averroës-Band

Das war's jetzt aber wirklich, Shaahin. Mein Teil zumindest. Und wenn du glaubst, es sei jetzt doch zu viel geworden, dann liegt das vielleicht daran, dass du nicht weißt (noch nicht weißt!), dass das Schönste am Lesen das Ein-Buch-beendet-zu-haben-Gefühl ist, weil danach das Herumschnuppern in der Hausbibliothek beginnt, das Herumschleichen zwischen den Büchern, um neue Gedanken aufzutun, in fremd-vertrauten Welten. Dafür braucht man aber einen gewissen Überfluss (selbst in einer Häppchenbibliothek noch), bestehend aus sogenannten

Füllmengenschriftstellern, die zwar nie gelesen werden (Pardon, ihr Ungelesenen!), aber zwingend angehäuft werden müssen, durchweg notwendig sind, da nur sie alleine dieses erhabene Gefühl, aus dem Vollen schöpfen zu können, garantieren.

(Fairerweise sollte ich erwähnen, dass ich Cortázar einem Mörder verdanke, beziehungsweise Großmutter und ihrer verrückten Leidenschaft für Highsmiths Ripley. Denn Ripley liest nach seiner Gartenarbeit seelenruhig in Cortázars Erzählband LES ARMES SECRÈTES, *während er noch alle Mühe hat, seinen eiskalten Totschlag vor Freund und Feind zu verschleiern. Seitdem hat sie den Argentinier für sich entdeckt – und für mich. Julio Cortázar als Balsam für eine Mörderseele –* BEFRIEDUNG UND BEFRIEDIGUNG DES GESUNDEN BARBAREN, *wäre das nicht eine feine Dissertation im Fach Sozialpathologie? Alternativ:* DIE GEBURT DES AMORALISCHEN AUS DEM GEISTE DER LITERATUR *– mit einem gesonderten Kapitel, das höchstgelehrt untersucht, warum Amor in Amoralisch steckt.)*

Als wir Ende der Neunziger in Paris waren, bastelte sie im Hotelzimmer an irgendwas herum, sie kritzelte und aquarellierte, sie schnitt Bilder und Texturen aus Zeitschriften aus, sie sammelte und klebte und verwarf, sie machte und tat – alles ganz heimlich und verstohlen, sie war nicht anzusprechen, unerträglich. Sie bastelte und bastelte, und ich, ich existierte nicht. Am Nachmittag des dritten Tages: »Ich geh zu Julio.« Auf dem Cimetière Montparnasse legte sie, O-Ton Großmutter: »ein gleichzeitig Zigarette rauchendes, Saxophon spielendes, lächelndes und vaterlandsloses Cronopium« auf der mit Krimskrams völlig überfüllten Grabplatte Cortázars ab, »um den Menschen den Tod vorzusterben«, sagte sie. »Man kann den Kindern nicht nur das Leben vorleben, auch den Sterbenden kann man den Tod vorsterben. Und wenn du fragst, warum vaterlandslos?, dann sage ich dir: Siehst du irgendwo ein Vaterland?«

Ich habe noch nie ein so liebevoll verwüstetes Grab gesehen wie das von Cortázar, Shaahin – vielleicht noch bei Jim Morrison auf dem Père Lachaise –, lauter freudig erregte Dinge. Diese erhabene Popverehrung für einen Dichter, diese kindlichen Anbetungsdevotionalien, heroische Wühlmäuse der Liebe – ich war ganz baff.

Aber es gab ein Konkurrenzcronopium. Am Kopfende des Grabes (das wusste Großmutter nicht) hatte Cortázar selbst ein Cronopium platziert, na ja: platzieren lassen, von den Verwesern seiner Verwesung. Sie konnte es nie beweisen, aber immer behauptete sie, dass die beiden Cronopien sich nicht mochten, sich anblafften und eifersüchtig aufeinander waren … was ich allerdings nicht glauben mag, denn Cronopien sind nicht so. Hätte ja auch keinen Sinn gehabt, wo sie doch ihre Eifersucht zudem noch mit den herumstreunenden Friedshofskatzen hätten teilen müssen.

Du weißt nicht, was Cronopien sind? Es sind kleine »grüne, feuchte Dingerchen, unordentliche, lässige Wesen«, die verträumt in die Welt schauen, humorvolle Lebenskünstler allesamt. Ein bisschen verwandt mit den Mieseln von Hugo Claus vielleicht. Cronopien benutzen nie liniertes Papier, um zu schreiben, drücken die Zahnpastatube nicht von unten nach oben und lieben Nonsensdialoge à la Carroll, philosophierende Glibbermännchen sozusagen. Fürsorgliche Kobolde, die sich in unser kalaidoskopsplittriges Leben schleichen, um uns zu sagen, was wir tun müssen, um uns den Kampf wider den Pragmatismus und das entwürdigende Zweckdenken zu lehren, um »Tag für Tag von Neuem uns Weg zu bahnen in der klebrigen Masse, die sich Welt nennt«. So hat es der Meister verfügt, der Meister, der Cortázar hieß. Nietzsche war ein Cronopium, Nurejew und Louis Armstrong waren es. Und Cortázar natürlich … und Kai, the sophisticated Smiley-Man!

Cortázars Cronopium, von Großmutter visualisiert.

Das Wichtigste aber: Die bevorzugte Methode der Cronopien ist der Zufall, ihre alljährliche Fiesta gilt alleine ihm.

Ja, die Verrücktheiten des Lebens – hätte ich sie sonst geheiratet? –, dafür ist sie empfänglich, deine Großmutter: Brando (»The wild and vulnerable«), Cortázar, Humpty Dumpty. Eine stille, im Innern aber revoltierende Sehnsucht, wie ich vermute. Wenn sie übermütig war, sprach sie von ihren drei Corda, ihren drei Herzen: Cortázar, Corleone (womit sie den Paten-Brando, den Brando-Paten meinte) und Corretto.

Aber zurück zu unserer Häppchenbibliothek. Großmutter, die arme Bescheidene (»Heb dir deine Bescheidenheit für den Badezimmerspiegel auf«, habe ich ihr gesagt), wollte zunächst nur William Maxwell und Rosamond Lehmann (Dusty Answer) in unserem Edward ergänzt haben. Und Winnie-the-Pooh. Noch nicht mal mehr Dickens. Ein »silly old bear« gewinnt gegen den göttlichen Dickens. Wohin kehren wir da am Ende zurück? Eigenartig, was bleibt. Könnte einem auch schon früher einfallen, oder?

Das mit Lehmann und Maxwell und Winnie-the-Pooh hatte mich schon umgehauen. Zu ihrer aktiven Zeit noch, als sämtliche Lehrer für die hochschuleigene Zeitschrift mal den Proust Questionnaire beantworten sollten, hatte sie auf die Frage, wer ihr liebster Romanheld sei, noch Tom Ripley ge-

schrieben (»die fünf Heiligen Ripleys«). Zum Losprousten, wenn du mich fragst. Und obwohl es der Platz auf dem Antwortbogen nicht zuließ, hatte sie noch einen etwas koketten, um nicht zu sagen eitlen Kommentar dazugequetscht: »Im Grunde genommen geht es darum, ob man Shakespeare liest oder Highsmith, Shakespeare liebt oder Highsmith, viel mehr gibt es nicht. Und ich habe mich für Highsmith entschieden. Das Große klein verpacken – welche Kunst!« Ihre kindische Eitelkeit bestand an der Universität oft alleine darin, eine Lanze zu brechen für das akademisch Nichtakzeptierte, auch für das von ihr selbst eigentlich nicht Akzeptierte, um es dann umso heftiger zu lieben – gegen jedes bessere Wissen. Wahrscheinlich sogar gegen jedes bessere Empfinden. Mendelssohns Ouvertüre des Sommernachtstraums hörte sie nur, weil Tom Ripley sie hörte: »spritzig, komisch, einfallsreich«. Und Keats bewunderte sie, weil Ripley an dessen Grab Tränen in den Augen hatte, aus keinem anderen Grund. Und was konnte sie sich ärgern, zornbebend geradezu, heiß und blind, dass es zwar für Maigret, den tumben Kommissar, ein Denkmal gab – »irgendwo im jämmerlichen Abseits der Niederlande« –, aber keines für Tom, den »charmantesten aller Mörder.« Über alles liebte sie Highsmith, Shaahin, »die chinesische Texanerin«, wie sie sie nannte. »Nur Dummköpfe können sie eine Tagediebliteratin nennen.« Unsere erste ernsthafte (!) Ehekrise mussten wir durchstehen, als ich ihr unvorsichtigerweise, ganz gedankenlos, gesagt hatte: »Zwei Seiten Simenon ersetzen ein ganzes Regal deiner Highsmith: schmal, kurzweilig, intelligent. Und Psychologie vom Feinsten.« Drei Wochen hat sie nicht mit mir gesprochen, noch nicht mal Müll-Ansagen. Und nun also das: Lehmann und Maxwell und Winnie-the-Pooh. Was ist das? Die Anpassung eines Galápagos-Finken an seine Umgebung? Die Weisheit, das Gestrige gestrig sein zu lassen? Oder einfach nur Verrat? Vielleicht aber kehren wir am Schluss alle zurück. In den Glanz der frühen Jahre, ins Geborgene, in das Unwiederbringliche – trotz aller Schrammen des Erwachsenwerdens. Warum sonst Winnie-the-Pooh? Oder Lehmann und Maxwell, das Königspaar der verlorenen Kindheit – als sei einzig mit ihnen das Leben zu beweisen.

Eigenartig, der Mensch, dieses Durcheinander. Vollkommen unberechenbar. So heillos.

Später hat sie dann doch wieder die beiden Roberts (Burns und Frost) und die Alice und Yourcenars HADRIAN *aus der Kiste rausgefischt. Auch Jean Rhys.*

Dass sie die Yourcenar wieder hervorkramte, ist seltsam, ist Großmutter doch immer das Wichtigste im HADRIAN, *jenes Bemühte-ich-mich-den-Zufall-zu-Feiern, entgangen. Hätte sie sich sonst so auf die Konstruktion des Glücks eingeschossen, auf seine Mathematisierbarkeit? »Aber auf keinen Fall*

Brideshead«, sagte sie. »Ich gehöre zur Phalanx der Anti-Bridesheadianer – wie Edmund Wilson, wie Kingsley Amis. Das Beste an Brideshead sind die Kamine, das schönste Erbe Englands ist die wohlige Wärme der Kaminfeuer (»long may your chimney smoke!«). Auf großen Feuerböcken Ochsen braten und die im Widerschein des Feuers leuchtenden Augen sehen, die wild glühenden Gesichter der Freunde. Der Rest ist elitäre Nostalgie, ungelenker Adelsfirlefanz mit weihrauchgeschwängertem Katholikengefasel, faulender Klassendünkel. Da ist ja Interview mit einem Vampir *noch besser.« Aber vier riesige Kunstbände kamen noch hinzu:* Islam – Art and Architecture, The Book of Kings *von Shirin Neshat, und je ein Katalog von Hockney und Balthus. Was sie mit Balthus anfangen wollte, kann ich dir beim besten Willen nicht sagen. Sie hat da nie reingeschaut. Hat sie ihn für mich gerettet? Die Kunst der raufgerutschten Röcke als geheimen (und auch heimlichen) Trost für mein räudiges Alter? Ein bisschen Lolita-Laszivität für den alten Sack? Vielleicht hat sie mich beobachtet, wie ich den Katalog stundenlang auf meinem Schoß liegen hatte und ganz versunken war in sein letztes Bild.* L'Attente *– das Warten, die Erwartung. Die Zusammenfassung eines Lebens: ein Hund, ein Mädchen, eine Katze. Alle drei nackt. Nackt. Ja, das ist das Ende. Kein Griff mehr in die Taschen. Nackt. In Erwartung nackt. In Erwartung wovon eigentlich? Wird es profan werden oder sakral?*

Unsterblichkeit der Seele – pah! Die Zirbeldrüse Descartes' muss deprimiert sein, verraten und verkauft. Hat sie sich nicht mehr versprochen?

Mutig fand ich (wieso mutig?), dass sie sich auch ein bislang ungelesenes Buch griff: Xavier de Maistres Voyage Autour de ma Chambre: *»Auf engem Raum zu reisen, das ist es, was man auf seine alten Tage vielleicht noch lernen sollte, das Einzige vielleicht, zumal es ziemlich ökologisch ist.«*

Schön war auch ihre Idee, ein paar Filme in unsere Häppchenbibliothek zu schmuggeln, ein Letztes Programm: Die Liebesfälscher *von Kiarostami; Monty Python's* Life of Brian; *Shirin Neshat's* Women without Love; *Nacer Khemirs* Bab'Aziz; *ein paar Ghobadis; alles von Louis Malles (»Bei ihm gefallen mir selbst die Filme, die mir nicht gefallen«);* Die Farben des Paradieses *(der Film hat etwas rührselig Religiöses, wenn du mich fragst – arme Großmutter!);* Die Glorreichen Sieben *von Sturges;* Die Rückkehr von Swjaginzew; Opening Night *(mit einer tollen Frau als Hauptdarstellerin, ihr Name ist mir entfallen, ich würde sogar sagen: »Prachtweib«, wenn man das heute noch sagen dürfte; das musst du unbedingt mal gesehen haben, Shaahin. Wer Frauen mag, liebt sie. Du magst doch Frauen, nicht wahr?); Farochsads* The House is Black *(Ich denke, das hat sie eher aus Pflichtgefühl in die Sammlung aufgenommen, denn kann man sich diese geplagten leprazerfetzten Gesichter wirklich mehr als einmal anschauen? Erschütternd!); Monsaingeons Gould-Film; PERSEPOLIS. (Mein Gott, wie oft hat sie sich den angeschaut, und gelacht, und gelacht, und gelacht, als ob sie Geld für's Pausenlachen bei einer Sitcom kriegt. Aber freche Mädchen unter dem Kopftuch hatten es ihr immer schon angetan. »… erinnern mich an westliche Muslima«, sagte sie und meinte Grace Kelly, Sofia Loren, Liz Taylor und all die anderen Cabrio-Schönheiten der 50er-Jahre, die ihr kostbar gestyltes Haar unter seidenen Kopftüchern vor dem Wind schützten, meinte auch Marguerite Yourcenars Hidschab in ihrem Garten.) DIE ZWEI LEBEN DER VERONIKA von Kieslowski (»Die polnische Weronika ist auch für unser Persien gestorben«); ZORBA LE GREC (am Schluss, wenn Sorbas den Satz sagt: »Heh, Boss! Hast du jemals erlebt, dass etwas so bildschön zusammenkracht?«, hat sie immer gehörig debil – also gut: leicht imbezil – geschmunzelt); THE GODFATHER (ich glaube ja, sie war etwas verliebt in diesen Brando; THE GODFATHER hat sie fast genau so oft gesehen wie PERSEPOLIS, und da war er ja schon ein alter garstiger Sack; ich werde dann, wenn wir THE GODFATHER ein letztes Mal sehen, meinen Kopf auf ihren Schoß betten, das wird sie fuchsen, so gänzlich abgelenkt zu sein, das wird ihr gar nicht passen). Den letzten marxistischen Film nicht zu vergessen. Sie sagte tatsächlich: der letzte marxistische Film. DIE MARX BROTHERS IN DER OPER. Und eigenartig, auch Amos Kolleks SUE war dabei, dieser zum Weinen schöne Film. Als ob sie Sues bittere (heilige?) Einsamkeit retten wollte – Vor wem? Vor was? –, mitnehmen wollte ins Irgend- oder Nirgendwo. Zuletzt: VERNARBTE HERZEN, diese erbarmungslose Hymne an das Leben, geboren aus dem Schmerz.*

Was wir nicht mehr brauchten an Büchern und Filmen, haben wir alles den fliegenden Händlern vermacht, unseren unerschrockenen Legataren der Weltkultur. »Die Zukunft versorgen, das Morgen bedenken«, meinte Großmutter, »es muss ja schließlich weitergehen«. Eine Freude war das. Für uns, für die. Vor allem die 15-bändige Ausgabe von Prousts Recherche (mit marmoriertem Schnitt, punziertem Lederrücken und – das nobelste Prädikat – Cognacglasrändern auf den Buchseiten) hat sie so breit strahlen lassen wie Primate in hormongeschwängerten Zeiten. »Es ist noch viel Schönheit übrig für euch, denn ich hab's nie fertiggelesen.«

Großmutter und ich konnten uns nie einig werden, ob es heißen muss: »Man liest, was man ist« oder »Man liest, was man sein will«.

Was ganz anderes, Shaahin. Ich habe für meinen Grabstein etwas Passendes gesucht, eine Inschrift, ein Zeichen. Also ein Porträt von mir kommt natürlich nicht infrage, keins dieser schauerlichen persischen Porzellanbildchen, die debil in die Nachwelt blicken; man will ja nicht angepisst werden von irgendwelchen streunenden Friedhofskötern, oder zum Klo- und Kotzhäuschen werden für besoffen Dahertorkelnde. Und auch keins dieser modernen Videos, die du heutzutage abspielen kannst auf kleinstem Monitor, eingelassen in blauen Granit, kein Filmchen, auf dem noch die Nachwelt schadenfroh sehen kann, dass dein Leben, bevor es dich endlich umbrachte, eine einzige Ante-mortem-Verletzung war. Aber ein Sätzchen, eine kleine Sentenz, vielleicht ein Ärgernis für die Braven und Gesitteten, das wäre doch … Du siehst, immer noch kokett. Vielleicht noch ein Briefkasten am Grabstein – wie bei Joseph Brodsky in Venedig. Schreib mir, Shaahin! Schreibe mir!

Natürlich weiß ich, dass man im Leben keine Spur hinterlassen soll, einfach die Klappe halten und wurschteln. Natürlich weiß ich, dass es einen montaignegemäß am besten beim Kohlpflanzen treffen soll, sang- und klanglos, kohlmäßig eben. Und natürlich ist es unverschämt, sein eigenes Leben als das einzige zu sehen, angesichts der Milliarden, die da ihr je eigenes Leben suchen. Diese Eitelkeit! Zumal es für uns eh alle irgendwann zappenduster wird, spätestens wenn wir Erdenkinder und unsere geliebte Sonnenkugel samt Shakespeare und Scholle und Schaschlikrezept von einem dieser galaktischen Staubsauger, genannt Schwarzes Loch, im Zentrum unserer Milchstraße verschluckt werden. Als ob nichts gewesen wäre … Schluuurp! Es wird kein Bleiben geben. Trotzdem, was würde dir gefallen, Shaahin? Welche Inschrift (oder soll aus meinem Grab einfach Brahms 3. Sinfonie erklingen; Visconti hat sie für sein Sterben aufgelegt) würdest du einem zerzausten Beau (ja, das war ich mal, ein Beau), welche Inschrift würdest du? … Du weißt schon: für wenn ich hops bin … ein Epitaph, um die Lebenden erstarren zu lassen in Andacht … haha!

WENN DU ZU MEINEM GRABE DEINE SCHRITTE LENKST,
BRING WEIN UND LAUTE MIT
*(Schön! Typisch Hafiz. Aber bitte, ihr Schönen der Nacht,
macht nicht zu viel Radau, denn schließlich will ich ruhn.)*

SCHLAFENDE UND TOTE
SIND BILDER NUR
*(Denkste, Lady Macbeth! Harmlos wie »a painted devil«
ist der Schlafende vielleicht … aber der Tod?
Allein schon der Bordellchic seiner Beerdigungen.
Harmlos?)*

Ich habe alles gesehen,
was will ich mehr?
(Die Inschrift eines Selbsttöters? – Wer weiß?)

Hallo, hallo!
Wer spricht?
Ich weiss es nicht.
(Auch schön, alleine schon, weil es eine kleine Hommage an Witold-Witzbold wäre. Hommage als Synonym für's Klauen.)

On s'est aimé comme on se quitte.
(Von Jacques Dutronc, glaube ich, aus einem Chanson. Irgendwie mag ich's. Das Schlimme ist ja nicht zu sterben, das Schlimme ist: vor den anderen zu sterben, vor jenen, die einem Spaß gemacht haben. Warum kann man nicht mit seinen Lachfreunden gehen, sie alle mitnehmen ins leere, schattenlose Dunkel? Das Lachen zu verlassen ist schlimm. Das Lachen der anderen. Auf sich selbst verzichten könnte man ja noch. Notfalls. Aber auf andere?
Auf ihr Lachen?)

Wenn die Geliebte wie ein leichter Wind
An meinem Grab vorübergeht,
Will ich in jenem engen Sarg
Verzückt mein Sterbehemd zerreissen!
(Noch mal Hafiz, abgewandelt. Gibt aber wohl Zoff mit Großmutter, will sie doch nicht wahrhaben, dass sie meine einzige Geliebte war.)

Mein Ort ist das Ortlose,
Meine Spur ist das Spurlose.
(Wenn es doch nur so wäre, Rumi. Ich hätte viel drum gegeben.)

Behalte den flug im gedächtnis?
Der vogel ist sterblich.
(Ja, das wär's. Aber auch nicht von mir. Von Forugh Farrochsad. Fällt dir eigentlich nichts Eigenes ein, Tacu?)

So Long – See You
(Schon besser …)

Der Tod wird kommen,
und er wird mein Lächeln tragen.
(Noch besser. Und sogar von mir. – Nur, ist da der Wunsch nicht der Vater des Gedankens?)

Hat Spass gemacht,
War toll mit Euch!
(Auch nicht schlecht. Was meinst du, Shaahin? Das nimmt dem Knochenmann die Schärfe.)

Das Ende einer Leidenschaft
(Das Begehren hat sich totgelebt, ist anämisch geworden. Hm, stimmt das wirklich? Immer wieder dieses Aufflackern der alten ausglühenden Glut – wenn auch klein. Es schmerzt. Was wäre das Leben ohne Leidenschaft, ohne die entzückend wippenden Popos, ohne die immerwährende glitschig-obzöne Lust? Weise vielleicht, aber langweilig. Langweilig wie Dixieland-Geschrummel.)

Ich würde jetzt lieber Tric-Trac spielen …
(Das würde ich tatsächlich gerne. Jetzt. Mit dir, Shaahin. Ich glaube, ich nehme ein Brett mit rüber in das … ja, in das was?)

Les jeux sont faits –
Rien ne va plus!
(Der Einbruch der Infantilität ins Alter! Andererseits, vielleicht doch in die nähere Auswahl?)

Der Letzte macht das Licht aus.
(Na, das ist jetzt aber wirklich kindisch. Obwohl. Nur das Kindische hat mich gesund erhalten und ins hohe Alter geführt, das durch und durch Erwartungslose.)

Ende gut, alles gut.
(Nein, Shaahin, ich lass das jetzt mit den Albernheiten. Versprochen! Obwohl, vom Standpunkt der Glücklichen aus gesehen … Albernheit im rechten Moment, hat das nicht etwas für sich?)

Ich habe mich gut amüsiert,
Danke und auf Wiedersehen.
(Klingt gut. Kein Wunder: ausgeliehen bei Romain Gary.
Ich denke, der kleine Diebstahl wird ihm nichts ausmachen,
hat er nicht selbst so manches geliehen? Klingt gut!)

Gelebt Geliebt Gelacht
(Auch nicht schlecht.)

Was gibt's denn da zu glotzen?
(Schleich dich, Erdenbürger.
Was hast du auf Friedhöfen zu suchen?
Kümmere dich ums Leben!)

Posthum
(Post Humus – Ja, was geschieht nach der Erde?
Eine posthume Ehrung? Vergiss es!)

Ad plures ire
(Zur Mehrheit gehen? Welcher Idiot hat … Nee, gewiss nicht!
Als ob mir die Mehrheit ein Trost wäre; man will doch bei
den wenigen sein, bei den Geliebten. Ach, Seneca hat das gesagt? …
Ich nehme den »Idiot« zurück.)

Nissiti – Ich hab's versucht.
(Hm!? – McMurphy is watching you.
Außerdem eine Beleidigung für Abie Nathan –
nein, das geht nicht!)

Ich war!
(Oder: Tacu was here! – Jawohl. Hinweg mit der Bescheidenheit.
Lass dich nie auf dieses Das-Leben-ist-nur-eine-Passage-Gebrabbel ein,
Shaahin. Wir haben nur diese eine Passage. Pas sage, anderes zu
behaupten. Wenn sie dir jemand kleinreden will, schick ihn straight
to hell.
Andererseits: Gib nicht so an, Tacu, es war nichts Besonderes,
nicht wesentlich der Erinnerung wert. Immer diese Hervorkehrung
des Ichs!)

Ich Ich Ich / Fürchterl-Ich.
(Der saumlose Kosmos rückt alles zurecht. Im tiefsten Innern weiß man, dass man nichts ist im Wirbel der Geschehnisse, allenfalls ein Loch im Weltgeschehen. Das Problem ist nur: Man vergisst es immer wieder, jeden Tag, verdrängt es, immer wieder, x-fach. Wenn uns dieses Nichts eigen wäre wie, sagen wir, unsere Nase, und wir also ständig daran erinnert würden, stünde es besser um die Welt.
Die Egozentrik verdirbt doch letztlich vieles. Anyway, such dir eine der beiden Positionen aus, Shaahin, oder mach Eintopf daraus.)

Meurs, Sot!
(»Stirb, du Tor!« – Zu viel Meursault getrunken, alter Junge, häh? Du bist doch schon tot, wenn's geschrieben steht.)

Ich möchte lieber nicht.
(Oh ja, Melvilles göttliches »I would prefer not to«. Die klügste Bemerkung des Welttheaters. Ein Lebensmotto, das am Ende sogar auf's Sterben passt. Das ist gut, wirklich gut. Und zwar ohne dieses Der-Tod-gehört-zum-Leben-Gefasel. Der Tod als Musenführer der Philosophen, welch lächerliche Pose. Sich schick machen mit dem Tod, ihn zärtlich umhätscheln, was ist das für ein lausiges Verhältnis zum Leben? Nein, wenn der Tod zum Leben gehörte, hieße die ganze Chose Todleb. Oder Lebtod. Das Leben ist aber das Leben. Und der Tod ist der Tod. Eine Geschmacklosigkeit. Alles andere ist gründlich dummer Geisteskram für Theologen und Philosophen, für sogenannte Intellektuelle und andere Schwallköpfe und Schnickschnackredner.
Der Tod ist der Tod, das große Game-Over. Er ist nicht dieser ungehobelte Typ mit den schlechten Manieren, der als ungebetener Gast kommt, dir deine ganze Bar leer säuft, um dann das Äußerste von dir zu verlangen. Wie kann jemand, der tot ist, Gast sein, schon gar mit Manieren?
Und das Leben ist eben nicht diese mexikanische Torte mit coffins und Totenköpfen verziert: süß und bunt einerseits, und doch auch ständig einbegriffen der Tod. Zuckerguss und Bittermandel. Dieses mexikanische Marzipan-Memento-Mori will uns vorgaukeln, der Tod gehöre zum Leben. Mathematisch aber gehört nur das Leben zum Leben. Frag mal Wittgenstein. Der Tod ist eine ganz andere Sache. Der hat nichts mit uns zu tun. Er mag unser vorgeburtlicher Raum sein, wir kennen ihn zwar, aber erinnern uns nicht. Was am Sterben weh tut, gehört zum Leben.)

Nun ist das Leben an seinem Ziel,
Und ohne Zweck war die Reise …
So viel gehofft und gewünscht so viel,
Getäuscht in jeglicher Weise …
(Nein, mein lieber Rückert, das ist mir dann doch zu negativ: »Getäuscht in jeglicher Weise«? Manchmal ja, aber alles in allem war's ein großes Ding, denkmalgroß. Aber wie wär's mit: Der Reigen dreht ohn' Unterlass, / Du musst daran; / Es ist für keinen kein Erlass, / Du musst daran. – Ja, schon eher.)

I Had a Lover's Quarrel With the World.
(»Ich habe mit der Welt gestritten wie ein Liebhaber.« Robert Frosts Grabinschrift. Schön. Trifft aber leider auch nicht auf mich zu: Ich hab zu selten gestritten, als dass ich … konnte mich immer zu leicht mit den Gegebenheiten abfinden. Wer will seine Zeit schon mit Kummer vertrödeln?)

Tacu 2.0
(… hat mir ein ehemaliger Student geraten. Witzbold! Er meinte wohl Wiedergeburt oder so was, nicht als Regenwurm oder Königstiger, sondern noch mal als Ich, in einer verbesserten Version, aktualisiert. Dann doch lieber Regenwurm, fern von den Amseln und Anglern der Welt.
Aber auch dieser buddhistische Reinkarnationskram, nein. Am Schluss geht was schief, und du landest als Schoßhündchen eingeklemmt zwischen den vor Fett überfließenden Orangenhautschenkeln einer Chips mampfenden Telenovela-Süchtigen … oder kommst als Kacke essende Fliege zurück.)

Nothing of Him That Doth Fade
But Doth Suffer a Sea-Change
Into Something Rich and Strange.
(»Was vergänglich und gemein / Ward gewandelt durch das Meer / Zu Kostbarkeiten, reich und schwer.« – Das steht auf Shelleys Grabstein in Rom. – In der Tat »strange«. Was hat sich der Bursche nur dabei gedacht? Wie kann man nur so geschwollen sterben? Im Lieblingssessel, wie Magda Szabó, mit einem Buch auf dem Schoß, so schlicht kann Sterben sein. Wenn es wenigstens diese anderen Zeilen aus Shakespeares Sturm gewesen wären, diese berühmten, selbst noch Grabwürmer

anrührenden Zeilen: »Wir sind aus solchem Stoff / Wie Träume sind / Und unser kleines Leben / Umringt ein Schlaf.« – Ja, dem wäre nichts hinzuzufügen gewesen. Aber dieser Sea-change-Schwachsinn?
Als ob der Tod beschwichtigt werden muss mit großen Sätzen,
mit pompösen Lobeshymnen über seine Transformationsfähigkeit.
Als ob man derart Ablasshandel treiben könnte mit ihm.
Die Anerkennung seiner Größe? Nein, er ist ein Wicht,
was Kleineres muss her. Nicht der Tod ist schlimm,
es ist nur die Trauer beim Sterben, die traurige Trauer.)

I'm a Poor Wayfaring Stranger,
While Trav'ling Through This World of Woe.
(Stimmt nicht. Ich war nie [wirklich] ein Fremder hier, schon gar nicht im Jammertal. Für mich war's ein Freudengipfel. Ja, die Welt ein Freudengipfel. Ich habe mich immer vor den wirklich großen Problemen gedrückt. Mein Sticheln war nie Heldentat. Wenn mein Glück bedroht war, habe ich mich weggeduckt, habe weggeschaut. »Mein armer Falstaff«, hat Großmutter immer gesagt. Seltsam, wenn ich mal mein Mütchen an irgend so einem wichtigtuenden Pimpf kühlen wollte, hieß sie mich immer, vorsichtig zu sein: »Feigheit kann ein guter Ratgeber sein, denk an Brecht vor dem Komitee für unamerikanische Umtriebe.« Aber andererseits, als Memme wollte sie mich auch nicht. »A coward on instinct«, der die Welt auf die Seite lacht – das war ich für sie. Ein Falstaff. Jeder von uns beiden hatte zur rechten Zeit seinen Shakespeare parat; mit diesem Allround-Florett konnte man alles abstechen, was einem in die Quere kam: Freund & Feind, Liebe & Tod, Alles & Jedes. Aber es gibt da ja noch den Refrain zum Wayfaring Stranger: I'm only going over Jordan / I'm only going over home. Könnte das gehen? … Oder ist es Betrug und Schwindel?)

Enfin seul!
(Nein, nein – welcher Dschinn hat mir denn das eingeflüstert? Arme Großmutter! Nur weil es flott klingt, nein, das hat sie nicht verdient. Außerdem ist es defätistisch dem Leben gegenüber, den Menschen.)

Nothing Gold Can Stay!
(Noch mal ein geschwollenes Sterben. Warum nur ist Bruder Hein so sehr verbandelt mit dem Melodram? Immerhin, bei Robert Frost erträglich. Ganz anders als bei Shelley.)

Somewhere Over the Rainbow
(Irgendwie scheint doch immer wieder ein Jenseitsort auf, wie sehr wir uns auch dem Numinosen verweigern, und wie kitschig er auch ist. Oder ist Kitsch gerade sein Signum? Kitsch und Trost?)

Le temps n'efface pas le souvenir.
(»Die Zeit löscht die Erinnerung nicht aus.« – Oh, das tut sie sehr wohl. Was bildet ihr Augenwischer euch nur ein? Ihr lebensverzweifelten Romy-Schneider-Jünger, die ihr euch in einem fort mit todschickem Weltschmerz narkotisiert, mögt das vielleicht glauben – weil dieses Sätzlein auf ihrem Grabstein in Boissy sans Avoir steht. Aber die Erinnerung verblasst rasend schnell, meist schon zu Lebzeiten, da kann auch Erinnerungsberserker Boltanski nicht dagegen anrennen. Sie ist flüchtig, flüchtiger als Nebel. Das Vergessen ist stärker als die Erinnerung, immer. Lieben wir Fotos so sehr, weil sie das Versickern der Spuren im Gedächtnis wenigstens ein bisschen aufzuhalten vermögen?)

Ashes to Ashes, Dust to Dust.
If the Coke Don't Get ya, The Morphine Must.
(Aus einem Song aus den Zwanzigern: Cocaine Bill and Morphine Sue. *– Weißt du noch, Großmutter war gerade von der Uni geflogen. Nach der Revolution (haha!) verkamen die Institutionen immer mehr zum Schlachtfeld der Ideologen. »Agentin des Satans« haben sie sie gerufen, »Hure des Mossad«, weil sie keinen Schleier tragen wollte. Beschimpfungen, die sie immer wie einen Verdienstorden trug. Ihr lapidarer Kommentar: »Wer verschleiert, ist auf das Dahinter aus.« Und ungewohnt frivol: »Das ist wie bei dem keck angelegten Tüchlein dieses Jesus am Kreuz; es will einzig fragen, wie sieht's dahinter aus. Man möchte es lüften, lüpfen – vor allem jenes des liegenden Gottessohns von Gregorio Fernandez, dieses sahneweißen, blutbefleckten Christus. Ich mag Kreuzigungen, sie haben so etwas Erotisches.«*
Großmutter hatte das Lied mit ihren Studentinnen geträllert, in der Zeit, als sie sich zu Hause bei uns in ihren Privatseminaren mit ihren »Mutigen Sieben« traf, ihren glorreichen Samuraistudentinnen, um Lolita *und* Gatsby *zu lesen im Geheimen, das ganze »unmoralische« und »imperialistische« Literaturzeug des Westens; erinnerst du dich, jeden Donnerstagmorgen musstest du besonders leise sein, das war, als sie mahnend »materialistische« Romane hoch schätzte und flammende Plädoyers hielt gegen die Vergewaltigung unserer Kultur.)*

(Der Welt seinen Stempel aufgedrückt haben, seinen ganz eigenen individuellen Stempel. Hättste gern. Welch kosmischer Irrtum! Woher nur immer wieder die Einbildung, es sei angekommen auf dich, man sei bedeutend – gewesen?)

Gute Nacht!
(Ein Adieu ohne großes Aufheben, ganz en passant – wie bei Schubert / Müller: »Fein Liebchen, gute Nacht ! / Will dich im Traum nicht stören, / Wär schad' um deine Ruh'. / Sollst meinen Tritt nicht hören – / Sacht, sacht die Türe zu! / Schreib im Vorübergehen / Ans Tor dir: Gute Nacht, / Damit du mögest sehen, / An dich hab' ich gedacht.« – Ja, nichts und niemanden stören, wie bei den Indianern und verwundeten Tieren; der leise Abschied, das sollte möglich sein. Noch nicht mal ein Fingerabdruck.)

Ungatz!
(Nichts. Nicht. Nix. – Ein Wort für alle Lebenslagen, selbst noch im Tod. I regret ungatz. Warum nur verstehen amerikanische Mafiosi so viel vom Leben?)

Hoffend und die Zukunft leugnend,
Starb er auf sein Leben wartend
Und lebte wartend auf den Tod.
(Auch schön. Sehr schön. Von einem Pahlavi-Prinzen. Aber zu ernst für mich, oder?)

$$\mathrm{d}S = \frac{\delta W_{\mathrm{diss}}}{T}$$

(Die Unumkehrbarkeit allen Lebens. Die fahle falsche Tröstung der Physik. »In einem abgeschlossenen System nimmt die Entropie niemals ab.« – Aber ich hätte doch gar nichts gegen ein Leben, dessen Unordnung und Unordentlichkeit zunimmt – bis in alle Ewigkeit.)

Grab Mal!
(Alas, poor Yorick! Trotzdem, neben einem Grab der Monty Pythons mit der Aufschrift »Piss off« würde es sich gut machen. Die einen, die nicht loslassen können, und jene, denen alles wurscht & schnurz ist, das falsche Liebesgesäusel genauso wie die Rettung der Welt.)

Et rose elle a vécu ce que vive les roses l'espace d'un matin.
(Die Rose hat gelebt, wie Rosen leben, einen Morgen lang. – Schön! Von François de Malherbe, glaube ich. Aber bin ich das? Vielleicht eher was für Großmutter …)

Bon Dieu! Azrael, verpiss dich!
(Zu spät!)

Bin dann mal eben weg
(Weshalb hast du nur diesen Hang zum Infantilen, Tacu? Weil es unser Leben rettet?)

Hoppla, jetzt komm' ich!
(Lass es, Tacu!)

In niz bogzarad
(»Auch das wird vorübergehen.« Bist du bescheuert, Tacu? Der Tod dauert. Ewig. Nix da Reinkarnation.)

F.A.E. – E.A.F.
(Frei, aber einsam. Einsam, aber frei. – Eine Sonate zum krönenden Schluss, eine Sonate für die stinkig-modrigen Überreste meines Ichs. Pas mal.)

Da capo al fine
(Ja, ich würde es genau so wieder machen, das ganze Leben – voilà, genau so.)

Jetzt reicht's aber!
(Genau!)

F.F.
(Fortsetzung folgt. – Von wegen!)

Uff!
(Geschafft!)

»Ich möchte lieber nicht. I would prefer not to.« Ja, ich glaube, das ist es, das Melville-Sätzlein. Was meinst du, Shaahin? Das würde sich gut machen auf meinem Stein. Klein, aber doch nicht zu klein. Ein »bisschen gewichtig« gewissermaßen. Ja, ja, ich weiß: »schwarze Milch«. Sprachnonsens. Aber manchmal, mein Lieber, ist das Leben eben nichts Anderes als scharfsinniger Unsinn. Einerlei. Ich hätte zwar wirklich gerne etwas von mir genommen, einen kleinen Geistesblitz von mir, wirklich, aber wenn wir die Eitelkeit mal für einen Moment fahren lassen und darüber hinaus einsehen müssen, dass mir wirklich nichts Besseres eingefallen ist, die anderen schlicht klüger waren, dann ist unser Hörmän schon ganz okay. Oder nicht? Doch, das ist schön! Was meinst du, Shaahin?

Das Problem mit dem Tod ist ja, dass er so kompliziert ist. Eine vertrickt-vertrackte Angelegenheit. Ziemlich verzwickt. Vor allem der Selbsttod. Das Sich-selbst-aus-der-Welt-Schaffen ist nicht so einfach zu bewerkstelligen. Vor allem, weil zwischendurch immer wieder die Sonne scheint, oder eine tausendstimmige Nachtigall singt, und beide – ganz unabhängig voneinander – nichts Besseres im Sinn haben als dein Unterfangen, zu dem du dich gerade so heldenhaft durchgerungen hast, Lügen zu strafen, dieses Fanal der Freiheit, das da Leben heißt, zu beschämen. Vielleicht erinnerst du dich auch gerade daran, wie gerne du Cantuccini in Rotwein tunkst. Anyway. Den Moïren ins Handwerk zu pfuschen, die Bemessung des Lebensfadens durch Lachesis, die Zuteilerin, kurzerhand anzuzweifeln, braucht schon einige Überzeugungskraft, zumal unsereins ja nicht gerade im Handspinnen bewandert ist – ich würde mich ständig verhaspeln.

Bei diesem bescheuerten Lebensfaden, Shaahin, habe ich ohnehin immer wieder den Verdacht, dass er für manche einzig deshalb so lang gesponnen wird, um sich ordentlich darin zu verheddern und endlich zu Tode strangulieren zu mögen.

Aber nicht nur Sonne und Nachtigall können dir ein Strich durch die Todesrechnung machen. Ist bei Stendhal nicht mal jemand mitten im Selbstmordgeklügel aufgestanden und hat in seiner Bibliothek die Preisliste für Saint-Gobain-Spiegel gesucht, aus lauter Neugier, und kam vor lauter Interesse am

Weltlichen vom Sterblichen ab? Vom hehren Sterbenwollen. Welche Neugier wird mich im Moment der Todesentscheidung abhalten, was werde ich suchen, um mich abzuhalten von der Notwendigkeit des Letalen?

Wenn er ein Kippschalter wäre, der Tod, und man könnte ihn einfach umlegen, und dann: tot, aus, vorbei – das wäre fein! Wie diese schnellen, unvorsichtigen Klicks im Internet. Es wäre viel lichter auf dieser Welt. Mehr Platz. Meinetwegen auch ein Drehschalter. Der Tod, ein Kipp- oder Drehschalter. Aber das ist er eben nicht, sondern eher so was wie langwieriges Krampfen & Würgen. Nicht jeder hat ja das Glück, wie Douglas Adams, im Fitnessstudio an einem Herzinfarkt zu sterben – ausgerechnet in einem Fitnessstudio. Welche Ironie, aber irgendwie schön. Manche schwören auf den Krönleinschuss (das Großhirn wegpusten) und sagen, Leben ist so einfach: Leben, bis es nicht mehr geht, und dann: Peng, Smith & Wesson. Mit einem Edelholzgriff, der Noblesse wegen, denn der Tod (obwohl Gegner, aber so ist er, der eitle Fatzke) verlangt eine Verneigung vor ihm. Aber wer hat schon so ein Philip-Marlowe-Ding gerade mal so zur Hand, außer Bogart natürlich, oder Robert Mitchum? Mal ganz abgesehen davon, dass es – sofern man sich tollpatschig anstellt, und man stellt sich immer tollpatschig an – wohl ziemlich weh tut. Man trifft nicht richtig, schnurstracks am Hirn vorbei, und schon ist es aus mit der Todesgemütlichkeit, hat Scheißschmerzen, bleibt für den bitteren Rest des Lebens ein Kretin (ziemlich problematisch, wenn man es nicht schon vorher war).

Außerdem macht es Dreck, um das schlierig-schlonzige Blut-und-Hirngeschmiere an Wänden und Möbeln einigermaßen zurückhaltend zu beschreiben. Und dann versucht man sich am lang ersehnten Tag der Selbstbefreiung aus lauter Verzweiflung – 15 Gramm genügen! – an Natrium-Pentobarbital ($C_{11}H_{18}N_2O_3$) mit Single Malt (Fassstärke), oder an Bilsenkraut und Tollkirsche, an Hundspetersilie und Fingerhut (ob rot oder wollig), an weißer Engelstrompete und blauem Eisenhut und all dem anderen Schierlingszeug – und kommt doch nur schwer ans Ziel. Zumindest bilden Anstand, Sicherheit und Indolenz – wie auch bei anderen Todeskünsten – keine verlässliche Einheit. Immerhin: Beim Goldregen – obwohl gleichermaßen giftig wie seine vorgenannten Kollegen – klingt wenigstens noch so etwas wie Verheißung an. Erschien Jupiter seiner geliebten Danaë nicht als goldener Regen?

Immerhin, eins war sicher: Keine Luft in die Arterie spritzen, keine Embolie hervorrufen, denn eine unangenehm große Spritze wäre nötig, so ein richtiges Pferdeding, und es würde qualvoll sein. Und Erhängen nur mit Laufknoten! Jedes Kind, jeder Pfadfinder weiß, eine Schlaufe muss laufen, um zu würgen, muss sich zuziehen können, muss ordentlich drosseln … wie ein Henkersknoten … millionenfach bewährt bei allen Vollstreckern der Welt.

Gegen den Tod ist kein Kraut gewachsen. Wenigstens aber das ein oder andere für ihn. Und doch aber bleibt die schwere Wahl.

Letzthin hat mir eine Freundin Helium empfohlen, ein lächelndes, nicht selten sogar diabolisch lachendes Hinübergleiten soll es bewirken.. (»Lass das mit dem Pentobarbital … macht 'n Scheißdurst, ist widerlich bitter, musst Unmengen Schokolade dazu essen, wirst noch fett dabei … und das Schlimmste, du verlierst die Sprache … na ja, keine wirkliche Katastrophe, du brauchst sie eh nicht mehr.«) Ich werde Erkundigungen einholen. Es muss doch Günstigeres geben, Vorteilhafteres, als den Tollkirschentod durch Atemlähmung!

Schwarze Tollkirsche: Atropa belladonna. Warum leiht gerade die Moïre Atropos, die Unabwendbare, die den Lebensfaden durchschneidet, ihre Identität zur Benennung? Welcher Idiot kommt auf die Idee, gerade die Teufelskirsche und Wutbeere (man denke an die Halluzination und Tobsucht und das epileptische Krampfen und Irrereden) mit dem Namen einer bella donna, einer schönen Dame, zu taufen?

Die gleiche Helium-Freundin hatte noch einen Rat für mich, den allerletzten, wie sie meinte: Gefährlicher leben! Manchmal erledigt sich die Sache (die Sache, das war das Sterben) von selbst. Wenn du wild ins Leben stichst, keine Rücksicht mehr nimmst auf Leben und Tod, dann …

Was meinst du, soll ich Fallschirmspringen in meinem Alter, hab ich sie gefragt. Oder Hang gliding? (Ich wusste noch nicht mal, was das war.) Immerhin, mit dem Fliegen hab ich es versucht, dem Fliegen in Airbussen. Wir haben Ausflüge gemacht, deine Großmutter und ich, Tagungen besucht in Wien, in Paris, in Bonn, aber offensichtlich stürzen immer nur die falschen Maschinen ab. Großmutter wusste nichts von meinem geheimen Sehnen, von meinem Begehren, mit ihr gemeinsam zu …

Du siehst, es ist einigermaßen schwierig, dem debilen Taubenfüttererdasein des Alters zu entgehen, der seibernden Windelträgerexistenz, wie auch der wachsenden neuen Unhöflichkeit der Welt. Eine Website – www.den-jordan-sicher-überschreiten.com – müsste her, mit einem Online-Shop für's Elefantentötungsmittel Etorphin. Da reicht ein Tröpfchen und ratzfatz bist du weg. Der Selbsttod ein Klack, oder Klacks, unaufgeregt wie ein Nadelstich in die Luft, wie schön das doch wäre. Eine Suizidmaschine etwa. Ein Losungswort (wie wär's mit »Oops«), exekutiert, et voilà im Paradies. Ob mit Huris oder Whiskey, einerlei.

Ja, er hat wenige Freunde, der Selbsttod. Das Schicksal überlisten, wer hat schon den Mut? Zumal wir selten die Protagonisten unserer eigenen Geschichte sind, immer nur Nebendarsteller im Leben anderer.

Faulkner paraphrasiert: Wenn ich die Wahl habe zwischen dem Nichts und dem Schmerz, dann wähle ich das Nichts. Die Alten sollten – wie die Föten – das gleiche Recht auf Abtreibung haben.

Man nimmt sich nicht das Leben, Shaahin. Man kann es sich nicht nehmen, denn man hat eins, vielleicht nicht perfekt, irgendwie verkorkst sogar, aber man hat es, und ein Leben, das man hat, selbst wenn man es aufgebürdet bekommen hat, das können nur andere nehmen, nicht du, du hast es.

Aber den Tod, den kann ich mir nehmen. Endlich keine Rückenschmerzen mehr. Ich will mir doch nur meinen eigenen Tod nehmen, Shaahin, er gehört mir! Meinen eigenen Tod, wie andere sich eine Feige nehmen, oder ein Glas Tee, im Garten, am Spätnachmittag. Was ist denn so schwierig daran? Das letzte Mal die Sanftmut der Gesichter kosten, das Antlitz der Menschenmöglichen. Findest du nicht auch, es wird höchste Zeit für's anständige Sterben, den zivilisierten Tod … in Hospizen, weltweit? Ein internationaler Konzern gewissermaßen: Happy Exit Ltd. Oder ein Verein: Todsicher e. V. Deren Angestellte: eine Legion gütiger Lebensabschneiderinnen. Frauen? Frauen! Hübsch, wenn's beliebt, jung. Ach was, meinetwegen auch alt, Hauptsache couragiert. So was wie die Accabadori des archaischen Sardiniens, die Sterbeammen der Alten Welt. Du siehst, mit etwas Pragmatismus … was ist falsch daran, ein munterer Sterber sein?

Und dann? Zuerst – mein Kopf liegt auf Brigitte Bardots Hintern, kuschelt sich ein in die Eiderdaunen des Glücks, oh, welch himmlisches Sterbekissen! – einen bunten leckeren Drogencocktail (geschüttelt, nicht gerührt!), was ganz Weltliches, der freudigen Erregung wegen, begleitet von Mozart und Albinoni (alternativ Nina Simone und Charlie Parker), danach das schnelle Propofol-Hinüberdämmern, jenes der amerikanischen Todestrakte, sanft in den Tod schlafen, zuletzt, mit einer flotten narkotikumbedingten Erektion, die Reise in die Ewigen Jagdgründe, sich wie Isolde fühlen: »ertrinken, versinken, unbewusst – höchste Lust!« Die Todeslustigen Seneca und Cato hatten diese elysischen Mittelchen nicht – arme römische Würstchen!

Allerdings: Ein fein-manierliches Todesgesicht sollte bei all dem schon garantiert sein, eine schöne Leich, etwas Gefälligkeit. Wer will schon als todverzerrte Fratze, wie einst Stefan Zweig nach seinem Veronal-Tod in Valparaíso – im »Paradiestal«, haha! – vor seine Lieben treten? Nur Journalistenhundlinge konnten ein solches Gesicht »friedlich« nennen.

Der Selbsttod eine Art Contract social mit dem Leben. Ein Vertragsbestandteil unter anderen: die diskrete Entsorgung der festen und flüssigen Postmortem-Ausscheidungen, samt Gerüchen.

Bleibt nur noch die Gratisverbrennung (besser noch wäre natürlich was CO_2-freies), und schließlich dann: ab die Post, in den Orkus mit den Resten, ohne Weihrauchfirlefanz bei den Christen, ohne Jungfrauengeschwafel bei uns. Und zwar kommunal finanziert, will sagen: gratis. Immerhin erspart das dem Staat eine Menge Rente.

Die Würde des Menschen kann sich diese dreizehn Großen Selbsttode nicht mehr leisten: die Plastiktüte Kosinskis / den Zyankali-Apfel Alan Turings / die Seine von Paul Celan / die Blausäure Polodoris' / die Autoabgase von Anne Sexton / das Rasiermesser Stifters / das Kokain Trakls / den Schnürsenkel von Sarah Kane / den Sprung von Dorothy Hale / das Arsen-Strychnin Sá-Carneiros / die Pistole Majakowskis / die Barbiturate Paveses / und auch den Gashahn von Sadegh Hedayat in der Mansarde der Rue Championnet 37 nicht.

By the way: Es ist auch weltpolitisch gesehen eine gute Idee, gerade jetzt zu gehen, mitten im größten kataraktischen Aufruhr des Jahrhunderts, am Peak und Turning Point der Menschheitsgeschichte. Die Aussicht auf den Tod ist gut zurzeit. Wer ihn sich jetzt nicht leistet, leistet sich ihn nimmermehr. »Now more than ever seems it rich to die.« Denn wird sie – oh, ihr armen, bitterarmen Nachkömmlinge der blind um sich schlagenden Erdenwüstlinge – nicht immer roher, unsere Welt?! Gut, unsere getürkte, von innen verrottende Republik ist es schon lange. Doch nun ist auch der große Rest dran. Alle Aufklärung, aller Humanismus – der alte arabische von Ibn Rushd, der junge europäische von Voltaire – werden die Zukunft nicht zu befreien vermögen von den Geißeln der apokalyptischen Reiter. »Komm!«, werden sie rufen und Fluch und Flucht bringen, Religionskriege und Klimakatastrophen, die Herdentollwut der Bestialischen, Hunger weithin. Wer will schon sehenden Auges mitten im Taumel der verrohten Zeiten, mitten im Weltenchaos untergehen!? Ich sag's mal zweisprachig: Man is but an ass. Les gens sont des cons.

Trotzdem: Ich habe sie immer bestaunt, mit offenem Mund, die Idealisten und Politiker, die eine Zukunft für machbar hielten – selbst dann noch, wenn sie machtlüstern und korrupt waren –, ihren so kindisch-tapferen Glauben an Utopia bestaunt angesichts der Ungestaltbarkeit der Welt, diesen Lemming-Eifer durch und durch. Dabei war es schon immer klar: Das wird nichts. Ein Hauen & Stechen wird es, und die guten Menschen werden böse werden! Nein, die Welt macht keinen Spaß mehr. Man möchte in seinen Kinderbüchern verschwinden, in ihren leichten Welten untertauchen für alle Ewigkeit, um dem Grauen der Gegenwart zu entgehen. Der Tod ist kein Fremdwort mehr für mich. Der Fortschritt hat verloren. Die Zukunft wird leer sein, leergefegt.

Nur weltbesserwisserische Idio... äh, Ideologen leugnen die zyklisch wiederkehrenden Kataklysmen der Geschichte. Ach, dieser Kinderzukunftsglaube! Also her mit dem Baudelaire'schen Abend »fait de rose et de bleu mystique«, an dem das Ende willkommen ist. Komm, zobelschwarze Nacht, komm!

Eine kleine ordentliche Krankheit, die mir das Sterben leichter macht, das wär's. Ein feines Lungenödem, ein flottes Aneurysma, eine schöne Blutleere im Herzen, eine sorgsam-hinterhältige Influenza. Irgend so was. Nur schnell. Komm schnell, zobelschwarze Nacht! Komm schnell!

Der Tod – keine Gedanken, keine Erinnerungen, nichts. Kein Zahnweh.

Sagt der Dichter nicht: Jeder Tod kommt zu früh? Ach was, meiner auf alle Fälle kommt zu spät. Spätestens wenn sich der Tod um dich versammelt, wenn der Leichenbitter ständig klopft, weil deine Freunde um dich herum alle gehen, solltest du – ja was? –, solltest du einen Freifahrtschein über den Styx kaufen, solltest du ins Reformhaus gehen, 'ne Packung Suizidon kaufen und dem Tod dankbar sein. Er blüht uns allen. La maladie de la mort in Siechenhäusern auf alle Fälle, das marastische Zugrundegehen, ist keine Alternative, das Dasein der Pfründner in Armenasylen schauerlich.

Wenn das Leben Squash spielt mit dir, dich an die Wand schmettert in einem fort – geh! Wenn das Leben schwieriger wird als der Tod – geh!

Und die Sterbetagsparty nicht vergessen! Wo es Geburtstagspartys gibt, muss es auch Sterbetagspartys geben. Danach: Ab ins Friedhofsmeer.

»Die Toten lehren die Lebenden« ist der Leitspruch der Pathologen: »Mortui vivos docent« steht an den Wänden ihrer Leichenhallen. Welch ein Schwachsinn, als ob das tote Fleisch dir Lebendem etwas zu sagen hätte, außer natürlich, dass es tot ist, widerlich tot – und die Schönheit schließlich futsch, der Tod scheiße.

Was mir gerade einfällt: Weißt du, was ich gerne gewesen wäre, Shaahin? Ein Reisender. Ein Anouilh-Reisender. Ohne Koffer, ohne Gepäck. Leicht wie ein Seitensprung. Mit den immer gleichen Dingen um einen herum alt werden, das erinnert einen doch zu sehr an die Vergänglichkeit, ihren traurigen Makel. Dagegen Reisende, sie sehen immer Neues, sind immer ganz frisch im Geschehen, können nie alt werden in einem lustlosen Haus. Ein Reisender in der Gegenwart. Die Gegenwart ist eine schöne Landschaft. Ja, als Reisender sollte man durchs Leben gehen. Bouvier sein. Oder Byron (der persische). Byron, bevor er von den Deutschen ermordet wurde mit einem U-Boot, das sein Schiff torpediert hatte. Er war noch keine 37.

Aber zurück. Zum Selbsttod braucht es Humor, Shaahin. Humor oder Verzweiflung. Ich will den Humor. Obwohl ich eine Scheißangst habe. Aber Humor wäre fein. Denn schließlich ist der Selbsttod nichts anderes als eine

Art freiwillige Selbstkontrolle, zum Lachen, so etwas wie privat exekutierter Sozialdarwi…

… stell dir vor, Shaahin, gerade kam Großmutter in meine Schreibstube, mitten in meine Todeskonklave. Mein Blick hatte sich gerade in die Ferne verloren. Während der Damavand im Abendlicht wie ein Feueropal funkelte und zartblaue Schatten warf, lag das vom Nachmittag übrig gebliebene Licht als fliederfarbener Schimmer auf den schneebedeckten Hängen des Elbursgebirges, auf der Heimat Simurghs, unserem Zauberphönix. In jedem von uns steckt ein König, *hatte er mir gerade zugeraunt (oh, leere Versprechungen unserer Mythen!), als sie sich über meine Schulter lehnte – »Na, Pläsierchen?« –, ihre maiglöckchenduftende Wange an meine schmiegte und mit ihren vertrauenerweckenden kaffeebraunen Augen verstohlen auf meinen Bildschirm, meinen Brief an dich, spickte. (Nein, ich glaube, sie hat nicht gesehen, was ich da treibe.) Ihre Haut ist immer noch so weich wie früher, unerträglich weich, und rosig, als ob Zeit ein Irrtum wäre, als ob die Zeit sie nie angefochten, einfach vergessen hätte. An ihrem Farrochsad-Trick, die Farbe ihrer Wangen mit den geriebenen Blütenblättern der Geranie etwas zu überhöhen, kann es nicht liegen. Zumindest nicht allein. Natürlich, die Zeit hat dem Jungmädchenporzellan ihres Halses ein paar zarte Craqueluren eingezeichnet, aber wie eh und je ist sie im Alter der Schönheit. Kein Lidstrich, der krümelig in Falten versackt, keine Karstlöcher im Grübchen ihrer Ellenbogen, alles glatt, alles makellos. Einfach graziös.*

Wie macht sie das? Ist Verfall nicht gleich Verfall? Wird da jemand bevorzugt im großen Lebensspiel, kaltherzig übervorteilt? Wie Schuberts Moment Musical Nr. *3 springt und hüpft sie durchs Leben. In F-Moll. Mit wem, verdammt noch mal, hat sie einen Deal gemacht? Oder soll ich es Kuhhandel nennen? Warum verfällt sie nicht wie andere, wie ich, der Überreife? Hat sie eine Time-Shift-Funktion eingebaut? Der alte Bonnard meinte einmal, seine siebzigjährige Marthe in der Badewanne sei noch so jugendlich wie an dem Tag, an dem er sie kennengelernt hatte. So geht es mir mit Großmutter. Sie ist immer noch mein junges frühlingsduftendes Mädchen, meine kleine Sylphide. Ihr rubinrotes Lächeln, oder ist es Karmesin?, ich kann mich nicht satt sehen daran, sogar ihre Augen glänzen noch so frisch wie ehedem. Das hindert ihren (auf Samtpfoten daherkommenden) Starrsinn allerdings nicht, auf Rossetti zu bestehen … Dante Gabriel Rossetti … für meinen Grabstein:*

»Look in my face; my name is Might-have-been;
I am also called No-more, Too-late, Farewell.«

Komischer Typ, dieser Rossetti mit seinem mondänen Schwulst. Und ausgerechnet der steht im Zentrum von Großmutters Vorschlag.

Weißt du was, Shaahin, sie hat eine ganz konkrete Vorstellung von meinem Letzten Ort: Sie will mich auf Mohnsamen betten. Und: Sie will eine Grabplatte, dick und fett, wie die von Farrochsad … »nur mondlichtblau, nicht weiß« … mondlichtblauer brasilianischer Marmor, Azul Bahia (weiß der Teufel, woher sie das hat) … »horizontal schwebend« … über der Position des Kopfes ein Stahlrohr eingelassen, das durch die Platte nach unten stößt, direkt auf mein Gesicht zu, und auf der anderen Seite siebzig Zentimeter über der Erde endet, und am Fuß der Platte dann eingraviert diese Sonettverse von diesem Rossetti:

»Schau in mein Gesicht; mein Name ist Was-hätte-sein-können;
Man nennt mich auch Nie-mehr, Zu-spät, Lebwohl.«

Aber sag mal, werden die Leute da wirklich reinschauen in dieses Rohr? Direkt in meine aufgefaltete Seele? Meinst du, die machen das, so ganz ohne Anstand? Einfach pietätlos glotzen … und mit mir quasseln? Da kann ich ja gleich Cyrus' alten Vorschlag für meine Grabinschrift befolgen: tacu@daswars.iran und Laptop und Handy mit ins Grab nehmen. Dann kann ich wenigstens antworten. Oder will Großmutter mich nur unter Kontrolle haben, auf dass ich keinen Unfug treibe?

Schau in mein Gesicht«, das ist doch eine unverhohlene Aufforderung, Shaahin. Will ich das? Ich glaube, ich will das nicht. Ich will da nicht wohnen, so öffentlich. Das ist doch ungemütlich, oder? Ständig auf dem Präsentierteller. I would prefer not to. »Aber du merkst doch gar nichts«, sagte sie mir letzthin einfach. »Warst DU nicht immer derjenige, der dieses ganze metaphysische Gedöns von sich gewiesen hat?«

Ich versteh das nicht, Shaahin. Großmutter war ihr ganzes Leben lang genügsam. Wie eine Himalaya-Orchidee genügsam. Zitierte immer diesen flämischen Dichter: »Wer tot ist, soll sich nicht aufspielen, dafür war im Leben Zeit genug.« Und jetzt: »mondlichtblauer, schwebender Marmor«. Ts-ts-ts. Das will einer verstehen. So verdammt teures Zeug, allein für den Tod, für seinen dummen Egoismus, für seine Verschwendungssucht. Ts-ts-ts. Warum nicht gleich ein Stück Himmel ausschneiden und mir auf die Brust legen!? Am liebsten, weißt du, hätte ich ein Schlafzimmer in den Weltraumlüften, ein Haus der gemütlichen Träume ohne Türen (hast du bemerkt, dass mitten in den »WelTRAUMlüften« der Traum seine Heimat hat?), und als Wächter Morpheus, meinen träumerischen Freund. Und wenn er eine geflügelte Götterbotin mitbrächte, eine fein-alabasterne – wenn das nicht zu viel verlangt wäre –, hätte ich auch nichts dagegen. Derart beschützt von bunten Traumgestalten und wildvergnügten Gesichten, ließe es sich da nicht herrlich leben, so ganz jenseits aller Erdenschwere, leicht wie Äther, weil entleibt? Ovid hatte schon recht, mein Lieber: »Schlaf, du Ruhe der Welt, o Schlaf, du sanfteste Gottheit«.

Und was soll bitte dieses Was-hätte-sein-Können? Das große Was-wäre-Wenn? Klar, es hätte immer was anderes sein können. Aber ist das nicht Kinderkram? Hätte sie lieber mit jemand anderem das Leben verbraucht, äh, verbracht? Mit Groucho Marx? Oder Pahlewi? Mit Golschiri? Mit Farrochsad? Oder der Freundin von nebenan? Hat sie das Gefühl, etwas verpasst, ihr Glücksgefummel nicht richtig berechnet zu haben? Ich kann nur sagen, ich war glücklich mit ihr und bin traurig, sie jetzt zu verlassen. Wie ein flüchtiger Nachmittag ist alles vorbeigegangen. Aber ich glaube, ich sollte nicht weiter darüber nachdenken. Am Ende ist eh alles vergebens – und vergeben. Verpasste Chancen, wie will man sie zurückholen? Man muss zufrieden sein. Unbedingt zufrieden sein. Bedingungslos. Ohne Bedingungen.

Ich bin traurig, Shaahin. Es ist nicht leicht, in den Epilog des eigenen Lebens zu treten, hinter den schweren Samtvorhang des Geschehens, wissend, dass man dies Schauspiel auf immer verlassen muss, noch nicht mal mehr von außen betrachten können wird. Was heißt da: nicht leicht? Es ist schwer, verdammt schwer. Das Leben, am Ende nichts als eine verdampfende Erinnerung.

»The art of losing isn't hard to master.« Ja, das ist einfach gesagt, Miss Bishop, wenn man eh traurig ist. Aber was ist, wenn man gierig ist auf das Leben, gierig wie ein Honigdachs auf den Bienenstock?

Meine Lampe, mein Kompass, mein Waterman-Füller, alle bleiben länger als ich – da stimmt doch was nicht.

Die Sterblichen und ihre Dinge. Ach!

Das Aufbrechen ist das Schwere, nicht das Dortsein, in der Fremde. Weißt du, warum ich nie so sehr begabt war für das Aufbegehren (du kannst es auch »Feigheit« nennen, ich war immer mehr Waschlappen als Samurai): Ich habe alles um mich herum zu sehr geliebt, ganz abgöttisch geliebt. Ich will jetzt gar nicht von dir reden und Großmutter (ihr ward immer meine Flammen, gez. Motte) oder Said und Nasrin, euch habe ich natürlich am meisten geliebt, aber eben auch diese vielen wenig beachteten Dinge habe ich geliebt, vor allem ihre unbedingte Gelassenheit – was konnte man nicht alles von diesen unumstößlichen Komme-was-da-wolle-Wesen lernen!? Kein Mensch war derart zu begreifen.

Ohne die kleinen Dinge gäbe es die großen nicht.

Vor ein paar Wochen war das Borodin-Quartett bei uns – mit Schostakowitsch, Ravel und Franck im Partiturengepäck. Und einem Stück von Borodin selbst. Natürlich waren sie virtuos. Aber die Musik, die Virtuosität, die Präzision habe ich viel weniger wahrgenommen als diese unglaubliche Begeisterung und Innigkeit, diese (leider) nur religiös, nur spirituell zu nennende Inbrunst des Spiels. Ich habe nur auf diesen großen Kinderspielernst geschaut, auf die Leidenschaftsgesichter der Musiker, ich habe kaum etwas gehört. Passion aufbringen zu können – ob bei einem Kammerkonzert oder im Apfelgarten – das ist es. Da bleibt nur noch Weinen.

Die Instrumente in Einheit mit den Instrumentalisten, nur das war Musik für mich, nur dann habe ich sie wirklich gehört – und geliebt. Der formidable Khachatryan etwa, als er auf einem der Hauskonzerte unseres Freundes Aznavuryan das Adagio von Max Bruchs 1. Violinenkonzert gespielt hatte – nein, Andacht trifft es nicht. Diese Backenmuskeln des Eros, es war das Bild gewordene Leiden. Oder war es Glück? Dass Menschen dazu fähig sind, zu dieser tiefen Kinderbauklotzseligkeit, das kann dieses zu sehr auf Tristesse angelegte Leben schon entschädigen.

Das Leben so sehr lieben, dass man schwer atmet, kurzatmig wird, fast atemlos ist von der Überwältigung des Seins, was will man mehr?

*Wo war ich? Ach ja, die kleinen Dinge, ihre unbändige Vollkommenheit. Die Dinge, meine Verbündeten, meine Sehnsuchtsfreunde. Die Dinge und ihre Treue. In den kleinen Dingen liegt die Essenz des Glücks, das Glück der reinen Gegenwart. Ich musste nie eine Frau häuten, um Lust zu gewinnen, Shaahin. Obwohl, ich wäre schon gerne ein Serienmörder gewesen, das muss erhebend sein. Diese entfesselte Lust! Trotzdem: Der Anblick eines Honiggebäcks, ja, eines Honiggebäcks, stell dir vor, genügte mir. Oder der Geruch von alten stockfleckigen Briefen und der leichte Lauf einer Schreibfeder auf dem Büttenpapier. Die Vertrautheit altverhutzelter Paare. Schnee*beeren *zerknallen. Das Funkeln des venezianischen Meeres, sein Turner'sches Tizianrot am Abend. Der tanzende Staub im Sonnenkegel, sein Geruch. Das schüchterne, Balzac lesende 15-jährige Mädchen. Ein Kind auf den Schultern seines Vaters.*

Ich langweile dich, Shaahin? Mancher Gram muss sein!

Also weiter: In Olivenöl getunktes Bauernbrot – nobelpreiswürdig. Ein frisch gespitzter Bleistift. Der glitzernde Tautropfen auf einer Kelchblüte. (Kitschig, sagst du? Also gut: die Spiegelung der Welt in einem Wassertropfen auf der badenassen Haarsträhne eines Mädchens. Auch kitschig? Tja, so ist's nun mal, das Leben. Manchmal.) Dampfende Pferdescheiße. Das Gewicht eines

Schmetterlings auf der Hand. Die Ruhe auf dem Totenbett. Das silberne Matisse-Licht der Bretagne und der berückende Nelkenduft Sansibars. Das jungenhafte Durchshaarstreifen von Simone Signoret. Die nervöse Waldneugier eines Jagdhundes. Am Fenster lesen. Milch trinken aus kristallenen Champagnerschalen (böhmisches Kristall selbstredend) und sich lieben in Badewannen voll prickelndem Piper-Heidsieck. Das Aroma eines Lammgigots. Schuhe aus starkem Leder, pittoresk zerschlissen. Das Abschicken einer Postkarte. Der Amorbogen eines Lippenstiftmundes. Der verschwenderische Duft der Honigmelonen. Kinderfüße beim Durchpflügen laubbedeckter Plätze, ihr erhabenes Knistern, ihr barfüßiges Platschen im Regen. Die Kühle des Wassers auf meinem Gesicht. Die Farben der Granatäpfel. Der Butterduft frischer Croissants. An mondhellen Abenden durch Combray streichen. Warme wind- und sonnengetrocknete Hemden, das In-sie-Gleiten. Das Rauschen und Rascheln des Windes in den Palmen Kaliforniens. Das Lächeln einer Großmutter angesichts eines kleinen Kindes. Körbe aus meerschaumfarbenen Binsen. Uferfelsen und kleines Getier unter einem Meursault-blauen Himmel. Einen Bus in letzter Sekunde erreichen – oder die Erleichterung darüber, ihn verpasst zu haben, schließlich war man nicht Opfer geworden bei dem grausamen Unfall an der nächsten Straßenecke. Das Anziehen frischer Strümpfe, die Fadenheftung eines Folianten, das Gold der Abendsonne auf meinem Mongolen-Montaigne, der Geruch angeschmelzter Zwiebeln und ausgeblasener Kerzen, ein frisch gebügeltes Hemd. Mein Lieblingskorken, der sich aufgrund seiner konischen Gestalt allen Lebenslagen anzupassen weiß, allen Flaschen der Welt, ich empfinde Zärtlichkeit für ihn. Das Geheimnis der achtundachtzig Tasten. Die achtzig Teile einer Geige (nach Claude Sautet). Bücher in den Händen der Menschen – selbst noch in den schwammig-weichen der Mullahs rühren sie mich. Das Wispern der Espen im Wind, und die herabstürzenden Ahorn-Helikopter. Der Geschmack des Brunnenwassers. Die Wehmut eines späten Sommertages. Untertassen und ihre rührende Überflüssigkeit. Der Regenbogen über Murano. Das Stopf-Ei von Großmutter. Der Geruch der Basare: Staub, Gewürze, heißes Plastik, frische Baumwolle. Wie auch der Duft von warmem Sangak mit Sesam, vollendet allerdings erst mit bulgarischem Feta und Basilikum.

The »world in a grain of sand«. Das wunderbar Alltägliche.
Eine Welt, in der der göttliche (ja, ich weiß, schon wieder ER) Zauber von Regentropfen vor der Grausamkeit der Welt zu schützen vermag.

Unsere alte blinde Kristallkaraffe, gefüllt mit Wasser und Eis, mit Shirin-Zitronen und Minze, kann ich heute noch stundenlang anschauen, na ja, nicht stundenlang, aber immerhin doch so lange, bis schon ein Großteil des Eises geschmolzen ist. Diese Äderungen im frischen Blattgrün, die Segmente der Frucht, die an der Glaswand perlenden Tropfen, ihre prustende ständig zum Platzen bereite Pausbäckigkeit. Oder zerrissene, fadenscheinige Hemden, an allen Kanten angestoßen, diese armen Gesellen, wenn sie akkurat und makellos aufgebügelt sind – was für eine traurige Schönheit! Nein, eigentlich nicht traurig. Denn ist es nicht eine schöne Angewohnheit der Dinge, ihre Versehrtheit so klaglos hinzunehmen, nicht selten sogar stolz zu präsentieren?

Kennst du das? Ross Macdonald im Krankenhaus lesen, das ist auch so eine große kleine Sache. Die wohltuend einfache, praktische Kleidung von Filmkommissaren am Tatort – direkt vis-à-vis der grausam verstümmelten Leiche. Und Stufen hinaufsteigen, die ganze Kraft der Welt geladen im federnden Schritt, jeden einzelnen Muskel spüren. Du weißt plötzlich, dass du bist, existierst, mit allen Fasern. Oder das toffeefarbene Gold des Tahdigs, niemand konnte es besser als Großmutter. Man möchte weinen, ganz kitschig weinen im Angesicht all dieser glänzenden Offenbarungen.

»Angeberei«, hat Großmutter immer gesagt, »die Anbetung des Kleinen ist nichts Anderes als eine besonders hinterhältige Form der Tiefstapelei, einzig um danach umso erhabener, und von jedermann bewundert durch die Welt schreiten zu können.« Dabei war sie selbst ein … auch bei ihr gab es diese großen kleinen Momente, wenn sie auf unserem Dach in Babolsar in den Frühling schaute, ganz heilig erstarrt den Anblick des Sprießens genoss, die Pflanzen, wie sie ins Leben stiegen, das Leben, wie es in die Pflanzen schoss. Dafür lohnte es sich zu leben, Shaahin. Manchmal ging sie nur hinauf, um über den Basilikum zu streifen und danach das in der hohlen Hand versammelte Duftbouquet zu inhalieren, ganz tief, wie Rauschgift hat sie es eingesogen, wie Dennis Hopper sein Gas in Blue Velvet, *ganz tief, der Ohnmacht nahe. Oder ihre Sultans of Spring, ihre naseweisen, stolz aufstrebenden Tulpen, immer wieder ging sie sie besuchen, einzig um ihren sanftseidenen Schimmer zu liebkosen. »Die Zeit nutzen, während der Tee zieht.« Die im Morgenlicht rotflammenden Chili-Pepper-Kränze taten ihr Übriges.*

Die kleinen Dinge waren es, ihre rührende Gegenwart – insbesondere wenn sie leiderprobt waren: ein Eselsohr, ein Tintenfleck, ein Kratzer, ein Regenschirmskelett, ein Flicken über dem Loch –, die mich abgehalten haben, wirklich richtig mutig zu sein, mit allen Konsequenzen. Weil ich dann womöglich auf all das hätte verzichten müssen, auf die Würde der Dinge, ihre althergebrachte Anmut, ihren ewigen Glanz, darauf, dass zwischen all dem Dreck des Alltags und dem Kotz der Welt immer wieder etwas ganz Einzigartiges aufleuchtet und uns Trost zu spenden vermag, ein Gefühl der Sicherheit verleiht, und wenn es nur Großmutters Weichspülerduft war oder die wohlige Wärme meiner Wolljacke. Genau, wie viele Despoten verdanken ihr Überleben eigentlich einer Wolljacke? Ein übles Jahrtausendgemetzel ist uns erspart geblieben dank der Erfindung der Wolljacke. Und? Wer hat sie erfunden? Eine Frau. Sicher eine Frau. Nein, Shaahin, kein Thomas von Aquin und kein noch so grausamer Henker-Ayatollah wie unser Chalchali hier in Teheran, kein noch so schauriger Blutrichter hätte mich von der Notwendigkeit des Tyrannenmords überzeugen können. Denn die Dinge sind so unglaublich schön, sind viel eher unsere Lehrmeister als die Menschen, die Dinge sind größer als wir, vor allem größer als Gott, der ja ohnehin nicht ist, sie sind größer, weil sie gottlos sind, sich selbst genügen, sie haben sich selbst erschaffen, keine Genesis, sind einfach da. Und deshalb: Immer habe ich sie bewundert, die Seligen, die sich einnisten können in das Weltgeschehen, ohne Gefahr zu laufen, vernichtet zu werden von der Boshaftigkeit des Menschengeschlechts.

Und eigenartig, mit Beginn unseres Unglücksjahres 1979, mit Beginn unseres Unglückstages, dem 1. Februar 1979, ist der Wert der kleinen Dinge ins Unermessliche gewachsen. Ein Volk der multiplen Trauer zwar (schau dir deinen Onkel Said an!), aber auch des multiplen Schauens und Begreifens, des verborgenen Glücks, der geheimen Glückseligkeit. Die Welt der kleinen Dinge erkennen, ihren Trost, das ist schon was.

Es ist ganz einfach, Shaahin: Ich war immer zu glücklich, um stark zu sein. »Deine verdammte Liebe zur Aurea Mediocritas ist schuld«, hat deine Großmutter gesagt. Du fragst nach meinen Coupé-Ausfahrten, Shaahin, du sagst: Die waren doch stark. Stark? Nein, albern. Ja, genau: albern! Wahrscheinlich hat sie eh niemand bemerkt.

À propos Gott: Wenn er existierte, hätte er dann nicht irgendwann mal die Autorschaft übernehmen können für den Mist, den er da angerichtet hat, für diesen lausigen Blockbuster, den er so hochtrabend seine Schöpfung nennt? Selbst Hollywood hat mehr Anstand im Leib. Wenn das Ende *geschrieben steht auf der Leinwand, kommt der Abspann. Noch jedes elende B-Movie hat seine Credits, da wird Tacheles geredet, wer verantwortlich zeichnet für den Plot und den anderen Kram. Aber der Herr ist sich ja zu fein. Warst du je auf der Höhe des Weltenplans? Wir wissen gerade mal, wer die Schauspieler sind. (Übrigens weitaus mehr Neben- als Hauptdarsteller, ein ganzes Heer von Komparsen und Statisten – wie kann das gut gehen?* Ben Hur *als Vorbild gehabt, wie?). Aber wer das Drehbuch geschrieben hat, das Lebensskript, Regie geführt hat, die Kamera, wer die Musik geschrieben hat für dieses Splatter-*

Movie – Fehlanzeige! Von Produktion, Casting, Schnitt, Design und all dem anderen Zeug ganz zu schweigen. Der Sound des Lebens, von wem stammt er? Wahrscheinlich würde sich herausstellen, dass der HERR *etwas ziemlich Mediokres war in diesem Lebensfilm, ein kleiner Best boy (wobei »best« schon maßlos übertrieben scheint), irgend so ein Dolly grip oder Focus puller; vielleicht hat er auch nur die Stills geschossen. Make-up und Special effects kann ich mir auch noch denken. Die Welt als Blendwerk, das passt zu ihm. Na ja, was ist schon von einem Kerl zu halten, der am siebten Tag auf seinem goldenen Plüschdiwan rumfaulenzt, sich die Nägel poliert und einen von der Palme wedelt. Da sind Künstler ja noch fleißiger. By the way, weiß irgendwer eigentlich, wo der Typ vor dieser ganzen Genesis-Chose war?*

Unter uns gesagt, ich glaube, der Bursche – egal unter welchem nom de guerre er gerade rumläuft – hat einen an der Waffel.

Karikaturist. Ich hab's, klar, er war ein pupsiger Karikaturist, der sich lustig macht über uns. Wenn ich uns so anschaue, es kann nicht anders sein, er macht sich lustig über unsere körperlichen Gebrechen, unsere seelische Not, unsere geistige Dürftigkeit.

Großmutter übrigens wird immer anfälliger für diesen Hurensohn. Wenn Matthäi am Letzten ist, hängen dann doch alle an seinem Tropf und lassen sich intravenös – wir brauchen ein neues Wort – bedebilen (?). Hat nicht selbst Henry Miller mit Buddha angebandelt am Schluss? Und David Bowie »Look up here, I'm in heaven« gesungen? Am Schluss schauen sie dann doch alle wie verlorene Schafe, werden debil, sprich: religiös. Die vorgeburtliche Beschränktheit, am Ende, wenn wir gehen, ist sie wieder da.

Seit einiger Zeit sehe ich in meinen Tagträumen immer wieder ein leeres Bett, manchmal auch mehrere, militärisch akkurat nebeneinander angeordnet, ein Bettenbataillon, mit makellosem Linnen, kein Blut, nichts, nur makelloses krankenhausweißes Linnen, fein säuberlich aufgeschlagen. Mittig auf dem metallenen Betthaupt (die höchste Stelle ziert ein rundes Relief mit einem balzenden Pfau darauf, eine Art royale Vignette) sitzt immer eine gipsfarbene Kröte, widerlich warzig, mit schläfrigen schleimigen Augen. Nur eine rote, senkrecht gestellte Katzenpupille ist zu sehen. So gar nicht passend, ganz »tierverdreht« und ziemlich verschlagen. Und auf der Stirn ein putziger Pahlewi-Hut. Pahlewi? Pahlewi im Traum? Ich glaube, es ist höchste Zeit, Shaahin, dieses Geschehen zu verlassen, meinst du nicht auch? Was hältst du von Norouz, wenn die Natur im Überschwang ist? Ist das ein guter Termin? Am Frühlingsanfang das Ende, wenn das Leben sprießt der Tod? Diese Kreislaufgeschichte, du weißt schon. Aber warum so symbolsüchtig? Was hält uns davon ab, ganz simpel abzutreten? Als ob der Tod erträglicher würde durch ein Zeichen. Ist nicht jeder Tag ein guter Tag, oder besser: gleich gut / gleich schlecht, um das Weite zu suchen? »C'est dur de mourir au printemps, tu sais« – welch ein Quatsch! Wenn's regnet, ist es gut, weil's gerade garstig ist, wenn die Sonne scheint, weil die schwüle Hitze drückt. So einfach ist das. Nur Romanciers trachten danach, den Tod zu überwinden, neues Leben zu erwecken. Und das vermaledeite Glaubensvolk.

Selbst der smarte Swinburne, der alles wusste:

»Um viele Jahre bitte vor dem Tod,
die sorglos sind und königlich. Im Tod
ist weder Trost noch Nachhinein. Du wirst
den Tag nicht dämmern sehn, es gibt kein Licht,
wohin du gehst. Leb aus der Fülle deiner
Zeit, und wenn dein Tag gekommen ist,
dann stirb. Mach aus dem Tod kein großes Ding,
das boshaft Schatten wirft, wo du noch lebst.«

... ja, selbst der smarte Swinburne, letztlich will auch er nichts Anderes als in Erinnerung bleiben, mitsamt seiner Spanking-Leidenschaft, hätte er sonst dieses Mach-kein-großes-Ding-daraus so unsterblich schön uns ins Gedächtnis eingeschrieben?

Ich rede und rede, dabei wollte ich mich eigentlich nur von dir verabschieden, Shaahin. Wahrscheinlich ist es dieses Sich-noch-einmal-spüren-Wollen.

À propos Reden. Was meinst du, Shaahin: In welcher Sprache werde ich wohl den Hahn zudrehen? Französisch? Persisch? Arabisch? Englisch? Oder werden, ganz deutsch, die Ringeltauben »Tutenfru, Tutenfru!« rufen, und die Waldkäuze »Kuwitt, Kuwitt!«? Ich habe mich immer gefragt, in welcher Sprache ich wohl sterben werde. Wahrscheinlich doch in der Muttersprache, in der Sprache des Fluchens.

Möchtest du meine Uhr, Shaahin? Ich schenk sie dir. Auch ein Symbol, ich weiß. Sie stand die letzten zwanzig Jahre still. Auf fünf vor zwölf. Gregorianische Zeit? Julianische? Persische oder islamische? Auf alle Fälle High Noon, höchste Zeit, überall. Ja, ich gebe zu, als sie kaputtging, habe ich sie auf diese Zeit gestellt, auf fünf vor zwölf. Chronos, diesem ollen Knauserich, ein Schnippchen schlagen, darum ging es. Aber es war nur Spiel, ein kindisches, selbstverliebtes Spiel, hatte nie wirklich etwas zu bedeuten, denn am Schluss frisst er uns ja doch. Kein Symbol sagt etwas, es ist nur eine Hälfte, zu der die andere Hälfte fehlt, es ist eine törichte Verabredung mit unserem Unbewussten, eine dumme Gläubigkeit, und man kann gescheit tun damit, wie diese Deutsche – wie heißt sie noch gleich? Die Deutschen haben eine unglaublich gescheit-blöde Frau als Dichterin, IQ unter 70, weniger als Blumenkohl: Eben-Eschenbach oder so. Eine Art weiblicher Coelho. Bieder wie ein selbstgehäkelter Klorollenüberzug, dazu passend produziert sie ausschließlich Klopapierweisheiten. Aufwändig ziselierte Aperçus. En gros & en détail. Über meine Uhr hat sie gesagt: »Die stillstehende Uhr, die täglich zweimal die richtige Zeit angezeigt hat, blickt nach Jahren auf eine lange Reihe von Erfolgen zurück.« Welch erhabener Humbug! Ach, was heißt da »erhaben«? Einfach nur Schmonzes, impertinentes Intelligenzgebossel. Dabei können sie doch so gescheit sein, diese Deutschen. Eine Uhr und Erfolg. Wie blöd darf man eigentlich sein, um Erfolg zu haben? Eine Uhr, die stehen bleibt, gehört zum Uhrmacher und nicht zur Erbauungsthanatologin. Oder zum Bestatter, in den Zeitsarkophag. Schreib dir unseren Rumi hinter die Ohren, Eben-Eschenbach: »Wenn wir nicht wissen, dass wir Esel sind, sind wir Esel.«

Nimm die Uhr einfach und trage sie. Das würde mich freuen, Shaahin. Mehr nicht. Und nicht weniger. Sie hat meine Zeit gemessen, jede ihrer Sekunden hat mir getreulich einen Lebensschlag verpasst, der mich neugierig und verwundbar hielt; die unerbittlichste aller Sekunden aber, die letzte, die mich töten wird, den Todesschlag, weigert sie sich nun – ganz noble Freundin, die sie ist –, mir anzuzeigen.

Das war's, mein Lieber. Mehr weiß ich nicht. Etwas zu viel Kolkrabengeist? Ja, das tut mir leid. Andererseits kann und will ich dir auch nicht verhehlen: Es wird nicht deine letzte Trauer sein in diesem Leben.

By the way, kennst du die Regeln des Alterns? Wenn du keine Zeit mehr hast, mit dem Honiglöffel Bilder auf die Butter deines Toasts zu malen, dann bist du erwachsen geworden; wenn du dir nicht mehr aufschreibst, welche Bücher du ausgeliehen hast, dann bist du alt geworden; und wenn sie das Wort »Tod« in deiner Gegenwart nicht mehr aussprechen, dann …

Älter werden bedeutet, dass sich die Zeiten der Unsicherheit mit den Zeiten der Sicherheit abwechseln. Alt sein bedeutet: nur noch Unsicherheit. Ein welkes Ding, das zu nichts mehr nutze ist.

Was aber bleibt, immer bleibt: Die Angst vor dem Leben und die Angst vor dem Tod halten sich die Waage.

Aber jetzt sei zuerst mal jung, mein Lieber. Fülle dein Leben randvoll, wie ein Weinglas von Hafiz randvoll. Anderthalb Flaschen am Abend dürften genügen, um dem Göttlichen erhobenen Hauptes zu folgen – wenn auch mit wackligen Füßen. Und bau dein Nest auf einer Bergspitze, nie auf der Kuppel eines Königspalastes. Von Iqbal? Egal.

Es war schön mit dir, Shaahin! Leb wohl!

Von Zeit zu Zeit ein flüchtiges, wenn auch willkommenes Wesen in deinen Träumen und Wünschen zu sein, um dein Begehren und Verlangen zu stillen, mit dir in Erinnerung zu bleiben, bis zu deinem Ende, mit dir dann dereinst endgültig zu sterben, in Vergessenheit zu geraten, weil mit dir schließlich die Erinnerung an mich erlischt, das reicht mir durchaus – mehr Unsterblichkeit muss nicht sein. Vielleicht ist dieser Teil ja gerade auch der nobelste unseres Nachlebens.

Ich werde dich vermissen, wenn ich gestorben bin.
Du wirst mir auf ewig fehlen, wo immer ich auch bin.
Ja, wo werde ich sein? Wie werde ich sein? Ich bin gespannt.
Ich hätte so gerne mit dir noch ein letztes Tric-Trac gespielt.

Aber ach! *

Oh, es ist schon zwölf, höchste Zeit, ich muss gehen.
Lass es dir gut gehen im schönsten aller Leben!
Bleib mir gewogen, trotz meines elenden Geskribbels.
Und verzeih mir my allzu Long Goodbye.
Salam, Azizam.

Es grüßen dich  *und seine Weinflasche (leer).*

* *Wie wäre eigentlich »Aber ach!« als Grabinschrift? Oder einfach nur: »Ach!«*

P. S.: Und lass dir die diversen netten, heilsamen Ferkeleien, die uns das Leben – großherzig, wie es auch sein kann – bereithält (du weißt schon, welche ich meine; sag es Großmutter nicht weiter!), nicht von irgendwelchen Sittenwächtern austreiben. Gerade auch deshalb nicht, weil am Ende von uns nicht viel mehr übrig bleibt als Schadmüll auf einer Sonderdeponie, genannt Friedhof. Für kurze Augenblicke wenigstens lassen sie unser Herz springen, geradewegs ins Glück hinein. Wir haben ein Recht auf zeitweilige »Eigengewichtmatschigkeiten«. Denn immer und überall gilt das heilige Wort des Rabiaten: »Fay çe que vouldras«.
(In diesem Zusammenhang: Kennst du die göttlichen Perversionen von Jules Pascin?)

Oh je, zum Schluss also doch noch etwas biedere Ratschlagduselei. Ratschläge sind immer bieder, gleich wie frivol sie sind. Großvater sein ist gar nicht so einfach. Aber jetzt, wo ich schon mal dabei bin, weiß ich doch noch was für dich (aus den Seize Règles pour vivre mieux *deines Urgroßvaters – ich lege sie dir bei): »Dormir beaucoup!« Viel schlafen! Ich meine es ernst.*

»Le sommeil, je ne crois plus qu'au sommeil«, ist das nicht von der Moreau? Den Tag im Schlaf verbringen wie Petronius. Ja, schlafe viel, Shaahin! Nicht nur, weil Schlafen das Probeliegen des Todes ist, nein, Hypnos ist auch der freigiebigste und weitherzigste Gott, der sich denken lässt. Indem er die eine Hälfte des Lebens besetzt, befriedet er die andere. Wäre doch Annexion immer so segensreich. Die Großen wussten alle von seiner Güte: Descartes, Montaigne – alle. Vor allem Schopi. Darius hat ihn immer zitiert: »Das Bedürfniß des Schlafes steht in geradem Verhältniß zur Intensität des Gehirnlebens, also zur Klarheit des Bewußtseyns.« – Auch Kant wusste es. Aber was Rassisten wissen, interessiert eigentlich nicht.

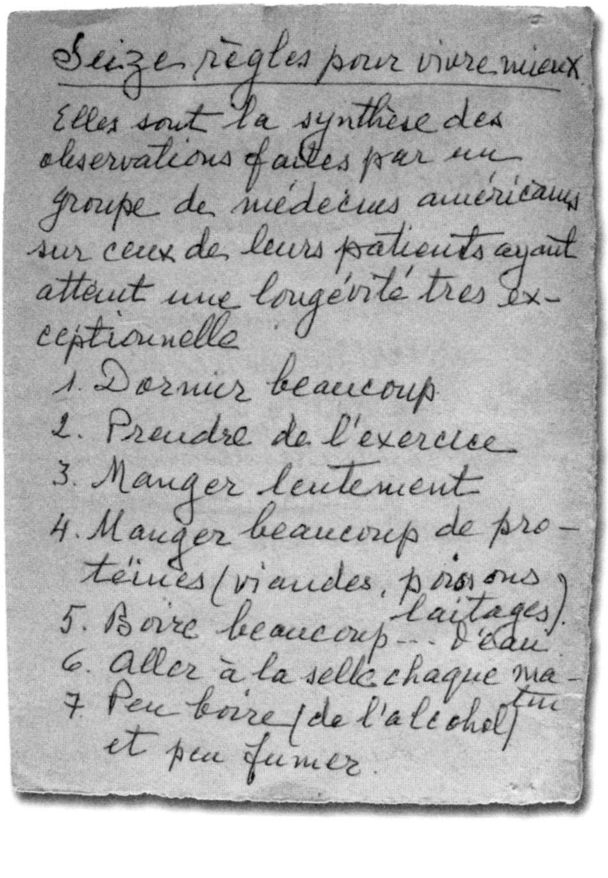

Seize règles pour vivre mieux

Elles sont la synthèse des observations faites par un groupe de médecins américains sur ceux de leurs patients ayant atteint une longévité tres exceptionnelle

1. Dormir beaucoup
2. Prendre de l'exercice
3. Manger lentement
4. Manger beaucoup de protéines (viandes, poissons laitages).
5. Boire beaucoup... d'eau
6. Aller à la selle chaque matin
7. Peu boire (de l'alcohol) et peu fumer.

Also schlafe, Shaahin, es wird dein Leben retten. Heil Hypnos! Sogar vor Alzheimer soll er schützen. Hast du bei mir je eine Spur von Vergesslichkeit bemerkt? Ja, es ist herrlich, hafiztrunken ins Bett zu fallen, alles fahren zu lassen, alle Theorie, alle Religion, Marx genauso wie Mohammed, alle Bour-

geoisie, die Politik, das Proletariat, alle Gegenwart, die Vergangenheit sowieso, einzig um da zu sein, für Sekundenbruchteile da zu sein, im Leben, ganz ich zu sein, vor dem Einschlafen, alle Nichtigkeit der Welt zu spüren, ihre ganze Vergeblichkeit. Und wenn du dann noch die Menschen, die dir nicht gut tun, weil sie dich aussaugen, aus dir rausschneidest, wie malignes Fleisch aus dir rausschneidest – selbst wenn sie nett sind, gerade wenn sie nett sind –, dann kann dir nicht mehr viel passieren. »Erhalten wir uns die Möglichkeit von Flucht und Zurückweisung« (von Henri, dem Montherlant?).
Und noch eins, mein Lieber: Du kannst Diplomat werden oder Metzger, Bienenaugenchirurg oder Gangster – nur, Junge, mach es gut!

Sofern du willst ein Leben haben, raube dir's. Die stillen Gestade des Glücks sind überall.

Also: Messer raus, Wurm raus, fertig ist das Leben.
(César Aira jetzt doch noch gelesen. – Na ja!)

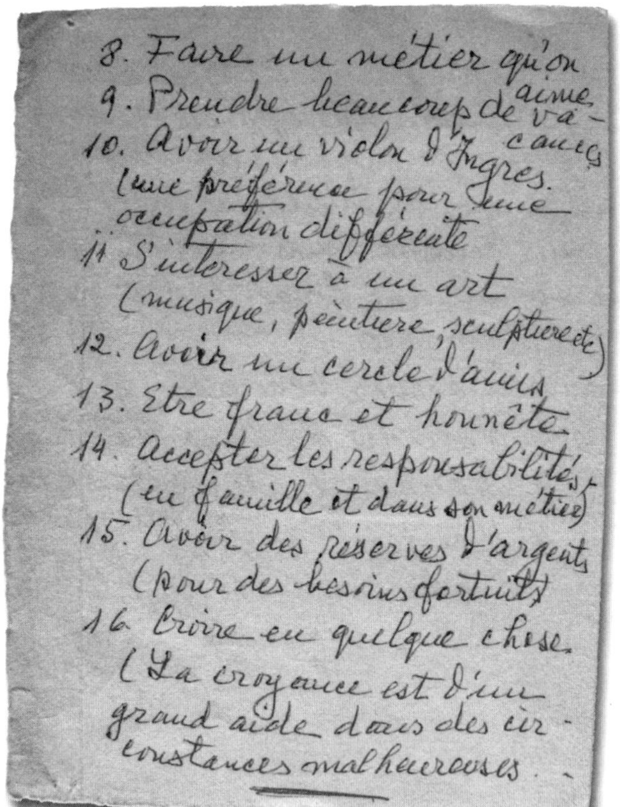
8. Faire un métier qu'on aime.
9. Prendre beaucoup de vacances.
10. Avoir un violon d'Ingres. (une préférence pour une occupation différente)
11 S'intéresser à un art (musique, peinture, sculpture etc)
12. Avoir un cercle d'amis
13. Etre franc et honnête
14. Accepter les responsabilités (en famille et dans son métier)
15. Avoir des réserves d'argent (pour des besoins fortuits)
16 Croire en quelque chose. (La croyance est d'un grand aide dans des circonstances malheureuses. –

YORICKSON LEGTE DIE UHR, eine Schweizer Bulova Accutron, versuchsweise an. Sie passte ihm. Der Dorn glitt wie selbstverständlich, wie schon immer zu ihm gehörig, in das ausgeleierte Loch, das Band umschloss sein Gelenk fest. Sein Großvater musste ein ziemlich zierlicher Mensch gewesen sein. Es war eine Verlegenheitsgeste. Er wusste nicht, was gerade zu tun war. Andrea war schon wieder abgereist. Warum, hatte er nicht verstanden. Diese Hast! Kaum da – gerade mal vier, fünf Tage – und schon wieder fort. Dabei hatten sie noch nicht mal gestritten diesmal, nicht wirklich. Immer auf Achse, ruhelos und aufgedreht. Immer unterwegs für ... ja, für was eigentlich? Für die Wissenschaft? Die Karriere? Für das Leben? Um fortzukommen, fort von ihm? Auf dass Jung und Alt eigene Wege gingen?

Yorickson war nicht gut drauf. Abschiede belasteten ihn. Zumal Abschiede von Andrea. Es war nicht wirklich ein Anlass, trübsinnig zu werden, denn eigentlich fühlte er sich stark, und doch geschah es, dieses partir c'est mourir un peu. Nichts gelang dann mehr. Das Arbeiten nicht, das Lesen, das Leben, noch nicht mal das Trinken. Und auch nicht das Anlegen fremder Uhren. Er floh dann einfach, floh sinnlos in die Stadt. Auf die Straßen, in ein Café, in eine Buchhandlung, ganz gleich. In die Stadt, die doch eigentlich so gefährlich für ihn war. Hier waren andere Menschen, hier war Unhöflichkeit, hier war die Ausgeburt des Hässlichen, des Unerträglichen, der tausend Machenschaften gegen ihn. Die Fouls des Lebens.

Und so war es dann auch. Kaum war er vors Haus getreten, musste er vor dem Staatsgerichtshof durch eine Gruppe von Jurastudenten. Schmierige gesichtslose Hackfressen, Von-und-zu-Guttenberglinge: glanzgegeltes Blondhaar (mal weibische Ondulierungen, mal messerscharf gezogene Arierscheitel) über den kantigen Arno-Breker-Visagen, dazu frisch gewichste Timberlands, hart gebügelte Armani-Jeans, Poloshirts von Ralph Lauren mit affig hochgestellten Kragen – ob bei Zuhältern oder Golfspielern abgeschaut, es machte keinen Unterschied. Ihre etwas aus dem Rahmen fallenden Freitagtaschen würden demnächst gegen Businesstrolleys mit fetten Gerichtsakten ausgetauscht werden. Zwei von ihnen, beide mit dieser neuartigen, eine allumfassende Genugtuung ausstrahlenden Zahnspangenversorgtheit im Gesicht, hatten, obwohl es heute viel zu warm dafür war, jägergrüne Wachsjacken an, dieses britische Königshauszeug von Barbour. Christian-Kracht-Distinktionen. Die juristische Herrenreiterbrut unserer Zukunft hatte sich, eskortiert von zwei Nadelstreifenordinärlingen, wahrscheinlich Dozenten, zum Feiern versammelt und tat mit billigem Sekt fein. Wieder ein Scheinchen mehr in der Tasche, um die Welt zu regieren. Was zählte da der Obdachlose, der gerade an ihnen vorbeiging mit seiner Geiz-ist-geil-Tasche, mit dieser Tasche, in der ein ganzes Leben steckte _ und doch nicht reinpasste. Was zählten da all diese für des Lebens Gaunereien nicht Begabten.

Menschen, dachte er. Menschen – so titulierte er sie ganz für sich – waren Wesen, für die er nicht viel mehr erübrigen konnte als Mitleid und Verachtung. Wenn er etwas besser drauf war, nannte er sie Verkehrsteilnehmer. Oder Geschlechtsverkehrsteilnehmer.

Warum nur liebe und hasse ich Menschen gleichermaßen so sehr. Dieses verfluchte Odi et amo, dachte Yorickson. Du bist einfach ein ausgeglichener Mensch, sagte er sich, haha. Apropos Witze. Wie er diese deutschen Witze hasste, bemüht wie eine Selbsthilfegruppe. Hierzulande genügte ja das Schoßhündchen, dem man eine Leine um den Hals legt mit der Aufschrift Steuerzahler, um einen Witz zu machen. Haha. Ein Running Gag gewissermaßen. Jahrein, jahraus. Ein Witz für's ganze Jahr, für's ganze Leben. Das reichte hier. Von Ironie zu schweigen.

Das Elend ging weiter so in der Stadt. Niemand hatte diese Freakshow bestellt, niemand in Szene gesetzt. Es gab keinen Plan, weder göttlich noch teuflisch. Sie war einfach nur da, diese urbane Konzentration des Erbärmlichen. Zuerst war da dieses krächzende Gekreische der Indios, die Kehlkopfkrebs-Mugge, schlimmer als Presslufthammerlärm. Warum eigentlich glaubte heute jeder, sein derber Musikdreck sei öffentlichkeitstauglich? Na ja, immerhin besser als diese Kopftonmongolen, oder diese eklig virilen Russenchöre in strammer Militärmontur. Und allemal besser als diese glockenhellen ekstatisch-verzückten Herz-Jesu-Stimmen der Frauenchöre (*Is it possible that human beings can produce such a sound* hätte Peter-Ustinov-Nero angewidert gefragt), in denen, heimtückisch verborgen, der hinterfotzige Bekehrungsteufel der Religionen steckte. Ecclesia militans. Aber dann kamen plötzlich diese kleinen Vorstadttucken, aus dem Nichts, trippelten mit ihren kleinen Mandarinschritten (Andrea nannte sie wegen ihres lächerlichen Gangs nur Schlaganfallschwuppen) und ihren schütter gewordenen Föhnfrisuren direkt vor ihm her. Wie kann man sich nur so erbärmlich verraten?! Gestern auf dem Marktplatz noch hast du sie mit einer Haarfarbe gesehen, die nur räudige Köter tragen, wie ausgewürgtes Eulengewöll, und heute, keine zwölf Stunden später, ist das Haar pechschwarz, bis in die letzte Haarwurzel zugeschmiert mit schwarzer Pampe. Du kannst dich spiegeln darin. Nichts Traurigeres als zwei alternde, karotinbraun zerquälte Strassschwuchteln, die mit gefärbtem Haar und imbezilen Schoßhündchen in der Fußgängerzone zwischen Aldi und Douglas daherpromenieren. Und über dem Karotin dann noch dieses Gustav-von-Aschenbach-Rouge: wie personifizierte pinkfarbene Puderquasten auf Urlaub. Glaubten sie wirklich, ein bisschen Farbe könnte ihnen ihren Frühling wiederbringen, den Kapriolenübermut ihrer wildlockigen Jugend? Sie stehen mit einem Fuß im Grab, haben – Sebastian Blant hatte recht! – das Schindmesser schon am Arsch, die Zeichen stehen neongrell an der Wand, und geben unter ihrer Anti-Aging-Creme immer noch die Frohgelaunten und Wildvergnügten. Wie konnten sie nur davon ausgehen, in Stretchhosen und Pailletten-Shirts (fehlte noch, dass sie ihr rosa Tutu anlegten) den Segen der Päpste zu erhalten, die Absolution von Proust und Wilde?

Nein, heute war kein Klospülungtag. Vielleicht sollte er das akzeptieren und das Weite suchen. Zurück ins Nest, wenn man so wenig gesellschaftsfähig war. Er kaufte schnell noch zwei Flaschen Salice Salentino Riserva, eine sündhaft teure Foie gras (für die er beim nächsten hübschen Obdachlosen mit einem Euro Abbitte leistete – der Ablasshandel der Atheisten, dachte er), ein paar Belles-de-Cœur-Tomaten, marinierten Schafskäse,

ggrrrrrrrr ...

Von: mail@ndrea.com
An: yorick@gmx.de

Thema: ggrrrrrrrr ... facepalm
Datum: So., 15. Mai 2016 14:19 Uhr

hab gerade deinen opa-brief gelesen - hrmpf-arrggh. ich glaub, *dein* großvater IST coelho, kann das sein? dieses die-dinge-als-lehrmeister-geschwurbel turnt ziemlich ab - facepalm eins
sag ma, bist du homophob? - facepalm zwei
du findest nabokov blöd? - facepalm drei

ich liebe dich trotzdem, pussy fagott !!! @

p.s goethe und ›*nichts aufrichtig böses*‹???
»*Nur die widernatürliche Phantasie kann uns noch retten.*« - voilà, goethe an eckermann.

? Löschen Weiterleiten Allen antworten Beantworten

Pimientos, ein halbes Bauernbrot, Walliser Trockenwurst, und machte sich auf den Weg zurück nach Hause. Vielleicht würde ihn das Schreiben beruhigen.

Aber konnte das gutgehen: das Gelingen anderer vorantreiben, wenn ihm sein eigenes Gelingen so sehr abhandenkam?

Immerhin, für Andreas Figuren hatte sich ein Ort gefunden, eine Konstellation. Sah so der Ablauf des Lebens aus? Aber wo war da das ewige Begehren geblieben, das ewig-rotlüsterne Begehren?

Nach dem Essen ging er an den Schreibtisch. Er klappte seinen Laptop auf und schrieb:

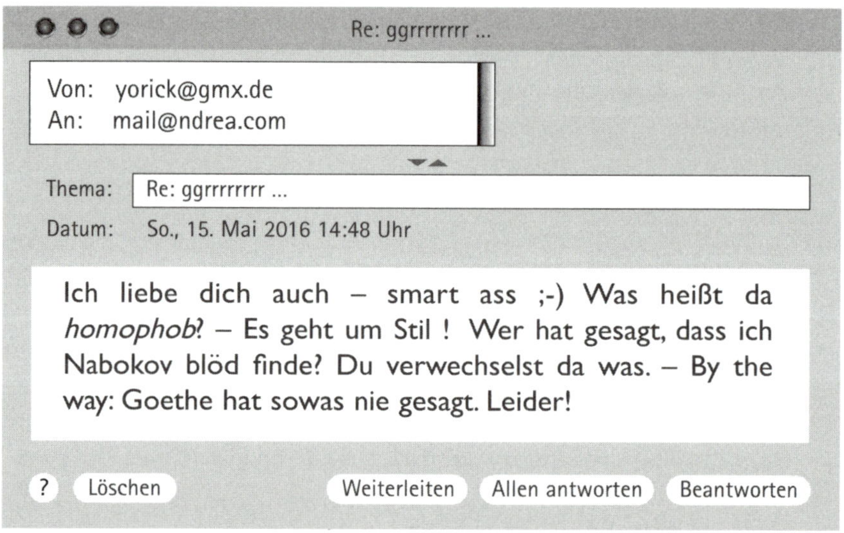

Re: ggrrrrrrrr ...

Von: yorick@gmx.de
An: mail@ndrea.com

Thema: Re: ggrrrrrrrr ...
Datum: So., 15. Mai 2016 14:48 Uhr

Ich liebe dich auch – smart ass ;-) Was heißt da *homophob*? – Es geht um Stil ! Wer hat gesagt, dass ich Nabokov blöd finde? Du verwechselst da was. – By the way: Goethe hat sowas nie gesagt. Leider!

? Löschen Weiterleiten Allen antworten Beantworten

Yorickson nahm die Uhr von seinem Handgelenk und legte sie in den Kasten zurück. Das Foto, das er entnahm (gehörte diese Wäscheklammer wirklich dazu?), machte ihn nervös. Was erwartete ihn da? Eine Wirklichkeit, die dem Foto entsprach? Wirklich entsprach?

Und wem gehörte dieser Hintern?

So wie das Schweigen zwischen Liebesworten bin ich nackt
Und alle Wunden hab ich, weil ich liebe
Weil ich liebe, liebe, liebe
Forugh Farrochsad

Vom Durst nach dir getrieben, trinke ich
Dein heißes Blut, Tropfen für Tropfen mit Genuss
Und so viel Wonne sauge ich aus dir
Dass ich den Zorn der Götter fürchten muss
Forugh Farrochsad

fun-k ti on sob j'ekt.

*O*b man sich am Glauben festhält oder an einem Sturmgewehr oder einem Schwanz, das ist keineswegs einerlei. Im Gegenteil. Der Schwanz ist immer noch die weitaus pazifistischste Möglichkeit, Halt zu finden im Leben.«

Es war nicht der erste Satz, den die alte Dame seit ihrem Kennenlernen an ihn gerichtet hatte, aber immerhin doch gerade mal erst der vierte oder fünfte, fast vollkommen ohne Anlass. Lediglich ein junges sommerliches Paar war eng umschlungen vor dem Café an ihnen vorbeigegangen, das war alles. Sprach man so mit jemandem, zu dem man sich gerade erst, ohne weitere Aufforderung, dazugesetzt hatte? Gerade mal ein Lächeln – wenn auch ein bezauberndes, ein mädchenhaftes – und ein *Darf ich*. Aadish saß ziemlich konsterniert an dem Bistrottisch. Er schaute verschämt auf seinen Tee und errötete. So etwas war ihm noch nicht widerfahren – wenn man mal von Farshids Pariser *Eigenwilligkeiten* absah. Aber eine ältere Dame, so zwanglos, das war neu für ihn. Sie war eingehüllt in etwas absolut Nobles, in einen Duft, den Aadish noch nie … Aadish wusste nicht, um welchen Duft es sich handelte, einfach weil er ihn nie kennengelernt hatte, auch bei Onkel Said nicht, er wusste nicht, dass der Duft *Elixir d'Orient* hieß, obwohl in jeder vergleichbaren Dramaturgie – auch das wusste er nicht – *Chanel No 5* vorgesehen gewesen wäre. Der Duft umgab sie so fein, als ob sie durch einen sublimen Nebelschleier des Parfums geschritten wäre.

»So schön und läuft frei herum«, sagte sie ganz zusammenhanglos. »Wollen Sie mein Leibeigener sein? Ich würde Ihnen gerne die Karten legen, junger Mann. Ich habe mein Tarot dabei, mein Besançon-Tarot, die Zukunft. Wollen wir nicht …«

»... um Gottes Willen, nein ...«

»... wollen Sie nicht die Zukunft? ... Die Zukunft ist interessant, in ihr werden Sie leben ... vielleicht lieben.«

»Sie kommt auch ohne mich.«

»Warten Sie ... hier ... ziehen Sie eine Karte ... ich wette, es wird ... « Aadish hörte sich Nein sagen und zog doch gleichzeitig, als ob er über eine Zeitspalte spränge, über einen Riss im Kontinuum, eine Karte.

»*Die Liebenden?* Hm! Ich hätte schwören können, es würde *Der Narr* werden: Hingabe, Besessenheit und dergleichen mehr. Und auch etwas Gedankenlosigkeit.«

»Pardon?«

»Aber es sind *Die Liebenden* geworden. Jetzt werden wir herausfinden müssen, warum gerade sie. Ist Ihnen aufgefallen ... schauen Sie auf die Karte ... Amor schießt seine Liebespfeile blind ab.«

Sie war eine charmante Erscheinung. Die Bewegungen etwas unzeitgemäß, sonderbar altmodisch, aber charmant. Sehr französisch. Eine eigenartige, irgendwie unerklärliche Nase stach etwas hervor. Onkel Said hätte Bescheid gewusst: *un nez busqué, ein bisschen à la Charles Swann.* Und wenn Aadish auch diese von fernen Zeiten erzählende Noblesse, trotz seiner Erfahrungen bei Onkel Said, etwas einschüchterte (Onkel Said hätte wohl von *unangestrengtem Chic* gesprochen), so gefiel sie ihm doch. Eines dieser wunderlichen unnahbaren Wesen, wie er sie bei den Bridge- und Bourbonabenden von Onkel Said kennengelernt hatte, *unerreichbar wie der Horizont.* Sie war nicht sehr groß, eher zart gebaut, grazil, und doch von sehr überzeugendem Auftritt.

Ja, sie hatte etwas Altertümliches an sich, trotz ihrer mädchenhaften Ballerinas, etwas Präraffaelitisches, Vergangenes, das aber dank ihrer Verwegenheit in den Hintergrund trat, nahezu unbemerkt blieb. Ein antikes Jungbrunnenwesen gewissermaßen, mit Pausbäckchenglanz, pausbäckig wie eine Elstar-Apfel. Ihr weißgrau meliertes krauses Haar – *mein altes Mehlmottengespinst* – stand auf absurde Art breit und ungezähmt ab, wie Eisenspäne auf einem Magneten. *Irgendwie äthiopisch,* dachte er. Äthiopisch? Wie kam er darauf? Er wusste doch noch nicht mal, wo das lag, Äthiopien. Von ihrem Hals baumelte ein silbernes ziseliertes Lorgnon herab, das sie bislang kein einziges Mal benutzt hatte, noch nicht mal zum Lesen der Getränkekarte.

»Ein schönes Kleid ist das.« Aadish wusste eigentlich gar nicht, was das war, ein schönes Kleid. Seine Bemerkung war eher Versuch als Überzeugung. Sagte man nicht so? Er knabberte verlegen an seinen Sonnenblumenkernen.

»Indischer Musselin«, lächelte sie. »Aus Dior-Zeiten übrig geblieben. Hintern können auch entzücken.«

»Was? Wie?«

»Sie sind zu etwas gut. Es gibt eine ganz wunderbare Poetologie, müssen Sie wissen. Eine Art poetische Funktionstüchtigkeit. Die Welt ist rund.«

»Poeto-was?«

»Po-Etologie. Po-ethisch vielleicht sogar. Spirituell und praktisch zugleich. Ich glaube an die Unio mystica, hier und jetzt, im Erdenleben. Po-Etologie als Heilserfahrung. Poesie. Meinen Sie, wir könnten uns kennenlernen?«

»Ich bin Aadish.«

»Das habe ich nicht gemeint. Aber meinetwegen: Noailles, Comtesse vornedran, wenn Sie mögen. Comtesse de Noailles, geborene von Poliakoff, altrussisch-jüdischer Adel. Ein Kind Abrahams. A bissl jiddisch. Großelternsprache. Meine Lieben nennen mich Maryvonne. Ich würde gerne neben Ihnen liegen, Monsieur.«

»Was meinen Sie mit …?«

»… ne-ben-Ih-nen-lie-gen. Kein Mann der geraden Worte, wie? nicht gerade auf der Rennbahn gezeugt. Ich habe das Bedürfnis, neben Ihnen zu liegen, junger Mann … nehmen Sie es als Geste der Verbundenheit. Schauen Sie nicht so verdutzt. *Die Liebe brennt nur für Leichen nicht* – aramäisches Sprichwort. Ihr arabisches Wesen entzückt mich, es verführt mich geradezu.«

»Ich bin Perser, Madame, Arier! Sehen Sie meine Nase?«

»Ich liebe persische Arier. Oder arische Perser, oder was immer ihr seid. Gerade semitisch-arabische Arierperser, bevorzugt mit aquamarinblauen Augen, haben mich schon immer angezogen, oder besser:

Ich habe sie ausgezogen, im Geiste zumindest. Mal abgesehen von eurem Ahmadinedschad natürlich – das ist doch der Typ, der zu Ihrem paranoiden Land gehört, oder? Dieser hirngichtige Israel-Radierer, euer Wahlklauer, oder? Und auch die mit den langen Bärten nicht. Warum verstecken die sich alle hinter diesem Waldschratgestrüpp, und vor allem: wovor? Vor dem Teufel? Dem Leben? Der Liebe? Um ganz ehrlich zu sein, Monsieur Aadish, eigentlich ziehe ich viel mehr aus als nur die Araber. Die schnuckeligen Bankerbubis zum Beispiel in ihren neumodischen Pürzeljacketts.«

»Was für Jacketts?«

»Na, diese zu kurz geratenen Jacketts, unter deren Schößen der Pürzel so aufreizend hervorquillt, so herrlich prall. Da möchte man klapsen.«

»Was ist das, ein Pürzel?«

»Ach, Jungchen … Oder gestern Abend: der Moderator im Fernsehen. Ein Jungspund im eleganten Zwirn, die Krawatte englisch gebunden (sage mir, wie ein Mann seine Krawatte bindet, und ich sage dir, wie er Sex macht), das kurze Haar frech aufgestellt, ein hübsches Perlmuttlächeln im Gesicht. Da bin ich doch gleich in den Bildschirm geschlüpft, habe mich unter den Moderatorentresen begeben (niemand hat's gemerkt) und alles getan – oh, che bel pezzo di carne! –, was mein Herz begehrte. Und das, mein Lieber, war nicht wenig … wenn Sie verstehen, was ich meine. Hinter Monitoren, besser gesagt: *in* Monitoren, fühle ich mich einfach wohl. Die Schnullis & Schniegels dieser Welt – allen voran Mormonen und Investmentbanker – muss man nur ausziehen, die Hose aufknöpfen, das Detail entfalten.« *Detail*, so bezeichnete Maryvonne seit ihrer Jugend – ganz unabhängig von Form, Format und Gestalt – das Geschlecht der Männer; manchmal, wenn dessen Wichtigkeit nicht so erheblich war, nicht ins Gewicht fiel, eine Unzulänglichkeit war gewissermaßen, auch *Anhängsel*. »Dann wird aus ihnen letzten Endes noch was, in der Regel zumindest. Wenn man sie dort unten packt, bleibt nix mehr von ihrer Anzugschnöseligkeit. Die Auferstehung des Fleisches, das ist doch immer wieder etwas Erhebendes. Ich möchte Sie berühren, Aadish. Und ich möchte, dass Sie mich berühren … ein bisschen Rompi Pompi, was meinen Sie? Rumwidebums. Ich will über ihren Hintern streichen. Wie ist seine Beschaffenheit, sagen Sie? Fest? Samtig? Viskos? Samtig-viskos? Oder samtig-fest, wie ein Pfirsich? Oder doch eher rau, rau wie eine Litschi? Am liebsten sind mir die kleinen prallen babyglatten. Die properen. Na ja, wir werden sehen. Und *Sie* sollen *mich* streicheln, mein Lieber, meinen Hals, meine Brüste, meine Lenden, sagt man so: Lenden? Gibt es die noch, ich meine, das Wort? Oder sind die nicht mehr en vogue? Egal, meinen ganzen Körper streicheln, vom Scheitel bis zur Sohle, und auf halber Strecke, vor allem auf halber Strecke. D'accord? Was meinen Sie, mein Lieber?«

Aadish schaute die alte Dame entgeistert an. Sie erinnerte ihn an Madame Hortense aus dem Film *Alexis Sorbas*, den er bei Onkel Said gesehen hatte. So hätte Anthony Quinns Bubulina ausgesehen, wenn der Film damals in Farbe gedreht worden wäre. Korallenrote Lippen in Technicolor, so akkurat konturiert, als ob Roy Lichtenstein sie aufgemalt oder Dalí sein Lippensofa davorgesetzt hätte. Nein, Bubulinas Lippen wären verschmiert gewesen, fahrig aufgetragene Lüsternheit. Das hier vor ihm, das war doch eher solide inszenierte Lust, très bourgeois – wie auch die bei Bubulina eher abgetakelte Noblesse hier unversehrt war. Auch ihr Temperament schien jünger zu sein, als ob es schon von Anbeginn auf einem fliegenden Teppich durchs Geschehen geschwebt wäre, unter betörenden Eischneewolken hindurch, an allen Dekaden vorbei, märchengleich, ganz ohne je den harten Wind der Ereignisse gespürt zu haben. Außerdewm war Bubulina wesentlich pummeliger gewesen. Aber ansonsten ... die Erscheinung, das Wesen ... ja, da gab es durchaus Ähnlichkeit ... diese nervöse Zerbrechlichkeit, der durchscheinende Körper, der Eigensinn ...

Was Aadish entging – nun ja, weil er wohl in der École Said nie so recht anwesend gewesen war: Maryvonne hatte auch Ähnlichkeit mit Nathalie Sarraute, zumindest was den Typ anbelangte, dieses streng Damenhafte, aber auch Ähnlichkeit mit Louise Bourgeois, also vielleicht eine Art Reinkarnation der beiden: Madame Sarrbourg gewissermaßen.

Aadish sah auf die kleinen Hände der alten Dame, sah die arthritischen knorrig-verwachsenen Finger, die – vor allem wohl wegen der makellos gepflegten Nägel – trotzdem auch irgendwie etwas Nobles hatten. Im Geiste sah er, wie er dieser distinguierten Krüppeligkeit einen zarten Kuss aufsetzte. Er dachte dabei – eigenartig, was der Mensch so alles denkt – an Spidermans und Mary Janes Upside-Down-Kiss an der Backsteinwand in Manhattan.

»Entschuldigen Sie, dass ich das sage: Ich liebe Sie.«

»Oh, danke!«

»Nein, wirklich, mein junges Herz, ich liebe Sie. Keine Angst, es wird nicht weh tun.«

Aadish runzelte Stirn.

»Sie verstehen nicht? Ich denke, für Liebe sollte man sich immer entschuldigen, Liebe ist ein Bedrängungsmechanismus, immer auch ein Stück weit Vergewaltigung, finden Sie nicht? Ich empfinde Liebe als eine Art Belästigung, eine Nachstellung, als Stalking. Ganz und gar übergriffig. Und deshalb auch immer irgendwie unmanierlich.«

Aadish war unruhig, er rieb ständig über seine feuchten Hände, und trotzdem: Er gewöhnte sich zunehmend an die Forschheit *seiner* Bubulina. Mit jedem Lächeln der Comtesse fiel etwas Scheu und Schüchternheit von ihm ab, mit jeder Verschmitztheit wich die Beklemmung vor ihrem resoluten Gebaren. *Ich halte mich an die Jugend, die stirbt nicht.* Irgendwann lachten sie sogar gemeinsam, überdreht und backfischalbern, ohne wirklich sagen zu können, warum.

»Aber wenn es nicht weh tun wird, was wird es dann?«

»Ganz dick wird es werden. Süß, heiß und dick, wie venezianische heiße Schokolade ... mit Schuss, versteht sich. *People will say we're in love,* hat das Hannibal Lecter gesagt?«

Aadish gab sich einige Mühe, die Comtesse etwas verrückt zu sehen, nur ein bisschen aus dem Zentrum verrückt, das hätte schon genügt, und er hätte guten Gewissens *Nein* sagen können, *Nein* zu dem, was sich da anbahnte (obwohl er gar nicht wusste, *was* sich da anbahnte) – aber es gelang ihm nicht.

»Also d'accord? Sonne und Jupiter in meinem Horoskop heute haben mir einiges versprochen.«

»Wissen Sie, wir sollten uns vielleicht erst besser ...«

»... erst besser kennenlernen? Vertrautheit herstellen? Dieser ganze moderne Kram? Mein Gott, ist diese junge Bagage prüde heutzutage, so jung und schon so prüde! Also gut, hier haben Sie ihre Vertrautheit.« Die Comtesse legte ihre Zigarettenspitze – *grüne Jade, gab es so was überhaupt noch?* – in den Aschenbecher, löste ihre Kamee-Brosche, machte die obersten Knöpfe ihres Kleides auf und holte, ganz so, als ob sie etwas besonders Kostbares bergen wollte, einen über und über mit Sommersprossen, mit lustigen Sommersprossen besprenkelten Busen hervor und präsentierte ihn in ihrer hohlen Hand. Ein zerzaustes, wunderfitziges Vögelchen, verlassen von der Welt. »Und? Zufrieden? Vertrautheit hergestellt? Nicht schlecht, wie? *Deine Golden Delicious,* das hat mein Mann immer gesagt, die einzige Poesie, die ihm in seinem traurigen Leben je eingefallen war. Okay, kein Marketenderbusen, ich weiß, nicht gerade üppig … aber dann sind die Küsse der Männer näher an meinem Herzen. Trotzdem nicht schlecht, oder? Ich meine, für mein Alter, so ganz ohne Elasten. Und früher erst … ich sage Ihnen … makelloses Design, absolut klassisch, kühn aufgerichtet … Rundungen von romanisch-byzantinischer Eleganz, oder … kennen Sie Brunelleschis Santa Maria del Fiore? … Oder die Kuppeln der Kathedrale von Périgueux? … So in etwa, junger Mann … eine Überlagerung beider vielleicht. Okay, ein Etuikleid geht natürlich nicht mehr, aber immerhin … Würden Sie mich wohl entschuldigen?!«

»Wie? … Ja, natürlich.«

»Und bitte bestellen Sie mir noch einen Whisky … älter als ich, wenn irgend möglich … drei Fingerbreit, zwei Würfel Gletscher-Eis …«

»Gletscher-Eis?«

»War 'n Scherz.«

Drei Fingerbreit … hm? …, dachte Aadish, … *die von Schwarzenegger? … Die von Beyoncé? … Die von …*

»*Ihre* Fingerbreite bitte«, rief Maryvonne ihm über die Schultern hinweg zu, als ob sie seine Gedanken gelesen hätte. Aadish wartete, bis die Comtesse hinter einem Paravent, der die Türen zu den Waschräumen abdeckte, verschwunden war, zog sein Smartphone aus der Tasche und tippte bei Google ein: *Périgueux Cathédrale*. Er klickte auf *Bilder* … und errötete zum zweiten Mal … und schmunzelte.

Aadish hatte immer das Gefühl gehabt, dass die Wirklichkeit fürchterlich langsam war. Hinkte sie nicht immer etwas hinterher? Damals etwa, bei ihrer Flucht, als die Strände und Berge und Wasser kein Ende nehmen wollten, damals, als er, auf eigenartig fremdes Geheiß, jemand anderes werden sollte. Aber dass die Wirklichkeit auch schneller sein konnte als die Phantasie, das war ihm neu. Gerade noch saßen sie vor Chai und Whisky on the rocks im kühlen Schatten ihrer Markise; gerade noch hatte die Comtesse ihr Zitronensorbet gelöffelt, weiß und kristallin wie Schnee; gerade noch schauten sie über die Kaimauer hinweg in die metallisch schimmernde Meeresluft, schauten den Wellen zu, die gischtversessen – warum bekam Maryvonne plötzlich Lust auf Champagner? – meterhoch über die Molen schlugen, hörten die Wanten klirren an den Masten und Rahen der vertäuten Segelboote; gerade noch waren sie – von den keifenden Möwen abgesehen; erzählten sie sich Zoten? – ganz allein für sich, schauten auf die Baukräne, die die hauchdünne Membran des Himmels zu verletzen schienen, plauderten und lächelten, verstanden und missverstanden sich, doch mit einem Mal – als ob sie die Zeit übersprungen hätten, über einen Hohlraum hinweg, eine Leerstelle – waren sie, o wunderlicher Jump-Cut, bei Aadish zu Hause.

»Wissen Sie, Monsieur Aadish, ich war nicht immer so. Ich bin ein Schwan. Haben Sie schon mal gesehen, wenn Schwäne ihren Flug starten? Ziemlich mühsam. Sie müssen einige Kraft aufbringen, bis sie ihre schweren Pfunde über das Wasser heben können, und bis dahin sieht es fürchterlich tollpatschig aus, irgendwie abgehackt. Slapstick. Zum Erbarmen. Aber dann, wenn sie endlich in der Luft sind, ist ihre Eleganz kaum zu überbieten, dann werden sie zu Meisterfliegern einer zeitlosen Aerodynamik. So erhaben, so unendlich vornehm!

Auch *mein* Leben begann schwerfällig. Ich bin in Gurs aufgewachsen, eingelagert zwischen Himmel und Hölle ... sie hatten mich erst nach meinen Eltern erwischt ... anderthalb Jahre mit gestutzten Flügeln, danach brauchte ich lange, bis ich mich wieder in die Luft erheben konnte. Ich war einfach zu schwer ... aber dann, was dann folgte, das war wie in dem Lied damals, wie ging das noch gleich?

My life has been a tapestry of rich and royal hue,
An everlasting vision of the ever-changing view

... Und ist es noch!«

Aadish hatte nicht richtig zugehört, er war abgelenkt, denn die Comtesse hatte während ihrer Schwanenrede begonnen, ihre Kleider abzulegen, ganz en passant, so beiläufig, als ob sie eine Haarsträhne aus ihrer Stirn streichen oder den Stöpsel aus der Badewanne ziehen würde. Als Erstes nahm sie ihr Collier de Chien mit der Onyxgemme ab (hatte er wirklich David Bowie und Catherine Deneuve darauf gesehen, in geschwisterlicher Vampirliebe vereint?), dann ... Ein Dann gab es nicht, denn urplötzlich, eine frivole Epiphanie des Augenblicks, stand sie nackt da, in ein nobles Nichts gekleidet, hatte nur noch – *Ich bin so ausgehungert!* – ihre Perlenohrclipse an und ihre lachsfarbenen Spitzen-Panties. Dazu ihre kokett lackierten Fußnägel, wie mit rotem Feuersalbei bemalt. Eine Nacktheit, geboren aus dem Moment der Zeitlosigkeit.

»Als Traube bin ich vielleicht schon etwas verschrumpelt, als Rosine aber ... ich sag Ihnen ... verdammt lecker. Wissen Sie, ich bin eine Langstreckenläuferin des Lebens. Dort ist Ihr Gemach, richtig? Kommen Sie!«

Aadish blieb wie angewurzelt stehen. Was geschah hier? Als er dann doch in sein Schlafzimmer ging, lag die Comtesse bereits da, zwanglos ausgestreckt auf seinem Bett, nun auch ihres letzten Kleidungsstücks entledigt. Nein, ihre Augen hatten nichts Vergangenes, nichts von fernen Zeiten, eher ein Husky auf Drogen. Der Raum war bis unter die Decke angefüllt mit fiebriger Erwartung.

»Kommen Sie, ziehen Sie sich aus, mein arabischer Heng ..., äh, Prinz.«

»Nein, persisch ... *persischer* Prinz ... und auch nicht *Prinz* ... ich meine ... ich bin *Perser*, Madame.«

»Ja, ja, ich weiß. Persisch, arabisch, jüdisch – who cares? Wir sind eh alles eine Mischpoke. Kein Wunder, dass ich Goj immer mit Goji verwechsle. Rassen und Religionen, Nasen und Bärte interessieren mich nicht. Dieser ganze Pejes-Kram, die Käppis und Kippas, die Mitras und ... idiotisch! Kein Wunder, dass *Christ* und *Kretin* Verwandte sind.«

»Verwandt?«

»Ja, der gleiche Wortstamm ... *idiotisch* und *christlich* haben die gleiche Herkunft, etymologisch gesehen.«

»Glauben Sie nicht?«

»Wie?«

»Glauben ... sind Sie gläubig?«

»Das fehlt noch. Nein, nein, ich bin eine Belialin, eine heilige Nichtsnutzin, ein Kind ohne Tora, ohne Licht. Ich befehlige Legionen. Natürlich bete ich. Ich bete die Welt an, ihre Schönheit, ihre Güte ... zumindest den Teil, der schön und gütig ist. Wie war das bei Keats? *Ich habe das Prinzip der Schönheit in allen Dingen geliebt.* Außerdem: Ich habe ein Skulptur von IHM, auf meinem Schreibtisch. Die drei Affen. Gott hört nichts, Gott sieht nichts, Gott sagt nichts.«

»Hanuman, die Hindu-Gottheit? Dieser Affe?«

»Woher kennen Sie? ... Nein, im Ernst: Ich mag Labels nicht. Und sagen Sie Maryvonne zu mir. Mich interessieren Menschen, nicht Kufiyas und Kreuze. Kreuze in einsehbaren Dekolletés sollten ohnehin von Gesetzes wegen die Höhe von 1,17 cm und die Breite von 0,83 cm nicht überschreiten, alles andere ist obszön, und kein Toter drauf, kein toter leichenblasser Jude. Ein unrasierter langhaariger abgemurkster

Typ als Firmen-Branding einer Religion, wer kommt denn auf so einen Schwachsinn? 1,17 x 0,83 ist Hurenformat, exakt so groß wie diese putzigen Dinger, die mexikanische Nutten tragen. Die stören dann auch nicht beim kultiviert-katholischen Vögeln ... man hat als Mann nicht plötzlich so 'n überdimensionierten metallenen Jesus-Lümmel im Mund, wenn die auf dir rumjuckeln ... alles ganz formvollendet. Und Kopftücher nur à la Imany.«

»Und wer soll das festlegen?«

»Ich, mein Herr, als Forderung, eine Rechtsverordnung. Wissen Sie, ich habe bei mir zu Hause nur Punims an der Wand, nur Porträts, ich liebe Menschen über alles. Menschenmaler à la Modigliani. Und wenn doch mal ausnahmsweise etwas Gegenständliches dazwischen hängt, mein Morandi zum Beispiel, dieses Stillleben mit den drei Gefäßen, aus den Fünfzigern, dann nur, weil ich Menschen darin sehe. Meistens sehe ich drei Menschen in ihnen ... einen Dreier, glaube ich ... Oh Gott, einen Dreier.«

Aadish stand direkt neben seinem Bett und zog sich aus. Eigentlich sollte es nicht sein, er wollte nicht, aber er hatte nicht mit sich selber gerechnet, mit der fremden imaginären Hand, die ihm half, er selbst zu sein. Mit diesem überspannten Willen, der ihn führte. Wieder also dieser Sprung, die Verwerfung in der Zeit. Ist sie zerstückelt, spielt sie verrückt? Von der Gegenwehr zur Billigung, ein Sekundenmoment. Und als es dann so weit war, war es ihm peinlich, so gänzlich nackt vor ihr zu stehen. Peinlich und gleichgültig zugleich. Schlimmer noch: Er musste, wenn er so an sich runtersah, feststellen, in Erwartung zu sein, in dieser Erwartung – oder war es Bereitschaft, Einsatzfreude? –, die ihn morgens noch vor dem Aufstehen immer überraschte und so schwer abzuschlagen war. Morgens, wenn dieses und jenes, vor allem dieses, ihm nicht mehr gehorchte, ein himmelsstürmendes, wild pochendes Eigenleben begann, nicht mehr zu ihm zu gehören schien. Wenn doch wenigstens der Mond etwas nachsichtiger wäre und nicht so hell schiene.

»Holla, du meine Güte, quel détail, quel lecker détail! O Heiliger Priapos! Wo haben Sie *den* denn her? Mein Freund Francis Ponge war nix dagegen. Preußisches Gardemaß, würde ich sagen. Fromm und frömmer wird man da: *Der Herr ist mein Hirte, mir wird es an nichts mangeln* ... den kann man ja als Kleiderstange für Pelzmäntel benutzen, so stabil ... meine gesamte Kollektion, alle zusammen ... wenn ich

Begabung für Scham hätte, ich würde erröten … welch famoses Format, Fastigiata-Wuchs, stimmt's? … Und doch von so natürlicher Grazie … oh, meine Augen! …«, Maryvonne sah sich plötzlich als Louise Bourgeois, wie auf dem berühmten Foto von Mappelthorpe, mit diesem riesigen Bronzephallus unter dem Arm, »… haben Sie schon mal an Auto-Fellatio gedacht? … Der lädt ja nachgerade dazu ein … Sie sind doch gelenkig, das müsste eigentlich … das muss doch Spaß machen … und wie gut er Ihnen …«

Farshid wurde rot.

»… ach Gott, süß, er geniert sich … mir scheint, Ihre Psyche wächst Ihrem jungen Detail nicht so recht hinterher … wo war ich? … Ach ja, wie gut er Ihnen steht, Ihr Lümmel, so erwachsen … so weit über Ihre eigene Gestalt hinaus … so ausladend, dass man – Gott erbarm! – Angst haben muss, das Ganze gerät aus dem Gleichgewicht … sagen Sie, kippen Sie nicht vorne über? … Ich habe Angst um Sie.« Bevor Aadish reagieren konnte, hatte Maryvonne der Spitze des Details – hatte sie dabei wirklich *der Liebe und der Gnaden Quell* geseufzt? – einen Kuss aufgesetzt, direkt auf den purpurnen Samt, hauchzart. »Wie ich diese stehenden Ovationen bewundere, diese stolzstramm salutierenden Gardeoffiziere, so diszipliniert, gewichst und parfümiert. Wie kann man nur so völlig unbeeindruckt von den Gesetzen der Schwerkraft – oh, Newton, wie einfältig du doch warst! – eine solche Existenz führen, so aufrichtig? Und das gänzlich ohne Baculum. Respekt!«

»Ich verstehe nicht.«

»Gut und gerne drei Krähen.«

»Drei was?«

»Krähen. Da passen mindestens drei Krähen drauf. Und Marlon Brando könnte Klimmzüge dran machen, der junge wie der alte …«

»… ? …«

»… aber wir sollten auch nicht übertreiben. Letztlich ist's ein Gebrauchsgegenstand. Ein Gebrauchsgegenstand wie … wie 'ne Hantel … wie 'n Fleischklopfer … oder 'n Nudelholz. Was ganz Praktisches, was Praktikables. Nix Vergoldetes. Und trotzdem, wissen Sie, was ich nie so recht verstanden habe? Diesen abrupten Wechsel von der traurigen Gestalt zum hochfahrenden Ritter. Dieses eigenartige Missverhältnis zwischen Vorher und Nachher, zwischen Schlaf und Erwachen. Eigentlich ein Mysterium, fast sakral. Ich habe den Grundgedanken ihrer Gefährten da unten, deren Physiognomie und Statur, ihr nicht vorhersehbares Aufbegehren, nie so recht begriffen. Ich habe stämmige

Exemplare kennengelernt – enchanté! –, die thronten, einem royalen Herrscher gleich, forsch geradeaus in die Welt blickend, pathetisch, dick und fett, auf ihrem androgenen Testikelkissen, als wollten sie, so beiläufig wie nachdrücklich, der Welt schon mal ihre unangreifbare Allmacht verkünden. Wenn sie dann aber aus sich herausgehen sollten, allein der Liebe wegen, also just in dem Moment, wo dem Phlegmatiker geheißen wird, zum Sanguiniker zu werden, oder dem Melancholiker zum Choleriker (siehe da: die ganze Temperamentenlehre in nuce!), dann hatten sie was elend Stummeliges, fast Verstümmeltes an sich, *Ach, armes Pummelchen,* gingen fast nur in die Breite, Proportionen wie 'ne Cola-Dose ... kriegt man ja Maulsperre von ... wie bei Gérard ... also Gérard Depardieu ...«

»... woher wollen Sie wissen, dass Depar...«

»... ja, da staunen Sie, was? Ich weiß noch viel mehr ... Flusen im Bauchnabel und so ...«

»... Sie haben mit ...?«

»... ist auch nur ein Mensch. Egal. Umgekehrt habe ich äußerst schlanke Geschöpfe kennengelernt, bescheidene, ganz unaufgeregte Wesen, ihr rankes Köpfchen ganz demütig zum Boden geneigt – enchanté! –, die Gewaltiges in der Lage waren zu leisten, die über sich hinauswuchsen, weit über sich hinaus, ins vollkommen Überraschende, ins geradezu Ehrfurchtgebietende und jede ...«

»... können Sie sich eigentlich Leute vorstellen, die Gänseblümchen Schwertlilien vorziehen ...?«

»... ja, ja ... und jede Liebe beglückten. Praxiteles' Geschöpf des tanzenden Satyr von Mazara, ich bin sicher, war so ein Respekt einflößender Glücksbringer. Selbst dieses Schrumpeldingelchen, dass Adam in der Sixtinischen Kapelle von Gottvater verliehen bekommen hat, kann wohl den Aufstand gegen seinen Schöpfer proben. So oder so, ob mollig oder graziös, ob Moppel oder Ballerina, es bleibt eine begnadete Hervorbringung des Anthropozäns, atemberaubend. Ich kann schon verstehen, dass Ihr Mannsbilder dieses Ding quasi als beseelte Entität begreift. Andererseits, wenn ich ...«

»... Antro was? ... Änti was? ...«

»... wenn ich es recht bedenke, bildet es auch Eure psychische Verfassheit ab, die Symptomatik Eures ganzen Männerseins: zum einen dieses Cäsarenwahnsinnige und Gierbesessene, das Aufgeblasene und Stolzgeschwellte, und im nächsten Augenblick zieht Ihr Euch vor lauter Kleinmut zusammen, werdet ein verletzliches, verzagtes zurückgezogenes Etwas, an das kein Rankommen mehr ist. Gut, dass es nicht zwei sind, wie beim Hai.«

»... Änti was?« Solche Wörter kannte Aadish nicht, selbst in Onkel Saids komischer Welt hatte er so was noch nie gehört.

»Frag deine Freundin Wiki.«

»Wen? Ich kenn' keine Vicky ...«

»... Wikipedia, mon cher ..., da können Sie dann auch gleich nachschlagen, ob Ihresgleichen ouroborosische Fähigkeiten hat ... das hat mich schon immer interessiert.«

»... ? ...«

»Hm, ich sehe schon, nicht Ihr Ding. Aber vielleicht können Sie mir ... Eichhörnchen benutzen ihren Schwanz als Steuerruder, wenn sie von Ast zu Ast ... können Sie das vielleicht auch ... das muss einen stabilen Flug ...«

»... ich fliege nicht.«

»Der Katholizismus auf alle Fälle würde so was – also, ich meine, Ihr anbetungswürdiges Ding – als Reliquie führen. Ihr eher nicht, ich weiß, ihr Muselmanen verehrt nur Barthaare und Fußabdrücke und so was, keine abgehackten Glieder und ...«

»... ich glaube nicht, Maryvonne, dass ...«

»... doch, die machen so was bei den Katholiken, ist ihr Hobby ... etwas barbarisch, sicher, aber ... Nein, wirklich, diese nichtsnutzigen schmarotzenden Soutanenbengel laufen in ihren Palais rum und haben – außer Pracht entfalten – nix zu tun, und also zerstückeln sie aus Langeweile mal eben ihre Märtyrer, filetieren die heiligen Blutzeugen ihrer Kirche und beten das Geschnetzelte dann als Sanktuarium an. Der Finger des Hl. Laurentius zum Beispiel. Oder der Arm des Hl. Quintin. Und von der hochheiligen Vorhaut Christi – oh wundersame Zipfelvermehrung! – gibt's gleich 'n ganzen Haufen. Vom Präputium des Gottessohns sind so viele Fetzen im Umlauf, dass man sich die Größe des christlichen Pimmels, alle Schnippel aneinandergenäht, eher eselsgleich denken muss, als ganz schön gewaltigen Ömmel. Ja, Katholiken sind Penisvorhaut anbetende Christen. Und wissen Sie was? Die haben sogar Blutreliquien. Demnächst Spermatozoa, die haben garantiert was aufgekratzt vom Boden damals, von irgend so einem armen Christenteufel, der sich lebendig fühlte in Wald und Flur, oder am brennenden Dornbusch, der in sandsturmgepeitschter Wüste seine Lust versprühte wie der Wal seine scharfe Fontäne. Bei der Hitze würde ich mir die Kleider auch vom Leib reißen und dann, na ja, meiner

Leidenschaft frönen, ein Hochfest der Epiphanie feiern … warum also nicht ihre *Kleiderstange* als …«

»… ich bin nicht tot …«

»… als Petrusstab … und Osculatorium. *Meine* Wallfahrt wäre Ihnen gewiss. Wissen Sie, woran ich denken muss? An den blutenden Christus auf Golgota.«

»… ? …« Aadish legte seine Stirn in Falten.

»… na ja, hat der nicht immer einen – wie nennt ihr das – einen Ständer? All die Kruzifixe … haben Sie sich das mal genau angeschaut? Finden Sie nicht, das weist rechts (also vom Betrachter aus rechts) immer irgendwie nach oben unter dem Tüchlein da? …«

»… ist mir nie aufgefallen. Unsinn! Außerdem, Typen, die erhängt werden, kriegen immer so was. Ich schätze, das ist beim Kreuzigen auch so. Wissen Sie, das können sie bei unseren öffentlichen Hängungen in Iran …«

»… oh, hören Sie auf, das will ich gar nicht so genau … wenden wir uns lieber wieder den angenehmen Dingen zu … machen Sie doch bitte die Kerzen dort drüben an, Aadish … Ah, danke! Wunderbar! Sehen Sie, im Goldlicht der Flammen funkelt Seine Heiligkeit besonders schön. Oh, wie schafft Ihr das nur, Ihr jungen Burschen, so grazil und so stattlich zugleich, so robust und seidenglänzend?! Welch Segen! *Der Herr segne dich und behüte dich,* möchte man ausrufen. Und diese Statik! Besser als die von Giottos Campanile in Florenz, als ob es noch Primatenknochen gäbe. Darf ich mal?«

Bevor die Comtesse Gelegenheit hatte, ihrem unerschrockenen Entdeckergeist Taten folgen zu lassen und die Tragfähigkeit einer genaueren Prüfung zu unterziehen, legte Aadish sich, in einer Art Kaninchenstarre, schnell neben sie. Vielleicht konnte ja die Scham der Nähe eine gewisse vorzeitige Nonchalance unterbinden. Es war reiner Instinkt, kaum gedacht. Und wirklich, die Comtesse leitete ihren Forscherdrang um, weg von der abgründigen Urkraft und ihrem unbedingten Tatwillen hin zu Aadish – *O Gott, und doch so verletzliche Wesen, diese Anmut!* – und begann zärtlich an seinem Ohr zu knabbern. Unter dem blassen Nasenpuder sah er ein bläulichviolettes Schimmern mit feinen rötlichen Äderchen darin, es erzeugte einen leichten Schauder bei ihm, eine Art Widerwillen, der aber schon im Moment des Entdeckens überwunden war. Ihr Liebreiz war stärker, ihr Liebreiz, der ihre Freimütigkeit war. Sie knabberte und flüsterte: »Sie sind mein Pygmalion, so lebenserweckend. Sie sind Künstler, nicht wahr?«

»Finden Sie, ich bin so klein?«

»... nein, ach Gott, nein ... nicht Pygmäe ... Pygmalion ... der Künstler.«

»Ich glaube, *Prinz* ist mir lieber, Comtesse, da weiß ich wenigstens, was ich bin – auch wenn ich es nicht bin. Das kenne ich. Künstler auf alle Fälle bin ich nicht.«

»Cupido, das ist noch besser ... Wenn ich so ihren Pfeil betrachte, Monsieur Aadish, als ob sich Hephaistos ganz besondere Mühe gegeben hätte, das Eisen heiß und stark zu schmieden. Ja, Cupido. Du meine Güte, dieser Pfeil! Ein Kindergott und so ein Pfeil! Diese Hingabe, dieses Aufbäumen und Drängen, das muss man erst mal hinkriegen, so zeitgleich, dieser Einklang. Nein wirklich, die Liebe steht Ihnen gut!«

Aadish verstand kein Wort. *Pügmali...? Kupi...? Pfeil?* Nun ja, bei Letzterem zumindest glaubte er eine Ahnung zu haben. Er fühlte sich nicht sehr wohl in seiner Haut. Es war, abgesehen von den Tipi-Erlebnissen damals im Pariser Mondlicht, das erste Mal, dass jemand nackt neben ihm lag, fast nackt. Und so hatte er sich das (wenn er überhaupt jemals Bilder dazu gedacht hatte) nicht vorgestellt: diese Verwirrung über ihm, diese Haut neben sich, durchsichtig wie Libellenflügel, die Vermischung der Düfte – Badesalz, Parfum, Schweiß –, und diese lachsfarbenen Spitzenpanties mit ihren zartrosa Schleifchen. Crêpe de Chine, wie ihm Maryvonne versicherte. War das die Zukunft, war das seine Wirklichkeit?

»Sie sind ein Schwanzlurch, Aadish, nicht wahr?« O Gott, nicht schon wieder, dachte Aadish. »Die Ausgeburt der Neotenie. Wissen Sie, was das ist, Neotenie? *Sie* sind Neotenie, die leibhaftige Neotenie. Ein Begriff aus der Biologie, so was wie Larven in Geschlechtsreife. Welpen, die frühzeitig ... Ihre Ohren hängen noch, hängen noch ganz putzig, aber das Wesentliche weist schon nach oben, gewaltig nach oben. Manche halten das ein Leben lang, der Schwanzlurch ist so, ein neotenischer Künstler, immer was Kindliches an sich, bis ans Ende. Aber sagen Sie, Ihr Muslime habt doch normalerweise kein ... Sie haben ja noch Ihr chaperon rouge ... äh, wie sagt man? ... Ihr Rot-Cape ... Zipfelhäubchen ... Rotkäppchen ... genau, Ihr Rotkäppchen.«

»Das Käppchen ist nicht rot, es ist braun ... chaperon *sur* rouge allenfalls ...« Maryvonne hatte sich vertan und wunderte sich etwas, dass Aadish sie offensichtlich sehr gut verstanden hatte.

»Ich glaube, ich liebe Sie, mein Cupido-Jüngling, ihre Glücksbeschaffenheit, ihre erstaunliche Glücksbe... ihre Gütigkeit ... ja, ich liebe Sie. Vor fünfzig Jahren wäre ich mit Ihnen sicher in die Abendsonne geritten.«

Und plötzlich war da wieder dieser Sekundenmoment, die Sekunde zwischen Gegenwehr und Billigung, dieser Moment, der ohne Vorwarnung die Scheu übersprang, wo der Blick auf den Körper sich verliert, die Umgebung verblasst, und alles nur noch Fühlen, blindes Vertrauen und Verlangen ist. Ur-Seligkeit. Als ob alleine das Wort die dazugehörige Empfindung ausgelöst hätte. Aadishs Handrücken strich zärtlich über den Hals der Comtesse – er musste sich eingestehen, dass *er* es war, ja, *er* selbst, ganz unvermittelt –, er strich an der Schattenhöhle des Schlüsselbeins vorbei direkt in das sonnensprossengesprenkelte Tal zwischen ihren frierenden Brüsten, strich …

»… die Kuppeln des Carlton in Cannes, es sind die Kuppeln von Cannes …«

»… was? …«

»… nicht Périgueux … nicht Santa Maria del Fiore … es ist das Carlton-Hotel, die Kuppeln des Carlton …«

»… Unsinn, Ihr Auge braucht noch Training. Und woher wollen Monsieur Grünschnabel das überhaupt wissen? Waren Sie je … und wenn schon Hotel, dann doch eher das Le Negresco in Nizza, die Kuppel von Gustave Eiffel, der Architektur gewordene Busen seiner Geliebten …«

… strich über ihren Bauch an einer fischbauchweißen Narbe vorbei auf den Nabel zu, strich schließlich, er brauchte jetzt nur noch den Rücken seines Mittelfingers dafür, über die gefältete Mündung des Deltas – süßlich-saurer Milchgeruch stieg auf – und strich weiter, über einen blaugrünen Venenstau hinweg, an der Innenseite der Schenkel entlang bis zu den kalten Knien. Ein leichter Nervenschauer durchfuhr die Comtesse. Aadish lächelte. Als er merkte, dass es das gleiche breite, beseelte Lächeln war, das er als Kind seiner Mama immer stolz und zufrieden entgegenbrachte, wenn er die Teigschüssel brav ausgeschleckt hatte, zog sich sein Lächeln merklich zusammen.

»Sie haben wundervolle Augen, Comtesse, so murmelig, Bernstein-Augensterne, in alle Richtungen gezackt …«

»… ja, und zwar mehr als sechs Zacken. Vor allem das ist schön …«

»… und dieser grüne Punkt da … wie ein in Darjeeling badendes Krokodil, es grinst.«

»Waaas? Na, Sie sind mir ja vielleicht einer! Meine Mutter sagte immer: Bouillabaisse. Bouillabaisse-Augen. *Dieses Fisch-Durcheinander!*

Das war schon irgendwie komisch ... aber badende Krokodile, eine Phantasie haben Sie ... so viel Poesie für eine Pigmentstörung ... Danke! Danke!«

»Sie haben auch etwas von einem Blutmond. Augen wie eine Blutmond-Bouillabaisse.«

»Haben Sie Pilze genommen?«

»Und was ist das?« Aadish strich mit seinen Fingerkuppen sanft über ihren Unterarm.

»Das ist mein Vater, mein Vater, bevor er eine gramerfüllte Wolke am polnischen Himmel wurde.«

»Nein, ich meine diese Zahlen.«

»Ja, mein Vater.«

»Zwei, drei, fünf, acht, eins?«, fragte Aadish.

»Ja, Sie streicheln ihn gerade. Sie liebkosen ihn. Das war sein Name, für eine gewisse Zeit. Zwei, drei, fünf, acht, eins. 23581. Er war der Dreiundzwanzigtausendfünfhunderteinundachzigste. Birkenau. Ich habe Sie mir eintätowieren lassen. Viele Jahre nachdem er gestorben war. Sein Erbe gewissermaßen. Meine Galut. Ich wollte ihm nahe sein ... in jeder Minute meines Lebens nahe sein ... überall. Manchmal juckt sie. Phantomschmerz? Der Phantomschmerz seiner verlorenen Zeit? Ja, mein Vater, das war eine Nummer für sich! Sie können sich gar nicht vorstellen, Monsieur Aadish, was für ein Wunderling das war. Er konnte Geschichten erzählen, die mich als Kind in Welten brachten, die hinreißend haltlos waren und herrlich verrückt. Alles ganz jenseits von Raum und Zeit, blau und fern. Großvatergeschichten. Außerdem war er, O-Ton Mama: *der derbste Zotenreißer seit Rabelais, ein Wunderwuzzi der wicked jokes, absolut patentwürdig.«*

Aadish hatte schon wieder Schwierigkeiten, den Sätzen zu folgen. Er ahnte mittlerweile, dass er etwas verpasst hatte, noch zu Hause bei seinen Eltern vielleicht, oder bei Onkel Said, wie auch immer, er ahnte, dass es da etwas gab, was ihn vor diesem Nicht-sprechen-Können hätte bewahren, was ihm mehr Verstehen hätte ermöglichen können. Aber er ahnte auch, denn er hatte eine Furche Schmerz (*eine Furche Schmerz,* stammte dieser Blödsinn wirklich von ihm?) in Maryvonnes Mundwinkeln gesehen, dass diese Nummerngeschichte irgendetwas mit ihren lahmen Flügeln zu tun haben musste, und auch, dass die kleinen vernarbten Erhöhungen auf ihrem Arm wohl immer noch weh taten.

»Ich benutze sie als Passwort ... im Internet ... als PIN für Amazon und Booklooker und so.«

»Was?«

»Die Nummer. Und manchmal auch als Lottozahlen. Für das Glück. Basiert unser Glück nicht immer auf dem Unglück anderer, auf ihrem Leid und Elend? Ist das mit Grauen grundierte Glück nicht das farbigste?«

Aadish hörte nicht richtig zu. Es war nicht seine Schuld, er *konnte* nicht richtig zuhören: die Konzentration. Alles, was ihm fremd war, überforderte ihn, brauchte eine Weile, bis es bei ihm angekommen war, und wenn es schließlich bei ihm angekommen war, war er meist schon wieder weg. Ihm war flau. Er küsste die Zahlen; er küsste Maryvonnes Brüste, ihre Leberflecken am Hals; er küsste die Geburtsnarben in kleinen zärtlichen Abständen; er küsste von unten nach oben, von links nach rechts; er küsste die kleinen Füße, die Maryvonne reflexartig in alter Ballettgewohnheit ausstreckte, sodass Schienbein und Rist und Zehen eine Gerade bildeten, immer noch eine perfekte Gerade; er küsste vom Pergament der Fersen (unter dem Knöchel lag eine Ader, in der ihr Herz schlug) bis zum Glanz der Nägel; er küsste – die Reiseroute der Lust – von den Lippen über die Brüste in den Schoß. Er küsste ihre Waden, die schmirgelpapierne Haut ihrer rasierten Waden, t*a guibolles Louis Seize, mein Mann hat das immer gesagt,* er küsste alles, und fühlte sich plötzlich sicher, so sicher, dass … … …

[redacted]

»Aahhhh, nichts verlernt, herrlich, mir ist so priesterlich zumute … ich fühle mich wohl wie eine Olive im Martini.« Maryvonne atmete – eine Art Erfüllung – tief und geräuschvoll durch die Nase. Ein juchzendes Ai-ai-ai entfuhr ihr. Der inbrünstige kleine Seufzer ließ ihre Brüste erzittern. »Hab ich's nicht gesagt: Schnee auf dem Dach, aber Feuer im Keller.« Sie genoss sichtlich ihre Erschöpfung, ihr Wohlergehen, ihre Schamlosigkeit. »Von wegen *Spinnweben im Höschen,* von wegen *abgenutzte Antiquität,* mein Mann hat das immer gesagt. Kretin! Asshole! Sicher, das Feuer, wenn ich ehrlich bin, ist nur noch Glut, aber heiß, heiß, heiß … ein bisschen Rückenschmerzen, aber ansonsten … wie

Eure Minarette doch entzücken können, Eure purpurgekuppelten kastanienbraunen Minarette ... keine Wunder, dass Ihr fünfmal am Tag zum Gebet ... die Franzosen nennen ihn *Wunderheiler*, auch nicht schlecht ... Das war besser als die große Welle von Malibu, der Gerechten Lust ... Zaddik-Begehren gewissermaßen ... ein Fleißbienchen für Sie, Aadish! Und zwei Karmapunkte. Dabei war ...«

Maryvonne nahm jetzt ganz ungeniert die 170-Millionen-Dollarschwere Pose von Modiglianis *Nu Couché* ein. Sicher, Maryvonne war ein wenig älter – gut, gut, um einiges älter –, aber der lange schlanke Hals, das üppige handliche Becken ...

»... Malibu?«

»... dabei war ich ein spätes Mädchen, müssen Sie wissen, ein bisschen auch ein verlorenes, habe die himmlischen Sünden der Ausschweifung, die köstlichen Abgründe der Sinnlichkeit spät erst erfahren ... aber wissen Sie, einmal dem Meeresschaum entstiegen, ab da ... sie können sich gar nicht vorstellen, o là, là, wie groß das Begehren ... Das Leben ist wunde voll.« Sie verschluckte tatsächlich das R. Absichtlich? »Ach, hätte ich doch einen Kranichschlund, oder wenigstens den eines Kormorans, um länger goutieren zu können, was ich schmecke ... dem Himmel sei Dank, dass ich keine Eiweißintoleranz ... für Sie, Aadish, würde ich mir die Augen auskratzen, damit Sie mehr Öffnungen zur Verfügung hätten. Wissen Sie, normalerweise kriechen Männer in unsere dunkle Höhle (oder auch heiße Hölle, wenn sie Bestrafung ersehnen), um sich vor der Welt zu verstecken, sind dann ganz weg, also eigentlich ausschließlich bei sich ... aber bei Ihnen, oh, là, là ... diese Aufmerksamkeit, diese Zuwendung, dieses verschwenderische Erbarmen ... ich muss schon sagen ...«

»Malibu?«, fragte Aadish noch mal und dachte an Maryvonnes zitternde Wonne.

»Ja, da gibt es eine Surfwelle, auf der man unglaublich lange reiten kann, überhaupt 'ne Menge toller Waves. To be honest, mehr noch haben uns die Erregungswellen am Beach interessiert ... nix da *Nights in White Satin,* nix da spießige Fickseide, das heiße, kratzende Sandbegehren war unsere Lust. In den Sechzigern war ich dort, bei den Partys. Ich war die einzige Frau, die mit den Muscleboys auf dem Wasser mithalten konnte. Wie ich sie geliebt habe, diese fluoreszierenden Burschen, ihre arglose pink- und mintfarbene Welt, ihr Eat-sleep-dive-repeat-Life. Ihr Ich-vögel-ergo-Sum. So jung! So überjung! Holly haben sie mich genannt, nach Holly Golightly. Glauben Sie bloß nicht, dass wir nicht auch schon … lange vor den weit überschätzten Achtzigern … ja, auch wir waren horny, durch und durch, wie alle Generationen seit Anbeginn. Sie werden es nicht glauben, auch wir saßen auf den glühenden Kohlen der Wollust und Begierde, ließen es flutschen, bis der Arzt kam … ist es nicht die Kernkompetenz jeder Jugend? Schon die Neandertaler … *for fuck's sake* ist Menschenpflicht, finden Sie nicht? Wir trugen Bikinis … oder Chanel No 5 … auf keinen Fall mehr … waren immer bereit. Wissen Sie, was ich mir wünsche?«

»Nein.«

»Dass sich die kalte Hand nicht so bald auf mein klappriges Herz legt.«

»Meine Hände sind nicht ka…«

»… ich mein nicht Ihre … egal … Wissen Sie was? Sie haben eine Begabung für … ui, was ist das?«

»Was?«

»Na, diese Mistgabelzinken, dieses komische   ?

»Nee, nee, keine Mistgabel … das ist ein E, ein Pariser Tattoo, zu Ehren Frankreichs … für Égalité … Sie schauen falsch rum drauf.«

»Sie überraschen mich, Aadish. Was Youngsters sich heute alles so einfallen lassen. Anyway, wo war ich? Ah ja, eine Begabung für Zärtlichkeit haben Sie, Monsieur Cupido. Wissen Sie das? Etwas ganz Feines. Ihre Küsse haben ein ganz eigenes Gewicht. Zu leicht für die Liebe, zu schwer für den Leichtsinn. Das Gewicht der Fürsorglichkeit. Vielleicht sollten Sie das zu Ihrer Berufung machen. Was halten Sie von dem Slogan *Geborgen wie in Abrahams Schoß?* Oder besser noch: *Alles Fleisch willkommen!* Sie sind ein Diener Gottes, gewissermaßen, oder Allahs, Jahwes, oder wen immer Sie wollen – wenn es die gäbe. Von Dionysos vielleicht. Außerdem: Sie haben was charmant Flittchenhaftes, das gefällt mir … okay, ein bisschen schüchtern, aber doch Flittchen … ja, das gefällt mir … nein, nein, keine Sorge, das ist ein Kompliment … so was wie Irma la Douce meine ich, was ganz Positives. Ein Samariter des Körpers. Man sollte bei den *Sieben leiblichen Werken der Barmherzigkeit* eines ergänzen: *Die Nackten befriedigen*, und dafür vielleicht streichen, nein, unbedingt streichen: *Die Sünder zurechtweisen*. Die Nackten befriedigen, was meinen Sie, Aadish, treiben es die beiden Engel in Caravaggios neapolitanischem Misericordia-Bild da oben im todschwarzen Himmel eigentlich miteinander? Hat Caravaggio die Notwendigkeit der Nacktenbefriedigung schon damals erkannt?«

»Keine Ahnung ... wer ist das?«

»Ich habe mir immer Menschen vorgestellt, erwachsene Menschen, deren Ich auf Reset gesetzt wurde – ohne Erziehung, ohne Religion und Sozialisation, ganz ohne all diesen widerlichen Restriktionskram wieder *auf Anfang*, die Synapsen des Lebens wieder spüren, die ganze Ursprünglichkeit, das Unverfälschte, ein bisschen *Damnatio memoriae* – ich glaube, dann kommt so etwas Zartfühlendes wie Sie dabei heraus. Eine Zärtlichkeit, die sich allem und jedem zuzuneigen weiß. Und im entscheidenden Moment dann so eine Art Kinderschaukelsex.« Aadishs Gesichtsausdruck verdüsterte sich, changierte zwischen Verwirrung und Beleidigtsein. »Nein, nein, das ist ein Kompliment, mein Lieber. Jeder Sex ist Kinderschaukelsex: *Höher, Mama, höher! Weiter, stärker, schneller!*« Die Comtesse küsste die Innenfläche von Aadishs Hand. »Das mit dem Reset wäre auch was für Kulturen, für Zivilisationen, als fest eingebauter Mechanismus, mindestens alle hundert Jahre: Klick und Reset, finden Sie nicht? Ne Art Gedächtniskillerdroge für Nationen. Das würde vieles erleichtern, alles Nagen in uns hätte ein Ende, alle Erniedrigung, alle historische Pein ... gerade meine Mischpoke zum Beispiel. Ist das Grundübel des Menschen nicht seine Erinnerung, seine vermaledeite Retromanie, nicht im Hier & Jetzt leben zu können? War da nicht mal ein berühmtes Franzosenwort *Wer sein Zuhause verlässt, trägt zum Unheil bei,* oder so? Dareios etwa, Euer Gottkönig, warum zieht er gegen die Skythen? Einzig, weil sie Jahrhunderte davor die persischen Meder überfallen haben? Kein Schwein hat sich noch daran erinnert, nur Euer durchgeknallter Großkönig ... ist ja dann auch gehörig in die Hose gegangen ... hätte er sich mal besser auf den Bau von Persepolis konzentriert. Ich finde, die heutigen Griechen sollten Algier wieder erobern, war ja schließlich mal *ihr* Hafen. Scherz! Nein, Rache ist der dümmste aller Instinkte, Rache ist ein Bumerang. Vergebung statt Verdammung sollte es heißen, wer nicht vergibt, ist in einer Todesspirale ... zuletzt bei den Christen, die doch vorgeben, so viel von Vergebung zu verstehen. Wissen Sie, Aadish, wir Modernen hängen immer noch am Codex Hammurabi und seinem nun fast viertausend Jahre alten Vergeltungsquatsch: Auge um Auge, Zahn um Zahn. So viel zur Aufklärung ... ach, lassen wir das ...«

»...« Aadish war verschüchtert. So viel Wissen, er kam sich überflüssig vor.

»Ich würde Sie gerne würgen, langsam, bis zum Ende. Ich würde gerne neben Ihnen einschlafen, neben Ihrer getöteten Jungen-Unschuld

…« Maryvonnes Augen, sie hatten plötzlich etwas anrüchig Glückstrahlendes, bewegten sich jetzt im wilden Takt ihrer Worte.

»… das sollten wir vielleicht doch besser nicht …«

»… und tags darauf Ihr Herz braten, mit schwarzem Knoblauch und Butter und Rosmarin … das würde mir gefallen … ein paar Kapern dazu vielleicht, und weiße Trüffeln aus Piemont … Sie einverleiben … und Wein, schweren öligen Wein, mit ihrer Asche darin …«

»… vielleicht sollten wir das doch besser nicht …«

»… oh, ich habe ganz vergessen: Ihr Po. Ich muss Ihren Po sehen … mon cul français … unbedingt.« Maryvonne richtete sich auf, lehnte sich an das gepolsterte Kopfteil des Betts und strahlte – eine Art Vorfreude des lukullischen Genusses vorspielend – ein breites Lächeln aus.

»Stehen Sie auf, mein Heilsapostel, drehen Sie sich um. Du meine Güte, bei den heiligen Arschbacken des blutenden Christi … herrje, wie kann es nur so etwas … glatt und zart wie ein unverbrauchter Nonnenpo, nur mus…«

»… wollen Sie mich beleidi…«

»… nur muskulöser, wie seidiger Stahl. Wenn es den Garten Allahs gäbe, so sähe er aus. Ich sollte ihn weihen, er würde glänzend die Aufnahme bestehen in die wüsten Gesellschaften de Sades … was für ein … wie eine metaphysische Tröstung, eine Weltkarte der Lüste … in jedem Fall eine Meisterleistung … *O Nacktheit, ewig junge, sei gegrüßt! / O Jugend , ewig nackte, sei gegrüßt!* … Vielleicht gibt es ja doch einen Schöpfer, man möchte an das Gelingen der Zukunft glauben … diese properen Backen, *wie ein Engel mit aufgeblasenen Wangen …*«

»… was für ein Engel?«

»Apollinaire … müssen Sie nicht wissen. Ach, welch himmlische Ausgelassenheit, welch animalisches Glück! Apropos animalisch: *Ich liebe Sie wie ein Tier,* von wem war das noch gleich? Von Isabelle Hupert? In einem Chabrol? Ja, Aadish, ich liebe Sie wie ein Tier. Wie jung ich mich doch plötzlich wieder fühle, jung wie damals in der Blüte meiner Sünden. Aber vielleicht sind's doch eher Früchte … also, ich meine, Ihre Backen … Siamesische Honigmelonen? Oder eine Riesenaprikose mit ihrer göttlichen Furche? Nein, farblich doch eher eine Pflaume, eine imposante reife Edelrundpflaume. Herrlich! Ganz nach meinem Geschmack … wie appetitlich! Man möchte ein großes Stück rausbeißen, den Saft tropfen lassen. Und das Portal? Lassen Sie sehen. Oh, welch Augenschmaus! Blitzblank, wie mit einem flaumigen jungen Gänschen gewischt.«

»Mit was?«

»Ach was, schlagen Sie nach. Aber was ist das?« Die Comtesse pulte mit ihren scharlachroten Fingernägeln einen kleinen ovalen Gegenstand, der sich – zwischen feinen weichen Härchen versteckt – in die glänzende Haut von Aadishs Hintern eingedrückt hatte, heraus und hielt ihn in ihren spitzen Fingern in die Höhe. »Ein Sonnenblumenkern, direkt im Zentrum des Pobackengrübchens ... auf ihrem properen ... wie kommt der denn ...?« Und bevor Aadish etwas sagen konnte, knabberte die Comtesse ihn auch schon ganz beiläufig auf, mit einer arabischen Mundfertigkeit, die Aadish erstaunte. »Aber ihr Po, ai-ai-ai, das ist schon was. Qualité française, würde ich sagen. Mit ihm lässt sich zur Popoisierung der Welt beitragen. Dieser Gluteus Maximus, au Backe! Klingt wie ein römischer Kaiser. Pontifex Maximus Marcus Aurelius, finden Sie nicht? Maxismus ist wichtiger als Marxismus.«

»Wie bitte?«

»Ja, ich bin ein bekennender Po-Voyeur. Der Po ist unser zweites Gesicht. Vielleicht *hat* er sogar das Zweite Gesicht. Irgendeine kluge Lady hat mal behauptet, dass der soziale Fortschritt immer mit der Unabhängigkeit des Pos beginnt, mit seiner Selbstbestimmtheit. Wer weiß? Wissen Sie, der größte Muskel ist das Herz, der stärkste aber ist der Arsch. Er allein ermöglicht uns den aufrechten Gang, nicht das Hirn, nicht der Verstand. Ohne ihn würden wir auf allen Vieren ... Apropos Po: Beuys hat noch, rückständig wie er war, mit dem Knie gedacht. Wir müssen aber lernen, mit dem Po zu denken. Und x ist nicht = Hase, wie's Meretlein sagt, x ist = Hintern. Gibt es eigentlich eine Eloge auf ihn, eine literarische Lobpreisung? ... Ich meine, nicht auf Ihren, Aadish ... auf den Arsch ganz allgemein. In Platons Trinkgelage quasseln sie zwar über Eros, diesen so vorzüglich erigiblen Gott, aber seinen Hintern vergessen sie. Dabei ist er doch der Wesenskern allen Lebens. Auch Ihrer, Aadish. Dieser zarte Flaum, noch nicht widerborstig, und doch schon ganz da ... wie sanft er sich legt, wenn man drüberstreift. Herrlich! Wie ein vom Wind schräg gestelltes Weizenfeld, ein arabisch-persisches Weizenfeld, im lavendelblauen Schatten der Spätdämmerung. Es duftet nach kühler Nacht. Eine *fleur de lys* würde sich gut darin machen, meinen Sie nicht, eine Burgunderlilie, als Tattoo, oder besser noch als Hochreliefgravur, eine dieser schmerzlich-schönen Ziernarben Afrikas. Vielleicht ein mäanderndes Band sogar, einen Lilienreigen, tintentiefschwarz.

Man sollte eine Sammlung erstellen von besonders schönen Exemplaren. Nein, nein, nicht von Weizenfeldern, nicht von Lilien. Von Ärschen. Sie sind ein unabdingbarer Bestandteil des Glücks, finden Sie nicht? Vor allem Ihrer. Sie sollten ihn konservieren, ja, konservieren, um ihn zu spenden für die Zukunft ... wie eine Niere spenden ... er sollte nicht verloren gehen. Lassen Sie ihn in ihren Organspendeausweis eintragen ... die Welt braucht ihn wie ... wie ...«

»Ich habe nichts davon, warum sollte ich?«

»Seien Sie nicht so kleinlich ... ach was, wir erstellen eine Sammlung, Monsieur Aadish, ein Pendant zu Maccheronis Vulvensammlung ... ich wollte schon immer ... Sammeln ist wundervoll, voller Wunder. Was halten Sie davon? Bevor sie verloren gehen. Es geht ums Bewahren. Nicht nur Völker brauchen Verewigung, oder Architektur, auch ...«

»... eine Sammlung?«

»... ja, eine Art Kunstsammlung ... sind es nicht die verlässlichsten Kunstwerke? Man wird ihrer nie überdrüssig. Und man kann sie essen, na ja, zumindest naschen kann man, knabbern, ganz herrlich schnabulieren. Von welchem Bild kann man das sagen? *Kunstwerke sind wie Würste, man weiß nie, was drin ist,* wer hat das gesagt? Hier, auf alle Fälle, weiß man, was drin ist. Und dran ist. Und natürlich meine ich nicht die flämischen Cellulitis-Ungeheuer dieses Rubens, Sumoringer-Schwabbeleien sind nicht mein Ding. Seine drei Grazienärsche tausche ich immer noch gegen einen Hockney ein. Ich habe mich zum Beispiel schon immer für die Kunstwerke aus Hollywood interessiert. Unter ihnen gibt es, denke ich, einfach die schönsten Exemplare. Nicht etwa, weil Hollywood was Besseres ist. Pas du tout! Sondern wegen der berufsbedingten Instandhaltung, verstehen Sie? Die ständige Wartung des Maximus, durch Training und Anabolika, durch Steroide und Sex ... Nicht, dass jene der Bauern aus der Normandie geringer wären – oh, là, là! –, oder die aus der Bretagne, so ein ordentlich rustikaler Bauernarsch ist nicht zu verachten, aber man kommt nur schwer an ihn ran. Wer will schon mit einer Hasselblad und seinen einsamen Gelüsten zwischen Misthaufen und Hühnerkacke auf der Lauer liegen?! Alleine deshalb Hollywood, sie sind leichter zu haben – über Magazine und Filme und Internet. Hollywood ist eine Po-Hochburg, gewissermaßen. Gepriesen sei Hollywood und seine Celebritymedaillons. Finden Sie nicht auch, es ist an der Zeit diesen Rundum-Sorglos-Paketen endlich ein Denkmal zu setzen, diesem allerschönsten Lächeln der Welt? Hat man je aufrichtigere Persönlichkeiten gesehen, festlichere Gesichter?

Romain Gary hatte recht: *Le cul, c'est ce qu'il y a de plus sacré chez l'homme, c'est là qu'il a son honneur.* Das Jiddische spinnt, es nennt ihn nur *doß grobe flejsch*? Wie unsinnlich. Lassen Sie uns ein Herbarium der Po-Blüten – na ja, es sind wohl eher Sichelmonde – zusammenstellen, ein Spiel spielen: Fang den Arsch. Ein großes Gemälde, eine Po-Collage der erhabensten, freigiebigsten und schmeichelhaftesten Exponate. Was halten Sie davon?«

Aadishs wie von Laudanum geweitete Pupillen spiegelten Maryvonnes kindlichen Überschwang. »Ein Herbarium …? Fang den Ar…«

»… Ihre Wand da drüben zum Beispiel, die würde sich bestens eignen, sie ist so nackt.«

»Aber wäre sie danach nicht auch nackt?«

»Ja, Sie Komiker, aber bekleidet nackt. Künstlerisch verkleidet gewissermaßen, veredelt. Künstlerisch verkleidet nackt.«

»Nennt man das nicht Pornografie?«

»Och, wie süß, richtig herzig ist er. Sollte das Leben nicht ein wenig davon vertragen, so ein bisschen Privatpornografie? Oder Popologie, wenn Sie das eher mögen. Besser als Klassiker lesen, oder? Also diese Schillers und Molières, diese Dantes und Thackerays und Bernhards, finden Sie nicht? Dem Schweinkram Mehrwert verschaffen! Einzig Pornografie und Blasphemie machen das Leben doch lebenswert. Es geht um Spaß, lassen Sie es uns versuchen. Gleich morgen. Spaß verhindert Kriege. Ja, lassen Sie uns eine Po-Collage machen, und als Maßstab …«

»… ist das Ihre künstlerische Ader?«, fragte Aadish ungewohnt beherzt.

»Eher eine Blödel-Ader, aber vielleicht ist das ja dasselbe. Blödelei ist heilig, gehört zu den erhabensten Dingen der Welt. Blödeln ist meine Religion … wenn man mal erkannt hat, dass die Welt nicht zu retten ist, bleibt nur noch Blödeln übrig … und als Maßstab nehmen wir, nehmen wir … wie wäre Fragonards *Le Verrou*, zwar bekleidet, aber was für ein göttlicher Wüstlingsarsch, dieses Geheimnis unter der Seide, diese durch Erotik verhüllte Pornografie, allein die Mulde, welch herrliches Versprechen. Das beste Geschenk des französischen Rokokos an unsere Zeit. Fragonard, der große Lehrmeister aller verkleideten Ärsche.«

»Soll da auch ein arabischer dabei sein?«

»Arabisch?«

»Ja … ein arabischer Arsch … in der Sammlung?«

»Natürlich ... hm, wer könnte ... lassen Sie mich ... ja, es gibt da einen ... der von Salim Keliouche ... heißt der so? ... Ich glaube, er heißt so ... wie wäre der? Ein cherubinisches Lustknaben-Prachtwerk ... hab ich in einem Film gesehen. Ja, der ähnelt Ihrem, ein schönes Exemplar ... Kickboxer, glaube ich ... die Haut so seidigzart und so schimmernd wie die von Duras' chinesischem Liebhaber: *La peau d'une somptueuse douceur.* Schmeichelhaft, zum Häuten schön. Alle werden sie dabei sein ... die israelischen und palästinensischen, die arischen und mexikanischen und persischen ... alle ... die braunen und gelben, die schwarzen und bleichen ... der ganze Völkerkuddelmuddel ... ein Unesco-Projekt, das wär's ... Ärsche als humanitärer Akt der Völkerverständigung ... die Zusammenführung der Ethnien auf der Po-Ebene. Aber lassen Sie uns bescheiden anfangen, bevor wir auch noch dominikanische, mongolische und baltische dazunehmen.«

»Auch christliche?«

»Völker! Ethnien! Ich denke, damit fahren wir besser, Aadish. Religionen, diese gruseligen Nachtmahre aller Generationen, das gibt nur Ärger.«

»Und deutsche Ärsche?«

»Ich kenne mich besser bei französischen aus ... Passaniti und so. Klingt italienisch, ist aber Franzose.«

»Passa... wie?«

»Michelangelo Passaniti ... herrlich, sage ich Ihnen ... ein Geheimtipp ... pas mal.«

»Woher haben Sie das nur alles? ... Das ist ja fast schon Wissenschaft ... «

»... eher Steckenpferd ... und klar, auch die Deutschen, obwohl ich da den kulturellen Anschluss etwas verloren habe ... die Nazizeit und so, ihr fatales Erbe, Sie wissen schon ... aber ein paar wenige kenne ich da auch, diesen Riemelt etwa, und auch den Schick und Schweigtöter, die müssten schon dabei sein ... mehr aber nicht.«

»Schweig*höfer* meinen Sie?«

»Schweigtöter, Schweighöfer ... wie Sie wollen. Vladimir Burlakov vielleicht noch ... eigentlich ein russischer Arsch, glaube ich ... eingedeutscht allerdings. Das gute Ausländische deutschen sie immer ein. Aber wissen Sie, dieser Burlakov-Arsch ist das Antidepressivum schlechthin ... ein Freiheitsgeniearsch sondergleichen ...«

»... Freiheits-was? ...«

»… na, wie der Goldarsch des Freiheitsgenies auf der Place de la Bastille … dieser güldene Engel da oben.«

»Und Frauen?«

»Wie gesagt: nichts durcheinanderbringen, die können wir immer noch auf die andere Wand bringen. Nein, wenn überhaupt, dann auf die andere Seite 'ne Dödeltapete. Und jetzt wollen wir noch etwas schlafen, ja?«

»Sind Sie eigentlich verheiratet, Maryvonne?«

»Ich *war*, mein Guter … hab ich Ihnen schon erzählt, mit einem Urologen, bis vor zehn Jahren, dann ging es nicht mehr. Wir haben die Liebe zu lange aufbewahrt, wie ein Stück alte Kordel aufbewahrt … kennen Sie diese Für-alle-Fälle-Kordeln der Großmütter? … Sie wissen schon, diese ewig in tiefen Schubladen gehorteten Irgendwann-wird's-schon-passen-Dinger, die dann doch immer zu kurz sind, oder spröde mittlerweile, oder was weiß ich. Vielleicht ging es aber auch nicht mehr, weil wir kinderlos geblieben waren … die Kiddies als Ehe-Kleister … aber diese fett aufgequollene Mutterliebe, das war nie mein Ding, war mir immer zu animalisch. Vielleicht war es aber auch das zerfratzte Gesicht über mir, beim Orgasmus … wenn sich das hart abrackernde Tier (komisch, mittendrin, genau mittendrin, musste ich immer an diesen deutschen Benn denken: *das Leben, wenn es hoch kommt, eine Kongestion*) schwer keuchend über dir schindet, Speichelfäden ziehend, Schweiß tropfend (im Drei-Sekunden-Takt, direkt ins Gesicht) … nicht jeder hat da ja Ihre schwebende Leichtigkeit, Aadish … ich wünschte, mein unehelicher Sohn, diese verschollene Hippieleidenschaft, hätte auch diese … und dann waren da immer noch seine Finger in meinem Mund, seine Würgefinger … hab ich nie verstanden … oder seine blöde nihilistische Zunge in meinem Ohr … habe ich mich je gewehrt? … Und wo diese erwachsenen Männer überall Haare haben, unvorstellbar … das Schlimmste aber: Sich selbst hört man, trotz all dieser Männerwidrigkeiten, komische Dinge sagen, Perversionen, die nicht zu einem gehören … lassen wir das, gute Nacht, mein Prinz, schlafen Sie wohl.«

»Gute Nacht.«

»Muslimische Schwänze haben was«, begann Maryvonne von Neuem.

»Was?«

»Ach, wahrscheinlich nur Ihrer. Komisch, warum denke ich jetzt ans Meer, Aadish, an meine Beach-Zeit? Habe ich Ihnen davon erzählt …

ja, natürlich habe ich. Wissen Sie, ich gehe nicht mehr gerne ans Meer, schon gar nicht zum Schwimmen. Seit ich weiß (Gott sei Dank, habe ich erst mit zehn-, fünfzehnjähriger Verspätung davon erfahren), dass die Asche von Herrn Hanswurst, also ich meine von diesem Adolf Eichmann (wussten Sie, dass dieser Feigling sich in Argentinien unter falschem Namen versteckte?) ins Meer gestreut wurde, gehe ich nicht mehr schwimmen. Ich habe immer Angst, ich krieg was ab von ihm, Moleküle aus seinem Meeresgrab, habe Angst, dass mir 'n paar von diesen ekligen SS-Teilchen direkt in den Mund schwimmen. Lassen wir das, mir wird schlecht. Eine Annonce sollten wir aufsetzen, Aadish.«

»Zu Eichmann? Wer ist Eich…«

»Unsinn, nicht Eichmann. Nein, eine Anzeige, die Ihre Begabung preist, als Auftragslover, als Engel der Wollust … ungeflügelt, aber bewehrt … für Silver-Sex und andere Herrlichkeiten. Was meinen Sie? Ich helfe Ihnen bei der Formulierung. Ihr Talent ist Unvoreingenommenheit, denke ich, Sie wären berufen für die Alten, für die Gehandicapten … ich helfe Ihnen. Das Wort *liebestoll* müsste vorkommen. Und eine Visitenkarte brauchen wir für Sie, ganz ähnlich der von Hello-Dolly-Levi vielleicht, nur ohne Heiratsangebot natürlich. Obwohl? Warten Sie, ich hab' eine, warten Sie, kennen Sie die:

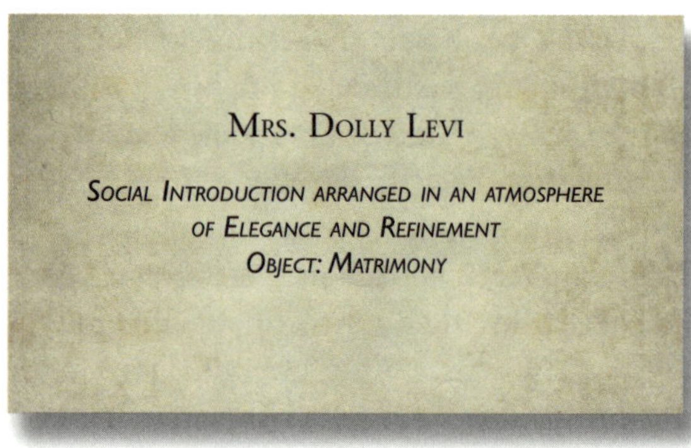

Nein, das geht nicht, viel zu antiquiert … Elefantenhaut, igitt … vielleicht etwas mit dem Kuss von Klimt … etwas arabisch-europäisches, etwas orientalisch-okzidentales …«

»… noch mal: Ich bin Perser, nicht Araber … kennen Sie den Unterschied?«

»Beanspruchen Sie eigentlich ein Honorar?«

»Was meinen Sie mit Hono…«

»… eine Kostennote. Was ist Ihr Preis des Begehrens, der Lohn der Begierde? Ich möchte Ihre reiche Nacktheit entlohnen, die vorzügliche Blöße ihres …« Die Comtesse drehte sich, als wolle sie keine weitere Silbe mehr zulassen, ostentativ auf die andere Seite, sah durch die dünne Haut ihrer Lider gerade noch das warme flirrende Licht der Kerzen, aufgelöst in kleine farbenfrohe Pünktchen … und schlief ein.

Aadish hingegen machte sich noch eine ganze Weile Gedanken über seine neue Bekannte. Er war sich nicht darüber im Klaren, ob diese Dame neben ihm einfach eine Freundin war, oder *seine* Freundin, seine erste Liebe. Außerdem gab es da dieses eigenartige Gebaren, das er nicht gerade mit einer solchen Vorstellung verbinden konnte (und wollte), vor allem diese gewöhnungsbedürftige Sprache mit ihren so überraschenden Direktheiten. *Bettfertig und mundgerecht*, genau, das war es, was sie vorher gesagt hatte, als er nackt und in tipiësker Erwartung vor ihr stand. Oder später, im Bett, dieses *Penis al dente*. Am irritierendsten aber war ihre Bemerkung nach allem Geschehen: *Ahh, diese Erhabenheit, da wird man unweigerlich gläubig, ganz gleich, ob jüdisch, muslimisch, christlich oder what ever. Kennen Sie das: »Und ob ich schon wanderte im finstern Tal, fürchte ich kein Unglück; denn du bist bei mir, dein Stecken und dein Stab trösten mich«? Manchmal sind sie schon scharf, diese Christen.*

Aadish tat sich schwer mit dem Zugang zu dieser Welt, es war ein bisschen wie bei seinen Comic-Filmen, auch hier brauchte er eine ganze Weile, um die zunächst unwirklich erscheinenden Figuren schließlich als real zu erleben, als nachvollziehbare lebendige Welt. Hatte sie etwas nachzuholen? Oder war sie einwfach nur vulgär? Albern und vulgär. Vielleicht sogar obszön.

Nach meiner Zeit in der Birken-Aue wollte ich nur noch leben, nur noch lieben, am liebsten einen Orgasmus leben und lieben das ganze Leben lang, die Unvollkommenheit der Erinnerung genießen. Zu viel Vergangenheit ruiniert die Gegenwart – und auch die Zukunft. Erinnerung bringt nur Leid über die Menschen, gebiert Trauer und Mutlosigkeit, Vendetta. Erinnerung ist ein Vergeltungswort, hinterhältig. Vögeln hingegen ist Gegenwart, pure Gegenwart. Seliges erinnerungsloses Leben. Vögeln ist wie Brot: Morgen ist es alt. Kennen Sie diese himmlischen schwarzen Don't-want-nobody-fucking-with-me-Ladys? Meine fickseligen Negergöttinnen? The greatest anthem ever. Ich schau sie mir jeden Tag an, fast jeden Tag, egal, wo ich bin. Einfach »In These Streets« bei YouTube eingeben, et voilà: der freie Wille.

Aadish verstand nicht, was sie sagen wollte. Mit den zum Selbstzweck erstarrten bürgerlichen Verhaltensregeln eines Onkel Said – *dieser Etikette auf verlorenem Posten,* wie Farshid das einmal genannt hatte – hatte das auf alle Fälle nicht viel zu tun. Andererseits war er einfach auch immer wieder amüsiert von ihr. Jede Obszönität war von einem einnehmenden Lächeln begleitet, jede Anzüglichkeit sekundierten lebenssprühende Augen, jedes Entgleisen war pure Glückseligkeit. Eine gewisse *zotige Schicklichkeit,* konnte man es so nennen? Ja, das war es wohl. Wenn sie sich nur nicht so viel über Religion – *Das Reich dieser Unbedarften, was wollen die eigentlich von uns?* – auslassen würde.

Das letzte Lied, das er gerade noch wahrnahm, war Chet Bakers *Let's get lost,* dann gähnte er – ein Gähnen als ostentatives Beschließen des Tages – und fiel in einen bodenlosen Schlaf, direkt ins Vergessen.

Zweieinhalb Monate später war alles fertig. Eine Offenbarung. Die Geburt der Religion aus dem Geiste des Gluteus Maximus. Eine Apotheose herrlich materialistischer transzendenzfreier Ärsche, eine Ikone der diesseitigen Metaphysik. Sie füllte die gesamte Wand vis-à-vis des Betts. 5 x 3 Meter. Internetbilder, Filmstills, Screenshots, Paparazzi-Aufnahmen, das ganze Bildarsenal der heutigen Zeit.

Die Comtesse trug ihren alten Pierre-Cardin-Mantel aus roter plissierter Wolle, darunter das herbstgoldene Musselinkleid, das sie auch bei ihrem gemeinsamen Kennenlernen getragen hatte, ganz so, als ob es einen Jahrestag zu feiern gelte. Seine Geblümtheit, sein türkisblauer Besatz, der vornehm paspelierte Kragen, die ganze Lieblichkeit des fein fließenden Gewebes stand in skurrilem Kontrast zur lauten Rigidität der Pornoillustration vor ihr. Ihr wildes *äthiopisches Haar* hatte sie mit einer Schildpattspange gezähmt.

»Meine Hollywoodärsche«, triumphierte sie, »nein, unsere, schließlich haben Sie tapfer mitgewirkt, waren überhaupt die treibende Kraft, der Anlass. Was für ein Tapetendesign! Da können unsere Toile-de-Jouy-Zeichner mit ihren drögen Schäfermotiven aber einpacken. Ich finde, manche unserer Hollywoodboys erinnern sogar an Polyklets Speerträger, an diese griechischen Po-esien, was meinen Sie, diese herrlichen durch Stand- und Spielbein versetzt angeordneten, fest aneinander gepressten Rugbyballs. Anyway, meinen Sie, man kann sie erkennen: Jude Law und Marlon Brando, Gael García Bernal und all die anderen Ärsche? Den von Justin Timberlake aus *Friends with Benefits?* Ist der von Keanu Reeves eigentlich dabei?«

»… den haben Sie wieder rausgenommen … war Ihnen zu gebärfreu… äh … zu breit …«

»… und der von Ethan Hawke?«

»Auch draußen … der lässt nach, haben Sie gesagt.«

»Und der von Colin Morgan?«

»Sagt mir nix … keine Ahnung …«

»Ach Gott, wir haben die schwedischen Pos vergessen, die haben nämlich was: Joel Kinnaman und Josúe Rudberg und so. Haben wir Alexander Skarsgård? Wenn wir eine zweite Wand machen, müssen wir unbedingt an sie denken.«

»Trotzdem, ein bisschen zwanghaft, das Ganze, oder?«

»Ach, mit dem Zwang ist das so eine Sache. Jeder hat ihn, keiner gibt ihn zu. Der eine versteckt ihn, der andere stellt ihn offen zur Schau. Aber die Obsession gehört allen. Wissen Sie was, Aadish? Wir lassen sie raten. Ein heiteres Ärscheraten. Alle anderen müssen raten, unsere Bürger müssen sich mit den Ärschen ihr Glück verdienen. Wer alle Ärsche rauskriegt, der kriegt … ja, was kriegt der? Wir machen eine Postkarte, eine Arschrätselkarte, eine kleine Auswahl, vielleicht zwanzig oder dreißig von all den Ärschen hier auf der Wand, und wer sie bestimmen kann, der bekommt …«

»… eine Panorama-Ärschetapete? …«

»… na ja, vielleicht ein bisschen schwierig, finden Sie nicht? Wer will schon bei all dem Spaß seinen unberechenbaren Ehepartner miteinberechnen, dessen Unverständnis, dessen Eifersucht, wenn da plötzlich an der Wand bei ihm zu Hause Männerpopos aufgezogen werden? Vielleicht eher einen kleinen Michelangelo-David, aus Alabaster, oder Bronze, oder anderem Nobelzeug, als Lobpreisung gewissermaßen, an die Bedeutung des Arschs, an seine Divinität und Würde … seine göttliche Grandezza.«

»Oder einen Abend mit uns … der Gewinner bekommt so einen David-Arsch … und einen Abend mit uns hier im Hangar. Was meinen Sie?«

»Ja, das könnte gehen. Das machen wir, Prinz Aadish.«

Die Comtesse drückte Aadish ein fliederfarbenes Kuvert in die Hände, schnell und verstohlen, und doch, für ein kleines verschwörerisches Lächeln hatte es gerade noch gereicht.

Aadish war sich nicht im Klaren, was das war. Ein Geschenk? Wenn ja, wofür? Ein Honorar? Wenn ja, wofür? Aber es gefiel ihm. Man konnte sich daran gewöhnen, vermutlich.

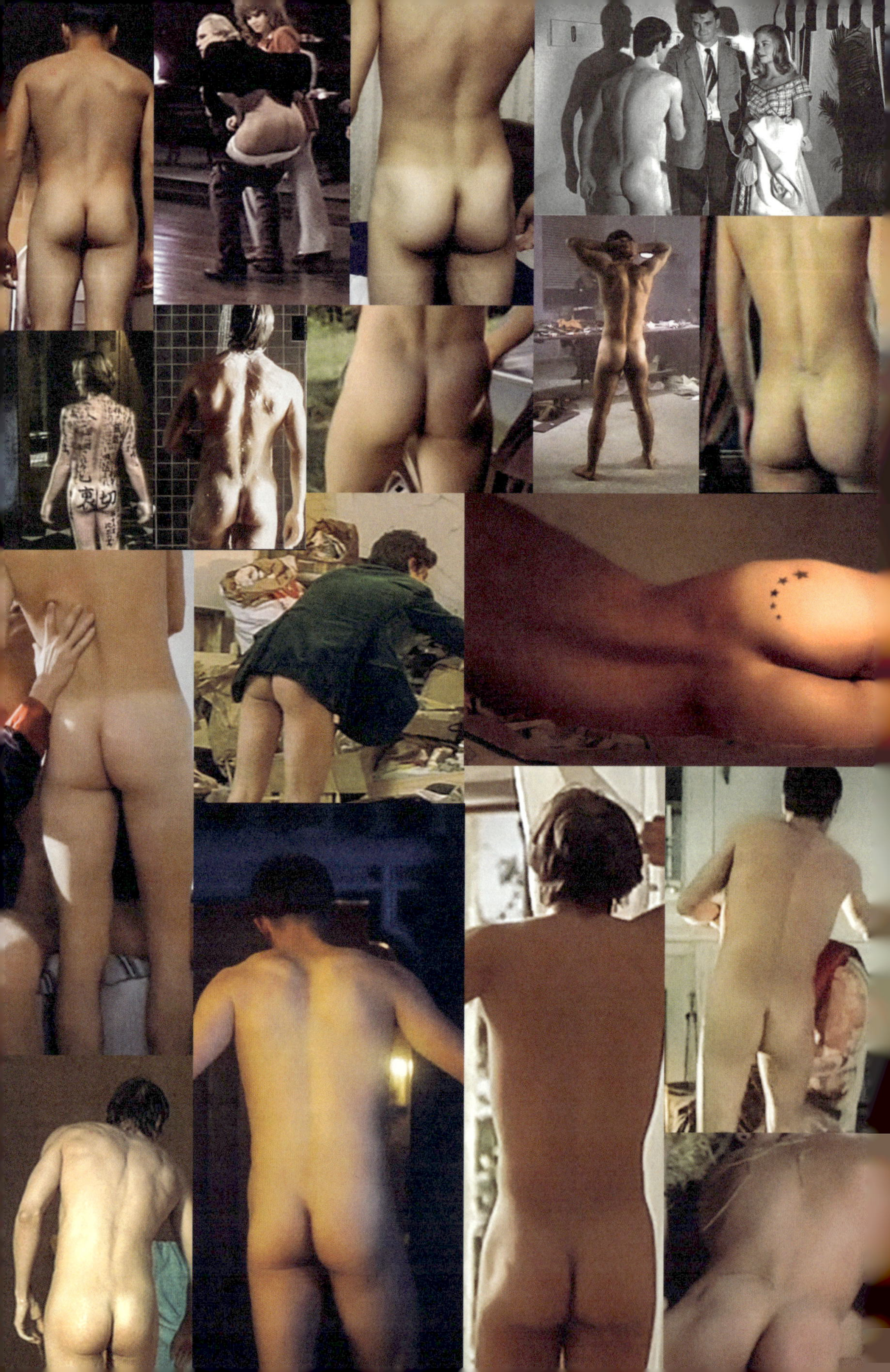

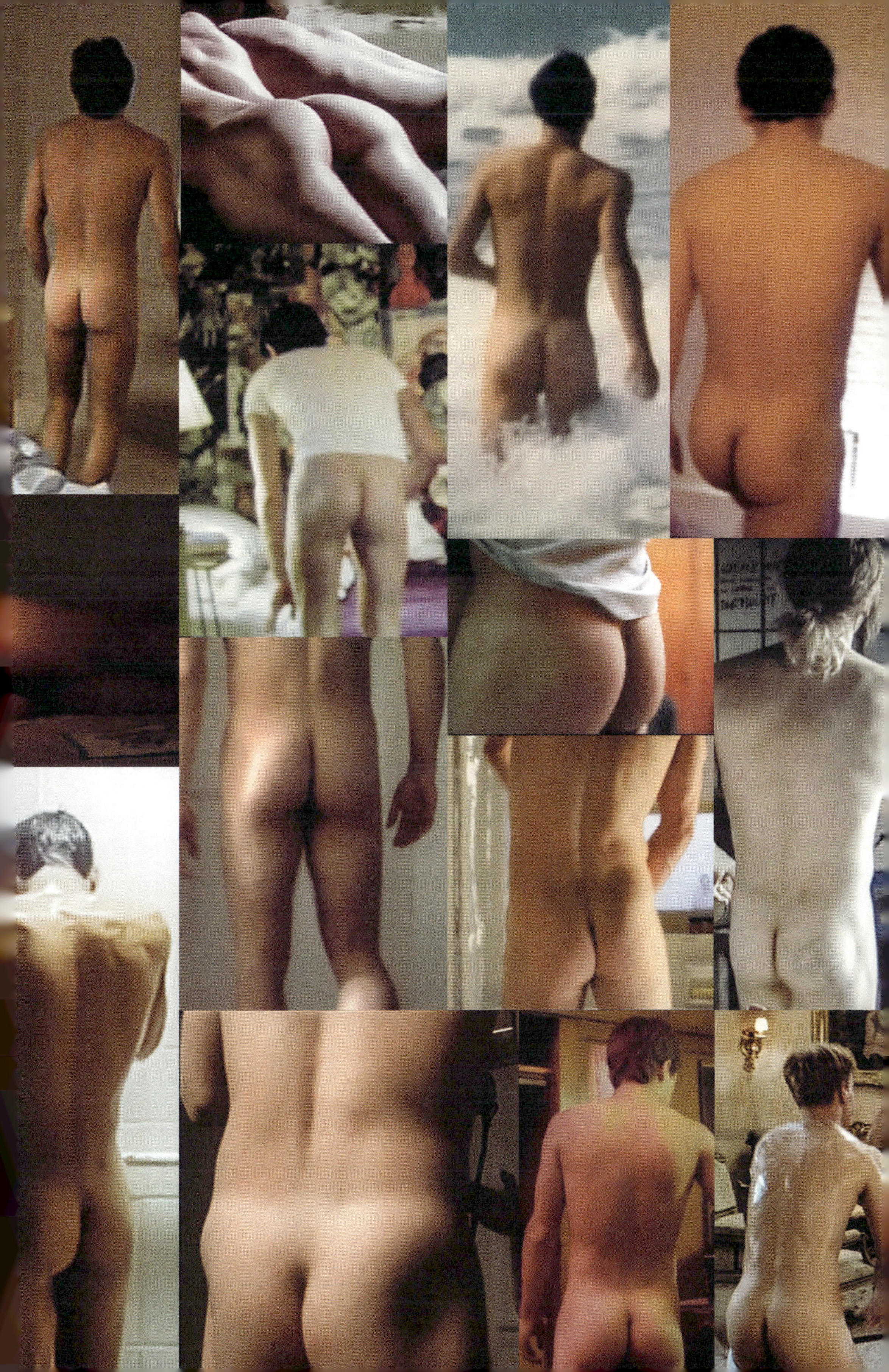

... reicht dieser knackarsch fürs glück ?

Von: mail@ndrea.com
An: yorick@gmx.de

Thema: ... reicht dieser knackarsch fürs glück ?
Datum: Fr., 26. August 2016 22:18 Uhr

hab gerade dein letztes pdf gelesen. sag ma, yorick, sieht sooo glück aus??? ich meine IRL … so 'ne faltige mamsell und dieser knackige knackarsch? das nennst du »figuren zum leben erwecken«? ziemlich lame! - (@_@)

mann, yorick, du bist jetzt schriftsteller, verdammt, da geht's um leben und tod, bist so was wie gott, na ja, zumindest sein kleiner bruder, halbbruder, stiefbruder, whatever. don't fuck it up, junge !!!

cu gleich, mister glücksverweser (mehr verwesung als verweser, hö-hö - just kidding!) xxx @.

Sent from my iPad

? Löschen Weiterleiten Allen antworten Beantworten

DU MEINE GÜTE, was hatte Andrea da wieder zu meckern? Dazu noch vom Nebenzimmer aus. Als ob man es nicht direkt sagen kann, von Angesicht zu Angesicht. Die todschicken Sneaker (fabriqué au Vietnam) nur fünf Meter bewegen und es direkt sagen – ist das zu viel verlangt? Alles vom Hintern aus, alles vom Computer aus, oder vom Smartphone, ist das eure Welt? Eure scheißschöne Neue Welt? Vielleicht waren es doch die fast dreißig Jahre Altersunterschied. Der eine im Paläozoikum, der andere im Internet – konnte das gut gehen?

Natürlich konnte Google 'ne bessere Geschichte schreiben. So what? Wenn du das Rohmaterial als digitalen Datenwust zur Verfügung hast, dann kann man das schnell zusammenschustern, keine Kunst! Vielleicht sollten sich Schriftsteller ein Google-Tattoo stechen lassen, als Innungsbranding, und als mobiler Werbeträger dann Kohle abziehen. Ein neues Geschäftsmodell.

Trotzdem: Yorickson hatte nicht den Eindruck, dass sein Aadish unglücklich war. (Hatte er nicht sogar Liebe angedeutet?) Und schon gar nicht Maryvonne. Erstaunlich, wie unmodern die Modernen doch sein konnten, die vermeintlich Modernen. Wie piefig. Andrea, ein Pief-Heini? Yorickson hatte ganz andere Probleme. Er hatte sich (schon vor einiger Zeit) einen Satz notiert, der ihm beim Kochen eingefallen war. Eingefallen? Nein. Er war, wie üblich, über ihn gekommen, hatte ihn einfach erwischt – zwischen Knoblauch und Fisch und Tomatenjus. Er konnte nichts dafür. Einer dieser bösen Sätze, die über ihn hereinbrachen wie ein plötzlicher Meteoriteneinschlag: *Ein Volk, das sich als auserwählt sieht, als Gottes Volk, von seiner eigenen Weisheit berauscht, musste schon ziemlich bescheuert sein.* Einer dieser Sätze, derer er sich nicht erwehren konnte. Die ihm übel mitspielten, an ihm kleben blieben wie der widerlichste Dreck an seinen Sohlen. Hundedreck. Schmierig und stinkend. Aber jetzt stand da plötzlich auch dieser andere Satz, der allem widersprach: *Persisch, arabisch, jüdisch – was soll's? Wir sind eh alles eine Mischpoke.* Stand einfach da. Wollen mich jetzt schon meine eigenen Figuren belehren? Machen sie sich selbstständig? Machen sie sich lustig über mich?

Yorickson erkannte, dass er die Kontrolle verloren hatte, die Kontrolle über seine Gedanken und Sätze. Und auch seine Zumutungen. Zuerst war da dieses *bescheuerte Volk*, dann dieser *Wir-sind-eh-alles-eine-Mischpoke-Wirrwarr.* Und als ob ihn nicht schon genug Widerwärtiges plagte (er begann mit sich selbst zu sprechen), schossen jetzt plötzlich, ganz aus dem Nichts kommend (wirklich aus dem Nichts?) noch andere Ungereimtheiten durch sein malträtiertes Hirn: *Ich mag manche Kulturen einfach nicht. Ich mag auch schwäbische Feinrippspießer mit Bundeswohlstandsbäuchen nicht, aber bring ich sie deshalb gleich um? (Obwohl, wenn ich es recht bedenke … ein paar kultivierte Syrer auf alle Fälle wären mir lieber.) Ich mag auch manche Hunde nicht. Zum Beispiel Bullterrier, diese bissigen Scheißer. Dagegen Golden Retriever …* Und jetzt, da in seinem Hirn dieser Scheißpitbull und der arglose Golden Retriever gegeneinanderstanden, der Beißer und das Kinderknuddeltier, wusste er nicht, ob es sich um einen bösen oder analytischen Satz handelte. *Im Mindesten sollte es einen Wesenstest geben für …*

»… für was?« Andrea stand mit einem breiten Beelzebubgrinsen in der Tür zur Küche – das Gemurmel hatte ihn neugierig gemacht – und schwenkte neckisch-herausfordernd kleine Plastiktütchen vor sich her.

»… für blöde Hunde … für Religionen … ach, für alles. Was hast du da? Oh je, lass den Scheiß, was immer es auch ist, lass es!«

»Du wirst doch mein Malawigold nicht verschmähen … bestes Gras … vom Feinsten. Äußerst gesundes Zeug, biologisch abbaubar. Und danach eine Kamagra 100, zum Lutschen. Das ideale Dessert. Welche Geschmacksnote willste: Strawberry, Pineapple, Kiwi? Und für mich was Fetziges: 2C-P.«

»Was ist das, Kamagra? Was willst du damit?«

»Viagra für Arme, ein Schwarzmarktplagiat, Indien, oder so … aus dem Darknet, im Tor-Browser gleich die erste Abzweigung rechts. Wir können es doch mal ausprobieren.«

»Uch, sehr mitfühlend! Aber wie du vielleicht gemerkt hast, brauch ich so 'n Zeug nicht. Ich halte es …«

»… na ja, 'n bisschen Windows bist du schon, fährst ziemlich langsam hoch …«

»… Unsinn! Ich halte es mit gebratener Dorade und Spargelrisotto. In zehn Minuten ist es so weit. Deckst du den Tisch!? Und mach bitte den Chablis auf.«

»Okay, wenn ich diesen bekackt-beknackten Domingo und sein Nessun dorma auf Repeat endlich ausmachen darf. Tiger Lillies oder Bon Iver?«

»…«

»Okay, *Tiger Lillies. Bad Blood Blasphemy,* wenn's beliebt.«

Yorickson garnierte das Risotto mit halbierten Kirschtomaten und brachte die Teller zum Tisch. »Von wem hast du dieses Kamagrazeug eigentlich, und das Speed, es ist doch Speed, oder?«

»Aus dem Internet, hab ich doch gesagt. Kennst du das Internet?«

»Natürlich, unser aller Prollstammtisch, der Basar unserer geheimsten Wünsche und Begehren, wenn auch gepanscht.« Andrea überhörte die Häme und hielt sich zurück. Es war nicht immer klug, klug zu sein.

Nach dem Abendessen, Andrea hatte noch zwei Coupes Melba mit Dessertschirmchen kredenzt, begaben sich Yorickson und Andrea auf die Couch nach nebenan. Mittlerweile waren sie bei der dritten Flasche Chablis angelangt. Andreas Tütchen lagen vor ihnen auf dem Tisch, die Häufchen und Lines, die Pfeifchen und Röhrchen. Die Luft hatte inzwischen eine ziemlich schwere Note angenommen: holzigsüß, wie im Bariquefass faulendes Obst.

»Deine Tapete gefällt mir, Yorick. Apartes Design!«

»Maryvonnes Tapete, meinst du. Und Aadishs.«

Im Fernseher lief einer dieser Je-grantiger-und-arschlochiger-desto-kommissarer-Krimis. Keppler oder Faber oder so was, diese Tatort-Borderliner. Aus der Nachbarwohnung drang prostatisches Pinkeln herüber, kleine abgehackte Sturzbäche, stockende Rinnsale, ein aufdringliches staccatoartiges Pfft-Pfft-Pfft, das jeden Moment mit all seinen Anhängseln durch die Wand zu schwappen drohte. Nach einer kleinen Pause ein Abschluss-Pfft, ein einzelner Ton als finaler Akzent. Yorickson griff jetzt ganz beliebig nach den vor ihm liegenden Utensilien. Es war ganz gleich, was er erwischte, womit er sich zuballern würde – Pep, Skunk, Ritalin, Ketamin –, Hauptsache, er konnte das penetrante Geräuschstalking des Nachbarn irgendwie in den Hintergrund drängen. Seine Welt wurde langsam unscharf an den Rändern, franste irgendwie aus.

»Du hast einen Organspendeausweis?«

»Was?«

»Das Ding da auf dem Tisch … mit dem du die Lines … hast du nicht Angst, dass sie dir was rausholen, wenn du noch gar nicht tot bist, also, ich meine, so richtig tot, herztot, hirntot, scheißtot?«

»Ist mir schnuppe. Wenn sie mir was rausschnibbeln, spüre ich ja nichts. Und da ich ja nicht mehr aufwache, kann ich meine Entscheidung auch nicht mehr bereuen. Du siehst: alles gut. Organspender, vielleicht wird das die erfolgreichste meiner mittelmäßigen Karrieren.«

»Meinst du, dein vergammeltes Zeug will irgendjemand haben? Deine Geschwulstleber? Dein alkoholisiertes Pankreas?«

Am nächsten Morgen hatte Yorickson alles vergessen. Oder verdrängt? Er wusste nicht mehr, dass er letztlich dann doch noch von allem genommen hatte, das ganze Kraut- und Pillen- und Pulverarsenal – hintereinander, durcheinander. Er wollte sich nicht mehr an die sich faltenden sphärischen Wände erinnern, an die über den Boden krabbelnden Hände, an die sich gelatineweich über ihn stülpenden Betondecken, an seine gummigleichen Gliedmaßen, die wabernden Fußböden, das aufgekratzte Herumkaspern, die Diego-Maradona-Allüren *(Mann, Andrea, was'n das für krasses Zeug?),* an die Kopfschmerzen, das Pochen in den Schläfen, die ausgehungerten kannibalischen Küsse, an sein wild gegen das Brustbein schlagende Herz (aus Begeisterung für's Geschehen? oder hatte dieses Kamagra zugeschlagen?), an ihre puterroten Gesichter und seine verstopfte Nase samt Bluten. Und schon gar nicht, dass sie irgendwann (wie waren sie eigentlich ins Schlafzimmer gekommen?) plötzlich nackt nebeneinanderlagen, er und Andrea, beide mit stolzgeschwellten Schwänzen – ganz praller beglückender Schmerz –, zwei kleine, ehrfurchtsvoll voreinander salutierende Generäle, während Frusciante *(Ey, Fellator, schließ mal deine Bums-Tracks an die Boxen an)* sein ohrenbetäubendes *The Soldier* aus den Lautsprechern dröhnte, krächzende zehn Minuten lang, und dass sie aufgekratzt schäkerten, welpenhaft herumtollten und vollkommen enthemmt *(Wow, du bist ja mächtig unterkuschelt)* all diesen Unsinn taten, den das Vergessen des Selbst so mit sich brachte, um dann endlich *(Ey, cool down, Junge ... hast du Poppers gesnifft? ... Du juckelst ja wie 'n Jack Russel auf Ecstasy),* von Beethovens Benedictus der Missa Solemnis gesegnet, gleichzeitig einen Höhepunkt zu erleben. Ach Gott, Höhepunkt. Als ob der Höhepunkt der Beginn der Zivilisation wäre.

Zu dem Unsinn gehörte auch – noch in der bewussteren Phase ihres Sich-Verlierens, sehr am Anfang – ein Bild, von dem er nicht wusste, ob es ihn nur einfach belustigen oder doch eher peinlich berühren sollte. Als sie so dalagen mit geschlossenen Augen und himmelhoch ragenden Schwänzen, ganz kindlich unbekümmert und fern der Welt, musste Andrea ihm – so wie es einst Lysistrata mit einem Olivenzweig tat – das rosa Dessertschirmchen vom Abendessen in den Schlitz oben gesteckt haben. Yorickson bemerkte es erst, als er einen kleinen spitzen Schmerz spürte. »Uiii, ich habe den Monte Verità erklommen, die Fahne der Eroberung gehisst«, feixte Andrea. »Mein Iwo Jima. Mein schönster Gipfelsieg. Noch nicht mal Reinhold Messner hat seine Fahnenstange so souverän in den Gipfel gerammt. Holla–di–hi, holla–di–hohoho. Berg Heil!« Aber damit nicht genug. Andrea nahm jetzt einen dicken Edding vom Nachttisch und malte mit kraftvollen Strichen ein Punkt-Punkt-Komma-Strich-Gesicht auf die Eichel, mitten hinein in den samtweichen Purpurglanz. Und schon wieder grinste er: »Wie eine dralle Geisha. Der Berg, eine Geisha.« Später dann hatten sie noch, nachdem sie die unendlichen Möglichkeiten, das Bergmassiv zu krönen, vielfach ausgelotet hatten – mit Stummelbleistiften und Münzen, getigerten Orchideenblüten und Büroklammern und goldenen Waterman-Federn –, als Letztes ihre Visitenkarten in die Schlitze gesteckt: *Christian Yorickson / Andrea dell'Uomo*. Gestatten, mein Name ist … und sie verneigten sich.

Warum Yorickson gerade in diesem Moment die Namen Botho Strauß und Heinz Bude einfielen, war ihm nicht klar. Es war einfach so. Warum nicht wenigstens Nobelpreisträger, dachte er noch. War das infantil oder war das eine Art zweitklassiges Restdelirium, bedingt durch drittklassiges Internetamphetamin? Strauß plädierte für Infantilität, plädierte auf schuldig, da war er sich sicher. Aber vielleicht war es einfach nur so, dass sich in das Leben manchmal auch Bilder mischten, die einfach albern waren, bis zur Verblödung albern, die wir nicht verstanden, aber auch nicht unbedingt verstehen mussten – und sich selbst dem Geist eines Freud oder Jung oder Reich entzogen. Und schon allemal einem Bude, diesem Diarrhoe-Denker mit Bullshit-Kompetenz. Vielleicht war das Leben ja nichts weiter als eine einzige Hommage an B-Movies.

Eines aber war Yorickson klar. Das nächste Mal würde er vorbeugen, er würde Aspirin nehmen, und Nasenspray. Keine Kopfschmerzen und eine freie Nase. Sex ohne Widrigkeiten, nicht so unbekömmlich. Unsinn, ein nächstes Mal würde es gar nicht geben. Auf die Gluthitze in seinem Gesicht und das Herzrasen konnte er gut und gerne verzichten. Warum nur hatte er sich zu diesem Kamagraquatsch hinreißen lassen? Warum nur müssen Altsäcke sich immer ewig juvenil geben?

Immerhin, als Yorickson an diesem Morgen des Vergessens die Augen aufschlug, war die Welt wieder friedlich. Ihre Gesichter lagen – ganz so, als ob es nie einen Kampf, nie eine Leidenschaft oder martialische Tollheit gegeben hätte – ganz eng aneinandergeschmiegt. So eng, dass er den Atem von Andrea spürte. Jedes Ausatmen strich für Sekundenbruchteile als warmer Hauch über seine Wange, kleine stetig aufeinanderfolgende Wärmelinien, an deren Enden jeweils ein kleiner kühler Punkt stand. Aus der nahen Perspektive der ineinanderliegenden Köpfe nahm Yorickson Andreas Gesicht ganz aufgelöst wahr, in Einzelteile zersplittert, schräg und verdreht, als ob Picasso gerade vorbeigekommen wäre und eines seiner kubistischen Porträts neben ihm auf dem Kissen abgelegt hätte: *Retrato de un Hombre Santo Durmiendo – Portrait of a Holy Man Sleeping.*

Yorickson spürte Glück, sein Gesicht, geborgen in der Augenhöhle von Andrea, einfach nur Glück! Ein von der alltäglich-brutalen Wirklichkeit zwar korrumpiertes Glück, aber immerhin Glück. Zum Glück heute Morgen gehörte auch, dass er Andrea sentimentale Zärtlichkeiten ins Ohr flüsterte –

eigentlich ein Gurren, ein Keuchen, wie peinlich! –, Zärtlichkeiten, die er tagsüber sich nie trauen würde zu sagen, ganz einfach, weil Andreas Zynismen diesbezüglicher Liebesbekundungen so schlagend waren – und unschlagbar: *Sülzheini!* Aber das dritte Glück war das womöglich reichste Glück. Vielleicht, weil es noch nicht da war, erst kommen würde. Er freute sich ungemein, dass ihm heute Morgen der Rücken eingecremt würde. Ganz sicher. Denn Andrea war da. Heute also Teigschaber ade. Heute nicht das trostlose komplizierte Hantieren über Kopf, das Verschmieren der Creme auf dem Rücken mit einem zweckentfremdeten Backwerkzeug. Für heute wenigstens ade.

Geborgenheit, ungehörtes Flüstern und die von einem Du aufgetragene Creme – so einfach also konnte Glück sein.

Yorickson traten Tränen in die Augen.

Am Nachmittag aber war alles schon wieder ganz anders. Das Glück hatte sich verflüchtigt, weit ins Unsichtbare hinein. Yoricksons wunderliches Wohlbefinden hatte sein Gewicht verloren. Andrea war in die Uni-Bibliothek gegangen.

»... hab ein Meeting mit Bachtin. Chronotopos und so, wenn dir das was sagt.«

»Kaulquappe!«

»Was?«

»Kaulquappe: Großmaul mit Schwanz!«

»Hach, ihr Deutschen könnt ja richtig lustig sein.«

Yorickson blieb zu Hause und stöberte in seinem Tric-Trac-Kasten. Er nahm – wie er es schon x-mal getan hatte – jedes Bild, jeden Gegenstand nach und nach in die Hand, betrachtete und wendete und legte sie zurück und nahm sie aufs Neue. Die Erfindung des Lebens, dachte er. Er nahm das Foto mit den verschwommenen Ladys jetzt schon zum dritten Mal aus dem Kasten. Wer hatte dieses Foto gemacht? Vier Diven vor rotem Grund. Und ein Kerl. Julianne Moore, Gena Rowlands, Tilda Swinton – soweit klar. Aber wer war die vierte? Die Dietrich? Jeanne Moreau? Gloria Swanson? Und was hatten all die Ladys mit diesem Rimbaud-Typen zu tun?

Anyway. Es war das nächste Bild. Irgendeines musste das nächste sein. Würde es halten können, was es versprach – so unscharf und schattenhaft, wie es war? Es kam auf einen Versuch an, denn das Leben musste weitergehen.

Man kann wie eine Aufziehpuppe sein
Und seine Welt mit zwei Glasaugen sehen
Man kann in einer Schachtel, ausgelegt mit Samt
Den Körper ausgestopft mit Stroh
Jahrzehnte zwischen Tüll und Rauschgold schlafen
Man kann bei jedem leeren Händedruck
Entzückt und grundlos rufen:
»Oh, ich bin sehr erfreut.«
Forugh Farrochsad

Ja, um berühmt zu werden, würde ich sogar dem Teufel einen Zungenkuss geben. Ach was, vögeln würde ich ihn. Von vorne, von hinten, von oben und unten, von überall. Mit Vergnügen. Sado oder Maso, Arsch oder Möse, oder was immer ihr wollt. Hauptsache Kunst. Für den Kunstteufel würde ich alles tun. Besser dem Kunstmarkt als Hure dienen, als als mediokres österreichisches Kunstmännchen die Welt in Brand setzen.«

Farshid hatte eindeutig zu viel getrunken, die Dinge gerieten durcheinander – wie so oft bei ihm. In der letzten halben Stunde hatte er allein vier randvolle Gläser Muskatwein hinuntergeschüttet. Und zwischendurch noch jede Menge Dattellikör und Rosinenwodka, alles durcheinander.

»Vögeln? Das hast du allein mir versprochen, Sweety. Nur für dich habe ich diesen blöden blauen Panther auf meinen Arsch tätowieren lassen, und jetzt willst du jemand anderen vögeln? Was bedeutet dieses Vieh überhaupt?«

»Hab ich dir doch gesagt, das ist das Wappentier hier.«

Chantal, spitz und dürr wie ein Frettchen (und doch auch irgendwie plüschtierhaft), übertüncht mit einem süßlichen Deo, ein aufreizendes Bernsteinflackern in den feuchten großen Augen, war eine dieser Frauen – eine ziemlich überschaubare Schönheit, bemerkte Aadish trocken –, die plötzlich da sind im Leben von Freunden, die plötzlich auftauchen aus dem Nichts, völlig ungefragt das System der kompliziert ins Gleichmaß gebrachten kommunizierenden Röhren zerstören. Schön oder fettarschig, weiß oder schwarz, man weiß nie, woher sie kommen, dachte Shaahin. Aus »heiterem« Himmel gewiss nicht, schon gar nicht so ’ne schlunzige Tamagotchi-Type, die einzig gefüttert und bespaßt werden will.

Allein die Kleidung: schwarzglänzende knallenge Röhrenjeans, flamingofarbene Puschelpumps mit Fesselriemchen und ein silbernes mit pink- und weichselfarbenen Pailletten besticktes Top, bauchfrei. Wie sehr man sich doch vertun kann im Leben. Ach, diese Wesenchen!

Und dann dieses Silikongesichtchen: bleich wie eine Mottenlarve. Aber Glitzerlidschatten. Und mittendrin dieses pavianarschfarbene, fettglänzend aufgespachtelte Lippenstiftrot auf ihrem Orchideenmündchen. Geschminkt, als wolle sie ihre blutjungen fleischfressenden Schamlippen in einem Anflug von Offenherzigkeit der Öffentlichkeit darbieten. Von allem irgendwie zu viel, sagte Shaahin, jede Faser wimperngeboostertes Teeniedrama, ein schmollmundlippiges Barbiegirl im Pornochic. Boop-boop-a-doop! Und dann auch noch dieser dauerkoitale kameläugige Blick. Die soll zuerst mal richtig Französisch lernen, statt es nur zwischen den Beinen zu tragen. Außerdem stinkt sie wie’n Iltis unterm Arm.

Farshid dachte an Kunst. Und er dachte an Chantals Möse, an ihr Rita-Hayworth-rotes Gekräusel da unten, dachte an sie wie an das riesige Ding der Venus von Hohlefels. Er dachte an Papayas ... duften die wirklich wie die Fotze des Paradieses? ... Dachte an ihr Hymen ... hatte sie es noch? Er sah das Hymen ins Monströse vergrößert, eine makellose Leinwand, auf der Geschichten erzählt wurden, misogyne, machohafte Geschichten, auf der Filme liefen wie Oshimas *Im Reich der Sinne*, wie *Star Wars* und *Deep Throat*, wie *Apocalypse Now, Full Metal Jacket* und *Platoon*. Das Hymen als Kriegsschauplatz, als Schlachtfeld. Jetzt gerade sah er Tarantinos feuerschlagende Leinwand aus *Inglorious Basterds*, die Leinwand auf der Leinwand, das Feuer, das Brennen im entjungferungsblutigen Hymen. Dass das Hymen eigentlich immer irgendwie perforiert war, eine ziemlich durchlässige, faltige Angelegenheit, für eine Filmprojektion kaum geeignet, wusste Farshid nicht. Er war ein Mann geworden: jung, viril, mit eingeschränktem Denken. Die Vorstellung indes unendlich. Holde Jugend, pralle Eier.

»Vögeln ist nicht schlecht«, sagte Sivers mit komplizenhaftem, fast schon gierigem Grinsen, »habe gar nichts dagegen. Aber das kann schnell anstrengend werden, vor allem in der Kunst, erst recht in der Öffentlichkeit. Besser ist Politik, Sie müssen etwas Politisches machen. Von der Kunst erwartet man heute den großen gesellschaftskritischen Kommentar, irgendwas über Guantánamo oder Genmanipulation, über Postkolonialismus oder Cyberwar. Über Drohnenkriege per Joystick. Über Hunger, Armut und Flucht, dieses Zeug. Große Emotionen. Das ist es. Das will der Markt. Sie müssen nicht dran glauben, nicht so wichtig, was soll's? Die Reichen wollen Ablass kaufen, Moral tanken, darum geht es. Und wenn sie dabei noch ein bisschen angepisst werden, möglichst von der Seite, 'ne ordentliche Portion Épater-le-bourgeois abkriegen, umso besser … das hebt das Image. Wir sind doch kritikfähig.«

»… nur weil die Reichen … das geht mir doch am Gluteus Maximus vorbei … groß allein reicht.«

»Wie meinen?«

»Groß genügt. Und wenn dich dann noch der Ludergott Ehrgeiz bei den Eiern hat, kann nichts mehr schiefgehen.«

»Allein groß, und dann ist es schon Kunst?«, fragte Sivers.

»Ich weiß, wie man rausfindet, ob's Kunst ist«, mischte sich plötzlich Aadish ein. »Du musst das Zeug nur aus zwei Blickwinkeln betrachten: einmal besoffen, einmal nüchtern. Wenn es dir in beiden Zuständen gefällt, hat der Künstler alles richtig gemacht, dann ist es Kunst.«

»Idiot«, zischte Farshid, »echt voll der Hunk.«

Sivers saß das erste Mal an der König-Artus-Tafel, er war überhaupt das erste Mal im Hangar. Warum dachte er an eine Sekte? Der Ort hier hatte für ihn etwas sonderlich Religiöses. Drei Männer, drei Jünglinge, zurückgezogen von der Welt. Nur Aadish brach ab und an in die Stadt auf, um … ja, um was …?

* * *

Farshid hatte Sivers bei einer Ausstellungseröffnung in dessen Galerie *Sivers Fine Arts* kennengelernt. Ein ziemlich hässlicher, wenn auch imposanter Glatzkopfschädel, rosiges Porzellan mit honigfarbenen Flecken, vollkommen kahl. So fehlerfrei kahl, dass er gut und gerne den Schutzheiligen der Glatzköpfigen hätte geben können. Kahl vom Nacken über den Schädel bis hin zu den nackten Augenbrauen und fehlenden Wimpern. *Unappetitlich wie eine nackte Sphinx-Katze*, welcher Galeristenkollege hatte ihn so beschrieben? Dagegen waren, als Ausgleich gewissermaßen, seine kleinen wulstigen Hände geradezu überwuchert mit Haaren, ganz so, als ob sich sämtliche Kopfhaare einfach ein anderes, ihnen genehmeres Biotop gesucht hätten, um dort auf dem blutleeren welken Fleisch der Fingerkuppen als filziger Flechtenteppich weiterzuvegetieren. Vorne im leichenwächsernen Schädel, unter der fleckigen Porzellanglatze – was heißt da honigfarben, eher changierend zwischen verfaulter Garnele und zirrhotischer Leber, die Konkurrenz konnte so fies sein –, lugten die Stielaugen eines Hummers hervor. Die Farbe der Pupillen, ein helles Marineblau (Schimmelkäseblau, sagte die missgünstige Konkurrenz), war eigentlich recht schön, wenn sie auch in einem anderen Gesicht besser ausgesehen hätte. Ansonsten waren es Augen mit Glaskörpertrübung, wie alle wussten (irgendjemand hatte geplaudert), mit grauen flirrenden Mouches volantes, die jedem Kunstwerk, gleich welcher Epoche, eine pointillistische Anmutung gaben und also in etwas verwandelten, was sie nicht wirklich waren. Galeristenproblem! Unter seiner pockennarbigen Nase – *ein Mäusefötus in Aspik, eigentlich ein Argument für Selbstmord* (wieder die Kollegen) – saß ein ungeheuer breites, bleckendes Kunstzahngebiss, weißer als Laasa-Marmor, wie gemeißelt. Backpulvergebleicht, hieß es. Ein Gebiss, das einem jederzeit – wie ein Schachtelteufel – auf seinen Sprungfedern entgegenzuschnappen drohte. Kurz: alles befremdlich, nichts am richtigen Platz. Ein bisschen wie ein Dummy, das sich sein endgültiges Design ersehnt.

Farshid befand, dass dieser Mensch eigentlich nichts konnte für dieses Garstige. Denn war der Mensch für sein Abstoßendes wirklich verantwortlich? Nein, gewiss nicht, schon gar nicht für einen so traurigen Immunschwächeschädel, für diese weißen, schwartenglatten Würste an Hinterkopf und Nacken. Und trotzdem: Noch die Hautlappen eines chinesischen Shar-Pei-Welpen sind gefälliger, dachte Farshid, und auch die Knackwurstfingerchen von Kim Jong-un. Gott sei's gelobt, er hat keine Kinder, wer will schon an solchen knubbeligen Patschehändchen spazieren geführt werden? Aber sollte dieses äußerlich Ungestalte nicht doch wenigstens mit einem feinen Wesen bedacht, mit einem Reiz verzaubert sein, einer liebenswerten Schrulle, um auch dem Abscheulichen eine Chance zu geben für's Leben? Alles in allem, für Farshid war Sivers, obwohl erwiesenermaßen zu den Menschen zählend – wenigstens hat er keinen Mundgeruch! –, direkt einem Witzblatt entnommen, und als solcher durchaus bemitleidenswert.

Farshids Mitleid galt jedoch weniger seinem ungenügenden Äußeren als vor allem der Tatsache, dass dieser Mensch, selbstzufrieden wie ein Oberstudienrat, sich in einem fort ausstellen musste. Das ging so weit, dass er den Vernissagengästen bisweilen als das kostbarste Exponat seiner Galerie erschien – *aufdringlich wie der Arsch der Bardot auf dem Dach der Casa Malaparte* (wieder ein Kollege) –, vor allem dann, wenn er sich in unglaublich aufreizender, weltferner, wenn auch unnachahmlich eleganter Trägheit durch seine Galerie bewegte – schwebend, erhebend –, als ob er von einer fernen Galaxie stammte und ihn dieses ganze – sein ganzes – Geschehen herzlich wenig anginge. *Der hat 'n Gang wie 'n schwangeres Dromedar.* Dieses ostentativ Lässige allerdings stand in absurdem Kontrast zu einem ziemlich angestrengten Vernissagenlächeln. Ein Lächeln, das unablässig nach Freundlichkeit gierte, nach Freundschaft und Bestätigung, gerade aber dadurch auch diese besondere aristokratische Nonchalance, die Sivers ganz offensichtlich vorzustellen beabsichtigte, vermissen ließ. Ein Lächeln auch, das eigenartig verkrustet schien und abzubröckeln drohte, einfach nicht mehr hielt, als ob es schon lange nicht mehr seiner eigentlichen naturgemäßen Bestimmung hatte nachkommen können. Ganz gleich wie breit, sein Lächeln blieb immer nur Versuch, kläglich.

Halslos und schmallippig wie Verrocchio, sagten böse Zungen, nur nicht das wahre Auge des Meisters. Andere, nicht weniger böse, verglichen ihn mit den fratzenhaften Wasserspeiern gotischer Kathedralen. Das infamste Urteil aber, ausgerechnet von einem seiner engsten Mitarbeiter: Der ist direkt dem Monsterkatalog des Ambroise Paré entstiegen, da hat wohl der Leibhaftige mitgemendelt. Aber gestärkte Charvet-Krawatten tragen – pah!

Sivers? Sivers? Das ist doch ... sind Sie nicht ein Von? Sie sind doch ein Von, nicht wahr? Baltikum oder so?, wurde er hin und wieder gefragt. Ja, aber das ist ja nicht mehr en vogue, das habe ich abgelegt, natürlich. Mit diesem Trick, das Von nicht zu tragen und bei der erstbesten Gelegenheit sein Bescheidenheitsgelübde abzulegen, nicht ohne ganz en passant die gesamte Adelsgeschichte der Sivers Revue passieren zu lassen, holte er sich den Nimbus des Erlauchten auf äußerst geschickte – *Geschickt? Pah, plump!* – Weise zurück. Der Weihrauchpreis steigt, wenn er redet, erzählte man sich hinter vorgehaltener Hand. Der müsste sich Goyas Esel über seinen Schreibtisch hängen, diese Asta-su-abuelo-Karikatur; allerdings würde ihm die Ahnenreihe nur bis Großvater zurück nicht genügen; der will Noah als Stammvater, eine Genealogie zurück bis zur Arche.

»Ein Adliger? Von altem Geschlecht? Quatsch! Eine lausige Apanagengestalt, ganz bürgerlich. Schaut euch doch nur diesen schwerlidrigen, verschleierten Schildkrötenblick an. Oder sollte man verschleiernd sagen? Irgendein übrig gebliebener Erbe eines großen Industriellenclans. Zehnte Reihe. Chemie oder Waffen. Irgend so 'ne Nazischweinerei. Nichts weiter.«

»Apanage stimmt, Nazi stimmt, und den Namen hat er seiner Frau geklaut«, ergänzte ein Gast. »Das unsichtbare von stammt von ihr ... hat eingeheiratet in den Adel, hat sich die Hochwohlgeborenheit gekrallt ... dann irgendwann eine Schuhdynastie, 'n Betrieb mit Zwangsarbeitersauerei, so 'ne NS-Scheiße. Der Typ hat nie was gelernt ... klar, musste der Galerist werden ... hat nur geheiratet, den Namen stibitzt, Kohle abgezogen, und macht jetzt in Kunst.«

»Nein, nein, nicht Schuhe. Porzellan. Ich sage nur *Porzellanmanufaktur Allach*. Habt ihr den Trommler auf seinem Schreibtisch gesehen? Das ist nicht der Oskar Matzerath, Leute. Das ist diese Himmler-Missgeburt, der *Hitlerjunge* von Richard Förster. Das stellt doch kein normaler Mensch einfach so vor sich hin, da muss es doch eine Verbindung ... und dann dieser bayerische Zungenschlag ...«

Wenn auch das Gewerbe immer unklar war und die Frage, ob Adel oder Bürger, stets unbeantwortet blieb, wie übrigens auch sein Gesicht stets von unbestimmter Hautfarbe war, sich nicht entscheiden konnte zwischen der blassbleichen Noblesse vergangener Zeiten und der braungebrannten von heute – die NS-Zwangsarbeiter-Geschichte hielt sich hartnäckig.

Sivers trug an jenem Vernissagenabend über einer makellos gebügelten Stresemann-Hose einen wild karierten, galliggelben Gehrock, dessen Saum ziemlich stark ausfranste. Das trägt man heute, wurde geraunt, Vivienne Westwood, Vintage, London, wissen Sie ... Clochard in ausgehfein ... le dernier cri ...

Ein unter die Räder gekommener Dandy, ein zahnloser Salonlöwe, befanden die einen, ein abgetakelter Lebemann, ziemlich verschmockt, verheiratet eher mit seinem Ankleidespiegel als mit seiner Frau. Verheiratet? Pah! Der scharschwenzelt doch um alles herum, was nicht bei drei auf den Bäumen ist. / Schar-was? / Na, der pimmelt sich wie Sau durchs Leben. Die anderen sahen ihn, wenn er so bedeutungsschwer zwischen den skulpturalen Exponaten seiner Galerie umherschweifte und durch die Massen der Vernissagengäste lief, als ob er das Rote Meer teilen wollte, trotz – oder gerade wegen – dieser elegant aufgesetzten Zerlumptheit, mit höheren Weihen gesegnet, wie goldstaubgepudert, und konnten sich durchaus mit dieser Erscheinung anfreunden, im

Geiste zumindest, und weil es erhebend war dazuzugehören. Farshid nannte ihn, wenn er ihn nicht gerade mit kaum zu überhörender Ironie als illustre maître titulierte, nur noch Monsieur Redingote.

Zerfranst an diesem Abend war auch Sivers' Ansprache: The Concept of Baroque in Contemporary Art. Zunächst schickte Sivers, nachdem er mit weltmännisch umständlicher Geste eine dick gerandete Michael-Caine-Brille aufgesetzt hatte, seine Stimme ins Rennen, alleine die Kraft seiner Stimme, getragen und raumfüllend und sonor wie die bourbongetränkte Off-Stimme alter Detektivfilme. Als ob sich in seinem Brustkorb sämtliche Resonanzräume der Trommeln Afrikas befänden.

Manchmal, einzig Farshid schien das zu bemerken, nahm Sivers' Stimme den Klang eines Priesters an, diesen Tonfall, wenn sich eine näselnde, salbungsvolle Sanftheit über die eigentliche Stimme legt, der schleimige Tonfall der Trauergottesdienste, eine Art pastorale Flauschigkeit, einzig um ... Konnte es sein, dass Gottesmänner und Galeristen die gleichen Absichten verfolgten, das gleiche unredliche Geschäft betrieben: das Bekehren Ungläubiger, die Häretiker mit Heilsbotschaften übertölpeln, Apostaten weich kochen, um sie, mit dem breiten falschen Lächeln der Mormonen, für Gott oder die Kunst einzunehmen?

Grinsen Galeristen nicht genauso debil wie die Heiligen der Letzten Tage?

Sivers' Rede war nie in Eile. Er wusste genau sein rhetorisches Pfund einzusetzen, die Gäste hingen bedingungslos an seinen Lippen. Zunächst. Denn da waren dann auch diese endlosen Schleifen, ohne Punkt und Komma, Satzknäuel, Satzkaskaden, die hinabstürzten und alles verwirbelten und verwirrten. Verschlungene Möbiusbänder, die mit einer Unmenge von nahezu beliebigen Ismen und anderen Unverständlichkeiten beschrieben waren, mit Ungefährem, das sich zwar bedeutend gab, bedeutungsvoll, aber eigentlich nicht viel mehr war als nichts. Und so gab es kaum jemand unter den Vernissagengästen, der sich nicht irgendwie darin verhedderte. Aber auch hier wieder die geteilte Meinung: intellektueller Beutelschneider, bis oben angefüllt mit gefälschtem Charme, sagten die Starken und Smarten und wiesen die ihnen vom Hausherrn zugedachte Unterlegenheit zurück; die anderen, die meisten, hatten jedoch, obwohl auch sie irgendwie irritiert, glänzende Augen ob dieser gewaltigen Präsenz.

Karoline Meringer, Sivers' rechte Hand, *so viel Frau wie ein Stück Holz,* bemerkte all diese Nuancierungen nicht, *die hat eine Fettschicht um Hirn und Herz,* bemerkte auch nicht Sivers' Hand, die ganz gentlemanlike in seiner rechten Hosentasche steckte, very british, mit vollendeter Nonchalance, aber ganz ungentlemanlike Taschenbillard spielte; sie war wohl ein bisschen verliebt – *Verliebt? Die klammert sich an den wie tausend Hämorrhoidenn.* – vielleicht auch deshalb, weil sie in Sivers eine Stufe ihrer Karriereleiter sah. Immerhin: Nicht weniger als Christie's oder Sotheby's schwebte ihr vor. *Die bringt es mal weit mit ihrer Isabelle-Huppert'schen Biestigkeit.*

Farshid war – Mitleid hin, Mitleid her – einigermaßen angewidert von diesem ganzen Sivers-Wesen, und trotzdem hatte er sich von ihm bereitwillig ansprechen lassen. Das Lächeln – er hatte noch nie derart weiß gebleichte Zähne gesehen, reinstes American White – kam fordernd auf ihn zu, als eindeutig zweideutiger Eroberungswille: »Junger Freund, Sie sind auch Künstler, nicht wahr? Sieht man, sieht man. Sivers, mein Name. Sehr erfreut!«

Farshid hatte keine Ahnung, wie folgenschwer dieses *Sehr erfreut* sein sollte. Folgenschwer, wie jede Begegnung, der man nachgibt und uns vom eigentlichen Weg abbringt, weit weg von uns selbst? Aber diese Erfahrung hatte Farshid noch nicht gemacht.

Was alle immer wieder vergaßen: Es gab noch eine Frau, eine Galeristengattin. Ein amorpher, geschlechtsloser Schemen, der stets im Abseits stand, was auch der Grund dafür war, warum man sie immer übersah.

Ein merkwürdig flüchtiges, nonnenhaft verhuschtes Wesen – irgendwie unerlöst –, das seinen Körper zwar in den Raum stellte, gothic-schwarz gekleidet, sehr bestimmt, und doch nie – ähnlich wie Caspar David Friedrichs *Wanderer im Nebelmeer* – anwesend war. Petebeës nannten sie viele. PTBS, Posttraumatische Belastungsstörung. Um die sechzig mochte sie sein. Sie trug goldgelbe Locken und sah aus wie eine frühzeitig gealterte Shirley Temple, ein altes graumausiges Mädchen mit der still verzückten Leidensmiene einer reliquienknochenbleichen Märtyrerin. Ihr starres, verloren wirkendes Lächeln schien wie an den Mundwinkeln festgetackert. Armes Ding, die Ehe ist doch immer noch die perfideste Form des Alleinseins, hatte Farshid jemand sagen hören.

Nach der Vernissage war noch der Inner Circle ohne Gattin *(Supi, Madame Klemmi geht uns nicht auf den Sack!)* in eine über der Galerie gelegene Maisonette-Wohnung – niemand kannte deren eigentlichen Zweck, *der is 'n bedroom-dealer, ich sag's euch* – geladen: afrikanische Masken, Bauhausmöbel, Seidenbocharas (mit dem dicksaftigen Blut geschlachteter Perser getränkt, dachte Farshid), zwei Mackintosh-Stühle, zwei Poul-Kjaerholm-Sessel, ein Klismos, Renaissanceplaketten, flämische Tapisserien, ein Arrangement von indianischen Traumfängern, eine beachtliche Sammlung stab- oder (je nach Betrachtungsweise) phallusförmiger Netsuke, und an den Wänden: Kunst, Kunst, Kunst, in Petersburger Hängung, auf pompejanischem Rot. Die größte Wand wurde von einer riesigen querformatigen Farbfotografie dominiert, dem Akt eines auf prallen Früchten ausgestreckten, mit praller Frucht versehenen Pasolini-Lümmels, dessen fleischige Lust wie ein unerbetenes Versprechen, eine mächtige, kaum verhohlene Drohung in den Raum hinein wirkte. Sivers' pornografisches Damoklesschwert, dachte Farshid. Der Rest war – mit Ausnahme einer ziemlich unbeholfen ausgeführten Rötelskizze von Maillol und einem Autograf von Jean Cocteau (einem eigenhändig unterschriebenen Brief an *mon cher ami jeannot*) – zweite und dritte Garde der Düsseldorfer Schule und des Leibl-Kreises.

Aber in der Raummitte dann dieser Konzertflügel. Nein, kein Flügel, ein floral wuchernder Gigant, funkelnd und schillernd wie eine Tausendundeine-Nacht-Preziose. Ein französischer Künstler – *ein französischer Irrer!* – hatte einen alten Pleyel-Flügel vom Flohmarkt mit Tausenden und Abertausenden Glasmosaiksteinen besetzt, abgeschmackt zwar, aber in seiner erhabenen Theatralik auch von unabweisbarer, wenn auch etwas melancholischer Eleganz. Irgendwie französisch. Und hier im Roten Salon, von schweren bordeauxfarbenen Cretonnevorhängen gerahmt, saß man also, versunken in gediegenen Kitsch, in tiefe elfenbeinweiße Fauteuils und goldschillernde, quastenbehängte Kissen, sehr orientalisch, und trank teuren Wein aus teuren Gläsern. Barolo? Brunello? Amarone? *Ja, das muss man Sivers lassen, von Wein versteht er was.* Niemand wusste, dass Aldi das alles schon im Billigangebot hatte.

Sivers saß zufrieden und betont leger – als habe es den üppig gärenden Wortschwall seiner Ansprache nie gegeben – in den weichen Polstern seiner riesigen Couch. Er rückte sein gainsboroughblaues Foulard zurecht und genoss das wohlige Umschmeicheln der opulenten Polster. Eine intensive Wolke von Lavendelparfum lag in der Luft.

Nur aufmerksame Besucher bemerkten den Makel dieses Tableaus. Sivers hatte – ähnlich dem entzündeten Nasenpickel der Herzogin von Guermantes (nur nicht so nobel) – Speichelbläschen in seinen Mundwinkeln, kleine schaumperlende Schwammtierchen, die entgegen ihrem luftigen Aussehen festsaßen wie Beton und ihre Bestimmung, im Gegenüber Ekel und Brechreiz hervorrufen zu wollen, zu keinem Zeitpunkt aufgaben. Denn kaum hatte er sie mit Zeigefinger und Daumen weggewischt, möglichst gelassen und beiläufig, um niemanden draufzustoßen, waren sie auch schon wieder da, die kleinen unappetitlichen Kugeltierchen. *Wie doch dieses gelackte Äußere so absurd zu beflecken war. Absolutely disgusting.* Doch obwohl Sivers also auch ein Sisyphos der Speichelperle war – Farshid hatte dieses geschmacklose Wort geprägt – und sehr wohl darum wusste, verließ ihn doch nie seine hart erarbeitete Contenance.

Mit der ihm größtmöglichen Beiläufigkeit holte er eine Schachtel *Sobranie Black Russian* aus seiner Rocktasche und zündete sich eine Zigarette an. Es war so, als ob Zeit für Sivers nicht zu existieren schien, als hätten seine Minuten hundert Sekunden und mehr, als hätten seine Stunden das Talent, wie Jahre zu vergehen. Er gab die Tage aus der Hand, als hätte er alle der Welt. *Time is money? No! Wenn man keine Zeit hat, hat man nix.* Sollten doch andere dem Geld hinterherrennen. Zeit hatte man. Man stellte sie aus wie seltenes Porzellan in einer Vitrine. Zeit war nur für Dummköpfe ein Geschäft. Die Last der Tage, die Hast des Geldverdienens gab es nicht, kein Angekränkeltsein. Bewegungen waren nur für die Zeitlupe gedacht. Gespielte Katatonie. Mit stiller, geheimer Lust beobachtete er sein von ihm – und alleine für ihn – in Szene gesetztes Menschengeschehen. Das breite Lächeln auf seinem Gesicht sagte: Ich kenne mich aus, ich weiß, wo's lang geht, ihr braucht mich. Folgt mir!

Nur den wenigsten kam die Idee, und auch dann nur vage, dass all das Maske sein könnte, vielleicht sogar eine Maske über einer Maske, überzogen mit einem Firnis falscher Abgeklärtheit.

Violettes cristallisées, möchtet ihr? Eine Spezialität ... aus Frankreich ... Toulouse ... Christiane, bitte greif zu ... Kevin, bitte ... Und du, Farshid? Sivers bot reihum kandierte Veilchen an. Aber die Noblesse dieser Geste zu erkennen, das Dargebotene überhaupt wertzuschätzen, gelang kaum einem der Besucher. Und das lag nicht an der freundlichen, durchaus gut gemeinten und auch (fast) vollendet zelebrierten Geste an sich, und auch nicht an dem niedrigen Durchschnittsalter seiner Gäste (Sivers hatte hauptsächlich Studenten um sich geschart – seine Art, Jugend zu tanken, munkelte man –, angehende Künstler, die in Fragen von Stil und Etikette und Weltgewandtheit noch recht unbedarft waren), und es lag auch nicht wesentlich an der Tatsache, dass er jetzt, wo sie sich in seinen Privaträumen befanden, gerne das Sie mit dem Du verwechselte. Es lag an den wulstigen Händen, an diesen fett überfleischten Knöcheln, an den Knubbeldaumen mit den kaum vorhandenen Nägeln, die nicht recht zu alldem passen wollten, weder zu seinen schlanken Zigaretten noch zu den zerbrechlich anmutenden Veilchen auf dem Sèvres-Teller in majestätischem Blau. Oder war es Meißen? Vielleicht lag es auch – Farshid war schockiert, als er sie das erste Mal gesehen hatte – an den weißen Socken. Wie ein Zuhälter. Oder sollte er gnädiger sein und sagen: wie Michael Jackson, wie Le Corbusier?

Allen Angewidertheiten zum Trotz, Farshid sah am Beispiel Sivers' das erste Mal in seinem Leben, dass man sich erfinden, ein Kunstwerk aus sich machen konnte, in diesem Fall ein misslungenes, sicher, ein immer wieder nervös lachendes – bitte nehmt Kaviar, nehmt Lachs, Sivers reichte die Platte mit dem Fisch herum –, aber das Prinzip, so schien ihm, stimmte, man musste ja nicht so ungeschlacht vorgehen. Ein von sich selbst erfundenes Selbst, ja, das war eine Möglichkeit, dachte Farshid. Eigentlich eine alte Idee, aus Paris. Hatte er sich zwischendurch vergessen? Musste er sich wiederentdecken?

Natürlich sprach man über Kunst. Denn es ging Sivers ja nicht um die große Gönnergeste, wie er ausdrücklich betonte, es ging darum, seinen jungen Epheben – er korrigierte sich sofort: Eleven – die Kunstwelt zu erläutern, die Mechanismen des Marktes, die Konditionen, die

Preisgestaltungen und Provisionsregelungen, den Unterschied von Galerie und Kunsthandel, das Spiel von Angebot und Nachfrage, die Notwendigkeit von Kunstmessen, kurz: das kleine Einmaleins des internationalen Art-Business, nichts weniger als die Koordinaten des Weltbetriebs.

Natürlich sprach man über Kunst, oder was man dafür hielt: Bullshit, Baby … Kontakte nach New York … Wassn »chief curator at large«? … Kennstenich? … Die Leipziger Schule wird dort sehr … Art Basel, Frieze London, Art Dubai … Neo Rauch ist auch so 'n Enigma-Frickler … privater Ernst-Jünger-Mythosbrei … Ólafur-Elíasson-Gelacktheiten … Bobo Biesenbach … der Typ ist total assi drauf … quecksilbert sich durchs Leben wie … Wer? … Biennale di Venezia … das Gelichter tut sich wichtig … Venedig, unwirklich und doch so real versinkend … das Atlantis eurer Zukunft … Investmentbanker sammeln Kunst, wie sie weißen Kaviar vom Albinostör fressen: Hauptsache teuer … viel Gewese um nichts … Donald Judds Fließbandkunst … langweilig wie Frischkäse … Und täglich grüsst das Murmeltier von Nietzsche … das is kein Film von Nietzsche, du Spast … Geldwäsche auf der Tefaf … der war Philosoph, Wiederkehr des Immergleichen und so … Galeristen: verlottert, verludert, verlumpt … die können Kühen Buttermilch verkaufen … ihr kalter, metallischer Charme … picklige Computernerds sind geistreicher … Wir sind alle Betrüger … und Betrogene … Kunstmarkt … der casht brutal ab … Steuersparmodell, kontaminiertes Kapital … More pricks than kicks … das Karmesin kommt scheiße … Davidoff, wow! … Strukturalität der Struktur … Häng's ins MOMA, dann isses was … artnapping … Kunst ist wie das Ei des Kolumbus … häh? … Nicht schwierig, man muss nur wissen, wie's geht … Rothkos hausbackene Heilslehre … da sind ja Schlachthäuser spiritueller … Barlach und Kollwitz: ein Paar eingeschlafene Füße … fragmentier mal deine Festplatte … Globalisierte Kunstkacke … wassndas, Carpaccio-Rot? … »im Kunsthaigewimmel dieser jüdischen Gewässer« … nee-oda? … Würden Sie bitte ihre Hände … rostrot … Scheiß-Antisemit … nein, Kitaj, selbst Jude, zwischen Heimsuche und Heimsuchung … du checkst es nicht: blutrotes Hurenrot … Richter und seine Rakel-Aufgeblasenheit, voll der Schizo … einfach Farbe verschmieren, geht's noch … eher wohl Vorkriegstomatenrot … moderne Künstler, zu viel Selbstwertgefühl abbekommen … Molekulares Rot … alles Melancholeriker … nein, schwedisches Rot, Eisenoxyd … Daniel oder Gerhard? … Farbenblind, wie? Schmincke Caput Mortuum … nee, wutrot, du Arsch … Hau dem geilen Sack doch eine in die Klöten, wenn er seine grindigen Griffel nicht … Metzgerinnenbackenrot … seid ihr Künstler zu blöd, das Rot zu definieren? … Mann, keult euch doch einen! … Kunstbanause, seit wann rakelt Daniel? … Rakel-Gekrakel … Magenta … Birkenau, *dieser Holocaust-Kitsch … aber ein sympathischer Filou … wie auch das Spielkalb Anselm Kiefer … die Kindersonnen des Hilfspredigers van Gogh … Makramee-Gebastel … Pfaffen, alles Seelenwichser … Kröten- und Natterngezücht … unselige Ambassadore der Lüste … Ej, Junge, mach mal Apfel–Q … wieso? … na, dann denk mal 'n bisschen drauf rum … aber seine Schwarzfeuer flammenden Zypressen, megaepisch! … Die vier K's – Künstler, Kritiker, Kuratoren und Kaleristen … Kleinganoviger Kunstclan … bitte machen Sie Ihre Griffel weg … wie der sich an dich ranwanzt … Kandinsky, kein Talent für russische Bauernmalerei … polier' ihm doch endlich die Glocken … dann hat er einfach einen auf abstrakt gemacht … als ob die Kunst alle Zeit der Welt hätte … die hohlwangige Kunst des 20. Jahrhunderts, einfach gaga … Robert Ryman … monochromes vielfarbiges Weiß, voll krass, ey! … »auratischer Materialisierungsakt« … Atheist, legt aber Tarot-Karten und ist triskaidekaphobisch wie … machste jetzt auf fucking Intello? … Wie Schönberg … hau ihm doch endlich auf die Zwölf … glauben ans Aushilfspersonal: an Christophorus bei Hagelstürmen, an Blasius bei Geschwüren … Aberglauben: glaubenslos glauben … atheistischer Fundamentalismus, schlimmer als Religion … Bürgerwehren für Hindu-Kühe, geht's noch? … Nee, 'ne Fälschung von Oberhuber? … Na, Beuys! … Welche Boys? … Richard Serra … anspruchsvoll wie 'n Salzteigmodellierkurs … ROFL … ach was, die Tiefe der Dinge ist ihre Oberfläche … Axel Heil, Prof für Experimentelle Transferverfahren, haha … Chuzpe, die wichtigste Währung des Kunstbetriebs … nicht alles, was schlecht gemalt ist, ist Kunst … Unbeholfenheit als Kunstform … Tàpies und seine Couch-Kompatibilität … allmähliche Verfertigung der Lügen beim Reden … unter der Oberfläche ist auch nur wieder eine Oberfläche … scheißmafiöse Strukturen … Kandinsky abstrahiert nicht, der malt theosophische Kringel … wäre er doch besser Kühe-Maler geblieben … hat Abschied genommen von den ästhetischen Erfordernissen des Lebens … die Perfektion des Unperfekten … signifikantes Signifikat … Natürlich hat Schwachmat Mondrian immer nur als Yves-Saint-Laurent-Kleid funktioniert … Häuptling der Langeweile … oder als Shampooflasche … pups-einfach … genauso wie die Op-Art der Mode Pierre Cardins gedient hat … nee, präpostmodern … ja, was nun: pups oder prä oder post? … Fuck, der Boogie-Woogie von Beethoven ist besser als der von Mondrian … postpotent, hihi … die Moderne ist eine fundamentalistische heilige Kuh … Schafsherdenkunst … Hype des Nichtkönnens … Albers' Design-und-Innenarchitekten-Kunst … Anstreicher … 60er-Jahre-Geschwätz … Hitler … Architekten: entweder schwarz angezogen oder schlecht … Kunsttheorien: Binde sie in eine Galgenschlaufe und häng' sie auf … Niemand dankt uns das, was unter der Oberfläche ist … Zieh's auf Alu-Dibond, du Eumel, und kaschier's mit Plexi, das ist in … Miró, Zahnarztpraxisbilder … das ist out …* Sechs Gelb, *die Richter'schen Mysterien des Pantonefächers … noch nicht mal als Fliesenmuster … Out ist das neue In … sie wären lieber ein warmes Kadmiumgelb gewesen … die Integrität der Bildfläche … wenigstens ein ordentliches Neapelgelb … Kritiker: Eunuchen, die von Sex schreiben … »Graue Herren«, »Lebende Tote« … Sex ist immer übergriffig, MeToo spinnt … es kann nicht flirten … »Mittelmaßverrohung« … Sex ist wie Kratzen, man muss immer stärker … Work-Life-Fuck-Balance … Wenn man ein Architekturbüro erfolgreich führen will, braucht man: einen Rechtsanwalt, drei Schläger und einen Feldwebel … Kuratoren: schwadronierendes Obristenregime … endkrass! … Vernissagengäste: alles Mykonier! … Meinst du Hans Ulrich Obrist? … Hashtag Großkotz … 'n Blog 'n Vlog-Heini … klugscheißt sich durchs Leben … Ich glaube, Baudrillard … ist der art-consultant? … Oh Mann, ich beömmel mich … Mykonier, häh? … Ja, Mykonier: kommen ungebeten in die Galerie, saufen dir alles weg, kaufen nix … alle pezzi di merda, Suffköppe, F-E-A … Welt retten? Schmiert euch doch eure veganen Sneaker ins Haar … Quatsch, schon Boudrieux hat gesa… du meinst Bourdieu! … Du weißt, wen ich meine … Ne faut-il pas déconstruire la déconstruction de Bourdieu? … Adele Bloch-Bauer … 'ne Galeristin? … Ich glaub, mein Schwein pfeift … Monika Sprüth? … Voll die bitch … debiler Kunstmarkt, Lackaffenkotze in Aspik … Bingo! … Lebt die nicht mehr? … Nullcheckerin! … ich sag nur: Bio-Face-Lifting … Arschloch-CEOs mit Porsche-SUVs … ziemlich en vogue … Entschlackung bis zur Dürftigkeit: in der Architektur, in der Kunst, in der Literatur: OMU, Uecker, Peter Stamm … alles Vollpfosten … du bist echt pepsi … »The Blazing World« … Lieber vom Leben gezeichnet, als von Löwentraut gemalt … »nicht jeder, der den Pinsel in die Hand nimmt und Farben verquistet, ist ein Mahler« – von wem war das noch gleich? … Tillmans' schütteres Talent, Turner-Preisträger, pah! … pubertäres Beeple-Onanieren … dieser Kunstbastler … Ts-ts-ts-ts … reiner Platzverschwender … auch die Darboven und die Jeanne-Claude … brunzdumm, die findet noch nicht mal ihren eigenen Schatten … den wächsernen Teint einer Wasserleiche … ja, welche nun? Oder beide? … Wie die gefaceliftete Streuselkuchenvisage Jean-Claude Van Damme, in weiblich … Die schlichte Grosse … hat ihr Know-How von diesem Android Ava, aus »Ex Machina«: »I do drawings every day, but I never know what they're of« … Ja, ja, witzig, und Adorno reimt sich auf Porno … Basteln wir uns nicht alle durchs Leben? … Armer*

Turner, der dreht sich im Grab um, was da alles in seinem Namen ... Adrian Ghenie ... krank gut, der Typ! ... Expressionismus ist Kinderkunst, Impressionismus für Erwachsene ... Kunstgewerbler Nolde versus Aristokrat Liebermann ... Foucault ... bleib mir mit Derrida weg ... ich hab Foucault gesagt ... dein Tinder-Name? ... Deleuze ... nee, Grindr ... ihr verschmäht meine Violettes cristallisées, Connaisseure sehen anders aus ... Nachwuchsförderung macht Weicheier ... so was von ... Semiotisierung der Welt ... Galerien: Geheimlogenclubs für Parvenus ... Die Zukunft des New Brutalism ... Geht ihr noch in die Disco? ... Gibt's nicht mehr, Club heißt das heute, Meister ... Warum sollte das Leben die Kunst nachahmen? ... 42 ist die Antwort ... die brunzdummen Kackbratzen des Kunstkapitals ... Nicht alles hat was zu bedeuten! ... Was zum Henker ist eine h-APP-y? ... Steck dir doch dein verbissenes Smiley-Glück in den Arsch ... Boah, sind die lecker ... Bollocks ... Bullock? ... Blödmann! ... Und Borremans? ... Bullshit, Baby!

Reden, reden, reden und das kalte kehlige Lachen von Sivers, so ging der Abend dahin. Durchaus anregend, durchaus um Bildung bemüht, um Wissen, und eigentlich auch – obwohl nicht jeder alles verstand – recht entspannt. Und doch, was einigermaßen gesittet begann, endete mehr als peinlich. Keiner wusste so recht, warum. Hatte es mit dem zusammengerollten Hundert-Euro-Schein und der Mastercard Gold zu tun, die auf dem Tisch lagen? Plötzlich auf alle Fälle gab es Verstörendes, Avancen, Altherren-Avancen, im plötzlichen Pyjama: Sivers am Boden, direkt vor dem Kanapee, in intime Gerüche gehüllt, mit einer Magnumflasche Champagner im Schoß, lasziv dahingestreckt wie eine Maja von Goya; es gab Hände, manikürte Männerhände, an trunkenen Jünglingen, an ihren Schenkeln aufwärts, und anderswo; es gab umgekippte Weingläser, Rotweinflecken auf makellosem Weiß, Gezeter; es gab Frauen, die den Hausherrn im Schwitzkasten hielten, verwegene Frauen und konsternierte Jungs; es gab heimliche Begierden und gefährliche Leidenschaften, auch Tränen; es gab überstürztes Aufbrechen, waidwunde Blicke, hysterisches Lachen; es gab ... der Abend endete im Desaster. Absolut beschämend. Das kommode Galeristendasein, eben noch in Glanz und aller Herrlichkeit, war abrupt zu Ende.

Und obwohl bei Farshid schon zu Beginn des sich abzeichnenden Debakels Katastrophenbilder aus *Armageddon* aufblitzten, konnte er sich von dem Spektakel nicht losreißen. Oder war es gerade deshalb? War es Lust, wollte er Schadenfreude genießen angesichts des Absturzes eines Mitmenschen? Mitmensch? Nein! Mensch war nicht abzustreiten, rein biologisch. Aber mit – das war zu viel.

Farshid blieb bis zuletzt. Er brach erst auf, als sie sich allein gegenübersaßen und Sivers damit begann, schamlos auf seinen Schritt zu sehen. Er setzte seine Kopfhörer auf, verkabelte sich mit seinem iPod, stand auf, grüßte Sivers – Hat mich gefreut! –, schaute in die kalten blassblauen Augen, von denen er nicht so recht wusste, ob sie für Versprechen oder Heimtücke standen, und verließ mit unsicheren Schritten die Wohnung. Das Letzte, was er in Erinnerung hatte, war ein Flur, an dessen Wänden eine Reihe von Bildern der Klassischen Moderne hing, deutscher Braque-Abklatsch und zweitklassige Neue Sachlichkeit aus den Zwanzigern und Dreißigern; über jedem war eine messingfarbene längliche Leuchte angebracht. Das Gestapoverhör der Bilder, dachte Farshid und ging hinaus.

Christiane, eine junge Kunststudentin, hatte Farshid später erzählt, dass der Verlauf dieses Abends durchaus keine Ausnahme gewesen sei, im Gegenteil, es konnte noch viel übler enden bei diesen sogenannten Nachbesprechungen der Vernissagen. *Den alten Sack juckt's immer in der Hose. Er hat eigentlich eine Nacktschnecke als Penis, eine überfahrene gemeine Nacktschnecke. Matschig, welk und klein. Ein erdnussbuttriges Etwas. Zu viel Haut für zu wenig Inhalt. Trotzdem juckt's ihn.* Das ließ wirklich Übles erahnen, dachte Farshid. Aber weiter dachte er dann doch nicht, er wollte sich partout nicht vorstellen müssen, was alles geschehen sein mochte an jenen anderen Abenden, er mochte sich nicht die silbrig glänzende Spur vorstellen, die eine Nacktschnecke hinter sich herzog.

Der ekelt sich durchs Leben. Mit Maßschuhen angetan zwar, aber er ekelt sich durchs Leben. Plötzlich erinnerte sich Farshid an dieses Wort, das er auf einer Vernissage bei Sivers Fine Arts aufgeschnappt hatte von einem garstigen Besucher. Schlimmer, er erinnerte sich daran, dass er sich damals keine Sekunde gewundert hatte, nicht einen Augenblick gezweifelt hatte an diesem Urteil.

* * *

»Nein wirklich, Herr Sivers, groß genügt«, insistierte Farshid und knackte mit den Fingerknöcheln.

»Wollten wir uns nicht duzen?«

»Ja, natürlich, sorry. Alles kann groß gemacht werden, auch das Kleine. Sogar das Nichts. Mach das Nichts riesengroß, Hans, et voilà l'art. Es geht nicht um Weltpolitik in der Kunst, das ist nur Garnitur, das Sahnehäubchen für die Geistgewillten. Es geht um ein dominantes Prinzip. Die Kunst funktioniert über Banalien. Der Markt zumin...«

»Banalien, was sind Ba...?«

»... 'ne Geistfindung, stell dich nicht so an ... also der Markt zumindest, die Kunst kann ja nix dafür. Und ein Prinzip heißt: GROSS. Hab ich recht, Joséphine? (Joséphine spielte mit einem aus dem Schmetterlingshaus entflohenen mexikanischen Monarchfalter und hatte sichtlich Spaß am gegenseitigen Narren.) GROSS, das ist der ultimative Kick des Markts. GROSS und VIEL, da kann die Idee noch so klein sein. XXL-Art. Überwältigungsästhetik. Ach ja, und künstlich bekannt machen gehört noch dazu. Kunst wird gemacht. Als Napoleon die Mona Lisa in seinem Schlafkabuff hängen hatte, kümmerte sich kein Schwein um die Lady. Die Welt war ahnungslos. Erst als sie geklaut wurde, aus dem Louvre, von diesem armen Italienerschwein, war's um sie geschehen, plötzlich war Kleinlieschen eine Dame, in aller Munde, geheimnisvoll und weltberühmt.«

Sivers saß amüsiert vis-à-vis. Amüsiert und betört. So einem frechen hübschen Geist war er schon lange nicht mehr begegnet. Die meisten seiner Künstler – obwohl allesamt fürchterlich wichtige Dreitagebärte im Gesicht – waren eher gehemmt, klein und verzagt, kaum bereit, ihre Zukunft zu betreten. Ihre Wesen hatten etwas Zusammengeschnorrtes. Morgens, so kam es ihm vor, gingen sie ins Museum, schnitten mit dem Cutter einzelne Stücke aus den Gemälden der Moderne, um sie abends dann als neues Weltbild zusammenzusetzen. Ganz ohne Plan, wild drauflos. Farshid jedoch, ja, der war irgendwie ein anderes Kaliber. Denn hatte er nicht sogar ein bisschen recht? Der akzidentelle Aspekt des Erfolgs, war er von der Hand zu weisen? *Nicht das Werk als solches bringt den Ruhm*, erinnerte er sich.

»Weißt du, das moderne Kunstgedöns steht eigentlich nur auf drei Pfeilern: Anhäufen / Vergrößern / Verschleiern.«

»Dann wäre Kunst ja Nichtkönnen, Farshid, ...«

»... richtig! Und das Nichtkönnen muss dann meistbietend verkauft werden. Dein Job, Hans. Können ist zu 70,37 Prozent Dreistigkeit. Streetphotography zum Beispiel, diese Vivian Maier etwa, pure Dreistigkeit! Streetphotography ist keine Kunst, selten, ist eher so was wie bildnerische Soziologie, als solche natürlich irgendwie wichtig. Aber Kunst? Der Haudegen Forster hatte recht: *mit Kunstwörtern fleißig ausstaffiert, mit nachgebeteter Verehrung angefüllt*, so funktioniert das Lobhudeln von Kunst. Maulhonig schmieren. Kunst ist wie Internet: Irgendwann findet jeder Blödsinn Gefallen. Mach's lang genug, und Bingo, du wirst wahrgenommen.«

»Farshid, findest du nicht, dass ...?«

»... also erstens das Anhäufen, die Akkumulation, du weißt schon, dieses Arman-Zeug, es ist mittlerweile in der Mitte des Betriebs angekommen. Scheißegal, ob die Schwämme von Yves Klein – *auch keine größere Kunstleistung als die des Seidenlaubenvogels mit seiner blau zugemüllten Laube, pah!* – oder die Reifen von Allan Kaprow, oder was auch immer da zusammengetragen und aufeinandergestapelt und versammelt wird, Hauptsache viel von irgendwas – im Rahmen, im Kasten, im Raum oder draußen in den Gefilden, ganz gleich –, dann springt unser einfältiges Herz in der Gegend rum und spendet Applaus. Das Gleiche vielfach versammelt, es beglückt uns einfach. Weil es uns so vertraut und sicher vorkommt? Ein Ausbund des Abenteuers, die Ausgeburt der Zügellosigkeit ist die geballte Ordnung schließlich nicht. Kein Migrant in Sicht, nichts, was stört?

Und dann das Vergrößern. Eigentlich ziemlich billig. Aber es funktioniert. Wusstest Du, dass John Constable seinen endgültigen Durchbruch hatte, als er anfing, große Bilder zu malen, seine Zweimeterschinken? Seinen Heuwagen, gerade mal 50 x 70 cm, hat kein Schwein bemerkt, auch wenn er genauso brillant gemalt war. Mach es groß, mach es monumental und tonnenschwer, und die Leute sind hin und weg. Nicht nur die Leute, vor allem unsere Überbautheoretiker, die Autoren und Kuratoren. Die Schwätzer. Die, die mit dem Mund denken. Sie verwechseln dann ein aufgeblasenes Hundevieh oder Blumen-Puppy oder ein pinkes Bonbonherz mit Kunst. Oder Ai Weiwei und Boltanski, die werden auch immer größer. Genauso wie unsere vandalistische Oversize-Denkerin Katharina Grosse, bei der steckt das Programm sogar im Namen. Und weil die Schwätzer sich nicht zu helfen wissen, keine Begriffe haben im Kopf (oder nur ausgelutschte), keine Eier in der Hose (oder nur zermatschte), und sich also gegen nichts und niemand stellen können, sich nicht zu sagen trauen: *der Markt spinnt, die Trickbetrüger gehören entlarvt*, nennen sie's dann halt ironische Brechung, oder gar postironische, und faseln irgendwas von Konsumkritik und Warenfetischismus und Jean Baudrillard und Naomi Klein. So entstehen die tapferen Söldner des Common Sense. Ja, und wenn erst Gebrauchsgüter im Spiel sind, Alltagsgegenstände (und das ist es ja meistens): immer nur Konsumkritik und Warenfetischismus. Und einmal angefangen, pampern diese eierzermatschten Wesen die kleinen Trickbetrüger durch ihr kleines Leben hindurch bis zum Tod.

Und als Drittes dann noch ein bisschen Geheimnis untermengen. Mirakelgaukelei. Budenzauber. Das Geheimnis als Trick (nicht als Tatsache), als Give-away gewissermaßen für die Marketingfuzzis. Das Prinzip Verschleiern. Gaze-Kunst. Photoshop nennt's Gaußscher Weichzeichner. Du weißt schon, Hans, die Unschärfe bei Richter und Tuymans und Konsorten. Gauß, Gaze & Co. Soll mir doch keiner was sagen ... das Geheimnis ist planbar. Konstruierbar. Definitiv. Das achso-geheimnisvolle Geheimis. Konstruierbar mit Zirkel und Lineal, konstruierbar wie die Sätze des Pythagoras und Euklid. Und wenn nicht genug Gaze da ist, dann wird halt übermalt oder überrakelt oder überirgendwas. Boltanski, Arnulf Rainer, Sie wi... du weißt schon. Zur Mehrung des Bildmysteriums ist vieles recht. Alles. Du kannst auch eine Trillerpfeife an dein Scheißbild hängen, oder eine kleine Darth-Vader-Figur aus Plastik, und sie raunen. Die sehen das Lichtschwert von dem Knaben und erzählen dir irgendwas von modernen Schöpfungsmythen, von Evolutionstheorie versus Kreationismus – poststrukturell natürlich. Dabei lag das Ding gerade im Kinderzimmer rum. Zufall. Auf das Geheimnis fällt jeder rein. Letztlich jeder. Eine leichte Trübung des Kunstgeschehens, und das Urteilsvermögen wird vielsagend wolkig. So ist die Kritik. Bei der geringsten Unverständlichkeit quiekt sie orgastisch. *Rätselhaftigkeit ist leicht, Klarheit ist schwer,* von wem war das noch gleich? Der Trick: klaren Gedanken verschwommene Bilder entgegenstellen.

Auf alle Fälle: Die Kunst wird durch einen künstlichen Mythos geboren. Sobald dann einer den Mythos in Gang gesetzt hat (der Mythos kann dabei verdammt unerheblich sein), ist er nicht mehr zu stoppen. So ist das. Wenn einer mal angefangen hat, flattern die anderen hinterher. Wie blöde Dachtauben, eine fliegt auf, alle fliegen auf.

Der Mythos geht voraus und trampelt alle Vorbehalte und Bedenken über den Haufen – vor allem die kritischen des Anfangs. Das ist das Prinzip. Er ist wie ein ungezogenes, toll gewordenes Kind, das mit seinem Plastikschwert durch den Kindergarten tobt und alles kaputt macht, was nicht ihm gehört. Der Kunstmythos ist stumm, aber gewalttätig – ein monströses Klonkind.

Der Entstehungsmythos kann übrigens auch – ganz banal – Charme heißen, aus der Aura und Attraktivität des Künstlers entstehen. Basquiat, zum Beispiel, dieser verletzliche Hübschling, ich frage mich manchmal, ist das nicht ein einziger Jesus-Effekt, der durch Charisma geborene Mythos. Na ja, sein Bild *Riding with Death* ist trotzdem genial.«

»Apropos ... woissnhiersKloichmussma.« Die Bemerkung, die nicht so recht zur schönen Langbeinigkeit Chantals passen wollte (wie übrigens genauso wenig ihr Name zur Busenlosigkeit), war wohl eher ein Protest, der sich gegen den Monolog ihres Freundes richtete, als dass sie einem tatsächlichen Bedürfnis entsprang. Chantal pulte mit ihrem pink glänzenden, aufgeklebtem Nagel des kleinen Fingers im Ohr, führte ihn an die Nase und schließlich zum ... nein, nicht weiter, wer will das schon so genau wissen ... noch dazu ihre englischen Zähne, diese dramatischen Kollisionen.

»Da drüben, Babe ... Kunst kann man selbst machen, dafür braucht man keine Künstler. Das affirmative Gequake des Betriebs wird dir dabei helfen, auf den ist Verlass. Immer! Eigentlich ist Kunst eine träge Masse. Sie klebt adhäsionsbedingt als schwerer Klotz ganz oben auf der schiefen Ebene fest und will sich nicht bewegen, bleibt einfach als blöder Klotz da oben auf der Rutsche kleben. Und dann schubst irgend so ein Mentalgymnastiker (ein Autor oder Kurator, ein verhinderter Germanist meist; wie viele von euch Luschis haben eigentlich den falschen Fragonard in London entlarvt?) das Ding an, durch eine Zwirbeldenkerbemerkung, einen versehentlichen Kretinkommentar, und der Klotz nimmt Fahrt auf. Die Überwindung der Haftreibung, das macht Kunst aus – durch einen Anstoß, einen Auslöser, durch einen minimalen Sprachimpuls, dessen tieferer Sinn einem in alle Zukunft unerklärlich bleibt – und unerklärt. Mehr Geräusch als Sprache, kurzatmig. Nicht nur Masse kommt bei $\mu = tan\ \alpha$ in Fahrt, auch Kunst. Und wenn all diese fahrlässigen Anschubser nicht wären, wäre die Kunst immer noch ein blöder Klotz – und würde sich auf ... auf Klügeres besinnen. So ist ...«

»... wie kann sich ein blöder Klotz auf Kluges besinnen? Du liebst den Rundumschlag, mein Bester, die wilden Tobsuchtstiraden«, versuchte Sivers Farshid zu bremsen, »liebst den Thomas-Bernhard-Sermon. Er hätte dich einen Verstiegenheitsmenschen geheißen, naturgemäß auf hohem Ross. Sollte ich mich in dir getäu...?«

»... wetten wir?«

»Wetten? ... Oh je, wer kann sich retten vor des Teufels Wetten?«

»Bitte?«

»Nur so. In der seriösen Kunstvermittlung sollte man das Wetten doch möglichst unterlassen.«

»Anhäufen / Vergrößern / Verschleiern. Weißt du, was das heißt, Hans? Also im Idealfall. Nimm die *Mona Lisa* zum Beispiel, dieses florentinische Tugendlieschen mit seinem glücksverdummten Grinsen – nicht gerade die hellste Birne am Kronleuchter, oder? – Und sagen wir: diese haarige Angelegenheit von Courbet: *L'Origine du monde*. Und dann mach' feine Duplikate von den beiden, 1:1 und fifty-fifty, in noble Rahmen gefasst, ganz viele, und golden natürlich, irgendwie Goldzeugs drum rum – oder nimm gleich die fünfhundert weltweit eh existierenden Kopien, haha –, und dann kleister das ganze Musée d'Orsay damit zu, die ganzen bekackten 20.000 qm, oder wie viel die da haben, schön abwechselnd: eine Lady an die Wand genagelt, eine Muschi an die Wand genagelt, eine Lady genagelt, eine Muschi genagelt ... und so weiter, schön abwechselnd, und dann häng Gaze davor, mächtig viel Gaze. Oder meinetwegen auch Fliegengitter ... oder Nylons ... oder sandgestrahltes Glas. Du kannst auch Parafin drüberschmieren, oder Haargel, scheißegal. Hauptsache, es vernebelt gehörig, verwischt den klaren Blick, und ich sag' dir: Das Kunstspektakel nimmt seinen Lauf. Wetten? Anhäufen / Vergrößern / Verschleiern. Ein verschleierter großer Haufen von irgendwas (es kann auch ein Hundehaufen sein oder ein Fliegenschiss), das macht die Kritiker kirre, kreuzgeil. Dann laufen sie zur Höchstform auf, dann sondern sie Höchstquatsch ab, seibern erste Sahne. Wetten? Ihr Kackhaufen dampft. Okay, vielleicht braucht's noch einen smarten Titel. Mal sehen: Lady meets Muschi? Muschi meets Mona? Nein, zu direkt, für die Allgemeinheit zu direkt. Zu vulgär. Den Pubertätsvorwurf vermeiden, unbedingt! Okay, sexy darf's schon sein, aber nicht zu direkt, nicht zu sehr, und dazu ein Schuss Esprit. Intellektualisierte Frivolität gewissermaßen. Geschmackvoll pervers. Die Begierden wollen hübsch verkleidet sein. Wie wär's mit ... mit ... Lisa meets Gioconda? Ja. Lisa meets Gioconda. Das ist es. Schön verquer. Und hübsch unklar. Wer ist Lisa, wer ist Gioconda? Vielleicht sogar ein bisschen verqueer. Gioconda, die Heitere, trifft ... trifft das Abgründige, das Tiefe, das Noch-nie-Ausgelotete ... trifft Courbets Muschi, trifft den Ursprung der Welt. Oder trifft Lisa mit dem abgründigen Lächeln La Gioconda mit der heiteren Muschi? Wer ist wer? Und viel wichtiger: Wer ist eigentlich mehr wert: die Abtrünnige, die Muschi, La Gioconda oder die Heitere? Oder am Ende Lisa? Und wer sind sie alle? Ewige Fragen, auf die nur die ewigen Leihmäuler Antworten wissen, die Schreiberlinge der schnellen Sprache, die Meinungsmaschinen. Ewige Antworten, die ...«

»... puuhhh! Hast du dich nicht endlich leergeredet, wollen Ihre Lordschaft wohl zum Schluss kommen ... ganz schön apodiktisch unterwegs. Apodiktisch wie Nabokov, wie Bernhard. Monsieur Apodicte sollte man dich taufen.«

Apodicte und Redingote, so hatten sie also beide ihren Namen. Sivers zündete sich eine Zigarette an. Wie Kenneth Tynan (oder Michel Houellebecq) hielt er sie ziemlich manieriert zwischen Ring- und Mittelfinger, wobei die Innenfläche seiner abgewinkelten Hand nahezu vollständig gegen die Decke zeigte. »Glaub mir, das führt nicht gerade ...«

»... das führt sehr wohl ...«, sagte Maryvonne. »Doch, ich bin d'accord, im Wesentlichen d'accord. Ich verstehe nicht viel von ... aber sehen Sie ... dieses grundlos Dumme, das kann ich nachvollziehen, das kann ich nicht nur in der Welt erkennen, in der Politik, das sehe ich auch bei diesen Kunstmenschen ... vor allem da. Das grundlos Dumme, ein großes Prinzip. Sie kennen doch Andersens *Des Kaisers neue Kleider.* Auf lässigen fünf Seiten sagt er es. Alle sehen das Gleiche – und sei es nichts, das große Nichts –, sehen es, um nicht für *unerlaubt dumm* gehalten, ihres Amtes nicht für unwürdig befunden zu werden. Dieses Was-uns-geheißen-wird-Sehen, macht das nicht unser Leben aus, Herr Sivers?! Und diejenigen, die den faulen Zauber durchschauen und zu ihrem eigenen Wohl vertuschen (vielleicht haben sie ihn gar initiiert?), bekommen ein *Ritterkreuz zum Ins-Knopfloch-Hängen* – heißt es nicht so bei Andersen? So läuft das Leben, und läuft nicht so auch die Kunst? Wissen Sie, ich denke, wenn es für Künstler – wie für Schriftsteller – auch Lektoren gäbe, dann hätten wir nicht so viel Unsinn auf dem Markt. Doch, doch, es würde mich nicht wundern, wenn man die moderne Kunst liederlich nennen könnte.«

Sivers wusste nichts zu erwidern.

»Es ist nicht Kunst, es ist fleißiges Heinzelmännchengefrickel, Fürn-Arsch-Kunst. Meine Keine-Kunst-Definition lautet: Was *ich* kann, ist keine Kunst.«

»Ziemlich reaktionär. Wenn Kunst so einfach wäre, könnte es ja jeder«, entgegnete Sivers.

»Kann ja auch ... Joséphine zum Beispiel. Lass' sie mit ölfarbgetränkten Pfoten über eine Leinwand laufen, nur oft genug, zentillionenfach meinetwegen, und irgendwann kommt ein, sagen wir, Pollock dabei raus. Nein, Pollock ist zu einfach, den hat sie bald, da reicht 'ne schlappe Million. Pollock ist ja quasi genuines Leguangetrampel. Primitiv. Nein, irgendwann kommt sogar die Gioconda raus.«

»Ein malender Leguan, das ist schon allein technisch nicht möglich, wie sollen denn diese ordinär geschuppten Klammerhakenpfoten je ein so zartes, geheimnisvolles Lächeln zustande kriegen?«

»Dümmliches Lächeln …«

»… geheimnisvolles!«

»… dümmliches! … Könntest du dich in sie verlieben?«

»Bist du bescheuert?«

»Siehst du, dümmliches Lächeln. Wenn der Übertreiber Vasari seinerzeit von einem debilen Lächeln gesprochen hätte, statt von einem lieblichen, würden *das* heute alle nachplappern, und alle würden vermuten, Mona käme direkt aus der Klapse … wie übrigens auch dieser ziemlich bekifft dreinblickende *Salvator mundi* von Leonardo. Ein Magic Mushroom fressender Erlöser, ich bepiss' mich! Und irgendeine saudische Knallcharge zahlt auch noch 450 Millionen Dollar für diesen unterirdischen Flohmarktramsch.«

»Anyway, Krallenfüße sind keine Marderpinsel. Es ist albern zu glauben, der Zufall könne Verse schmieden und Kunst betreiben.«

»Oh doch. Der Zufall und die Wahrscheinlichkeit. Anders ist dem Leben nicht beizukommen.«

»Lassen wir das, Farshid. Das mit dem Verschleiern, das mit der Gaze interessiert mich.«

»Statt Gaze kannst du auch Backpapier nehmen, Hans. Wetten? Man muss gar nicht zu dem ganz Verwegenen greifen in der Kunst – zu diesem Mit-den-Augen-Malen, farbige Tränen spritzen wie dieser Argentinier, wie heißt er noch gleich? … Oder, wie Marc Quinn, aus dem eigenen gefrorenen Blut 'ne Kopfskulptur formen. Nein, Backpapier reicht, Backpapier. Wetten? Es gibt nichts Falsches in der Kunst, wenn man es richtig macht.«

»Also gut, wir wetten.« Sivers war das Gerede leid, diese ihm mittlerweile gar nicht mehr so klug, viel eher pubertär vorkommenden Provokationen Farshids. Selbst der schicke Ennui von Sivers hatte seine Grenzen. »Ja, wir wetten, verdammt noch mal«, sagte er. Und er sagte es laut und wirsch. Ungewohnt wirsch.

Zwei Tage später hatte Farshid sein erstes Backpapierbild fertig. Mit hellen, kreisrunden, im Backofen hergestellten Pizzaabdrücken. Sein erstes Backpapierpizzabild: Gruppenbild mit Jüngling. Es hing jetzt gerade – anstelle der Fleischlümmel von Pasolini – an Sivers' privater Museumswand. Zur Begutachtung. Vier Frauen und ein Mann, hinter verkokeltem Backpapier. Davor ein Moleskine montiert. Das

Geheimnis. Sivers legte, während er vor dem Bild auf und ab ging, den Rand des großen bauchigen Rotweinglases zwischen seine dünnen Lippen. Leckte er wirklich daran? Seine vorgestülpte Zunge war zu sehen. Es hatte etwas Unappetitliches, Vulgäres. Schmallippig wie er war, fast lippenlos, hatte man doch – eigenartiger Widerspruch – das Gefühl, als lutsche da eine Habsburger Flunschlippe am Glas, fett und feucht. Zungenkussartig. Man hörte das Schmatzen. Bei so wenig Lippe, wie schaffte er das nur? Widerlich!

Mit zusammengekniffenen Augen blinzelte Sivers zu den Frauen, von dort glitt sein Blick zu dem Jüngling – wie in Erwartung, dass er zu ihm sprechen möge –, vor allem aber betrachtete er das Backpapier. Unbedarfte hätten vermutet: Sivers denkt. Farshid sah: Er kalkulierte. Warum dachte er an einen Teufelspakt?

»Das machen wir. Das könnte … ja, das könnte etwas werden … das wird Ihre Karriere befördern. Und dann noch eine … wie hatten Sie das genannt? … Eine Meinungsmaschine? … Ein Journalist, der das Ganze … das wird …«

»… sag ich doch … wie bei diesem Schnucki-Schnulli … äh … diesem Schmierlappen Leon Löwenheini.«

»Wer?«

»Na, dieses Gleitgeljüngelchen aus Bobostan, dieser Scheiße-in-Dosen-Abfüller (schlimmer als Piero Manzoni), der sich nicht entblöden würde, Silberlamé-BHs anzuziehen, nur um den Kunstmarkt zu ficken. Macht auf Avantgarde, ist aber nichts als Theaterdonner und Kulissenschieber. Ganz üble Staffage. Unverfrorene Unverfrorenheit.«

Sivers führte sein Glas zum Mund und nahm sichtlich zufrieden einen Schluck Wein. Farshids kleines Lächeln bemerkte er nicht. Ein Lächeln, das wohl sagen sollte: *Mundus vult decipi. Die Welt will betrogen sein.*

SIE STANDEN BEIDE NACKT im Badezimmer – mit Tipi auf Halbmast, wie Farshid sagen würde –, sehr selbstverständlich. Und doch blieb eine Art Restscham. Andrea zeichnete, wie schon in der Nacht (er konnte alles in der Doppelprojektion von Badezimmerspiegel und Ankleidespiegel sehen), ein Punkt-Punkt-Komma-Strich-Gesicht, diesmal auf Yoricksons Rücken, direkt mit der Cremetube, und signierte auf der rechten Pobacke mit einem schwungvollen A. Schwungvoll wie ein Zorro-Z. Das war es, das Glück. Andrea rieb das Gesicht sanft in den Rücken ein und verteilte die Restcreme auf dem Hintern, so selig, als ob es nur diesen einen gäbe. Heute also Teigschaber ade. Das übliche Aufstehen-Wasserkocher-Klo-Duschen-Pömpeln-Teigschaber-Zähne-Creme-Kaffee-Orthomol-Gedings – heute ohne Teigschaber, welch ein Fest! Er sah sein Gesicht im Spiegel, direkt neben dem von Andrea, Wange an Wange. Yorickson fühlte sich wohl.

In seinen Augen, die jenen von Andrea im Spiegel begegneten, sah er Übermut, Frechheit, vielleicht sogar einen Anflug von Triumph. Offensichtlich war man heutzutage nie alt genug, um noch jung zu sein, dachte er. Der Spiegel konnte ihm heute nichts anhaben, unverwundbar war er, wie Siegfried unverwundbar, der Spiegel war sein Drachenblut. Alterslos ins Alter hinein, ins Alter, das kein Alter mehr war. Und das Ficken nicht zu vergessen. Zusammengenommen also dieses ganze Martin-Walser- und Philip-Roth-Zeug. Die Welt, in der Väter jünger als ihre Söhne aussehen, weil sie die cooleren Sneaker tragen. Ab wann war man heute eigentlich ein Greis? Erst letzte Woche hatte er bei einer Dichterlesung einen fünfundsiebzigjährigen, verhutzelten alten Zausel gesehen, der daherkam wie ein zartes psychedelisches Woodstock-Jüngelchen, braungebrannt und zottelig und trance-beseelt. Ein heiliger Heide. Ein später Sgt.-Pepper's-Lonely-Hearts-Club-Band-Prophet, alle Realität weggekifft. Und umgekehrt sah er in der Straßenbahn auch dieses bleiche akkurate Jungvolk sitzen, ordentlich und gewissenhaft wie das Muster eines Burberry-Schals, anämische Bürschchen, die ihre Blässe geschickt unter der Heim-Solarien-Bräune zu verstecken wussten und ihre Blasiertheit erhaben wie eine Hochzeitsschleppe hinter sich herzogen. Er konnte nichts anfangen mit diesen gewichsten, brav gescheitelten und gestriegelten Köpfen, die kantig und siegesgewiss in die Zukunft schauten, als ob es da etwas zu erspähen oder gar zu gewinnen gäbe.

Er selbst fühlte sich in diesem ganz speziellen Schauspieleralter – so nannte er das –, fühlte sich bestens aufgehoben in dieser glorreichen Zeitenmitte, wo man noch alle Gesten zwischen Vergangenheit und Zukunft zur Verfügung hatte, den Hamletspund genauso geben konnte wie den ollen King Lear. Das Alter, in dem man so tun konnte als ob. Er konnte wählen: mit Andrea die jungen hippen Gesten, die geilen, überbordenden, maßlosen, oder im Beruf die reifen, ungerührten, ganz skrupellosen. Einerseits die Sprache der Internetschnoddrizismen, von 143 über LMFAO und WTF und MILF bis YHBT, auf der anderen Seite, bei den Betonköpfen und Quadratschädeln, den abgeschmackten Gesellschaftsschnullis in ihren silberglänzenden Businessanzügen und Hemden mit zweifarbigem Kragen, die Betonung der langjährig gewachsenen Kundenbeziehungen. In der Situation zu sein, diese Wahl zu haben, das war erhebend. Immer war er wer.

Trotzdem brach es unvermittelt – und unerwartet ehrlich – aus ihm heraus: »Weißt du, das Traurige ist, dass du mich nie alt sehen wirst.«

»Hast du sie noch alle? Du bist echwt dödel! Manchmal denke ich, du glaubst, Kitsch sei entschuldbar … deine Tränenseligkeit …«

»… ist er ja. Das Leben ist oft nahe am Kitsch gebaut. Eigentlich immer. Und wir auch. Du, ich, wir alle. Du wirst es schon noch sehen. Vielleicht bei Farshid, wer weiß. Oder bei Shaahin. Bei Aadish. Oder bei dir selbst. Lord Kitsch beherrscht die Welt, mein Lieber, er ist der Herr über alles. Was ist schlimm daran?«

»Was heißt da schlimm? Der Tod ist auch nicht schlimm, nur banal, eine lächerliche Absurdität, und trotzdem ist er nicht lustig, er nervt. Lord Kitsch ist eine Lady, eine Furie, die dich ganz unvorbereitet überkommt und dir übel mitzuspielen vermag. Vor allem, wenn sie deine Großhirnrinde in Brand setzt … ich geh mal Kaffee machen … besser als Kitsch, oder?«

Yorickson erinnerte Andrea jetzt immer öfter an Farshid: dieses dicke Auftragen, dieses ständige Fighten. Dieses Alter, in dem gefragt wird: Was kostet die Welt?, um dann doch nicht den angesagten Preis dafür zahlen zu wollen. Aber er wollte sich nicht beschweren, schon gar nicht heute an seinem teigschaberfreien Tag.

Yorickson stand vor seinem Spiegel. Das Bild von Andrea war verschwunden. Und auch seine eigenen Imaginationen verschwammen. Dafür kam einer dieser Sätze aus dem Nichts: *Dass wir irgendwelche Gedanken oder Gefühle haben, die wir gewohnt sind, unser Eigen zu nennen, macht ja nun wirklich noch keine Individuen aus uns.* Immerhin, diesmal kein böser Satz, dachte Yorickson. Vielleicht sogar wahr. Ja, richtig, Individualität ist doch ein ziemlich grob behauener Klotz, antwortete er sich selbst.

Irgendwann mittags – Andrea war schon wieder in die Welt der internationalen Linguistik gejettet – ging er zu seinem Tric-Trac-Kasten. Noch drei Gegenstände, dachte er: ein kleiner Zettel, die Fotografie eines Kopffüßlers, ein Penisverlängerungskondom. Dann war die Geschichte zu Ende. Wie oft hatte er diesen Zettel schon in der Hand gehabt? Diesen Zettel mit den französischen Wörtern. In der Hand gehabt und wieder zurückgelegt. Warum? War er nicht gut genug? Die linke obere Ecke war eingerissen, es fehlten Wörter. Wie lautete der vollständige Satz? Und was stand da in Klammern? Duhonc? Yorickson entschied sich für den Zettel. Warum sollten ein Kopffüßler oder ein Kondom mehr Vorrechte haben? Endlich, es konnte weitergehen, das Ende konnte beginnen. Er freute sich.

Am späten Nachmittag ging Yorickson in die Stadt. Er streunte herum. Auf Plätzen, in Cafés, vor Geschäftsauslagen. Sogar eine Kirche hatte er aufgesucht. Eine Kirche, pfui Teufel! Religion, diese obskurantistische Schlange, die ihre vergifteten Eier in Kinderseelen legt. Wie kam er nur darauf? Auf das Pandämonium des Irrsinns ... Ts-ts-ts. Dann plötzlich: *Im Angesicht von Chorknaben wird jeder pädophil.* Schon wieder einer dieser bösen Sätze. Ein kleiner frech grinsender Junge, der gerade aus dem Beichtstuhl gesprungen war, hatte ihm diesen Satz beschert. Die Lüste rumoren im tief Verborgenen, dachte er. *Seine* Lüste? Wovor uns der zivilisatorische Firnis doch immer wieder schützen musste. Er durfte einfach nicht mehr nach draußen gehen, schon gar nicht in Kirchen.

Was waren das für Füße dort? Immer wieder wunderte er sich über die Phänomenologie der Sommerfüße, ihre Manifestationen. Was es da so an Verkrustetem und Verdrecktem gab und doch so bereitwillig, gewissermaßen anstandslos, der Öffentlichkeit präsentiert wurde: unvorstellbar! Ganz so, als ob die Scham noch nicht über die Menschen gekommen wäre. Füße sind eigentlich ein Grund, immer wieder, das Leben glattweg abzulehnen. Abzugeben. Sich aufzulehnen. Natürlich darf man nicht die Wunderfüße vergessen. Die gab es auch. Diese Wunder an Gleichmaß und Reinheit, die schönen und makellosen, die eine Berechtigung hatten, im Freien zu sein, in Freiheit, gewissermaßen amtlich befugt waren, gezeigt zu werden vor aller Welt. Makellos wie die marmornen Damenfüße des Antonio Canova. Aber, und damit rechnet nicht der willigste Mensch, sind da vor allem die miserablen: verpilzt und verschorft, mit aufplatzenden Krusten und anderen Entsetzlichkeiten. In Straßen- und Strandcafés wippen sie dir besonders forsch entgegen, mit schief und krumm geschnittenen Nägeln, wippen direkt unter deine Nase, in die Nase hinein, ganz schamlos. Letzthin hatte jemand seine nackten altersverkrüppelten Füße zwischen seinem und dem benachbarten Kinosessel auf der Armlehne abgelegt, zunderfarben und zerfressen, mit krumm eingewachsenen vergilbten Krallenzehen, raubvogelartig, und riesigen amazonasgleichen

Adergeflechten. In der Verhornung der Fersen klafften breite Risse, Canyons des Grauens. Wer da sagt, Füße seien des Erbarmens, lügt. Jesus lügt. PODOLOGEN ALLER LÄNDER, VEREINIGT EUCH! Schneidet Füße ab! Wer will schon ständig Gottes Verunglückungen erdulden? Andererseits, die calvinistisch gepflegten babyrosa Babyzehen der langrockigen Ökoschlampen sind auch irgendwo scheiße, so unversehrt, wie sie waren, als ob sie nie etwas erlebt hätten.

Wirst du mich ewig lieben? Das hatte er Andrea heute beim Frühstück gefragt. Eines dieser lockeren, gelassenen Frühstücke, die er so sehr mochte. Tee, Toast, Konfitüre. Rosenkonfitüre. Und Honig auf Butter, ganz fetter Butter. Wie lange ist ewig?, hatte er gefragt. Andrea war einfach nicht zu packen. Immerhin, heute war er, obwohl ungnädig grinsend, doch auch gnädig gewesen, denn normalerweise hätte er seiner Gegenfrage noch eine Beschimpfung angefügt ... You're a pain in the ass oder so was.

Yorickson streunte. Das Licht in der Abenddämmerung wurde ungenau, und trotzdem tat die Stadt fürchterlich wichtig. Als ob sie die Dinge im Griff hätte, als ob sie Halt geben, alles und jedes beschützen könnte in ihren Mauern. Irgendwann schließlich – wie lange war er gelaufen? – brach die Nacht herein. Ein Sog – ganz unvermittelt, als ob sein Körper ein einziger Magnet wäre, der gegen seinen Willen umgeleitet wird – zog Yorickson auf die andere Straßenseite, einem jungen Mann hinterher, wie fremdgeleitet. Sein Blick saugte sich an dessen Umrisslinien fest. Und jenseits dieser Silhouette gab es nichts, keine Welt, keinen Horizont, nichts. Einzig diesen Körper des Begehrens, seine Gazellenhaftigkeit. Freunde hießen ihn oft einen Männerschmecker; er betreibt Jungenlese im Weinberg des Herrn. Yorickson lief ihm weiter hinterher. Er roch die Sexiness eines jungen Familienvaters. Im Geiste sah er dessen herrlich erotische Ausgelassenheit, wild, calibanisch, erhaben, und genoss seine Geilheit.

Plötzlich blieb ihm das Herz stehen. Na ja, so sagt man. Es bleibt natürlich nicht stehen, aber es ist doch eine Art Beklemmung, ein Zusammenziehen des Muskels, das sich für Sekundenbruchteile anfühlt wie Stillstand.

Als sie in eine Nebengasse einbogen, konnte Yorickson erstmals das Gesicht sehen, das Profil. Eine Frau? Ja, das Gesicht einer Frau. Einer Lesbe? Oder einfach nur das Gesicht einer schönen Frau, einer wunderschönen Frau? Anyway, Yorickson war einem Irrtum hinterhergelaufen. Das Leben.

Sein Herz schlug wieder normal, ganz normal.

Er ging nach Hause und begann zu schreiben.

Ach, wie still und stolz verfloss
Mein Leben wie ein fremder Fluss
Forugh Farrochsad

Und das Mädchen, das
Seine Wangen mit Geranienblättern färbte, ach
Ist jetzt eine einsame Frau
Ist jetzt eine einsame Frau
Forugh Farrochsad

…t aimé comme on
de suite (Dalione?)

Shaahin saß oben in seinem Weinkloster am Fenster und sah in die Nacht hinaus. Er hielt den Brief seiner Großmutter in der Hand, ganz gedankenverloren. Einen traurig-gerahmten Brief. Er wusste, was kommen würde. Also warum zögern? Briefe ließ man liegen, wenn man ahnte, dass sie zum Jubilieren waren, wenn die zu erwartende Freude hinausgezögert werden, das Hinauszögern der verlängerten Lust dienen sollte. Briefe ließ man nicht liegen, wenn Trauer am Himmel stand. Shaahin riss das Kuvert auf und las. Wie alle Großmütter begann auch seine Großmutter ihren Brief mit den allseits vertrauten Worten: Mein lieber Engel.

Mein lieber Engel,
the coward is gone. He passed away, hat mich alleine gelassen, war zu feige für ein ordentliches Farewell. Hat sich einfach wie die Kameliendame aus dem Staub gemacht: »J'ai besoin de personne pour mourir. Ich brauche niemanden, um zu sterben.« Hat mit seinem Sterbe, wer will! ernst gemacht. Sieben Sprachen futsch! Stell dir vor, das war das erste, woran ich dachte. Persisch, Französisch, Italienisch, Deutsch, Englisch, Arabisch, Armenisch – futsch! Dass dieser polyglotte Geist nun nicht mehr ist, seine sieben Sprachen futsch, das war das erste, woran ich dachte. Ist das gerecht? Und auch seine schöne Schrift. Futsch. Wie ich doch süchtig war nach seinen Briefen, ihrer Kalligraphie. Warum fällt mir nicht als Erstes seine Liebe ein, seine grenzenlose Zärtlichkeit? Stattdessen nun dieser Un-Sinn: Alles Wahrnehmen der Welt, alle Erfahrung des Lebens: umsonst … alle Erkenntnisse und Ekstasen: umsonst … mit einem Schlag … wie weggeblasen. All die vergeblichen Sätze, die man gesagt hat, viel zu viele.

Stattdessen nur unsere Anfangsjahre im Sinn. Großvaters Überheblichkeit, als wir uns kennenlernten, seine Coupé-Angeberei, seine Montaigne-Blasiertheit. Und sein ständiges Frotzeln: »Du bist ein Schoßhündchen des Glücks«. Immer sich selbst der Erste, jeder Moment als habe er gerade ein wütendes Nashorn erlegt. Später wurde Lässigkeit daraus. Noch später dann (zu spät?) das sorgsame Verbergen seiner Klugheit, sein Tarnkappen-Wesen, der Wunsch, unnütz zu sein, um schließlich – im warmen Mantel der Bescheidenheit – triumphieren zu können, ganz still.

Ich fürchte, es gibt keine Sprache für den ~~Tor~~ – oops, für den Tod natürlich. Im Angesicht des Verlusts werden Worte zu blinden Flecken auf weißem Papier.

Ich hab seinen Tod aus der Zeitung erfahren, stell dir vor, Shaahin: aus der Zeitung. Ich war ein paar Tage bei meiner Freundin Mahbube, schlage beim Morgentee die Zeitung auf und … sechzig Jahre Seite an Seite, mein Immer und Alles, sechzig Jahre war er das Schlagen meines Herzens … und dann das: eine Todesanzeige in der Zeitung. Zufällig entdeckt. Zufällig! Zwei in dezentem Schwarz gerahmte Anzeigen auf zwei aufeinanderfolgenden Seiten – jeweils rechts oben in der Ecke. Im Quadrat auf der ersten Seite sein Name, nichts als sein Name, so banal wie herrisch mittig sein Name. Nein, sein Spitzname nur, nichts als sein Spitzname. Diese perfide Bescheidenheit im Tod. Als ob der Tod nichts weiter als ein Winterschlaf wäre, aus dem man wieder erwacht.*

Ich habe ihn gar nicht wiedererkannt. Oder doch? Andere, denke ich, schon gar nicht. Wie auch? Seine Professorenkollegen, woher sollten sie wissen, wer das war: Tacu? Nur sein Kosename stand da, nur ich nannte ihn so: Tacu. Nur ich konnte ihn erkennen. Deshalb vielleicht? Und auf der zweiten Seite dann, exakt deckungsgleich zur Seite davor, ein leeres Quadrat – sein Verschwinden. Einfach nur ein weißes puritanisches Quadrat (als ob er je etwas von Puritanern gehalten hätte), mit einer hauchdünnen Linie umrandet. Als ob sein Blick – warum denke ich ihn mir anstößig, noch im Tod geil? – in die Unendlichkeit fiele. Die Quadrat gewordene Metaphysik auf Zeitungsmakulatur. Ein Malewitsch-Tod. Die Quadratur des Menschseins. Etwas viel Aufhebens für jemand, der seinen Tod eigentlich nur immer verschlafen wollte.

Ach, was war dein Großvater doch für ein Spinner. Ich weiß, du sagst: genial! Du hast zu seinen Spleens aufgesehen, zu seinem unverständlichen So-ist-es-oder-auch-nicht, zu dieser ewigen Unentschiedenheit. Zu seinem Alles-ist-immer, als ob eine fraglose Weisheit darin läge, eine Heraklit-Weis-

* Oder ist es die Anmaßung der Bescheidenheit? Schließlich fällt er doppelt auf durch dieses laute Fragen stellende Nichts.

heit à la: Alles fließt! Zu seinem In-niz-bogzarad. Zu seinem Man-kann-was-man-kann-mehr-kann-man-nicht, zu seinem Morgen-ist-alles-prähistorisch. Aber ich sag dir, diese Genialität kann ganz schön anstrengend sein, so eine Männer-Genialität ist eindeutig nicht alltagskompatibel. Erinnerst du dich, auf alle Probleme des Lebens hatte er die immergleiche Antwort: »Messer raus, Wurm raus, fertig ist das Leben« – seine Allzweckwaffe des Alltags. Genial nennst du das?

(Was mir gerade einfällt: Mein Grabstein soll ein Grenzstein sein, aufgestellt dort, wo das magische Leben ins Nichts hinübergleitet. Wie kommt man von vermeintlichem Männerscharfsinn auf Grenzsteine? Das menschliche Hirn soll jemand verstehen.)

Später habe ich dann diesen Fresszettel entdeckt, seine Jacques-Dutronc-Notiz, bei uns zuhause auf einem Block, auf seinem Schreibtisch: »On s'est aimé comme on se quite.« (Quitter schreibt man mit zwei t, Tacu. So viel zum Professor!) Ich war so wütend, Shaahin. So wütend, dass ich ihn zerrissen habe, diesen Scheißzettel. Nicht wegen dem fehlenden t, nein, wegen dieser Missachtung, der Missachtung mir gegenüber. Einfach nur ein Fresszettel für sechzig Jahre, für sechzig Jahre Liebe, in denen man irgendwann – allem Jugendwahnsinn zum Trotz – endlich gelernt hatte, dass die Hässlichkeit eines Furunkels auf der Nase des geliebten Menschen keine Rolle spielt, ja, sogar der Inbegriff aller Schönheit ist, dass schön nur ist, wer den Mut hat, hässlich zu sein.

Ein Scheiß-Fresszettel für ein ganzes Leben. Kein Brief, kein ordentliches Lebewohl. (Na ja, wenigstens hat er nicht so was Arrogantes hinterlassen, wie dieser bescheuerte Mishima: »Das menschliche Leben ist kurz, ich aber möchte ewig leben.« Diese Arroganz, die nicht weiß, dass nur ein lächerlicher Volkszählungsvermerk von einem bleibt, wenn überhaupt.) Aber dann hatte ich plötzlich das Gefühl, ich hätte ihn posthum in Stücke zerrissen, deinen Großvater, und habe ihn wieder aus dem Papierkorb geholt und zusammengeklebt. Jetzt fehlt ein Stück. Ich hab's nicht mehr gefunden.

Was soll ich nun tun, Shaahin? Soll ich, wie es die kluge Trota von Salerno empfiehlt, gefüllte Sauherzen essen, um all meine toten Freunde – diese blöden Augenzeugen der Sterblichkeit – um mich herum zu vergessen? Oder werde ich ein letztes Mal der Schwerkraft trotzen? »Werde ich noch mal auf den Stufen meiner Neugierde nach oben steigen?« Das hat sich unsere geliebte Forugh mal gewünscht, in einem ihrer Gedichte. Ich denke, solange ich liebe, hat der Tod noch Mores vor mir. Das Laster Traurigkeit besiegen, das wäre schön. Während all meine Freunde ins schiere Altsein entschwinden diese dunkle tintige Traurigkeit noch einmal besiegen, ja, das wäre schön.

Aber wen oder was soll ich denn nun lieben? Kakteen, Kamelien, Katzen? Ja, eine Katze vielleicht. Katzen verleihen Weisheit, Gelassenheit, ganz stoisch. Eine Katze kraulen und die Zeit verstreichen lassen, derart den Großen Unzeitgemäßen erwarten, den Skrupellosen, welch Lebensmöglichkeit. Eine Highsmith-Katze wäre nicht schlecht. Oder besser noch eine von Brassens, Georges Brassens, die sind proletarisch, nicht so sphinxisch. Hatte nicht auch Cortázar Katzen … hm, zu melancholisch wahrscheinlich. Obwohl, ist es nicht gerade die vornehmste, die ureigenste Aufgabe der Katzen, melancholisch zu sein? Oder eine der dreißig frivolen Katzen von Jacques Dutronc? Die von Wiesengrund Adorno allerdings wirklich nicht, philosophisch zu aufgeladen. Und auch keine Oxbridge-Katze von Anthony Powell, eine britisch-schnöselige muss es wirklich nicht sein. Eher was Heimeliges, Seelenruhiges. Die Katze auf dem Fensterbrett in Agnès Vardas letztem Film … oder die zwei Katzen der Signoret: »auf einem Sofa, in einem großen stillen und sonnigen Haus« … um die Eile des Alltags zu besänftigen.

Ein König der Katzen werden, ja das wäre schön. HM The King of Cats, wie Balthus.

»Das Leben und dazu eine Katze, das gibt eine unglaubliche Summe« – von wem war das noch gleich?

Ja, ja, du hast recht, Shaahin, Menschen sollten es sein, keine Katzen. Aber nach draußen zu gehen, das heißt doch in meinem Alter nur: heute Freunde zu gewinnen, um sie morgen dann gleich wieder zu verlieren. Vergebene Liebesmüh! Wie auch alle Geschenke, die du erhältst. Wohin mit all dem Neuen, das du schon hast?

Trotzdem: Was hab ich noch verloren in einer Welt, in der alles jünger ist als ich, selbst Antiquitäten noch jünger sind als ich?

Und weißt du was? Sogar eine Liberalisierung bei uns würde mich mittlerweile sorgen. Die Liberalisierung des Totalitarismus. Dabei war das Liberale – na ja, das Westliche – doch schon mal unser Leben gewesen, unser alltägliches Empfinden.

Ich hab es immer mit einem ganz bestimmten Tag in Verbindung gebracht: dem 14. Oktober 1977. Das Gefühl, zur Welt zu gehören, nie hab ich es stärker empfunden als an jenem Tag. Die Freude, dekadent zu sein. Es war ein Freitag, der Geburtstag von Farah Diba. Fast genau zehn Jahre nachdem sie den »hochachtungsvollen« Brief von Ulrike Meinhof bekommen hatte, diese Abrechnung der Besserwisser mit den Nichtwissern. Das TEHRAN MUSEUM OF CONTEMPORARY ART *wurde feierlich eröffnet, ein riesiges Fest, drei Tage lang. Es war allein ihr Museum. Farah Diba (ich muss gestehen, es war schon ein besonderes Gefühl, eine Kaiserin zu haben, unanständig zwar, vulgär, aber eben auch außergewöhnlich. Die Hasser des Großen Teufels nannten sie später nur noch das Pfauenweibchen, aber war das wirklich gerecht?), sie hatte eine der bedeutendsten Sammlungen moderner Kunst zusammengetragen (okay, mit Petro-Dollar zusammengekauft, mit 3,58 Mill US-Petro-Dollar, um genau zu sein – heute 2,5 Milliarden US-Dollar wert), und wir, die Jeunesse dorée, die Elite des Landes, mittendrin. »Jeunesse dorée« und »Elite des Landes«, das waren nicht unsere Begriffe, aber ganz so schlecht fanden wir sie auch nicht. (Hat Robert Byron deshalb schon in den Dreißigern von »the mincing assertiveness of the modern Persian« gesprochen? von der »affektiert-anmaßenden Art der modernen Perser«? Hat er uns gemeint?) Dein Großvater und ich standen vor einem Pollock. Mural on Indian Red Ground, glaube ich. Oder Nr. 5? Wir schüttelten den Kopf, verstanden nur Kleckse (»Grässlich dieser Schlieren-Schinken, ein Tapeten-Designer auf Speed, die Kunst lebt im Jahrhundert der Ejakulate. Wie sehr einem doch die Abnutzung der Augen leid tut beim Betrachten derartigen Schwachsinns«), und waren trotz allem (natürlich wussten wir, dass der Ruhm Pollocks lediglich aus dem Geiste einer nymphomanischen Verführung namens Peggy Guggenheim erwachsen war) irgendwie glücklich, in der Moderne angekommen zu sein, im ganzen Jetzt der Welt. Du hast uns befreit, Jack the Dripper! Befreit mit deinem hässlichen Expressionismus à la USA. Hah!*

Übrigens, Shaahin, war das auch der Abend, als unser Schah-in-Schah sich seine Hände schmutzig machte. An einem Kunstwerk. Griff der Erhabene doch in eine der Wannen von Noriyuki Haraguchi, in eine dieser flachen mit Erdöl gefüllten Künstlerwannen – und beschmutzte sich. Dumpfbacke! Dämlack! Döskopp! Die Fotos davon gibt es nicht mehr, allesamt vom Geheimdienst, noch am gleichen Abend, konfisziert. Kein Wunder, sah unser Pfau an jenem Abend doch eher einem gerupften Puterich gleich denn einem strahlendem Paradiesvogel. Wovor hatte unser König der Könige Angst? Dass erkannt werden würde, dass das Erdöl das iranische Volk beschmutzt hatte, so wie er sich gerade beschmutzt hatte? Dass der Satrap das persische Öl verschachert hatte für seinen billigen Bling-Bling-Luxus? Dass sich in Haraguchis Ölteppichen das ganze Elend der Welt spiegelte, das ganze schäbige Geschäft zwischen Ost und West? Großvater war richtig sauer auf unseren königlichen Angsthasen: Der soll sich seine Eier doch grillen, wenn er sonst keine Verwendung für sie hat. Ja, lebendig begraben, kopfüber lebendig begraben, hätten wir ihn sollen, so wie es einst sein Vorfahre König Kambyses mit seinen Widersachern tat.

Nein, nein, die Liberalisierung des Totalitarismus würde mir heute, nach drei Jahrzehnten der Despotie-Abhärtung, einfach zu viel Gewöhnung an

Neues abfordern, das schaffe ich nicht mehr. Ich würde die Schlägerbanden der Islamischen Revolution vermissen, die Vollstrecker der Idiotie, meine blutgeilen Menschentiere. Das Stadtbild ohne Basidschi-Milizen hätte nicht seine gewohnte Ordnung. Unsere Ordnung. Die Ordnung des Terrors. Eigenartig, wenn einem die Gehilfen des Todes zum Leben fehlen.

Vielleicht sollte ich quinquilieren. Manche sagen, es könne Spaß machen, dieses deutsche Quinquilieren, könne beruhigen. Aber ist das nicht nur ein elegantes Synonym für Vegetieren, fürs kümmerliche Absterben nach und nach?

Und doch: Wahrscheinlich werde ich versuchen müssen, in den kleinen Augenblicken, die bleiben – Carpe that fuckin' diem, hätte dein Großvater gesagt – das Funkeln und Leuchten des Alltags zu sehen, das Lebensvertrauen, das im Glanz der Möbel liegt, in den verwitterten Seelen der Friedhöfe, im Alkoholgeruch des blühenden Rosmarins. Aber ich habe mich so an diesen alten Sturkopf gewöhnt, dass es wohl schwer werden wird. Dieser Sturkopf, der von sich absah, letztlich doch immer von sich absah.

Ich wollte weinen, Shaahin, die ganze Zeit. Aber es gelang mir nicht. Kannst du dir vorstellen, dass man nicht weint, nur weil man weiß, dass jeder Mensch sterben muss, es so sehr weiß? Wie herzlos, wie kalt. Aber so war es, ich konnte einfach nicht.

Ich habe Angst, Shaahin. Jetzt, wo Großvater nicht mehr ist, habe ich Angst, dass mein Körper dereinst allein wegen seines faulgasigen Gestanks entdeckt werden wird, in aller Einsamkeit.

Stell dir vor, Shaahin, jetzt kam doch noch was von deinem Großvater. Unser Anwalt ist gestern vorbeigekommen und hat mir ein ziemlich großes Paket überreicht. (»Er hat ganz schön gefroren für Sie, meine Liebe. Alles in allem nicht gerade ein Verstorben-durch-göttliche-Heimsuchung.«) Obenauf ein Brief (na ja, was man heute so Brief nennt. Im Wortsinn vielleicht: »brief« für »kurz«, eine kurze Botschaft, aber ein Brief unter zehn Seiten ist doch kein Brief, ist eine Kränkung), auf dem Briefpapier einer Schweizer Firma, CENTER OF DIGNITY, CD, *die gleichen Initialen wie Christian Dior, als ob sie etwas (Überspanntheit? Überheblichkeit?) miteinander gemein hätten. Und darunter ein Säckchen mit graurosa Granulat. Und eine Rechnung.*

Meine große Freundin, allergrößt!
Der Tod ist eine Öko-Sauerei, im allgemeinen. Meiner nicht. Ich will kein Schadmüll auf einer Sonderdeponie sein, habe mir lange Gedanken gemacht. Außerdem, als Leiche Stil und Contenance zu wahren ist ziemlich schwierig (wer will schon Würmer und Erde und Maden im Mund haben für den Rest

seines Todes?), deshalb also: Das, was du hier in den Händen hältst, bin ich. Zuerst sanft heruntergekühlt, dann in flüssigem Stickstoff schockgefroren (verdammte minus 200 Grad – Brrrr!), danach auf einem Vibrationstisch zu klirrendem Pulver zerbröselt. Schließlich ab in die Vakuumkammer, zum Trocknen. Das erste Mal in meinem Leben bin ich clean, vollkommen schadstofffrei. Und das Beste: Ich rieche nicht, kein bisschen, weder nach Whisky noch nach Tabak, nichts, das wird dich freuen, meine große Freundin. Ich hoffe, sie haben meinen Herzschrittmacher entfernt, all meine Stents, und auch mein Hüftgelenk und das Amalgam. Keine Gifte in der Erde wegen mir (oder gar im Heiligen Meer), keine fossilen Brennstoffe, keine CO_2-Schweinereien, das hab ich mir geschworen.

Meine Vorgänger, die Parsen, die Jünger Zarathustras, hielten es schon immer so. Einfach in den Bäumen den Menschen-Kladderadatsch, diesen erbärmlichen Fleischrest, der wir am Ende sind, den Aasgeiern als First-Class-Menü kredenzen. Mehr Ökologie geht nicht. Doch! Die Hinterbliebenen der Papua in Neuguinea werden verzehrt, aber das wollte ich dir dann doch nicht zumuten. Ein Hoch also auf den helvetischen Sterbetourismus!

Heb eine Grube aus, meine Liebe, im Abseits, wie das Grab Cartier-Bressons, an einem ruhigen, schattigen Plätzchen, auf einem moosgrünen Grasfleck, zwischen Gold- und Silberfarnen, im Laleh-Park vielleicht, bei den Museumsskulpturen (ich will auf gar keinen Fall auf einem Friedhof kaserniert sein), schütte mich hinein und setze einen Flammenbaum-Sprössling in meine Mitte – so wie ich immer in deine Mitte :-) In einem halben Jahr bin ich Humus geworden, feinste Blumenerde (dein Pläsierchen so gehaltvoll wie noch nie!), und nähre deine Frucht, unterstütze sie – dafür bin ich prädestiniert – bei ihrer eitlen Pracht. Ja, ich unter deinem Feuerdach, im Schatten, das wäre fein.

Ich weiß, du wirst sagen, Tacu-Moleküle können nur Unheil anrichten, aber glaube mir, Pflanzen haben keine Vorurteile, und auch die Erde nicht, sie ist geduldig. Und wenn du magst, dann stülpe beiliegenden Stahlreif um den Schaft des jungen Stamms (holla, holla, welch Phantasie!), und später dann lege dich dazu. Philemon und Baucis in persischer Erde, »unter Blumen und Klee, im Tode wie im Leben ungeschieden«. (Give a shit on the Islam; giwve a shit, dass Mann und Frau im Grab nicht vereint sein dürfen, das ist doch …)

Ich blühe auf ewig für
dein Pläsierchen

Tacu

P.S. Und bitte keine Totenfeier. Darius hätte gesagt: »Ich wusste schon immer, dass ich sterben muss, warum also so viel Aufheben? Ich hasse den Tod. Und ihm dann noch 'ne Ehrerbietung erweisen, nee danke! Und überhaupt: Wie geht Beerdigung?«

Kannst du die Zahnarztrechung für mich begleichen. Es war keine Zeit mehr, es ist nicht viel. Das Entfernen von Zahnbelägen und Polieren … zur Ehre der Jungfrauen … oder Zarathustras … oder wer immer mich auch erwarten wird. Du weißt schon: Stil und Contenance. Und auch der Buchbinder bekommt noch etwas, ruf ihn bitte an … ich weiß nicht mehr genau … er kann dir sagen, wie viel …

So long, meine große Freundin, allergrößt.

Der Stahlreif lag ganz unten in dem Paket, Shaahin. Ich hatte ihn übersehen.

Jetzt hat er mich also doch wieder erwischt, der alte Fuchs. Gut, gut, ich sehe ein: Vielleicht müssen Liebesbezeugungen nicht unbedingt lang sein. Oder gar keusch (selbst im Tod noch unflätig, der Kerl!). Ich habe den ganzen Tag geweint, Shaahin, immer wieder. Dieses Sätzlein auf dem Reif, so lieb:

if i know what love is
it is because of you.

So lieb, so kitschig … diese Regressionen ins Schulbubenhafte …

Nun gut, dann werde ich halt auf meine Sonettzeilen verzichten. Der Sieg des Trivialen über den Intellekt. Tut mir leid, Rossetti, du warst gut, richtig gut, also dein My-name-is-might-have-been-stuff, meine ich. Keine Mohnsamen also. Kein liegender Azul Bahia. Stattdessen ein schmaler Reif, mit Liebe besetzt. Hat dein alter Öko-Opa aus seiner Ramsar-Konvention also doch noch was gelernt! Ich hätte nie gedacht, dass er es ernst meint, Shaahin. Ich denke, die Jungfrauen im Paradies (ist sein Name Cronopia?) werden ihn auch so, als Trockenpulver, umschwärmen. Versäum' die Pforte nicht, alter Junge!

Du kannst dir gar nicht vorstellen, wie ich ihn vermisse, Shaahin! Sein Platz ist so leer. »Everything begins and ends at the exactly wrong time and place.« Vielleicht werde ich ihn treffen am Ufer der Lethe beim déjeuner sur l'herbe (das von Manet natürlich, nicht Monet). Das erste Mal ein flotter Vierer; jetzt erst im Alter, am Ende meiner geborgten Zeit, denke ich an vertane Chancen … und erröte. Was für Gedanken man doch manchmal hat!

Warum nur hat er das gemacht? Wie viel Philosophie muss man eigentlich im Leib haben, wie viel Freundschaft zur Weisheit, um sich für den Selbsttod zu entscheiden? Eine ganze Menge, schätze ich.

»Diese schönen Menschen auf den Straßen, ich werde sie nie verlassen, freiwillig nie. Für den Selbsttod sind noch viel zu viel schöne Menschen unterwegs.« Menschen hatte er gesagt, aber er meinte Frauen. »Für die Frauen willst du noch den Felsen von Gibraltar überleben«, hab ich gealbert. Und jetzt also doch. Warum nur? Nie hat er Angst vor dem Tod gehabt. Nie, keine Minute, war er tot im Leben. «Allein wer vom Tod aus denkt, ist glücklich. Wenn du Angst vor dem Tod hast, musst du Selbstmord begehen – die Angst verschwindet.« Vielleicht war es das.

Mein Engel, du bist so weit weg. Magst du nicht wieder etwas näher zu mir rücken?

In Liebe,
deine Großmutter 

Ich bin in der Schweiz jetzt, Shaahin, bei meiner Freundin Edith. Es tut gut. Es tut gut, bei verständigen Menschen zu sein. Einfach weg zu sein von unserer Enge, von meinen persisch-iranischen Gedanken. Ich bin froh, das Flugzeug genommen zu haben in die … in die Fremde? … in die Vertrautheit?

Weißt du, was der Proust-Fragebogen ist, Shaahin? Eine schöne Gelegenheit, von sich zu erzählen … und andere in die Zukunft zu begleiten. Granma stuff. Also …

Proust Questionnaire

Mit fünf notwendigen Ergänzungsfragen
Allein für dich, Shaahinjan. Für dich allein.

Was ist für Sie das größte Unglück?

Alte Menschen traurig zu sehen. Sterbenstraurig.

Wo möchten Sie leben?

In einer Hütte, seidig schimmernd, mit diskretem Spinnwebcharme, am »weinfarbenen Meer«, die Luft salzig, weich und warm. »Sonne, Küsse und erregende Düfte«, gesegnet von den schönen Göttern Tipasas.
Ja, unter provenzalichem Himmel blitzblankblau den Sonntag verträumen, das wär's. Kindergleich Gräser zählen. In die Sonne blinzeln, an silberblasse Platanenstämme gelehnt.

Allerdings in einer großen Hütte. Groß und bescheiden, schlicht und gefällig, weder Verschwendung noch Geiz. »Une maison agréablement bâtie, mais simple, où rien ne sentait ni la prodigalité ni l'avarice.« Und abends dann, nach den grellen Sommertagen, heftig glühend heiß, als ob sie klirrend zerbersten könnten, ein Sommergewitter, jeden Tag eine halbe Stunde lang.
Vielleicht hole ich Luis Barragán aus dem mexikanischen Jenseits. Nur er kann so ein maritimes Hüttenwunder bauen: einfach und umstandslos, und doch ganz blaue Phantasie. Eine Hütte, die ihr Leben leicht nimmt. »Dieses Licht, dieser weite Himmel und das Wasser«, rief Guy de Maupassant nicht so? Versuche immer ein Stück Himmel zu haben über deinem Leben, Shaahin.
Ja, in einer Hütte auf einer glücklichen Insel (also doch nicht die Provence? nichts Schönes genügt einem!), am schaumschlagenden Meer, abends schwarzsilbern, dahinter die Himmelswand, makellos unklar, himmelmakellosunklar. Um dort dann die »Wildnis des häuslichen Lebens« (Chesterton?) zu leben. Dort möcht ich sein.
Aber hab acht: auch hier wird gestorben, wenn auch festlich-mediterran.

Was ist für Sie das vollkommene irdische Glück?

Lächelnde Menschen. Dein perlweißes Lächeln, Shaahin, hat mich ganz oft durch den Alltag geführt. »Dieses Lächeln der ganzen Welt« möchte man sagen, Schiller grüßend.

Welche Fehler entschuldigen Sie am ehesten?

Mord im Affekt. Weit vor Unhöflichkeit.
(Übrigens, berechtigte Kritik gehört nicht zu den oft inkriminierten Unhöflichkeiten. – »Quarrel? Nonsense; we have not quarreled. If one is not to get into a rage sometimes, what is the good of being friends?«)

Ihre liebsten Romanhelden?

Ripley, Pip 'n Pooh – eindeutig!
(Übrigens, Falstaff gehört nicht mehr dazu. Früher, als ich jung war, ein Greenhorn des Lebens, mochte ich ihn, den scharfsinnigen Spaßmacher, aber mittlerweile … er kann so fies sein, so bösartig … klebrig wie ein Karamell-Bonbon. Wenn er feige ist, das kann ich verstehen, aber fies? Manchmal ist es klug, Hase zu sein, Haken zu schlagen. Denk an unsere Schlächter, Shaahin. Feigheit wird vor dem Tod anders verhandelt als vor dem Leben. Aber fies? Verrucht? Feigheit kann Heldenmut erfordern.

Das Fiese und Räudige aber zieht immer eine Schleimspur hinter sich her. Dass ich Großvater früher so tituliert habe: feige, wenn auch im Spaß – hm?)

Ihre Lieblingsgestalt in der Geschichte?

Marian Rejewski, der polnische Kryptoanalytiker. Und Alan Turing, sein britischer Codebreaker-Kollege. Um zwei Jahre und mehr haben sie den 2. Weltkrieg verkürzt (wie viel gerettete Menschenleben sind das?), haben einfach die genial verschlüsselten Nazi-Funksprüche durch noch genialere Genialität dechiffriert, haben Hitlers Verschlüsselungsmaschine Enigma dekodiert. Nicht die Militärs (schon gar nicht die Politiker) haben den Krieg gewonnen, es waren die Mathematiker, die Informatiker und Großschachmeister; sie haben auf dem Landsitz Bletchley Park unter der Leitung Turings den deutschen Nachrichtenverkehr entschlüsselt. Der 1952 wegen seiner Homosexualität zur chemischen Kastration verurteilte Alan Turing beging zwei Jahre später Selbstmord. Premierminister Gordon Brown würdigte 2009 die Leistung Turings: »So on behalf of the British government and all those who live freely thanks to Alan's work, I am very proud to say: we're sorry, you deserved so much better«.

Ihre Lieblingsheldinnen in der Wirklichkeit?

Forugh Farrochsad (zum x-ten Mal).
Shirin Ebadi (zum ersten Mal).
Rakhshan Bani-Etemad (zum ersten Mal).

Ihre Lieblingsheldinnen in der Dichtung?

Scheherazade. – Vom Tod bewahrt werden durchs Erzählen. Wow!
Miss Havisham. – Wie dieses kranke vampirische Persönchen meine Heldin sein kann? Immerhin, sie richtet Estella ab, um sich an den Männern zu rächen. Davon brauchten wir mehr in unseren persischen Gefilden. Genauso wie wir ein paar Lysistratas brauchen könnten … um ein paar religiöse Heere aufzulösen bei uns.
Und Madame Rosa natürlich. Aus: La vie devant soi. Welch Dame! Welch Hure! Welch KZ-Heilige! Ein Buch, so schön, dass du das Leben noch mal beginnen möchtest. Mein Lieblingssatz allerdings stammt nicht von ihr, sondern von ihm, vom kleinen Moslem-Lümmel Momo: »J'ai cessé d'ignorer à l'âge de trois ou quatre ans et parfois ça me manque.« – »Ich hab aufgehört mit Unwissen, als ich drei oder vier war, und manchmal fehlt's mir.«

Ihr Lieblingsmaler?

Blöde Frage: Matisse natürlich. Und Matisse. Und Matisse. Die Heilige Dreifaltigkeit. Das französische Lebensgefühl par excellence! Sans pareil! Nur noch zu toppen durch die Tschiegg. Merkt Euch die Tschiegg! Schaut nach, Ihr Kretins! Und reingeschummelt: Pierre Bonnard (seine Heimeligkeit, seine triumphale Heimeligkeit). Überhaupt: Les Nabis et leurs amis, ihr flüssiger Weißgoldhimmel, ihr flutendes Licht. Und Varlin: ein frecher Schweizer, das ist doch mal was. Und Adrian Berg: die schönsten Landschaften seit es Landschaften gibt, heiter und wollüstig; man möchte sie austauschen gegen die richtigen, möchte mit einem Kopfsprung eintauchen in sie, hineinspringen, wie in einen Hockney-Pool. Ein einziger Freudentaumel, ein Fest des Lebens.

Ah ja, und noch ein Kassiber für Vilhelm Hammershøi: die gewaltig laute Stimme des Leisen. Die Aufhebung der Zeit, das ganze Alleinsein (Verlorensein?) im Hier und Jetzt. Seine leeren schattendunklen Räume, die unser Dasein sind. Nur manchmal eine Frau, ihr aschblauer Rücken, einzig um das Geheimnis zu gestalten, das Rätsel, das uns umgibt. Der Blick ins nächste Zimmer (das Sterbezimmer?) erfüllt sich nie. Als ob es dort nichts gäbe, oder allein die Sehnsucht, nicht mehr zu sein. Hammershøi: der Edward Hopper in dänischen Gefilden, mit Vermeer gekreuzt.

Für die »göttlichen Perversionen eines Jules Pascin« (O-Ton Großvater) hatte ich nie was übrig. Dabei hat Großvater eigentlich recht: »Man muss die Abseitigen lieben (Lesser Ury zum Beispiel), die Verlorengegangenen, allein ihnen sollte unsere Aufmerksamkeit gelten, unsere Zuwendung. Jene, die den anderen den Vortritt gelassen haben, lassen mussten, weil es die Zeiten so wollten, weil die Großmäuler und Ellbogentäter triumphierten. Die Vergessenen darf man nicht vergessen.« Trotzdem: Für dieses Fleischlüsterne, dieses in den orgiastischen Fluten Versinkende konnte ich mich nie erwärmen. Natürlich Großvater. (Auch für Freud übrigens nicht, den Lucian, diesen Zwölfender-Ästheten. Nein!)

Aah, Helene Schjerfbeck habe ich vergessen, die Zart-Moderne. Wie kann man sich nur so inne werden? Hat man je Malerei gesehen, in der die Luftspiegelungen des Ichs Wahrheit werden? Und da alles seinen Kontrapunkt braucht noch Florine Stettheimer, ihr furioser, queerer Rokoko-Fauvismus.

Und von den Alten: Chardin und Joshua Reynolds.

Von den Uralten: Balthasar Denner. (Großvater mochte den Alten mit dem Stundenglas und die Geldeintreiberin.)

Ach ja, noch einen: Kitaj, dieser Juden-Angeber. Genial! Sein Bild The Man of Woods and the Cat of the Mountains. *Hhm, das waren Großvater*

und ich in New York. Anderthalb auf anderthalb Meter Goldlack-Sehnsucht.
Aber warum nur Maler, nur Malerinnen? Sind wir nicht weiter, Monsieur Proust?
Die Fotografen etwa. Ja, die katholischen Derwische von Giacomelli, im frommen Tanz vereint. Christianity meets Islam. Wie er mit Licht malen konnte, mit Licht und Schatten!
Oder die Cartoonisten? Hugo Pratt natürlich, der Botschafter der Freiheit. Auch er ein Magier des Lichts – in schwarz-weiß. Wie kann man mit dem Wirrwarr der Striche so sehr Ordnung bringen in die Welt?
Kurz: Ich liebe all das, bevor die Kunst anfing zu spinnen. John Singer Sargent's Kohleportraits, das war noch …

Ihr Lieblingskomponist?
Was soll der Unsinn? Warum sich bescheiden? Warum nur ein Komponist?
Also: Franz Schmidt. Sein Intermezzo aus der Oper Notre Dame *– allein für Norouz reserviert.*
Dann: Chopin für alle Frühlinge, einschließlich der Mittwinterfrühlinge (das Klavierkonzert Nr.1 etwa, von Lipatti natürlich, es ist mein akustisches mémoire involontaire, es bringt mich immer wieder verlässlich in die Kindheit zurück, in mein Elternhaus, dort wo ich nach dem Aufstehen im Bad noch ungestraft sagen durfte: »Ich bin eine Blume, Blumen müssen sich morgens nicht waschen?« Eine andere Version konnte ich nie ertragen, selbst wenn sie allseits als besser gepriesen wurde.) Übrigens: Für heitere Frühlingstage sind auch Requiems geeignet, ganz hervorragend: Fauré, Mozart, Brahms.
Und den Rest des Jahres das Diktat der Engel: 's Wolferl, wenn möglich von Carlos Kleiber. Dieses große wilde Rühren im Musik-Teig – göttlich! Selbst noch sein traum- und tränenseliges Violinenrauschen. »André-Rieux-Schwulst für Kühe, damit sie mehr Milch geben; Lullaby-Musik für Babies«, schimpfte Großvater. Oh, wie simpel unser Tacu doch sein konnte. Dabei wirkten die Sonaten selbst auf seine Seele beruhigend. Das Adagio des A-Dur-Klarinettenkonzerts, wer wollte nicht derartigen Trost am Krankenbett … und in der Welt? Und das Klavierkonzert Nr. 21, ist das nicht Musik gewordene Notwendigkeit? Lebensnotwendigkeit. Oder das 23ste: herrlich, die Lieblingsscheibe Stalins; ich kann gar nicht verstehen, dass es ihn nicht vom Schlachten abgehalten hat. Wahrscheinlich kannte er die Buchbinder-Version nicht, auf dem Hammerklavier. Ja, ich weiß: Mozart ist keine sehr originelle Wahl, aber unvermeidlich, für einfache

Musikseelen wie mich wie geschaffen. (Waren Oskar Werner und Carlos Kleiber eigentlich Brüder? Ihr Tonfall ist so ähnlich.)
Zwischendurch gehen auch schon mal Max Richter und Zbigniew Preisner, obwohl ihre bombastisch-ätherischen Klangbrei-Kompositionen (immerhin sind es keine Tschingderassabumm-Symphonien) schon ihre ganz eigene Zeit brauchen. Wie auch »das kleine Ding« von Schumann ... zum Kinderkuscheln etwa.
Nur eins bitte: Man bleibe mir weg mit dem Gebrüll der Oper, mit den Stimmen, die nicht stimmen, mit dem Donnergetöse eines Wagner, dieser knödeligen Schlachtplatten-Musik. Na ja, mit Ausnahme von Isoldes Liebestod, diesem Gänsehaut-Orgasmus, und meinetwegen auch der Tannhäuser-Ouvertüre; da hat diese verklemmte sächsische Transe statt Rambazamba mal Musik hingekriegt. Aber auch Amadeus-Opern, hinfort damit! Dann lieber noch das mathematische Protestanten-Geklimper des Herrn Bach.
Oper – das ganze Genre ist ein einziger Unfall, vom Gebrüll-Durcheinander eines neapolitanischen Markts (das muss ihre Geburtsstätte sein) kaum zu unterscheiden.
Gibt es islamistische Komponisten?

Welche Eigenschaften schätzen Sie bei einem Mann am meisten?
Diejenige, weiblich zu sein – natürlich!

Welche Eigenschaften schätzen Sie bei einer Frau am meisten?
Diejenige, männlich zu sein. Reingefallen! Quatsch! Ihre Unbedingtheit – natürlich.

Ihre Lieblingstugend?
Schlafen. Ja, Schlafen ist eine Tugend. In die Langsamkeit des Schlafs eintauchen. Das Hinübergleiten, das Hinausgleiten. Beim Schlaf werde ich zum Tugendstreber.
Das Bett, hat Xavier de Maistre es nicht ein »köstliches Möbel« genannt? Ins Bett gehen, schlafen, sich Morpheus überlassen ... Ach!

Ihre Lieblingsbeschäftigung?
Höflich sein. In einer immer rüder werdenden Welt mit aristokratisch gedämpfter Stimme versuchen, höflich zu sein. (Auch deinem Großvater war das wichtig. Wie sagte er: »Was am Leben hält: Sex, Höflichkeit und Cortázar«. Na ja, das mit dem Sex ... na ja ...)

Wer oder was hätten Sie sein mögen?

Um nicht schon wieder Forugh Farrochsad sagen zu müssen, sage ich: Marguerite Yourcenar, obwohl natürlich nicht wirklich frei, die Dame. (Auf keinen Fall die Duras. So viel leere Flaschen, so viel Alkohol, vertrag ich nicht. Außerdem zu traurig. »Eisheilige der Liebe« hab ich mal gehört, ja, das trifft es wohl.)

Bei den Männern Marlon Brando. Diese Lässigkeit, sein Fett zu tragen, dieses immense Fett. Beneidenswert! Und trotzdem immer aufrecht zu sein, im Menschenmöglichen. Mehr Mensch geht nicht, wenn man nicht gerade ein blöder Heiliger ist. Und dann: Ich glaube, er wäre der einzige Mann/Schauspieler, bei dem ich das Adjektiv »herzzerreißend« wagen würde. (Komisches Wort: hat je jemand diesen störrischen Muskel reißen sehen?)

Aber eigentlich bin ich mit mir selbst auch ganz zufrieden.

Aber vielleicht ist das »Was« ja interessanter. Das Was-hätten-Sie-sein-mögen. Ja, die Dignität der Dinge, für sie hätte sogar dein Großvater sich gegen Mekka verneigt. Also, was hätte ich sein mögen? Was wäre ich gerne? Ein Elsternversteck? Um das Glänzende in mir zu entdecken, das Glänzende, das andere betört?

Ein Filmprojektor, auf dem das eigene Leben abspult? Bei allem zuschauen können, ohne involviert zu sein?

Oder eine zweite Geige? Mitspielen, im Hintergrund.

Ihr Hauptcharakterzug?

Oh je, Familie zusammenhalten zu wollen, glaube ich. Ja, ich weiß: »können« ist eher ein Charakterzug als »wollen«. (Wenn der Savak nicht deine Eltern geholt hätte, wäre es mir sogar gelungen. Und wenn wir von den Kerkern des Schahs nicht in die Folterzellen des Imam hätten umziehen müssen. Wir wären alle vereint am Kaspischen Meer. Unsere armen Kinder: deine Mutter Nasrin verschleppt und ermordet, dein Onkel im Exil. Und schließlich auch du noch, Shaahin. Warum nur? Family Reunion, das wär's.)

Was schätzen Sie bei Ihren Freunden am meisten?

Treue. Ganz sicher. Unverbrüchliche Treue.

Und Humor, gepaart mit Ironie.

Manchmal eine gewisse herzliche Arroganz.

Ihr größter Fehler?

Das Tahdig nie perfekt gemacht zu haben für meine Lieben – könnte ich sagen. Ist aber albern. Deshalb sage ich: immer ein Weibchen geblieben zu sein … bis zum Ende. Die Männer blieben letztlich doch immer die Gebieter, die Potentaten über alle Maßen. Mit welcher Sanftmut sie sich in unser Leben schleichen, um dann doch den Macker zu geben – wenn auch den smarten, hinter der Maske der Verständigkeit.

Ihr Traum vom Glück?

Gelingen. Beim Kochen genauso wie beim Philosophieren. Und – ich muss es wiederholen – eine Hütte am marmornen See (der Blick aufs Wasser ist immer was Feines), im weich riechenden Wind, unter den schützenden Dächern geduldiger Pinien, blauschwarzer Sonnenschirmpinien, so alt wie die Welt vor dem Beginn der Zeit. Mitten im Duft der Jahreszeiten »ein blasses, feines Licht- und Sonnenglück«.

Was wäre für Sie das größte Unglück?

Noch so eine blöde Frage. Natürlich wenn einem meiner Liebsten ein Unglück zustieße.

Was möchten Sie sein?

Eine sehr, sehr begabte Gärtnerin. Und: genial-bescheiden.

Ihre Lieblingsfarbe?

Farben sind alle schön, wenn sie schön sind. Farbklänge sind viel schwieriger, das irisierende Seifenblasen-Schimmern. Das Farbenspiel des Hascht-Behescht-Palastes in Isfahan zum Beispiel. (Warum habe ich da immer Tränen in den Augen? Weil ich mir das Gold-Gewölbe als Adelspalast für rubinrote Tauben vorstelle?)
Oder die blaugrünsilbernen Olivenbaumschatten im changierenden Licht des persischen Nordens.

Ihre Lieblingsblume?

Butterblumen, in angeschlagenen dickbäuchigen irdenen Krügen – let's call it life, let's call it melancholy.

Ihr Lieblingsvogel?

Die Elster. Sie klaut so schön. Der Merkur der Lüfte. Außerdem ganz Mensch: nicht weiß noch schwarz, weder gut noch schlecht.
Nein, vielleicht doch eher der Spatz: grau und frech. Und gesellig. Herrlich gewöhnlich, und doch seiner Fröhlichkeit so sicher. Spatzen, die Tröster der Alten und Siechen. Gaukeln sie nicht immer Leben vor?

Ihr Lieblingsschriftsteller?

Puh! Das wechselt täglich. Stündlich. Heute gerade: Maxwells Zeit der Nähe, *mein Trostbuch – nach einer langen Patricia-Highsmith-Phase. Trotzdem, ein bisschen geizig, nach nur einem Schriftsteller zu fragen. Selbst Prospero durfte mehrere Autoren auf seine Insel mitnehmen. Mindestens so viele, wie Arcimboldos Bibliothekar Bücher trägt, sollten es schon sein. Allein sein Kopf schultert zehn.*

Ihr Lieblingslyriker?

Forugh Farrochsad. (W. H. Auden ist auch nicht schlecht). Nirumand, glaube ich, hat mal ein paar Verse von einer Deutschen – Elisabeth Borchers? – übertragen. Auch schön. Eine perfekte Dame, wie mir scheint. Bis in die letzte Faser bravourös. Wenn auch giftig. Giftig-bravourös.

Ihre Helden der Wirklichkeit?

Buster Keaton. Mit so viel Trauer die Welt beglücken, das ist schon was. Und Abie Nathan. Mit so viel Frohmut …

Ihre Heldinnen in der Geschichte?

Lysistrata. Émilie du Châtelet. Marie Laurencin.
(Warum gibt es eigentlich immer wieder Buchtitel wie Apollinaire und seine Muse? *und keine wie* Marie Laurencin und ihr Muserich? *Immer nur: Mann und seine Muse. Nie umgekehrt. Nie Frau und ihr Muserich. Warum dürfen Frauen keine Museriche haben?)*

Ihre Lieblingsnamen?

Shaahin und Tacu. Said und Nasrin.
Tacu und Shaahin. Nasrin und Said.

Was verabscheuen Sie am meisten?

Hab ich das nicht schon gesagt? Unhöflichkeit. Mehr als die anderer meine eigene.
Faule Frühlinge, die ihre Arbeit nicht tun.
Logische Fehler in Krimis. Nicht auszuhalten!

Welche geschichtlichen Gestalten verachten Sie am meisten?

Verachtung ist mir zu hochnäsig. Ich hasse lieber, meistbietend. Und kein Hass führt vorbei an den Pasdaran: Die Hölle ist leer, die Teufel sind unter uns. Kein Hass führt vorbei an den Revolutionswächtern unserer

Islamischen Revolution und ihren stierhodigen Basidschi, den getreuen vom Blutdunst besoffenen Schlägern im Namen Allahs. Korrupte Schläger im Namen eines korrupten Allahs.
Und warum hat eigentlich noch niemand bemerkt, dass diese so genannten Gardisten Loser sind? Hätten sie nicht schon lange merken müssen, dass mindestens ein Drittel unserer Frauen Coca-Cola-farbenes Haar trägt, Coca-Cola, die Farbe des Großen Teufels?
Und was für ein Name: »Basidsch-e Mostaz'afin – Mobilisierte der Unterdrückten«? Welch Hohn!

Welche militärischen Leistungen bewundern Sie am meisten?
Kann man Militär bewundern? Ekelhafte Bagage! Obwohl. 1940. Wie die Spitfire-Piloten der Royal Air Force (»die Jungs mit den langen Haaren«) in ihren fliegenden Särgen bei der Luftschlacht um merry old England Hitlers arischer Jugend, diesen kahlgeschorenen Göring-Bluthunden, eins auf die Nazi-Fresse gegeben haben, das war schon was. Und doch: Wie viele von ihnen flogen schon beim ersten Flug direkt ins Himmelreich? Recht hat er gehabt, dieser Churchill: »Never was so much owed by so many to so few.«
Und dann die »Operation Dynamo« der britischen Admiralität, die Evakuierung der französischen und britischen Jungs in Dünkirchen.
Überhaupt diese Alliierten! Ihre Landung in der Normandie, die »Operation Overlord«.
Dieses Heldenopfer gegen den Wahnsinn. Diese Kinder. Diese Übermenschen. Zum Weinen! Wer werden unsere Alliierten sein? Wer wird uns von den Bluthunden befreien?

Welche Reform bewundern Sie am meisten?
An dieser Stelle des »Proust Questionnaire« schreiben alle großen Persönlichkeiten: die Abschaffung der Sklaverei. Im strengen Sinne natürlich keine Reform … aber ich denke, ich sollte mich für dieses eine Mal – wenn's mir auch schwer fällt, sie haben so selten recht – den Großen anschließen.

Welche natürliche Gabe möchten Sie besitzen?
Selbstironie. Und die Gabe, das Glück zu einem treuen Gefährten machen zu können – ohne Mathematik, zu anstrengend. Ich bin und bleibe ein Glücksstreberin.

Wie möchten Sie sterben?

Sterben? So etwas tut man nicht! Auf gar keinen Fall! Der Tod interessiert mich nicht. Und wenn's doch nicht anders geht: unbemerkt, von mir und anderen unbemerkt. Unerkannt wie die Indianer und Tauben. (Wo sterben Tauben? Nie sieht man Tauben sterben. Wo ist ihr Gottesacker?)

Ihre gegenwärtige Geistesverfassung?

Klar, absolut klar! Du kannst die Laurentiustränen am Nachthimmel sehen, so klar!

Ihr Motto?

»Jenseits von richtig und falsch liegt ein Ort. Dort treffen wir uns.« Vom anbetungswürdigen Rumi. Ein Motto, das an allen Giebeln der Welt tief eingraviert sein sollte.
Leider habe ich diesen Ort viel zu selten aufgesucht. Warum nur? Die meisten kennen ihn noch nicht mal. Es müsste Expeditionen dorthin geben, staatlich vorgeschrieben – und von den Krankenkassen bezahlt.

Ihr liebster Philosophieheld?

Das ist sie, die erste Ergänzungsfrage, Shaahin. Welches ist ihr liebster Philosophieheld? Ja, warum wird nicht nach den Philosophen gefragt im »Proust Questionnaire«? Haben sie nichts beizutragen? Sind sie Taugenichtse im Weltbetrieb? Wie ihre Kollegen, die Soziologen, diese Selbstverständlichkeitenerklärer. Und auch die Psychoanalytiker (»beide im Arsch«, oder hieß das »für den Arsch«, von wem war das noch gleich?), auch nach ihnen wird nicht gefragt. Wortklauber & Phrasendrescher? Ja, allesamt Ritter von der traurigen Gestalt, erkennbar an ihren krummen Lanzen, mit denen sie vergebens gegen Windmühlenflügel (genannt: Begriffe) ankämpfen. Ich denke, alle Philosophen dieser Welt kommen nicht zu mehr Erkenntnissen als alle Putzfrauen dieser Welt. Scheiß auf sie!
Anyway, wenn ich mich trotzdem entscheiden müsste: Humpty Dumpty wäre mein Philosophieheld, ganz klar – wie überhaupt der ganze Carroll. »Wenn ich ein Wort verwende, dann bedeutet es das, was ich will, dass es bedeutet, und nichts anderes.« Darauf ist dein Wittgenstein nicht gekommen, dein Sprachhecht, häh? Aber du hast recht, Tacu, ein Mensch war er, bis zum Weißbluten. Wenn er mehr gelacht hätte, wären sie Brüder, der Ludwig und der Humpty. By the way: Misstraue philosophischen Werken, in deren Namensregister nicht Dumpty oder Monty Python stehen. Für Das Leben des Brian lohnt es sich, auf der Welt gewesen zu sein.

Ihr liebster Satz?

»Trotzdem, schon komisch, das Leben. Da gibt's nix, gefällt mir.« Die flapsige Weisheit des unwiderstehlichen Straßenjungen Moustike, dem von Montherlant. Da will man meinen: Der Vogel der Weisheit ist ein Spatz.

Ihre liebsten zehn Wörter?

Die dritte Ergänzungsfrage, ganz unproustisch. Trotzdem: Beisammensein / Schmerz / Sonnenwiese / Sehnsucht (die Sucht, sich zu sehnen – ach!) / Nachthelle / Glück / Hansguckindieluft / Bruderherz / Neuanfang / Thálatta! Thálatta!

»Schmerz« tausch ich gegen »Ironie« ein. Sie tötet den Schmerz zwar nicht, lindert ihn aber, wie ein Fentanyl-Pflaster, macht ihn erträglicher, ganz erheblich. Und »Glück« tausch ich gegen »Güte«. Ohne Güte kein Glück. Umgekehrt erzeugt Glück nicht notwendigerweise Liebenswürdigkeit. Zwei Wörter noch im Kassiber, unbedingt: Taumelpfeffer & Wolkenmeer. »Liebe« fehlt. Ja, warum fehlt die Liebe? Immer die Liebe.

Ihr liebster Film?

La Jetée – Am Rande des Rollfelds - Von Chris Marker, dem Staunenswerten. Kein Wunder, wurde es der Name einer Bar in Tokio. Aber warum im Yakuza-Viertel, bei den japanischen Mafiosi?

Ihr liebster Romananfang?

Sorry, Tolstoi, es ist Dickens, der Anfang von A Tale of Two Cities: »It was the best of times, it was the worst of times, it was the age of wisdom, it was the age of foolishness, … « und so weiter, der ganze erste Abschnitt … nicht nur weil es toll klingt, welch Rhythmus? sondern auch für immer und alle Zeiten wahr ist.

Teheran, 21. 1. 2013

Sie waren noch mal da, Shaahin, während ich bei Mahbube war. Die Nachbarin hat es mir erzählt: »Doppelte Kollaboration mit dem Feind« haben sie ihn angeraunzt. Tacu hatte Besuch von seiner Cousine aus den USA. Jüdin UND Amerikanerin. Das war zuviel. Doppelte Kollaboration. Eine persische Jüdin, verheiratet beim Großen Satan, in Fairfield, Connecticut. Das ist gefährlicher als zionistische Milch von hebräischen Kühen.

»Ein nasser Hund ist noch besser als ein trockener Jude, du Sau« hatten sie ihm draußen auf der Straße ins Gesicht gebrüllt, alle konnten es hören,

mitten im noblen Elahie-Viertel. Warum? Er ist doch kein Jude. Dann schlugen sie ihn ins Auto. Als ob er sich hätte wehren können. Einen alten Mann blutig schlagen. Elendes Pack! Armer Tacu! Die Nachbarin hatte sich um ihn gekümmert, als er tags darauf zurückkam. Er sah nicht gut aus. Warum hat er mich nicht angerufen, Shaahin? Armer Tacu!

»Alle können sie besiegen, nur die Frauen nicht«, sagen sie bei uns. Die Männer sagen das. Komisch, nicht? Als ob wir unverletzbar wären, als ob wir aus billigen Comics heraus, mit stark tuenden Gewändern angelegt, die Welt befrieden könnten. Wie lange sollen wir euren Job eigentlich noch machen? Wollt ihr uns wirklich alles überlassen? Weicheier, elende! Macho-Memmen, die ihr seid!

Nein, ich bin besiegt. Ich habe keine Lust mehr, Shaahin. Vergräbst du mein Herz an Großvaters Seite?! Ganz dicht neben seinem Reif!? Wie gesagt: Give a shit on the islamic rules! Bitte, sei so gut! Versprochen?

Also doch kein Grenzstein!

Mag Gott auch einen Plan haben, du brauchst einen eigenen, Shaahin, deiner ist wichtiger. Denk immer daran!

Ich bitte die himmlischen Mächte, dass deine Freude ungetrübt, deine Schönheit ungefährdet und dein Glück ohne Ende sein möge.

In Liebe, deine Großmutter 

P.S. Ich habe an die Adresse meiner Freundin ein Telegramm bekommen, von unseren Freunden aus Rom, auf Deutsch, sie sprechen nicht Persisch. Na ja, was man so deutsch nennt. Ihr Italienisch hätte ich wohl eher verstanden. Ich leg es dir bei.

Großvater tot.

Die Angst war immer gut aufgehoben bei dir. Am Bett bei den grausamen Märchen, im wassersprudelnden Houz auf dem Dach, und auch beim Fieber kranker Nächte mit heißer Milch und Honig und Wick VapoRub. Immer, seit ich dich kenne, warst du die Zeit der blauen Geschichten.

Shaahin hob den Kopf von den Briefzeilen und blickte hinaus in die stahlfarbene Nacht.

Er sah Großvater auf dem Dach in Babolsar, wie er frühmorgens die rosasüßen Maulbeeren pflückte, sie direkt vom Baum aß, eine Spur zu gierig, um für höflich gelten zu können.

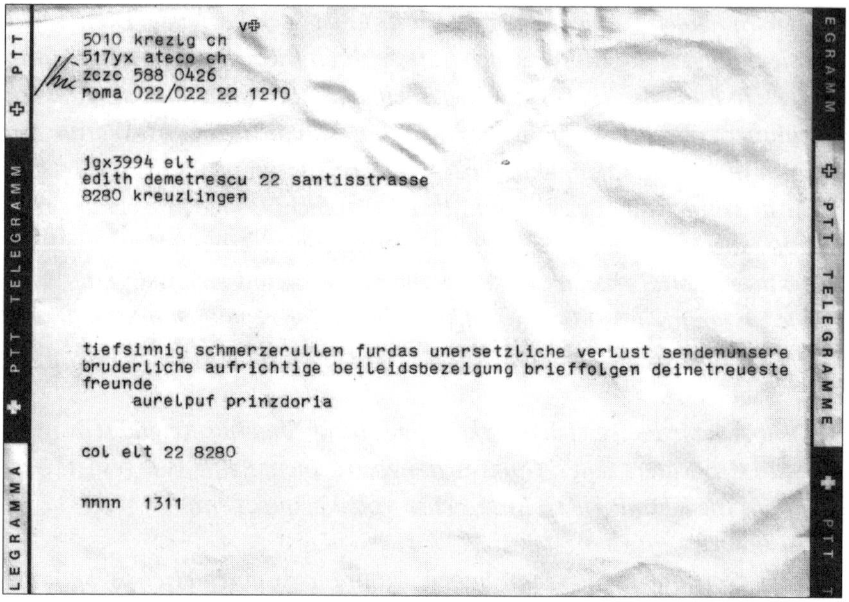

5010 krezlg ch
517yx ateco ch
zczc 588 0426
roma 022/022 22 1210

jgx3994 elt
edith demetrescu 22 santisstrasse
8280 kreuzlingen

tiefsinnig schmerzerullen furdas unersetzliche verlust sendenunsere
bruderliche aufrichtige beileidsbezeigung brieffolgen deinetreueste
freunde
aurelpuf prinzdoria

col elt 22 8280

nnnn 1311

Er sah ihn abends um den Houz herumtanzen, irre herumhüpfen wie Wassertropfen auf einer heißen Herdplatte, wenn er sich freute über einen gelungenen Tag.

Er sah ihn, wie er dort oben im Pyjama stand und die Neunte von Beethoven dirigierte, pantomimisch stumm und doch herausfordernd lebhaft in die Welt hinein. Immer nur den 4. Satz, die Ode: *Wer ein holdes Weib errungen / Mische seinen Jubel ein!* Ja, dir galt das, Großmutter, dir! Und den ungläubig Gläubigen rief er – die berühmte Zeile stillschweigend korrigierend – entgegen: *Freiheit schöner Götterfunken,* mit einer der morgendlichen Stille und der eigenen Scheu abgetrotzten Wucht, die ihn selbst erstaunte.

Er sah sie beide dort oben Murmeln spielen, auf dem holprigen Fliesenboden. Er ein Kind, Großvater ein Kind. *Tumbe Götterkinder,* sagte Großmutter. *Jede Fuge war euch vertraut – wie die Wege Allahs.*

Er sah sie Tric-Trac spielen – mit den bunten Pillen Großmutters. *(Warum hast du unsere Spielsteine versteckt, Großmutter? / Eure Trictracomanie geht mir auf den Geist.)* Die dottergelben Kapseln gegen Herzbeschwerden gaben die schwarzen Steine, die schilfgrünen Tabletten für die Schilddrüse (*Du nahmst sie zum Abnehmen, gib es zu!*) waren die weißen. Die Pillen-Spiele dieser sanften Spätfrühlingsabende hatte alle Großvater gewonnen – ausnahmslos. Es war, als wollte er Shaahin eine Lebenslektion erteilen; warum konnte er auf einmal so gut spielen?

Und noch einmal dort oben Großvater, wie er ihn ins Wasserbecken tauchte, kopfunter, um seinen Kinderdreck zu schrubben. Eine einzige prustende Lust. Im Zierbecken, das er doch immer für ein Heiligtum gehalten hatte.

Er sah die Zeit der salzverklebten Lippen, die Zeit der Zärtlichkeiten am Strand. Er war am Meer mit Farshid und Aadish. Mit Mehdi, dem Tapir. Sie spielten 17:0. Und hatten gewonnen. Das einzige Mal. Nur dieses eine Mal hatten sie tatsächlich gewonnen, hatten es zu Null geschafft und mussten – keine Cola zahlen. 17:0! Er dachte an seinen Lieblingsverein FC Persepolis … Shaahin schoss den Ball vor Freude in den Himmel, mit aller Kraft, als sollte er da oben am höchsten Punkt stehen bleiben, als marmornes Denkmal der Lüfte, um auf alle Zeit Zeugnis zu geben von ihrer unbändigen Kraft und Herrlichkeit.

Shaahin schaute in den Himmel und träumte sich in die Sterne, träumte sich direkt auf seinen *Großen Stuhl* in die Plejaden. *Wir sind alle Krähen, die sich für Adler halten. Adlerkrähen. Krähenadler.* Er fühlte sich wohl, denn dort oben bedeutete er nichts, einfach nichts. Dort oben war nicht nur er erträglich, für sich selbst, dort oben war auch der Tod erträglich, der Tod Großvaters und auch der Tod aller anderen. Gelinderter Schmerz. Selbstverständlichkeit. So selbstverständlich wie das Meer. Von draußen gesehen sieht alles ganz anders aus. Fast friedlich. Er saß einfach nur da und genoss die Ruhe. Niemand sah ihn, und niemand verlangte sein Lächeln. Noch nicht mal Tante Simin.

Großmutters Brief lag zerknittert in seinen Händen, als Shaahin aufwachte. Die kosmische Melancholie war verflogen. Er freute sich, dass sein Caravaggio sich immer noch nicht dazu entschlossen hatte, seine Finger von den Lippen zu nehmen. Offensichtlich war Verlass auf ihn. Er musste lächeln.

Der Tag begann. Und bevor er überhaupt an etwas denken konnte, bevor seine Lebensgeister Gelegenheit hatten, sich zu sammeln, stand er auf und ging, am Duft der Koniferen und Persimonen vorbei, in den silberblauen Morgen hinaus. Er ging zu dem alten Baum hinunter. *Seinem* Baum. Der Baum gehörte ihm. Er war zwar schon lange vor ihm dagewesen, vor ihnen allen, wie auch die Wolken und Wiesen hier, lange bevor sie den Hangar dort hingesetzt hatten, trotzdem: Er gehörte ihm. *Bäume sehen Dinge gelassener,* dachte er, *irgendwie altersweise.*

Nicht nur der Baum gehörte ihm, auch der Garten mit den alten persischen Rosen, schließlich hatte er ihn selbst angelegt. Ein steingefasster achteckiger Teich in der Mitte, viel größer und prächtiger als das Wasserbecken auf dem Dach in Babolsar, und dann Rosen drumherum, nicht kreisrund angelegt, wie es Farshid wollte, nein, kein Symbol göttlicher Ordnung, eher unregelmäßig ausufernd, ein unaufgeräumter wilder Kosmos, beim Teich eng stehend, dicht und fett, zum Rand hin stetig sich auflösend, mehr als zwanzig Meter weit teefarbene und safrangelbe Rosen – die Farben Bouviers, zu seiner Ehre, wie Shaahin betonte. Nur ab und an, mitten im Blumenmeer, eine angeschlagene Statue, als sollte das Leben nachgeahmt werden. Und Riesenmagnolien, die der Rosenwelt einen milden, verträumten Schatten spendeten.

Der wilde Garten mit den tausend Rosen. Wer hatte ihn als erster so genannt? Shaahin konnte sich nicht erinnern, und er war sich auch nie im Klaren darüber geworden, was dieses *wild* wirklich besagen sollte. Wild – hieß das zügellos, ohne System, ohne Sinn und Verstand? Menschengleich? Der Garten als das kultiviert Verwahrloste? Dabei hatte er sich doch eigentlich einen Garten vorgestellt, in dem die Wirklichkeit schöner als die Träume war, etwas ganz und gar optimistisches, paradieshaftes. Ein Shangri-La auf Erden. Ein Garten, in dem man seinen Träumen nachgehen konnte, selbst wenn man sie nicht kannte. Und jetzt das, ein Garten, auf den kein Verlass war: schön zwar, aufreizend, aber auch verwildert und ausgefranst. *Wie das Négligé einer billigen Hure,* dachte er und wusste nicht, woher er so etwas wissen wollte. Und doch, er fühlte sich wohl dort. Vor allem morgens, wenn sich nach Anbruch der Dämmerung, im ersten gütigen Licht der Morgenröte, das Flirren und Sirren des anbrechenden Tages in eine zarte beschützende Melancholie verwandelte.

Und wenn dann noch der Geruch von feuchtschwerer Erde dazu kam – dieses fette, urtümliche, untrügliche Leben – und ihn sorgend umschloss, schien er glücklich.

Dass andere behaupteten, er lebe in Mondonien, focht ihn nicht an.

YORICKSON SCHMECKTE NOCH den Wasserstoffperoxid-Kuss auf seinen Lippen (wie konnte Andrea sich nur mit so widerlichem Zeug den Mund spülen? nicht nur der Geruch, auch noch dieser weiße Schaum zwischen seinen Zähnen), als er schon die erste Mail von ihm bekam.
Allerwertester? – Hm!

for my beloved man

Von: mail@ndrea.com
An: yorick@gmx.de

Thema: for my beloved man
Datum: Fr., 21. Okt. 2016 11:08 Uhr

'n schönen tach
mit viel gemach!

dein allerwertester ;-)

Sent from my iPad

? Löschen Weiterleiten Allen antworten Beantworten

Yorickson ging ins Bad und erschrak gehörig. Eigentlich streifte sein Blick nur beiläufig den Spiegel. Aber diese Beiläufigkeit wuchs sich unvermittelt ins Gewaltige aus. Ins Beängstigende. Mit einem Mal wurde ihm klar, dass er offensichtlich schon seit Jahren (Jahrzehnten?) nicht gemerkt hatte, alt geworden zu sein. Es war ihm einfach entgangen. Die Physiognomie verrutscht im Laufe der Zeit, aber du merkst es nicht. Er hatte den Perspektive-Schalter nie umgelegt, hatte dem Auge nie eine Neufokussierung gestattet. Er hatte immer nur den Jüngling gesehen, dieses allseits splendide Wesen – im Spiegel, auf Fotos, im Widerschein der Freunde. Jahre und Jahrzehnte lang. Und dieser Jüngling war immer er: der belgische Au-Pair-Jüngling auf dem englischen Pferd, der Hochschul-Charmeur in der Disco, der strahlende Youngster im Beruf. In jedem Spiegelbild – schon längst hatte er hässlich stumpfgraues Haar – war er immer nur dieses Jüngelchen geblieben. Das Jünglingsbild war über all die Zeit hinweg unabänderlich gewesen. Es war das Beständige schlechthin, auf ewig eingeschrieben in das Silber des Spiegels, eine festgefrorene

Existenz, eine mathematische Konstante, und erst jetzt, wo der Spiegel angelaufen war, grau und blind, erkannte er das andere Bild, das wahre. War es das wahre? Es musste wohl so sein. Brutal war nicht das veränderte Bild, brutal war das jähe Erkennen. Zack. Dieses Von-heute-auf-Morgen. Zack. Das plötzliche Entdecken des Alterns. Zack. Des Alters. Zack. Das heimliche Erringen der Inkontinenzkompetenz. Zack. Das Sterben auf Raten. Zack. Gestern noch der Glanz der Jugend, ihr weites Mysterium, das beglückende Rasen und Toben der Hormone, heute einzig Garstigkeit. Zack. Die Zeit, als sein Spiegel noch stolz darauf war, Schönheit zu empfangen, war vorbei. Dies zu sehen, hieß altern. Es war Zeit, das zu begreifen. Zack.

Was hatte Andrea unlängst gesagt? Mein Lieber, so alt wie du aussiehst, wirst du nie.

Wie so oft, wenn Andrea abgereist war, war an Arbeit nicht zu denken. Yorickson war niedergeschlagen. Schon den ganzen Tag lümmelte er herum und wusste nichts mit sich anzufangen. Er begann Arbeiten, die er nicht beendete; er lief in der Wohnung herum, ohne zu wissen, wohin; er spülte Geschirr, packte Müll und saß blicklos vor seinem Rechner. Schließlich – es wurde schon dunkel draußen und die Unruhe lief über wie ein mit brackigem Regenwasser gefülltes Fass – zog Yorickson seine Jacke an (einen Pea-Coat – immer noch das Bedürfnis, etwas Besonderes sein zu wollen), steckte Geld und Schlüssel ein, und verließ die Wohnung.

Er streifte ziellos durch die Stadt. Warum hatte er das Gefühl, dass jeder Person, die ihm entgegenkam, Sex ins Gesicht geschrieben stand? Die Genitalisierung des Lebens. Sex in allen erdenklichen Formen: als Erfüllung, als Enttäuschung, als unterdrückte Gier. Nach Alter und Verfasstheit geordnet. Selbst noch in der Buchhandlung, selbst noch in diesen papierverschwenderischen Bücher-Drecksecken, die Schilder trugen mit Aufschriften wie Spiritualität, Religionen, Engel, Neues Bewusstsein, Bibeln, Theologie, selbst dort noch, in der Selbsthilfeabteilung der Hilflosen: nichts als Schwänze und Mösen, die schwülstig und furchig (und irgendwie auch leprös) aus den Gesichtern der Menschen wuchsen, feist und direkt aus ihren Augen quollen. Ihr ganzes Begehren, die versteckte Lust, das Sehnen und Verlangen. Überall nur das Eine, das Geile, bei den Alten sekundiert vom Tod. Was würde wohl passieren, wenn jeder um seinen Hals eine für alle sichtbare Begehrlichkeitsskala trüge? Zeter und Mordio und Weltuntergang.

Schon lange hatte er keine bösen Wörter mehr gefunden. Aber hier, auf dem Krabbeltisch mit den Mängelexemplaren, lagen plötzlich wieder welche: *All / fickende / vorwiegend / Menschen / Flecken / im.* Er musste sie nur noch ordnen: Menschen, vorwiegend fickende Flecken im All. Wörter wie von einem bösartigen Bot.

dem vergeblichen glücksritter ???

Von: mail@ndrea.com
An: yorick@gmx.de

Thema: dem vergeblichen glücksritter ???
Datum: Sa., 22. Okt. 2016 23:12 Uhr

hab' dein pdf bekommen, kleiner.
ich denke ja, dein shaahin ist … öhm … trotz seiner vielen roten rosen nicht sehr nahe am glück, zu sehr am traum gebaut. Es heißt aber: *»if you can dream - and not make dreams your master«.* remember?
es ist, als ob er sich das glück von dir nicht sagen ließe. deine leser, ich bin sicher, sie hätten ihm eine schönere geschichte geschenkt, eine, in der sein lächeln alle kriege besiegt. hat er das nicht nach seiner rettung farshids verdient? du bist his fucking schicksalsbringer, yorick, also streng dich an, verkack es nicht. dem unglück nachgeben, du mädchen, geht's noch!?
bei deiner geschichte denke ich ständig an die dietrich: *your future's all used up* - hat sie das nicht zum ollen orson welles gesagt … in … in … ?

? Löschen Weiterleiten Allen antworten Beantworten

Sollte er Andrea antworten? Sollte er ihm etwas von der Last der Generationen erzählen? Oder gar vom Eigenleben, vom Selbstbestimmungsrecht der Figuren, wie verdammt höhnisch sie werden können und treulos? Besser nicht. Gemach! Gemach! Außerdem: Das Glück nahm schließlich verschiedene Formen an, wer konnte schon wissen, wie viel Lebensseligkeit selbst noch im Trüben lag. Die Melancholie ist ein Zwittertier. Das Glück erst recht. Andrea würde es nicht verstehen. Nein, besser nicht. Außerdem: Es war ja noch nicht aller Tage Abend. Lass uns sehen, ob er die Erschöpfung überwindet. Gehen wir. *Das Denken ist wunderbar. Aber das Abenteuer ist wunderbarer.* War das Oscar Wilde oder Immanuel Kant?

Yorickson verließ die Buchhandlung und zog streunend durch die Straßen. Er suchte Erleichterung. Stattdessen fand er Menschen, hässlich kontaminierte Menschen. Der ganze Reichtum der Stadt, ihre Wohlanständigkeit, der Konsum, alles war kontaminiert, besudelt von der Ausbeutung in Hungerlohnländern, von der Kinderarbeit in Bangladesh, jedes Lächeln in der Einkaufsstraße, im Kaufhof – besudelt. Jede Blümchenbluse über dem mächtigen Busen – besudelt. Jedes H & M-Glitter-Shirt am anorektischen Girlie-Body – besudelt. Vom Abercrombie & Fitch-Quatsch auf goldbronzenen Sixpacks (Möchtegern-Sixpacks!) ganz zu schweigen. Die Demokratie nichts als ein Beschwichtigungsapparat. Repression durch Freiheit. Die Unzahl der Krimis und Lotterien und Quizshows am Abend: eine riesige Ruhigstellungs- und Denkunterlassungsmaschine. Die Freiheit, eingeführt nur, um die Massen zu beruhigen, eine Maske, ein gigantisches Ablenkungsmanöver, ein Maulstopf-System. Die Gewaltlosigkeit als Waffe, als unsichtbare Knute. Wer die Freiheit hat zu wählen, wählt die Gleichgültigkeit. Die Friedhofsruhe. Die Demokratie, die gewährte Freiheit, macht erst den Kanaillenkapitalismus möglich, das Raubtierhafte, weil jeder mit seiner eigenen hedonistischen Freiheit beschäftigt ist. Das Kapital – sein genialster Schachzug – hat die Demokratie als Flagge gehisst, um unter ihr, im Verborgenen, unbemerkt, herrschen zu können. Unter der Narrenkappe Demokratie dürfen wir alles machen, dürfen schräge, allerschrägste Performances in die Welt bringen, dürfen alles Erdenkliche sagen, die unerdenklichsten Meinungsfreiheiten zelebrieren, dürfen schwul sein oder bi oder trans oder cis oder agender oder whatever, auf allen Ebenen unser Ich polieren. Ein gewaltiges Ego-Shooter-Game. Hauptsache, die Wirtschaft nimmt keinen Schaden. Im Gegenteil: Geld und Waren kreisen unverfänglicher, in den Hinterzimmern heimlich, still und leise. Demokratismus pur! Auf so eine teuflische List muss man erst mal kommen. Der Unterschied zwischen Demokratie und Diktatur: Hier wählst du dir deinen

Untergang, dort wird er dir diktiert. Dikatatur: der Kopf will durch die Wand und platzt blutig auf. Demokratie: die Wand ist aus Gummi und der Kopf taumelt benommen zurück. Unverletzt.

Yorickson sah Kriegsregionen und Naturkatastrophen, er sah Attentate und Busunglücke, ausgebrannte Autos und blutig-zerfetzte Körper, er roch den beißenden Geruch verbrannten Fleisches und wusste nicht wohin mit seinem ganzen Wohlwollen und seinem Glück. Denn Glück und Fügung und Gunst hatten ihn – das wusste er nur allzu gut – bis hierher geführt. Ungerechterweise. Natürlich. Mein Gott, wie kitschig er war. Nein, nicht er, sein Denken.

Aber bei Aldi einkaufen, dachte er, das kannst du. Moral ist wie Aufschnitt, es gibt sie nur scheibchenweise, antwortete er sich. Und meist nur im Billigangebot. Es beruhigte ihn nicht wirklich.

Am Erzbischöflischen Ordinariat kam ihm ein kleines ungestaltes Frauenwesen entgegen, fettfeist. Nein, das hatte er nicht gedacht, so war er nicht ... bewahre! Sein Gemüt hellte sich urplötzlich auf. So war er nicht, nein!

Trotzdem, oder gerade deswegen: schnell wieder nach Hause, Yorickson! Da gab es Sicherheit, die Geborgenheit des Ohrensessels. Keine schieläugigen Pummelchen, die T-Shirts mit der Aufschrift BE AN ICON tragen. Kein Moral-Gesäusel im Kopf, kein Politik-Gesülze. Nur Freiheit. Frische, erhebende Gedankenlosigkeit. Oft genug schreiend komisch. Der alltägliche Gewalt-und Katastrophenschwall der Nachrichten – *Unser tägliches Porn gib uns heute* –, dieser fette erstickende Klumpen, hier konnte er abgeschaltet werden, ausgeblendet.

Zuhause auf dem Boden fand Yorickson den Jacques-Dutronc-Zettel (der eigentlich ein Joe-Dassin-Zettel war, wie er mittlerweile wusste). Wie kam er dort hin? Andrea? Hatte Andrea in seinen Sachen gewühlt? Hatte er sich gar an seinem Computer zu schaffen gemacht? Er war sich sicher, alles zurückgelegt zu haben. Er hob den Zettel auf und legte ihn in den Tric-Trac-Kasten.

regen an meinem fenster gerade :-*

Von: mail@ndrea.com
An: yorick@gmx.de

Thema: regen an meinem fenster gerade :-*
Datei: m4a 274 k — Download
Datum: So., 23. Okt. 2016 20:35 Uhr

bin gut angekommen. habe bei *di stefano* noch ein *agnello alle olive nere* gegessen. das wetter ist garstig hier, präziser gesagt: scheiße :) ich schicke dir etwas wilden regen, im römischen gewand. LOL - äh, ich meine LOVE.

? Löschen — Weiterleiten — Allen antworten — Beantworten

Noch nie hatte er Regen geschenkt bekommen. Als Liebeserklärung eine m4a-Datei mit Regen – darauf musste man kommen.

Regen und Liebe? Was hatte das miteinander zu tun? Hatte er da was umgedeutet? Ins Erträgliche, Friedliche gewendet? Wie kam er darauf? Er stellte sich Gene Kellys Regen vor, dieses fröhliche Singen im fröhlichen Platschen. Gab es je größeren Übermut? Lebensmut? Überlebensmut? *Singin' in the rain,* das war purer Liebesmut. Vielleicht war es das.

Oder hatte Andrea ihm eine geheime Melodie eingeschrieben, eine Liebesweise, die es herauszufinden galt? Immer wieder hörte er sich das Pladdern des römischen Regens an. 31 Sekunden in Endlosschleife, als ob John Cage seine Noten eigens für ihn zusammengerührt hätte. *0'31" Regen*. Das Pendant zu *4'33" Stille*. Vielleicht war es das.

Vielleicht war aber auch alles ganz anders, denn die Liebe neigt zu Kapriolen, wild und realitätsfern.

Shitstorm, # yorickgate auf Twitter

Von: 4YEO@googlemail.com
An: yorick@gmx.de

Thema: Shitstorm, #yorickgate auf Twitter
Datum: Mo., 24. Okt. 2016 23:10 Uhr

WTF is going on? Guckma ins Netz, Chris! Da geht voll die zyklopische Lache ab ... die dissen wie blöd. Irgendsoon Filmchen von dir ist online. Is zwar 'n Filter drübergelegt, wollen den Algorithmus bluffen, aber ... Sagma, is das *dein* Säulenheiliger? Dieser Wahrhaftige? Dick-pics sind ja nich so meins. Aber der ... joar, kann sich sehen lassen... :-o ... cute sausage ... Andrea hats gepostet, sagense. Und dann diese Zärtlichkeiten live, OMG. Thx lot! Da kann kein Arthouse-Filmer mithalten. Noch nicht mal dieser meschuggene Lars. Sieht nach nem viralen Hit aus. Trotzdem: Das is strange, Junge. Scary shit. Die Trolle rotten sich zusammen, die Meute will meucheln, redet von nekrophilem Sex, von Coït volé und so. Ich glaub, die dreht durch, die community, schlägt jetzt schon bei Partys auf und zeigt dein Ding leinwandbreit. Echt creepy! Als obsn Madonna-Clip wäre. Oder Scorseses *Last Temptation of Christ*. Nicht, dass das Cinemascope-Format nicht zu füllen wäre, mannomann ... Trotzdem: Tu was, Großer! ASAP!
Bin jetzt off – gn8, TIM

? Löschen Weiterleiten Allen antworten Beantworten

Yorickson verstand kein Wort. Um was ging es? Säulenheiliger? / Arthouse? / Temptation of Christ? / Coït was?

Oops, die Handy-Aufnahme letzthin. Ja, klar. Die Graf-F-Nacht. Aber was soll's? Spitzhügel und Elektrostatik. Öffnungen und Muttermale. Und anderes mehr. Einiges mehr. Na und? Wenn man den Schweiß hätte riechen können – ob frisch oder alt –, das wäre ihm unangenehm gewesen, wahrscheinlich war auch das mittlerweile möglich. Aber so. Was war so interessant an der Sache? An der alltäglichsten Sache der Welt. 15 cm, die sich groß tun. Die fünfzehn handelsüblichen Zentimeter, die sich geben, als ob's um Leben und Tod ginge, als ob man damit die Welt erobern könnte. Etwas Besonderes darin zu sehen, etwas besonders Erwähnens- und Schützenswertes, das Erwählte schlechthin, den Auserwählten unter den Auserwählten, IHN, wer glaubte denn heute noch daran? Spießer! Trotzdem war er angepisst. Nichts war geschehen, eigentlich. Nichts, was ihn wirklich irritierte oder störte. Und doch war er betrübt. Sollte er sich entschließen, das ganze als Verrat zu betrachten? Andrea in die Wüste schicken? Ja, er hätte gerne einen Verrat darin gesehen, das wäre die eigentliche, passende Dramaturgie gewesen, der jahrtausendalte Plot. So machte man das, dachte er, aber es gelang ihm nicht, partout. Seine Wut gab nicht das Geringste an Aufbegehren oder Revolte her. Vielleicht war es Liebe.

Er gab auf. Schließlich war er selbst schuld, warum hatte er das iPhone am Kissen abgestellt? Er selbst hatte das Video gemacht, zu seiner eigenen Erinnerung und eitlen Freude. Er musste wissen, was das in diesen Zeiten hieß, selbst als Rollator-Gänger zwischen den Welten. So what? Und wenn es wirklich Verrat war, wer sagte denn, dass er auch als solcher gesehen werden musste. Judas' Kuss ist verhandelbar, ist teuer geworden, schweineteuer. Zweitausend Jahre Inflationsrate und der Marktwert des Verrats war ins Unermessliche gestiegen.

Dreißig Silberlinge waren nicht mehr viel wert; ein ordentlicher achtbarer Verrat war dafür nicht mehr so einfach zu haben.

Zuletzt würde sich vielleicht sogar herausstellen, dass ein Verrat in Rezessionszeiten Dividende abwerfen, in der Logik des Kapitals aus Niedergang Aufstieg gemacht werden konnte, ein lukratives Geschäft. Der Verrat als Gewinn. Er fühlte sich Andrea näher denn je. Letztlich konnte er froh sein, dass es nur das stille Begehren war, das die Runde machte, und nicht die laute Lust. Ihre FaceTime-Rendezvous etwa, die FaceTime-Dates. Bild und Sound im Netz, ihrer beider Anstrengungen, visuell und akustisch, seine und Andreas Lustakkorde dem Spott der Community ausgesetzt … wenigstens das war ihm erspart geblieben.

Yorickson zwang sich in den Alltag zurück. Er ging an seinen Schreibtisch und klappte seinen Tric-Trac-Kasten auf. Noch zwei Gegenstände, nur noch zwei, er musste sich beeilen.

Dieses Extension-Sleeve-Ding jetzt vielleicht endlich. Ja, es war wohl Zeit für das Penis-Verlängerungs-Kondom. Warum erst jetzt? Hatte es so wenig zu sagen? Warum hatte es sich nicht schon früher aufgedrängt? Oder vielleicht doch eher das Foto mit dieser komischen Skizze? Warum smart ass !!!

Von: mail@ndrea.com
An: yorick@gmx.de

Thema: smart ass !!!
Datum: Di., 25. Okt. 2016 1:37 Uhr

sag ma, hastese noch alle, yorick? du verwendest unsere geschichte? wie lange bist du assi eigentlich schon als marodeur unsere liebe unterwegs? ich nehm ja an, ich sollte das alles gar nicht bekommen, aber ich hab hier 'ne pdf-version von dir, das sieht ganz danach aus, als ob du zwischen den kapiteln deiner story jeweils auch unsere erzählst. deinen freund plündern, als schicksalsmaterial verwurschteln - sag ma, geht's noch?

mann, junge, verpiss dich in den sonnenuntergang! So 'ne thomas-mann-kacke kannste mit anderen machen. 's tommilein hat wenigstens noch den namen seines enkels geändert. aber du? … hast echt taser-folter verdient.

glaubst du wirklich, ich will so'n random-scheiß abgeben für deinen lit-kram. stampf dein zeug in die tonne, du schlumpfhodensack! echt, ich hab dir mehr zugetraut. trash 'n troll dich, direkt in die hölle, mann! - sayonara, sucker! farewell!

Sent from my iPad

? Löschen Weiterleiten Allen antworten Beantworten

hatte er es plötzlich in der Hand? Was drängte und drängelte da ins Geschehen, warum bedingte sich diese Figur gerade jetzt eine Beteiligung aus, ein Mitwirken?

Warum bestimmten Yorickson die Umstände? Lautete das Versprechen nicht umgekehrt?

Yorickson war konsterniert. Nein, er war traurig. Er spürte sofort, da war kaum etwas zu machen. Es gab Fehler, die waren nicht zu korrigieren. Ach, Unsinn, was heißt da Fehler? Streng dich an, Yorick! Die Liebe musste größer sein, war immer zu retten. So gehörte sich das für vernünftige Menschen. Zuerst musst du verzeihen, den Ton, die Schärfe. Die Jugend. Er dachte an Andreas Küsse. Aber sich zu entschuldigen, das kam nicht in Frage. Warum sollte er sich für etwas, das er als richtig empfand, für einen Autor nachgerade zwingend war, wie sonst sollte Leben zu verbürgen sein? warum sollte er sich dafür entschuldigen?

Ich bin vom Stamm der Bäume
Und es bedrückt mich, abgestandne Luft zu atmen
Ein toter Vogel lehrt mich, das Fliegen im Gedächtnis zu behalten
Forugh Farrochsad

D'*Aramis*. Der Name hatte sich abgenutzt, fand Farshid. Vielmehr, er hatte das Gefühl, aus ihm herausgewachsen zu sein, wie aus einem zu klein gewordenen Anzug herausgewachsen. *D'Aramis*, das mochte mit sechzehn von Bedeutung gewesen sein, von einiger Wichtigkeit, mit siebzehn vielleicht noch. Jugendlicher Überschwang. Schwärmerei. Dieses ganze Indianerehrenwortzeugs, die Musketierverschworenheit. Aber nun, da er kurz davor stand, die Kunstwelt zu erobern – Sivers sprach von London und Berlin, von Buenos Aires (*die* neue Kunstmetropole!) –, konnte er sich Peinlichkeiten dieser Art nicht mehr leisten, etwas Gehaltvolleres musste her. Präadoleszenz, ade! Seit dieser Pizzageschichte war sein Wert – wenn auch vorerst nur in seiner Phantasie, die sich aber wie Wirklichkeit anfühlte, und fürchterlich wichtig – gehörig gestiegen. Er notierte und strich, er fand und verwarf, er suchte nach einem neuen Anzug, der ihm stehen, einem Namen, der ihn für alle Zukunft kleiden könnte. Ein adäquates warmes ICH-Kostüm.

Alias? – Um Gottes Willen. Ein Pseudonym war ja in Ordnung, das wollte er schließlich. Aber das Pseudonym als Name, das Verschleierte in Person, die Maske der Maske, das war dann doch zu aufgesetzt. Geschwollen und überkandidelt. Ein solches Ich konnte er sich nur versnobt denken, dandyhaft, mit Full-Brogues aus tabakfarbenem Cordovan-Leder, spiegelblank gewichst. Mit Merinoglencheck und Haifischkragen. Ein solches Ich hieß: immer den Kopf aufrecht tragen, die Nase hoch, in den polierten Blattgoldhimmel gestreckt, allein, um zu kaschieren, dass der Schwanz ja doch im

Dreck steckt. In der Scheiße. Paolo-Pinkel-Angestrengtheiten stellte er sich bei diesem Namen vor. Wie er diese rumkoksenden Moralwichser hasste! Merkten sie eigentlich nicht, wie vulgär ihre Seidenstrümpfe ihre weiße Haut durchscheinen ließen? Nein, das kam nicht infrage.

Poliphili? – Altphilologischer Gelehrtenhabit aus englischem Pfeffer-und-Salz-Tweed mit Karofliege. Nein, kratzt. Kratzt ganz fürchterlich! Wie die ganze Wissenschaft. Kratzbürstenwissenschaft. Was hieße das überhaupt? Der Vielliebende? Konnte man das wirklich erfüllen?

Aristide? – Schwarz. Abgewetztes Künstlerschwarz. Lederspeckiges Immendorff-Schwarz. Architektenschwarz. Plus roter Schal, in seiner ganzen Puffröte, seiner ganzen puffigen Pufffrötenpenetranz. Billig & albern! Misstraue der Kunst schwarzer Männer – 's ist Totengräbergeist.

Fa®shid? oder Farshid™? – Das Ich als Trademark. Neospießerscharfsinn! Hipster-Individualität von der Stange: Adidas-Hoodie, Skinny Jeans und Air-Force-1-Sneaker. Dazu 'n fluffiger Schwuchtelschal mit blassrosa Melangeeffekt. Und die Nerdbrille nicht zu vergessen (Clark Kent stand sie besser!). Independent-Mainstream, ein Leben lang? No way!

R. I. Parviz? – *Parviz – pers.: der Erfolgreiche.* Hah, die Vorwegnahme des Lebens. Auf seiner Loftklingel stünde R.I.P. Als Drohung oder Versprechen? Aber wer würde das alles schon verstehen? Namen mussten schlagen. Enigmatisch schlagen. Schlagend sein. Lässiger Chic. Sunglasses von Vans. Brooks Brother Boxers. Sündhaft teure Basics. Hugo Boss und dessen sportliche SS-Eleganz. Nee!

S. F. Hardi? – Farshid verdreht, die Buchstaben vertauscht. *hardi – frz.: kühn, mutig, unerschrocken.* Aber wer trägt heute schon Ritterrüstungen? Hm?

Dastan? – Der Straßenlümmel aus dem alten Persien, zum Prinzen avanciert. *Prince of Persia.* Von der Straße in die Epizentren der Macht, in die Kunsthochburgen der Welt. Dastan, das klingt gut.

Europäische Alltagskleidung (von unauffälliger Qualität), und bei besonderen Anlässen eine Tunika mit Brokatbesatz. Wohlgesetzte Folklore. Prätentiös, aber nicht *zu* prätentiös. Würde man ihm den Brokat als Referenz an seine Heimat verzeihen?

John Player? – Wie war das: *Immer frei, nie ziellos?* Der Slogan von John Player & Sons. Oder: *Immer frei, immer ziellos*? Kapriolenstimmung. Player – Spieler. Nicht schlecht. Formel-1-Outfit. Feuerfeste Rennoveralls, 820-Grad-Unterwäsche, Kopfhaube, Helm, Nacken- und Gelenkprotektor, Handschuhe aus Nomex. Anstrengende Kleidung, flagranter als Beuys. Eine Marke, stärker als die Kunst. Nein!

Farshid bildete Anagramme und Palindrome und Akrostichen, probierte Typen und Charaktere, lieh sich, dem verbliebenen Pubertätsüberschwang gehorchend, Figuren. Er streifte Dandys über, dekadente Ästheten, Edelleute und Bohémiens, sah im Spiegel helle und düstere Gestalten, Rasputins und Erzengel, Ungeheuer und Weicheier, Dschinns und Schaitans, Neurotiker, Psychopathen, Ehrgeizlinge, und fand schließlich doch niemanden, den er besser vorstellen konnte als – sich selbst.

من **Ich!** – Aber wie sollte das gehen? Hatte er sich in den letzten Jahren nicht derart von sich selbst entfernt, sich verloren, dass ein Ich gar nicht mehr möglich war? Ein Ich, mit dem er sich zwar eins fühlte, das aber nicht mehr wirklich ihm entsprach, ein Doppel-Ich gewissermaßen. Ein Janus-Ich. Ein Möbius-Ich. *Schließlich ist kaum jemand der, der er scheint, dachte er, alle aufgespalten, zersplittert & zerstückelt.* Vielleicht brauchte er einen guten Namen *und* einen bösen. Einen Namen für das Böse? ICH kann ganz schön fordernd werden, dachte er, ziemlich anstrengend. Das ICH, ein Mille-feuille, tausend Schichten. Bin ICH eine, bin ich viele, bin ich alle? Mein Name ist Legion. Welcher Teil von mir bin ich eigentlich noch? Vielleicht wäre *Niemand* besser: Mein Name ist Niemand. Rettete sich derart nicht einst ein griechischer Held?

Immerhin, er kannte sich. Dass sein eigentliches Wesen von anderen nicht mehr erkannt wurde, erkannt werden konnte, weil er die Welt in einem fort täuschte, alles aufregend Fremde, alles elektrisierend

Exotische – wenn es ihm nur Behagen und Lust bereitete – als sein ihm Eigenes annahm und ausgab, war ihm nicht entgangen. Das Ich als Fälschung. Das Ich, ein Legendendieb. Dabei war ihm sein eigenes Selbst gar nicht abhandengekommen, er wusste noch, wer er war. Im Innersten wusste er, wer er war. Es war nur so erhebend, mit sich zu spielen, ein Leben für sich zu erfinden, einen Mythos, immer wieder ein anderer zu sein. Fake & Lüge, das Geschäft des Lebens, dachte er. Man sagt, was man ist, und ist es. Ich bin, also bin ich.

Wo also war sein Name, sein Name für die Zukunft? Wie hieß er? Ich? Ganz straight und eindeutig ICH? Vollkommen eins mit sich selbst? Oder doch Möbius, der Vor- und Rückseiten vortäuscht, und doch nur eine Seite hat? Oder Janus? Janus, dem man seine Zweideutigkeit ganz eindeutig ansah? War sein Wesen wirklich so schwer zu greifen? So what? Pessoa hatte es auch nicht leicht.

Der Kurator seines eigenen Lebens zu sein, das ICH als Abenteuer zu sehen, darum ging es.

Ja, ICH. Das war gut. ICH. Das konnte was werden. Das Ich in seiner Vielfalt, das konnte es sein, konnte *er* sein. Er, Farshid. Aber ist das wahre Ich nicht eigentlich nackt?

Vielleicht könnte er alles mit من zeichnen?

Alle Kunstwerke, alle Lebensäußerungen mit من.

Ja, alles ist ICH. Das würde sich gut machen. Das hätte Format. Grafisch auffallend und einprägsam. Und enigmatisch. Enigmatisch, das war das Zauberwort. Je kryptischer, desto besser. Sibylle is watching you.

Es blieb nicht dabei. Letztlich konnte er das ICH-Tohuwabohu nicht auflösen, keine Einheit bilden, und so wurde sein Äußeres, sein nach außen getragenes Wesen, schließlich doch von allem etwas: von Name und Symbol und Zeichen. Vor allem von Symbol, denn das bedeutete Jugend, das in die Zukunft Gewandte, die Freuden und Versprechen der Zukunft schlechthin. Eine Art romanhaftes Schicksal. Geniegekrönt.

Der Name? Nein, er entschied sich nicht für Dastan. Und auch nicht für einen der anderen Namen. Er blieb bei sich, bei Farshid. Ohne Nachnamen, einfach nur Farshid. Wie Picasso, wie Colette. Wie Stendhal oder Asjadi. Er hatte das Gefühl, er brauchte sich. Wenn auch noch so viel in ihm fremd war.

Das Symbol? Die Eule von Picasso vielleicht. Aber statt der undurchsichtigen trüffelschwarzen Augen Picassos seine eigenen. Oder die von Frida Kahlo? Er machte Versuche:

Oder seinen Kopffüßler-Janus. Er hatte in seinem Atelier eine mit Acrylfarbe verschmierte Glasplatte verkehrt herum abgelegt, auf einem weißen Blatt Papier. Aus Versehen. Eine Art Monotypie. Und was er da sah, war seine Kindheit. Das, was er immer gemalt hatte als Kind in Babolsar: einen Kopf auf zwei Beinen, ganz ohne Körper. Seine rennenden Gedanken, sein eilendes Denken, immer allem voraus. Janus selbst war schwer zu erkennen, aber wer Augen hatte zu sehen … Warum der Kopf mit dem Pimmel verbunden war, konnte er sich nicht erklären. *Seine* Erfahrung war das nicht.

Und das Zeichen? من Ich!

Geschrieben und als Stempel.

Farshid setzte sich an seinen Lieblingstisch (einen kleinen französischen Damensekretär mit Aufsatz, Zitronenholz, Ende 19. Jh.), den er ausschließlich für besonders ruhige, geheiligte Tätigkeiten nutzte. Für sein *filigranes Denken und Tun*. Er saß in einem frisch gebügelten weißen Hemd vor dem Tisch, alle Schreib- und Malutensilien akkurat geordnet, eine kleine Tiffany-Lampe spendete Licht, und dachte über das Design seines Briefpapiers nach. Als Erstes den US-Standard-Letter, seine extravaganten Maße: 215,9 x 279,4 mm. Kein boaring DIN. Ja, so konnte es gehen. Das Amerikanisch-Verstiegene als Basis. Dann das

Symbol, das Signet: den Kopffüßler-Janus, das Schicksalsgeschenk. Merveilleux! Perfekt! Dann Farshid. Bis hierhin kein Fehler. Obwohl, fiel ihm wirklich nichts Besseres ein als: Farshid? Zu spät! *Expectation Office*. Oh ja, das war gut. Ein Büro für Erwartungen, wer würde das nicht gern führen? Erwartungen, die nie erfüllt werden konnten, erfüllt sehen. Great! Erwartungen, die Beständigkeit erforderten, Hartnäckigkeit. Zumal in der Kunst. Und der Wohnort? Willem de Koonings Studiohaus stand zum Verkauf: $ 1.600.000. East Hampton, Long Island. Ein scheißpraktisches Haus, geeignet, um Kunst zu machen, aber null Erotik. Noch nicht mal die Erotik des Intellekts. Ganz schön gelegen wäre ja das Exildomizil von Thomas Mann in Pacific Palisades. $ 18.000.000. Malibu, Santa Monica, Sunset Boulevard – das wäre doch was. Aber nein, nicht in die Spießervilla eines Spießertypen. Vielleicht die Schaffer-Residence von John Lautner. Nur 1,4 Millionen. Knapp 1,4 Millionen. Ein Traum unter Eichen, aber ach: leider nicht tauglich. Kein Raum für Kunst, nichts für elaborierte Spiele. Außerdem vollkommen verschattet. Das Noble ohne den Glanz der Sonne, nein! Und wer würde mit dieser Adresse (527 Whiting Woods Drive, Glendale, CA 91208, USA) schon Wichtigkeit verbinden, irgendeinen Rang und Wert in der Welt?

Also doch New York? Upper East Side? West Side? White Harlem? Egal. Hauptsache Klang. *Park* oder *Avenue*, oder so was. *Riverside*? *243 Riverside Park?* Es würde ohnehin niemand überprüfen.

Und endlich nicht mehr diese peinliche Mail-Adresse: d'aramis@vipmail.com. Diese pubertäre VIP-Wichtigkeit. Stattdessen vielleicht: nee-oda@gmx.de. Ein bisschen Zurückhaltung konnte nicht schaden, gleichzeitig cool. Oder doch eher gar keine Mail mehr? Wer ihn erreichen wollte, sollte sich gefälligst anstrengen. *Email is for geeks and pedophiles*, hatte das nicht Sebastian Valmont gesagt, in *Cruel Intentions*? Und auch die Telefonnummer nur noch persönlich weitergegeben. Sich rar machen, bei gleichzeitiger Präsenz, that's it. Die Macht des Abseits.

So also nun sah sein in die Welt geschicktes Ich aus. Ja, so konnte man Geschichte schreiben, unauffällig auffällig, präzise unscharf.

Das Wort *Hochstapelei* fiel ihm nicht ein. Wenn er sich schon am falschen Ende der Welt befand, dann hatte er doch wohl alles Recht, sich wegzustehlen von dort, eine Heimat zu suchen in anderen, freieren Gefilden. Eine Heimat in seiner Zukunft.

Sein erster Brief (er hatte ihn auf feinstes italienisches Vergé-Papier getippt) ging an Sivers, mit geliehenen Gedanken von Onkel Said:

farshid
expectation office
535 park ave
new york
ny 10065, usa

Cher Sivers,

Virtuosität ermüdet, Brillanz erschöpft. Wussten Sie das, Hans? Natürlich weißt du das. Kunst, das ist das Imperfekte. Commes nous. Meisterschaft is boaring. Beispiel: Willst du den Leiermann aus Schuberts Winterreise lieber von Fischer-Dieskau oder von Josef Bierbichler vorgetragen bekommen? Von Bierbichler natürlich. Bierbichler is the King. Of course. Le maître absolu. Ich versteh recht wenig von diesem Zeug … aber … o là là, der Bierbichler hat's schon drauf.

Du kannst den Leiermann nicht im Smoking singen. Noch nicht mal im T-Shirt-Smoking von Quasthof. Der Leiermann ist Trauer. Ist Gram und Kummer und Mort. Fetzenkleid und schlechtes Riechen. Was also soll die Maskerade, die noble?

Julien Greens Wort von der ›Ekel erregenden Vollkommenheit‹ der Kunst sagt es. Wir können nicht nur blitzen und blanken. Wir müssen die Trauer tragen, die Trauer bis zum Schluss.

So long, illustre maître
yours
من

Cher Sivers. Farshid würde noch viele Briefe dieser Art schreiben, in alle Richtungen. Geliehen und ungeliehen. Briefe, die ihm aufregend erschienen, die ihn erregten, geistig und physisch – fast sexuell. Briefe, die die Kunst der Welt, die Welt der Kunst erklären sollten, letztlich aber nur Blendfeuer waren, elaborierte Wortballungen und ausgefuchste, nichtsdestotrotz billig erzeugte Textverführungen – wie vorgestanzt. Ihr alleiniger Sinn und Zweck: Trug und Glanz in die Welt schicken. Die Betörung der geliehenen Sprache.

Die Vorbereitung und Verbreitung seiner Kunst, ein anderes Thema gab es für ihn derzeit nicht, im Grunde genommen von nun an nie mehr. Jedes halbwegs klingende, intellektuell noch so schrill klirrende Gefecht war ihm gut genug dafür. Ob das Denken stimmte, who cares? Mit der Rhetorik jonglieren, darum ging es. Die Anmut des Sprechens, von keinerlei Sinn kompromittiert. Hauptsache, der Ausdruck, die Sprache klang, klang in die Welt hinaus – es gab genügend, die darauf reinfielen, allein der Form, dem Sound erlagen. Pseudopoetik. Zum Beispiel dieses Wir-müssen-die-Trauer-tragen-die-Trauer-bis-zum-Schluss. Was sollte das? Von Trauer verstand er doch gar nichts, er kannte sie ganz einfach nicht. Seine Erinnerung an die uniformierten Schatten war nie mit Trauer verbunden gewesen. Hatte er das überhaupt erlebt, war es nicht vielmehr eine nicht existente, im besten Fall geliehene Erinnerung? Immer schon hatte er sich über alle Maßen glücklich geschätzt. Dieser Lebensglanz in seinen Augen, hatten seine Tanten in Babolsar gesagt. Und überhaupt: Warum Trauer *tragen?* Warum nicht *abschütteln, draufhauen, ihr in die Fresse schlagen?* Warum ihr nicht den Kampf ansagen? *Erschlagen, nicht tragen!* Anyway, sie fühlte sich gut an in diesem Brief. Es klang erhaben, unumstößlich, wie mit Blut unterschrieben, in Stein gemeißelt auf alle Ewigkeit. Wenn die Sprache funktionierte, durfte das Denken aussetzen, konnte Urlaub nehmen von den Gesetzmäßigkeiten der Welt. Es war nicht mehr wichtig, was richtig war oder falsch, so war das System, so war die Welt gebaut. Sprache ohne Denken findet immer ihren Resonanzkörper, ihre Institutionen, die sie zelebrieren und honorieren und infolgedessen die eigentlichen Herrscherinnen des Geschehens sind, die Tyranninnen über Klüngel und Parteien und Nationen. Der Leidenschaftsfuror übertölpelt immer das Denken. Ich glaube nicht an große Philosophien, an seligmachende Sinnzusammenhänge. Wort ist nicht Sinn. Worte sind Überschwang. Die Sprache galoppiert davon, prescht aus dem Gehirn davon, direkt in die Mitte des Ungefähren, ins Nichts. Die Weisheit und ihr dummes

Zeug. Oh, ihr elenden Sprachschwadroneure! Ihr Tralala-Rhetoriker im Suhlbett der akademischen Jargons. Ihr liturgischen Wortschamanen! *Schön gekämmte, frisierte Gedanken* – von wem war das noch gleich?«

Natürlich wusste Farshid, dass er in seiner eigenen Falle saß, denn er erinnerte sich durchaus an seine Vorhaltungen bei Sivers, an die Zwirbeldenker und Mentalgymnastiker, die die Kunst bestimmten. Er wusste: Die Moderne ist ein Unfall. Aber wenn das Wortgeklöppel der denklosen Sprache ohnehin die Welt und ihre Pow-Wows beherrschte, warum sich nicht fügen, sich bescheiden, in sein Schicksal ergeben und – mitklöppeln? Einfach munter mitklöppeln gegen alle Welt, auf Gedeih und Verderb.

Ahhh, die denklose Sprache, das gefiel ihm, das war gut, denklos wie das Luftblasengeblubber der Fische, inhaltsleer. Die alles beherrschende Maxime der denklosen Sprache erkennen wäre eine Revolution, dachte er. Wie viele Menschen huldigten ihr? Oder besser: Wie viele fielen auf sie herein, ergaben sich ihr? Wie viel Schmus & Schmu hatte sie hervorgebracht, wie viel Unsinn? Genau: Die allmähliche Verfertigung des Unsinns beim Reden. Die Sprache, die auf sich selbst gestellt war, sich selbst genügte, von Gott und allen guten Geistern verlassen, die ohne Denkpartner ihre Buchstaben auf Zeitungspapier und Buchseiten spritzte – weltlich gesehen. Sakral geht der Schuss nach hinten, besser: nach innen, Injakulation, trockener Orgasmus, die Beweihräucherung ihrer selbst, in Dissertationen, in Sonntagsreden, in ... Sind Blender und Intellektuelle nicht eigentlich Synonyme?

Die denklose Sprache – eine universelle Gesetzmäßigkeit, in Demokratien und Diktaturen, eine anthropologische Konstante von Anbeginn. Ja, das war es wohl, das Weltgeschehen, die Journaille, die Politik waren nichts anderes als linguistischer Formkram, sprachmächtig zwar, Schwallintelligenz, Pointenhuberei, im Wesentlichen aber denkfrei. Das Primat des fulminanten Sprachgestus. Allein das Formale, das Bildhafte musste stimmen, dann wurde Glauben geschenkt. Kein Wunder, dass der Protestantismus mit seiner Bilderdürftigkeit so arm ist, eine Loser-Religion. Natürlich gab es Ausnahmen. Zwei, drei Prozent. Sie dienten den Gegnern allen Denkens als Beleg dafür, dass es nicht so sei. Ansonsten: Eloquenz statt Intelligenz. Genau: Eloquenz schützt vor Dummheit nicht, das würde zukünftig sein gesichertes Wissen sein, sein Lebensverständnis, immer mit der Ergänzung: Selbst Intelligenz schützt vor Dummheit nicht. Oder beispielhafter: Was nützt dir deine Intelligenz, Sloterdijk, dein immenses Schreibstubenhengst-Wissen, dein Sprachwurschteln und Wörtergebossel, deine inkontinente Zunge, wenn du eigentlich nichts zu sagen hast?

Der wird als Kolibri im Tsunami enden, sagten manche in dieser Lebensphase Farshids.

Trotz aller Erkenntnis (oder gerade deshalb) und trotz aller aufgesetzten Bescheidenheit, das Deklamatorische blieb Farshids Gestus. Die Welt als Bühne, das gefiel ihm. *As you like it.* Die inszenierte Wirklichkeit, in ihr war er zu Hause. *All the world's a stage, and all the men and women merely players.* Die Existenz als Ästhetikum. Farshid war verwirrt. Hatte er sich verheddert?

Ganz in Weiß würde er erscheinen, in eisigem Weiß, das hatte er sich vorgenommen, ein strahlender Ritter in gleißender Rüstung, ein Auserwählter. Angetreten einzig, um dem Heiligen Kunstgral zu dienen. Übertreiben Sie nicht, sagte Sivers, das Publikum ist blöd, aber so blöde auch wieder nicht …

Farshid hatte in den Hangar geladen: *Fontainebleau Meets Jasper Johns.* Es gehe um Destruktion und Trefferquote und Kunst, erzählte man sich. Niemand wusste Genaues, das Durchgesickerte führte ein wildes, unkontrollierbares Eigenleben.

Außerdem: Vor zwei Tagen war sein erster Artikel erschienen, in bestem Said-Französisch: *L'artiste né de l'esprit du fake,* die Besprechung einer Biografie von William Boyd über den amerikanischen Maler Nat Tate. Auch das galt es wohl irgendwie zu feiern, zumindest werbetechnisch auszuschlachten, denn die Rezension erschien in *Le Monde des Livres* – keine schlechte Adresse für ein Greenhorn.

Das Intérieur des Hangars hatte sich im Laufe der Zeit noch einmal wesentlich verändert. Nach einigen Anläufen war es Farshid endlich gelungen, Licht und Schatten hinzuzufügen. Zwölf einzeln schaltbare Lichtkonstellationen, die ein ums andere Mal vollkommen unterschiedliche Welten erstehen ließen. Lichtkompositionen, die durch Palmen und anderes Dschungelgewächs hindurch magische Szenerien entwickelten: Weltraumwelten, Discowelten, exotische Wälderwelten. Und mitten drin, auf der Agora des Hangars gewissermaßen, ein alter Érard-Flügel, aus Mahagoni. *Der Konzertflügel von Franz Liszt, auf dem er in aller Welt spielte*, behauptete Farshid.

Sivers hatte seinen Verteiler mit nahezu zweitausend Adressen geöffnet und dreihundertzwanzig namhafte Persönlichkeiten herausgefiltert – was auch immer *namhaft* bedeutete. *Laeta omnia pro artis*, sagte er und legte eine Hand auf Farshids Schulter. Das kleine Lächeln zwischen Spott und Gönnerhaftigkeit, in das sich nicht zuletzt etwas Herablassung mischte, war Farshid nicht entgangen. *Nur Erfreuliches für die Kunst*, das war sein Wahlspruch, sein Slogan und Mantra in einem. Sogar das Siver'sche Briefpapier zierte der Satz, oben mittig, altertümlich verschnörkelt wie eine heraldische Kostbarkeit, direkt unter einem stilisierten Hermes. (Wusste Sivers, dass Hermes nicht nur der Schutzheilige der Kunsthändler war, sondern auch der Gott der Diebe und Lügner?) Vor allem aber war dieses Motto ein subtiles Verkaufsargument, das im Galeristenalltag zum schnellen Kauf anregen sollte: Du tust der *Kunst* etwas Gutes, nicht *dir*, also kauf schon, du räudiger Bastard! Welcher Käufer, welcher Kunstbourgeois konnte sich dem schon entziehen. Kunstliebe – wie alle andere Liebe – hatte ihren Preis.

Nach welchen Kriterien die Eingeladenen ausgewählt wurden, Farshid hatte keine Ahnung. Es war ihm auch herzlich egal. Hauptsache, der alte Knabe – zahnloser Salonlöwe hin, abgetakelter Lebemann her – tanzte nach seiner Pfeife, und der Laden wurde voll. Die Auserwählten – *meine Kontakte nach New York*, raunte Sivers / *his fuckin' artsy-fartsy friends*, dachte Farshid, aber sie sollten ihm recht sein – wurden exklusiv eingeladen, namentlich. Zu den Handverlesenen zu gehören, zur Ich-gehöre-dazu-Spezies, das verfing. Über zweihundert Gäste waren gekommen, zweihundert mal falsches überfließendes Gesellschaftslächeln.

Am Eingang, direkt vis-à-vis des Barberinischen Fauns (sein breit ausladendes Geschlecht wurde von Besuchern als Visitenkartenschale genutzt), war die Einladungskarte auf einer fast vier Meter hohen Plane noch mal hochgezogen. Spätestens jetzt, hier beim Eintreten, spürte

Le Monde DES LIVRES

L'artiste né de l'esprit du fake

HEIDI LEVINE/SIPA POUR « LE MONDE »

FARSHID REZNAVI

Il faut une dose de marginalité pour être artiste, ce à quoi il aspire. Une vie tournée vers le sordide et la grossièreté: aux esclandres dans les cafés ont succédé la drogue et les prostituées. Epater le bourgeois, c'est comme ça que l'artiste se forge un mythe. Ajouter à cela une once de misère, un esprit tourmenté et la sensibilité d'un écorché vif, et vous n'êtes plus très loin des lauriers du génie décernés par le marché de l'art. Nat Tate est l'un d'entre eux. Orphelin à 8 ans, dépressif, buveur invétéré et visionnaire, il peint quelques ponts, couche avec Peggy Guggenheim et se jette le 12 janvier 1960 dans les eaux glacées de l'Hudson du ferry Staten-Island. Son corps n'a jamais été retrouvé. Pour être plus exact: Il ne peut pas avoir été retrouvé car Nat Tate n'a jamais existé. Nat Tate est un fake tout droit sorti de l'imagination débordante de l'écrivain britannique William Boyd, il est devenu en littérature le mythe de l'artiste par excellence.

La monographie « Nat Tate – un artiste américain » existe déjà depuis douze ans. Elle est à présent traduite en français et la critique littéraire ne tarit pas d'éloges: « Triomphe de la littérature sur la réalité » s'enthousiasme TF 1, « imposture subtile et pleine d'esprit », reconnait FRANCE 2. Pourtant, le petit livre de Boyd n'est ni subtil ni un triomphe littéraire. En premier lieu, il n'est effectivement pas épais. Un travail de 87 pages. Bien fignolé par endroits. Mais la supercherie se fait sentir au détour de chaque ligne et personne ne l'a remarquée. Du moins personne en 1998, lors de la première publication à New York. Que des marchands d'art, des galeries et autres institutions purement et simplement inventés n'aient pas été démasqués à l'époque, passe encore, qui peut prétendre les connaître tous!? Cela n'en est pas moins étonnant. Mais attribuer au poète américain Frank O'Hara la direction de la Documenta II (alors qu'en réalité il s'agissait de Arnold Bode et Werner Haftmann), n'est vraiment pas intelligent, non vraiment pas. Personne n'a non plus remarqué que le suicide peu banal de Nat Tate est en fait celui de Hart Crane, ce poète dont le recueil de poésie « The Bridge » est à l'origine de l'œuvre centrale de Tate. Toute une série d'anomalies et d'incohérences bien trop grossières. Est-cela un fake réussi? Une action d'éclat de la manipulation? Et le « triomphe littéraire » ne remonte pas à si loin: car l'ensemble n'est pas nouveau, quoi qu'en pensent certains. Les éloges de la falsification littéraire reviennent à d'autres: Wolfgang Hildesheimer par exemple. Il ne s'est pas seulement joué de toute une génération de lecteurs avec sa biographie fictive du théoricien anglais de l'art « Marbot », mais il a aussi marqué les esprits par son style et est un formidable penseur, rien à voir avec Boyd. Et puis il y a bien évidemment Max Aub. Jusep Torres Campalans, appelé le génie de la peinture, une tête brûlée anarchiste, ami de Picasso dont les dessins et les peintures ont enthousiasmé le monde artistique en 1958: pure invention. Non seulement la biographie mais également l'œuvre artistique de Campalans ont été

Mon but premier était d'élaborer une sorte de fable moderne sur le monde de l'art.

inventées par Aub. Une farce de la littérature universelle, brillant dans les jeux de croisement entre réalité et fiction, audacieux dans le style.

Le « Nat Tate » ne propose rien de tout cela, il manque le tour de main ainsi que la finesse narrative. Mais s'agit-il avec « Nat Tate » vraiment d'un travail d'écriture, de littérature sui generis? Ou le livre ne fait-il pas plutôt partie d'un happening? Car tout comme Max Aub il y a cinquante ans, Boyd s'était payé la tête des experts. Le 1er avril 1998 David Bowie et William Boyd invitent le tout New York artistique dans l'atelier de Jeff Koons: « un impressionniste tombé dans l'oubli » est mis à l'honneur. Et tout le milieu accourt: critiques d'art, commissaires d'expositions, collectionneurs, galeristes – le tout New York est là et tous ont déjà entendu parler de Nat Tate, l'ont rencontré, ont adoré ses tableaux et – ils se font tous duper. Jeff Koons – il n'était pas dans la confidence, leur en voudra longtemps. On ne peut rêver meilleure victoire sur la sottise du milieu artistique. Et après: quelle aurait été la valeur de cette victoire si elle avait été bâtie sur la perfection et l'opacité? C'est justement l'imperfection, les faux-semblants qui ridiculisent les professionnels. Un peu d'impertinence, quelques noms connus et on donne déjà libre cours à tout un ensemble de médiocres vaniteux. « Il aurait été bien facile de dévoiler toutes les choses inventées, (...) plus c'est gros, mieux ca passe » a déclaré Boyd. – Happy happening!

C'est de cette manière que se terminent en général les discussions sur Nat Tate. Elles s'achèvent ainsi parce que le reste est trop douloureux. Surtout pour les journalistes, les critiques. Mais Boyd est sans ambiguïté: « Nat Tate est mon symbole pour l'artiste médiocre qui a connu le succès et qui s'y est brûlé les ailes ». Et il donne des noms: « Le dilemme entre le sentiment de défaillance et un grand succès ôta la vie à Pollock, Kline, Rothko se suicida ». Le maître-mot de Boyd à cet égard est hype: le marché de l'art en tant que machinerie à plus-value et à investissement crée ses propres références, invente ses propres artistes uniquement selon des critères des relations publiques et de rentabilité. Et le critique, lâchement déterminé, approuve. Depuis longtemps il a l'audace d'avoir sa propre opinion, lui seul a Pollock and Co sur la conscience. Quiconque lit correctement Boyd, doit se poser la question: qui sauve aujourd'hui les artistes-bricoleurs Tracey Emin et Damien Hirst, qui protège Jeff Koons et Jonathan Meese, Wolfgang Tillmans et Jürgen Teller? Personne sans doute. Car aussi longtemps que les tableaux de Nat Tate, alias William Boyd, seront encore positivement évalués - et c'est encore le cas aujourd'hui dans les critiques du livre « Nat Tate » -, il n'y aura pas de critique d'art. Les bling-blings en tout genre du milieu artistique continueront d'aller à des soirées et continueront de se faire avoir par des tableaux ridicules. ■

NAT TATE : UN ARTISTE AMÉRICAIN, 1928-1960
de William Boyd
traduit de l'anglais par Christiane Besse,
Édition du Seuil / Points (Paris), 87 p., illus., 5.95 €

PRIÈRE D'INSÉRER

JEAN BIRNBAUM

La rentrée en marche

Dans son nouveau livre, intitulé *Ce pays qui aime les idées* (Flammarion), le Britannique Sudhir Hazareesingh, spécialiste de l'histoire culturelle, cite quelques pratiques sociales qui caractérisent, selon lui, l'esprit français *(lire l'entretien page 9)*. Parmi ces rituels nationaux, dit le chercheur, il y a la rentrée littéraire et… les manifestations. Le rapprochement est séduisant. Car la rentrée littéraire est bel et bien une manifestation, un grand moment d'engagement et d'enthousiasme, où éditeurs, journalistes, libraires, lecteurs… se mettent en mouvement pour brandir les textes qu'ils veulent défendre. Banderoles, tracts, journaux, tweets : chaque manifestation se définit par la manière dont elle articule le corps et l'écrit. Avec ses moyens spécifiques et son répertoire propre, la rentrée littéraire s'inscrit dans cet élan commun : ébranler les mots pour changer la vie.

Bien sûr, au sein de toute manifestation vivante, il y a plus d'une sensibilité. Voilà pourquoi, afin de veiller á ce pluralisme, le cortège du « Monde des livres » accueille chaque année de nouveaux venus. Cette saison, l'équipe de votre supplément aura donc le bonheur de défiler avec quatre écrivains qui prennent place dans le carré de tête de nos chroniqueurs. Semaine après semaine, aux côtés d'Eric Chevillard et de Roger-Pol Droit, se relaieront Véronique Ovaldé, qui donnera une « seconde chance » à des livres récents mais injustement passés inaperçus, Sabri Louatah, qui brandira des « pavés » (et autres romans-fleuves), Pierre Michon, qui défendra des ouvrages réédités, et Christophe Honoré, qui préparera l'avenir en soutenant la cause de la littérature jeunesse.

Nous marcherons ensemble. Tous ensemble, tous ensemble, ouais, ouais… et toute l'année. Non sans faire quelques haltes à des moments clés, et dès le 9 septembre, date de remise du Prix littéraire du *Monde*. Après avoir longuement débattu, le jury proclamera haut et fort le nom de ou de la lauréat(e) *(voir notre sélection page 3)*. D'ici là, chers lecteurs, préparez bannières, oriflammes et mégaphones ! Tous à la manif ! La rentrée sera chaude. ■

3
► **Dix romans français de la rentrée ont été sélectionnés pour le troisième Prix littéraire du « Monde ». Voici lesquels.**

PRIX LITTÉRAIRE DU Monde

es ob dieser megalomanen Geste jeder, jeder halbwegs Wache (aber wer war das schon?): Es ging um Legendenbildung. Farshids Zukunft sollte geboren werden. Galeristenzeugs. Jeder Kunst ihr Märchen, jedem Glauben sein Einhorn. Und so wussten die meisten (es war jenes Ich-wusste-es-doch!-Wissen, das sich insgeheim und vage einnistet in irgendeiner Vergangenheit, um später dann, in der Gegenwart, völlig unerwartet aus dem Ungefähren aufzusteigen und Gewissheit zu werden für alle Zeit): Heute Abend würden sie einem historischen Ereignis beiwohnen, hausgemacht zwar, aber historisch. Historisch im Sinne eines Ereignisses, das den Kosmos zwar kaum etwas anging, das dieser sogar zutiefst lächerlich fand, belanglos, raumzeitlicher Bullshit gewissermaßen, die Menschen im Kleinen aber, in ihrer kleinen klitzekleinen Größe umso mehr beglückte.

Und so war es dann auch. Alles, ganz gleich, ob kleines Auflagenobjekt oder große Installation, war schon zu Beginn des Abends mit roten Punkten versehen. Von geheimer Hand erworben. Die fabelhafte Karoline Meringer hatte zum großen Erstaunen ihres Chefs im Hintergrund, im Abseits des Vernissagenrummels (während Sivers noch seine perlgraue Gehrockwürde in Stellung zu bringen suchte, *Kann der eigentlich auch bescheiden? Weiß er nicht, dass das Purpur der Kaiser nur olle Schafswolle ist, in das Blut zermatschter Schnecken getaucht?),* Gespräche geführt mit ihrem Smartphone. Ein ominöser Mensch machte Angebote: *I'm going to make you an offer you shouldn't refuse,* stellte Forderungen: *only me, nobody else,* und kaufte. Alles. Für die Vernissagenbesucher blieben lediglich ein paar lumpige Multiples. Und alles fragte sich, ob da etwas faul war. Schließlich kannte man die Tricks der Galeristen. Ein Bluff? War ein Strohmann im Spiel? Für wen? Wer konnte schon an dem unausgegorenen Frühwerk, den pubertären Capriccios eines Kunst-Youngsters ein derart großes Interesse haben? Wer bunkerte da Werkblöcke, um den Preis zu treiben? Saatchi? Jay Jopling? Auf der Suche nach einem neuen Badboy like Damien Hurst? Nein, gewiss nicht, nicht hier. Und doch, Namen fielen: Margulies und Ségalot, Pierre Hubert und Simon de Pury. Große Namen. Auch Namen von Galeristen, von Top-Galeristen all over the world: Dominique Levi, Larry Gagosian, Astrid Weller, David Zwirner, Rhodora Haze. Aber auch hier: Nein. Was sollten solche Größen hier verloren haben? Immerhin, jemand wollte Biesenbach unter den Gästen ausgemacht haben, der Typ da in dem metallisch schimmernden Anzug, mit diesem selbstgefälligen Was-du-wollen-Blick, diesem Ein-Mann-muss-tun-was-er-tun-muss-Blick …

und hieß das nicht, dass … Tilda Swinton? James Franko? Sally Potter? … Hier? … Schließlich war alles möglich in diesem Business, oft genug waren sie gesehen worden mit Biesenbach. Und wer war der silbergraue Typ da mit dem smarten Bübchenlächeln unter den Husky-Augen, dieser Jetsettyp mit den langen Fingernägeln, als ob der Adel nicht schon abgedankt hätte vor ewigen Zeiten, als hätte es die Revolution nie gegeben? Immerhin, die Manschettenknöpfe aus in Silber gefasstem rauchblauem Perlmutt hatten Stil.

Natürlich waren sie es, Klaus Biesenbach und Peter Eleey, die Kunstzampanos aus New York, schließlich hatte Sivers sie selbst eingeladen. Klaus (damals nur Solarium-Klaus genannt, eine Bräune zwischen obdachlos und Bauarbeiter) hatte er noch – lange bevor dieser mit mehr oder weniger Erfolg versuchte, dem Image eines Nabobs zu entkommen – in seinen kleinen, ganz kleinen Galeristentagen kennengelernt, in Berlin-Mitte, mit zweifarbigen Budapestern. Oder waren es Slipper gewesen, mit Troddeln besetzt? Irgendwas Geschmackloses auf alle Fälle. Und Peter? Na ja, ein Anhängsel von Klaus. Ein smart lächelndes Anhängsel, dessen nur mühsam kaschierter unruhig umherschweifender Blick – *ein Blick, den Julius Cäsar gefürchtet hätte* – den international ambitionierten Kunst-Auguren erkennen ließ, dieser kalte gletscherblaue Blick, dem nichts und niemand entgehen durfte.

Sivers ärgerte sich, dass er die Preise so niedrig angesetzt hatte. Wie auch hätte er wissen können, dass schon gleich zu Anfang … bei der ersten Ausstellung … verflucht noch eins … sollte wirklich das MoMA … oder wenigstens das MoMA PS1 …?

Alles verkauft.

Da waren zunächst die Pizzabilder: verkauft! Immerhin zwölf Stück à 10.000 Euro. Sie hießen nicht mehr Pizzabilder. Zu banal! Auch die Durchnummerierung à la Corbusier war schon lange passé. *Gesichtertrunken* hatte Farshid überlegt. Oder *Gesichtswandel*. Vielleicht *Beziehungsweisen?* Schließlich nannte er sie einfach *Gesichte*, das war schön unklar, vermeintlich doppeldeutig, und würde den Kritikern zu denken geben.

Da war das Auflagenobjekt *Transsilvanisches Collier – Hommage à Dracula*: verkauft! Alle zehn Exemplare für je 1.900 Euro: verkauft! Zusätzlich (und nicht ganz legal) zwei E.A.-Exemplare für je 5.000 Euro: verkauft! Farshid lächelte zufrieden in sich hinein. *Kitsch gehört zu jedem guten Leben*. Er dachte an seine Mutter, er dachte an Onkel Said. Dabei hatte Sivers noch gesagt: Knoblauch, das geht nicht, das hat was von einer Fälschung. Farshid hatte gelacht: Unsinn, auch Fälschungen sind Originale, sie unterscheiden sich lediglich dadurch, dass sie echter aussehen. Außerdem, dein guter

Name schützt uns, Hans. Sivers, irgendwie geschmeichelt: Glaubst du wirklich? Also gut, wenn du meinst.

Dann war da dieser riesige Holztisch: verkauft! 120.000 Euro. Der Holztisch, auf dem ein alter englischer Regenschirm lag und ein abgeschlagener Pferdekopf, hässlich bluttriefend, und ein kleiner Strauß Vergissmeinnicht, halb ertränkt im Blut. Und so nannte er dieses Arrangement denn auch: *Forget me not – Omaggio A Don Vito Corleone.* Wen oder was es nicht zu vergessen galt, niemand wusste es. Und niemand wusste auch, ob Widerwille oder Bewunderung gefordert war. Da nie jemand je etwas von Lautréamont gehört hatte, war das Erstaunen groß. Wem dieses *beau comme la rencontre fortuite sur une table de dissection d'une machine à coudre et d'un parapluie* fremd war, dem erschien auch das lieblich mit Blumen verzierte Gemetzel Farshids durchaus – weil eben neu – aufreizend und provokant. Manchmal war Kunst einfach einfach, schließlich wurde schnell vergessen. Ars longa, memoria brevis.

Ähnliches galt für seine *Selbstporträts*, vier mit Kirschholz gerahmte Tondos in einer 5er-Auflage: alle weg. Ein Videostill seiner Schulter-OP, zwei Computertomografien seines Schädels, eine Magnetresonanztomografie des Beckens – alles auf Baryt-Papier belichtet und auf Alu-Dibond aufgezogen. Eine Videoarbeit mit dem Titel *Starring: Farshid* ergänzte sein Selbstporträtprojekt. 20 Tondos à 3.000, eine Videoarbeit à 10.000 – macht insgesamt 70.000 Euro. Pas mal! Sivers war ursprünglich dagegen gewesen: *Gibt es schon, mit Sicherheit bei Timm Ulrichs. Der hat alles immer schon Jahrzehnte vorher gemacht. Jahrhunderte. Farshid auch hier: Egal, neu ist, was in Vergessenheit geraten ist. Auf dem soliden Fundament der Unbildung wird das Alte immer wieder neu.*

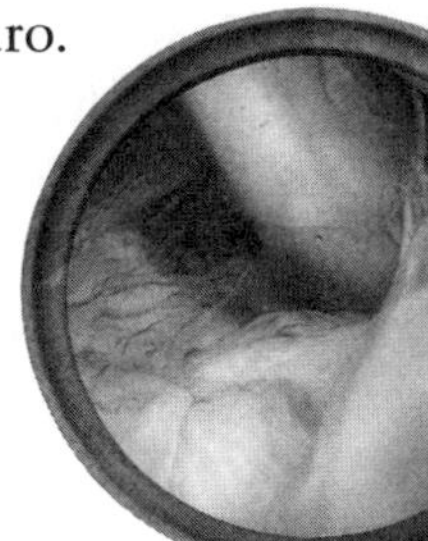

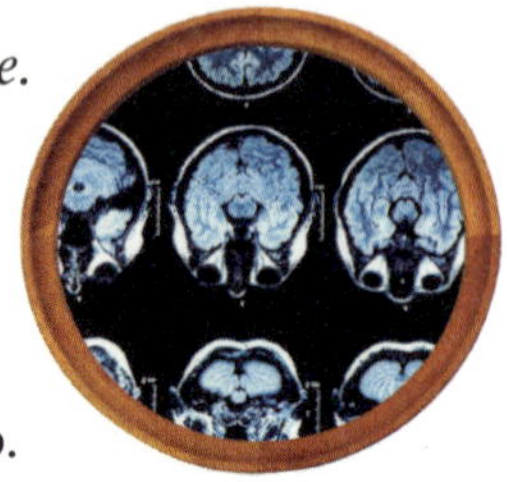

Und dann diese rührselige Arbeit: *Das Gewicht der Liebe.* Zwei Ein-Kilo-Gewichte auf einer Waage. In die Gewichte eingraviert die Wörter *Gerechtigkeit* und *Liebe*. Ein Objekt in 8er-Auflage. Farshid hatte ein Restkontingent von Waagen bei Ebay erworben, ein und dieselbe Waage, 8 x 30 Euro das Stück. Als Kunst dann: 8 x 3.000 Euro. Zusammen 24.000 Euro.

Alles in allem: Die richtige Mischung aus Aggressivität und Sanftmut, aus Streitlust und Eiapopeia, so war Erfolg möglich, so konnte man das Kunstpublikum erobern. Einerseits der Schlonz des Lebens, seine ganze Widerwärtigkeit, der abgehackte Pferdekopf und so, andererseits etwas für's Gemüt, des Lebens Lieblichkeit, verpackt in einer hübschen Metapher, unwiderstehlich. Und allgemeinverständlich dazu. Hat unser Käufer gemerkt, warum die Liebe mehr wiegt als die Gerechtigkeit?

»Das Gewicht der Liebe«

Zum Gemütvollen gehörte auch eine Serie von fünfhundert (!) Aquarellen auf Büttenpapier, 500 g, je 500 Euro. Allesamt Porträts, 30 x 20 cm. Ein Abriss der Menschheitsgeschichte, vom alten Löwenmenschen über den Renaissance-Jüngling und das Perlohrring-Mädchen bis hin zu den Hollywood-Idolen und Celebrities unserer Zeit. Eine Kulturgeschichte des Menschen, von der Prähistoriebis heute, angetan einzig, um, wie Farshid sagte, das Humanum zu bestimmen. Wusste er, was er da sagte, wusste er überhaupt,was das Humanum war?

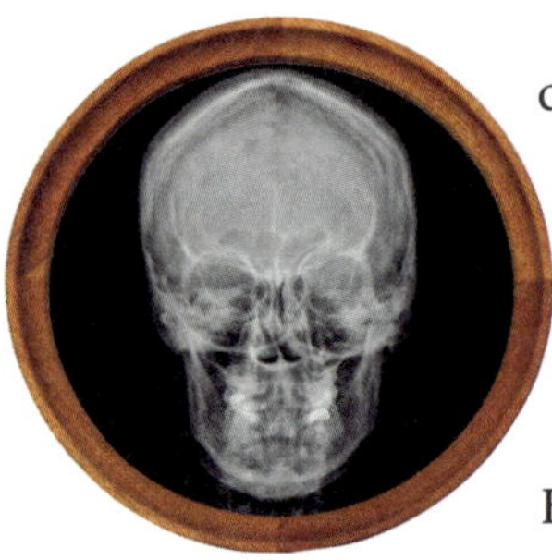

Den Titel seines Projektes auf alle Fälle hatte er lange gesucht. Zu guter Letzt standen ihm zwei Anleihen (sprich: Diebstähle) zur Auswahl: Gauguin und Chatwin. *Woher kommen wir, wer sind wir, wohin gehen wir* oder *Was mache ich hier.* Er hatte sich schließlich für Chatwins *Was mache ich hier* entschieden, ohne Fragezeichen. Ein schöner Titel, wie er fand. Aber auch wenn er sich anders entschieden hätte (Hauptsache: geheimnisumwoben!), es wären immer fünfhundert Aquarelle gewesen,

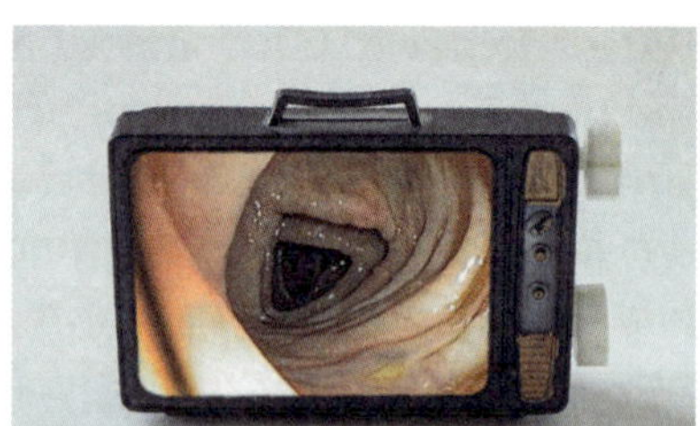

immer fünfhundert Exemplare à 500 Euro. Immer 250.000 Euro. Immer verkauft! En bloc! Unvorstellbar!

Und auch die Werkreihe *Fontainebleau meets Jasper Johns* – sieben Arbeiten à 12.000 Euro: verkauft! Das waren die Arbeiten in der Mitte des Hangars, ganz in der Nähe des Farshidhauses, dort wo Joséphine, wenn sie nicht auf Erkundungsreise in benachbarten Welten war, für gewöhnlich neugierig aus ihrem Chalet schaute. Sieben Staffeleien, im Kreis aufgestellt, wie eine Rauminstallation. Mehrere Lichtspots hoben sie aus dem Geschehen hervor. Allesamt trugen sie aufwändig hergestellte, kostbare als Ölfarbendruck auf Leinwand hergestellte Reproduktionen von bedeutenden Gemälden: *L'Origine du Monde; Gabrielle d'Estrées et une de ses Sœurs; Le Désespéré; Portrait of an Artist – Pool with two Figures; La chambre Rouge; Where the Railroad Leaves the Sea*. Natürlich kannten die wenigsten der Gäste auch nur eines der Bildmotive, allenfalls unscharfe, verwaschene Erinnerungen hier und da, aber bei dem Gemälde auf der siebten Staffelei wusste garantiert niemand, wer dieser alte Mann da war, auf dessen Brust eine billige kleine Pappscheibe aufgeklebt war, eine bunte Jasper-Johns-Zielscheibe, wie über allen anderen Gemälden auch. Nur einer wusste es: Shaahin. Er hatte Tränen in den Augen, als er davorstand. Und er wusste nicht, wie er verhindern konnte, dass sie sich lösten. Warum war Großmutters alter Mann hier unten in aller Öffentlichkeit … Großmutters geliebter alter Mann … ihr Caravaggio … ausgesetzt … wie Aussatz der Öffentlichkeit ausgesetzt … was hatte er hier verloren, auf dieser Staffelei? Niemand, nicht einer, bemerkte, dass Shaahin mit einem Mal nicht mehr da war, ohne aufzufallen verschwunden, samt seiner ungeweinten Tränen. Und ohne den alten Mann mitgenommen zu haben.

Aus der Serie: »Was mache ich hier«

»Tarantino sterben zu sehen, das muss traurig sein«, sagte Farshid plötzlich. Er stand mitten im Hangar neben Sivers, Aadish und Maryvonne. Mit der Linken hielt er Joséphine an der Leine und mit der Rechten fuhr er immer wieder nervös durch sein wildes, metallisch glänzendes Haar (das gebändigte, breitsträhnig gegelte war schon lange passé: jemand hatte ihn einen *Unterwelthalunken* geheißen, einen *effeminierten Valentino* gar). Sie waren umgeben von *Personen*. Eine kleine Gruppe von sechs, sieben *Personen*. So nannte Sivers verächtlich alle unwichtigen Besucher. Die Übrigen waren das, die Schwebepartikel des Kunstbetriebs, nicht wichtig für's Business. Die Freunde von Freunden, Verwandte, all jene, derer man sich nicht entledigen konnte, die Schmeichler, Schnorrer, Schmarotzer. Die Adabeis.

»Ja, Quentin mein' ich«, wiederholte Farshid, und alles guckte irgendwie erstaunt. »Dieses maßlos gewinnende Lächeln, diese rumfuchtelnde Menschenzärtlichkeit, glühend, verzehrend. Wer will schon, dass so was verschwindet? Wenn diese weltschaffende Energie ins Orbit zerfließt, auf immer von uns geht, für immer verloren ist, wo sollen wir dann hin mit uns? Könnt ihr mir das sagen?«

»Es wird andere geben«, sagte ein Kumpel ... oder Trinker.

»Bullshit!« Farshid fühlte sich nicht ernst genommen.

Joséphine stand unbeeindruckt neben ihrem Herrn, die Ereignisse über ihr schienen sie nicht sonderlich zu interessieren. Und Sivers, der sich nicht satt sehen konnte an seinem eigenen Spiegelbild in Farshids Sonnenbrille, hatte schlicht Mühe, den Ausführungen von Farshid zu folgen. Er war beschäftigt: der astrachanbesetzte Mantel, die Schildpattbrille, dazu die hyalurongestrafften Gesichtskonturen (es gab Vermutungen, Verdächtigungen, manche sprachen sogar von fetaler Stammzellentherapie, *dieser glatte Babyteint, unmöglich!),* all das verlangte Aufmerksamkeit, Konzentration. Auch die Gardenie im Knopfloch wollte Beachtung – um der Beachtung der anderen willen. *Mehr Konzentration bringt noch nicht mal die Spitzenklöpplerin von Vermeer auf,* lästerte Farshid. Immerhin, auf seine Stimme war Verlass. Seine Stimme, dieses Basso profundo, konnte wie von selbst, als eigenes Wesen, lediglich beeinträchtigt durch seine Speichelperle, agieren, konnte ohne sein Zutun raumgreifend werden, Gehör finden und Bedeutung erlangen: *Oh, unser junger Philosoph. So smart! Absolutely smart!* Angemessen waren diese Worte nicht, wie tief und erhaben sie auch klangen, das merkte Sivers gleich. Er konnte nur hoffen, dass es möglichst wenigen auffiel. Warum musste er als ausgewachsener Galerist, der den Kleinstadtmief samt seiner breifarbenen Kindheit längst abgestreift glaubte (hatten seine Eltern beim Sex wirklich noch ein Tuch aufs Laken gelegt?), der schon die tumbesten Diktate des Lebens (er dachte an die Homilien über Sünde und Verdammnis in seiner Jugend) glücklich überstanden

Verehrter Herr Kultur-Bürgermeister,
dear Klaus, dear Peter, lieber Farshid,
geehrte Sponsoren, liebe Freunde der Kunst,

so zahlreich erschienen … bei Sivers Fine Arts … auf dem Parkett des internationalen Artbusiness … chief curator at large … Klaus Biesenbach … Connaisseur von Weltrang … eigens aus New York … Peter Eleey … Ausstellung als Kunstwerk … Goethe-Institut … Bruch tradierter Sehgewohnheiten … immersiv eintauchen … *It is the spectator, and not life, that art really mirrors* … Materie führt in gewisser Weise immer zu etwas Immateriellem … Farshid Reznavi … umgeben von der Aura des Numinosen … diese Idee von Präsenz und Spiritualität … Leute, die bei Kunst und Kultur an Kunsthonig und Kulturbeutel denken … Shooting Star … kündigt sich etwas an … die richtigen Sätze bei den Falschen … welche die oberflächliche ›Tatsächlichkeit‹ des Objekts übersteigt … Kunst als Signifikanz … dialektisch aufeinander bezieht … das Geheimnis unserer Identität in der Tiefe der symbolischen Oberfläche … Krise des Porträts … Reispapier … Nebelschleier des Vergessens … *der höchsten Ruhe und der höchsten Bewegung* … und auch Maske der Gesellschaft … die Individualisierung des Gesichts … ontologisch gesehen hat … *Der Mensch: hundert Masken, kein Gesicht* … Hans Belting … Massenmedien der *»facialen Gesellschaft«* … das Unsagbare wird ausgesprochen … auf der Grenze zwischen Sichtbarem und Unsichtbarem … Künstler als Aura- und Mythenfresser … breiter Themenkanon … Bezug nehmend auf die wichtigsten künstlerischen Avantgarden des 20. Jahrhunderts … Camus … *indirekte Vermenschlichung* … Adorno … tief gedacht … Benjamin … mehr denn je eine Verwirklichung der Gegenwart … widerständig … man sich merken müssen … Sponsoren … ohne … wäre der heutige Abend nicht … Ihnen für Ihre Aufmerksamkeit.

und schon lange den Status des Weltmännischen erlangt hatte, noch all diesen jungen Dingen – und Dingern! – standhalten? Sollte er die Zeit der Untenrum-Handtücher etwa umsonst gemeistert, die Allgegenwart der fadenscheinigen Linoleumböden vergeblich überwunden haben, diese ganze nach Naphtalin und Katzenklo, nach Bohnerwachs und Rosenkohl und Karbolseife stinkende Wenn-das-jeder-täte-Generation, die Ära der Unterhosen-Spültücher und Teppichfransenkämmer, der braven Geschirrtuchbügler? All die Restriktionen – *Rasen betreten verboten!* –, die ihm gerade als Kind der zügellosen, unbändigen Nachkriegslust so widersinnig, geradezu pervers erschienen waren.

Die nervös flackernde Leinwand des Lebens, immer noch – er musste es sich eingestehen – verstörte sie ihn. Genauso wie dieser Film, der da im Hintergrund lief, auf dieser fordernden, unangenehm großen Leinwand. Was sollte das? Warum glotzten alle auf schwarze blutende Männer im Auto und lachten? Lachten, als ob Blut ein Witz wäre. Das Verspritzen von Blut. Jetzt gerade lag es – wie ein rotes Pollock-Dripping – als Projektion auf dem Gesicht eines Besuchers. Tarantino, wer war das? *Reservoir Dogs*? *Goddamn, who the fuck …?* Nur in Gedanken traute er sich diese sprachliche Referenz an die Jugend. Eine Mischung aus Anbiederung und Trotz.

Aber schon während seiner Ansprache – *Verehrter Herr Kultur-Bürgermeister* – war er wieder in seinem Element. Mit der sittenstrengen Miene eines Reformators legte er sich ins Zeug. Eines etwas gimpelhaften Reformators, gewiss, aber er war wieder da, ganz Herr seiner selbst. Der Klang seiner Stimme gab ihm Sicherheit. Er redete feierlich, behäbig, fast als wolle er die Zeit halbieren. Da war sie wieder, Sivers' pastorale Rattenfängerstimme. Die sonore Tiefsinnigkeit. Als er bei Hans Belting angelangt war, bei den Massenmedien der *»facialen Gesellschaft«*, fand er sich ganz unvermittelt auf seiner Kloschüssel sitzend wieder, mitten in der Ansprache (warum nur vermischten sich bei ihm immer wieder Zeiträume und Bildwelten?), saß auf der Brille und schaute brustwärts an sich hinunter in den Orkus. Jämmerliches Faltengebirge, dachte er … *breiter Themenkanon* … zuerst diese hängebäuchige Fleischmasse, dann ein aufgedunsenes behaartes Trapez … *die wichtigsten künstlerischen Avantgarden* … und aus diesem herauswachsend ein kleiner Wicht … *indirekte Vermenschlichung* … ein elendes windelweiches Gewürm, das im Dunkel … *tief gedacht* … verschwand, im Zwielichtigen, nicht Vertrauenswürdigen … *Ihnen für Ihre Aufmerksamkeit.*

War irgendetwas von diesen Vulgaritäten – womöglich sogar sein arabischer One-Night-Stand heute Nacht – in seine Rede geraten? Er rückte, als müsse er sich seiner Selbstsicherheit versichern, seine Lavallière-Krawatte zurecht. Wildseide aus Shatung.

Farshid stand mitten im Hangar. Er strömte immer noch das ungestüme Arom der Jugend aus – *Keine Zeit, alt zu werden!* –, dieses Arom, das man nicht riechen, das man nur spüren konnte. Ein *ehrgeiziger Körper*, dachte Sivers, als er ihn da so stehen sah. Eine große Schönheit, selbst noch im Derben. Überbordend und maßlos. Enthemmt. Im Widerspruch dazu – und auch zu seiner letztlichen Namenswahl – hatte er sich allerdings (irgendwie entschieden unentschieden) auf die »Dastan«-Kleidung verlegt (zumindest für die nächste Zukunft): das Einfach-Teure, die unauffällige Eleganz. Langärmlige Poloshirts, an denen das Lacoste-Krokodil kunstvoll mit eigens gestickten Slogans übernäht war, Textfragmente von Graffitis, die er in Paris gesehen hatte *(Le vent se lève / Prenez vos désirs / Il faut tenter de vivre / Pour des réalités).* Dazu Levi's 501 (alte, schwere Dockers-Qualität aus den 30er-Jahren, 11,5 oz.) über braunen – *havannabraunen*, wie er wichtigtuerisch hinzufügte –, nobel abgewetzten Rindslederboots. In der äußeren Ecke eines Glases seiner verspiegelten Pilotenbrille (natürlich *Ray Ban*), direkt unter den streng getrimmten, sichelförmig geschwungenen Augenbrauen, waren kleine arabische Schriftzeichen eingraviert.

Rumi? Hafiz? Al-Dschahiz? Ein arabischkundiger Besucher will eine Zeile Attars ausgemacht haben: *Das Auge öffnet sich.* Am Hals, direkt auf der Schlagader, lugte knapp über dem Kragen des Poloshirts das Tattoo eines Hundekopfs hervor, noch ganz frisch; nur die Eingeweihten wussten (Wer, außer Shaahin und Aadish, konnte hier noch eingeweiht sein? Chantal?), dass der Hund geflügelt war, dass jenseits des Kragens, beginnend auf Farshids Rücken, über die Schulter hinweg und wieder hinab zur Brust, wunderschöne goldblaue Schwingen lagen. Auf dem Bizeps prangte – als weltliches Gegenstück gewissermaßen, für jeden sichtbar – das breit grinsende Nirvana-Smiley von Kurt Cobain. Darunter der Schriftzug *Come as you are.*

Im Kontrast zu all diesem Schnickschnack, zu dem auch eine Armbanduhr gehörte mit der kreisrunden Ziffernblatt-Aufschrift *Eine von diesen wird die deine sein,* hatte Farshid seine Tasbih in der Hand, seine alte abgegriffene, noch aus der Heimat stammende Gebetskette aus Walnussperlen. *Über bleierne Meere und harte Berge gerettet,* wie er betonte. Dem Kauf einer neuen, aus teurem Perlmutt, hatte er, zu seiner eigenen Überraschung, tapfer widerstanden.

Trotzdem, oder gerade deshalb: Für viele, die Farshid über einen längeren Zeitraum kannten, wurde er immer mehr zu einem unlösbaren Rätsel. War er stolz, arrogant? War er bescheiden? Er wusste es selbst nicht, er konnte sich nicht entscheiden. Dass er in der Mitte des Geschehens stand, war für ihn bedeutungslos – glaubte er. Ein Sperling, der über Adlern fliegt, hörte er jemand sagen. Die rot-weiß-grünen Dr.-Dre-Kopfhörer lagen um seinen Hals und gaben keinen Ton von sich. Ein totes Accessoire.

Plötzlich fühlte er sich unvollständig, ganz ohne jeden Anlass. Er kannte das nicht. Gerade noch eben hatte er sich wie der Kern einer Explosion empfunden, hatte eine unbändige Zufriedenheit verspürt über die Anwesenheit der anderen, ganz gleich wer, Freunde, Besucher, sogar Sivers. Wie damals mit Shaahin und Farshid am Strand. Wie hatte er ihre Gesichter genossen, eingesogen hatte er sie, um sie zu haben, zu halten, ihrer sicher zu sein, als ob sie jeden Moment verschwinden könnten, sich auflösen im überbelichteten Strand, für immer. Der Austausch der Zigaretten, das Feuergeben, das gegenseitige Lächeln. Die Kuhlen im Sand, jeder Hintern hinterließ diesen einzigartigen Persönlichkeitsstempel. Und jetzt war es wieder da, dieses Vertrauen in alles um ihn herum. Und doch: Das erste Mal in seinem Leben – es hatte etwas von einem Traum – spürte er, dass er sich seines Wesens nicht sicher war, dass er sich seiner selbst annehmen musste, dass es etwas zu vervollständigen gab. Für wenige Augenblicke war er eine steinalte Seele geworden. Das Gefühl schlug ein wie ein Blitz, ein Blitz, dem allerdings der Donner fehlte, denn kaum war dieses Empfinden in ihm aufgekommen, war es auch schon wieder verflogen, eine Regung ohne Nachhall. Als ob nie etwas geschehen wäre. Alles war in Ordnung, war wieder in Ordnung. Allein das Traumverschwommene blieb.

»Freunde, ein Toast auf euch«, hob Farshid an, »im Namen des Barmherzigen und Gütigen. Im Namen Allahs, des Urhebers alles Geschaffenen aus dem Nichts, des Schöpfers des …«

»… oy vey, eine Butterbirne …« Maryvonne witterte die Chance des Abends, die Chance, ihr ewiges Thema zu platzieren. Von wegen Ever-Changing View. Ihr Faible für auf großer Flamme gesottene Injurien, endlich … sie wusste, eine satte Beleidigung, eine veritable Unverfrorenheit war seit jeher immer noch die wirksamste – und amüsanteste –

WARNHINWEIS AN DEN LESER

Hier folgt eine heftige Unterhaltung zwischen Maryvonne und Farshid. Sie strotzt nur so vor Gehässigkeit, fanatischer Borniertheit und postpubertärer Provokation. Da sie u.a. das religiöse Empfinden des Lesers (und auch der Leserin, Gott habe sie selig!) stören könnte und vielen – aufgrund unerträglicher Redundanzen – langweilig erscheinen muss (außerdem für den Fortgang der Geschichte recht unerheblich ist), empfiehlt der Autor empfindlichen Seelen (allen voran dem »tragischen Affen« Erzbischof Ludwig Schick) die Fortsetzung der Lektüre auf Seite 712xxx. Wer das ideologische, vollkommen unliterarische Gequatsche (im Falle von Maryvonne die touretteverdächtige Hau-drauf-Polemik à la Thomas Bernhard) trotzdem liest, kann keine wie auch immer gearteten und gegen wen auch immer gerichteten Rechtsansprüche geltend machen. Dies gilt vor allem auch für Beleidigungsklagen. Sie haben es also selbst in der Hand.
Der Autor weist außerdem darauf hin, dass die Verantwortung für das Gesagte ausschließlich bei den literarischen Figuren liegt. Wäre ja noch schöner, wenn … Der Autor ist ein durch und durch guter Mensch, das sagen alle, die ihn kennen. Er kann nichts für die Garstigkeit seines Personals.

Methode, Aufmerksamkeit zu erlangen, ein Gespräch an sich zu reißen. Und wer sie als Abziehbild der Boshaftigkeit sah, als wüste Dampfplauderin, das kam schon mal vor – manche sagten sogar, sie sei von einer tollwütigen Hündin geboren –, was verstanden diese Mediokren denn schon?

»… des Schöpfers des Neuen, es hat geklappt, wir sind …«

»… widerlich. Religion nach außen tragen, das ist widerlich, wie eine pathologische Reizung, eine Fehlfunktion, finden Sie nicht?«, Maryvonne wurde aufreizend laut, »das hat etwas Obszönes, etwas Unappetitliches, als ob – pardon my french – Vögel über dir abkoten. Dünnschiss.«

ZENSIERT

»Entschuldigung?« Farshid kniff argwöhnisch die Augen zusammen.

»*Urheber alles Geschaffenen aus dem Nichts,* dass ich nicht lache. Man soll ja über Abwesende nichts Schlechtes sagen, über Tote schon gar nicht, aber Gott *ist* das Nichts. Nada. Niente. Das undenkbare, nicht zu denkende Nichts. Die ganze Göttermischpoke, ein Aberwitz, null & nichtig. Jehova und Buddha: Nebbiche. Eywa und Manitu: Nebbiche. Selbstherrliche Blödmänner, wohnhaft in einem Kaff namens Nichtort. Hegemoniales Männergesocks. Auffallend, dass es selten Blödfrauen sind, oder haben Sie schon mal 'nen weiblichen Messias gesehen?«, Maryvonnes Gesicht war jetzt von einer teuflischen Bosheit verzerrt, »immer Männer, fabeldreschende blöde Männer. Bipolare, neurasthenische Jüngelchen, die den trügerischen Luftspiegelungen der Wüste erliegen, um dann als Peyotl-zugedröhnte Fata-Morgana-Meschuggene – vollgepumpt mit testosteroner Erleuchtung und levitationsgeiler Erhabenheit – versuchen, übers Wasser zu laufen. Jeder durchgeknallte halluzinierende Wüstensohn mit ausreichend Bart im Gesicht (wer hat die Wüste als *Brennofen der Religionen* bezeichnet?) kann heutzutage den Messias geben, selbst noch in Betonwüsten. Ein bisschen Narzissmus, ein bisschen Borderline, ein bisschen Soziopathie, und perfekt ist der Erlöser, der Salvator mundi für Hinz und Kunz, für Krethi und Plethi …«, Farshid starrte wie ein Reh im Scheinwerferlicht, »… eine Sache der Pathologie, einfach nur krank, kommen mit dem Leben nicht zurecht, null Bock auf Maloche, und machen dann einen auf gesalbten Befreier. Apropos *Nichts*. Wissen Sie, was man machen müsste, als Künstler, was *Sie* machen müssten, als Künstler, wenn Sie einen Arsch in der Hose hätten, was nichts anderes heißt, als clever zu sein, ein wahrer Künstler? Man müsste eine leere Leinwand ausstellen, nichts als eine leere Leinwand, und rechts daneben nur ein Schildchen (die Leute schauen eh mehr auf Schildchen als auf Bilder), ein kleines, klitzekleines Schildchen, aus feinstem polierten Messing, auf dem steht dann:

ZENSIERT

- zuerst der Name des Künstlers: *Bla-Bla-Bla*
- dann der Titel: *Mohammed-Karikatur* (plus Jahreszahl)
- dann die Materialien: *Nichts auf Leinwand*
- und als Letztes vielleicht noch die Maße: *18 x 24 cm*

Ich bin keine Künstlerin, aber ich denke, das wär's. Das passt doch zu eurem Sinnsprüchlein: *Nichts ist außer Gott*. Heißt es nicht so bei euch? Der Vorteil: Man kann nicht mit der Fatwa belegt werden, denn was nicht ist, kann nicht verfolgt werden. Obwohl, wenn ich's recht bedenke, bei der bizarren Phantasie, die die Burschen haben … Kennen Sie diese kuriosen Geschichten, die sich eure Theologen ausdenken, einzig, um das Leben auf seine Fatwa-Tauglichkeit hin zu prüfen? Na ja, was heißt *einzig*? Wahrscheinlich holen sie sich dabei noch einen runter ...«

»... ach du Heilige Scheiße, wie sind Sie denn drauf?«

»Was ziehn Sie so'n Flunsch? Da läuft 'n Film ab bei denen, Junge. Und zwar nicht nur Daumenkino, eher Breitleinwand, schön bunt. Die theologische Hermeneutik als Wichsvorlage. Der Ayatollah Gilani zum Beispiel, kennen Sie den? Ein besonders rolliges Bürschchen ... der hat ...«

»... warum kreischen Sie so? Sie klingen wie ein Schwarzschnabel-Sturmtaucher, wie der gequälte Teufel himself ...«

»... was? ... wie?«

»Jetzt enttäuschen Sie mich aber, Sie sind doch Biologin ... noch nie vom Schwarzschnabel-Sturmtaucher und seinem teuflischen Gekrächze gehört?«

»Keine Ahnung, was Sie ... dafür kenne ich parasitäre Schlupfwespenlarven, die dienten Darwin als Beweis dafür, dass es keinen Gott gibt, denn hätte er in seiner unermesslichen Güte ein Wesen erschaffen, so Darwin, das sich in Wirtsraupen einnistet, um sie dann von innen heraus aufzufuttern? Hundsfottgott! Anyway, wo war ich? Ah ja, Ayatollah Gilani. Also, das rollige Bürschchen hat sich mal allerliebste Gedanken gemacht zur Inzestpenetration.« Farshid wurde sichtlich unruhig. Seine Tasbihperlen klackerten nervös in seiner Hand. »Was ist? Sie zittern ja wie'n Vibrator. Anyway, seine Geschichte – im Wortsinn eigentlich ein *Fall-Beispiel,* haha – geht so: Ein Jüngling, zum Anknabbern schön, schläft selig in seinem Bett, ódem naket, wie man bei uns sagt, adamsnackt, denn es ist heiß. Direkt unter seinem Schlafzimmer, im Stockwerk darunter, schläft seine Tante, genauso nackt. Also natürlich anders nackt, aber ... Plötzlich ein Erdbeben. Die Decke zwischen den beiden stürzt ein, und unser Schlím-Schlimasl fällt direkt auf seine Tante. Er hat, der Irrwitz des Zufalls schlägt zu, einen Ständer – um präzise zu sein: eine Morgenlatte, so nennt ihr das doch; was macht Galani eigentlich morgens damit – und landet mit ihr direkt auf ihr. So mathematisch genau in ihrer Mitte, dass Reibungen – es war ein heftiges Erdbeben! – nicht zu verhindern sind und es derart neun Monate später ... Ist das Kind einer solchen Begegnung, fragt Gilani nun durch seinen geil-versabberten Theokratenbart hindurch, *halalzadeh*, also legitim, oder *haramzadeh*, ein Bastard? Was meinen Sie, Farshid?«

»Interessiert mich nicht«, erwiderte er mit eigenartig gepresster Stimme, als ob er einen inneren Dämon in Schach halten müsste.

»Es ist halalzadeh, legitim ... also keine Sex-Fatwa. Immerhin, ging noch mal gut. Schon irre, um was die sich kümmert, Ihre göttliche Mischpoke, finden Sie nicht? Sie sehen, im Schattenreich der Religion – dort also, wo das Erotische einzig im Skl-erotische-n steckt – wachsen die abstrusesten Früchte. Aber zurück zu meiner leeren Leinwand. Nicht nur keine Fatwa, auch die Sache mit Mohammeds Bilderverbot wäre elegant gelöst ...«

»... es gibt kein Bilderverbot bei uns«, Farshid funkelte Maryvonne durch seine zusammengekniffenen Augen an, »ist das nicht eher was von euch ... Du sollst dir kein Bildnis machen, und so?«

»Sie verwechseln mich mit dem anderen Club. Obwohl, vielleicht haben ja alle Religionen diese Meise.«

»Auf alle Fälle wäre das mit dem Bilderverbot die ultimative Concept-Art für die Jetztzeit, na ja, vielleicht nicht ganz ultimativ, aber zumindest ginge uns das alle etwas an, der ganze Religionswahn, der uns ins Verderben stürzt, diese infantilen Göttermonster und ihre Kinder-Ausgeburten. Lecháim, liebe Freunde, kídesch. Erheben wir das Glas.«

»Was soll uns ins Verderben stürzen?« Farshid hatte das von Maryvonne vorgeschlagene Gebilde sofort vor seinem geistigen Auge; in seiner Vorstellung hatte er es sogar schon mit einem seiner alten Pseudonyme versehen, denn er fand trotz seiner inhaltlichen Vorbehalte irgendwie Gefallen daran. Schönheit nahm er durchaus ernst. War es solcher Widersprüche wegen, dass Onkel Said ihn in Paris immer einen *durchgeschüttelten Menschen* geheißen hatte, einen Menschen, *aus lauter Flicken und Fetzen bestehend, die ihr je eigenes Leben führten?*

»Dieses schnulzige Allah-Geblubber, mein Junge, kapieren Sie's denn nicht, der ganze Esoterik-Heckmeck ... diese Hoffärtigkeit der Religionisten ...«

»Reli... was?«

»Religionisten, militaristische Gläubige, Gotteskämpfer à la Jeanne d'Arc, war die eigentlich römisch-lesbolisch? ... Religionen talibanisieren sich weltweit ... diese Anmaßung, einzig im Recht zu sein ... selbst die Buddhisten schlachten mittlerweile Andersgläubige ab ...«

»... Unsinn ...«

Doppelseite aus Farshids deutschsprachigem Scrap-Book II

Dies war genau der Moment – dieses *Unsinn* –, in dem Maryvonne begann, entschlossen schlecht von Farshid zu denken, ab jetzt wollte sie ihm keine Chance mehr lassen.

»… doch, die muslimischen Rohingyas in Myanmar zum Beispiel. Kennen Sie Ashin Wirathu, diesen faschistischen Buddhisten-Bengel? Von wegen friedfertige Religion … das reinste Splatter- and Snuff-Movie, wie bei allen anderen auch. Religion ist Schlachtplatte, immer … einfach názisch! Religion braucht Feinde, per se. Sie können sich gar nicht vorstellen, wie uns dieses von erhitzten Visionen geschüttelte Göttergesindel, dieses sklerotische Zombiegesocks da oben auf den Geist …«

»… was heißt *uns? Ihnen!*«

»Unsinn!« Farshid hatte das Gefühl, von den gnadenlosen Augen eines Großinquisitors getroffen zu werden, *wie der Hitzeblick Supermans.* »*Die* kommen doch mit ihrem meschuggenen Brimborium auf *uns* zu, mit ihren frischfrommfröhlichen Mysterienspielchen, und wollen *uns* sagen, wo's lang geht, nicht ich. Die mit ihren Kreuzkümmel-und-Fliegenschiss-Beschwörungen, mit ihren schwarzumnebelten Mythen …

kein Deut glaubwürdiger als die Geburt der waffenstrotzenden Minerva aus dem Kopf des Jupiter, oder die augenblinzenden Zaubertricks dieser bezaubernden Jeannie aus dem 60er-Jahre-TV. Da sind ja unsere Volkslegenden noch plausibler, die Artus-Sage, oder Siegfried der Drachentöter. Das öffentliche Leben ist von *euch* verseucht, von euch lupenreinen Psychopathen, die ihr vorgebt, über jeden Zweifel erhaben zu sein, nicht von uns, den Weltlichen. Ihr fuhrwerkt doch in *meinem* Leben rum mit eurer Dämonomanie, mit euren Hirngespinsten, nicht ich in *eurem*. *Ihr* betet doch auf *unseren* laizistischen Straßen rum (findet ihr das höflich?), und die Zeugen Jehovas klingeln bei *mir*, die drehen *mir* doch ihren fundamentalistischen Seelenkitsch an, und zwar direkt vor meiner Haustür, vollkommen ungefragt.«

»Ich fuhrwerke nicht, ich ...«

»... doch, doch, mein Freundchen, ihr alleine verbrennt mit eurem Religionsterrorismus die Vernunft auf dem Scheiterhaufen der Ignoranz. Dabei glaubte euer Byron noch – also dieser persische Byron, Sie wissen schon, der Robert –, ihr wäret, wie war das noch gleich, *in Religionsdingen so liberal*. Ja, das war wohl mal. Die Zeit, da sich so begnadete Sexmaniacs wie diese Chayyams und Hafisse und Rumis ungestraft bei euch tummeln durften, sind vorbei, die Zeiten, da bei euch noch Schweinkram, raffinierter Schweinkram, gedichtet werden durfte wie:

Leichter bist du als der Atem,
den die Brise bringt,
keiner wird des Atems müde,
keiner, Liebster, will ihn entbehren!
Drum vermehre deinen Atem,
damit der Balg sich fülle,
auf dem ich reitend, von deinem
Atem getragen, das Meer befahre.

Wissen Sie, Farshid, die Welt, dieses taubenverschissene überfüllte Narrenschiff namens Welt, es könnte gerettet werden ... ich bin sicher, der malthusianische Albtraum ...«

»... häh ... was fürn ... ?«

»... der, äh ... ach, Jingele, google doch ... dieser Albtraum müsste nie Wirklichkeit werden, man könnte alles richten: den Hunger in der Welt, die Armut, die Klimakatastrophe, die Kriege, alle Probleme, dieses ganze erbärmliche Alltagsverrecken ... mit nur ein bisschen Intelligenz, nur ein Jota, könnten wir … nur die Übervölkerung nicht, die werden wir nicht in den Griff kriegen, die wird uns ins Grab bringen … der Planet wird explodieren … wie heißt der Trinkspruch am Ende von Fellinis *Roma*, nach der Brandrede? *Alla fine! Auf den Untergang!* Na denn, Prost!«

»… und was habe ich damit zu tun?«

»Gar nichts. Aber die Religionen, diese transzendenten Penisfliegenfallen. Die großen Religionen des ewigen Kopulierens … des ewigen Heiligen Ko ... Eigentlich hatten die ollen Chinesen mit ihrer Ein-Kind-Politik ganz recht. Warum ist die Zerstörung unseres Planeten durch Ficken kein Straftatbestand?«

»Ach du heiliger Strohsack, welche Poetin!«

»Ich weiß, nicht gerade koscherzertifiziert. Soll ich die bösen Wörter wegpiepsen, wie im US-Fernsehen, oder statt ficken vielleicht befruchten sagen … oder eingliedern …«

»… was? …«

»Na, ein-Glied-ern, ist Ihnen das lieber? Enfin, diese militanten Theokratien, die glauben, dass dieses ungeschützte viehische Sich-ins-Nirwana-Vögeln naturgegeben ist und die daraus resultierenden Blagen gottgewollt sind, dieser Schmutz, der auf die Welt kommt …«

ZENSIERT

»… disgusting …«

»Quatsch, *disgusting*. Nietzsche! Er sagte auch: Verdorben ist das Leben durch die Viel-zu-Vielen … alle überflüssig, komplett überflüssig. Am schlimmsten sind diese kleinen katholischen Kackbeutel der Dritten Welt, diese vom Heiligenschein bornierter Selbstverliebtheit umstrahlten … ach was … diese unsinnigen Co_2-Schleudern … die sollten ihre Eltern vor den Kadi zerren … auf Schmerzensgeld verklagen. Dieses millionenfache klimaschädliche Karnickel-Wer …«

»… Grundgütiger, Sie wollen den Bürgerschreck geben, auf Teufel komm raus, aber …« Farshid sah sein Inneres in sich zusammenfallen; er dachte an die Pruitt-Igoe-Siedlung in St. Louis bei der Sprengung.

»… dieses millionenfache Karnickelwerfen überall und allezeit, allein zur Ehre Gottes … sich wundrammeln für's Himmelreich … blutwund …«

»… ach herrje, was wollen Sie eigentlich erreichen?«

»Ich will nichts erreichen, ich stelle nur fest … die Eier leerspritzen quasi in Vollstreckung einer göttlichen Mission. All diese brünftigen Religionen, die zuhauf Bälger zurücklassen, als Gottes Geschenke deklariert … ungewaschene, unterernährte, ungebildete Zecken, die

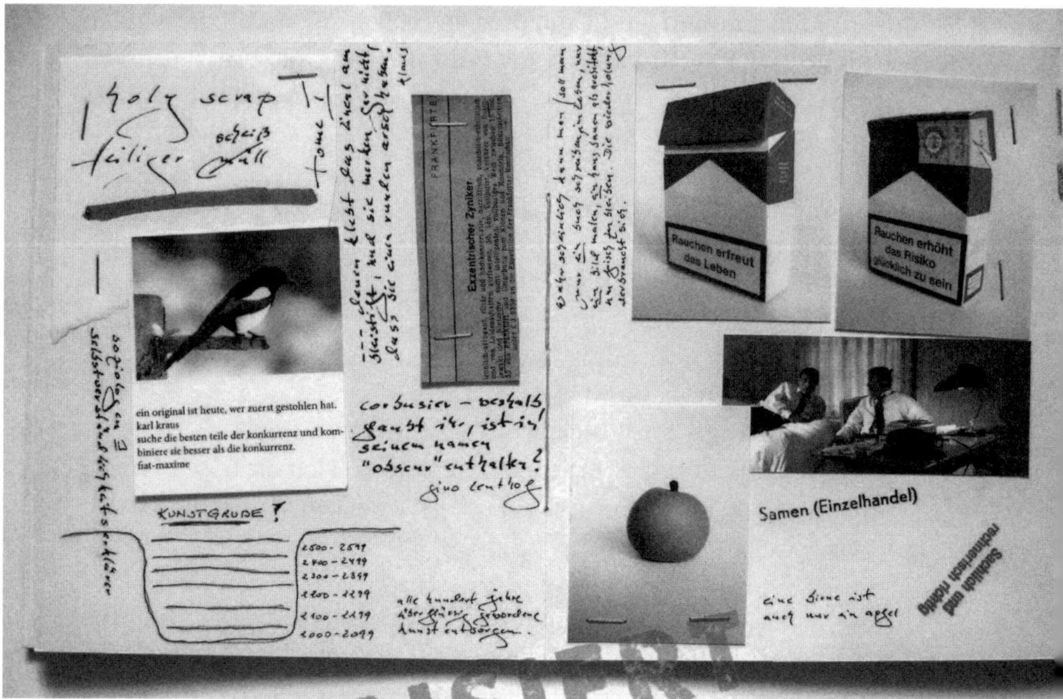

Doppelseite aus Farshids deutschsprachigem Scrap-Book II

den Planeten überwuchern … und dann, weil ihr beim Vögeln keinen Plan hattet, schickt ihr sie halt – Last Exit! – als Kindersoldaten direkt ins große Verrecken.«

»Nicht Ihr Ernst, oder? … Zynisch ist das … und menschenverachtend … Ihr Reden taugt noch nicht mal als Kabaretteinlage …«

»… ach, Schätzelein, das Leben *ist* Kabarett … und wenn die ihr Gezücht nicht mehr füttern können, weil es an allem fehlt, was zur Aufzucht notwendig ist – die Katholen zum Beispiel haben ihnen nie den barmherzigen Slogan *Kondome statt Hostien* zugerufen –, beten sie den Rosenkranz, den Kreuzweg Christi, alle 14 Stationen, oder bei uns das Schma Jisrael – und ficken weiter. Was betet *ihr*, um Abbitte zu leisten, Aadish? Nein, ein flacher Bauch läuft Gott zuwider. Stattdessen dieses nie totzukriegende Pilgern zu Unserer-Lieben-Frau-vom-dicken-Bauch, zum ewig schwangeren Mutterfleisch der Gläubigen. Religionen sind gewaltige Reproduktionsmaschinerien, unkontrollierte und unkontrollierbare Bums- und Brutreviere … Legehennenbatterien, in denen, gefördert und subventioniert wie Kohleabbau … ach was, lassen wir das. Wissen Sie, Gott hat einfach Mist gebaut, er hat versäumt, seinen weisen Entschluss aus der Genesis – ich glaube, Kapitel 6 – wahr zu machen … und jetzt sitzen wir in der Scheiße …«

»… was für'n Entschluss?«

»Na, seine Brut auszulöschen, die Menschen … es hat ihn doch gereut, sie geschaffen zu haben … hat er den Prototyp seines ersten Entwurfs nicht verworfen, also in unserer Version des Märchens zumindest? Von wegen *Bosheit der Menschen* und so. Stattdessen hat er die Idiotie Mensch mit Noah noch mal von Neuem gestartet, der Dussel … dumm gelaufen. Aber vielleicht kann …«

»… Sie sind wüster als der faltige Arsch des Teufels.«

»… vielleicht kann man ja wenigstens noch Schadensminderung betreiben. Vielleicht sollte man einen internationalen Vögelschein einführen, was meinen Sie …?«

»Einen was?«

»Einen Vögelschein, einen Führerschein für's Vögeln. Der Erwerb theoretischer, praktischer, vor allem aber: moralischer Kenntnisse zum Vögeln. Einschließlich einer Geschlechtsverkehrsordnung, analog zur Straßenverkehrsordnung … mit Geldbußen und Fahrverboten und so. Wer unsachgemäß …«

»… Ihre gottlose Zunge wird man gesondert begraben müssen …«

»… wer unsachgemäß, widerrechtlich und nicht am Gemeinschaftswohl orientiert vögelt, bekommt ein Vögelverbot. Gefährdete Berufe (Prostituierte und Callboys, die Bewahrer der Zivilisation also, denn hier werden ja keine Gören produziert) müssten natürlich von einem Verbot ausgenommen werden, analog geltender Rechtsprechung der StVO: *Ein Fahr- resp. Vögelverbot kann nur dann in Wegfall kommen, wenn eine drohende Existenzvernichtung nachgewiesen wurde.* Und als Ergänzung noch eine Art Hippokratischer Eid … als ethisches Gelöbnis gewissermaßen.« Farshid stand wie schockgefroren vor Maryvonne. Was konnte man auf derlei Unsinn schon erwidern? »Na ja, auf alle Fälle: Das Königreich der Vernunft ist fern, die Welt ist ein zwangsgetriebener Idiotenhaufen, nach wie vor … und das Ficken ist, noch vor den beknackten Nationalismen, die letzte Auflehnung der Armen … das Ficken der Gläubigen ist die einzige Sache, die den so oft missbrauchten Begriff Nachhaltigkeit verdient … Vögeln ist nachhaltig, unendlich nachhaltig, wenn auch nicht ressourcenschonend.«

»Die einen müssen den Satan austreiben, Sie aber scheinen Gott austreiben zu wollen, gewaltsam.«

»Ach, Farshid-Jüngelchen, wissen Sie, Ihro Wenigkeit geriert sich wie … wie … ahh, merde, tant pis! Andererseits, wer vögelt, kommt nicht auf schlechte Gedanken. Ficken ist das Brot der Armen. Tja, das sind die Widersprüche des Lebens. Sie machen Augen wie ’n Riesenkalmar, was ist?«

»Leiden Sie eigentlich unter einem Tourette-Syndrom … diese Zwanghaftigkeit … als ob Sie …«

»… und wer zu fressen hat«, fuhr Maryvonne hartnäckig fort, »der überfällt keine Banken, der vergewaltigt keine Ladys, der mordet keine was auch immer … Das Ficken bedeutet eine gewisse Art der gesellschaftlichen Ruhigstellung … also sollten wir das Vögeln und Tirilieren wohl doch eher bewahren … stattdessen zum Welterhalt vielleicht den Kannibalismus zur neuen Religion erheben. Swifts Baby-Verköstigung beleben … sein gebratenes Kinderfleisch … seine geschlachteten und zu Frikassee verarbeiteten irischen Bambini. Das Stück zu zehn Shilling. Heil Swift! Wie könnte er heißen, dieser neue Gott? … Caribal? …«, Farshid sah die Bockshufe eines Teufels gegen ihn ausschlagen, mitten in sein Gesicht, »… ja, hübsch … nach dem anthropophagen Volksstamm benannt … und am besten beginnen wir, der Himmel stehe mir bei, schon gleich im Mutterleib mit der Huldigung des Herrn, indem wir das süße kleine Embryo-Geschwisterchen – sofern vorhanden – auffuttern, so wie es der Sandtigerhai macht … und dann …«

»… Mann, Ihr geschmackloses Gepöbel, das nervt wie Hölle …«

»… und dann, einmal geschlüpft, lustig weiterkannibalisieren, also lecker Menschen verkosten zur Ehre Caribals, Unseres Herrn. Der Vorteil: zwei Fliegen auf einen Schlag. Die Übervölkerung und der Nahrungsmangel, endlich abgehakt, vom Tisch. Vielleicht hatten Herodots Padaier ja recht: Sie schlachteten die Kranken und Siechen und Alten und taten sich gütlich an ihnen. Wo waren wir? Ach ja: Katholizismus, diese schwule, fußfetischistische, schwanzgesteuerte Transvestitenreligion, die …«

»… echt jetzt?«

»Ja, echt jetzt. Schlimmer aber: Was kann man schon halten von Leuten, die ihr Vatersöhnchen in Menschenhaut packen?«

»Und was soll das jetzt wieder«, Farshid zog seinen Kopf ein wie eine verängstigte Schildkröte, »das ist abgeschmackt, unterste Schublade … Respekt vor Religionen ist Ihnen wohl gar nicht …«

»… vor allem ist es wahr, so in der Kathedrale von Burgos geschehen, in Spanien, in irgendeinem Seitenschiff … die haben über die schaurig-

Doppelseite aus Farshids deutschsprachigem Scrap-Book III

schwärenden Wunden des Erwählten Menschenhaut gelegt … wie bei einem haitianischen trancebeseelten Voodooritual. Fragt sich nur, christliche oder jüdische Haut? Jesidische? Muslimische? Atheistische? Keine Ahnung. Hm, ich sehe, di ßline rint im fun mojl. Aber wissen Sie, abgeschmackt sind *die*, nicht ich. So ist Religion, so ist eure Fantasterei.«

»Wie wär's eigentlich, wenn sich unser Feldweibel …«, wenn Farshid aufgewühlt war, sein Denken beeinträchtigt, unterliefen ihm derartige Wortgebilde, »… diese Rabiaturen … diese …«

»… Rabbi was?«

»Na, wenn man … wie heißt das … rabiat ist …«

»… Rabiatheit?«

»Wie Sie wollen.«

»Ach, Honeylein, man wird doch noch hassen dürfen, nur das Herz auf der Zunge hat Verstand.«

»Hass ist Hetze. Sie hassen schlimmer als jeder IS-Kämpfer. Außer Hass könnte sich unsere Misanthropin auch mal ein anderes Argument einfallen lassen, wie wär's?«

»Könnte ich«, erwiderte Maryvonne »macht aber keinen Spaß. Hass ist mein Schibboleth, Tacheles mein Credo. Wenn Empörung …«

»… Hass verschrumpelt den Magen, Gnädigste …«

»… wenn Empörung mein Hirn streift, muss sie auf die Zunge, so bin ich. Ich freu' mich einfach, wenn die Religion und ihr gottwohlgefälliges Gelichter eins übergebraten kriegen, wenn ich ein bisschen wühlen kann in den Eingeweiden der Popen. Nennen Sie's heiligen Zorn, wenn Ihnen das lieber ist, oder Verachtung … klingt gefälliger. Außerdem, für euch Religionhooligans, die ihr uns ins 7. Jahrhundert zurückbomben wollt, gibt es kein besseres Argument als Hass … oder sollen wir …«

Farshid verschluckte sich an seinem Bier. Er sah Maryvonne plötzlich als Hexe vor sich, auf dem Besenritt direkt zum Sabbat. »… oh Gott, nimm mich auf zur ewigen Ruhe, das halte ich nicht aus …«

»… oder sollen wir die direkten Nachfahren von Mars & Teutales auch noch zärtlich umschmeicheln?«

»…? …« Farshid kaute auf seinen Wangen.

»Aber wissen Sie, was wirklicher Hass ist? Die Chomeini-Fatwa gegen Rushdie: dieses *sentenced to death.* Oder das *Verflucht-sei-er-tags-verflucht-sei-er-nachts* der Rabbiner gegen Spinoza. Und auch die Christenhatz auf den armen Chevalier de la Barre und seine Freunde; sie hatten bei einer Fronleichnamsprozession ihre Hüte nicht abgenommen. Und? Was ist passiert? Zunge abgeschnitten, enthauptet und verbrannt … martialischer geht's wirklich nicht. Die Jungs haben noch Heftchen mit Erotikschweinkram gelesen, so unschuldig waren die.«

»Gab's so was damals schon?«

»Oh Mann, ist doch egal. Und Sie? Können Sie nicht einfach sagen: Danke, es ist schön mit euch? Ganz einfach. Schön, dass ihr hier seid, oder so was … diese Freundschaftschose, ganz weltlich, menschlich. Stattdessen diese Belästigung, dieses übergriffige Religionsgewäsch … das geht mir auf die Eierstöcke. Wissen Sie was? Religion hat es nicht zu geben! So einfach ist das. Ohne sie würde es sich besser leben. Sie ist das Grundübel allen Seins, ein böses Laster. Einzig tot und begraben – als altertumswissenschaftliche Erinnerung an unsere spinnerten Vorfahren – ist sie sinnvoll.« Aadish trat kaum merklich einen kleinen Schritt zurück; sein Blick versuchte, einen fernen Punkt zu fixieren; es war, als schiene er sich unsichtbar machen zu wollen. »Sagen Sie, Ihr feiner Gott, hat er Ihnen eigentlich je bei irgendwas geholfen, ich meine, so ganz direkt, spürbar …«

»… ach Gott, sind Sie kindisch …«

»… irgendwie unter den Arm gegriffen, ganz konkret … zum Beispiel für Sie gebetet, wenn Sie sich verschuldet oder ein Pflaster gereicht, wenn Sie sich in den Finger geschnitten haben? War es nicht vielmehr ein kleiner unbedeutender Schmock, irgend so ein deutscher Pillepalletyp, der Sie befreite, ins Leben führte … eigentlich sind Sie doch tot, mausetot, Sie hängen doch an … na ja … an einem Strick, wenn ich es recht weiß.«

»Unsinn! Gott weist uns den Weg, Gnädigste. Ohne ihn kommen wir nicht …«

»… bitte lassen Sie dieses alberne Gnädigste. Ich heiße Maryvonne. Für mich ist das kriminell … also das mit der Religion, meine ich. Darüber können auch Ihre abgeschlagenen Köpfe nicht hinwegtäuschen …«

»… und was soll das jetzt? Was für abge…«

»… Ihre Pferdeköpfe meine ich, dieses pseudomoderne Getue.«

»Ästhetik! Es ist Ästhetik!«

»Ochjö, süß, Ästhetik. Meinen Sie nicht, dieses Religionsgebrabbel erfüllt eigentlich eher den Straftatbestand der Erregung des öffentlichen Ärgernisses … wie übrigens auch Ihr ständiges Rumgespiele an Gemächt und Gebetskette?« Farshid zuckte zusammen, er fühlte sich, obwohl keiner Schuld bewusst, irgendwie ertappt, als eine Art Delinquent. »Waaas? Warum schauen Sie so? Jeder Gott gebiert seinen Teufel, und ich bin der Ihre offensichtlich. By the way …«

»… jetzt weiß ich, warum beim Haddsch der Teufel gesteinigt wird.«

»… By the way: Es muss auch Sünder geben, fiebrig wie Scharlach, sonst hätte der Große Verzeiher – ist das nicht einer seiner Namen bei euch, einer seiner 99 Namen? –, sonst hätte er ja gar nix zu tun; nur Sünder bedürfen der Verzeihung. Ohne uns Sünder hätte er kein bisschen zu tun, euer feiner Gott. Arbeitslos … nicht mal Sozialhilfe.«

»Fühlen Sie sich eigentlich wohl mit Ihren ständigen Gottesbeleidigungen? Ihr Religionsbashing ist schicke Attitüde, geben Sie es doch endlich …«

»… ach, Schnuckelchen, stecken Sie sich Ihre Beleidigungen doch … Wissen Sie, was meine Freundin Ruth gesagt hat: *Man muss frei sein, Religionen zu beleidigen*. Religion ist nicht sakrosankt. Ihr wollt Artenschutz, richtig? Wie der Berggorilla, wie der tasmanische Beutelteufel. Aber die Umweltverträglichkeitsprüfung fällt bei euch eindeutig negativ aus, ziemlich mies.«

»… was einen Namen hat, existiert.«

»Tschapadilup.«

»Wie?«

»Existiert Tschapadilup?«

»Was ist das?«

»Es hat einen Namen. Es existiert.«

Farshid verstand nicht. Sich nur ja nicht rühren! Wer sich getroffen fühlt, ist gemeint. Cool bleiben. Was hatte sein Onkel immer gesagt: Der Löwe sieht sich nicht um, wenn ein Hündchen kläfft. Und doch, trotz aller Beschwichtigungsappelle an sich selbst konnte er nicht verhindern, dass seine Zornfalten (eigentlich BlackBerry-Falten, die er sich beim vielen Spielen von Texas Hold'em zusammengerunzelt hatte) unangenehm dick hervorquollen, wie eine inquisitorische Drohung.

»Wissen Sie, der Mensch ist planlos«, fuhr Maryvonne fort »ein ungeplanter Zufall, wie auch die Welt, nicht kalkuliert, nicht kalkulierbar. Der Mensch ist die Losnummer einer Lotterie, weiter nichts, wichtig nur für den einen einzigen, der den Jackpot knackt.«

»So what?«

»Wie, *so what?* Wo Zufall, da kein Gott, Sie Komiker. Kein Gott der Lenkung auf alle Fälle. Das Leben ist ein Zufallsereignis in den Kulissen des Kosmos, ein lausiger Zwischenfall, nix da Gott, ein unentwirrbarer Knoten aus rätselhaften Windungen. Ein wilder Tanz der Atome, ohne Sinn und Verstand. Göttlich ist allenfalls die Callas. Und meistens kommt's bei dieser Lotterie eben blöd: Du ziehst das falsche Los und bist ein kinnloses Studienratwürstchen ein Leben lang, ein Jurapinkel oder stalinistischer Henker ein Leben lang. Alles kein Zuckerschlecken, nicht wirklich erstrebenswert. Eher – wie würdet ihr Jungen sagen? – Fuckin' Scheiße. Das große Tombolalos ist meist eine Niete.«

Farshid war abwesend, nicht wirklich bei der Sache, er betrachtete selbstverliebt den seidenmatten Bronzeglanz seiner nackten Unterarme, das geschmeidige, kokette Spiel seiner gespannten Muskeln. Schließlich tauchte er dann doch wieder aus der Tiefe seiner abschweifenden Gedanken auf. »Unsinn! Beides geht … Zufall *und* Gott … gehört sogar zusammen. Müssen nicht auch Götter ihrer eigenen göttlichen Bestimmung folgen, sich der Fügung fügen?

»… am Arsch vorbei führt auch ein Weg … klingt wie Ratgebergequassel von Bucay …«

»… Gott ist der gewiefteste und produktivste Koinzidenzenplaner ever. Der Zufall ist die Verabredung mit Gott …«

»… dann hält Ihr Gott aber nicht viel von Pünktlichkeit«, erwiderte Maryvonne mit gehässigem Lachen, »… vielleicht schläft er zu viel und verpennt seine Dates … oder fläzt sich in der Sauna rum … kommt auf alle Fälle oft zu spät, oder gar nicht.«

»Ich liebe ihn. Allah, der die Freiheit zum Willen gibt, den Menschen die Freiheit zu *seinem* Willen gibt. Kennen Sie Prof. Batty und seinen flipism, das Donald-Duck-Heft? Die Entscheidungsfindung per Münzwurf? Prof. Batty ist wie Allah: annehmen, was kommt.«

»Mein Gott, mein Gott, warum hast du mich verlassen«, blaffte Maryvonne sarkastisch, »schöne Referenzen haben Sie da … die theologische Empfehlung einer Comicfigur, interessant.«

»Außerdem, wo wollen Sie Ihr Wissen denn hernehmen, Gnädigste, Ihre ganze Gewissheit, sind Sie nicht Teil der Versuchsanordnung, Teil des göttlichen Plans, wie können Sie da verstehen? Ist der Mensch nicht eine Eintagsfliege in der Zeit- und Raumunendlichkeit …«

»… ein Würstchen im kosmischen Eintopf eher …«

»… meinetwegen auch das«, erwiderte Farshid ziemlich genervt. »Aber was kann er schon wissen über sich, der Mensch, meine ich. Kennt die …«

»… ah, unser kleines Philosöphchen …«

»… kennt die Fliege die Gesetze der Aerodynamik? Und trotzdem fliegt sie. Und das Würstchen schwimmt. Alles hat Plan und Ziel.«

»Unsinn, Farshid, die Biene weiß nicht, dass sie stirbt, wenn sie sticht. Der Zufall ist blind.«

»Auch Blinde können einen Plan verfolgen. Nein, der Zufall ist nicht gottlos, im Gegenteil, er ist eine der genialsten Erfindungen ever, ein Künstler war am Werk, ein großer: Gott. Wie Mozart, der Notenpapier mit Tinte bespritzte und damit die schönsten Kompositionen schuf. Aleatorische Musik. Der Zufall gehört zur Schöpfung, eindeutig.«

»Übung macht den Meister.«

»Wie?«

»Na, vielleicht sollte Ihr Allah noch etwas üben …«

»… wissen Sie, Allah schüttelt sich vor Lachen, wenn wir Pläne machen«, Farshid lächelte abgeklärt in sich hinein, »schließlich ist es sein Job, die Dinge zu bestimmen, allein er hat unser Schicksal in der Hand.«

»Um Gottes Willen … vorher haben Sie …«

»… genau, Sie sagen es: Gottes Wille. Der freie Wille dagegen ist einzig da, um dumme Fragen zu stellen und dämliche Entscheidungen zu fällen.«

»… vorher haben Sie noch behauptet, Allah gebe die Freiheit zum Willen, und jetzt macht er doch alle Pläne … was nun? Überhaupt, ist dieses Schicksalsgefasel nicht ganz schön rückständig für Ihr Alter?«

Farshid erinnerte sich nicht daran, dass er noch bei Onkel Said den Matrix-Neo gegeben hatte, Neo, der den ganzen Schicksalskram ablehnte. Einzig Selbstbestimmung zählte: *You'll remember you don't believe in any of this fate crap. You're in control of your own life, remember? Free your Mind* war die Devise. Und auch das Boshafte, der nach Ausdruck strebende Hass, früher, bei Onkel Said, in diesem inzwischen wie ein fernes Land erscheinenden Paris, wo noch das Moschussperma (Tipi-Emanationen, hatte Farshid das damals genannt) über das Zweite Empire kleckerte, als er von einer Art moralischem Defätismus angekränkelt, fast beseelt war, sein Das-Gute-ist-nicht-möglich entdeckt hatte –, früher war ihm das noch eine Selbstverständlichkeit gewesen, eine lässig und ungehemmt hinausposaunte Notwendigkeit.

Die Teufelei ist benachteiligt, man muss ihr beistehen, hatte er gehöhnt. War nicht Gotteslästerung seine liebste Bosheit? Sogar zum Teufel konvertieren wollte er, und mit dem litauischen Teufel Velnias hatte er geflirtet. Und erwog seine Teufelsbetörung damals in Paris nicht sogar einen Zungenkuss? Von der Jugendblasphemie, seinen indianergroßen Schwanz mit der herausragenden Würde Gottes zu vergleichen (*Gelobt sei der Erhabene, gesegnet der Allmächtige*) ganz abgesehen. Warum also fiel es ihm heute so schwer, dieser Maryvonne, der Teufelin in Person, etwas abzugewinnen? Waren das die Widersprüche des Lebens? War es Entwicklung? Älterwerden? Einrosten? *Die Welt, ein Bauklotzturm, von einem Kind erbaut*, warum war diese Pariser Offenbarung heute nichts mehr wert? Und warum hatte er das vage Gefühl, dass Entwicklung nicht immer nach vorne wies?

»Und überhaupt: Kirchen, diese Drecksapparate, diese Fettlebe-Anstalten«, fuhr Maryvonne mit maliziösem Lachen fort, »die sind eine besonders wüste Form des Exhibitionismus, ganz so, als ob sie ihr Ding raushängen lassen vor all den lieben kleinen seifenblasenden Kinderchen im Park. Man muss schon Ray Charles heißen, oder Stevie Wonder, um das nicht zu sehen. Was würden *Sie* eigentlich sagen, wenn Ihre Leder-und-Latex-Nachbarn ihre Liebesschaukeln auf den Markt trügen samt Bondagestrings & Ballstretcher, samt Tittenklemmen & Harnröhrenvibratoren und all dem anderen Gruselzeug und es dort öffentlich trieben, diesen ganzen Porn mit Natursekt & Kaviar zelebrierten? Genauso kommt ihr mir …«

»... Natursekt? Ka...?«

»... is nich halal, is nich euer Genre ... genauso kommt ihr mir vor mit eurer unseligen Flagellantenwut ... specknackige Geißel-Ungeheuer coram publico. Und wie bei euren lieben Latexkollegen ist's Lust, nichts als giftschwarzes Begehren, sexueller Eifer, aber unterdrückt bei euch, Geifer-Eifer, Eifer-Geifer, eingesperrt in Kutten, darmträge, fehlt nur noch der Ballknebel im Maul. Finden Sie nicht, die ...«

»... haben Sie Lack gesoffen?«

»... finden Sie nicht, die Gebetsriemen meiner Mischpoke haben etwas von Selbststrangulation? Was Cockringartiges? Irgend so 'ne SM-Chose?« Farshid stand mit gerunzelter Stirn da, mit schief gebissener Unterlippe, und schaute Maryvonne an, als ob sie der Leibhaftige persönlich wäre. »Hallooo, jemand zu Hause, sind Sie noch da, Herzchen? Haaaaalooh!« Farshid war weggetreten, er stierte an Maryvonne vorbei ins Leere. »Allah bemühen und dann den Schwanz einziehen, sei er noch so stolz. Was soll das?«

»Und die Zakat, unsere Almosensteuer für die Bedürftigen?«, raffte sich Farshid auf. »Wissen Sie, die ...«

ZENSIERT

»... ja, ja, damit kommt ihr dann immer, mit dem sozialen Feigenblättchen ... die anderen Religionen auch, die Katholiken zum Beispiel ... soll wohl ein Ausgleich sein für all das Leid, das diese monströsen pädophilen Gottesmännerschwänze ... *Misereor* für ihr verschwitztes Grunzen an zarten Leibern, *Caritas* für ihre befleckten Soutanen, *Adveniat* für's hündische Sabbern in den Sakristeien. Ja, Missbrauch, die Güte der Kirche. Die sollten mal lieber ihre Latifundien und Forste und Weinberge zu Kohle machen und damit ihre Missbrauchsopfer auszahlen. Zudem ihren Lustbrüdern 'ne Konversionstherapie spendieren, ist das nicht diese kranke Heilung, die sie Schwulen versprechen? Und bei euch? Mit diesem Zakat-Sozialkram ist nicht mal ein Gran aufzuwiegen gegen die Bestialität, mit der ihr ... setzt ihn für weltliche Bildung ein, das wäre sinnvoller als euer selbstgefälliges Almosengeklecker.«

»Ohne Religion keine Kultur«, setzte Farshid neu an.

»Ach, Gottchen, süß. Jetzt kommt also dieser plüschige Quatsch, dieser Johann-Sebastian-ist-ohne-Jesus-nicht-denkbar-Quatsch. Bach ohne Christentum, ja? Hafiz ohne Islam, ja? Dieses Gefasel vom kunsthistorischen Wert der Religionen. Gothik. Romanik. Ja? Persische Poesie, ja? Der Glanz der Moscheen, die Pracht der Kathedralen, ja?«

»Wenn Sie so wollen.«

»Wenn Sie so wollen«, äffte Maryvonne, »Schwachsinn, Baby, *Sie* wollen! Bachs Jauchzet-und-Frohlocket als Kompensation für den ganzen Spökenkram? All die Gloria-in-excelsis-Deos und Ave-Verums? Die Händel-Hallelujas? Die Perlenmoschee? Die Ghaselen-Musik der Mystiker? Überhaupt: Ist sie nicht böse bei euch, die Musik, ziemlich haram? Wurde sie nicht direkt von eurem Schaitan in die Welt geschickt, um ...? Nee danke, das ist mir zu wenig, das können Sie sich sonst wohin schmieren. Das Beethoven-Benedictus von Harnoncourt mit der Lipovšek zieh ich mir ganz weltlich rein. Diese glückstrahlende Goldheit, die ihr da vor euch hertragt, diese heilig-hochmütige Erhabenheit! Die Stimme Gottes durch Bachs Musik – die ich übrigens bewundere – hörbar machen, dass ich nicht lache! Die Mattäuspassion als Gottesbeweis, mir wird schlecht! Bach als fünfter Evangelist, ich kotze! Nein, das ist nicht die Stimme Gottes, mein Lieber, das ist die Stimme der Macht, der klerikalen blöden Macht. Die Stimme der Himmelsfunktionäre und Sündeneintreiber. Eure Schönheit ist Machtdemonstration, schlimmer: Machtmissbrauch. Eine perfide, einschüchternde Inszenierung, gleich ob Barockputten oder Brokatplünnen. Wie aller Protz und Pomp der Religion. Zugegeben, das hat schon was, eure orgiastische Hingabe, diese selige Verlorenheit. Trotzdem, ihre opulente Musik und Kunst und Architektur dient einzig dem exzessiven Machterhalt, dient der Lobpreisung des Herrn, der Ehre des Allmächtigen, und das heißt: der Zementierung einer Schimäre. Rotz und Wasser soll geheult werden, das ist der Sinn. Das Gold, sein schamloses Gleißen, der Weihrauch, die Inbrunst der Gesänge, das monarchische Gepränge, die schiere Höhe der Gotteshäuser, ihre Türme, die Penetration des Himmels, das Prunken und Prassen, all das zielt auf die Eingeweide, nie auf den Verstand ... ja, die Religion sitzt in den Eingeweiden ... selbst noch bei den Protestanten. Es ist umgekehrt, mein Guter: Wer Bach hat, braucht keinen Gott. Wer Mozart hört, pfeift auf Phantome. Das *Laudate Dominum* der Königin der Nacht ist weltlich!«

»Königin der ...?«

»... Lucia Popp, Sie Grünschnabel, the genuine eargasm. Anyway. Die Schlange wirft ihre Haut ab, und es wird zwar ganz apartes Kunstgewerbe daraus, ein schönes Täschchen für die Reichen und Aparten, ein paar Vipern-High-Heels für die Dior-und-Givenchy-Dämchen – ich weiß, wovon ich rede –, aber trotz allem bleibt dieses Scheißbiest giftig.«

»Wo eben keine Götter sind, da walten Gespenster. Kulturbarbarei wäre ...«

»… waaas? Wo haben Sie denn den Schmonzes her, junger Mann, diese Aphorismusschlauheiten? Auswendig gelernt, wie? Ramschwahrheiten! Zum halben Preis!« Maryvonne nestelte eine Haarsträhne, die ihr beim heftigen Gestikulieren ins Gesicht gefallen war, unter die Spange ihres hochgesteckten Haars.« Außerdem ist euer Gott von uns, schließlich seid ihr nix Anderes als abtrünnige Judenbengel, halbschlächtige Bastarde vor dem Herrn, nichts als Blendlinge … wie auch die Christen. Thora – Bibel – Koran, das ist die Reihenfolge der Bücher. Die Thora war zuerst! Juden – Christen – Moslems. Got it?«

»Novalis hat …«

»… Novalis? … Jetzt ist mir alles klar … wie kommt Herr Schlaufuchs denn auf … Unsinn, Novalis. Eine wundervolle Kultur hätte das gegeben ohne diesen Religionskram. Sie sind wirklich allerliebst, Honey, süß. Eine reiche, freie Kultur wäre das geworden. Vielleicht eine Gespensterkultur, okay … na und?«

»Gespenster leben mit abgestorbenem Glauben, aber immer noch Glaube, der ist noch da.«

»Papperlapapp, Sophistenkram! Geisterglaube! *The sun will rise in the morning, I'm going to have a drink at 6:00. That's my faith.* Der einzige Glaube, für den es sich zu leben lohnt. Stellen Sie sich Hafiz ohne Religion vor: ein Segen. Aber Hafiz ohne Wein: undenkbar, ein Desaster. Die ganze Erotik am Arsch … oder im Arsch? Nein, im Arsch ist wohl was anderes. *Wo keine Götter sind, da walten Gespenster,* dass ich nicht lache. Ich verrate Ihnen was: Ich war auch mal religiös. Hoffnung hieß meine Religion, sie war das Hündchen, hinter dessen Arsch ich herschnüffelte. Rührend. Ja, ich gestehe, ich erging mich in Hoffungen, heiß und innig … hat sich dann aber ziemlich bald verflüchtigt, mit dem Erwachen des Geistes wie Whisky verflüchtigt. Hoffnung, die Religion der Atheisten, natürlich bescheuert, klar. Die blöde ausweglose Hoffung gegen das Weltdesaster, wie will das gehen? Die Hoffnung hat ein hübsches Gesicht, aber eine welke Muschi, sie bringt keine Leben hervor. Ich habe sie aufgegeben, diese Religion, sie hat auch nur enttäuscht. Wer modern ist, braucht keine Hoffnung. Die Embera zum Beispiel, kennen Sie die Embera, Farshid? Die Embera sind modern, sie kommen ohne diese lächerliche Hoffnung aus, und natürlich auch ohne Religion … noch nicht mal sinngläubig sind sie …«

»… wer?«

»Die Embera … klar, kennen Sie nicht … ein fideles indigenes Völkchen, in Panama, oder Kolumbien … oder … auf alle Fälle die

Gegend da. Ziemlich gewitzt. Warum also sollten wir nicht auch ohne auskommen?« Ausgerechnet hier, bei den Emberas, den religiös Abstinenten, erinnerte sich Maryvonne daran, dass ganz allgemein kein Ankommen war gegen die religionistische Plebs. Eine belfernde Rotte, ziemlich starrsinnig, nicht gerade helle. Zum Lachen.

»Religion *ist* Erotik, *ist* Lust, einfach göttlich! Hafiz war unser ekstatischer Vordenker, der …«

»… *nach*denken wäre besser.« Maryvonne hatte die Emberas schon wieder vergessen. »Und kommen Sie mir bloß nicht mit diesem ranzigen Religion-gleich-Erotik-Kitsch. Kitsch narkotisiert. Nein, Religion ist das Gegenteil: ausgetrocknet, die vollkommene Dürre, eine Dörrpflaume, so dörr, dass es noch nicht mal mehr zum Abführen reicht. Erst wenn Religion Sex ist, eine Art Gottesdienst der Lust, höre ich Ihnen zu. Unsinn, noch nicht mal dann. Dieser Scheißreligionismus auf alle Fälle ist der bare Terror, pure Angstmacherei. Die letzte Zuflucht der Furchtsamen und Bekümmerten, um ihrem verfallenden Leben wenigstens einen Rest von Struktur zu geben, eine Art Tupperware-Ordnungssystem. Wie ich diese Verweser des Heils hasse.« Für Maryvonne war jetzt kein Halten mehr, ihr Reden wurde immer verletzender, allerschwärzeste Furienwut. »Religion ist Finsternis, tiefste Finsternis, männerbündlerische Idiotie … nichts als überlieferte Gewohnheit … orthodoxer Kathederglaube … einfach krank … einem hämorrhagischen Denguefieber ähnlich. Mal abgesehen davon, dass Religion ein Heidengeld kostet, jede Religion. Allein die Kriege. Auch meine Mischpoke, gerade meine, diese fromm-beschränkte Sippe, die braucht geradezu die Kriege …«

»… *brauchen* sogar, aha. Schlimm genug, dass sie entstehen.«

»Nein, die entstehen da nicht, die werden gebraucht, metaphysisch gewissermaßen, herbeigeführt werden die. Die sehnen so 'ne Art Endzeitmisere herbei, Herr Farshid, einen weltumspannenden Schlamassel, die Bibel nennt's *die Große Drangsal,* oder so, und erst nach dieser Scheißmisere, die aus möglichst vielen Kriegen und Naturkatastrophen und anderem grandiosen Mist bestehen muss, wird die messianische Weissagung erfüllt, die Ankunft des Herrn, die Neuschöpfung der Welt. Die wollen das Unheil zwecks Erlösung und dieser ganzen Scharlatanerie … zwecks himmlischen Friedens und so. Umso beschissener die Situation, umso heftiger die Not, umso gewaltiger die Kalamitäten, desto eher erfüllt sich der prophezeite Mumpitz. Und da wird ganz schön eifrig dran rumgebastelt, sage ich Ihnen, bei den Orthodoxen mit Fleiß, bei den anderen vielleicht nur unbewusst, aber gebastelt wird. Wenn das mal keine ausgewachsene Psychose ist. Ich schätze, da stellen sich in Damaskus – oder wo immer der liegt – Abrahams Fußnägel noch hoch. Und mehr oder weniger, mein Lieber, haben alle Religionen so einen Nonsens drauf. Vor allem: Es ist ein Auf und Ab, mal sind die sedierter, mal jene. Momentan ist das Christentum ruhiggestellt, vollkommen paralysiert, eine warmduschende Weicheireligion. Gleicht es derzeit nicht einem riesigen Pflegeheim, deren Bewohner mit einer Unmenge an Psychopillen vollgestopft sind? ... Na ja, nichts als eine kleine Atempause ... wir hatten ja unsere Hoch-Zeiten bereits ... über fünf Jahrhunderte hinweg ... die Inquisition ... ihre schaurigen Ketzergerichte, diese wildviehische Totschlaglust, die Inquisition samt ...«

»... muss ich Ihnen wirklich sagen«, Farshid sah Maryvonne mit wild flackernden Augen an, »dass es auf Gottes Acker auch Mist gibt?«

»... die Inquisition samt ihrer hinreißenden Kreativität beim Design ihrer Folterinstrumente ... ja, das war *unser* IS-Staat ... die Kreuzzüge *unser* Djihad ... der Heilige Krieg der Christenbarbaren, die Bekehrung durch Feuer und Schwert. Aber das wird schon wieder, keine Sorge, bald kommen sie wieder dran, die Weihrauchverschwender und Menschenverbrenner, bald werden sie wieder schick, wetten? ... Alles eine Frage der Zeit, des Wechsels der Geschichte. Schneid dem Teufel den Schwanz ab und du kannst zuschauen, wie er nachwächst, doppelt und dreifach, zehnfach. Die *Legionäre Christi* stehen Gewehr bei Fuß. Kapieren Sie jetzt, warum ich die alle terroristische Vereinigungen nenne? Ich wundere mich, was sich die Freien unter uns, die Libertins dieser Welt – *auf Gottes Erdboden* hätte ich beinah gesagt – alles gefallen lassen. Leider gibt es keinen Djihad der Toleranz ... das wär's ... dann würden wir siegen. Allerdings nur bis zum nächsten Wechsel der Geschichte, versteht sich. Wissen Sie was? Wenn uns genügend Zeit bleibt, und wir ein bisschen Glück haben, werden wir dereinst auf all diese hyperventilierenden toxischen Religionen schauen, wie wir heute auf Jamaika-Affen und Karibische Mönchsrobben schauen, auf all die Dodos der Welt, die ...«

»... versteh ich nicht ...«

»... ausgestorbenes Vieh, mein Gutster, alle von der Bildfläche verschwunden. Beten wir also, dass Religionen dereinst Stellersche Seekühe sein werden!«

»Schtella was?«

»Die Stellersche Seekuh, auch so 'n totes Vieh, ausgestorben.«

»Oh, Mann, wie ein Jedi-Ritter fuhrwerken Sie ... nicht gerade sehr feinsinnig ...« Farshid kam Maryvonnes Mund jetzt wie eine fleischfressende Pflanze vor, oder wie eine Art Fliegen schießendes Chamäleon, wobei er selbst die Fliege war, mit einer langen klebrigen Zunge blitzschnell erschlagen und verschlungen. Farshid sehnte sich nach Ruhe.

»... ach, wissen Sie, das Problem mit der Feinsinnigkeit ist ja: Man glaubt ihr nicht, Feinsinnigkeit ist was für Schriftsteller, für Autisten«, schnarrte Maryvonne. »Wer gehört werden will, kann sich Feinsinnigkeit nicht leisten. Nur der Ausfällige wird wahrgenommen. Mit sanfter, britischnobler Religionskritik à la Dawkins lockst du doch niemand hinterm Ofen vor. Wut muss her! Außerdem: Man wird ja dem ganzen Glaubenszirkus mit seinen gefakten Paradiesen und abgelebten Ritualen noch etwas Rationalität entgegenhalten dürfen. Den Glauben durchs Feuer der Vernunft jagen, darum geht es. Ihr Landsmann Chayyam hatte recht: *Ich glaube nichts hier und erhoffe nichts dort.* Nein, mein Lieber, Religion ist Teufelswerk, Satansevangelium. Eine Welt zwischen Krematorium und Prügelbock. Religion ist und bleibt eine einzige Verfolgungs- und Vergewaltigungsmaschine, bleibt die Geschichte des Abschlachtens, der geistigen Deportation, das alttestamentarische Fuhrwerken innerer und äußerer KZs. Glauben Sie denn, im Namen einer Religion in die Todesindustrie verschleppt zu werden ist lustig? Bei Religion gibt's nur eins: ab in die Klapse. Besser noch: an die Wand und standesrechtlich erschie... ach, wie rein die Luft doch wieder wäre ...«

»... und das von einer Jüdin ... das hat man ...«

»... einer jüdischen Atheistin, wenn schon ... rabbinisch missbraucht. Je m'en fous auf meine Jídischkajt. Wissen Sie, anders sein ist schön, aber auch nix Besonderes ...«

»... das hat man mit Ihresgleichen gemacht, und jetzt? ... Sie beleidigen Gott.« Farshid fühlte sich wie von einer Abrissbirne getroffen. »Sie müssen ihn ja gut kennen, wenn Sie das so genau wissen ... ist ihr Kumpel, was?«

»Dieses wilde Umsichschlagen, wie ein Abwehrzauber, um nicht vom Glauben infiziert zu werden, einfach glaubensfrigide. Dieser überkochende wollüstige Zorn ... eine Wut, als ob Sie Angst haben vorm Sterben. Wenn der Tod sich anschleicht, werden die Menschen wohl gereizt.«

Farshid wusste sich offenbar nur noch durch persönliche Attacken zu helfen. Ein Schlag unter die Gürtellinie, der ihm augenblicklich leid tat. Er drückte Apfel-Z: das Gesagte ungeschehen machen. Zurück. Komisch, es geschah nichts. Apfel-Z funktionierte nicht, das Gesagte war nicht rückgängig zu machen. Er fühlte sich zurückkatapultiert in die Realität. Maryvonne ließ ihn ins Leere laufen und reagierte nicht im Geringsten auf die Beleidigung.

»Ach, Bubbele, natürlich, hab ich was anderes gesagt? Auch in der Pornoindustrie können nette Leute sein. Klar! Und trotzdem find ich dieses ganze Geschäft not amusing … um genauer zu sein: zum Kotzen.«

»Religion und Pornoindustrie, das vergleichen Sie?«

»Ach was, nur so … obwohl …«

»Hassen ist nur Zeitverschwendung, Madame. Sie verschwenden ihre Zeit, verschwenden meine. Wissen Sie, ich glaube einfach. Ich *glaube!* Und weil …«

»… ja, ja … wahrscheinlich so wie die Juden glauben, dass ein Amulett von Rabbi Shayele Mäuse vertreibt …«

»… und weil ich glaube, habe ich keine Angst. Das Unbekannte kann mir nichts. Das genügt mir. So einfach ist das. Es ist Seligkeit. Ich brauche Gott.«

»Umgekehrt, Farshid-Schatz, *er* braucht *Sie*, die Kinder der Demut, sonst kann er nicht existieren. Ähnlich wie meine Mischpoke euch Ungläubige als Schabes-Goj braucht. Er braucht euch in seinem Joch, als Ochsen, die sein Jammertal pflügen. *Euer* Ackern ist *sein* Seelenheil. Ad maiorem Dei gloriam. Sie kommen mit ihrem zwanzigjährigen Leben, oder whatever, und reden wie ein tugendpusseliges ausgetrocknetes Weib … als ob *Sie* ich wären. Es müsste umgekehrt sein, alles müsste umgekehrt sein. *Ich* müsste barmen und wehklagen, und *Sie* müssten revoltieren, schimpfen, kotzen … bis ans Ende der Welt, denn so kann …«

Farshid biss an einem kleinen Hautfetzen auf seiner Unterlippe herum. »… warum sollte ich …«

»… denn so kann man keine Kunst machen, junger Mann, Sie sind nicht frei. Kunst und Religion vertragen sich nicht, sind Blutfeinde …«

»… ach i wo! … Chagall hat … gerade aus dem Glauben … Chagall hat …«

»… Chagall? Das ich nicht lache, der ist so deko wie seine Religion folkloristisch. Nee, Chagall, das sind Kinderwelten, putzige geflügelte Kinderwelten, später nichts mehr wert … wenn sie erwachsen werden, nichts mehr wert … so wie auch van Goghs bunte Sonnenblumen, bei ihm allerdings nicht mehr Kinderwelt, eher eine Stufe weiter: Pubertät, triebhaft und treibend, eruptiv ... Nein, als ob Chagall je etwas beigetragen hätte, was Entscheidendes beigetra... wie will man mit frömmlerisch gefalteten Händen einen Pinsel halten? Mann, sind Sie naiv, ich versteh Sie nicht, und so elend konservativ ... Sie wollen Künstler sein, Farshid? Nein, Eure Einfältigkeit gehören zu den Typen, die 'ne Muschi *Allahs Paradiesgarten* nennen, weil sie keine eigene Sprache haben. Wie weiland diese Harmloslinge Böll und Bernanos ... diese religiösen Dumpfbacken ... oder Claudel ... ein einziges Verdruckse.«

»Kenne ich nicht, aber Sie wissen schon«, sagte Farshid mit drohendem Blick, »dass Beleidigung ein Straftatbestand ist, oder?«

»Ach woher, die Religion selbst ist der Straftatbestand, die Beleidigung der Intelligenz. Außerdem, wie können Tatsachen Beleidigungen sein? Anyway, ein Acker, den es zu pflügen gilt, das ist 'ne Muschi, Honey-Baby, sanft zu pflügen, sanftstark meinetwegen. Von wegen Garten ...«

»... sanftstark?«

»Na ja, es gibt schnagseln, schnackseln und schnackxxxeln. So in etwa das in der Mitte, sanftstark halt.«

»Versteh' ich nicht.«

»O sancta simplicitas! Macht nix, vielleicht nicht Ihre Welt, das rein lustbedingte Schnackseln ist nicht halal. Zumindest nicht offiziell. Wissen Sie was? Sie glauben, weil Sie Angst haben, junger Mann! Glaube – wir gestehen es uns nur nicht ein – ist einzig dieses Angst-vor-dem-Tod-Ding, ein Trostpflaster für Grenzdebile. So einfach ist das. Ein verzagtes kleinmütiges Völkchen sind die Gläubigen. Klebrige Seelen mit verknoteten Gebeten. Komische Typen, die in komische Tempel gehen, um von einem komischen Alien komische Gewissheiten zu schnorren. Alles zu unsicher da draußen, *deshalb* glauben Sie, und zwar an Schmonzes, an bodenlose Fieberträume. Religioten allesamt! Sperren sich ein im Glaubensgefängnis, flattern wild rum wie geköpfte Hühner, einzig weil ihnen ein bisschen Heil versprochen wird von einem Außerirdischen, einem unbekannten Flugobjekt. Das Grauen, sich in nichts aufzulösen, nach dem Tod zu zerbröseln ... das Ich ein absolutes Scheißnichts, davor haben Sie Schiss. Kein Harnisch, kein Nix. Bei stockfinstrer Nacht im Jammertal zu verrecken ... klar, ist das nicht lustig ... kann ich schon verstehen, da sucht man Zerstreuung, etwas Balsam für seine Seele, wenn auch bescheuert.«

»Sie kommen mir vor wie ’n Gorilla beim Angstdrohen. *Sie* sind es, die Schiss hat. Wissen Sie, Glaube ist wie Phantomschmerz: Es gibt ihn, aber er ist unerklärlich.«

»Eigentor, Meister! Es ist ja gerade ein nicht existentes Glied, das den Phantomschmerz hervorruft. Anyway. Dieser ganze Glaubensquatsch wäre ja eigentlich gar nicht so schlimm. Wer sich selbst verblöden will – meinetwegen. Wenn die Bekloppten an Kumbh Mela splitterfasernackt ihr *Bad in der Unsterblichkeit* nehmen und glauben, ihre Sünden mit verpisstem Wasser abwaschen zu können – meinetwegen. Im Dharma Heil und Zuflucht suchen – meinetwegen. Und auch wenn Sie glauben, als heilige Kuh in Kalkutta … was soll’s, jedem sein komisches Himmelreich. Bis auf Haut und Knochen abgemagert Kohlenmonoxid schnüffeln wäre meine Sache nicht. Und es ist mir auch herzlich egal, ob die sich beim Haddsch in Mekka zu Tode trampeln. Das sehe ich eher als göttliche Vergeltung für des Menschen religiöse Hybris, als gutes Werk der Nemesis. Hat Al Ma’arri den Haddsch nicht einen *Heidenzug* genannt? Ach, was hab ich mich gefreut, als ich erfahren habe, dass die Christen von Beauvais erschlagen wurden beim Gebet, von ihrer über ihnen einstürzenden großtuerischen Kathedrale erschlagen! Aber vielleicht ist ihr Gott ja cleverer als wir dachten, und betreibt lediglich so was wie notwendige Populationsminderung.«

»… hören Sie auf, da waren ja die rachegeilen Erinnyen noch gnädiger …«

»… oh, unser Schlaumatz … sie überraschen mich, wo haben Sie denn das her? Erinnyen, wissen Sie überhaupt, wer die waren? Anyway, andere mit ihrem Dummzeug behelligen, immer auf diesem Publicitytrip, immer nur diesen Agitpropmist im Sinn, dieses ganze räuchergeschwängerte Demagogengeschwurbel. Wissen Sie was: Die Güte, als etwas ganz und gar Unreligiöses, Weltliches, das ergäbe einen Sinn, das hätte Stil. Die Güte ist Schönheit pur. Die Religion aber, dieses hochfahrende, über die Maßen hochnäsige Gebilde, braucht dringend das Bienen-Gen. Definitiv.«

»Das was? Das Bienen-Gen?«

»Ja, wenn sie zuschlägt, die Religion, dann muss es aus sein mit ihr, aus und vorbei, wie bei den Bienen: Stich und Tod, aus und vorbei. Wissen Sie, was ich akzeptieren könnte, Farshid? Diesen Rilke: *Die großen niemals werbenden Götter.* Aber so ist es ja nicht. Das Prager Jesulein hält uns den Reichsapfel entgegen, um uns seinen Rechtsanspruch auf die Weltherrschaft zu demonstrieren. Nix da *niemals werbend.*

Contentmarketing at its best. Ja, es muss immer gleich der große Machtanspruch her, der Satanspakt mit Gott, bei euch genauso wie bei uns, die Zepter schwingende Bekehrung. Wissen Sie, wie unser formidabler Montesquieu das nannte: *l'Esprit de Proselytisme comme une maladie Epidemique & populaire ... die Volksseuche Bekehrungseifer.* Schon euer Popschnulli ... wie heißt er noch gleich? ... Sami ... Sami ...?«

»... Yusuf?«

»Yusuf, whatever ... schon der ist mir zu viel. Erst recht dieser Pausbäckchen-Heiland Xavier Naidoo, dieses aufgeblasene Puttenwesen ... haben Sie mal die Backen gesehen von unserem putzigen ... wie sagt er, sollen wir seinen Namen aussprechen? Saviour? Erretter? Q ...«

»... was haben denn seine Backen ...«

»... QAnon-Komiker! *Q hat mich auserwählt.* Hah! Verschwörungsfuzzi! Am gefährlichsten aber sind die Politiker, die Typen, die sich in ihrem Parteiprogramm auf Gott berufen, die religiösen Frettchenjäger, die Bushs und Palins, die Kaczynskis und Chomeinis. Gott ist aber kein Politiker. Mit Gott für Kaiser und Vaterland ... diese rauschhaft-inzestuöse Verbindung von Altar & Thron, von Kirche & Staat ... ich dachte, wir hätten das hinter uns ... als ob Horaz noch leben würde, sein Dulce et decorum est, sein Süß-und-ehrenvoll-für's-Vaterland-sterben-Blabla. Finden Sie nicht, diese Popanze sollten alle wegen Unzurechnungsfähigkeit eingebuchtet werden?! Ja, Figuren, die Macht wollen, sind lächerlich. Höllengeborene. Superman ist lächerlich, Gott ist lächerlich, Stalin, any CEO ist lächerlich. Putin, Naidoo, Kim Jong-un ... alles Witzfiguren, patrialistische Erdoganlinge! Sogar noch diese hilflos erstarrten ... na, wie heißen sie noch gleich? ... Diese Straßenrandkretins ...«

»... Straßenrand? ... Keine Ahnung, was Sie ...«

»... Schutzpolizisten? Wachpos... nein, Wachturm, genau, diese *Wachturmfritzen* ... in ihrem eigenen Glauben verloren gegangen, und doch immer noch machthungrig, devot machthungrig. Diese vorgeschützte Unterwürfigkeit, nur um ... Ich sag Ihnen eins: Einzig das Zwanglose kann sieglos siegen. Loslassen, nicht zupacken ... vielleicht der Ringelreihen der Sufis, ihre fröhliche Ekstase ... aber diese harmlosen Gesellen verfolgt ihr ja in Iran ...«

»... noch mehr Plattitüden auf Lager, Gnädigste? Der Prophet – Gott segne und beschütze ihn! – hatte wohl doch recht: Das weibliche Gehirn ist mangelhaft ausgebildet. Warum so verbiestert? Man könnte meinen, Sie wurden mal mit 'nem Chanukka-Leuchter vergewaltigt.«

»Ui, der Kleine hat ja doch Eier in den Windeln. Herrlich, Ihre Geschmacklosigkeit! Hab ich's nicht gesagt, mit Zartgefühl kommt man nicht weit. Nein, bin ich nicht, nicht mit einem Leuchter … war dann doch 'n richtiger Rabbischwanz, einarmig … Aber zurück. Noch ein paar Beispiele für Religionsschwachsinn gefällig? Wie wär's mit der *Church of Euthanasia*? Die Rettung der Welt durch Analsex. Nichts gegen Poposex, weiß Gott nicht, und nichts dagegen, dass die damit die Überbevölkerung bekämpfen wollen. Nichts gegen Antinatalismus, den wollte Schopenhauer auch, aber …«

»… das sind Abartigkeiten, Maryvonne, wirklich …«

»… Abartigkeiten? Diese Euthanasiburschen sind in den USA als Glaubensgemeinschaft anerkannt, offiziell und steuerfrei. Wobei, das mit der Geburtenkontrolle ist ja eigentlich gar nicht so blöd. *Mein* Konzept wäre: Für den ersten Balg kriegst du Kohle vom Staat, für alle weiteren zahlst du, 'ne Art Geilheitssteuer, und zwar je Balg doppelt so viel, wie du für den ersten bekommen hast, das absolut sichere Rentenmodell. Und kinderlose Schwule kriegen ein Croix d'honneur oder einen Hosenbandorden oder irgend 'ne andere Ehrenkacke für ihre Verdienste um die Eindämmung der Weltbevökerung. Das alleine, das würde die Welt retten. Obwohl, das gegenseitige Abschlachten der Religionen trägt eigentlich auch ganz schön zur Eindämmung bei. Ziemlich weitsichtig. Anyway, die blödesten Religionskisten kommen aus den USA, die Kreationisten zum Beispiel, auch so 'ne Verirrung. Die Welt ist 6.000 Jahre alt, Gott hat sie am 23. Oktober 4004 v. u. Z. erschaffen, so einen Schwachsinn erzählen die. Steht so in der Bibel, sagen sie, haha. Nix da 4,5 Milliarden Jahre alte Evolution, dieses ganze seltsame Entwicklungsdurcheinander. Die scheißen auf Darwin. Sie sehen, Farshid: Hauptsache irgendwas laut postulieren, und es wird Religion, so läuft das. Du könntest behaupten, dass psychedelischer Wackelpudding im Kosmos kreist, und sie würden an einen Wackelpuddinggott glauben, an einen im Universum rumschwabbelnden Götterspeisendemiurgen. Ja, unser abrahamitischer Schimärengott steht auf der gleichen geistigen Stufe wie Wackelpeter. Oder wie das Frettchen von Sredni Vashtar. Im fruchtbaren Boden des Volksglaubens könnten sogar himmlische, mit 99 Penissen versehene Mülltonnen wachsen und angebetet werden. Die römischen Kadetten, die auf dem Palatin einen Gekreuzigten in den Putz krakelten und mit einem Eselskopf versahen, um damit den gläubigen Alexamenon zu verspotten, hatten recht: Religion ist eine eselhafte Eselei. Religion, das ist das

Bekloppte an sich, lediglich mit unterschiedlichen Bekloppungsgraden. Und Götter, ich schwöre, das sind Lustmolche, Sexmaniacs, die halten sich ihre Gläubiger … äh, ihre Gläubigen … einzig, um sich von ihnen ihre Ärsche küssen zu lassen … zu ihrem Wohlgefallen. Ich weiß nicht, ob's Feuerbach war oder 'n TV-Krimi, auf alle Fälle: *Religion ist immer nur eine blöde Antwort auf eine blöde Frage.* Die Heilsarmee ist auch so 'n Club. Ne Militärnomenklatur (uniformierte Salutisten und Offiziere und Generäle) für'n Methodistenclub, geht's noch? So was wie die Softvariante von Lord's Restistance Army. Ich kann nur sagen: Hinfort mit all diesen martialischen Triebtätern, junger Mann!«

»Hat jemand eine Zigarette für mich?« Farshid war nervös. Eine Zigarette, so glaubte er, könnte ihn vielleicht beruhigen. Eine Art Sedativ gegen den inneren Sturm.

»Sie rauchen?«

»Warum nicht?«

»Ich habe im Koran nie jemand rauchen gesehen.«

»'nen Clown gefrühstückt, wie?« Farshid lachte gequält. »Nein, Glaube ist schön. Verdammt schön … lilienschön … und Gott ist …«

»… O je, was fürn Kitsch … *lilienschön*, wie kann man nur? Außerdem: Lilien sind giftig, die Blätter, die Stengel, die Pollen, alles … sogar ihr Duft … das sagt alles …«

»… und Gott ist schön … um Schön…«

»… ja, ja, und Hannibal Lecter ist Feinschmecker …«

»… um Schönheit geht es, um Ästhetik.«

»Zuerst Erotik, jetzt Schönheit. Schönheit ist ja schön und gut. Aber soll das ein Gottesbeweis sein? Da sind ja Ciceros und Pascals Nicht-Beweise noch beweiskräftiger. Der einzige Grund, an Gott zu glauben, ist das hohe Alter, das Katja Mann erreicht hat; wer so risikántisch … äh, wie sagt man? … fährt und nicht zu Schaden kommt, muss einen Gott neben sich haben – oder einen Schutzengel, was auf den gleichen Humbug hinausläuft. Aber wissen Sie, wenn es so boshafte Menschen wie mich gibt, dann kann es keinen Gott geben, so einfach ist das. Ich kann aber auch mit einem theologischen Beweis dienen: Wenn der Holzwurm auf der Arche gewesen wäre, hätte er diese aufgefressen, und alles Getier (inklusive seiner selbst) wäre untergegangen. Da der Holzwurm aber lebt, kann es keine Arche gegeben haben, ergo keinen Noah, ergo keinen Gott. Wissen Sie, …«

»… immer wieder erstaunlich, wie viele Menschen doch in die Finsternis der Blödigkeit fallen …«

»… danke, danke. Wissen Sie, Farshid, irgendwie kommt mir ihre Gottesvorstellung wie ein Pappmachéglaube vor, wild zusammengekleistertes Makulaturzeugs … schwammig, aufgedunsen, wenig stabil. Warum geht ihr uns überhaupt auf den Geist?«

»Pappmaché?« Farshid bohrte seinen Blick in Maryvonnes Augen. »Warum wohl sind Millionen, Milliarden Menschen gläubig? Weil alles Pappmaché ist?«

»Das Gesetz der Mehrheit ist für Halbstarke gemacht. Vox populi, vox Rindvieh. Kennen Sie das Phänomen vom hundertsten Affen? Nein? Wenn hundert Leute etwas für wahr halten, dann wird es für alle wahr: halbstarke Affen. So entsteht Glaube, so entstehen Betbrüder, das ist Religion. Millionen Fliegen auf der Scheiße. Milgram'sche Gehorsamkeitstiere – bunt schillernd, aber blöd.«

»Außerdem ist Pappmaché ziemlich stabil.«

»Und verseuchtes Genmaterial.«

»Wie?«

»Wahrscheinlich explodierte irgendwann mal ein Stern in einer Supernova, dreihundert Lichtjahre entfernt, mitten in der Nacht, und unsere bedröppelten Vorfahren glotzten alle nach oben und konnten sich – ähnlich wie wohl bei Sonnenfinsternissen oder Polarlichtern – das Lichtspektakel nicht erklären, glotzten und glotzten, bis sich das Himmelswunder in ihren Hirnen festgefressen hatte, in ihren Hintern, in den Eingeweiden, überall, und die Mythen nahmen ihren Lauf, gingen um die Welt, der ganze Kram mit der Autosuggestion, Religion genannt. Verseuchtes Genmaterial! Ich wette, Murmeltiere und Elche hängen auch 'ner Religion an, um sich die alljährlichen Silvesterfeuerwerke von uns Menschen zu erklären.«

»Ja, was nun? Affen oder explodierende Sterne?«

»Beides, mein Lieber. Affen *und* Licht, alles. *Ich bin das Licht der Welt,* erinnern Sie sich, Farshid? In Wirklichkeit Supernovawissenschaft. Oder das Lichterfest *Divali* bei den Hindus. Wenn das Herabsteigen Vishnus von leuchtenden Sternen, Blitzen und einem überirdischen Glanz begleitet wird, klingt das nicht wie Supernovawissenschaft? Was meinen Sie, was die mit Eisenisotop 60 durchsetzten Staubpartikel der explodierenden Sternenkugel für ein Licht gemacht haben da oben am Nachthimmel? Fulminant! Abraham hätte den Koran lesen können, so hell war es – wenn beide schon unter uns gewesen wären. Vom Licht kommt übrigens auch die Menora und Channuka bei meiner Mischpoke. Und bei euch, stand da nicht Mohammeds Geburt unter dem Zeichen des Lichts? Allah, ist er nicht das Licht? Alle Religionen haben diesen Lichtfimmel, eine Art Fixierung, und zwar beide Phasen: oral und anal. Gott, das himmliche Licht, das Licht der Pracht und Herrlichkeit des Herrn. Aber wissen Sie, auch Schmeißfliegen streben zum Licht. Lassen wir das. Das eigentliche Problem von euch Betbrüdern ist ja das Rechthaberische, das Ideologische. Der Geburtsfehler aller Ideologien ist aber ihre Beschränktheit, ihr Schwachsinn. Ihr schwacher Sinn für Sinn. Dabei sagt ihr Koran sogar, keine Ahnung, welche Sure: *Wer will, der glaube, und wer will, der glaube nicht*? Aber ihr haltet euch nicht daran. Das Fatale, mein Bester, ist ja nicht der Glaube. Ein bisschen spirituelle Wollust, ein bisschen Zwiesprache mit einem lieben Gott, meinetwegen auch dreifaltig wie bei den Christen, polytheistisch gewissermaßen – ganz ähnlich dem dreiköpfigen Höllenkönig Baal –, das Anbeten einer Illusion also, das könnte man ja leichthin zu den schrulligen, nicht weiter gefährlichen Spleens des Homo sapiens zählen, sofern privat, im Kämmerchen daheim. Wer könnte schon etwas dagegen haben? Wenn's hilft. Hat ja durchaus auch was Putziges. Man will ja nicht Menschen beleidigen, sie sind ja Opfer. Ein bisschen religio, ein bisschen Rückbindung, warum nicht? ob zu Gott oder Eierkuchen, einerlei. Ein bisschen Schimärendoping, in drei Teufels Namen, was soll's? Wer nicht umhin kann, mit der Einbildung zu reden, meinetwegen. Wer Placebos braucht, auch meinetwegen. Den Schlichten ihre falschen Himmel nehmen, das wäre wahrlich nicht fein. Der Glaube ist zum Glauben da, nicht zum Wissen, sonst hieße er ja nicht Glaube, sagt ihr nicht so? Ja, ich hab euch schon verstanden. Das Fatale sind seine Gesetze, die Regeln des Glaubens, die Rechtsansprüche Gottes, die Abhängigkeit von den Dogmen. Es ist der giftige Saft, der der Tollkirsche zu Blüte und Schönheit verhilft. Und wenn dann noch der Staat seine Finger nach dem Glauben ausstreckt, wird es besonders gefährlich, dann ...«

»... ich höre Gott lachen.«

»Waaas? Ich mach mir gleich in die Hosen ... Na ja, vielleicht ist Fernandel bei ihm oben ...«, erwiderte Maryvonne mit boshaftem Lächeln.

»... ja, er lacht ...«

»... Unsinn, nicht Fernandel ... eigentlich kann es nur das Shining-Lachen von Nicholson sein, das beim Teufel abgekupferte. Wissen Sie, was die unübertroffene Yourcenar gesagt hat: *Als die alten Götter gestorben waren und der neue noch nicht erfunden, da war Freiheit, da lebte der*

Mensch für sich allein. Und wahrscheinlich hat er da auch am meisten gelacht.«

Fashid zog eine Schnute. »Und wissen *Sie*, was irgend so'n wilder Russe gesagt hat: *Schönheit wird die Welt retten*. So einfach ist das, sie ist des Menschen Kern. Wer sich der Schönheit hingibt, hat keine Zeit für Hässlichkeit; Krieg ist Hässlichkeit, alles Übel ist ...«

»... ja, ja, Schönheit ... kann aber auch nutzlos sein, Ihre Schönheit, nutzlos wie 'n Araberhengst, für nichts zu gebrauchen: nicht zum Rennen, nicht zum Springen, nicht für die Dressur, zu nichts gut. Einfach nur schön, das Vieh.«

»Unsinn! Ich wiederhole: Schönheit ist Religion, ein religiöses Beben. Auch der Koran, reinste Poesie. Ein Liebesgedicht Gottes. Zum Singen schön.«

»Poesie? Ach was! Höllenmetaphorik ist das«, erwiderte Maryvonne.

»Die Hölle haben alle.«

»Macht's nicht besser. Quand même. Das Schlimmste ist das Gekungel von Kirche & Staat, die Kumpanei dieser kleptokratischen Großkonzerne. Etwas mehr Religionsbescheidenheit täte not. Sich zurücknehmen. Die Haltung des Lebens ...«

»... etwas mehr Ehrfurcht täte not«, fauchte Farshid. »Dass die beiden soziale Aufgaben haben, ist Ihnen ...«

»... ja, ja ...«

»... ist Ihnen wohl entgangen.«

»Genau, Ehrfurcht. Ehrfurcht vor dem Leben: ruhig dasitzen, Campari trinken, Musik hören und dem Nachbarn helfen. Und bei der Musik nicht zu viele Noten auf einmal. That's it! Nichts wollen! Ab und zu guten Sex. Das Gras wächst eh von selbst. Eine Art Zen. Oder wie der alte Voltaire sagt: *Il faut cultiver notre jardin. Notre* hat er gesagt, den eigenen, nicht andere. Wir wollen aber alle den Weltacker bestellen: die Amis, die Russen, die Araber, meine Mischpoke, alle. Die Chinesen nicht zu vergessen. Erinnern Sie sich an den Taiping-Aufstand, 20 Millionen Tote, nur weil ein vom Christentum infiziertes wild gewordenes chinesisches Rumpelstilzchen einen auf Religion macht. *Tantum religio potuit suadere malorum*.«

»Wie?«

»Googeln, einfach googeln, Sportsfreund! Ich sage Ihnen was: Wenn all diese leberwurstbeleidigten Religionen, diese hypochondrischen Völker und Nationen ganz gelassen und fanatismusfrei in ihrem Gehege blieben, könnten wir 'ne ruhige Kugel schieben auf unserem Planeten ...

und mehr als die drei heidnischen Tugenden *Freundlichkeit, Toleranz* und *Kinderstube* brauchte es dazu nicht.«

»Apropos Gekungel. Ihr da im Westen kungelt doch auch. Ist die englische Königin nicht Oberhaupt der Church of England, Great Britain so was wie 'ne verkappte Theokratie ... wie viele Bischöfe hat das Oberhaus, zwanzig? Dreißig? Und in der Verfassung von Irland, da ist doch ...«

»... holla ... halt, halt, Kindchen ... Sie haben mich nicht verstanden, vielleicht wollen Sie auch nicht ... ich meine nicht *Ihre* Religion, nicht *meine,* die ich nicht habe, ich meine *alle* Religionen, das ganze gagaeske Religionsgedöns, dieses faulende Väterfleisch und stockende Mutterblut. Die Anglikaner gehen mir am ... Ich finde nicht nur Christen peinlich, diese gewandeten Transen da in Rom ... (sagen Sie, Farshid, dieser Don Bosco, hatte der eigentlich was mit diesem Dominikus?) ... wo sehen Sie eigentlich den Unterschied von Christen zu lamutischen Schamanen, oder zu den Medizinmännern der Schwarzfuß-Indianer, oder zu Eichen anbetenden Druiden? ... Na ja, Eichen existieren wenigstens ... oder zu ... wie heißt dieser ulkige Götter-Elefant? Ganesha? Nein, ich finde nicht nur Christen peinlich, ich finde auch dieses Kopfwackeln meiner Mischpoke peinlich, meiner ehemaligen. Diese Ergebenheit vor den Steinen, vor dem Nichts. Schon komisch, dass die einen die gleiche Sache Hospitalismus nennen und die anderen Religion. Alleine unser Wort *nationalreligiös,* obszön. Eretz Israel ist kein Staat, Eretz Israel ist eine Religion ... mit einem nationalistischen, vorhautkillenden Gott. Das verheißene Land, in dem Milch und Honig fließen? Pah! Brüderlichkeit und Gleichheit? Hah! ... In Wirklichkeit ist es so 'ne Art zionistisches Kalifat, allesamt vernagelte Gottesstaatlüstlinge. Chauvis auf Acid. Und Jerusalem, die Geburtsstätte der drei Weltreligionen – warum fühlen sich die Buchreligionen eigentlich erhabener als andere? – ist die Wiege des Tri-Fundamentalismus, des weltweiten Terrorismus, der Quell allen Übels. Ach ja, und dann noch unser Wort *auserwählt* ... was für ein Menschenbild! Was sind die anderen denn dann? Loser? Gesindel?«

»Atmen Sie! Atmen Sie, Gnädigste. Sie sterben mir sonst noch weg ... haben Sie eigentlich gar keinen Respekt vor den Seelen anderer?«

»Ach, Gottchen, seine Windel wird nass. Die Amis sind auch so auserwählt drauf, wahrscheinlich auch so 'n Religionsding. Der politische Gründungsmythos als göttliche Offenbarung, hah! Warum sollte ich auserwählt sein? Sehen Sie irgendwas Auserwähltes an mir? Außer meine Handtasche vielleicht. Zugegeben: Louis Vuitton. Aber die gehört mir, nicht meinem Volk. Wissen Sie, Religion ist schon per se meschugge. Lachenswert. Aber Religion, die auf den Kult des Besonderen, des Auserlesenen setzt, diese Auserkorenheitsjammerei und Singularitätsbesoffenheit, da hört sich doch alles auf ... Nee, Gott abtöten, bevor er uns tötet, that's it! Und auch seine Stellvertreter. Im Mindesten sollte eine ordentliche Portion französischer Laizismus her, keine ...«

»... das ist auch 'ne Religion.«

»Na ja. Auf alle Fälle: keine Kreuze und Kutten und Kopftücher vor Schulklassen, vielleicht hätten wir dann keine Tempelritter-Durchgeknallte mehr, diese Breivik-Bitches. Wissen Sie, ich kann sie nicht ausstehen, die Halstuchjuden und Reverspatrioten, die ...«

»... was für Juden?«

»Die Halstuchjuden, die Gesinnungsträger. Die, die ihren Glauben um den Hals tragen, die Ladys mit den Davidsterntüchern, mindestens so bescheuert wie die Obamas mit ihren Stars and Stripes am Revers. Oder diese Burkamenschen ... oder widerlich adretten Burschenschaftlinge.«

»Ah, eine Antisemitin, interessant! *Vor euch scheint man ja nur noch auf dem Mars sicher zu sein*, von wem war das noch gleich ... oder so ähnlich ... von Hannah ... von Hannah Dingsbums ... vergessen!«

»Arendt? Oh nein, bitte nicht. Menschen, die mit Hitlerschnauz vögeln, interessieren mich nicht. Außerdem: Ich bin auch Antiarierin.«

»Mit wem vö...?«

»Mit Hitlerschnauz ... mit Heil Degger ... mit ...«

»... keine Ahnung, was Sie ...«

»... mit Heidegger, Sie Eumel, dem dunkelsten Dunkeldenker Deutschlands ... 'ne blöde Kuh war das, die Hannah, 'ne Persilschein-Philosophin, die kann mich mal ... ein höriges Weibchen, das einem Suppenkasperphilosophen half, seine braune Suppe auszulöffeln ... konnte sich keinen gemeinsamen Schulunterricht von weißen und schwarzen Kindern vorstellen. Schlimmer noch: In den 50er-Jahren, im frischgebackenen Deutschland, den Holocaust noch in den Knochen, denkt die feine Dame über die *systematische Ausrottung ganzer Rassen* nach ... und so was nennt man dann intellektuell. Sartre hat recht: *Nos belles âmes sont racistes.*

»Glaub ich nicht ... kann ich mir nicht vorstellen ...«

»Was?«

»Na, das mit der Arendt.«

»Was wissen Sie denn von der Arendt? Schlagen Sie doch nach.«

Farshid hatte keine Lust mehr, er hatte das Gefühl, nur noch ohnmächtiger Stichwortgeber zu sein. Monsieur Apodicte hatte die Sprache verloren. Er erlebte das erste Mal, dass es jemand gab, der apodiktischer war als er selbst. Vielleicht sollte er einfach schweigen, wie Snoopy stoisch schweigen, vielleicht würde das die Tirade am ehesten beenden. Stattdessen sagte er, er wusste nicht warum: »Gott liebt alle Kreaturen, auch Brüllaffen. Ich fürchte, auch Sie.«

»Ja, genau, das ist euer Köder: Wenigstens einer liebt dich einsames Würstchen in diesem Jammertal, absolut verlässlich, auf ewig. Bei Menschen ist das ja nicht so gewiss. Selbst noch der Hundeliebe kann man sich sicher sein, aber bei Menschen? Nein, mein Lieber, auf diesen Trick falle ich nicht rein, ich bin nicht auf seine Scheißliebe angewiesen, die suche ich mir schon selbst aus, und wenn's 'ne blöde Kaktee ist, oder 'n heiliger Zigeunerstricher, aber garantiert nicht die Liebe eines gesichtslosen autoritären Mackers, eines lausigen Voyeurs, der sich an unserem Elend auf der Welt da unten aufgeilt. Außerdem, Gott ist tot, seit 1882 ... zumindest ist er überflüssig geworden ...«

»... dann hat er mal gelebt. Wenn er tot ist, muss er gelebt haben, der beste Gottesbeweis.« Farshid formulierte sein Wissen, als ob es ganz frisch wäre, ganz kindlich zum ersten Mal gedacht. »Vielleicht denken Sie einfach zu viel und sind deshalb blind für Gott.«

»Ja, dass *Sie* nicht viel denken, das scheint mir ... wissen Sie«, Maryvonne lächelte honigsüß, »wenn dieses Religionsgedings 'ne private Sache wäre, in den eigenen vier Wänden, da hätte ich doch gar nichts dagegen, 'ne Privatsache wie ... wie Vögeln meinetwegen. So was wie Hobbyimkern, Briefmarkensammeln, das tut niemandem weh. Das bleibt im Bett, im Garten, im Album. Religion als Trost spendender Swingerclub, als eingetragener Verein, wie Kaninchenzüchten. Ja, Religion als Karnickel e. V., absolut privat, das wär's. Genau: Religion privatisieren. Und wenn die zu viel Kohle machen, gleich zur Kasse bitten, Steuern her, den Zehnten entrichten, besser noch den Zwanzigsten, und zwar an den Staat, wie bei jedem anderen reibachorientierten Geschäftsbetrieb auch, nicht an die Kirche. Aber stattdessen immer dieses Gebrüll, das ständige Andere-überschreien-Wollen, dieses Aufpeitschen. Keine Gesellschaft mit beschränkter Haftung ist derart ...«

»... was für'n Gebrüll?«

»Ganz wörtlich, junger Mann ...« Wie er dieses *junger Mann* hasste, so abschätzig und gönnerhaft, wie es ihm entgegengeschleudert wurde.

Jedes Mal ein Schlag ins Gesicht. »... dieses Muezzingejaule, die Kirchenglocken, das Um-die-Wette-Lärmen, dieses Dröhnen und Poltern der religiösen Klabautermänner ... jede Familienruhe ist dann gleich futsch, ganz unreligiös. Von wegen *tief bedeutungsvoll wie der Klang der Kirchen,* Mister Joseph Conrad. Es ist dummer Lärm, junger Mann! Es gibt auch intelligenten: Jim Morrison, Van Der Graaf Generator, XTC, Jimi Hendrix und so, Kyuss, Gary Moore – der tolle Lärm *meiner* Generation. Oder die Gitarrensoli von van Halen. Aber dieses Gebimmel, das ist dummer Lärm, Gotteskriegergebrüll, familienzerstörender Terror. Wie oft habt ihr behauptet, die Familie sei euch heilig? Wenn ich mir nicht ins eigene Fleisch schneiden würde, würde ich sagen: Die Unruhe der Gotteshäuser durchschneidet die göttliche Ruhe. Wo sind sie, die Saboteure, die Kirchenglocken hacken und das Muezzingejohle vom Band? Dass Gott und Allah dieses nervige Dauergepolter nicht auf die Eier geht ... komisch, schließlich sind es alte Männer ... na ja, wahrscheinlich schwerhörig.«

»Mein Gott, sind Sie empfindlich!« erwiderte Farshid.

»Ja, genau, es ist ihrer, *ihr* Gott! Ich hab keinen, allenfalls Gott Campari. Stellen Sie sich vor, wenn die Glocken – oder ihr Muezzinpendant – über das *Andantino simplice* von Tschaikowskis 1. Klavierkonzert herfällt, wie eine Horde Hottentotten darüber herfällt ... sie hören das gerade, und dann das ... zum Kotzen. So 'n Hals kriegen sie da.«

»*Hottentotten* ist ja nicht mehr gerade in, um nicht zu sagen: daneben!«

»Ah, Sprachpolizei. Ich sehe. Da werden wir plötzlich zum Sensibelchen. Sie sagen wahrscheinlich auch nicht *Neger* oder *Sarotti-Mohr* oder *Zigeuner* und glauben mit Sprachmogeleien die Welt retten zu können. Ich esse ...«

»... die wollen das so, das alleine zählt doch ...«

»... ich esse für mein Leben gern Zigeunerschnitzel, wie ich auch gerne Wiener Schnitzel esse. Und? Esse ich deshalb Zigeuner? Schlachte ich Wiener? Demnächst Sehgeschädigte statt Blinde, wie? Möchten Sie vielleicht *Israelitin* zu mir sagen, oder *Häbräerin*? Ich lade Sie ein.«

»Sie wollen sich mit Abseitigkeiten wichtig tun, ums Verrecken, möglichst schräg. Es geht aber um Anstand.«

»Anstand? Gutmenschengesäusel! Ich bin mit Negern aufgewachsen und lass sie mir nicht nehmen, nicht entfremden, auch durch Ihren Anstand nicht. Da gehe ich d'accord mit diesem Dr. Johnson, oder mit

Dürrenmatt. Und keiner nimmt mir sie, meine Freunde mit den weiß blitzenden Zähnen … und auch meine Freunde, die Zigeuner nicht. Besser, einem bettelnden Zigeuner Geld geben, als einen Sinto am Wegesrand verachten. Nur das Denken macht das Wort böse. Zum Beispiel Judas. Ich finde, Eltern sollten ihre Söhne wieder Judas nennen, den Namen rehabilitieren, reinwaschen von der Schmach des Verrats. Wissen Sie, ich hab mir mal …«

»… auch Adolf?«

»Es gibt Grenzen! … Ich hab mir mal meinen Empedokles umgedichtet: *Einst bin ich Knabe, ich bin auch ein Mädchen gewesen, Neger und Zigeuner, Busch, Vogel und Fisch.* Sind wir nicht alle Neger, genetisch, meine ich? Denken Sie an Freundin Lucy. Ist unser aller Heimatland nicht Afrika? Sie zum Beispiel, Farshid, Sie stammen aus Afrika, Sie sind ein Neger – persisch-arisch degeneriert zwar, oder mutiert, oder evolutioniert, wie immer Sie wollen – aber Neger. So what? Und Ihr Schwanz ist ein Negerschwanz – klein oder groß, man weiß es nicht. Und ich bin eine Negerin. Ich als Negerin sage Ihnen: Sprachkleinkram macht keinen Rassismus. Und wenn man bedenkt, dass vor vierzigtausend Jahren die Krone der Schöpfung, die Homo-Sapiens-Negerin also, mit dem Neandertaler gevögelt hat, oder umgekehrt – ein bis vier Prozent Neandertalgene haben wir in uns –, dann wird Rassis…«

»… Sie haben eher zwanzig Prozent …«

»… haha … dann wird Rassismus ohnehin eine ziemlich schwierige Sache. Denn wir sind alle Neger, alle Neandertaler, auch diese Marine-Le-Pen-und-Alexander-Gauland-und-Geert-Wilders-Konsorten. Also bei Sprachkleinkram sind Sie zwar hellwach, aber wenn's um die wichtigen Dinge, die richtigen Benennungen … quand même. Kein anderer Betrieb, um auf unser Thema zurückzukommen, brüllt so laut in der Öffentlichkeit rum, gleich ob mit Lautsprechern oder Glocken. Noch nicht mal Hooligans … oder multinationale Konzerne … Ich wette, Sie haben auch so'n lustigen Moscheewecker zu Hause, mit dem Sie ihre Nachbarn nerven … aus goldgespritztem Kunststoff, stimmt's? … Mit diesem elenden Muezzingegröle … Allahu Akbar, Gott ist am größten … fünfmal am Tag das scheppernde Plastikgekrächze nach Gott, stimmt's? … Und den Nachbar haut's jedes Mal vom Hocker. Dieses ständige Aufmerksamkeitheischen. Wie würde es Ihnen gehen, wenn mein Karnickel e. V. so 'n Spektakel machte? Das ist das Hereinfallen der Blasphemie über die Würde des atheistischen Glaubens.«

»Hah, der Atheismus als Glaube. Gut gebrüllt, Löwe!«

»Ja, jeder Atheismus wird durch Religion beleidigt, tagtäglich. Atheistenlästerung ist das.«

Farshid lächelte gequält. Er glaubte, etwas Versöhnliches gesagt, vielleicht sogar einen Witz gemacht zu haben. Er hatte keine Lust mehr, sein Parieren war hilflos geworden mittlerweile, und also war er auf Einlenken, auf Nachsicht bedacht. Stößt dich ein Blinder, so ärgere dich nicht, hatte sein Onkel immer gesagt. Vielleicht gelang ihm all das Argumentieren ja auch nur deshalb nicht, weil er ganz einfach nie darüber nachgedacht hatte. Er glaubte einfach, hatte irgendwann beschlossen zu glauben. Ganz unbedarft. Schluss. Aus. Ende. Großmutter und so. Tradition.

»Weniger Lärm, möchte man euch zurufen. *Die stumme Welt allein ist unsre Heimat.*«

»Ziemlich geschwollen, finden Sie ni…«

»… nein, Ponge, Baby. François Ponge. Anyway, einzig Atheismus – Heil Hypatia! – bedeutet Ruhe, mein Lieber, ein göttliches Glücksgefühl, Segen und Frie… einzig der Atheismus, die fröhliche Gabe des Zweifels, adelt das Menschenwürstchen. Heidenlose Zeit ist heillose Zeit …«

»… sehen Sie: *göttlich … Gott* … Und vorher irgendwann haben Sie auch *lecháim* gesagt, ist das nicht irgendwas Heiliges bei Euch … höheres Leben und so, Licht. Aber zurück zu Ihrem geliebten Atheismus. Wissen Sie was? Er hat keine Rituale, außer Whisky trinken am Tresen keine Rituale … das ist …«

»… touché! Aber das ändert nichts. Islam, Christentum und Voodoo sind alles eins …«, Maryvonne stieg der viele Alkohol in den Kopf, »… Freimaurergesindel, und Krethi und Plethi, und Hutu und Tutsi … alles eins …«

»… das sind Ethnien … oder so was …«

»… egal. Sie wissen, was ich meine. Kein Wunder, bei diesem Götterkuddelmuddel … wie will man das denn alles auseinanderhalten, dieses ganze Abrakadabra der Stammeskulte? Was noch? Scientology und … ich frage mich, warum werden nur die Scientologen vom Verfassungsschutz überwacht und nicht alle Religionen? … Was noch? … ah, ja, die Bahai-Jungs, das sind Ihre ganz besonderen Feinde.«

»Wessen Feinde?«

»Na, Ihre … die gelten bei euch in Iran als Spione Israels. Aber wissen Sie was, die sind gar nicht so übel … die kennen keinen Klerus, treten für Menschenrechte ein und für Religionsfreiheit, für die Gleichstellung von Mann und Frau, propagieren Bildung für alle ... aber bei euch ist das ja ein ketzerischer Glaube ... dabei ist es die fortschrittlichste Religion ever ... ach, was sage ich, Fortschritt und Religion, wie will das zusammengehen? Also, was noch? Wahhabismus, diese saudische Ideologie, dann der Alawi... Alawitismus ... Merde, wie heißen die? ... Diese Alawiten halt ... oder Salafisten? ... keine Ahnung, wie die alle heißen ...«, Maryvonne redete sich in Rage, »... wir Juden natürlich, das Menschheitsferment schlechthin, wir superioren Welt- und Heilsgeschichtler, haha ... und Vampirismus ... ach ja, und die Elite Gottes nicht zu vergessen: Opus Dei, die Schein-Heiligen ...«

»... fertig? ...«

»... noch lange nicht ... glutenfreier Buddhismus ...«

»... was ist das denn?«

»Keine Ahnung. Auf alle Fälle alles eins: abergläubische Leichtgläubigkeit. Nekromantiehumbug. Popen- und Derwischkokolores: *Ils se nourrissent de distinctions; ils vivent de raisonnements obscurs, & de fausses conséquences,* um noch mal Freund Montesquieu zu zitieren.«

»Die Frau ist wahnsinnig. Scientology und Islam und Bahai und Juden ... ich glaube, es ha...«

»... Numinositätenkabinette von Freaks ...«

»... ich glaube, es hackt. Und dann noch Vampirismus ... Ihnen ist wohl nichts heilig?«

»Doch, mein Basset-Puppy, aber verlange ich deshalb von Ihnen, dass sie ihn anbeten? Ah, die Skopsen habe ich vergessen, auch so 'ne Messiaskiste ... die warten allerdings sexuell verstümmelt auf den Erlöser und gelangen einzig als Kastrierte – kein Witz – ins Himmelreich ... und Waldorftanzen ... und Homöopathie«, Maryvonne grinste teuflisch, »... die Gucci-Prada-Religion natürlich noch ... und Psychoanalyse ... und Familie ... und Auto ...«

»... seien Sie nicht albern, nichts als Kraut und Rüben in Ihrem Kopf ...«

»... und Kraftsport, Sonnyboy ...«

»... es wird immer abstruser ...«

»... wieso? der Personaltrainer als lieber Gott. Sein Evangelium: Eat-Sleep-Train-Repeat. Oder Liebe, ist auch 'ne Religion, dieser Ersatzstoff für schlechten Sex ... Malzplörre oder Muckefuck statt echtem Kaffee, wollen Sie das?«

»Wollen Sie mich ver…«

»Auf alle Fälle alles Glaubenstempel für unglückliche Seelen, nekromantische Bedürfnisanstalten … nichts als Stammesrituale und Vitzliputzli-Märchen. Außerirdische Heilsbotschaften für Umnachtete. Simsalabim-Glaube, so atavistisch wie Scaramangas dritte Brustwarze … apropos unglücklich: *Sklaven und unglückliches Volk waren die ersten Christen* … von wem war das? Einerlei, es ist heute noch so … und gilt für alle Religionen.« Farshid hatte den Faden verloren. Aber Maryvonne fuhr unbeirrt fort, wie im Rausch, immer wieder anhebend wie ein zeterndes antikes Klageweib. »Schöpfungsbericht, Jungfrauengeburt, Auferstehung: mein Gott, welcher Hokuspokus, ein einziges Lügengestrüpp! Veritas liberabit vos, hah! Apropos Schöpfung. Allein an den vielen Tausend Schöpfungsmythen kann man erkennen, welcher Stuss uns da ständig serviert wird: Die Welt wurde aus einer Perle erschaffen, die Perle zersprang, und aus den Splittern entstanden die Sterne – Bullshit! Und bei den Hindus entsteht der Weltenberg durch das Quirlen des Milchozeans. Haha. Gequirlte Scheiße wäre treffender.«

»Gott stehe uns bei.«

»Genau das eben tut er nicht. Nützen übrigens nicht viel, diese schönen Phantasien vom Milchozean, wenn man bedenkt, dass die indischen Hindus Fleisch essende Moslems zu Tode prügeln, auf offener Straße, weil sie aus ihren gehörnten Rindergottheiten die schönsten Teile rausschneiden und sich – zum Beispiel als Filet Mignon, saignant, versteht sich, mit einer leckeren Pilzweinsauce – zu Gemüte führen. Und Adam & Eva? Ich frage mich natürlich, warum die beiden 'n Bauchnabel haben. Hat Gott sie geboren? Also so richtig Beine breit und schwupp … unter schreienden Schmerzen … dann Nabelschnur, schnipp? Oder haben Cranach & Co mit ihrer Adam-und-Eva-Bauchnabelmalerei die Sache gehörig missverstanden? Anyway, wo war ich? Ach ja: alles Kindermärchenglaube, psychotische Halluzinationen, keinen Deut besser als die Fabelwelten ihrer oder meiner Vorväter, grauslig. Und alle wollen sie ihren eigenen Messias … wie Sandkastenkinder … jedem sein Förmchen, jedem sein Schäufelchen. Diese Kinderbockigkeit! Warum spielen sie nicht miteinander? Warum pimpert zum Beispiel Shiva nicht mal mit dieser zugeknöpften Schickse Maria, Mythen sprengend, der kosmische Tänzer mit der christlich-jüdischen Jungfrau, pimpern, bis der Heiligenschein bröselt, vögeln, dass Gott erbarme. Vögeln überwindet nicht nur Rassismus, sondern auch Religionsschranken. Oder Jesus mit Manitu, sich gegenseitig einen runterholen, das Große Piephahnspiel spielen, ordentlich rumpimmeln … waren doch geile Socken, die beiden? Ein bisschen grenzüberschreitender Götterinzest. Dann käme Bewegung ins Spiel. Das Förmchen mal ausleihen, und das Schäufelchen gleich dazu … mindert auch das Konkurrenzdenken … wie bei den Caodischen …«

»… was hat denn das Chaos damit zu …«

»… nicht Chaos, Caodismus, oder so … so 'ne Art Bastardreligion, bei der sich alles mischt … Götze Gott im zusammengerührten Religionseintopf: Buddhismus, Katholizismus, Konfuzianismus, Spiritismus, weiß der Teufel, was noch alles … 'ne Synkretismuskiste, ganz ähnlich dem Kuddelmuddel der sieben Glücksgötter … so 'ne Art Für-jeden-etwas-Religion, bei der man in Versuchung wäre, Ja zu sagen. Dumm nur: auf Fleisch und Alkohol musst du trotzdem verzichten. Und auch das Haifischbecken der Begehrlichkeiten ist tabu … also auch nicht das Gelbe vom Ei. Vergessen Sie's.«

»Gerne.«

»Apropos Kuddelmuddel. Um Gläubige zu gewinnen, tun die Religionisten einiges. Zum Beispiel kurzerhand mal 'n paar heidnische Geister zu Heiligen erklären, so geschehen bei diesem Ahnenkult auf Kuba … Santería, glaube ich. Da haben die Katholiken, die schwärzesten aller Schwarzmagier – nix da Aufklärung! – einfach mal afrikanische Rituale eingemeindet … und schwupps, schon wieder haben diese lumpigen Seelenfänger einen Haufen Schäfchen mehr in ihrem Religionsstall. Eine ziemlich anbiedernde Sippschaft, diese Katholen. Aber ich schweife ab. Wissen Sie, allgemein gesagt … vielleicht wiederhole ich mich … es ist ja ein Irrtum zu glauben, das sogenannte Jerusalem-Syndrom sei eine vorübergehende psychotische Störung. Religion *ist* das Jerusalem-Syndrom, ein fiebrig-besoffenes Delirium, zumindest bei meiner Mischpoke, und nix da vorübergehend. Auf immer! Wissen Sie, Religion ist durch Masse definiert, per se, durch delirische brodelnde Masse … wo keine Masse, da keine Religion, wo Individuum, da kein Gott. Nur die Masse verfällt dem Wahnsinn. Das, was Sie Religion nennen, ist immer nur Umnachtung, billiger Volksglaube. Ammenmärchen und Räuberpistole. Die Phantasmen von Kretins. Es ist wie bei Friedrich dem Großen, auch er …«

»… und was kommt jetzt wieder? …«

»… auch er sollte, lange nach seinem Tod, als Friedenskaiser wieder auferstehen. Und es hat geklappt. Ja, es hat geklappt. Ein Hochstapler, Thilo Kolup hieß der Knabe, oder so ähnlich, er gab sich als Kaiser

Friedrich II. aus. So einfach ist Glaube. Nichts als Fake! Das Leben ist seit jeher Fake, die Wirklichkeit Fake.«

»Sie labern Mist, Lady ... halten Sie mich eigentlich für bekloppt?«

»Eigentlich nicht. Aber ich kann mich natürlich irren. Sie können auch diese Feenfotos von Lewis Carroll und Sherlock Holmes nehmen. Und? Was war das Wunder am Schluss? Eine Doppelbelichtung, nichts als 'ne kleine miese Doppelbe... die Offenbarung als illusionistischer Zauber. *Seid fest im Glauben, und ihr werdet Wunder schauen* – welcher Schwachsinn! By the way: Liebe habe ich vergessen ...«

»... nein, haben Sie erwähnt ...«

»... eine Erfindung von Schwächlingen für Schwächlinge, wie Religion.« Maryvonne war sich nicht sicher, ob aus all dem, was sie da von sich gab, noch sie selbst sprach. Gerade erst hatte sie sich noch als ein nach Sternschnuppen schnappenden Welpen gesehen. »Kennen Sie Diderot? Montesquieu und Diderot? Ja, *das* sind Götter! In seinem *Jacques* sagt Diderot: *Der Mensch wird erst frei sein, wenn der letzte König mit den Eingeweiden des letzten Priesters aufgehängt sein wird.* Voilà! Und Bouvier (er hat es zwar in Bezug auf aasfressende Krähen gesagt, man kann es aber auch – klar! – bestens aufs Pfaffenvolk beziehen): *Ich möchte unsere falsche Welt nicht verlassen, ehe dieses Gesindel total verschwunden ist.*«

»Können wir vorspulen ...«

»... was? ...«

»... vorspulen bis dorthin, wo die Vernunft wieder einsetzt.«

»*Sie* reden von Vernunft? *Ihr,* die ihr, wenn euch eure Argumente verlassen, wenn ihr nicht mehr weiterkommt, von *Gottes ach so unerschöpflichem Ratschluss* labert?«

Farshid war jetzt wirklich aufgebracht. Er dachte an eines seiner selbst gebastelten Credos aus seiner Pariser Zeit: Wer keine guten Feinde hat, um den ist es schlecht bestellt. Aber ein so feines Aperçu für diese Person, nein. Zu wertvoll! Das war eindeutig zu viel des Guten. Schon gar nicht jetzt, wo ihn sein Groll immer mehr am Denken hinderte und ihm keinen Platz mehr ließ für derlei Offenherzigkeit. Er war verloren, vollkommen orientierungslos. Außer Maryvonnes Mund sah er nichts mehr um sich herum, dieser Mund, der unaufhörlich Bosheiten zischte, Ungehörigkeiten, Ungeheuerlichkeiten schleuderte, ekelhafte Wort-Ejakulate ... ein Mund, der ihm vorkam, wie mit dem Höllenfeuer des Leibhaftigen geschminkt, einzig, um Brechreiz erregende Widerwärtigkeiten in die Welt zu speien. Dieses Verliebtsein in die eigene gute Laune, wie ihn das anwiderte. Vielleicht gerade deshalb, weil er es so sehr von sich selbst kannte. Und dann dieses granatfarbene Kleid, wie ein Fanal des Trotzes. *Ein Sergekleid von Balenciaga*, wie ihm später jemand erklären sollte. Als ob das etwas änderte. Im Gegenteil. Und dazu noch der obszöne Glanz ihrer Handschuhe, *feinstes champagnerfarbenes Chair-Leder.* Plötzlich hatte er das Bedürfnis, seine eigene Stylishness, obwohl doch so sehr – zumindest oberflächlich – dem Understatement gewidmet, loszuwerden.

»Ist Aberglaube nicht auch Glaube?« Aadishs trockene Bemerkung überraschte. Woher hatte er das? War ein Dschinn in ihn gefahren, hatte ein Geist ihm etwas eingeflüstert? Oder war er einfach klüger, als alle dachten ... und auch ihm selbst bewusst war?

»Voilà, c'est ça!«, triumphierte Maryvonne. »Und dazu muss man noch nicht mal Einstein heißen ... oder Dawkins«, ergänzte sie spitz. »Ja, Glaube und Aberglaube, ein und dasselbe. Old Age, New Age – kein Unterschied. Alchemistisches Guru-Gesülze. Glaube ist immer Afterglaube. Recht haben Sie, junger Prinz.« Es war ihr anzumerken, Maryvonne war stolz auf ihren jungen Lover. »Übrigens, diese lausige Sinngebung unseres Lebens ist auch nichts anderes als eine Art Verweltlichung des Glaubens. Denn Sinn gibt es ja nicht. Kennen Sie den Vampirerlass der österreichischen Kaiserin, Monsieur Farshid? *Der Aberglauben ist abzustellen.* Ich trage immer eine Kopie bei mir, um mich daran zu gemahnen, dass Religion ausgetrieben werden muss. Warten Sie ... schauen Sie ... wo habe ich? ... hier ... der erste Etappensieg der Vernunft, viele sollten nicht folgen ... und der Papst, der damalige ... keine Ahnung, wie der hieß ... er hat den Vampirismus als Wahnvorstellung kranker Menschen abgetan, hat beim Abschaffen aber seinen eigenen Klopfgeisterglauben vergessen; man hätte im Grunde genommen den gleichen Text noch mal verwenden können, könnte den Text überhaupt gegen alle Religionen verwenden. Und jetzt warten wir also schon seit Jahrhunderten auf den Papst, der all den anderen Glaubenskram als Wahn in die ... wie sagt ihr Youngster? ... in die Tonne haut? ...«

»... etwas unlogisch, wie wollen Sie ...«

»... inklusive Jesus, diesen Bankert vor dem Herrn. Wo ist denn, bitte schön, frage ich Sie, der Unterschied zwischen einem Auferstehen und einem Wiedergänger? Beides Zombiefreaks, die mit fauligen Fleischfetzen am Gebein aus ihren Gräbern steigen, um rumzugeistern. Und dann diese Vampirschweinereien, das große Bluttrinken!«

Die Stimme Maryvonnes hatte mittlerweile etwas schrill Papageienhaftes, etwas unangenehm Kreischendes. Farshid sah schon seine Brillengläser springen. »Aber leider, leider, wird es nur der Papst des Atheismus sein können, der mit all dem aufräumt, aber das heißt dann auch wieder nur: Macht. Papsttum heißt Götze Macht anbeten. Selbst noch bei einem Papst des Atheismus. Immer Macht, darauf läuft's doch immer wieder hinaus … and so on … ad infinitum. Die Macht gewinnt immer, wenn sie sie hat. Einen machtfreien Messias, selbst einen atheistischen, gibt es nicht. Immer geht es um Macht. Selbst wenn sie Rock 'n' Roll zum Messias machten, wäre er unser Verderben, weil er zur unabweislichen Gewalt würde. So ist er einfach nur Musik. Die Macht ist das Fatale. Das Christentum zum Beispiel ist eigentlich eine Sekte, eine von tausend, wie die Colonia Dignidad … Kolonie der Würde, haha, welch höhnischer Name für einen Kinderschänderclub … oder Charles Manson … immer die gleiche Struktur, immer jesusgleich 'ne Family um sich scharen … Oder der Bogomilismus …«

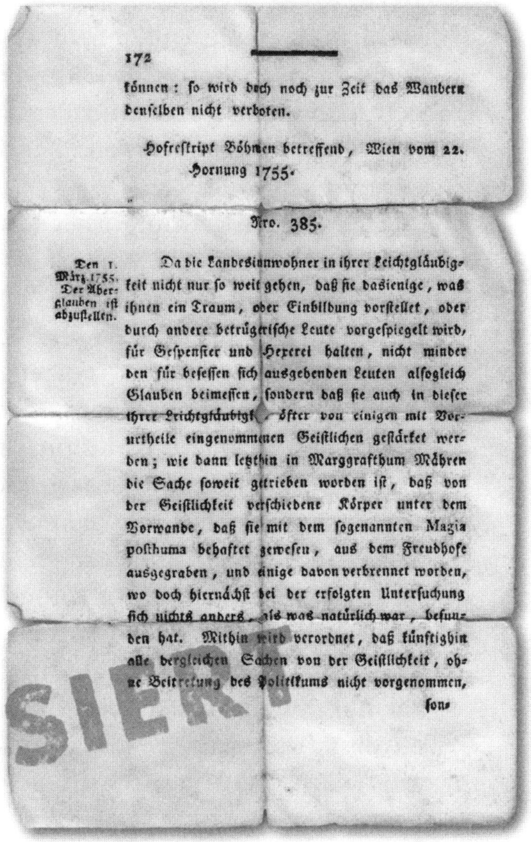

172

können: so wird doch noch zur Zeit das Wandern denselben nicht verboten.

Hofrescript Böhmen betreffend, Wien vom 22. Hornung 1755.

Nro. 385.

Den 1. März 1755. Der Aberglauben ist abzustellen.

Da die Landesinnwohner in ihrer Leichtgläubigkeit nicht nur so weit gehen, daß sie dasjenige, was ihnen ein Traum, oder Einbildung vorstellet, oder durch andere betrügerische Leute vorgespiegelt wird, für Gespenster und Hexerei halten, nicht minder den für besessen sich ausgebenden Leuten alsogleich Glauben beimessen, sondern daß sie auch in dieser ihrer Leichtgläubigkeit, öfter von einigen mit Vorurtheile eingenommenen Geistlichen gestärket werden; wie dann letzthin in Marggrafthum Mähren die Sache soweit getrieben worden ist, daß von der Geistlichkeit verschiedene Körper unter dem Vorwande, daß sie mit dem sogenannten Magia posthuma behaftet gewesen, aus dem Freudhofe ausgegraben, und einige davon verbrennet worden, wo doch hiernächst bei der erfolgten Untersuchung sich nichts anders, als was natürlich war, befunden hat. Mithin wird verordnet, daß künftighin alle dergleichen Sachen von der Geistlichkeit, ohne Beitretung des Politikums nicht vorgenommen, son-

Der Vampirerlass der österreichisch-ungarischen Kaiserin Maria Theresia

»… was ist das denn?«

»Keinen blassen Schimmer, auch so 'n sektiererisches Glaubenskommando halt. Wir würden Tausende finden, da kann man weitermachen bis in alle Ewigkeit … Sie würden sich wundern, was es alles gibt … schwindlig kann einem da werden. Auf alle Fälle, die christliche Kirche nennt sich einzig deshalb die Alleinige, um alle kleineren Sektenkollegen diffamieren zu können, um die Konkurrenz zu zerschlagen. Sie sehen: Macht. Immer Macht. Jede Religion ist immer nur borniertes anmaßendes Sektierertum, ein kleiner Konfessionsmob, der sich großtut.«

Farshid zog seinen Kopf ein. »Genug! Schluss! Aus!«, brüllte er mit wuterstickter Stimme. Er hatte die Nase gründlich voll, hatte sichtlich Mühe, dieser schäumenden Suada etwas entgegenzusetzen; seine Backenmuskeln wurden über dem Kiefer stoßweise sichtbar, wie der Herzschlag des Zorns.

»Ihr seid nur geil auf unsere Freiheit«, insistierte Maryvonne, »auf unsere göttlichen Schweinereien, und weil ihr sie nicht erreichen könnt, weil eure beknackte bekackte Religion was dagegen hat und ihr dazu noch überfordert seid von dieser Freiheit, verschmäht ihr sie – wie der Fuchs die Trauben. *Denkt nach, die ihr Einsicht habt,* möchte man euch mit eurem eigenen Koran zurufen. Ihr seid geil auf unsere westlich-weltliche Kultur, unseren ganzen libertär-libidinösen Kram. Deshalb habt Ihr so 'n Rochus. Ihr geht über vor Neid. Ihr explodiert beinahe, jede Bombe, die ihr hochgehen lasst, ist ein Schwanz, der nicht abspritzen darf, ein unerfüllter Or...«

»... Küchenpsychologin! ...«

»...gasmus, erbärmlich unterdrückte Lust. Nur Männer, die einen Sonnenbrand auf ihrem Schwanz haben dürfen, sind frei. Apropos«, Farshid, rot angelaufen wie ein Puter, zog seinen Kopf ein, »kennen Sie die Île du Levant? Nein? Lesen Sie den Science-Fiction-Roman *Glory Road* von Robert Heinlein, da steht alles drin. Die Welt sollte Île du Levant heißen!«

ZENSIERT

»Ieldü was?«

»Die Île du Levant ... ein Schniedel- und Pussyparadies ... 'ne Insel, wo alles nackedeit, Tag und Nacht ... dort solltet ihr lendensteifen Todeskrieger (nein, ihr seid keine Glaubenskrieger, ihr seid Todeskrie... spielt ihr eigentlich mal ab und zu ein Flötensolo, wie alle nor...«

»... 'n Flöten-was?«

»... na den Zyklopen zum Weinen bringen, wie alle normalen Männer?) ... anyway, dort, auf der Île du Levant, solltet ihr Todeskrieger mal 'ne Moralkur machen und lernen, wie man sich ergötzt. Dann würdet ihr vielleicht nicht mehr so'n Stuss brüllen, dieses *Ihr liebt das Leben, wir lieben den Tod.* Wissen Sie, diese ganzen Selbstmordfuzzis mit ihren geschwollenen Schläfen und geblähten Nüstern und Dauererektionen meinen doch nur sich selbst: Infertilschwächlinge und Libidokrüppel allesamt, ich kenne mich aus, ich bin Biologin, und Primatologin, und mein Mann war Urologe. Sobald es ernst wird, klappt eure Potenz zusammen, wie 'n Schweizer Armeemesser. Ein Riesenschwanz zwar, weit übers eigene Hirn hinausweisend, aber wie der etruskische Priapos schleckt und nuckelt ihr nur selbst dran rum, lasst niemand anderen dran teilhaben, allenfalls versteckt und verschämt bei den Huren, schlimmer noch als die puritanischen Amis. Euer trauriges Motto: L'amour, c'est haram. Wissen Sie, Farshid, eure verklemmte Explosionsscheiße wird nie bestehen können gegen die frivole Fröhlichkeit – sagen wir – einer Grace Jones, einer Jeanne Moreau oder eines Tom Daley.«

»Vielleicht interessiert die gar niemanden.«

»Ja, ja! Kennen Sie Halil Serif Pascha? Der hat's euch vorgemacht, hat als Moslem bei Courbet einfach 'ne dickfleischige Muschi bestellt, mit 'nem dichten Wäldchen bewachsen: *L'Origine du Monde.* Wir verdanken euch das revolutionärste Bild der westlichen Welt, herrlich radikal, und ihr klemmt den Schwanz ein. Ja, das waren Zeiten, als ein Moslem noch Mösen und Titten auf Händen trug … oder besser: an die Wand nagelte. Halil Serif Pascha war auf alle Fälle keine Spaßbremse.« Maryvonne schaute verschmitzt zu Aadish, aber niemand bemerkte ihren verschwörerischen Blick. »Mittlerweile werdet ihr eher mit Orlans *L'Origine de la Guerre* in Verbindung gebracht.«

»Sagt mir nix.«

»Kann ich mir denken. Wissen Sie, Farshid, bevor euer Pseudo-Guru, euer *Es-gibt-keinen-Gott-als-Gott-allein,* in die Welt kam, da gab es abertausend Götter, eine ganze Horde, römisch, griechisch, etruskisch und und und … *Schön und gut* waren sie da noch, *kalós kai agathos.* Und bartlos. Da konnte man sich frei bedienen, wie in einem Gemischtwarenladen … Bauernkulte, Mythen, Wahrsagekünste, wonach einem gerade der Sinn stand, Open Source … jeder nach seiner Façon … herrlich! Übrigens auch in eurer Kaaba in Mekka, wussten Sie das? Da hauste, lange vor der Entstehung ihrer Religion, eigentlich ein Haufen alter Götter … und natürlich auch Göttinen! Die Kaaba war eigentlich 'ne Krabbelkiste mit Holz- und Steingötzen, 'n Wühltisch der Konfessionen. Mekka war zutiefst heidnisch, ein Götzentempel. Aber dann kam euer Kameltreiber vom Berg runtergelatscht …«

»… unser Kameltreiber? …«

»… war euer Mohammed vor seiner Erleuchtung nicht Kameltreiber, vom Stamme der Quraisch?«

»… ja, schon, aber …«

»… und hat Usurpator gespielt, einfach die Kaaba besetzt, hat aufgeräumt dort, die Götterangebote vom Tisch gefegt, so weitherzig sie auch waren, alle vor die Tür gesetzt, und hat Allah installiert, den Eingott, ziemlich rabiat. Wahrscheinlich weil er Analphabet war … 'ne Bildungskrücke … ohne Phantasie. Wissen Sie, an wen mich der Typ erinnert? An Highlander und seinen Kontrahenten Kurgan: *Es kann nur einen geben* … an die hormongetriebenen Jungmännerphantasien, die nur sich selbst gelten lassen, an die Testosterontitanen, die narzisstischen Typen an den Discotresen dieser Welt, die alles neben sich, was auch einen Schwanz hat, eifersüchtig wegbeißen. *Du sollst keine anderen Schwänze, äh, Götter, neben mir haben*, das gilt wohl für alle Weissagungsreligionen.«

»Und was soll ich jetzt dazu sagen?«

»Am besten nichts. Auf alle Fälle: Gott ist ziemlich unfähig als Designer. Er schlampt. Vollkommen inkompetent, der Knabe. Nicht serienreif, seine Welt. Nicht patentwürdig. Schauen Sie sich nur mal ihr Skrotumgekröse an … nicht gerade …«

»… woher kennen Sie mein …«

»… sind nicht gerade eine designerische Glanzleistung, die Testikel, eher ein Naturhindernis … hätte Er auch irgendwie schöner verpacken können, meinen Sie nicht? … mit 'nem Schleifchen, oder so … oder den ganzen Fummel gleich nach innen legen, unsichtbar in den Körper hinein … das Ganze hätte dann Grazie … und die Frauen hätten mehr Vergnügen. Nein, Gott entwirft schlecht, er ist keinen Deut besser als Frankenstein, *an unfeeling, heartless creator!* … Seine Schöpfung ist ein lausiger Masterplan, ein Griff ins Klo. Kann es sein, dass er nicht mehr an sich selbst glaubt, kein Vertrauen mehr hat in sich selbst?«

»Design ist immer fehlerhaft.«

»Richtig, also auch die Produkte ihres Allahs, Farshid. Diese Sache auf dem Klo zum Beispiel.« Maryvonne stach jetzt wie wild um sich, eine unbändig-diabolische Lust trieb sie an. »Stellen Sie sich vor, der Stuhlgang ist nicht so, wie er sein soll, und du kriegst das Zeug einfach nicht rausge…«

»… du meine Güte, was haben *Sie* denn genommen? Aus gutem Hause, einen auf nobel machen, ihr ganzes Madamegetue, und dann so was. Peinlich ist …«

»… kriegst es nicht rausgeschissen, aber wenn du unter dem Steißbein auf einen ganz bestimmten, noch nicht mal sehr geheiligten oder heiligen Punkt drückst, auf den G-Punkt des Kackens gewissermaßen – sorry! – wird alles umgelenkt, und es flutscht bestens. Die

Konstruktion ist falsch. Einfach falsch. Zumindest schludrig. Gott hat sich geirrt, war nicht bei der Sache. Allah hat sich ...«

»... Unsinn! Wenn es anders wäre, würde dir das Zeug beim Gehen einfach unten rausprasseln. Was hat Allah damit zu tun? Ach, was lasse ich mich überhaupt auf so einen Schwachsinn ein, der Verschluss ist wichtig, *der* muss stimmen.«

»Beides muss stimmen, Farshid. Es muss fließen *und* schließen. Ein Verpackungsingenieur von Tetra Pak kann auch nicht sagen: Der Verschluss funktioniert doch, was geht mich das Fließ...«

»... Gott ist doch kein Verpackungsingenieur.«

»Wäre er mal besser gewesen«, zischte Maryvonne mit hochgezogener Augenbraue, »'n Typ mit 'nem klein bisschen Verstand hätte uns doch derlei Darmkalamitäten erspart. Typisch Mann!«

»Welcher Elefant trampelt denn in *Ihrem* Hirn rum? Nehmen Sie Weizenkleie, oder Apfelessig, und machen Sie Gott nicht verantwortlich für Ihre Scheißprobleme! Sie sind pubertär, zu viel Tschaikowski gehört in ihrer Jugend, wie?«

»Tschaikowski?«

»... na, dieses brünftige, pubertätsverlängernde Zeug. Anyway, zuerst Vampire und Religionen in einen Topf, und jetzt noch diese Geschmacklosigkeiten ... und das in Ihrem Alter ...«

»... oder Klopapier«, fuhr Maryvonne ungerührt fort, »wissen Sie, wo sich das befindet? Hinter Ihnen, wenn sie Ihr Geschäft verrichtet haben, immer hinter Ihnen ... ist nie zu erreichen. Da hat Ihr Herr nicht dran gedacht, hä?«

»So ein Blödsinn ... nicht auszuhalten ... kindischer geht's wirklich nicht mehr ...«

»Ach, wissen Sie, ich denke, wer Kind bleibt, wird gehörig alt. Manch Eingetrockneter wäre gottfroh, noch ...«

»... oops, Gott ...«

»... wie? ... noch pubertär sein zu dürfen. Blödsinn gehört zum Leben wie Kaiserschmarren zur Kulinarik. Kennen Sie diese Pyjamahosen, die hinten gepludert sind, oder auch die Boxershorts, mittels zweier Abnäher, gepludert einzig, damit die Mittelnaht nicht ständig in die Ritze rutscht? Das nenne ich Design! Und weil die Welt nicht gepludert ist, gibt es auch keinen Gott. Ungepludert geht nix. Und überhaupt, dass Dinge Kapores gehen, ist auch so 'ne Sache.«

»Kapo-was?«

»Kaputtgehen ... haben Sie mal was von jiddischer Sprache gehört?«

»Und dass die kaputtgehen, daran ist auch Gott schuld, wie?«

»Klar! So wie er auch schuld ist am ewigen Verrutschen der Zunge von Sportschuhen.«

»Das ist ja wohl Menschenwerk ... wie auch Ihre Klopapierrollen.«

»Aber Gott lässt es zu.«

»Seien Sie nicht lächerlich. Wissen Sie, was ich zum Kotzen finde, Maryvonne? Ihren geifernden Zelotismus, ihren Fangzähne entblößenden Eifer. Ein durchgegangener Esel hat mehr Ziel. Hoffentlich wird Blasphemie bald wieder gefährlich, ich hoffe ...«

»Ah ja, ich verstehe, ihr Freiheitsverständnis, ihr rustikales Freiheitsver... ihr islamisches Köpfeabschlagen, das Rumballern überall da, wo Freude ist ... eure Fatwaseligkeit ...«

»... nein, das hat einer von euch gesagt.«

»Was gesagt?«

»Na, das mit der Blasphemie ... keine Ahnung, wer ... hab ich vergessen ... einer von hier, zum Teufel ... ein Christ, ein Jude, oder so was.«

Maryvonne fixierte Farshid mitleidlos. »Blasphemie ist keine Sünde, egal, wer da was gesagt hat, und wenn's der liebe Gott persönlich wäre. Blasphemie ist kein Straftatbestand. Blasphemie ist eine Meinung. Ein Hoch auf Charlie Hebdo. Ich glaube an die Blasphemie wie an den Tod, bedingungslos. Ein bisschen mehr Respekt vor ihr, bitte. Wo bleiben meine Rechte als Staatsbürgerin? Ach, was sage ich da? Blasphemie gibt es gar nicht ... da es keinen Gott gibt, kann es auch keine Blasphemie geben ... ist lediglich eine Erfindung der Mächtigen, der Vorwurf der Gotteslästerung ist eine Kriegswaffe der Religionisten, damit soll alles Liberale niederkartätscht werden. Außerdem: War Jesus nicht auch blasphemisch, ein gotteslästerliches Früchtchen? Sich als Sohn Gottes ausgegeben ... als dessen Avatar ... vorgeben, die ganze Menschheit erretten zu können durch seinen eigenen Tod ... vorgeben, der CEO einer multinationalen globalen Schulden-GmbH zu sein ... wie frevlerisch kann man eigentlich sein? Aber hypertrophe, egozentrische Muttersöhnchen, die glauben, sie seien was Besseres, was Besseres als Gott, die einen auf dicke Eier machen – ich bin der Weg, die Wahrheit und so – gibt's viele, da müsste man ja die halbe Mannheit ans Kreuz nageln, diesen Kinski-Spinner zum Beispiel, und ... aber das geht mir ehrlich gesagt am ... ich sag es noch mal, ihr islamisches Köpfeabschlagen einzig ist blasphemisch, ihr Hängen und Scharfrichtern, das ist Blasphe...«

»… das hat nichts mit uns zu tun, das …«

»… das Kicken mit jesidischen Kinderköpfen hat nichts mit Ihnen zu tun? Hallooo? Sind Sie noch bei Trost? Purer Islamfaschismus ist das. Eine talentiertere Fußballmannschaft hättet ihr kaum zusammenstellen können … bei eurem Talent für's Kicken und Köpfen.«

»Das ist widerlich, Maryvonne, elender Teufelsgeifer, imperialistisches Satansgewäsch … wir sind friedlich … die meisten von uns sind friedlich …«

»… weil sie Menschen sind, nicht, weil sie Moslems sind.«

»Warum gießt ihr eigentlich immer wieder Öl ins …«

»… ihr?«

»Ja, ihr hier im Westen.«

»Ach, mein Lieber, das Feuer ist doch *vor* dem Öl … und zwar ziemlich groß.«

»Der Glaube, zumindest unserer, nicht der von diesen Blödmännern, ist das größte Friedenskonzept ever. Die Unterordnung unter …«

»… Friedensstifter, das sagen sie bei uns auch. Brandstifter wohl eher … Laurel und Hardy, *das* ist Frieden, joy and laughter, nicht eure verlogenen Heilsversprechen …«

»… die Unterordnung unter Allah, das ist die Ablehnung aller weltlichen Herrschaft. So einfach ist das. Und so genial. Niemand auf Erden ist dann der Sklave eines anderen, was will man mehr. Wer keine irdischen Herren hat, alleine Gott verpflichtet ist, der ist frei. Das ist Islam … der aufgeklärte, der aufklärerische Islam … *Wer zu Gott aufschaut, kann nicht mehr auf andere herabschauen!* … Islam heißt Unterwerfung … wenn wir …«

»… so 'ne Art orientalischer Calvinismus, wie?«

»… wenn wir das alle leben, geht es uns gut. Das macht unseren Glauben so stark, wenn man ihn nicht mit dem Idiotenislamismus verwechselt. Ganz einfach.«

»Vielleicht etwas zu simpel, Ihre kleine Scholasterei. Mein Onkel sagte immer: Die Unvollendete von Schubert kann man nicht vollenden, weil sie dann die Vollendete hieße, und fühlte sich sehr logisch. Sie haben was von meinem Onkel. Wissen Sie, Süßer, Sie kommen mir vor wie ein Papagei, dem Zeit seines Lebens blöde Religionsplattitüden vorgequasselt wurden, um sie bis in alle Ewigkeit nachzuplappern. Anyway. Wissen Sie, was *Boko Haram* heißt? Nein? Bücher sind *haram*. Bücher, also westliche Bildung, sind *Sünde*. Gleichzusetzen mit Oralsex, oder Schönheits-OPs, oder Fitnessstudios – auch haram. So viel zu eurer Freiheit. Ihr sagt es doch selbst: *Die Minarette sind unsere Bajonette.*«

»Das ist von dem Halbstarken Erdogan … von diesem türkischen Aggroproll … religiösen Fanatismus gibt's überall, auch bei euch … er war sogar …«

»… *religiöser Fanatismus* ist eine Tautologie …«

»… er war sogar im Gefängnis dafür … daran merken Sie, dass wir durchaus demo…«

»… demokratisch sind? … Ja, ja, das war einmal, lange her … deshalb: Ich beantrage Okzidentierung.«

»Was?«

»Das Wort Orientierung hat seine Berechtigung verwirkt. Die neue Orientierung weist Richtung Westen. Ich beantrage Okzidentierung.«

»Versteh ich nicht.«

»Orient? Okzident? Kennen Sie den Unterschied? Nein? Sie schauen wie'n Kabeljau, Farshid. Orient: sich dem Osten zuwenden? … etwas desorientiert, mein Lieber, wie?«

»Ich weiß nicht, was Sie meinen. Vielleicht hat das Ganze aber auch mit Ihnen zu tun, Gnädigste. Mit diesem ganzen Mist, den Sie bei uns veranstalten.«

»Was veranstalte ich?«

»Nicht Sie, der Westen, ach was, alle unsere Usurpatoren. Das hat schon mit diesem Griechen begonnen, mit Alexander; er unterwirft unser Reich, überfällt uns mit … wie hat Cold Turkey gesagt: *mit seinen besoffenen Schafhirten*, zerstört unser schönes Persepolis und klaut uns …«

»… da gab's noch keinen Islam … außerdem, habt ihr nicht auch eure Weltmachtphantasien gehabt, bis nach Ägypten und Indien … haben sie doch alle …«

»… und klaut uns die Alpenveilchen.«

»Waaas?«

»Ja, die kommen von uns, von wegen Alpen: *Cyclamen persicum*. Auch der Sherry, er kommt aus Schiraz, nicht aus Jerez. Ganz zu schweigen von unserem Kyroszylinder, kurzerhand stibitzt und einverleibt habt ihr ihn, ist er nicht heute in eurem British Museum? Ihr klaut uns die Seele aus dem Leib.«

»Ach ja, und wie war das, als ihr euch die Hagia Sophia mal eben unter den Nagel gerissen habt? Ein paar Minarette dazu …, und ratzfatz war aus der Christenkirche 'ne Moschee geworden. Wissen Sie, Farshid, wenn Sie hier schon rumplärren, was man Ihnen alles genommen hat, sollten Sie nicht vergessen, dass auch Sie ... was habt ihr denn zum Beispiel bei den Griechen zu suchen gehabt? Kein Wunder, dass die es euch heimgezahlt haben und ihr eins auf die Mütze gekriegt habt.«

»Und die Erfindung der beweglichen Lettern stammt aus Korea, nicht von Gutenberg.«

»Und was hat der jetzt mit euch zu tun?«

»Nichts, es zeigt nur, dass der Westen wie die Raben klaut. Und heute? Heute klaut ihr uns das Öl. Dieser Bérenger damals hat die Direktive ausgegeben, gegenüber Clemenceau: *Wer das Öl besitzt, besitzt die Welt* ...«

»... ah ja, jetzt kommt *die* Nummer, diese ideologische Dämelei. Geopolitik und dieses Zeug, hab ich recht? Sie also auch! Gerade hab ich noch ein bisschen Respekt gehabt für ihre Gott-ist-Freiheit-Logik ... das erste Mal, dass ich Ihnen ein bisschen folgen konnte, da hat unser Schejgez mal was gedacht ... aber jetzt ... Sie denken mit dem Hinterkopf, mein Lieber. Wissen Sie, durchgeknallt ist durchgeknallt. Ob Westen oder Osten. Entschuldigen Sie *Ihren* Mist nicht mit *unserem*. Sie verwechseln Ursache und Wirkung. Die Schiiten und Sunniten hauen sich schon seit Jahrhunderten die Schädel ein, dieses Gekloppe ist fast so alt wie der Islam ... die prügeln sich ganz einfach um die Vorherrschaft. Eine *lieblose Kriegerreligion*, wer hat das gesagt? Mit einem Blutzoll, der seinesgleichen sucht. Wissen Sie, ...«

»... Kriegerreligion? Waren es nicht die Christenkrieger, die die Antike zertrümmert haben, Tempel gebrandschatzt, Bücher verbrannt, Kultgegenstände zertrümmert ... die christlichen Kaiser haben gewütet wie die ISler in Palmyr...«

»... wissen Sie, religiöse Toleranz wäre ja einfach, wenn die Religionen tolerant wären. Aber es geht ja immer nur darum – Voltaire hatte recht! –, ob sie den Tempel des Mithras mit dem linken oder dem rechten Fuß zuerst betreten, ob Truthähne koscher oder treife sind ... um Banalitäten geht es. Da kann der Westen noch so imperialistisch rumfuhrwerken ... also, ich meine dieses ganze Stellvertreterzeugs ... der Ursprung für die Misere liegt in der Religion, immer in der Religion, im unersättlich wüsten Treiben, im falschen Heil ... und hier im Speziellen ist es ein bescheuerter Familienzores: Wer ist der rechtmäßige ...«

»Was?«

»Was, was?«

»Familienzo...?«

»Zores, jiddisch für Streit, Ärger. Jiddisch, das ist Weltkultur ..., sollten Sie lernen. Also bei diesem Zoff ging es darum: Wer ist der rechtmäßige Nachfolger Mohammeds, wer kann ihn beerben, der Schwiegersohn oder Enkel, Ali oder Hussein? Wenn der nicht so wild in der Gegend rumgevö..., also die Erbfolge wäre klarer gewesen. Zwei vom Ehrenhändel besessene Mafiaclans kloppen sich, das isses, nichts Anderes. Zwei islamische Sippschaften. Das Gleiche wie dieses Katholiken- und Protestantengehampel der Christen damals – auch so 'n Voltaire-Gedings –, diese Blutspur durch Europa, bis heute: Bloody Mary Tudor > die Bartholomäusnacht > der Dreißigjährige Krieg > Calvins Hexenprozesse > die IRA. Nichts als Stammesfehden. Auch hier: Kriegerreligion. Die Schlägernatur der Gläubigen ist unübersehbar. Natürlich wurde dieses infernalische Tohuwabohu ausgenutzt für die Machtpolitik, klar. Aber Schuld war dieser gefallsüchtige Gottesfälscher Luther ... Hassprediger, elender ... Judenfresser ... die Synagogen niederbrennen, die Häuser zerstören, ... hielt sich für Gott weiß wen, keine Seele im Leib ... auch wenn er natürlich recht hatte mit dieser *Ekel und Grauen erregenden Pestbeule* da in Rom, mit *Papst Farzesel*. Warum nur fühlen sich immer wieder irgendwelche durchgeknallten Typen auf Speed – okay, bei Luther irgendeine sächsische Bierpampe – bemüßigt, neue Häresiefässer aufzumachen? Religion, dein Name ist Häresie. Häresie, dein Name ist Religion. Ein Drittel der europäischen Bevölkerung verreckt im Blutrausch des Dreißigjährigen Krieges, weil der Luther seinen blöden Protestantismus ... Ich sage Ihnen, Farshid: Religion und Familie – auch wir, also meine Mischpoke, die Kinder Israels, meine lieben Juden, und mein Brudervolk, die Araber –, das ist immer wieder die Geburt und Ausgeburt der Gewalt, der Schauplatz von Schlachtritualen, das Weiterreichen von Blutfehden ad infinitum. Ich sage nur: Felsendom und Tempelberg. Das Ölklauen und all die anderen Westschweinereien sind immer wieder nur willkommene Anlässe, ihren mörderischen Unsinn fortzusetzen. Die Irak-Sauerei von Kollege Bush ist Anlass, allenfalls ... schlimm genug ... aber die Religionshändel sind die Ursache und die Vorherrschaft das Ziel. Der Anlass ist außerhalb, die Ursache ist innerhalb.«

»Und was soll das bitte heißen?«

»Ganz einfach. Wenn sie, sagen wir, Bierdeckel lieben, wollen sie 'n Bierdeckel e. V. Und der Anlass ist dann zum Beispiel, dass sich gerade irgendwo 'n paar Bierdeckelbekloppte treffen: *Hey, lasst uns einen Bierdeckel e. V. gründen, Bierdeckel sind geil.* Wenn sie Kalifate lieben, brauchen sie keinen Anlass, um 'n Kalifat e. V. zu gründen, es reicht ihnen der angestaute Hass der Jahrhunderte. Spanien zum Beispiel, 1985, das Attentat in Madrid, wollen Sie das auch auf Bush zurückführen? Bushs Krieg und seine Lügen waren später, fast zwanzig Jahre später. Nein, nein, die Burschen wollen verlorenes Land zurückerobern, schließlich war das mal ihr Kalifat. Oder die blutige Besetzung der Großen Moschee, dieses Feuerinferno in Mekka ... Ende der Siebziger ... die größte Geiselnahme, die es je gab ... unter dem Kommando dieses ausgeflippten Beduinenlümmels ... wie hieß er gleich, der Hundsfott? Was haben diese durchgeknallten Islamhasser, Islamisten genannt, diese selbsternannten Wüstenprediger mit dem Westen zu tun, frage ich Sie? Satanische Banditenbande, elende! Und wissen Sie, als Ihre Moslems Zarathustra verjagt haben, eine ganze Religion, die Zoroastrier, zum Teufel gejagt, bis nach Indien, Nietzsche hatte das Avesta quasi umsonst gelesen, da gab's ...«

»... das A-was ...?«

»... das Avesta, die Bibel des Zoroastrismus ... da gab's noch keine Bushs & Konsorten, die euch das Öl klauen wollten. Kaum wechseln die Götter ihr Klamotten, geht das Gekloppe wieder los. Die Götter spinnen einfach. Ach ja, und glauben Sie, als Mohammed meine Mischpoke aus Chaibar vertrieben und abgemurkst hat, war die glücklich? Nein, wir hier im Westen sind nicht für alles verantwortlich, mein Lieber ... für vieles, gewiss, aber nicht für alles. Wer selbst denken kann, braucht keinen Verschwörungskram.«

»Ah, und wie nennen Sie das: zuerst uns das Öl abluchsen, die Scheißgentlemanbriten mit ihren dreisten Unschuldsmienen ... dann Mossadegh per CIA-Putsch in die Wüste schicken, einfach abservieren, nur weil er das Öl verstaatlichen wollte, das Allervernünftigste überhaupt, das Sinnvollste, um nicht mehr abhängig zu sein vom ... wir waren so stolz auf unseren ersten demokratisch gewählten Präsidenten ... dann aber ...«

»... demokratisch? Eure Demokratie heißt doch Scharia ... einzig Gott ist euer Gesetzgeber ...«

»... die Scharia, Gnädigste, ist soziale Gerechtigkeit, Bildung, Menschenwürde ...«

»... das war wohl mal so ...«

»... dann aber die Bitch Farah Diba und ihren despotisch-feigen Macker inthronisieren, dieses Muttersöhnchen ... alles durcheinanderbringen, und sich dann die Hände in Unschuld waschen, weil's blöd gelaufen ist? Wer den Wind sät, der … wie sagt man bei euch? *Sie* verwechseln Ursache und Wirkung, meine Verehrteste.«

»Ja, ja, gehen Sie nur schön weit zurück in der Geschichte, damit kann man alles …«

»… BP hat uns verarmt, bis heute …«

»… damit kann man immer alles erklären, alle eigenen Wüsteneien entschuldigen, alles von Anbeginn.«

»Das sind Tatsachen, keine Entschuldigungen. Wie übrigens auch der westliche Djihad eine Tatsache ist.«

»Der westliche Djihad?«

»Ja, Madame, der Djihad ist kein islamisches Privileg. Es gibt einen deutschen, einen Djihad made in Germany, made in Kaiserreich, 1914, haben Sie nicht gewusst, wie? Die waren so betrottelt – man stelle sich vor, Kaiser Wilhelm nannte sich *Hadschi Wilhelm Mohammed*, in einem Anflug von kolonialer Amnesie wahrscheinlich –, die waren so betrottelt, im Nahen und Mittleren Osten, in einer türkischen Moschee, oder so, einen Djihad auszurufen … auf Arabisch! Respekt! … die Muslime anzustacheln zum Heiligen Krieg gegen die Russen, Franzosen und Briten … gegen die Entente … hießen die so, Entente?«

»Und, was wollen Sie mir damit sagen?«

»Dass Sie nicht so ganz unschuldig sind an dem Weltschlamassel, an den vertrackten Geo-Zeichnungen auf dem Globus.«

»Ach, unser kleiner Boychik. Sie sind herzig, ich leb' doch nicht im Vakuum: Die Erstürmung der Al-Aqsa-Moschee durch die Kreuzzügler, der Ägyptenfeldzug Napoleons, der Kolonialismus, der Ressourcenklau, all dieser Kram … klar, gab's das … aufgewärmter Kohl … gibt's immer noch … ich bin doch nicht meschugge. Ihr könnt natürlich weiterheulen, eure islamischen Tränen vergießen, lamentieren bis in alle Ewigkeit. Oder ihr könnt endlich eure runzligen morschen Ärsche bewegen in Richtung Moderne, Richtung Aufklärung, endlich an …«

»… die Moderne ist ein Unfall …«

»… endlich ankommen im Hier und Jetzt. Nicht alles ist Determinismus der Geschichte. Klar, sind wir nicht unschuldig. Geschenkt. Aber *alleine* Schuld? Pah! Die Mongolen haben euch überfallen … die Osmanen, eure Glaubensbrüder, haben euch vierhundert Jahre beherrscht, und noch 'ne Menge anderer Aggressoren – die kann man sich gar nicht alle merken, so viele waren das – sind über euch hergefallen, aber ihr faselt immer nur von uns, vom Westen, als ob wir die einzigen Invasoren gewesen wären, wie kurzsichtig kann man eigentlich sein? Als ob euch all die anderen Arschlöcher nicht genauso bestimmt hätten in eurer Seele, viel mehr wahrscheinlich, bis heute. Aber diese alten Arschlöcher taugen halt nicht mehr als Feindbilder ... so ist das ... sind verschwunden von der Bildfläche. Aber der Phantomschmerz ist noch da, die narzisstische Kränkung lebt. Fühlt ihr euch eigentlich wohl in eurer Opferrolle? Vielleicht ist das ja euer Problem.«

»Sie argumentieren von hinten durch die Brust ins Auge, Maryvonne. Kennen Sie Sykes und Picot? Auch so 'ne Geschichte. Zwei kolonialistische Arschlöcher, feine ...«

»... hab ich doch erwähnt, das mit dem Kolonia...«

»... feine Herren, ein Brite und ein Franzose, ein Oberst und ein ... keine Ahnung, Militärs halt, Diplomaten, die haben uns dann unter sich aufgeteilt – Nation ist Halluzi-Nation, haha –, ganz schnöde aufgeteilt, auf einer Serviette wahrscheinlich ... oder Butterbrotpapier ...«

»... was heißt *uns?*«

»Na, den Nahen Osten, irgendwann während des 1. Weltkriegs ... einfach so, für sich, für ihre glorreichen Nationen ... haben die Karte genommen, Butterbrotpapier draufgelegt, und flotte Linien gezogen, Territorien unter sich aufgeteilt, wie's ihnen gerade in ihren kolonialistischen Kram gepasst hat ... das ist nicht lustig, ich finde das erniedrigend ... Scham und Kränkung seit Jahrzehnten.«

»Und ihre Jungs kennen diese zwei Burschen?«

»Welche Jungs?«

»Na, ihre Scharia- und Salafistenjungs heute ... diese bornierten Typen, die mit ihren mickrigen Egos und unkrautigen Bärten zur Ehre Gottes Kehlen durchschneiden. Ihre Selbstmordattentäter, die kennen ...«

»... das sind nicht *meine* Selbstmordattentäter. Salafisten sind Idioten ...«

»... anyway, die säbeln also Köpfe ab à la Tausend-und-eine-Nacht wegen dieser ... wie heißen die noch gleich ...?«

»... Sykes und Picot? ...«

»... genau, wegen dieser zwei Gentlemen? Ich wette, die haben diese Namen noch nie gehört in ihrem Leben. Und trotzdem säbeln sie. Weil's um Religion geht, mein Lieber, den ewigen Götterhändel. Den Djihad. Das Unterwerfen der Gottlosen und Abtrünnigen, der Gefolgsleute Satans, das Besiegen der Ungläubigen – als ob die Juden und Christen und all die anderen an nichts glauben. Die rufen nicht, *Scheiß Sykes!* oder *Du blödes Picot-Arsch!,* und killen, das wäre okay ... die rufen *Allahu Akbar* und killen ... aber mit Religion hat das ja nichts zu tun, dass ich nicht lache. Die interessiert Gott, mon cher, nicht so 'n armseliger britischer Oberst und seinen Franzmann. Gott ist größer als irgendwelche Oberschichtenhansele und ihr Butterbrotpapier. Um Gott geht's, auf Teufel komm raus, um die Droge Gott, schon seit den Assassinen. Wahrscheinlich noch nie was gehört von denen, wie? Die haben noch mit dem Dolch gemordet statt mit der Kalaschnikow, aber gemordet wie blöd ... mordsmäßig gewissermaßen, haha ... im Namen Gottes ... schon damals allein für den Gottesstaat ... für die Rechtsansprüche Gottes ...«

»... das sind Ausnahmen ...«

»... Ausnahmen, die die Regel sind. Die haben so vorbildlich gemordet, dass *assassin* in viele Sprachen als Vokabel für *Mörder* eingegangen ist ... wussten Sie das, Honeylein ... und zwar für 'ne besonders fiese Art von Meuchelmörder, gedungene hinterhältige Schlachtgesellen mit 'nem besonders brutalen Killercharisma ... hat jetzt fast tausend Jahre gehalten, der Begriff ... bis heute ... das ist die traurige Berühmtheit der Assassinen ... und ja, richtig, um noch mal auf die Jesiden zurückzukommen, eure ...«

»... nein, nein, nicht schon wieder Fußball ...«

»... eure Behauptung, der IS sei nur entstanden, weil der Westen ... nein, wie billig doch eure Reflexe sind. Warum werden denn die Jesiden auf Sklavenmärkten verkauft, die haben mit dieser Scheiß-West-Scheiße doch gar nix am Hut? Wissen Sie warum? Weil sie *Kuffar* sind, sagen die bekloppten ISler, *Teufelsanbeter, Gottesleugner.* Ja, die werden gekillt, weil sie einen eigenen Gott anbeten, ihren ganz eigenen, der, by the way, um einiges älter ist als der Christengott ... und älter als Allah sowieso ... beten ihren eigenen Gott an, wie diese olle Phryne damals, diese griechische Hetäre, Frechheit aber auch. Und mit Religion hat es wahrscheinlich auch nichts zu tun, wenn die Taliban die Buddhastatuen von Bamiyan sprengen oder die Sufis in Afghanistan abschlachten, genauso wie auf dem Sinai ... da war wahrscheinlich auch der Dabbel-Juh-Bush schuld. Und Sie Clown behaupten, es gehe nicht um Religion? Alles sei selbst verschuldet? Schwachsinn! Noch mal, das Osmanische Reich hat erobert, und andere auch, jahrhundertelang. Für die Nachgeborenen heute bleibt aber immer nur die Geo-Aufteilung durch die Westler im 1. Weltkrieg. Dabei begann alles schon weit vorher, mein Lieber. Jedes Problem beginnt vorher. Es gibt immer ein Davor. Ach, Jungchen, gehn Sie doch ihre Djihad-Hymne singen. Sie schauen wie 'ne Kaulquappe, was is?«

»Das ist alles sehr langweilig, was Sie da erzählen.«

»Aber notwendig, mein Guter.«

»Und Sie wiederholen sich ständig.«

»Auch das ist notwendig, sonst bleibt nichts hängen in euren Religionsbirnen.«

»Nein, wir kommen nicht zusammen.«

»Müssen wir auch gar nicht, denn der Unterschied zwischen uns ist klar: Ich habe recht, Sie nicht. Und wissen Sie, da alles mit allem verbunden ist … irgendwie verbunden … können tausend und abertausend Ursachen konstruiert werden. Warum fangen Sie nicht gleich bei Adam und Eva an? Jeder sucht die Ursache da, wo er sie finden kann: am Anfang, in der Mitte, am Ende. Hauptsache, sie passt ins eigene Spiel. Jedem seine Verschwörungstheorie, jedem seine Ideologie, die Überzeugung ist eine …«

»… das gilt dann aber auch für Sie …«

»… die Überzeugung ist eine Hure, sie geht mit jedem Argument ins Bett. Oder wie die Bibel sagt: Man sieht nur, was man weiß. Oder war's Goethe? Keine Ahnung, eins von beiden ist's immer. Eselwissen halt. Sie wissen, was ich meine: Wir sehen nur, was wir glauben.«

»*Sie* gehen doch zurück bis zu Mohammeds Schwiegervater mit ihrem Familienstreitunsinn. Und das Ganze, also diesen Putsch, noch *Operation Ajax* zu nennen, das ist der Hohn. Nach dem Putzmittel haben sie's benannt, diese Amizyniker, wirklich, um die Tudeh-Partei wegzuputzen, weil sie 'ne Kommunistenparanoia schieben, die Arschlöcher, noch nicht mal nach dem trojanischen Helden. Wissen Sie, Lady, ganz allgemein: Nur wer das andere mitdenkt, denkt Wahrheit.« Für einen Sekundenbruchteil überlegte Farshid, ob er das wirklich gerade gesagt hatte, war das wirklich von ihm? So geschwollen? »Wer nicht auch was Positives sagen kann in einem Disput, nie auch nur im Geringsten bereit ist zu einem bisschen Sowohl-als-auch im Gespräch, dem glaubt man auch das Negative nicht, dem glaubt man gar nicht mehr. Was meinen Sie denn eigentlich, wo ihr Reichtum herkommt, häh? … Dieser unanständige weiße Scheiß-West-Wohlstand … so widerlich aufreizend wie … wie 'n Silikonarsch nach 'ner Beauty-OP.«

»Von der Sonne.«

»Waaas?«

»Ja, die Sonne bestimmt alles. *Die Sonne, die uns erzog!* – Kennen Sie doch, oder? Es sind viel weniger die politischen Verwerfungen, die sozialen und revolutionären Kämpfe, die Eroberungen und Kolonisationen, die den Reichtum verteilen, mein Lieber, es ist die Sonne, die unser Sein bestimmt. Sonne heißt Blüte und Reichtum, *zu* viel Sonne bedeutet Armut.«

»Versteh ich nicht …«

»… was gibt's da nicht zu verstehen? Das Klima bestimmt unser Sein, einzig das Klima …«

»… glauben Sie eigentlich, was Sie da sagen? … Sie wollen den ganzen plündernden Kolonialismus in den Wind schießen, einfach leugnen? … Das ist doch …«

»… nein wirklich, zu viel Sonne erzieht uns zum Laissez-faire, zur Faulheit, zur göttlichen Faulheit meinetwegen: die Afrikaner, die Brasilianer, die … Sie verstehen schon.«

»Sie reden wie ein Rassist.«

»Ja, ja, jetzt blöken Sie Rassismus, klar! Rassistisch sind falsche Schlüsse, nicht richtige Tatsachen.« Maryvonne grinste unverfroren, wohl in Erwartung, ihrer politischen Inkorrektheit wegen getadelt zu werden. »Das richtige Maß an Sonne indes, das perfekte ausgewogene Klima, bringt Fülle und Gedeihen, eine Art Dumme-Kuh-Glück (die Österreicher, die Schweizer, die Deutschen). Die Italiener und Franzosen und Griechen und Portugiesen, auch die Spanier, liegen irgendwo in der Mitte, können sich nicht entscheiden, also die Sonne kann sich nicht entscheiden, ob sie heiß sein will, weiß glühend heiß, oder gemäßigt warm. Da wechseln sich dann die Welteroberungen (Alexander der Große) mit dem Farniente (Zorba le Grec) ab.«

»Abenteuerliche Thesen, die Sie da …«

»… abenteuerlich? Sie haben ja gar keine Ahnung, richtig abenteuerlich wird es erst, wenn ich Ihnen sage, dass ihr, also ihr Muselmänner, die historischen Loser schlechthin seid, vollkommen rückständig … 1,3 Milliarden Loser, so viele seid ihr doch? Seit Jahrhunderten hinkt ihr in Sachen Bildung und Wissenschaft dem Westen hinterher, und jetzt seid ihr sauer auf uns, weil wir die Überlegenen sind.«

»*Alles hat zum Grünen gebracht der Regen der Araber* … die Bildung stammt von uns, die Mathematik, Astronomie, Philosophie, die Medizin, alles. Außerdem: Ich dachte, mit dem Überlegenen, dem Auserwählten, hätten Sie's nicht so.«

»Oh Mann, holen Sie sich bloß keinen runter auf ihrer tollen Bildung da drüben. Das war mal, mein Lieber. Und dafür sagen wir auch brav Danke! Schließlich konnten wir darauf aufbauen. Aber danach war halt nix mehr. Wann war Euer letzter Medizin-Nobelpreis? Ach richtig, es gab ja nie einen. Spätestens mit eurer dreihundert Jahre währenden Weigerung, die Druckerpresse einzuführen – habt ihr nicht sogar mal 'ne Fatwa gegen sie erlassen; neben dem eifersüchtigen Koran sollte es ja kein anderes Buch geben –, habt ihr den Anschluss verloren. Und pardauz lagt ihr auf der Schnauz! Moderne ade! Alles, was durch die Erfindung der Druckmaschine möglich geworden ist: Aufklärung, Alphabetisierung und in Folge dessen schließlich auch Demokratie, habt ihr verpennt, und jetzt wollt ihr ...«

»... haben Sie mal diese evangelikalen Feuer- und Schwefelprediger gesehen, diese Bible-Belt-Typen da drüben, mit ihrem Frömmigkeitstaumel? ... Wie wundstarrkrampfgebeutelt ... auch nicht gerade up to date ... einfach unterirdisch ...«

»... und jetzt wollt ihr uns verantwortlich machen für Stillstand und Versagen. Sie sehen, mein Kleiner: Die Religion ist schuld! Kein Wunder, dass ihr nicht mithalten könnt. Ich könnte noch viel ... aber wissen Sie, ich habe langsam keine ...«, Maryvonne schien die Wut ausgegangen zu sein, über ihrer Oberlippe glitzerten kleine Schweißperlen, »... diesen Schwachsinn kann ich mir nicht mehr ... Sie haben ideologische Tomaten auf den Augen, und die sind zu Brei geworden ... da ist kein Rausblinzeln mehr, nicht das geringste, alles verklebt. Hören Sie sich einfach mal *Dear God* von XTC an, dann blicken Sie's.« Maryvonne wandte sich jetzt Aadish zu, mit verschwörerisch aufgerissenen Augen. »Kommen Sie, Cupido ... Zeit für die Heia, für die angenehmeren Dinge des Lebens ... auf geht's in unsere Liebesgruft ... tun wir was für unsere Gesundheit, a sin a day keeps the doctor away ... und danach Matzeknödelsuppe. Abflug, Vögelchen, ihr Eselhaus wartet, ihr Blumen-Esel-Lächeln-Haus, oder wie war das? Kommen Sie, Aadish, ich habe zu viel getrunken, ich kann noch nicht mal mehr zwischen *Verflucht sei Haman* und *Gelobt sei Mordechai* unterscheiden. Kommen Sie! Tájere majne, a gesunt zu ajch!«

»Schade, dass Sie endlich gehen«, murmelte Farshid kaum hörbar hinterher. Die Erschöpfung und Zermürbung waren ihm ins Gesicht geschrieben. So musste sich ein Chamäleon auf einer Schottendecke fühlen. Auf was hatte er sich da eingelassen? Er fühlte sich, als ob er einen schlechten Traum durchlebt hätte. Er hatte gerade noch gehört, dass Chantal etwas von *Verständnis* gesagt hatte, von *Nachsicht*, in einer unerträglich gellenden Stimme, kratzig wie ein Glasschneider, die ihm plötzlich klar machte: *In drei Teufels Namen, was macht die eigentlich hier neben dir, dieses Haare kauende Wesen, der Teint wie sauer gewordene Milch, ihr quietschroter Lippenstiftmund ein spuckefeuchter Lollipop. Ja, diese polnischblasse Kokottenanämie, was machte die hier? Soll sie doch mit ihrem Kugellagergang zurückstaksen in ihren roten Plüschhades und dort ihren Arsch ausführen.*

Er konnte nicht glauben, dass ihm dieses Püppchenhafte und Quirlarschige entgangen war, diese alles und jeden verschlingende Kuhäugigkeit. Erst jetzt fielen ihm die hässlich-hektischen Flecken im Dekolleté auf und ihre unrasierten feuchtglänzenden Achselhöhlen. Wo hatte er nur seine Sinne gehabt, seine Augen? … Damals als er sie … *Schnappfalle, elende!* … ihm wurde schlecht.

Farshid war nicht der Einzige, der am nächsten Tag Mühe hatte, seine Erinnerungen zu bergen. Als Shaahin nach unten in die Halle kam, schlug ihm kalte Asche entgegen. Abgestandener Wein, verschüttetes Bier, schlechte Luft. Er wusste nicht mehr, was geschehen war. Aber als er bei den Staffeleien seinen alten Mann am Boden fand, hilflos im staubigen Estrich, das Gesicht mit eingetrockneten Spuren von Erbrochenem besprenkelt, da entsann er sich wieder. Teilerinnerungen. Farshid … das trunkene Stolpern bei den Staffeleien … der Sturz … das Kotzen …

Er machte sich Vorwürfe, nicht geholfen, dem geistigen Weggefährten seiner Großmutter nicht beigestanden zu haben am Vorabend, nicht eingeschritten zu sein. Warum war er so ohne Gegenwehr gewesen? Auf seinen Wimpern spannten sich Tränen. Ja, er stand vor dem alten Mann am Boden und hatte Tränen in den Augen. Auf gar keinen Fall wollte er, dass sie sich lösten. Nur nicht die Lider niederschlagen. Niemand sollte es sehen. Es war niemand da, aber niemand sollte es sehen. Die Augen nicht bewegen. Er würde die Tränen halten können, würde nicht zulassen, dass die Trauer in seinen wässrigen Augen ertrinkt. Was sind schon ein paar kleine Kratzer an der Oberfläche? Was ist eine angestoßene Kante, sind ein paar Spritzer? Das war zu verschmerzen. Es war dem alten Herrn nichts geschehen, nicht wirklich. Wisch die Kotze einfach weg, nimm nicht alles so ernst, kein Grund zu zetern, der Schweiger hatte überlebt. Und doch, plötzlich lösten sie sich. Tränen haben ihre eigenen Gesetze. War es die Liebe zum eigenen Leid? War es Ernüchterung? War es das Bewusstsein der Enttäuschung? Warum weinte er? Oder nannte man es einfach Trauer?

Die Formel *Verrat aus Liebe* fiel ihm ein. Als Entschuldigung vielleicht, eine Art Vergebung. Aber aus Liebe zu wem eigentlich? Aus Liebe zu was? Zur Kunst? Rechtfertigt eine so blöde Kunstaktion denn, dass man Großmutters alten Mann, ihren mahnenden Schweiger, einfach ...?

Vielleicht war er nie eindeutig, der Verrat, ganz allgemein nicht immer spürbar, dachte Shaahin. Der Verrat eine Luftspiegelung, eine Täuschung, zu ephemer, um ihn greifen zu können. Er hatte das Gefühl, sich entschuldigen zu müssen, das Geschehene belanglos zu machen, unerheblich. Schließlich waren sie schon seit einer Ewigkeit Freunde.

Shaahin war nicht der Typ, der in solchen Situationen das Messer zog. Oder gar Tschechows Pistole. Shaahin war der Typ, der vergaß, der kleine Junge, der sich unter seiner Bettdecke verkroch und ...

Shooting Star/ausverkauft!/Der Nimbus des Numinosen/Porträt des Künstlers als junger Hund / hinter dem Schleier der Realität/ Vanitas/das scheue Schauen/Gesicht als Stellvertreter unseres Selbst/wer bin ich wirklich?/hinter dem Reispapier/die Sehrevolte der Scheinung/Gauguins »D'ou venons-nous?«/auf der Grenze zwischen Sichtbarem und Unsichtbarem/die gebrechliche Wirklichkeit des Lebens/paraphrasiert Lautréamont aufs Beste / Wilhelm-Lehmbruck-Preis für »Forget me not«/Geheimnis unserer Identität/ Gellert sagt es: »der mensch hat an seinem gesichte, diesem zartesten sinne, den wachsamsten hüter wider die gefahren des lebens«/ Seelenporträts/kündigt sich etwas Großes an/wird man sich merken müssen/Gerangel im Künstlerhimmel/ grenzgenial / Turnerpreis-verdächtig ...

Drei Tage später las Farshid in der Zeitung:

Wow, es funktioniert, dachte Farshid, tatsächlich, es funktioniert! Sie verwechseln *Gesichte* mit *Gesichtern* (von wegen *zu denken geben*), sie machen das Pizzapapier zum Reispapier (oh, ihr Zeitungsfritzen!), aber es funktioniert. Yeah! Pizzabilder als abgedrehtes Zeug, als metaphysischer Kram. Pizzabilder als Kunst der Zukunft, Gloriolen einer kommenden Welt. Oui, ça marche!

Außerdem für den Wilhelm-Lehmbruck-Preis im Gespräch … *who is Wilhelm fucking Lehmbruck?* … für eine blumenverzierte Pferdeschlachtplatte, für'n Plagiat. Pas mal!

Dass dieses *Wird-man-sich-merken-Müssen* der Ansprache derart seine Wirkung tat … dass derart Verlass war auf die Plunderdenker & Faselhänse … wer hätte das …

Er war wichtig geworden. Wow! Man konnte auch mit Nichts alles. Er hatte es gewusst. Und diese Nulpe Sivers … ach Gott, dieser arme Sivers …

YORICKSON KNIETE VOR DEM ALTAR, als die Männer mit ihren Hilti-Koffern und Stahlkappenschuhen in die Bar kamen. Sie trugen orangefarbene Westen mit silbernen Reflexstreifen. Müllmänner. Obenrum Müllmänner. Unten die Welt. Unten, im Schritt ihrer Jeans, bewegten sich lauernde fette Tiere, von rechts nach links, von links nach rechts, geschmeidig ihre Massen bewegend, ihr zuckendes Fleisch, kräftig und lüstern, gefangen in starkem Stoff, als ob sie jeden Augenblick ihren Ausbruch planten. Eine ungeduldige fiebriggelbe Gabunviper, jung wie ein 15-Jähriger, stach aus der Enge ihres Käfigs nach draußen, durchstieß den Stoff (ein Strauß goldener Hosenknöpfe sprengte gegen die Decke) und züngelte alles an, was auf ihrem Weg vorbeikam, die Discokugel, die Lautsprecher, die Bacardiflaschen, die Gäste: Heinrich Heine, Farshid, Farrochsad, Hockney, Maryvonne, Mapplethorpe, Ahmadinedschad (trug er wirklich schwarze rotsohlige Louboutin-High-Heels? Liefen wirklich gerade seine Speichelfäden auf ein Foto der nackten Golshifteh Farahani?). Salay, der etwas abseits saß, vertieft in einen stockfleckigen Mereschkowski-Schinken über Leonardo da Vinci, biss die Viper mit einem Kuss die Zunge raus, bevor sie pfeilschnell, länger und länger werdend, größer und größer, ohne an Spannkraft zu verlieren, quer durch das blitzende Stroboskopgewitter zu Yorickson schoss, am Kronleuchter mit den traurig flackernden Kerzenbirnen vorbei, direkt zu ihm an den See ins Schilf, nach oben vor seinen Giermund, seine Lippen aufzüngelte, und ihren Kopf – in riesigen roten Neonlettern stand THROAT-GATE im dunstigen Ufernebel – in seinen Rachen stieß, ganz tief, als ob dort ihre ureigenste Heimat wäre. Yorickson schluckte die flüssige Hostie, warum dachte er an einen ayurvedischen Leib Christi?, bekreuzigte sich und übergab sich in hohem Bogen über den Bartresen, direkt auf die breite glatt rasierte Brust des Heiligen Sebastian hinter der Theke. Alleine an der Tatsache, dass sich die Erzählerfigur als schön bezeichnet, sagte er zu Sebastian, aus dem Andreas wasserhelle Augen blickten, kannst du erkennen, dass ich nicht der Erzähler bin. Bin ich etwa schön? Außerdem vergewaltige ich niemanden im Schlaf und schlafe dann noch den Schlaf der Gerechten. Heiß ich Incubus? Lass mich in Ruhe damit. Yorickson legte den Kopffüßlerjanus in den Tric-Trac-Kasten, der mit einem Mal vor ihm stand, sehr verstohlen, als ob er ihn vor den wolllüstigen Blicken der Bargäste (nur Chatwin, die britische Sphinx, zwinkerte ihm wohlwollend, wenn auch irgendwie anzüglich, zu) bewahren müsste. Aber alle schauten auf sein Tric-Trac-Spiel … alles glotzte und gierte und kam direkt auf ihn zu … drängend, fordernd, zeternd … eine lynchende Masse ... Es war ihm peinlich, dass er abspritzte.

Seine erste Sorge, als er aufwachte: Hatte er wirklich ...? Nein, alles okay, alles trocken.

Sein erster Gedanke: Woher kannte er Gabunvipern? Er hatte noch nie von ihnen gehört, geschweige je eine gesehen. Gab es sie überhaupt? 15-jährig? Das Leben kam ihm jetzt ... – ein Restbild des Traums? – wie Katharina Thalbach vor: ewig jung, und plötzlich gibst du die Großmutter.

Er legte sich auf die andere Seite (die sicherste Methode, wie er herausgefunden hatte, um Alpträume nicht weiterzuträumen) und versuchte, wieder einzuschlafen. Stattdessen aber stiegen Geräusche aus ihm auf, direkt aus seinem Körper, Geräusche wie Gedanken, die Ankündigung eines bedrohlichen Futur II: Du wirst gewesen sein. Und er dachte: ja, in die WunderBar ... jetzt, wo Andrea nicht mehr ... du könntest mal wieder in die WunderBar, Gespräche führen, ganz analog. Schließlich: Die Nacht ist klüger als der Tag.

Er schaute auf Antinoos, der neben ihm lag, Antinoos, der Liebling Hadrians, seine große römische Liebe. Seit Andrea nicht mehr da war, hatte er Antinoos, eine lebensgroße Büste des Hadrian-Geliebten, immer neben sich im Bett liegen. Es war jemand da, wenn auch nur aus englischem Sandstein. Eine Nachbildung. Eine Nachbildung der Liebe. Trost aus englischem Sandstein. Trost, das war sein Name. Wie Karl, wie Christian oder Daniel. Wie Andrea. Zum Trost – das Wort Trug ließ er nicht zu. Das Bett für zwei zu machen, nie hätte er das aufgeben wollen. Die Einsamkeit füllen.

WunderBar. Das war Schwulenesprit. Was für ein Name? Und als Schwuler musste man sich diese billige Ironie (in Wirklichkeit war es grausame Häme) gefallen lassen. Was war schon wunderbar an der Diaspora, an diesem Epizentrum des verlassenen Glücks? Was war schon wunderbar am Abseits? Das Abseits selbst vielleicht, das Abseits als das großartig Eigene, das Abseits als sicherer Ort. Aber war das nicht auch das Ausgeschlossene, das Ausgestoßene, das Leben am Katzentisch? Eher sonderbar also? SonderBar?

Bar jeder Hoffnung. So müsste das heißen. Zuerst wirst du überschüttet mit allen Übeln der Welt, und dann, kurz bevor du das Atmen lernst, wird die Hoffnung eingesperrt. Einfach Deckel drauf und aus. Dieses Pandora-Büchsen-Zeug.

Trotzdem in die WunderBar? Die Komplizen der Nacht besuchen. Die dunklen ewig jungen Prinzen. Die WunderBar, seine Heilige Familie, sein ewiges Wohnzimmer. Ein bisschen heimelig, ein bisschen depressiv. Und suizidal bei Bondage-Spielchen im Darkroom. Dazwischen das allseitige

Münderausschlecken. So nannte Andrea das alles verschlingende Knutschen vor aller Welt.

Yorickson schaute auf seinen Wecker. Halb zwei. Noch nicht zu spät. Die Gabunviper ging ihm nicht aus dem Sinn. 15-jährig. Warum 15-jährig? Und was für ein See? Letzte versprengte Gäste würden vielleicht noch da sein. Freunde womöglich. Ein, zwei Freunde. Was man so Freunde nannte. Die Langeweilefüller. Ja, ein bisschen allein sein unter Freunden, danach war ihm jetzt. Er stand auf, zog sich an und machte sich auf den Weg. Die Nacht auf der Straße kam ihm eigenartig alt und erfahren vor.

»Ey, Eierkopf, was geht? Was macht dein Rumbalotte-Tattoo? Geile Schmerzen, was? Alles roger mit den Kids? Siehst aus wie 'n erigierter beschnittener Schwanz mit deinem neuen Kahlschädel.« Mit Türstehern musste man sich gut stellen, vor allem die Mischung aus Privatem mit ordentlich Versautem kam gut an.

Tatsächlich, nicht mehr als zwanzig Leute. Er kannte sie alle, zumindest vom Sehen, immer die gleichen. Die meisten – wenn sie nicht gerade mit ihrem Bierglas im Gespräch waren – unterhielten sich mit ihrem Smartphone. Ihre vom Handydisplay gelbgrün ausgeleuchteten Gesichter hatten im Dunkel der Kneipe etwas Schauriges. Etwas Draculahaftes. James-Turrell-Aliens.

»Hi, Yorick«, begrüßte ihn Sebastian, »auch mal wieder auf dem Jahrmarkt der Eitelkeiten? Was gayt? Alles fit im Schritt?«

»Yep!« Die Zumutungen der Szene, dachte er. Sollte er das vermisst haben, diese ausgelutschten Sprüche? Und was hieß da Jahrmarkt der Eitelkeiten? Wohl eher ein Fleischmarkt für Abgehangenes. Selten Frisches. Das meiste waren Billigangebote, Schnäppchen ohne Qualitätsgarantie. Manche zahlten, manche nahmen die Ware einfach mit.

»Einen Pavianarsch?«

»Was?«

»Willste 'n Pavianarsch? Unser neuer Drink. Schmeckt so abgefahren, wie's klingt … scheißangesagt zurzeit: Pampelmusensaft aus der Dose, kalter Jasmintee, Whisky und – der Pavianarschfarbe wegen – 'n Schuss Grenadine … hat Noël Coward erfunden … obercool, richtig campy … «

»… nee, 'n Bud, wie immer … who the heck is Noël Cow…?«

»… 'ne durchgeknallte britische Trine, keine Ahnung, was die so gemacht hat. Drei Shots dazu? … zwei auf dich, einer auf mich … zwei auf's Leben, einer auf 'n Tod?«

»Du nervst, Sebastian, leg deinen Dramaqueenflor ab, wir kratzen alle noch vor dir ab. Mit HIV kannste heute Methusalem werden.«

»Was willste?«

»Faber … *Sei ein Faber im Wind* … genau …«

»… is kein Oldie-Crap, oder? … Bei Pussy-Mugge à la Bonnie Tyler krieg ich nämlich keinen mehr hoch.«

»Ich lieb dich auch … aber euer Techno-Bum-Bum-Scheiß is toll, wie?«

Was war das für eine komische Gesellschaft, die er da im Traum gesehen hatte? Eine Menge undeutlicher Gestalten. Und doch ganz klar: Heine, Mapplethorpe, Farrochsad Salay, Maryvonne, Chatwin, Farshid. Im Abseits, ziemlich verloren, ein mosaischer Bartjude in Jocks und Chaps, und Hockney, der auf einem Blatt Büttenpapier mit schwarzer Kohle einen bunten Winter zeichnete. Thomas Mann, mit Emohairstyle und blinden Modigliani-Augen, rief einem gewissen Foucault mit einer Undercutfrisur hinterher: *Wo gehst du hin, du Arschfotze?*

Er kannte sie alle, das übliche Charivari eines Traums. Außer Salay. Wer war Salay? Auch ihn kannte er und wusste doch nicht, wer er war. Er nahm sein Smartphone und gab ein: Salay.

Salay is a colorful old religious center in Central Myanmar.

Hm? Nein, das konnte es nicht …

Dr. Attila Salay/Arzt, Strahlentherapeut/Weiterbildungen: Palliativmedizin.

Wohl auch nicht. Ein ›i‹ statt ein ›y‹ vielleicht?

Aaah! *Gian Giacomo Caprotti da Oreno, better known as Salaì (»The Devil«, lit. »The little unclean one«) (1480 – before 10 March 1524), was an Italian artist and pupil of Leonardo da Vinci from 1490 to 1518. Salai entered Leonardo's household at the age of 10. He created paintings under the name of Andrea Salai. He was described as one of Leonardo's students and lifelong servant and is the presumed model for Leonardo's paintings St. John the Baptist and Bacchus.*

Andrea Salai? Was wollte der Typ in seinem Traum? Würde Freud sich einmischen, sollte er einen Grund haben? Würde er ihm erklären, dass *Mon Salai* und *Mona Lisa* die Gleichen sind, ein Anagramm?

Yorickson stützte die Ellbogen auf den Tresen, legte sein Gesicht in die Hände und schaute in die Runde. Oh Mann, all diese Familiengesichter. Diese biertrinkenden Famliengesichter, so belanglos. Er sah ihre Verwesung, roch ihren Moder. Verbrauchte Alltagshelden. Ausgebrannt und abgeschlagen. Was machte er hier?

»Hier isses dunkler als im Arsch Hitlers. Mach mal 'n bisschen heller, Sebastian, ich seh die Schnittchen gar nicht. Und noch 'n Wodka Red Bull. Aber mit Wumms, nich so labbrig.«

»Kommt, Darling.«

Wie lange war er nicht mehr hier gewesen? Monate? Jahre? Seit Andrea eigentlich, seit dem Beginn seiner jungen Liebe. Trotzdem, alles wie immer. Dort die Bären mit ihren aus allen Öffnungen sprießenden Haaren, schwer keuchend, bei jedem Schritt pfeifende Luft; da drüben die Lederheinis, die kaum laufen konnten mit ihren fetten Rugbyball-Eiern; in der Ecke, bei den Kosovostrichern mit den umherirrenden nervös flackernden Augen, die zarten hermaphroditischen Thailapdancer, die Andrea immer Chiffonièren genannt hatte wegen ihrer tuntigen Schals. Es hatte sich nichts geändert, die Versammlung der kleinen Ghettos im großen. Ach ja, die Butches noch. No comment! Und neben der Klotüre das geballte Testosteron, die Dickschwänze – *Suck my king of swing!* – samt ihrer schwarzwollig behaarten Männertitten, direkt vom allabendlichen Pumpen in der Muckibude rübergeschwemmt, die bodygeshapten arabischen Ungetüme mit ihrer Gangsta-Rap-Mugge auf den Ohren. Alles nicht seine Sprache. Daran gewöhnt hatte er sich trotzdem, selbst an Begriffe wie Jungfotzennaivität. Nur R & R, *Die zwei ewig Schönen*, eine Namensgebung der Community, die eindeutig auf Missgunst schließen ließ, blieben unter sich, saßen klug im Abseits und blieben in alter Ruhe Menschen.

Yorickson schaute in das ungestillte Begehren der alten Gesichter, in das milde Lächeln der ganz alten. In das laute, lachende Überspielen der Not, in die alkoholverschmierten schweräugigen Blicke trostloser Seelen, verlassen von jedem und allem. In die ins Gesicht geschlagene Sehnsucht nach Schönheit. Drüben, auf der anderen Seite, in die warmblütigen Hoffnungen der Jugend (er allein wusste, wie schnell sie erkalten würden), in die lockenden und verlockenden Gesichter der Stricher, deren Versprechen sich nie erfüllten (war das nicht Aadish dort, der Kerl, der da gerade seinem Nachbarn eine Visitenkarte in die Hemdtasche steckte, der Kerl da, der in einem fort Sonnenblumenkerne knabberte?), schaute auf die siegesgewiss hochgehaltenen Daumen, in das aufreizende Lachen nach dem Küsschen-hier-Küsschen-dort, das balzende Grooven auf der Stelle.

Der Traum ließ und ließ ihn nicht los. Nicht nur Salay und die Schlange ließen ihn nicht los, sondern auch dieses Dass-ich-nicht-der-Erzähler-bin. Was ging das den Heiligen Sebastian an?

Was Yorickson aber vor allem irritierte, war die Präzision des Traums im Ungefähren, dieses exakte ..., als ob jemand geometrische Figuren in den Nebel zeichnete. Auf was war denn nun eigentlich Verlass: auf den Nebel, die Geometrie oder auf dieses Zwischending aus beidem, auf das Palimpsest der Gegensätze?

Yorickson war verwirrt. Wenn er an Salay und die Schlange dachte, erfüllte ihn eine unruhige Sehnsucht, ziemlich mächtig, aber ganz ohne Reue. Reue war etwas für Feiglinge. Wenn er an seinen Text dachte, wusste er nicht mehr, ob er Erzähler war, also dieses gottähnliche Wesen, das alles im Griff hatte, sein Personal lenken und denken konnte, leiten und dirigieren, ihm alles vergab, oder ob er einfach nur Yorickson war, diese private Geschäfts- und Lustperson, der schwule Loser von nebenan, ohne Perspektive für Leben und Tod. Eigenartig, deine Figuren. Diese Eigenleben. Ja, literarische Figuren haben ein Eigenleben, ihr ganz eigenes, dachte er. Die Welt als Probebühne, für Amateure.

Er konnte Farshid verstehen: *Gott liebt alle Kreaturen.* Auch er, Yorickson, liebte seine Figuren, ganz gleich, ob es Heilige waren oder Stricher, Mörder oder Wüstlinge, Schutzengel oder Verräter. Immerhin hatte er sie ja erschaffen, und hatte sie losgelassen in die Welt hinaus, wie gute Eltern es tun. Was aber, wenn die Guten böse wurden, die Heiligen Schweine? Gegen seinen Willen. Wenn die gut Gedachten ihm in den Rücken fielen, irgendeine Unanständigkeit begingen, eine Ungerechtigkeit forderten, eine Spießigkeit? Wenn sie ihm auf der Nase rumtanzten, ihn seiner Autorität beraubten. Wenn sie zum Beispiel Faschisten wurden, obwohl sie ganz anders gedacht waren. Was, wenn er gar keine Macht hatte?

Schade, dass Andrea nicht mehr war. Er hätte ihm die Wahrheit gesagt: Gott ist ein Stümper. Never trust God! Und auch der Erzähler ist ein Stümper. Never trust a writer! Der Erzählergott ist ein Stümper, das hätte Andrea ihm gesagt, planlos und schlampig. Gott, ein schlecht gelaunter Misanthrop, ein krankhafter Lügner, ein dementer alter Sack, der seine Erinnerungslücken mit witzlosen, bescheuerten Phantasien füllt, einzig um sein Versagen zu kaschieren, immer im Hader mit sich selbst, wahrscheinlich asozial – und schwulenfeindlich. Ein Typ, der sich schöne Welten erträumt, ein schönes Geschlecht. Ein Typ, der fabuliert und fabuliert, und bei all seinem Schönschwätzen nicht zu Potte kommt. Ein herz- und hirnloser Phantast. Ohne Verlass. Die Liebe zum Beispiel hätte Andrea gesagt, diese bürgerliche Erfindung des 19. Jahrhunderts, dieses riesige Eifersuchtsgehampel, wie benebelt kann man eigentlich sein? Die Liebe und das Glück, dieses Romantikgefasel. Wer so was zulässt, dem ist nicht zu helfen. Dem ist nicht zu trauen. Wenn es der Erzählergott nicht im Griff hat, dann hat es auch der Schöpfergott nicht im Griff. So einfach ist das. Q. E. D.

Vor allem aber: Andrea hätte ihm die Smith & Wesson vorgehalten, direkt vor die Nase, Tschechows Pistole, die die Zukunft bestimmte, die

Zukunft des Geschehens. Die Pistole, die abgefeuert werden musste, um nicht nutzlos zu sein. Nutzlos für die Geschichte. Nutzlos für das Leben, das Sterben.

Wahrscheinlich hatte Andrea recht. Schon den ganzen Tag hatte Yorickson auf etwas gewartet, das man unter Vorsehung hätte verbuchen können, ein bisschen Glück oder Leid, oder gar einen ordentlichen Tod, für ihn oder eine seiner Figuren. Und wenn schon nicht einen Tod oder irgendeine große Schuld oder Schwermut so doch wenigstens eine kleine Enttäuschung, die er, der Erzähler, souverän hätte bewältigen können. Aber nein: nichts, absolut nichts. Ohne Zweifel, Gott war ein Loser. Und er selbst war ein großer Loser.

Yorickson zeichnete in die Budweiserpfützen vor sich auf dem Tresen Gesichter. Gesichter, die sich schneller in sich zusammenzogen, als er sie zeichnen konnte, die im Nu zerflossen, als ob er das Leben vor sich hätte. Gesichter, die für eine Zehntelsekunde den flüchtigen Wesen von Marlene Dumas ähnelten. Wie sah Salai wohl aus? Glich er zum Beispiel diesem Typ, der gerade in die Bar gekommen war? Diesem Typ, der schon beim Eintreten rasend schnell, wenn auch raffiniert verstohlen, jedes Gesicht gescannt hatte und sich jetzt an die Bar setzte und sein Galaxy A5 auf den Tresen legte – wie Clint Eastwood seinen Colt im Saloon, als Drohung. Eine Drohung, die besagte: Halt's Maul, ich bin ein hipper, namenloser Held, unnahbar und schweigsam, notfalls spricht meine Walther PPK. Oder ist es eine Smith & Wesson?

In Gedanken entschuldigte er Clint Eastwood, sprich, seine eigene Dirty-Harry-Spezies. Kein Wunder, dass Männer so breitbeinig daherkommen, gaukelt ihnen doch allmorgendlich das Aufbäumen ihrer Männlichkeit immer wieder vor, zu welch wundersamen Mysterien, zu welcher Allmacht sie doch imstande sind.

Plötzlich hier in der WunderBar hatte Yorickson Angst, dass es wieder beginnen könnte, das Sexhopping 'n Bedjumping. Jetzt, da Andrea nicht mehr war. Andererseits auch Lust. Mit der Absicht zu sündigen, natürlich. Er verspürte wieder Lust – Ewig lockt der Knabe! – an der Jagd nach den Elritzen des Tiberius, nach dem Schmelz der Epheben, ihrem faunischen Blick, den Kindern Harry Potters, gerade geschlüpft. These just fuckable guys. Nach dem Frischfleisch, ganz gleich, ob mit oder ohne Preisschild. Und er wusste, wenn Jünglinge notgeil sind, ficken sie selbst Alligatoren. Scheißegal, ob zu Mireille Mathieu oder Prince, sie kriegen's gar nicht mit. Hauptsache ...!

Das Streben nach Höherem, wie langweilig. Goethe, Gott – disgusting! Das Streben nach Jüngerem alleine zählt. Nach den Welpen, ihrer Verspieltheit, den jungen Seehunden. Den Zwiebackbubis, die ihre Staffelstäbe der Lust bereitwillig – in humanitärer Aufopferung gewissermaßen, als achtes Werk der Barmherzigkeit, direkt noch *Gefangene besuchen* und *Tote bestatten* – von einem zum anderen weiterzureichen bereit waren, nichts war selbstverständlicher als das. Little deadly demons, die mildtätig ihre sündigen Anakondas feilboten, kraftvoll und geschmeidig. Goldjungs, die nach Sport rochen, nach Schwimmen und Chlor. Nach Sperma. Nach dem wohlriechenden Schweiß Alexanders des Großen. Auf keinen Fall nach den Des-Esseintes-Typen, deren Dior-Sauvage-Parfum ihm immer die Bettwäsche versaute, noch Tage danach das Gefühl in ihm aufleben ließen, als hätte – trotz dieses 150-Euro-Dufts – ein Prollbürschchen neben ihm gelegen.

Eine ziemlich angeschickerte Mittfünfzigerin (Typ: botoxstarre Kim Basinger) schwankte auf Yorickson zu und lallte ihn mit hoffnungslos verschleiertem Blick an. Tief liegende, schlierige Augen, die durch ihn hindurchzuschauen schienen. Rote aufgeworfene Kollagenlippen im weiß gepuderten Gesicht. Dunkelvioletter Lipliner. Hoher, quellender Busen. Yorickson dachte an Halloween.

»Ey, ich steh auf Männer«, quiekte sie mit blödem Cheerleaderlächeln. »Und, bei dir? Was ist mit dir?«

»Freut mich, ist auch mein Genre. Willkommen im Club.« Wie viele doch auf Schwänze standen, dachte er. Es war durchaus ein Novum für ihn, so hatte er das noch nie gesehen. Über die Hälfte der Menschheit stand auf Schwänze. Ja, das war Trost. Er war nicht mehr allein. Er gehörte dazu. Natürlich, wie konnte man nicht auf das Handfeste stehen? Was konnte es schon mit dem Unsichtbaren auf sich haben, mit dem In-sich-Gekehrten, dem Verkrochenen, dem Schicksalsergebenen?

»Ich versteh euch nicht.«

»Was?«

»Wie könnt ihr nicht auf Frauen stehen?«

»Was ist der Unterschied? Die gleiche Lust, die gleichen Säfte, die gleichen Bewegungen. Und immer auch Loch und Stab … na ja, meist. Im Übrigen, weißt du eigentlich, dass unser Job viel schwieriger ist?«

»Häh? … Wie?«

»Als Mann ist es einfach, auf Frauen zu stehen, es ist komplett easy. Es flutscht ganz selbstverständlich. Bei Mösen gibt es keinen Widerstand, kaum, nicht weiter schwierig, läuft wie geschmiert. Aber als Mann auf

Männer zu stehen, das erfordert Stärke. Überwindung. Disziplin. Durchschlagskraft. Dein Schwanz muss stehen wie 'ne Eins, wie 'n preußisches Bajonettgewehr. Also während ihr noch bei der Pflicht verweilt, sind wir schon längst bei der Kür.«

»Ja, so seid ihr.«

»Jeder Mann ist so, schwanzgesteuert, das ist unsere Aufgabe, unsere vornehmste Pflicht. Evolution als Profession.«

»Macho-Arsch!«

»Scherz! Just kidding! Anyway, wenn die Schwulenhasser aus der nationalistischen Ecke wüssten, wie wir unseren Mann stehen, mit welcher Bravour, mit welcher Standfestigkeit, immer Gewehr bei Fuß, die wären nicht so verbiestert, die würden uns lieben, würden reihenweise zu uns überlaufen, denn das musst du erst mal hinkriegen, es ist technisch gar nicht so einfach, ziemlich anspruchsvoll sogar. Es ist Kunst. Ja, Kunst. Das kriegen die Naziweicheier einfach nicht hin, das …«

»… ah, ja? …«

»… ja, bevor die einen hochkriegen, pennen sie ein … nix da Tangotanz der Hormone … die schnarchen einfach blut-und-boden-patriotisch weg, diese Nazinasen … ich hab mal mit einem … sind ja ständig lattenstramm …«

»… was?«

»Na, breit, hackedicht. Überhaupt, wie können die eigentlich Frauen, das Fremde schlechthin, lieben, als braune Brut? Anyway, Blowjobs von Typen sind um Längen besser, alles ganz sach- und fachgerecht, die kennen das Gerät einfach, wissen, wo's lang geht, wo's langweilig ist, wo's prickelt und so … vor allem, sie wissen mit ihren Zähnen wohin, nämlich weglassen.«

»Das interessiert mich eigentlich nicht so sehr, Babe.«

»Häh?«

»Na, Schwulenrechte und so … Akzeptanz … Verpartnern, Heiraten … das alles.«

»Ach, weißt du, das ist nur 'ne Interimsgeschichte, 'ne Art Mode, wie ripped Jeans, das wird nicht lange halten. Es wird als Drei-Sekunden-Recht in die Geschichte des Weltalls eingehen. Irgendwelche Rollbackwichser werden uns das Sperma … oops, fucking Bergstraße 19 … werden uns die Suppe schon wieder versalzen. Hundert Pro!«

»Also, ich glaube an die Liebe«, säuselte die Mittfünfzigerin, und Yorickson sah an ihrem Drängen und Begehren, an der Spannkraft ihres Busens, ihrer animalischen Geneigtheit zu ihm, selbst noch in ihren trüben irrlichternden Augen, dass sie Ficken meinte. Was machte sie hier? Hier, wo sie mit ihrem Balzgehabe, mit ihrem rauschigen Verlangen doch am falschesten aller falschen Orte war, weniger Chancen hatte als ein Schneeball in der Hölle.

»Ja, ja, das große Liebesversprechen bei euch«, erwiderte Yorickson, »der Treueschwur, ich weiß. Bei uns ist es eher eine Partie Schach, im Park gespielt, unterm Mond bevorzugt, in schweren Sommernächten … oder in der Sauna … oder zu Hause vor dem Kamin … Schach kann man überall spielen, mit jedermann, der gerade des Wegs kommt … wer will schon als monogame Galapagos-Schildkröte durchs Leben ziehn?«

»Schön für euch«, lallte sie.

»Wenn ich eine Frau wäre, ich wäre auch blond gebleicht …«

»… Was? … was wärst du? …«

»… Na, schwul, ich würde auch auf Schwänze stehen … ach, vergiss es. Weißt du, Heten sind eigentlich der große Lapsus der Geschichte, eine irrtümliche soziale Übereinkunft, ein blöder evolutionärer Schnitzer, einfach falsch, denn eigentlich sind Schwule die Norm der Gesellschaft.«

»Waas?«

Ein dicker Kerl glotzte ihn aus tief eingegrabenen Augen an. Eigenartig, das hatte er noch nie gesehen: eine Kippa, die unter einem Hut, einem dieser modischen Trilbys, hervorlugte. Machte dieser farcierte Puter ihn gerade an? Wie schmierig man doch lächeln konnte. Und dann auch noch dieser Kinngrübchenadolf.

Neben sich hörte er einen ihm vertrauten Dialog: Lust auf 'ne Runde Billard? / Pool oder Carambolage? / Queue gegen Queue!

ein arsch für dich

Von: mail@ndrea.com
An: yorick@gmx.de

Thema: ein arsch für dich
Datum: Do., 9. Feb. 2017 11:08 Uhr

sag mal, yorick, ist die schlange deine leiche im keller?

wie weit bist du eigentlich mit der glückmachung? das glück, das du ins rennen geschickt hast, ist etwas müde geworden, stolpert vor sich hin. manchmal scheint mir, fortuna ist hinterfotzig, ist allzu sehr mit danaergeschenken unterwegs. vielleicht spielt das schicksal ja auch besser schach als du (oder meinetwegen tric-trac). by the way: deine maryvonne is ja ganz schön schräg drauf. diese injurien-tirade, glaubst du an diesen scheiß? weißt du, bei solcher respektlosigkeit kann ich schon verstehen, wenn diese IS-ärsche uns eins auf die nüsse geben.

apropos ärsche: ich hab noch 'n schönen für dich, einen auswandererarsch - voilà:

und denk an tschechow, süßer! oder ist deine pistole am ende ein bumerang? - KISS, dein @.

Sent from my iPad

? Löschen Weiterleiten Allen antworten Beantworten

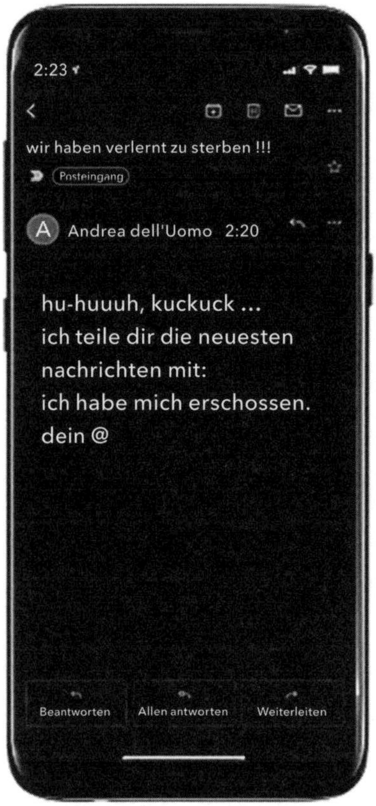

Oops! Eine Mail von Andrea? Was sollte das, wie konnte man so einfach über die Dinge hinweggehen? Die Dinge, die alles bedeuteten: die Liebe, das Vertrauen, den Verrat. Und dann dieses KISS. Hatten wir das nicht schon mal? Was war das: Kiss? Eine Entschuldigung? Zuneigung? Aber hatte ihm das unlängst nicht jemand erklärt? Ja, klar. KISS: Keep it simple, stupid! KISS. Genau, es hieß nicht KUSS. Es hieß: Du bist ein Idiot, wenn du alles ernst nimmst. Bleib cool, Dämlack. Halt den Ball flach! Wie lange waren sie jetzt zusammen? Na ja, zusammen gewesen. Und wie lange hatte er dieses KISS falsch gelesen? KISS und Kuss verwechseln, das Missdeuten der einfachsten Dinge, das musste wohl das eigentliche Wesen, das Innerste von Beziehungen sein, ganz allgemein, weltweit. Er würde sich öffnen, die Gebräuche der neuen Zeit lernen müssen, wenn er nicht vorzeitig in die Vergangenheit abrutschen wollte. Das Schicksal dieses Saids schließlich war grausam, dieses zäh auslaufende Leben.

Und dann auch wieder dieses Nölen über den Text. Injurien-Tirade, so ein Schwachsinn. Wie oft hatte ich ihm jetzt schon gesagt, wie das mit den Figuren läuft ... dass der Autor nichts für sie kann. Und woher weiß er von meiner Schlange?

Yorickson stockte der Atem. Ohne weiter nachzudenken, tippte er auf Andreas Kontakt.

»Hallo?«

»Ja?«

»Du lebst?«

»Warum sollte ich nicht leben?«

»Du hast mir einen Heidenschrecken eingejagt.«

»Was meinst du?«

»Na, deine blöde Mail gerade eben, die Sache mit dem Erschießen.«

»Holla, holla, mein Lieber. Ich bin nur verantwortlich für das, was ich sage, nicht für das, was du verstehst. Wenn ich dir 'ne Nachricht schicke, wie will ich mich dann erschossen haben? Nein, es war ein Vorschlag, nur

ein Vorschlag. So bringt man eine Smith & Wesson ins Spiel. Tschechows Wumme. Erinnerst du dich? Du musst sie endlich abfeuern. Oder gibt es sie womöglich gar nicht?«

»Du glaubst mir nicht? Warte, ich schick sie dir auf dein Handy, warte … voilà, weg isse … müsste gleich bei dir …«

»… du glaubst an Bilder? Seit wann beweisen Bilder etwas … schon gar in Photoshop-Zeiten? Schickst mir 'n Google-Bildchen und glaubst, dass … Naivling! Anyway, ich habe nur einen Vorschlag gemacht, habe zufällig den Satz von Prokofjews Freund gefunden: Max Schmidthofs cooles Todessätzchen, in einem CD-Booklet … und da dachte ich …«

»… ah ja, du dachtest … Woher willst du wissen, dass ich sie nicht schon längst abgefeuert habe, deine bescheuerte Pistole?«

»Dropbox, du Nulpe. Du hast alles auf Dropbox abgelegt. Und du hast den Link zum freigegebenen Ordner nie geändert. Ich lese immer mit, jeden Tag, die aktuelle Version. Auch unsere Einschübe, da, wo du unsere einstige Liebe räuberst, das Verwurschteln unserer Beziehung. Nix hast du abgefeuert. Du betreibst zu viel Schlüsselroman, mein Junge. Hast du dich nicht gewundert, dass ich von deiner Schlange weiß? Dropbox!«

»Woher willst du wissen, was mein Schlüsselroman ist? Außerdem, ich kann mit meinen Helden machen, was ich will. Sie gehören mir.«

»Natürlich gehören sie dir. Aber du wollest ihnen Liebe schenken, hast ihnen palettenweise Zukunft versprochen, wolltest ihr Glücksschreiber sein, der verdammte Schwarzmagier ihrer Vorsehung, der Hex…«

»… jaa, jaaa, warum nicht!«

»… der Hexenmeister ihrer glorreichen Zukunft … und jetzt? … jetzt kommst du mit der Verschrobenheit des Schicksals nicht zurecht, mit seiner grandiosen Kauzigkeit, seinen Volten und Rochaden.«

»Jaaa, jaaa …«

»… jaaa, jaaa heißt: Leck mich ... Weißt du, was ich vermute? Du kümmerst dich einzig um ihr Glück, weil du das anderer im richtigen Leben versaut hast, ein typisches Schriftstellersymptom. Und jetzt, jetzt kriegst du's nicht hin. *Schreiben – die letzte Zuflucht des Verräters*, erinnerst du dich? Jean Genet, glaube ich. So was muss es sein.«

»Andrea, kann ich … du, ich muss aufhören …«

»… es sieht wie ein Fluch aus … eine unselige Erbschaft …«

»… vielleicht ist ja auch ganz einfach nicht genügend Glück da auf der Welt … und wenn doch, nur in mickrigen Ratenzahlungen … wer weiß …«

»… vielleicht ist alles aber auch ganz anders.«

»Anders?«

»Ja, du nimmst dich dieser Burschen nur an, weil der eine ein verträumter Lächler ist, dieser Shaahin, der andere, Farshid, ein Hallodri, ziemlich ausgebufft, und der dritte, dieser unbedarfte Aadish – ja, was ist der eigentlich? – irgendwie heilig, der Typ, oder? Saint Aadish? Du hast gar kein Interesse an ihrem Glück, stimmt's? Du lässt es einfach laufen, lustlos.«

»Unsinn! Ey, Mann, hier ist tierisch die Hölle los … ich bin in der WunderBar … ich versteh dich kaum, Andrea … schön, wieder von dir …«

»… ah, noch eins, sag mal, kannst du nicht auf diese albernen Alliterationen verzichten? Galliggelber Gehrock, echt peinlich, abgespaced … hab ich auch aus deiner Dropbox … klingt bescheuert, irgendwie forciert …«

»… ist zufällig entstanden, unbeabsichtigt …«

»… na, du weißt ja, was man mit dem Zufall machen kann, machen muss … also, bis morgen.«

Verliebe dich nie in Linguisten, dachte Yorickson, sie drehen dir das Wort im Mund rum.

»Ja, bis morgen.«

Yorickson roch ein scharfes Rasierwasser neben sich am Tresen. Er sog es ein wie ein kostbares Parfum. Er sog, ohne zu schauen, mit halb geschlossenen Augen. Wie betäubt. Er sog, als ob er den ganzen Typ in sich aufnehmen könnte, inhalieren, durch die Nase direkt in sein Inneres, ganz tief.

Immer wieder wunderte er sich über die Mysterien der Anziehung. Das Billige, das uns berückt, das betörend schlechte Parfum. Als ob es eine besondere Macht hätte über uns. Die 0800-Guys mit ihren Patrick-Swayze-Vokuhilas. Die scarfacigen Unterweltbeaus. Selbst ohne scars. Jetzt zum Beispiel der Typ neben ihm, dieses gusseisern Prollige. Lederjacke mit Fliegerabzeichen. Panzerketten-Armband. Adidas-Basecap, Ohrringe, Tattoos. Von oben bis unten schmuddelig, aber eingedieselt bis über beide Ohren. Der linke Arm eingegipst. Schlägerei? Die Fingernägel, nichts als Dreck, noch tief unter der Nagelhaut, wie angelaufenes Metall. Der Typ erinnerte ihn an den Traum, seinen orangefarbenen Traum. (Er dachte an Franek, den Bauernbengel von Gombrowicz.) Er hatte den Typ noch nicht angeschaut, nicht direkt, sein Gesicht war bislang eher ein zerfließender Schemen neben ihm, da sog er schon sein ganzes Wesen ein, mit Haut und Haar. Garantiert einer, der seine Kronjuwelen verschachert. Für wie viel? Fünfzig Tacken? Hundert? Ein ranziger Tauringeruch stach in seine Nase.

Bei sich zu Hause wusste er nicht mehr, ob er in der Bar bezahlt hatte und wie er hierhergekommen war. Doch er war nackt. Seine Boxershorts lagen zerkrumpelt neben dem Bett. Warum erinnerte er sich an einen verdammt schönen amerikanischen Goose-Bump-Ass? Er musste pinkeln.

Beim Rückweg zum Bett fiel sein Blick auf seinen Schreibtisch, wo der offene Tric-Trac-Kasten stand. Ui, dieses Gummiteil! Wie hieß es noch gleich: *Extension-Sleeve 342?* Und obwohl er total übermüdet war, irgendwie neben der Spur, machte er sich Gedanken: Hatte er es bislang übersehen? Verdrängt? Nein, er hatte es doch schon in der Hand gehabt. Wer zum Teufel hat die Chuzpe, so ein unchristliches Ding zwischen all diese weltlichen Dinge ... wer bewahrt so etwas ... so etwas Abseitiges, Ungehöriges ... wer legt es zwischen die Alltäglichkeiten der gewöhnlichen Welt, zwischen all diese noblen Privatheiten? Vor allem aber: Wo sollte das hinführen? Welche Geschichte konnte damit geschrieben werden? Aadishs? Shaahins? Farshids? Wessen Geschichte? War es überhaupt eine Geschichte? Eine Geschichte wert?

Honi soit qui mal y pense, dachte er. Aber das nützt ja nichts. Das Ding war ja da, musste seine Bestimmung erfüllen. Wie auch Tschechows Pistole. Aber wessen Bestimmung? Na klar, Farshids. Wer stand für Fake? Farshid, klar! Denn was war eine Penisverlängerung anderes als Fake? Farshid, es konnte nicht anders sein. Niemand war prädestinierter für die Hochstapelei als ... keiner begabter als das proteische Künstlerego Farshid ... niemand sonst konnte ... Unsinn, das Ding gehörte zu Aadish. Aber klar, Aadish. Aadish, der ... ja, der was? ... der Lustgesteuerte? Das sind wir alle. Wenn auch mannigfach korrumpiert, durch Einflüsse, fremde, schlechte, unerwartete. Nur Shaahin scheint gar nichts damit zu tun zu haben ... aber wer wusste das schon sicher zu sagen?

Oh, du armer Yorick, du musst nicht jeden Brocken, den dir der Zufall hinwirft, aufschnappen. Schon gar nicht diese kleinen wichtigtuerischen Gummilümmel. Sind sie nicht ohnehin nur da, um Streit zu suchen mit den Braven und Biederen, mit den Lesern? Nein, Autor, du bist keine fressgierige Bestie, die jeden Zufall verschlingt. Selbst Geier verschmähen hin und wieder Aas.

Durch einen dummen Zufall kann man ... Siehst du, der Zufall ist dumm! Das Dumme oder Perfide an Zufällen ist ja – Yorickson wurde schwindlig, hatte er wirklich so viel getrunken? –, dass man sie so schlecht vorhersagen kann. Sicher, sie brauchen Unterstützung, Zuwendung, um zu gedeihen, ihr strategisch-weitsichtiges Wesen zu entfalten, sie sind fragile Wesen, brauchen Beistand und Betreuung. Man muss ihnen Zeit geben. Aber nicht jeder Zufall hat ein Anrecht auf die Aufnahme ins Weltgeschehen. Schon gar nicht einer, der ... Nein, er hat nicht immer recht. Zum Spielen mit dem Zufall gehört die Wahl ... hinfort also mit dir, du infamer Wüstling ... oder doch nicht? Warum hatte er Lust, diesem Teil eine Zukunft zu geben, Leben einzuhauchen?

Yorickson begann den Zufall zu verdächtigen. Ging es ihm womöglich nur um billige Provokation, ein Spiel für dumme Menschenkinder?

Heute Nacht nicht mehr, dachte Yorickson. Wie immer, wenn er besoffen nach Hause kam, war ihm die Verabschiedung vom Leben selbstverständlicher als die Beantwortung seiner Herausforderungen. Wirre Gedanken gingen ihm durch den Kopf: Von Pflanzen sagt man: die eine verträgt Trockenheit, die andere ein feuchtes Klima. Vom Menschen sagt man nie: Der eine verträgt Alkohol, der andere Tofu. Die schönste Art, glücklich zu sein, ist, komplett besoffen ins Bett zu fallen. Er freute sich auf morgen. Er wusste, dann würde der Wahnsinn der Nacht von der Vernunft des Tages abgelöst, endlich wieder korrigiert werden. Vielleicht würde dann sogar der Gummilümmel seine Geschichte bekommen. Vorher aber schnell noch – immer öfter hatte er wunderliche Erscheinungen eines gewissen Herrn Alzheimer – die Namen der neuen Bekanntschaften notieren, samt Eselsbrücken: Vanessa: kupferblonde Politologin, große Möpse, nett | Kim: schlupflidriger Asiate, Spargeltarzan, ständig unter Strom | Max: beschwingter Pummelpole | Julian: schöne semitische Nase, Vater Arsch | Kevin: billige Ken-Muskeln, bei H & M gekauft. Vor dem nächsten Barbesuch würde er die Namen auswendig lernen, eine persönliche Ansprache brachte Punkte, nicht selten eine Einladung zu Tequila-Shots. Und als Letztes den Namen des neuen Barkeepers: Sascha: Jil-Sander-Guy, mandelförmige Modigliani-Augen, Samtglanzpupillen.

Er legte eine CD von Billie Holliday in den Player. Musik, die man einfach laufen lassen konnte, ohne sie zu bemerken. Es war jemand im Raum, und man hörte ihn nicht. Die ideale Musik, um Einsamkeit zu überlisten, die Verlassenheit zu trösten. Musik wie ein Ehepartner, dachte er.

Er legte sich aufs Bett und schloss die Augen.

Und bevor er ... der Weltlärm sirrte als Widerhall in seinem Kopf ... bevor er ...

Ihm wurde übel.

Den ganzen Tag, den ganzen Tag
Trieb ich so vogelfrei und losgelöst
Wie eine Wasserleiche auf die steilste Klippe zu
Forugh Farrochsad

Man kann die Schönheit eines Augenblicks voll Scham
Wie einen lächerlichen Schnappschuss in schwarz-weiß
Zuunterst auf den Boden einer Truhe legen
Forugh Farrochsad

Es war ein übrig gebliebenes Lächeln. Immer, wenn man ihn nach seiner Beziehung zu Tomilein fragte, sagte er: *Unsere Liebe begann mit einem übrig gebliebenen Lächeln.* Und wirklich, als er damals aus dem Bus stieg, machte ihm einer dieser olivenhäutigen Engel, die ihn so sehr betörten, einer dieser sagenhaften Augenbrauenmenschen ganz beiläufig Platz, wie selbstverständlich, ohne großes Aufheben. Der Engel – ein aus philippinischen Göttergeschichten übrig gebliebenes Wesen – trat einfach beiseite, machte die Bustüre frei, ließ sich nicht beirren vom wüst drängelnden Pulk hinter ihm und überließ allen anderen – wie auch ihm – Ausgang und Welt. So gehörte sich das. Aadish hatte das Ausmaß dieser zärtlichen Geste noch nicht wirklich begriffen, als er sah, dass sein dem Engel – durchaus mit Absichten – gewidmetes Lächeln nicht stehen geblieben war, einfach weiterschwebte … sich selbstständig machte … über die Engelsschulter hinweg … durch Raum und Zeit … ins Ungefähre hinein … immer weiter … und schließlich auf ihn traf … auf Tomi.

»Spielst du Tric-Trac«, fragte er.

»Wie?«

»Ich muss nach Hause. Kommst du mit?«

NEIN, DAS IST GELOGEN, alles gelogen. Ich lüge. Und ich weiß es, weiß es genau. Tom hat keine Olivenhaut, er ist kein aus philippinischen Göttergeschichten übrig Gebliebener. Im Gegenteil. Er ist anders, ganz anders. Existiert er überhaupt? Hör endlich auf mit dem Lügengespinst. Schluss mit der Schriftstellerei. Schluss mit den schönen Worten. Wie weit willst du es noch treiben? Komm an im Leben, Yorick! Stelle dich der Wirklichkeit! Be tough, god! Deine Figuren gehören nicht dir, sie haben Ehrlichkeit verdient. Wenn es Andrea schon nicht kapiert … wenigstens du solltest … Nur weil in diesem blöden Kasten auch noch so ein blödes Verlängerungsteil liegt, musst du jetzt nicht auch noch … dann müsstest du ja auch Tschechows Pistole … also lass es …

Sag endlich die Wahrheit, Yorick!

Endlich!

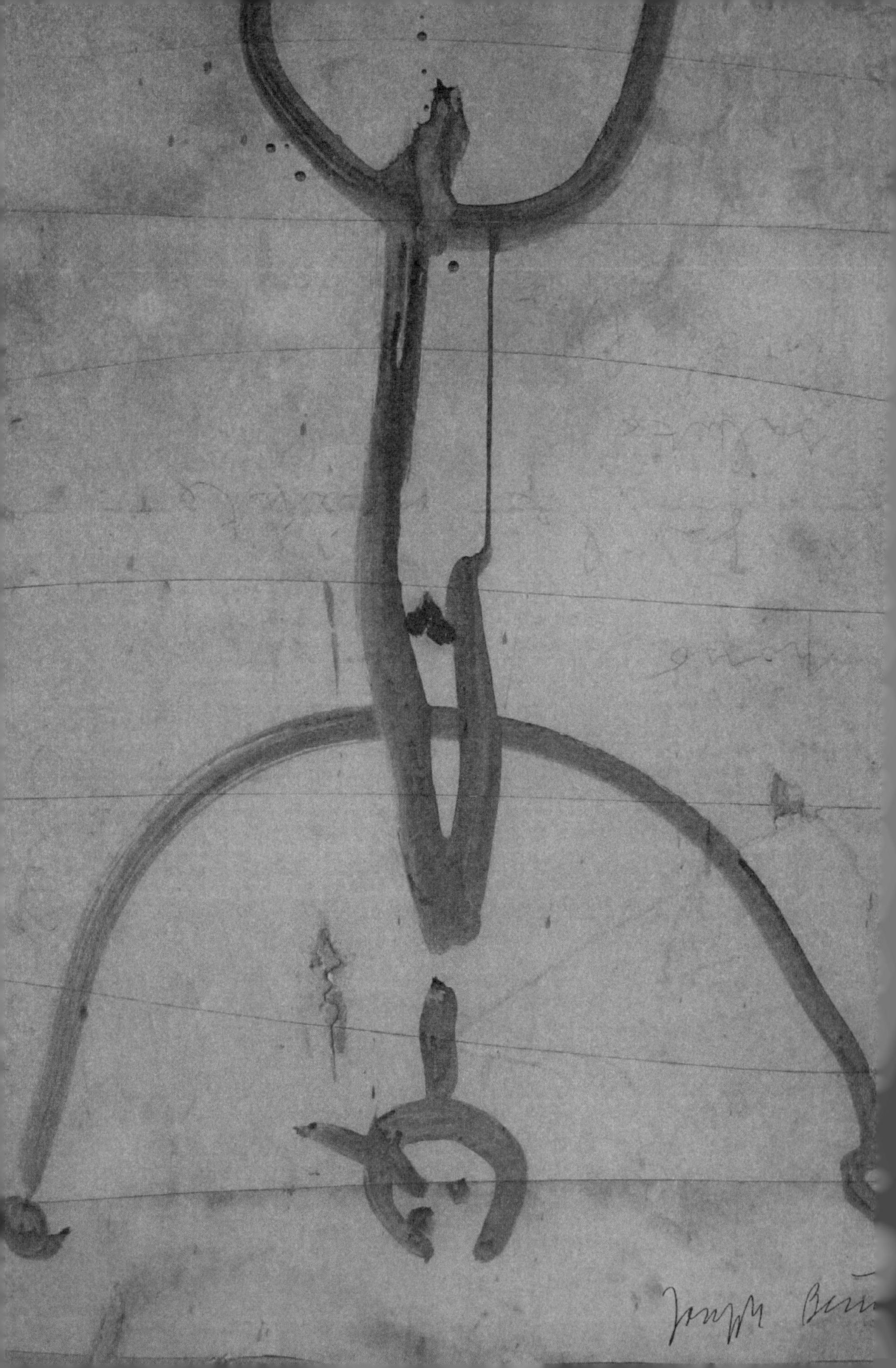

Serai-je un roi ou un pourceau?
Wird aus mir ein König oder ein Schwein?
Gustave Flaubert, Souvenirs, notes et pensées intimes

All the words are there.
They're just in the wrong order.
Roman Polanski, The Ghost Writer

Liebe Tante Mahbube!

Du kannst Dir gar nicht vorstellen, was ich hier mache.
Alle Welt chattet und skypt, Farshid whatsappt im Zimmer
neben mir, und ich, was mache ich? Ich schreibe ganz altertümlich.
Auf einer alten Schreibmaschine. Ich habe sie im Kniestock (ein
seltsames Wort, die Deutschen machen komische Wörter; was hat
das Knie mit dem Stock zu tun? oder ein Stock mit dem Knie?, ich
habe sie im Kniestock unserer Flüchtlingsunterkunft gefunden (wir
sind zu acht in einem grauen alten Häuschen am Stadtrand unterXXXX
gebracht, die Wände etwas feucht, fast schimmlig), ein knallrotes
Plastik-Ding mit der Aufschrift VALENTINE – meine ~~rote~~ "rote Helene",
wie ich sie nenne. Man kann das Farbband umstellen, wie du
siehst, die Farbe wechseln. Irgendwie macht es Spaß. Das Schreiben
auf so einem ollen Ding macht Spaß, es ist, als ob ich mit Euch
verbunden wäre, ganz direkt mit Euch und der alten Heimat
verbunden durch heftiges Morsen, die Tasten klacken laut. Nichts
da Neuzeit!

Wie geht es Dir, liebe Tante? Ich weiß, ich sollte so etwas
nicht fragen. Wie soll es Euch schon gehen? Wir
sehen es doch selbst hier in den news. Jeden Tag. Es sieht
nicht gut aus bei Euch – bei uns. Ich weiß.

Und hier? Na ja, wir dürfen uns nicht beschweren. Den Tod
spüren wir nicht, die ständige Bedrohung. Zumindest nicht so
sehr wie ihr. (Meine rote Helene spinnt ein bisschen, wie du siehst
SIE macht, was sie will) Es wäre ungerecht, Eure Situation mit
der unseren zu vergleichen. Und doch. Manchmal habe ich Angst.

In der U-Bahn geht es mir gut, und in der Straßenbahn, da fühle ich mich sicher, einigermaßen, durch all die anderen beschützt. Aber in den dunklen Ecken der Straßen ... Manchmal tut ein Nazi groß, tut groß mit seiner gripslosen Glatze, ratzekahl wie 'n Marshmallow, und traut sich was ... irgendwie bin ich immer auf der Hut. Es gibt Leute hier, die auf alles einprügeln, was nicht so aussieht wie sie. Dabei sehn sie eigentlich blöd aus hier, ziemlich krass, hässlich wie Blumenkohl, ach was, noch hässlicher als 'ne Nachgeburt, außerdem rosa und picklig, und fast ohne Nase im Gesicht, diese blöden deutschen Knubbeldinger kann man ja nicht Nase nenne. Nasen sind doch wichtig, oder? Komisch dass sie sich was drauf einbilden. Vielleicht sind sie aber auch einfach nur neidich auf uns. Findest Du nicht auch, Tante, wir sehen viel besser aus als die?

Ich finde das alles ziemlich überflüssig, also dieses Immer-was-Besonders-SEIN-Wollen.* Ich finde, man sollte regelmäßig Ländertausch machen: die Deutschen nach Grönland, die Grönländer nach Syrien, die Syrer nach Deutschland, die Engländer nach Österreich, die Schweizer nach Burundi (dann sehen die mal dass man in dieser bestialischen Hitze nicht so viel Geld scheffeln kann), die Burundiner, oder wie die heißen, in die Schweiz ... und nach dreißig Jahren, oder so: alles wieder von neuem durchmischen. Immer weltweit. Würden sich dann all die Nationenbesoffenen nicht in Wohlgefallen auflösen? Letztlich sind wir doch alle irgendwie Bastarde, oder? Also warum dieses ständige Abgrenzen? Sollten wir also nicht lustig bastardisieren ("durcheinandervögeln" – entschuldige Tante –, so nennt es Maryvonne, eine etwas ordinäre, nicht mehr ganz taufrische Freundin von Aadish),

* na ja, passt nicht zu dem Davorgesagten :)

irgendwann gibt es dann nur noch eine einzigen Menschenbrei, nur der kann uns retten, denn niemand kann dann mehr Unterschiede ausmachen, keine Nationen, keine Rassen, kein Nix, was meinst du? Eine Multi- und Mulattengeselschaft gründen. Nepalesische Hände, schwedisches Haar, persische Wimpern, alles vermischt sich zu einer Weltenspezies. Meinst Du, die Deutschen können auch etwas beitragen zu dieser Gattung? Mehr als bayrische Waden wohl nicht ... und selbst die, na ja ... Und dann? Dann fehlt nur noch Esperanto als Weltsprache und gebongt ist der Frieden. Faschisten ade! Arschlöscher good bye!

A propos Maryvonne, diese Freundin von Aadish: Letzthin saß sie bei uns am Frühstückstisch, mit ziemlich schmuddeligen Tüllhandschuhen, waren wohl mal weiß. Ein ziemlich derangiertes Persönchen, türkis-glitternder Lidschatten, alles in allem sehr verbraucht. Sie gluckerte Aadish an: "Das war was ganz Besonderes mit dir ... was schulde ich dir noch gleich?" Ich meine, sagt man so was, Tante, an einem fremden Tisch, um zehn Uhr in der Früh an einem fremden Tisch? Armer Aadish!

Farshid geht es ganz gut. Na ja, was heißt gut? Irgendwie machen wir uns auch Sorgen. Er hat ein eigenartiges Verhältnis zu einer Sumpfschildkröte, fast intim, er nennt sie Josephine. Schon eigenartig . Außerdem: Er hat eine Frühstückszeremonie: Naranjas, magdalenas, dulce de higos, café – er spricht es nur Spanisch aus. Ein bisschen affektiert, das Ganze. Dabei sind es Orangen, ein blödes Spritzbeutelgebäck, etwas Feigengelee und Kaffee. So ist er halt, unser Farshid. Niemand weiß, woher er das hat. In unserem Speicher hat er sich zehn, fünfzehn Quadratmeter freigeräumt und bastelt da jetzt an seiner Kunst, oder was er so nennt – na ja. Immerhin: Vor kurzem hatte er sogar eine kleine Ausstellung in einer Buchhandlung: KLEINE, FEINE, LEINE, oder so, die haben sich wahnsinnig Mühe gegeben (ich leg Dir die Preisliste

bei, richtig: HEINE hieß sie). Er hat eine leere Leinwand verkauft
- ja wirklich, die kaufen hier so was. Irgendwas mit Jesus, der
gar nicht da ist, man sieht ihn zumindest nicht auf der Leinwand,
kein Portrait, nix. Die finden das lustig hier. Na ja, immerhin
250 Euro (siehe Kreuz)*. Ansonsten, finde ich, geht er etwas zu
oft in die Moschee. Und auch zu oft zum Arzt (vielleicht hängt
das ja zusammen :), in eine Klinik (sie hat letzten Monat ge-
schlossen , er sucht eine neue). Und: Er liest ziemlich viel, alles
mögliche, quer durcheinander. Ist das gesund? Er lässt mächtig
raushängen, wie viel er weiß. Maryvonne nennt ihn nur smart ass:
Ein "ausgewachsener ICHthyosaurus ist das, ein kleiner Gernegroß.
Ein Charakter, so flach wie ne Pfütze." Das Irre aber: Der Spinner
liest jetzt nur noch Bücher mit breiten Stegen, er geht in Buch-
handlungen, schlägt dort Bücher auf, und wenn die Buchstege
ordentlich breit sind, so wie früher - in früheren Jahrhunderten
war das so, sagt er -, dann kauft er sie, ganz unabhängig vom
Inhalt, "weil es eh nicht darauf ankommt, was man liest, am Schluss
kommt sowieso immer das raus, was in einem steckt", und weil der
olle Goethe da mal was gesagt habe soll über Stege -na ja.
Zum Beispiel hat er alle Bücher eines gewissen Cesar Aira gekauft,
von einem Berliner Verlag, allein wegen der schönen Stege, einfach
so. Hat dann zwei mal reingeschaut und sie weggelegt, für immer.
In Paris hat er nur rote Bücher gelesen, der Quatschkopf, oder
Bücher zu 1 Euro von der Bouquinerie in der Galerie Vivienne.
Strange, unser smart ass! Glaubst du, Tante, er wäre irgendwo anders
etwas Besseres geworden, oder wenigstens ein anderer? Letzthin hat er
mir gesagt: "Aus mir wäre schon was geworden, aber leider, das Leben
hat immer etwas anderes vor mit dir."

* ein Typ namens Siwers hat ihm jetzt die große Karriere versprochen...

Von Onkel Said (unser Blödmann Farshid hat ihn ziemlich assig
nur noch "cold turkey" genannt; er hat sich mal ein "F" für
fraternité tätowieren lassen, aber verhalten tut er sich nicht gerade
danach) kommt kein Geld mehr, er ist letzten Monat gestrorben.
Alles stirbt immer irgednwie - hm. Aadish finanziert jetzt
hauptsächlich unser Exil, ehrlich gesagt, weiß ich nicht so recht,
womit. Er bekommt Anrufe von irgend welchen Leuten, wildfrenden,
von Frauen, von Männern, am Tag, in der Nacht. Ich glaube, diese
Maryvonne gehört auch dazu. Manchmal ist er nächtelng weg, lässt
sich tagelang nicht blicken. Aber ohne ihn wäre der Kühlschrank
leer (mein Putzen bringt ja nicht viel). Und trotzdem: am Monats-
ende ist unser Hauptgericht meist Couscous mit Ketchup.
Ja, Onkel Said ist tot."Die späten Folgen einer alten Krankheit."
So hat es der Arzt gesagt. Ich weiß, du hast ihn kaum gekannt.
Trotzdem, vielleicht interessiert es dich. Ab und zu waren wir in
seiner Mansarden-Wohnung in München-Schwabing: 4-Zimmer, Küche, Bad.
"Mon repos amer", sagte er. Na ja, eigentlich waren es nur dreieinhalb
Zimmer; er schummelte ein bisschen. Marie, seine Vermieterin - alter
russisch-jüdischer Adel, bezeihungsweise sein spärlich verbliebener
Rest - brachte ihm oft einen Teller Suppe, sie hatte wohl etwas
Mitleid mit ihm. Meistens saß er in seinem "Cocteau-Fauteuil" (ein
ganz schön nobler Name für so ein abgewetztes, verschossenes Ding)
und stierte - wenn es nicht gerade ein Tritycon namens "Iranian Rape"
anbetete, das er in einer Schwabinger Produzentengalerie für 24o Euro
erworben hatte - auf die goldgerahmte Reproduktion eines alten
Gemäldes , ein Männerportrait, von eine gewissen Caravago (oder wie
der Typ heißt) und hing trübe Erinnerungen nach. Meist murmelte er
Unverständliches vor sich hin, Schwülstiges: "Ach, wie die Welt
doch brennt!" oder "O cet ennui bleu dans le coeur". Vor allem aber
immer wieder: "Paris, Paris, mein geliebtes Paris, die einzige Stad
Wie oft hatten wir das von ihm gehört. Er wusste nie, warum er nach

seiner Flucht, damals 1979, ausgerechnet in Deutschland gelandet
war. "Dieses gelangweilte Land, dieses freudlose Völkchen, München
mein Quasi-Leben. Braucht ihr Geld?" Immer gab er uns 1oo Euro,
wenn wir gingen. Oder 2oo. Wir spürten, es reichte kaum für ihn
selbst. Dabei übernahm er doch schon fast unsere gesamte Miete.
Manchmal war er - das war schon etwas eigenartig - mit Aadish unter-
wegs, vagabundierte durch die Nacht, durch Kneipen und Bars. Wir
fragten nicht groß. Trotzdem, ich hatte immer irgendwie ein dummes
Gefühl. Strange!

So, genug für heute, ich schreibe dir bald wieder. Du könntest Dir
aber auch einen Computer anschaffen, oder ein Handy, dann könnten
wir auch anders miteinander kommunizieren. Weißt Du, was ein
Computer ist, Tante? :D

Gehab dich wohl, So sagt man hier. Das finde ich schön. Die
Deutschen können doch was. Also: Gehab dich wohl, Tante Mahbube.

Take care!

dein Shaahin

München, am 4-6-17

P.S. Man nennt uns Geflüchtete hier, ich weiß nicht, warum,
in den Wörterbüchern finde ich sie nicht. Und niemand konnte es
mir richtig erklären. Die Deutschen sind strange!

FARSHID REZNAVI - GESICHTE
18. 11 - 17. 3. 2017

1	**Gesichte I-VI** 65 x 90 cm, Portraits unter Pizzapapier, Mischtechnik	je 700
2	**Transsilvanisches Collier - Hommage à Dracula** Ø 18 cm, Allium sativum, vergoldet	1.900
3	**Forget me not - Omaggio a Don Vito Corleone** 40 x 35 cm, Kohlezeichnung (Projekt-Skizze)	350
4	**Selbstportraits I-IV** Ø 50 cm, Baryt auf Alu-Dipond, Auflage: je 5 (inkl. Rahmen)	je 500
5	**Starring: Farshid - Selbstportrait** Video Schulter-OP	unverk.
6	**Das Gewicht der Liebe** 1 Kg-Gewichte auf Waage	800
7	**Was mache ich hier - Portraits I-V** 30 x 20 cm, Aquarell auf Büttenpapier	je 250
8	**Fontainebleau meets Jasper Johns** 96 x 125 cm, Dartpfeile, Pappe, Kunstreproduktion (projektierte Werkreihe)	750
9	**Jesus-Karikatur** 23,5 x 17,5 cm, Nichts auf Leinwand	250

Gebühr frei	
Geb.-pfl.	X
noctu	
Sonstige	
Unfall	
Arbeitsunfall	

Krankenkasse bzw. Kostenträger: Techniker Krankenkasse 52

Name, Vorname des Versicherten:
Reznavi
Farshid
Pariser Straße 24
81667 München

geb. am: 29.10.1989

Kostenträgerkennung	Versicherten-Nr.	Status
107377502 W	250287970	1

Betriebsstätten-Nr.	Arzt-Nr.	Datum
575916000	313942054	08.03.17

BVG	Hilfsmittel	Impfstoff	Spr.-St. Bedarf	Begr.-Pflicht	Apotheken-Nummer / IK
6	7	8	9		

Zuzahlung | Gesamt-Brutto

Arzneimittel-/Hilfsmittel-Nr.	Faktor	Taxe
1. Verordnung		
2. Verordnung		
3. Verordnung		

Rp. (Bitte Leerräume durchstreichen)

aut idem
Milnaneurax® 50mg Neuraxpharm 50St
N2 1-1-0

aut idem

aut idem

Vertragsarztstempel

Klinik Karwinkel
Fachkrankenhaus für Stationäre Psychiatrie
Freudenbergerweg 10 / 81669 München
Tel. 089 / 36 33 00 Fax 089 / 36 33 022
BSNR: 085745399

[ ] Priv. Doz. Dr. med. Rose Bauer
FA f. Psychiatrie und Psychotherapie

Unterschrift des Arztes
Muster 16 (10.2014)

6664

Abgabedatum in der Apotheke

575916000 4

Bei Arbeitsunfall auszufüllen!

Unfalltag	Unfallbetrieb oder Arbeitgebernummer

Klinik Karwinkel
Fachkrankenhaus für Stationäre Psychiatrie
AssArzt Dr. med. Werner Maisch
Freudenbergerweg 10
81669 München

KLINIK KARWINKEL

08.03.2017

Herrn
Dr. med. Peter Mertens
Oberhachinger Straße 22
82031 Grünwald

N / Frau
Priv. Doz. Dr. med. Rose Bauer
Station F 2 B
Im Hause

Betrifft:	Herrn Farshid Reznavi
Diagnose:	Hochgradig ausgebildete histrionische Persönlichkeitsstörung (F60.4) Rezidivierende depressive Störung, gegenwärtig mittelgradige Episode (F33.1)
Therapie:	Kognitive Verhaltenstherapie
Medikation:	Milnaneurax® 50 mg Neuraxpharm 50 St, N2, Intervall 1-1-0

Sehr geehrte Frau Kollegin, sehr geehrter Herr Kollege,

der Patient befindet sich seit dem 15.2.2017 in unserer Behandlung.

Nach der Identifizierung zentraler Probleme und Aufbau einer therapeutischen Beziehung einschließlich eines Akzeptanzverhältnisses wurden Anamnese und Lebensgeschichte sowie Symptomatik und Verlauf einer depressiven Symptomatik analysiert.

Befundzusammenfassung
Wach, im Denken geordnet, weitschweifig, Tendenz zum Philosophieren, innerpathologische Vorgänge vordergründig nicht evident, Antrieb normal, affektiv gut erreichbar, manipulativ.

Procedere und Betreuungsempfehlung
Aufbau regelmäßiger Aktivitäten und Herausarbeitung einer Tagesstruktur, einschließlich der Förderung angenehmer Tätigkeiten. Beispielsweise können Entspannungs- oder Achtsamkeitsübungen hilfreich sein. Bearbeiten bestimmter kognitiver Muster und dysfunktionaler Informationsverarbeitungen. Verbesserung der sozialen, interaktiven und problemlösenden Kompetenzen. Vorbereitung auf kommende Krisen sowie frühzeitiges Erkennen von Krisen und Rückschlägen; Beibehaltung von erlernten, intervenierenden Verhaltensmustern sowie Rückfallverhinderung und Notfallplanung.

Die Medikation wird unsererseits nach wie vor empfohlen. Eine stationäre Aufnahme sollte erwogen werden.

Der/die Patient/in wurde darüber aufgeklärt, dass:
a) bei Schmerzen/Beschwerden der/die behandelnde Arzt/Ärtzin bzw. das Krankenhaus aufzusuchen ist,
b) eine Missachtung der ärztlichen Anweisungen seinen/ihren Gesundheitszustand negativ beeinflussen kann.

AssArzt Dr. med. Werner Maisch

Joseph Beuys: „Angeloni – Dove sarei arrivato se fossi stato intelligente!", Zeichnung (83 X 62 cm), 1971

Das MünchnerAuktionshaus Lempertz blickt, nach 11 Auktionen mit zum Teil sensationellen Ergebnissen, auf eine erfolgreiches Geschäftsjahr 2017 zurück. Bei der diesjährigen Frühjahrsauktion kam unter anderem eine vom *KunstHaus Sivers Fine Arts* eingereichte Zeichnung von Joseph Beuys unter den Hammer. Die *Angeloni – Dove sarei arrivato se fossi stato intelligente!* betitelte Arbeit stammt aus dem Nachlass des neapolitanischen Galeristen Lucio Amelio, der mit Beuys gut befreundet war.

Die Zeichnung wurde für den stattlichen Erlös von 180 000 Euro versteigert und ging an einen anonymen Telefon-Bieter, der an der exklusiven Auktion in Hongkong teilnahm. *hs*

Nur ein

London: Christos „The

Christo ist berühmt als
ckungskünstler. In D
land verhüllte er den
Reichstag, in japan platzierte
und gelbe Sonnenschirme in
fenen Landschaft. Mit dem „r
fence" ließ er ein 40 Kilomete
Tuch durch Kalifornien flatte
zuletzt spannte der Künstl
safrangelben Kunststoffsteg
norditalienischen Iseo-See.
bekannt ist, dass dieser M
weichen, flexiblen Material
seit 60 Jahren mit Ölfässern

Christo: „The Mas

Stalin-Museum in Georgien: Vergangenheit, die nicht vergehen will

Museen bewahren die Vergangenheit. Je mehr Museen es gibt, desto stärker geraten sie unter Rechtfertigungsdruck: Sie sollen erklären, warum und wie sei was bewahren. Zumal Historische Museen müssen sich kritischen Fragen stellen, denn Geschichte wird stets aus der

Nicht immer allerdings. Im georgischen Städtchen Gori dämmert ein Museum vor sich hin (vielmehr liegt es selbstzufrieden unter der georgischen Sonne), das solche Fragen erkennbar unwillig abwimmelt. Es ist das Josef-Stalin-Museum, zur Erinnerung an und zum höheren Ruhme von Josef Wissarionowitsch

Namen „Stalin"
drückte der Ges
Europas und de
und 1953 seinen
war Georgier, in
boren. Hier wur
Geburtshaus in
hineingestellt. 1
dem Geburtsha
des Josef-Stalin-
1957, vier Jahre
Diktators, einge
Mit einigen Ret
Jubelbild der St
steht das Muse
Stalin, so ode

Fine Arts – unfein

MOGELPACKUNG Ist der Münchener Galerist und Kunsthändler Hans Sivers ein Betrüger? Ein Sammler aus Hongkong klagt an.

Die Geschichte ist kaum zu glauben. Bei einer Ausstellung von *Sivers Fine Arts* im Jahr 2016 mit Werken des persischen Künstlers Farshid Reznavi hatte ein Sammler aus Hongkong alle Werke der Ausstellung aufgekauft. Zu dem Ankaufskonvolut gehörten auch zehn Exemplare eines Auflagenobjekts mit dem Titel: *»Transsilvanisches Collier«*. Schon allein dieser Titel hätte stutzig machen müssen. Denn schon kurz nach dem Kauf schrumpelten die Objekte vor sich hin; drei Monate später waren sie vollkommen ausgetrocknet. Mittlerweile hatte sich herausgestellt, dass die Colliers aus mit Acrylfarbe (KREUL, 75230 Gold) übermalten Knoblauchzehen hergestellt worden waren, und nicht – wie geglaubt – aus hochkarätig vergoldeten, der Natur nachempfundenen Metallformen. Mit der Angelegenheit werden sich nun internationale Gerichte beschäftigen.

> Täuscht die, die selber euch täuschen. Ovid

Hans Sivers verteidigt sich: Das Objekt trage den Untertitel *»Hommage à Dracula«* – damit sei alles klar. Selbst der lateinische Name für Knoblauch habe auf der Preisliste gestanden. Wer *Aurum* mit *Allium sativum* verwechsele, dürfe »nicht frei rumlaufen«. Von Täuschung könne keine Rede sein.

Der Künstler: »Das Eingetrocknete der Colliers korrespondiert doch bestens mit den verschrumpelten Hälsen der Kunstladies. Täuscht die, die selber euch täuschen.«

Eine vom gleichen Sammler beim Münchner Auktioshaus Lempertz erworbene Beuys-Arbeit steht seither ebenfalls auf dem Prüfstand; sie war von *Sivers Fine Arts* eingereicht worden.

CLAUS GEBHARD

Das »Transsilvanische Collier« von Farshid Reznavi drei Monate nach dem Kauf – geschrumpft und eingetrocknet. Betrug oder Kunst?

nn er vom Fall
uf dieser
n!“

n muss

München ist ...

... immer wieder eine Reise wert. Wenn ich durch die Stadt gehe, genieße ich jeden Moment. An schönen Tagen ist alles so unbeschwert – das macht München wirklich zur Weltstadt mit Herz.

Brigitta Foierl (86), Selbständig

GEFÄHRLICHE KÖRPERVERLETZUNG

Religiöser Fanatiker gefasst

In der Nacht von Dienstag auf Mittwoch gegen 1 Uhr morgens wurde vor einer Asylunterkunft in München Au-Haidhausen ein Mann mit Messerstichen lebensgefährlich verletzt. Direkt vor der Einrichtung war es zu einem Streit zwischen einem jungen Mann mit arabischem Aussehen und einem 22-jährigen Amerikaner gekommen. Der Angreifer konnte noch in der gleichen Nacht durch Einsatzkräfte der Polizei festgenommen werden und sitzt seither in Untersuchungshaft. Dort gab er die Tat zu und erklärte mit Verweis auf ein *Jesus-Karikatur* genanntes Bild, das der Angegriffene bei einer Kunstausstellung gezeigt haben soll, dass er als evangelikaler Christ die Pflicht habe, «Verhöhnungen unseres Herrn» zu ahnden. Der Angegriffene konnte mit einem zufällig mitgeführten Buch (den *Essais* eines gewissen Montaigne) die Messerattacke weitgehend abwehren. Trotzdem traf ihn ein Stich so schwer, dass er im Krankenhaus in ein künstliches Koma versetzt werden musste.

WEGEN AKUTER GRIPPEWELLE

Blutvorräte werden knapp

Auweia! Die akute Grippewelle hat nun auch die Blutversorgung in den Krankenhäusern erwischt. Weil Kranke kein Blut spenden dürfen, werden die Vorräte in den Depots knapp. Daher appelliert der Blutspendedienst Haema an alle Gesunden, die nächste Spende nicht länger aufzuschieben. Vor den anstehenden Osterferien sollte sich die Lage schnell wieder entspannen, so die Organisation.

Suche ein Zuhause

Soooo viele! Insgesamt 83 Kaninchen wohnen zurzeit im Tierheim in Riem. Sie hoffen alle, dass es bloß übergangsweise ist... Was meinen Sie? 089 / 921 000 53.

Anneliese und Wolfgang
im Namen aller Angeh

Die Beisetzung findet am Freitag, den 2
um 9.30 Uhr im Waldfriedhof Haar

…rendes

…us Zimmer
…ung für Neuroradiologie

…iv. Prof. Dr. Anca Grosu
…er Klinik für Strahlenheilkunde des
Universitätsklinikums Freiburg

BBK

Der Berufsverband Bildender Künstler trauert
um seinen Freund und Künstlerkollegen

Farshid Reznavi

Die Beisetzung findet am Freitag, dem 22. September 2017,
um 11 Uhr, im Westfriedhof München statt.

…der Ewige die Hände
…die Reise ist zu Ende.
MATTHIAS CLAUDIUS

Bestattungen Landeshauptstadt München

Städtische Friedhöfe München – Telefon
heute, Donners…

Teil:

Versic…

Heiraten und Bekanntschaften

Partnerinstitute

Er sucht Ihn / Er sucht Sie

Junger, liebes toller Orientale …
Der Lohn der Frommen sind die Engel der Wollust.
Fühle Dich wie in Abrahams Schoß. Ganz gleich, wer Du bist.
Das Paradies ist auf Erden. 0171 / 845 56 67

Heiraten – Sie sucht Ihn

SOS
Kleines Schiff 152 cm mit Maschinenschaden in großer Seenot!
Stappellauf 6/45, etwas in die Jahre gekommen, Deck u. Kajüte in sehr gutem Zustand. Suche festen Ankerplatz möglichst für immer bei einem weltoffenen, charmanten Seebären (Kapitän?), geistig sehr fit, mit Lachfalten, viel Herz und gut situiert. Freue mich auf Ihre nicht 0815 Zuschrift unter ✉ZS1937392 an SZ.

Frau, 40J+/160/57 kg, blaue Augen, Kinderkrankenschwester, berufstätig, fürsorglich, erwachsener Sohn… Sucht einen Mann für eine gemeinsame, glückliche Zukunft. Ich freue mich auf Ihren Brief mit Bild unter ✉ZS1937413 an die SZ.

Eine jugendliche, charmante, blonde, schlanke Sie, 61 J., sucht den gutsituierten Herrn mit Niveau, Stil und Herz für ein gemeinsames Leben zu zweit. ✉ZS1937445

Bekanntschaften – Er sucht Sie

Attraktive Lady gesucht
Charmant, charismatisch, sportlich: Endfünfziger sucht DICH für aufregende Events. Lebensfreude und Offenheit für Neues sind Dir wie mir wichtig. Lass uns Dinge tun, die Körper Geist und Seele gut tun – Dinge die eingelungenes Leben ausmachen. Raum Düsseldorf / Köln. Interesse? Dann schreib mir per Mail (Foto): HiddenAffair@gmx.de oder Zuschriften unter ✉ZS7116836

REGIERUNGSDIREKTOR a.D., 64/181,
familiär unabhängig u. ggf. zu einer örtlichen Veränderung bereit, wünscht er sich eine Liebesbeziehung mit (herzens-)gebildeter Dame „ohne Alter"! Vorstellen darf sich die Leserin einen absoluten Gefühls- u. Genussmenschen mit ansteckendem Humor. Mehr über ihn auf nachstehender Homepage unter Anzeigen „Herren"! Gebührenfrei **0800/5208501** auch Sa./So., Original **Akademiker-KREIS** seit 37J., Dr. Müller. **In: HH-H-BI-D-F-S-M-B- CH: Zürich - A: Salzburg / Wien**
www.Akademiker-KREIS.com

Unternehmer / Freigeist
attraktiver, markanter-sportlicher Ästhet, bestens situiert, 50/190, sucht exquisite Frau für Freundschaft & Genuss. libero1213@gmx.de Zuschriften unter ✉ZS7116842

Gemeinsam in den Sommer!
Ingenieur aus München (43, 185, NR, ledig, kath., zuverlässig, humorvoll, sportlich) mit vielseitigen Interessen (Sport, Reisen, Kultur) sucht Dich: eine liebevolle und herzliche Frau ohne Anhang aus dem Raum München bzw. Oberbayern für eine schöne gemeinsame Zukunft. Kommst Du mit ? Freue mich auf Deinen Brief !
Zuschriften bitte an sommer.bote@aol.com bzw. unter ✉ZS7116866

Facharzt in leitender Position, 60, 1,80, fleißig, ehrlich, gewissenhaft, kerngesund, sportl., mit eigenem Haus u. gutem Einkommen, ohne "Altlasten", su. warmherzige Partnerin für eine gemeins. Zukunft in harmonischer Ehe u. mit gemeins. Kindern, NR, mit Abi, bis 38. Emails bitte mit Foto unter sivinna@web.de Zuschriften unter ✉ZS7116821

Ich bin Geschäftsmann, der lange Zeit keine feste Beziehung hatte, da die Zeit nicht da wäre. Jetzt habe ich eine etwas ruhige Zeit und gebe was Arbeit angeht nicht mehr voll-Gas, dass können die jungen Leute machen. Also,zu meiner Person!
Bin 180 groß, lebe in geordneten Verhältnissen. Mein Alter 54 Jahre, blondes Haar, blaue Auge, sehr sportliche Figur, gefühlvoll, verständnisvoll und warmherzig. Suchen tu ich, eine gutaussehende, sportliche Rumänin, Thailänderin oder eine Kubanerin die in meinen Charaktereigenschaften hineinpasst. Soll nicht älter als 40/43 sein. Würde mich eher auf Bilder freuen natürlich auch auf eine liebevolle Post von Dir! Zuschriften unter ✉ZS1937375 an SZ.

Für wahre Liebe ist es nie zu spät!
Suche liebevolle, warmherzige, werteorientierte katholische Frau. Bin einfühlsam, 73/180, NR/NT, ruhig, ein guter Zuhörer, solider Lebensstil, liebe Garten + Küche, bin vielseitig interessiert, umzugswillig. Zuschriften bmB (R Süddeutschland) unter ✉ZS1937427

Wieder Hand in Hand gehen
Du bist eine liebevolle Frau zw. 50-65, stehst mit beiden Beinen im Leben und wünschst Dir wie ich nochmals eine neue erfüllende Liebe? Niveauvoller Geschäftsmann, jugendliche 62 wartet auf Deine Bildzuschrift unter: geniessenwir@web.de Zuschriften unter ✉ZS7116872

JEANS UND ABENDKLEID
Niveauvoller Akademiker, Freiberufler und jugendicher 60-iger, sucht charmante, gepflegte Frau zw. 40-65 für die schönen Seiten des Lebens. Freue mich auf Bildmail an:treffdichgerne@gmail.com Zuschriften unter ✉ZS7116854

Gemütlich zu zweit ausgehen…..
…ist viel schöner als allein herumzusitzen. Vielbeschäftigter smarter Freiberufler, Ende 50, sucht genussfreudige Frau zw. 40-62 zum Ausgehen, Kultur usw. Sende mail mit Foto an: essenzuzweit@gmail.com
Zuschriften unter ✉ZS7116867

Say you will …
Münchner mit Haus,Garten,Auto 170,75, 72 Jahre, stud., sucht eine freundliche, ehrliche Frau ohne Altlasten aus dem Raum München. Migrationshintergrund ist kein Problem Zuschriften unter ✉ZS7116815

[illegible]
…wünscht sich smarten Mann, 59/183 als charmanten Freund und Begleiter in allen Lebenslagen, aber ohne Beziehungsstress? Bild-Zuschrift an: bintotalnett@gmail.com
Zuschriften unter [illegible]

Sommer, Sonne, Liebesglück bei gemeinsamen Wandern, Radeln, Reisen u.v.a. mehr. Welche nette SIE macht mit? Bin 69/180, sportl. schlank, mit Freude am einfachen Leben… Zuschr. u. ✉ZS1937429

Weibl., devote, schl. Partnerin um die 40 mit Niveau ges., von M schl., 56, Antw. mit Tel., Zuschriften unter ✉ZS1937378

Bekanntschaften – Sie sucht Ihn

Zuverlässige Herausforderung gesucht
Bist Du bodenständig & zuverlässig und möchtest gerne wieder in einer Partnerschaft ankommen? Sodann freue ich mich auf Deine Nachricht.
Vorab etwas zu mir: Ich bin 1,75m, schlank, … empathisch & feinfühlig sowie weltgewan…
Sollte ich Dein Int…
2017herausfor…

Gleiche Voraussetzungen bilden u.a. Vertrauen – deshalb sollte er sein: vornehm und sexy, 55-70 J., ab 1,82 m, gut auss., dkl.äugig, mit liebevollem Wesen, gern ruhigen Typs, gerne draußen (Spazierg., Rad, schwimmen, schöne Orte, u.a.), mögl. …musiker), mit …

Eine neue Liebe ist wie ein neues Leben!
Ex-Unternehmerin, **in Wien lebend,** fröhlich u. jung geblieben, 70+/1,71/60, blond, vital, reise- u. kulturfreudig, wünscht sich passenden NR. Vermisst du auch die Liebe und Zärtlichkeit? Dann melde dich zeitnah. Zuschriften unter ✉ZS1937441

…warte ich zu viel?

is
oto

iels.
3kg),
antik,
ıt sich
ı einer

SZ

amburg,
resse an
unst. Bin
ık, etwas
hland auf-
S1937706

no, Restau-
ıer. Bin ein
senhorizont,
nmal bin ich
an SZ

aar, mit Aus-
, anpassungs-
interessiert,
enden, lieben
190 groß.
326 an SZ

ne Germanistin,
esten Mann ab
117397

50

ank,
deten
kennen
e mit Foto

MIT HERZ
rmögenden lie-
hen auf Augen-
ZS1937825

yerin (Akad., 59 J.,
humorvollen, gscheidn
ı. ✉ZS1937832

os-/ eitbekanntschaften

gefährtin (Italien/Frankreich)
symp. M (63), 13.8. - 4.9.;
chriften unter ✉ZS7117325

au, 64, mit Hund, sucht nette Begleitung
ür kl. Wanderungen u. Ausflüge.
WM, GAP, TÖL. firstflush@online.de oder
Zuschriften unter ✉ZS7117317

Naturfreundin, 61, sucht sympathische Leute für gemütliche Radltouren ca 30 Km. Wohne im Münchner Westen und freue mich über Antworten unter ☎0162/8888928

Alleine ist man immer nur die Hälfte. Welcher Übermütige ca. 68/1.80 macht mit? Sie, 68/1.74/62, fröhl., unkompl., freut sich über Anruf unter ☎0160/93327226

Lkr. EBE - MB - M (Ost)
Tanzn möcht i (w, 71) gern! Wo is denn mei lustiger Tanzer? **☎01573-444 3717**

Mein Freundeskreis braucht frischen Wind (w/m)! Münchnerin, 57 J.: Wandern, Seefeste, Tanzen... ☎0172/8016298

Freundschaft zu älterem Herrn, ± 80, f. niveauvolle Unternehmungen v. ebensolcher Dame im Rm. München ges.; ✉ZS1937791

Suche Reisebegleiterin (Kosten werden übernommen) auf den Flüssen Neckar, Rhein, Mosel u. Saar. Ca. 60 J.; **☎09081/8050400**

Begleitservice

Junger, liebes toller Orientale ...
Es ist für jedermann ein Grundbedürfnis, sich auszuleben, nicht nur für diejenigen, die selbstständig gehen und sprechen können.
0171 / 845 56 67

twee-apen-tom

sch | Katalog | Suchen

„Soll ich dein Detail waschen?“ Ich hab mich we
vorsichtig sein oder kann ich schrubben?“ Echt s
umgegangen. Und als Du die Spitze des Details
das Lilienwappen der französischen Könige, das
DEIN Detail übrigens weißt du sehr effektiv einz
kultiviert … irgednwie sieht man dir deine franzö
Tja, was braucht man mehr als Rotwein, ein Da
wie konnt ich‘s nicht recht glauben, es fühlte sic
eine fremde Bestimmung … wie geklaut … als w

Transkription: Ey, Alter, dein Handy ist jetzt schon seit Urzeiten am Arsch. Wie wärs mit nem neuen? Mann, Aadish, ich erreich dich nicht, wassn los? Ich schmeiß dir maln paar screenshots inn Briefkasten, unseren letzten Skype-chat. Sagma kann ich den verwenden, das wär cool? Für mein Projekt, also diesen Roman, du weißt schon … Meld dich! Tom

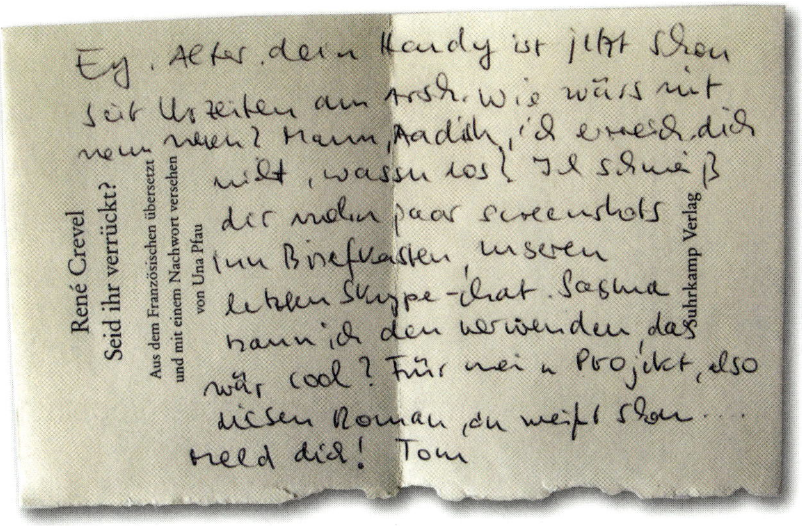

ngelt, echt 🙂 Und dann noch die Nachfrage: *„Mus sich*
Ganymed! Sooo cool is noch keiner mit ‘nem Krüppel
em Tempo abgetupft hast: *„Schau mal, der Abdruck, wie*
nen der von Gott gegebenen Monarchie.“ LOL
en (haben Götter je göttlicher gevögelt?), echt, äußerst
Episode an. :D Schön war‘s, Ganymed … zärtlich!
rm Kopf und ein, zwei gute Freunde? Trotzdem: Irgend-
. keine Ahnung … wie ein Glück, das nicht uns gehört,
wir andere gewesen.

Das mit dem *„Detail“* is
Fand‘s auch cool, Tom
tiefenentspannt mit dir
By the way: Is Glück ni

Trotz allem: vor lauter Vögeln haben wir uns k

Aber wir haben Backg
nach … Zufall übrigens

Dein Slogan *„Alles Fleisch willkommen“*, das h
aus? Oder is das so ne Art Fetisch bei dir, qua
das Weite, wenn sie so‘ne Lorenza-Böttner-Ty
ausgabe und oll, da sagen die Ciao … Also: T
zur Verfügung? 🙂

Häh? Lorenza-Böttner-T
normal anders. Weißt D
was fehlt, jedem fehlt w
Frauen, ich bin doch nic

von mir … das hab ich von ‘ner alten Freundin.
st echt ne great exception im business … es war richtig
efen“ – höhö … Und danke für den Champganer!
nmer irgendwie geklaut, bei irgendwem? ☺

unterhalten. Grindr-World halt.

n gespielt … is mal was anderes als die Zigarette da-
s du gewonnen hast, ich bin nämlich besser als du. ☺

nich schon interessiert. Dir macht Krüppeliges wirklich nix
in Beuteschema? Bist Du mankophil? Die meisten suchen
e mich sehen, ‘n Kerl ohne Arme, noch dazu als Zwergen-
OT !!! / Sagma, stellst Du Dein stolzes Detail auch Frauen

Manko-was? Lassma, nix zu danekn, bist einfach cool, ganz
ers sein kommt eh bald in Mode. Is mir herzlich egal, ob da
bist schön wie die Venus von Milo - haha ☺ // Klar auch
stisch … und schwul bin ich schon gar nicht …

… und was war das zwischen uns? Ich durfte

Mann, Tom, ich bin pan.
die Wiese – alle Geschle
toll sind. 🙂

Ah, ja? Auch Oldies offensichtlich. Weißt du,
drin … du hast gerade meine Eichel … so mit
zartlüstern wie Nastassja Kinski die Erdbeere
Dolan den Marshmallow von Niels Schneider
imaginaires … weißt du, was mir da einfiel: *G*
Nacht. Von montherlant … odre nem arabisch

Keine Ahnugn. Ich glaub
Alles roger an der Büch

Ich *muss* brainen, ich bin Schriftsteller, mein
Walter Moroder – einfühlsames Bürschen, die
siert dich doch gar nicht, du liest doch nur Fa
dein Hauptjob? porn oder escort? Das mit de

' mit meiner Schwanz-Verlängerung … na, du weißt schon …

eld-Wald-und-Wiesen-Liebhaber: *das* Feld, *der* Wald,
. Das is was anderes. Ich find Menschen toll – wenn sie

ir einfiel, als wir gerade … also wirklich so richtig mitten-
stülpter Zunge, OMG 🙂 die Lippen strichen zart … so
iesem Landlord in Polanskis Film *Tess* … oder wie Xavier
Mund geschoben bekommen hat, ich glaube in *Les amours*
ie jemandem, der älter ist als du, und sei es nur für eine
:hter … oder so … anyway …

brainst zu viel, Junge. 🙂
?

Lese gerdae 'n Katalogbeitrag von Arnold Stadler über
adler. Wieso fragst du nach meiner Lektüre, das interes-
. oder Thriller-Kram? Sagma, was is denn jetzt eigentlich
mate (richtig geschrieben?) hab ich nich gecheckt.

Na ja, angefangen hab i
Geschichte der Damen-
Aber die Kohle war schn
mindestens. Außerdem
ausgeleuchtet ham, geh
einmal gemacht … das
Abgefahren. Na ja, irger
Socken beim Sex angel
mir dann ‘n YouTube-ch
Videos sind eigentlich a
cool. Null Aufwand … n
alles ziemlich relaxed. D
Ads. Kommt schon was
‘n Scheißbluterguss geh
aufgehört, na ja, war au
nich wirklich, dieses bat

s Unterhosen-Model … habs sogar in die 2-bändige
Herrenunterwäsche geschafft … im Schuber, voll geil!
ps … schick ja von allem meiner family immer die Hälfte,
lie shootings schgeiß anstrengend. Bis die die Beule richtig
en zehn mal einer ab. Porn hab ich eigentlich nur
eser Gonzo-Scheiß, also dieses „straight to the point“.
er muss die Kohle ja kommen. Stell Dir vor, die ahben ihre
, weiße dreckige Socken, geht gar nicht, no way! … Hab
gebastelt und es mit bathmate versucht. Penispumpen-
ıren, die kannst zu hause machen. Einsatz/Ertag: echt
ıum, die Kamera halt und dein Schwanz … ansonsten
na hat echt voll die Knete abgedrückt. Zudem die Banner-
Aber nachdem ich mir mit diesem Scheißpumpending mal
ɔe (ich hab gedacht, ich sterb weg), habe ich mit dem Mist
auer eh dead boring, keine Abwechslung. Funzt ja auch
-Zeug. Trump-Fake! Dann erst kam escort …

… also so richtig dieses Richard-Gere-Ding au

… nee, nee, nich so sc
also hier in Deutschlan
richtig … bin eher so, d
Maloche. An ‘nem Besc
außer Schweiß und Se
verdammt verfickte Pla
einen geblasen (also ni
geil? Genial war‘s, der
dir … Himmel auf Erde
Fisherman‘s Friend im
Am Anfang – bevor ich
my-homo.net. aufgege
Typen ausm Verkaufsf
gen, wenn die Restera
Rohr verlegen – mit Ab
über die Stuhllehne ud
Generalüberholung. Di
Gleitmittel, treibens bis
Vorhautbändchens, un
vermieten iseasy. Wen
membert oder Roquef
Fickbolzenreiten und L
auf den Senkel gehen.
fragt, woher das viele
Waschmaschine. 

-schicki … das schafft keiner mit Migrationshintergrund, … bin ja eher, na ja, escort stimmt eigentlich nicht so ßt schon, hustlermäßig unterwegs, hardworking, dreckige nen kannste ‘ne halbe Ewigkeit rumgurken und nix is, cheidenentzündung nix, is kein Fingerschlecken, ‘ne . Nee, der job is selten fun. Doch, einmal hat mir ‘n Typ ‘n Aggro-Deep-Throat), das war echt geil. Was heißt da ıer. Der hat sein Gebiss rausgenommen und … ich sag utterweich mit Wumms … der hat, glaub ich, kurz davor ‘n gehabt … BOAH!

rindr umgestiegen bin – hab ich noch Kontaktanzeigen bei a melden sich dann hängebäuchige Reihenhausspießer. en. Echt abgespaced. Meistens ziemlich spät, gegen Mor-der Clubs leergefegt sind, dann wollen die bei mir noch ‘n arantie. Die hängen ihre gebügelten Hose fein säuberlich : Bumsen, Bezahlen, Tschüss. Einfach nur Vollwaschgang. n dein Kanaken-Appeal geil, wollen Tiger-Balsam statt Erotikunfall, mindestens Analfissur, besser noch Riss des n dann AFD wählen. Glaub bloß nich, seinen Schwanz zu tinkender Mikroschwanz (du weißt nich, ob Gruyère, Ca-dein Gesicht abspritzt, da friert‘s dich. Nee, dieses ewige eschrubbe und Rosettengelecke kann einem ganz schön Escort wär schon was. Anyway. Meine family hat nich ge-Großvater hat jetzt endlich sein Gebiss … und Mom ihre

Oje, du Armer! Und escort war echt nie?

… doch, doch, zwei ma
bisschen rummachen,
gehen. Die wollte mit ‘n
nem angesagten Resta
allem -mitgliederinnen.
fett Kohle gemacht, da
der Oper (hat mir soga
Cardin-Zeugs), und da
hat … keine Ahnung …
gemütlich gemacht auf
auf sonem Heidschnuc
dann – ganz ohne Ber
Erektion, wirklich nicht
ich … ich hab fast in ih
Das Ganze war aber le
schäftsmodell gemach
schon alles ‘n bissche
dagegen, noch den W
dessen immer wiedr n
ab?“ Das ganze Gene
ich will mich nich bekla
Leben. Wenn auf Pay

r eher zufällig. Mal ‘n Theaterbesuch und danach ‘n
e gediegen-gemütliche. Das zweite mal: einfach nur Essen
eilen Jungbullen gesehen werden, in aller Öffentlichkeit, in
irgendwie cool tun vor ihren Gemeinderatsmitgliedrn, vor
eigentlich drei mal, ganz vergessen … da hab ich richtig
h mit ‘ner Lady aus Brandenburg (Alter eher biblisch) in
lamotten dafür spendiert, so schwuchteliges Pierre-
ing‘s ab in ihr schickes 60er-Jahre-Backsteindomizil. Die
dwie von meiner Spezialität erfahren. Also hab ich‘s mir
Bett, streck mich prächtig nackt auf ihrem Schafsfell aus,
edöns, die Arme lässig hinterm Kopf verschränkt, und
– entwerf ich ‘n Ständer, also korrekt gesagt ‘ne Riesen-
ht, und jetzt kommt‘s: allein durch Willenskraft spritz
asse … glatte 200 Euro … geil!
e scheißverfickte Ausnahme, hätte das ja gerne zum Ge-
das mit meinem Stehaufmännchen-Steckenpferd, könnte
r laufen, escortmäßiger, verstehste, hätte dann auch nix
inkauf der Ladies (oder Lords) als Gratiszugabe … Statt-
dauergeil, welcher rattige Fleischlümmel spritzt auf mir
Hunk-Schwänze und Boysahne und Rohrreinigung. Aber
ja mein Job. Blasen-Ficken-Kommen-Abgang is mein
n Ende alles easy is, so what? Meine family is glücklich.

Und du?

???

Glücklich? Biste glücklich, Ganymed? GROS

Ehrlich gesagt, ich wäre
lang, möglichst in der zw
wär echt voll episch! Ge
deutscher Schäferhund
Ob ich glücklich bin? Ic
mach mehr Rubel als m
Leute sehe, all diese ma
'ne Leiche. Nicht lustig.

rünge kannst ja nicht machen mit dem Job, oder?

'nTelenovela-Star: Immer die gleiche Rolle, ein Leben
Reihe. Den Text lernen, den Rotz runterspielen, fertig. Das
te Kohle, keine Verantwortung, ein Leben lang. Oder 'n
hrlich dreinblickend, aber lieb, ganz lieb.
nich, was Glück is. Ich lache lieber, bin zufrieden. Ey, ich
mpel in der WG, der putzt. Klar, bin ich happy. Wenn ich die
Typen, bin ich happy. Ich lache. Bei mir zu Hause wär ich
in ich happy. Ich lache!

Öffentliche Hinrichtung von Mahmoud Asgari und Ayaz Marhoni am 19. Juli 2005 in der heiligen Stadt Maschhad, Iran.

Im Iran gibt es keine Homo-sexuellen.

M. Ahmadineschad, 2007

Dank

Michael Faber, das ist Verlegerschaft comme il faut: leidenschaftlich, mutig, der Gegenwart voraus. Er war mein erster Leser. Er hat mich ermuntert, ermutigt, er hat mich gefordert, er hat mich auf den richtigen Weg geführt. Alte Schule, jung geblieben. Mein allerherzlichster Dank gilt ihm.

Mein zweiter Leser war Ralph. Er war immer am Fortgang von Tric-Trac interessiert, sehr neugierig, was ihm schließlich den Namen »Monsieur Wunderfitz« einbrachte. Außerdem sind ihm Ungereimtheiten im Text aufgefallen, die ich flugs korrigiert habe. Lieben Dank, Ralph.

Romain stand mir immer freundschaftlich zur Seite, wenn es um »französische Assistenzen« ging. Obwohl er eigentlich nie so recht wusste, wofür das Ganze war. Vor allem seine Übersetzung von Farshid Reznavis in *Le Monde des Livres* erschienener William-Boyd-Rezension war mir eine unschätzbare Hilfe. Bisous!

Shaahin Esfandiari hat – als unmittelbar Betroffener – das Typoskript gelesen und viele wichtige Hinweise, kritische Anmerkungen und Vorschläge beigesteuert.

Andreas von Sinclair bin ich dankbar für die Übertragung des Gedichts *Ich will* aus dem Persischen ins Deutsche. Besser, denke ich, kann man das nicht machen.

Mein Dank gilt auch meinem Freund Gino Lenthof für die Zurverfügungstellung bestehender oder exklusiv angefertigter Illustrationen sowie auch Frank Eilenberger für die Gestaltung des Umschlags und Cornelia Heinrich fürs akribische Korrektorat.

Meiner Freundin und Frau Madeleine danke ich für die Unterstützung und Geduld während der Entstehung von Tric-Trac. Tu m'as donné des ailes. Ich weiß, du hast mich nächtelang vermisst. On se rattrapera! Je t'aime, mon amour.

Last not least ein Dank an meine Figuren. Ich muss mich entschuldigen. Manchmal musstet ihr Dinge denken oder gar sagen, die nicht gerade fein waren. Aber ihr habt Mut bewiesen, habt immer mitgemacht. Selbst wenn euch die Nackenhaare standen, immer wart ihr bereit, die Freiheit der Kunst zu verteidigen. Das nenne ich Größe. Ohne euch Helden der Literatur, das sollt ihr wissen, wird Literatur nie möglich sein. Euch gilt meine größte Ehrerbietung und Bewunderung.

Asjadi
Berlin und Zürich, 2021

Anmerkungen

Asjadi legt Wert auf die Feststellung, dass Anmerkungen nur für jene gedacht sind, die im Leben nicht mit unbeantworteten Dingen zurechtkommen. Profis kommen ohne aus, sagt er. Trotzdem, der Verlag ist der Ansicht: Einige Hinweise könnten vielleicht doch ganz hilfreich sein.

S. 3 – Tric-Trac ist die französische Variante des englischen Backgammon. In seiner ursprünglichen Form ist es eines der ältesten Brettspiele der Welt. (Siehe auch Anmerkung S. 21)

S. 9 – L'histoire de ma vie n'existe pas. Ça n'existe pas. Il n'y a jamais de centre. Pas de chemin, pas de ligne. Aus: Marguerite Duras *Der Liebhaber* (dt. 1984). — *Die Geschichte meines Lebens gibt es nicht. So etwas gibt es nicht. Es gibt nie einen Mittelpunkt. Keinen Weg, keine Linie.* (Übertragung: Ilma Rakusa)

S. 9 – Le hasard est le plus grand romancier du monde. Aus: Honoré de Balzac *La Comédie humaine (Vorrede). – Der Zufall ist der größte Romancier in der Welt.*

S. 11 – Sarabande Titel des letzten Films von Ingmar Bergman aus dem Jahr 2003.

S. 11 – Das Schlangenei Titel eines Films von Ingmar Bergman aus dem Jahr 1977.

S. 15 – Forugh Farrochsad war eine persische Dichterin und Filmregisseurin (1934–1967). Sie zählt zu den bedeutendsten Repräsentantinnen der iranischen Moderne. Sie ist die ältere Schwester des iranischen Politikwissenschaftlers, Dichters, Sängers und Schauspielers Fereydoun Farrochsad, der 1992 vom Vevak (dem iranischen Ministerium für Nachrichtenwesen und Sicherheit) in Bonn ermordet wurde. Sämtliche den Kapiteln vorangestellte Verse von Forugh Farrochsad sind in der Übertragung von Kurt Scharf wiedergegeben. (Forugh Farrochsad *Jene Tage*. Suhrkamp: Frankfurt 1993)

S. 20 – paayaan pers. für Ende

S. 21 – Tachte-Universum Takhte Nard ist die persische Variante des Backgammon. Kurzform: Takhte (pers. = Brett). In der deutschen Transkription: Tachte. Die französische Version des Spiels heißt Tric-Trac. (Siehe Anmerkung S.3)

S. 27 – Diwan von Hafiz Hafiz ist einer der bekanntesten persischen Dichter (ca. 1320–1389). Da er schon als Kind den gesamten Koran auswendig konnte, erhielt er den Namen Hafiz: der (den Koran im Gedächtnis) Bewahrende.
Hafiz war Lehrer an der Koranschule und gehörte einer Gemeinschaft von Derwischen und Sufis an. Trotzdem pries er in seinen Ghaselen (i.e. vorislamische Liebesdichtung mit dem Reimschema: aa-ba-ca-da-ea-fa) recht freimütig den Wein, das Wirtshaus und alles Irdische

und Sinnliche. Außerdem verspottete er mit großem Vergnügen und stilistischer Eleganz seine Kollegen – die Pfaffen, Mönche, Mystiker – und alles Dogmatische. Als *Diwan* wird in der Literatur des Nahen und Mittleren Ostens eine Gedichtsammlung zu einem bestimmten Thema bezeichnet. Einer der berühmtesten Diwane ist der *Diwan des Hafiz*. (vgl. Anmerkung S. 36)

S. 28 – mein Glücksdschinn Nach islamischer Auffassung sind Dschinn intelligente Geisteswesen, die weder den Menschen noch den Engeln zuzuordnen sind. Sie können verschiedene Gestalt annehmen.

S. 31 – Bouvier genügte ein schmächtiger, fast schwindsüchtiger Topolino Nicolas Bouvier (1929–1998) war ein Schweizer Schriftsteller und Journalist. In einem Fiat Topolino reiste er mit seinem Freund Thierry Vernet von Genf über Jugoslawien, die Türkei, Iran und Pakistan nach Kabul. (Vgl. Anmerkungen S. 158, S. 258, S. 394, S. 480)

S. 34 – wie Benjamin einst unter den Esstisch der Berliner Kindheit
In Walter Benjamins *Berliner Kindheit um neunzehnhundert* (entstanden in den 1930er-Jahren; erschienen posthum 1950) heißt es: *Der Esstisch, unter den es [das Gespenst] sich gekauert hat, lässt es zum hölzernen Idol des Tempels werden, wo die geschnitzten Beine die vier Säulen sind.*

S. 34 – Evin-Gefängnis Das Evin-Gefängnis im Norden Teherans ist u.a. für die Inhaftierung von politischen Häftlingen des Iran berüchtigt. Folter und sexueller Missbrauch sind an der Tagesordnung.

S. 34 – Qom (auch Ghom) ist die Hauptstadt der Provinz Qom in Iran. Sie gilt als eine der heiligen Städte des schiitischen Islam. Die Islamisch-Theologische Hochschule von Qom, in der die meisten iranischen Prediger ausgebildet werden, ist gleichzeitig der Sitz der extremistischen Hojjatieh-Gesellschaft.

S. 35 – Ometeotl ist ein dualer Gott der Azteken (Zwei-Gott). Er bestand aus der männlichen Komponente Ometecutli (Zwei-Herr) und seinem weiblichen Pendant Omecihuatl (Zwei-Frau). Er wird auch als Herr der Dualität bezeichnet.

S. 35 – niemand hat das Universum geschaffen und niemand lenkt unsere Geschicke Kongruenz der Ereignisse? Dieser Gedanke findet sich genauso bei Stephen Hawking: *No one created the universe and no one directs our fate.* In: *Brief Answers to the Big Questions — Kurze Antworten auf große Fragen* (2018, posthum erschienen).

S. 35 – Huri Die Huris (die Blendendweißen) sind nach islamischem Glauben Jungfrauen im Paradies, die den Gläubigen im Jenseits zugesellt werden.

S. 36 – von diesem fettlebrigen, szhirrösen Hafiz Das Adjektiv *szhirrös – hart* wird auf bösartig entartetes (Leber-)Gewebe angewendet. Hier wahrscheinlich eine Anspielung auf Hafiz als Verherrlicher des Weins. (vgl. Anmerkung S. 27)

S. 36 – umgeben von Wirtshaustüren schlagenden Engeln Dieses Bild findet sich sehr ähnlich in dem Hafiz-Gedicht *Engel sah ich gestern Nacht im Traum.* Dort heißt es:

Engel sah ich gestern Nacht im Traum
Schenkentüren schlagen, und aus Ton
formten sie den Erdensohn,
tranken danach auf sein Wohl.

S. 36 – Saki Mundschenk, Weinschenk – Er spielt in der mystischen Dichtung der Perser eine große Rolle. (Der 9. Abschnitt in Goethes *West-östlicher Divan* heißt: *Saki Nameh — Das Schenkenbuch*)

S. 36 – Und doch möcht ich im Grabe liegen, / Und mich an ein totes Liebchen schmiegen. Aus: Heinrich Heine *Buch der Lieder* (*Lyrisches Intermezzo*, 1822–1823, Nr. 31).

S. 37 – Hedayat Sadegh Hedayat war ein persischer Schriftsteller (1903–1951). Der surrealistische Roman *Die blinde Eule* gilt als sein Hauptwerk und gehört zum Kanon der modernen persischen Literatur. Hedayat nahm sich in Paris das Leben; er wurde auf dem Friedhof Père Lachaise begraben. (vgl. Anmerkung S. 107)

S. 37 – Schaitan Teuflisches, dämonisches Wesen. Im Islam ist Iblis der höchste Teufel. Im Koran wird dieser gewöhnlich als Schaitan bezeichnet.

S. 37 – Denk an Byron Mit Byron ist hier (und auch in der Folge) nicht der romantische Dichter Lord Byron (1788–1824) gemeint, sondern sein entfernter Nachfahre Robert Byron (1905–1941). Robert Byron war Reiseschriftsteller, Kunstkritiker und Historiker.

S. 37 – Wie eine Vedutenlandschaft von Melling Antoine Ignace (Anton Ignaz) Melling war ein aus Karlsruhe stammender Architekt, Maler und Mathematiker (1763–1831). Mit 19 Jahren reiste er in den Orient. Seine Veduten von Konstantinopel (1819 als *Voyage pittoresque de Constantinople et des rives du Bosphore* erschienen) gehören zu den schönsten des Orients. – Orhan Pamuk hat sie als *Bilder aus einem zeitlosen Paradies* beschrieben.

S. 37 – Kluge Maulbeerbäume Eventuell bezieht sich Großvater hier darauf, dass der Maulbeerbaum als klug empfunden wird, weil er erst blüht, wenn keine Frostgefahr mehr besteht.

S. 38 – One of those rare moments Das Zitat stammt aus Robert Byrons *The Road to Oxiana* (1937). Vollständig heißt es: *One of those rare moments of absolute peace, when the body is loose, the mind asks no questions, and the world is a triumph, was mine. So much it meant to have escaped from Teheran. — Es war einer dieser seltenen Momente völligen Friedens, wenn der Körper entspannt ist, der Verstand keine Fragen stellt und die Welt ein Triumph ist. So viel bedeutete es mir, aus Teheran entkommen zu sein.* (Übertragung: Matthias Fienbork)

S. 40 – O Herr, setz diese Nichtwisser auf die Esel Vers aus dem Hafiz-Gedicht *Die Pfaffen, die vor Kanzel und Altar* (Übertragung: Cyrus Atabay)

S. 40 – Die Abas schwebten Die Aba (auch: Abaya) ist ein ärmelloser, mantelartiger Überwurf. Das traditionelle islamische Kleidungsstück wird u. a. von Mullas getragen.

S. 41 – ein ordentliches Abbé-Tolbiac-Gekeife Abbé Tolbiac ist ein fanatischer Glaubenseiferer aus Guy de Maupassants Roman *Ein Leben* (1883).

S. 43 ff. – Haus in Babolsar Als Vorlage für das hier beschriebene Haus diente Asjadi das in Bandar-e Torkaman am Kaspischen Meer gebaute Haus seines Onkels. Dieser hat es Ende der 1970er-Jahre nach einer Skizze von John Pawson und Donald Judd bauen lassen.

S. 43 – in dem Buch eines verschrobenen helvetischen Sufi-Forschers Bei dem Schweizer Sufiforscher handelt es sich um den Orientalisten und Übersetzer Titus Burckhardt (1908–1984). Das erwähnte Buch, in dem u. a. die arabische Haustypologie Marokkos abgehandelt wird, heißt *Fes — Stadt des Islam* (1960).

S. 43 – kleines Wiesenstück Aus einem Gashel von Hafiz:
Zwei kluge Freunde, alten Weines zwei, drei Scheffel, /
Beschaulichkeit, ein Buch, ein kleines Wiesenstück: /
ich gebe solchen Platz nicht her für diese und jene Welt, /
auch wenn das Volk mir nachläuft jeden Augenblick!
(Übertragung: Cyrus Atabay)

S. 44 – Whisky-Mihrab Der Mihrab ist eine Gebetsnische in Moscheen. Sie zeigt die Gebetsrichtung zur Kaaba in Mekka an. Großvaters Mihrab weist Richtung New York.

S. 44 – blau, die Farbe Persiens Robert Byron hat in seinen Reiseerinnerungen *Der Weg nach Oxiana* (1937) ebenfalls Blau als die Farbe Persiens beschrieben.

S.44 – Houz Der Houz bezeichnet in der traditionellen persischen Architektur ein zentral gelegenes Wasserbecken in einem Garten oder Innenhof. Im Hof privater traditioneller Häuser erfüllt er ästhetische Funktionen und dient gleichzeitig der Luftkühlung.

S. 45 – So ist es, oder auch nicht. Zufall? Kongruenz der Ereignisse? Vorsatz? — In Absicht, Ziel und Zweck (1995) des kolumbianischen Philosophen Bernardo Striegel spielt das Wort *So ist es, oder auch nicht* eine zentrale Rolle.

S. 45 – Blot out the moon / Pull down the stars Aus: Jean Rhys, *Wide Sargasso Sea* (1966)

Blot out the moon,
Pull down the stars.
Love in the dark, for we're for the dark
So soon, so soon.

Lösch den Mond aus
Reiß die Sterne herab
Liebe in der Dunkelheit, denn wir sind für die Dunkelheit bestimmt
so bald, so bald.
(Übertragung: Brigitte Walitzek)

S. 45 – Saadi war ein berühmter persischer Dichter (ca. 1210 – 1292). Eines seiner bekanntesten Werke ist *Bustan (Duftgarten)* – er bezeichnet einen Nutzgarten, der auch als Lustgarten dient.

S. 48 – du Châtelet Émilie du Châtelet (1706 – 1749) war eine französische Mathematikerin, Physikerin und Philosophin. Sie übersetzte Newtons *Philosophiae Naturalis Principia Mathematica* und verfasste gemeinsam mit Voltaire die *Elemente der Philosophie Newtons*. Sie gilt als eine der bedeutendsten Denkerinnen und Wissenschaftlerinnen der Aufklärung. Das Zitat: ... *denn den Großteil unserer Vergnügen schulden wir der Illusion, und unglücklich ist, wer sie verliert* stammt aus Émilie du Châtelets Schrift *Discours sur le bonheur.*

S. 48 – Das Glück ist gleisnerisch Im zweiten Teil (sechste Krisis) von Baltasar Graciáns *Das Kritikon* heißt es: *Und ob es das gibt, gleisnerisches Glück! Es ist sogar heutzutage am meisten im Schwange: Da hält man jemanden für glücklich, weil er reich ist, dabei ist es meist ein Elender.*

S. 49 – purpurner Schwermut des Glücklichen Aus: Friedrich Nietzsche *Die fröhliche Wissenschaft.* Viertes Buch

S. 49 – Etwas zu wünschen übrig haben, heißt Leben. Zu viel Glück ist tödlich. Mit diesen von Balthasar Gracián entlehnten Gedanken (in dessen *Handorakel* heißt es: *Etwas zu wünschen übrig haben, um nicht vor lauter Glück unglücklich zu seyn. [...]* Uebersättigungen an Glück sind tödtlich) stellt sich Großvater ostentativ gegen den Erzähler.

Denn dieser hat zwei Seiten zuvor noch die Erörterungen Graciáns zum Glück als vollkommen abwegig dargestellt.

S. 49 – **Euler** Leonhard Euler (1707–1783) war ein Schweizer Mathematiker und Mitglied der Kaiserlich-russischen Akademie der Wissenschaften am Hof von Katharina der Großen in St. Petersburg.
Eine oft kolportierte Anekdote besagt, dass der französische Philosoph Denis Diderot in öffentlichen Auftritten versuchte, das russische Volk zum Atheismus zu bekehren — sehr zum Missfallen der Zarin. Also bat sie Euler, Diderot bei einem seiner Auftritte öffentlich bloßzustellen. Euler zu Diderot: *Mein Herr, (a+bn)/n = x, also existiert Gott; antworten Sie mir!* Diderot konnte dem nichts entgegnen und verließ fluchtartig St. Petersburg.

S. 50 – **du reist mit Lewis Carroll auf einem Narrenschiff ...** *In The Hunting of the Snark (Die Jagd nach dem Schnatz),* einer Nonsens-Ballade von Lewis Carroll, sind zehn Figuren auf der Suche nach dem Schnatz. Carroll hat, zwanzig Jahre nach dem Erscheinen des Gedichts, in einem Brief geschrieben: *It may be taken as an Allegory for the Pursuit of Happiness.*

S. 51 – **Es ist ein Tand und wird so durchgetandelt.** Großvater »leiht« hier bei Johann Wolfgang von Goethe (*Urworte. Orphisch – 2. Stanze, Das Zufällige*). Großvater scheint es mit geistigem Eigentum nicht so Ernst zu nehmen.

S. 51 – **Wenn dir in der Tasche die Streichhölzer losgehen, so freue dich und danke dem Himmel, dass du in deiner Tasche keinen Pulverkeller hast.** Aus: Anton Tschechow *Das Leben ist schön! — Lebenshilfe für Selbstmordgefährdete* (in: *Aus den Erinnerungen eines Idealisten — Humoresken und Satiren 1885–1892.* Übertragung: Peter Urban)

S. 51 – **ziel- und zweckfrei** Eventuell hat Großvater den holländischen Philosophen Baruch de Spinoza (1632–1677) im Sinn. Er setzte Gott gleich mit dem ziel- und zweckfreien System der Natur.

S. 51 – **Die schönsten Pläne von Mensch und Maus zerbrechen in Stücke; sie hinterlassen selten Glück.** Das Zitat lautet korrekt: *Der schönste Plan von Mensch und Maus / zerbricht in Stück' / und lässt uns nichts als Weh und Graus / und nicht das Glück. Im Original: The best-laid schemes o' mice an' men / Gang aft agley, / An' lea'e us nought but grief an' pain, / For promis'd joy!*
(Robert Burns, 1785)

S. 52 – **das gesunde, vollbusige, rosige Fleisch** Aus: Marcel Proust *À la recherche du temps perdu* (1913 bis 1927) – *une chair saine, plantureuse et rose.* In der Übertragung von Eva Rechel-Mertens: *gesundes, fülliges und rosiges Fleisch.*

S. 53 – **freiwillige Knechtschaft** Womöglich stand hier Étienne de la Boéties 1574 publizierte Schrift *Von der freiwilligen Knechtschaft (Discours de la servitude volontaire)* Pate. (Vgl. Anmerkung S. 233)

S. 53 – **du warst mein Zitterrochen, wie Sokrates dem Menon** Menon von Pharsalos, thessalischer Truppenkommandeur und philosophischer Schüler des Gorgias, verglich Sokrates mit einem Marmelzitterrochen, der ihn elektrisiert und den Kopf verdreht. Menon: *Und ich müsste mich sehr täuschen, wenn du jetzt mich nicht behext und bezauberst und völlig in deine Gewalt bringst, sodass ich nicht mehr aus und ein weiß. Und — im Scherze zu reden — es kommt mir vor, als wärest du, was dein Antlitz und sonstiges Wesen anlangt, zum Verwechseln ähnlich jenem breiten Meerfisch, dem Marmelzitterrochen. Denn auch dieser macht jeden, der ihm nahekommt und ihn berührt, erstarren. Etwas derart hast auch du denn, wie mich* *dünkt, jetzt mir angetan. Du hast mich erstarren gemacht. Denn tatsächlich bin ich starr an Seele und Mund und weiß nicht was ich antworten soll.* (Platon, Menon, 1988, Bd. II, 79e — 80b)

S. 53 – du bist mein Harem, mein heiliges Land Das Wort Harem bezeichnet einen Frauen vorbehaltenen, geschützten und geheiligten Bereich in muslimischen Häusern.

S. 54 – Puis-je, madame, vous proposer mes services, sans risquer d'être importun? Der Satz war wohl tatsächlich »geklaut«. Der Anfang des Romans *La chute* von Albert Camus lautet: *Puis-je, monsieur, vous proposer mes services, sans risquer d'être importun? – Darf ich es wagen, Monsieur, Ihnen meine Dienste anzubieten, ohne Ihnen lästig zu fallen?* (Übertragung: Guido G. Meister)

S. 54 – Du bist mein Schatten am Tage. Die Verszeile heißt eigentlich: *Du bist ein Schatten am Tage*; es ist der Titel eines Gedichts von Friedrich Rückert. Das Bild *meine hundertblättrige Rose* gehört nicht zu dem Gedicht; es steht in der Poesie Persiens — wie auch die tausendstimmige Nachtigall — für den geliebten Menschen.
Friedrich Rückert, einer der Begründer der deutschen Orientalistik und Übersetzer aus dem Persischen (u. a. übertrug er das persische Nationalepos Schahname), führte diverse Gedichtformen der persischen Lyrik in die deutsche Poesie ein.

S. 55 – aurea mediocritas rettet Leben Der Begriff Aurea mediocritas stammt von Horaz (Ode 2, 10, 5) und meint das richtige Mittelmaß zwischen dem Zuviel und dem Zuwenig.

S. 56 – Das Sein und das Nichts — haha *Das Sein und das Nichts* ist eine philosophische Schrift von Albert Camus. *Ontisch-ontologisch* ist ein Begriff von Martin Heidegger, der die Differenz zwischen dem Sein und dem Seienden bezeichnet.

S. 57 – Wenn du einen Vogel aufhebst, musst du ihn auch bis ins Nest tragen. / Wer die Rose liebt, darf die Dornen nicht fürchten. Persische Sprichwörter

S. 58 – Mit ihrem Land der Zärtlichkeiten In Mademoiselle de Scudérys (1607–1701) Roman *Clélie* (1654–1660) findet eine Carte de Tendre Erwähnung, eine fiktive Landkarte eines allegorischen Reichs der Liebe und Zärtlichkeit. Der kolorierte Kupferstich wird François Chauveau (1613–1676) zugeschrieben.

S. 58 – Was soll mir das elende Zappeln des Wurms Wahrscheinlich ist Virginia Woolf gemeint. In den Essays von Asjadi findet Virginia Woolf immer wieder Erwähnung. So etwa, dass Virginia Woolf einem Freund nach ihrer Hochzeitsreise mit Leonard Woolf schrieb: *We've talked incessantly for 7 weeks, and become chronically nomadic and monogamic . . . Why do you think people make such a fuss about marriage and copulation? . . . I find the climax immensely exaggerated. — Wir haben 7 Wochen lang unaufhörlich miteinander gesprochen, und wurden chronisch nomadenhaft und monogam . . . Warum glaubst du, machen die Menschen so ein Gewese um Ehe und Beischlaf? . . . Ich finde den Höhepunkt maßlos übertrieben.* Das Zitat *Was soll mir das elende Zappeln des Wurms in einem Fleischloch?* ist allerdings nicht von Virginia Woolf. Es ist eine Verszeile des Gedichts *Allein die Stimme bleibt* von Forugh Farrochsad:

Was soll mir das lange Stöhnen der Wildheit / Um die tierischen Geschlechtsorgane / Was soll mir das elende Zappeln des Wurms in einem Fleischloch / Mich hat der blutge Ursprung der Blumen dem Leben verbunden /

Der Blumen blutiger Ursprung, dass ihr es wisst!

S. 60 – Tasbih Islamische Gebetskette bei den Persern (im arabischen Sprachraum: Misbaha).

S. 62 – ausgerechnet das Weiß von Frieden & Freundschaft Die Flagge Irans ist eine Trikolore, bestehend aus einem grünen, weißen und roten Horizontalstreifen. Das Grün symbolisiert den Islam, das Weiß Frieden und Freundschaft, das Rot das im Krieg vergossene Blut.

S. 62 – Flügelfische Hier täuscht sich Asjadi. Im Kaspischen Meer gibt es keine Flügelfische.

S. 62 – Delkash war eine berühmte persische Sängerin und Schauspielerin (1924–2004). *Yade man kon (Erinnere dich an mich)* ist eines ihrer bekanntesten Lieder.

S. 62 – Baklava ist ein Gebäck aus Blätter- bzw. Filoteig, gefüllt mit gehackten Walnüssen, Mandeln oder Pistazien.

S. 64 – Khatamkari ist eine besondere Form persischer Holzeinlegearbeiten (der europäischen Marketerie verwandt).

S. 68 – Alif Das Alif (oder Alef) ist der erste Buchstabe des persischen und arabischen Alphabets. Es hat die Form einer schlanken Linie.

S. 71 – Zufall braucht Talent, den vorbereiteten Geist, braucht Genie und Geduld. Bei Louis Pasteur heißt es: *Le hasard , d'ailleurs, favorise les esprits préparés. In etwa: Der Zufall bevorzugt den vorbereiteten Geist.* — Offensichtlich also eine der typischen »Entlehnungen« Farshids.

S. 72 – Amor-fati-Credo Amor fati (lat. *Liebe zum Schicksal*) ist ein von Friedrich Nietzsche geprägter Begriff, der eine grundsätzliche Lebensbejahung meint, mithin den höchsten Zustand des Menschen.

S. 72 – in diesem Gemälde von Laurent de la Hyre Gemeint ist dessen Bild *Les joueuses de dés ou La Tuile (Die Würflerinnen* oder: *Der Ziegelstein,* um 1630) nach den *Emblemata* von Andrea Alciati.

S. 74 – 500 Toman Der iranische Rial löste 1925 den Toman als Währung des Iran ab. Im Alltag wurde allerdings weiterhin meist von Toman gesprochen. 2012/13 zahlte man etwa 500 Toman für einen Laib Brot.

S. 76 – Nicht nur die Vergangenheit ist ein fremdes Land Der erste Satz des Romans *The Go-Between* (1953) von L. P. Hartley (1895–1972) lautet: *Die Vergangenheit ist ein fremdes Land, dort gelten andere Regeln.*

S. 76 – The Road Not Taken Ein Gedicht des US-amerikanischen Dichters Robert Frost (1874–1963)

S. 79 – Cour des miracles Cour des miracles bezeichnet im mittelalterlichen Frankreich (und darüber hinaus) einen Bereich, in den sich die Bettler nachts zurückzogen; wie durch ein Wunder verschwanden hier ihre Gebrechen, die sie tagsüber zur Schau stellten.

S. 80 – Manets Olympia Das 1863 entstandene Gemälde *Olympia* ist eines der Hauptwerke des französischen Malers Édouard Manet (1832–1883)

S. 83 – La douce uniformité / le petit traintrain Aus: Marcel Proust, *À la recherche du temps perdu* (1913–1927) – *Ainsi passait la vie pour ma tante Léonie, toujours identique, dans la douce uniformité* *de ce qu'elle appelait avec un dédain affecté et une tendresse profonde, son petit traintrain. – So verging das Leben für meine Tante Léonie, immer in ganz der gleichen Weise, das heißt in angenehmer Einförmigkeit und dem, was sie in gespielter nichtachtender Gleichgültigkeit und tiefer Anhänglichkeit als ihren »Alltagstrott« bezeichnete.* (Übertragung: Eva Rechel-Mertens, Luzius Keller)

S. 84 – Senecas otiosi Seneca unterscheidet in seiner Schrift *Von der Kürze des Lebens* die Vielbeschäftigten (occupati) von den Müßiggängern (otiosi). otiosus, Adj. — müßig, frei von Staatsgeschäften, friedlich, untätig

S. 85 – cybröse Sprache Das Adjektiv *cybrös* ist nicht bekannt. Möglicherweise handelt es sich um die Zusammenziehung der Wörter cyber und nebulös.

S. 86 – sibi scribere ist ein Wort von Friedrich Nietzsche und besagt so viel wie: *Für sich selbst schreiben.* In *Menschliches, Allzumenschliches — Ein Buch für freie Geister* (1879) heißt es: *Sibi scribere. — Der vernünftige Autor schreibt für keine andere Nachwelt als für seine eigene, das heißt für sein Alter, um auch dann noch an sich Freude haben zu können.*

S. 86 – Pferde-Umarmer Friedrich Nietzsche wird am 3. Januar 1889 in Turin Zeuge, wie ein Kutscher sein störrisches Pferd auf offener Straße auspeitscht. Entsetzt eilt er dem Pferd zu Hilfe, indem er sich ihm an den Hals wirft. Danach erleidet Nietzsche einen geistigen Zusammenbruch. – Diese oft kolportierte Anekdote gilt heute nicht mehr als sehr glaubwürdig.

S. 86 – Raymond Carver / Gordon Lish Raymond Carver war ein US-amerikanischer Schriftsteller (1938–1988). Gordon Lish (geb. 1934) ist ein US-amerikanischer Schriftsteller und Literaturredakteur. Als Lektor von Raymond Carver trug er wesentlich zu dessen Erfolg bei.

S. 91 – Bild des zueinander geneigten Paars auf dem Grund der Schale Die Schale befindet sich mittlerweile im Museum für Kunst und Gewerbe Hamburg. Sie wird dort geführt als *Trinkschale für Wein mit Figurenpaar* (Anfang 13. Jh., Kashan/Iran, Quarzfritte mit Zinnglasur und Lüsterbemalung, H 10,9 cm; D 20,5 cm)

S. 93 – Schuhe waren ihnen hinterhergeflogen Den Schuh zeigen oder werfen – damit wird in der islamischen Welt Abscheu, Verachtung und Geringschätzung zum Ausdruck gebracht.

S. 93 – Shaahinjan Die Endsilbe »jan« am Ende eines persischen Namens ist eine Verkleinerungsform: -chen, -lein (auch: Liebling). Das Pendant für weibliche Namen lautet: -joon

S. 93 – klirrende Fahnen Die letzten Verse des *Gedichts Hälfte des Lebens* von Friedrich Hölderlin lauten:
Die Mauern stehn
Sprachlos und kalt, im Winde
Klirren die Fahnen.

S. 94 – Onkel Said Bei Onkel Said handelt es sich um das durch fiktive Elemente erweiterte Portrait des persischen Lyrikers und Übersetzers Said Esfandiari (geb. 1954 in Babolsar, gest. 2016 in Paris). Esfandiari wurde 1977 während der Zehn Nächte in Teheran (siehe auch Anmerkung S. 126) verhaftet, kurz nachdem er sein Gedicht *Ich will* vorgetragen hatte (siehe folgende Seite). Als besonders unislamisch und zersetzend wurden seine Verse *Denn nur, wer, verdammt, den mut hat, frei zu fassen / Das leben, wird leben und nie zugrunde gehn angesehen.* Vier Tage nach der Festnahme wurde er wieder freigelassen; in der Zwischenzeit hatte man sein Haus in Teheran beschlagnahmt. Esfandiari floh nach Paris, wo er auf Grund seines beträchtlichen Barvermögens, das er bereits Anfang der 1970er-Jahre in die

Schweiz transferiert hatte, ein (zumindest finanziell) sorgenfreies Leben führen konnte. Nach der Islamischen Revolution 1979 ging er für wenige Monate zurück nach Iran, um dann erneut nach Frankreich zurückzukehren. — *Ich schrieb Verse, über die die Esel lachen*, zitierte er immer wieder die von ihm angebetete Dichterin Forugh Farrochsad.

Ich will

Ich will dein spitzbubenlächeln treffen im mondenschein / Deine scharfzunge schmecken in meinem mund / Im blauen spiegelglanz deiner augen will ich sein / Deine zärtlichkeit wecken auf der seele grund.

Will deine wut auf meinen nervenbahnen spüren / Den zorn der liebe auf synapsen tummeln sehn / Doch klagen nicht und nicht den kopf verlieren / Wie's andre tun, um schleunigst dann zu gehn.

Will deine trauer in meinem herzen tragen / Die schwarzen hunde jagen mit tollem mut / Bei all dem scherz und frohsinn trotzdem wagen / Ja, frohsinn — when you get in a black mood.

Will deinen spitzgeist in mein hirn dringen lassen / Und alle hellsichtigkeit frei ausschweifen sehn / Denn nur, wer, verdammt, den mut hat, frei zu fassen / Das leben, wird leben und nie zugrunde gehn.

Will den schweren duft deiner haare in meinen händen / Auf deinen körper legen, dich sanftwarm umschließen / Und dir, ja dir zu ehren soll dann niemals nicht enden / Des lebens tollheit, deren weisung doch heißt: genießen.

Will kriechen unter deine haut in blauen nächten / Und deine purpur-pralle lust erspähn Dabei das raubtier zeit für vogelfrei erklärn und ächten / Die ganze scham der welt — sie soll vergehn.

Will endlich die quadratur der liebe nicht scheuen / Nicht eifersüchtig sein auf die nacht, die dich stiehlt / Zwischen freiheit und bindung so gar nichts bereuen / Und nur daran glauben, was mein herz mir befiehlt.

(aus dem Persischen von Andreas von Sinclair)

S. 94 – er lebt in einer versiegelten Zeit
Der Historiker Dan Diner hat einen Essay geschrieben mit dem Titel *Versiegelte Zeit. Über den Stillstand in der islamischen Welt.* – Zufall?

S. 97 – Tu t'en vas sans moi, ma vie
Du vergehst ohne mich, mein Leben. Aus: Henri Michaux *La Nuit remue* (*Die Nacht rührt sich*), 1935.

S. 98 – le monde d'hier Wahrscheinlich zitiert Onkel Said hier (unbewusst?) den französischen Titel von Stefan Zweigs Autobiografie *Le Monde d'hier*, deutsch: *Die Welt von gestern* (1942). Zumindest gehörte dieses Buch, wie Farshid später bemerken sollte, auch zum »Lehrplan« der École Said.

S. 99 – Chaque-homme-dans-sa-nuit
Chaque Homme dans sa nuit (*Jeder Mensch in seiner Nacht*) ist der Titel eines 1960 veröffentlichten Romans von Julien Green.

S. 99 – Das Vergessen ist eine Wahl, dank der allein das Wesentliche übrig bleibt.
Aus: Julien Green *Partir avant le jour* (1963) — *L'oubli est un choix qui ne laisse subsister que l'essentiel.* (Übertragung: Eva Rechel-Mertens)

S. 99 – Le bonheur sans cause
Aus: Julien Green *Partir avant le jour* (1963) — *Das Glück ohne Anlass* (Übertragung: Eva Rechel-Mertens)

S. 100 – den Sieg des Überflüssigen über das Notwendige Hier bemächtigt sich Asjadi offensichtlich der Methode Farshid, nämlich des Klauens. Der Gedanke findet sich wörtlich in: *Stadt, ich lausche deinem Herzen* (1944) von Alberto Savinio (1891–1952). Die Textstelle lautet vollständig: *Der Fortschritt der Kultur lässt sich messen am Sieg des Überflüssigen über das Notwendige.* (Übertragung: Karin Fleischanderl)

S. 100 – Much madness is divinest sense. Verszeile eines Gedichts der US-amerikanischen Dichterin Emily Dickinson (1830 – 1886).

S. 101 – Intelligenz, mit der man nur den Tag verkleckert, ist Dummheit. Hier bedient sich Großvater eines Satzes aus dem Film *Die Sonntagsfrau* von Luigi Comencini (1975).

S. 102 – Wer vergesslich ist, vergisst auch seine Dummheiten Friedrich Nietzsche schreibt in *Jenseits von Gut und Böse*, Nr. 217 (1886): *Selig sind die Vergesslichen: denn sie werden auch mit ihren Dummheiten »fertig«.* – Zufall?

S. 103 – König glücklicher Vergessenheit Es gibt im *König Arsak von Armenien* von Friedrich Rückert die wortgleiche Formulierung. Bei der Liebe Großvaters zu Rückert ist davon auszugehen, dass er sich bei ihm – nach Art des Farshid – bedient hat.

S. 103 – The past is never dead. It's not even past. Aus: William Faulkner *Requiem for a Nun* (1951) – Die Vergangenheit ist nicht tot. Sie ist nicht einmal vergangen.

S. 103 – das einzige Fragment von Gottähnlichkeit, das uns noch aus dem Paradiese blieb Aus: Friedrich Schlegel *Lucinde* (1799)

S. 104 – I expected things to go my way, and without much conscious effort on my part. I had only to wish them to serve me and they would. Aus: L. P. Hartley *The Go-Between* (1953) — *Ich erwartete, dass die Dinge — ohne großes Dazutun meinerseits — so liefen, wie ich sie wollte. Ich musste nur wünschen, dass die Dinge mir dienten, und sie taten es.* (Übertragung: Maria Wolff)

S. 105 – Jeanne, c'est moi. Was bleibt mir noch zu tun? In *Ein Leben* (*Une vie*) schreibt Guy de Maupassant über seine Heldin Jeanne: *Alors elle s'aperçut qu'elle n'avait plus rien à faire, plus jamais rien à faire. – Da wurde ihr klar, dass sie nichts mehr zu tun hatte, nie mehr etwas zu tun haben würde.* (Übertragung: Cornelia Hasting)

S. 107 – Zwischen Kot und Urin geboren *Inter faeces et urinam nascimur – zwischen Fäkalien und Urin erblicken wir das Licht der Welt.* **Ein dem heiligen Augustinus (354–430) zugeschriebenes Wort.**

S. 107 – Es gibt im Leben Wunden, die wie die Lepra, langsam, in der Einsamkeit an der Seele zehren. Es handelt sich hier um den ersten Satz von Sadegh Hedayats Roman *Die blinde Eule.* (Übertragung: Bahman Nirumand) (Vgl. Anmerkung S. 37)

S. 108 – un seul être vous manque, et tout est dépeublé Gedichtzeile aus Alphonse Lamartines Gedicht *L'Isolement.* — *Ein einziges Wesen fehlt, und alles ist menschenleer.*

S. 110 – freundlichen Negerstamm Thomas Mann in einem Brief an Erika Mann.

S. 110 – Ich bin der Glückliche Said bedeutet im Persischen der Glückliche — etwa wie Felix im Deutschen.

S. 111 – Tahdig Beim Kochen von persischem Reis (Reiskuchen) entsteht auf dem Topfboden eine von vielen Persern besonders geschätzte goldbraune Backkruste (Tahdig).

S. 111 – Wie der Sitzende Perser von Watteau Von Antoine Watteau gibt es zwei *Sitzende Perse*r (jeweils Rötel und schwarze Kreide, einmal auf Chamois-Papier, einmal auf Leder, beide entstanden 1715). Welchen der beiden Perser die Bridge-Freunde meinen, ist nicht klar. Beide Perser sind auf alle Fälle recht füllig.

S. 113 – Adieu foulard, adieu madras Chanson aus der Karibik, François Claude de Bouillé (1739–1800) zugeschrieben.

S. 114 – Ce grand malheur, de ne pouvoir pas être seul. Ein Jean de la Bruyère zugeschriebenes Motto in Edgar Allan Poes *Der Massenmensch*. Das Originalzitat aus La Bruyères *Les Caractères* lautet: *Tout notre mal vient de ne pouvoir être seuls.*

S. 114 – Virtute comite, fortuna salus! Onkel Said hat offensichtlich einen deutschen Gehstock. Virtute comite, fortuna salus! ist der Wahlspruch einer deutschen Studentenverbindung. Womöglich ist der Spazierstock über einen Pariser Flohmarkt zu ihm gelangt.

S. 114 – Oshno Spezial Eine Zigarettenmarke in Iran.

S. 115 – Avicenna war ein persischer Universalgelehrter, in erster Linie Arzt und Philosoph. Avicenna ist der latinisierte Name von Abu Ali al-Husain ibn Abd Allah ibn Sina (geb. um 980, gest. 1037)

S. 115 – mémoires involontaires Die mémoire involontaire (franz.: unwillkürliche Erinnerung) ist ein Mechanismus des spontanen Erinnerns, der auf Marcel Prousts Romanwerk *À la recherche du temps perdu* zurückgeht.
Involontaire kann aber auch mit unfreiwillig oder ungewollt übersetzt werden, dann hätte diese Erinnerung nichts mit Proust zu tun, sondern wäre eine Erinnerung, die Dinge evoziert, denen man sich nicht gerne stellt.
Die Tatsache, dass Yorickson einen Proust gewidmeten Spritzschutz in seiner Küche hat und hin und wieder sogar Lindenblütentee trinkt, sollte nicht zu der Annahme verleiten, dass hier die Proust'sche Version gemeint ist. Zumal weder Yorickson noch Proust in unserer Anwesenheit je Tee getrunken haben, darüber hinaus aber auch schon alleine deshalb, weil die Regeln des Erzählens generell als äußerst verschlungen betrachtet werden müssen.

S. 115 – Les oreilles fausses franz.: die falschen Ohren

S. 115 – Les décollées *Les oreilles décollées* franz.: abstehende Ohren

S. 115 – Kiarostami Abbas Kiarostami (1940–2016) war ein iranischer Drehbuchautor, Regisseur und Lyriker.

S. 116 – Nach-Huren-Ära Nach der iranischen Revolution und der Errichtung des islamischen Regimes unter Ayatollah Chomeini zerstörte die Regierung 1980 das Rotlichtviertel Shar-e No.

S. 117 – Wer Blumen und Bäume hat, braucht keinen Gott Von Alberto Caeiro (Pseudonym von Fernando Pessoa) sind ähnliche Zeilen überliefert: *Quem tem as flores não precisa de Deus. – Wer die Blumen hat, braucht Gott nicht.* (Übertragung: Inés Koebel und Georg Rudolf Lind) – Es liegt also die Vermutung nahe, dass Pessoa dieses Wort bei Großvaters Großmutter »ausgeliehen« hat.

S. 117 – Asma bint Marwan war eine jüdische Dichterin, die im 7. Jh. in Medina lebte. Aufgrund eines von ihr verfassten, gegen Mohammed und seine Anhängerschaft gerichteten Schmähgedichts wurde sie 624 ermordet.

S. 119 – so gut wie Frankenstein In Mary Shelleys *Frankenstein or The Modern Prometheus* (1818) sagt Victor Frankenstein über sich: *I also perfectly understood English and German.*

S. 120 – das Wundertier Forster Hier ist der Naturforscher und Reiseschriftsteller Georg Forster (1754–1794) gemeint; er wurde auf S. 49 mit vollem Namen schon von Großvater erwähnt.

S. 121 – denn nur als ästhetisches Phänomen ist das Dasein und die Welt ewig gerechtfertigt Dieses Zitat stammt nicht von Lukrez, sondern aus Nietzsches *Die Geburt der Tragödie aus dem Geiste der Musik* (1872).

S. 121 – Die ganze Welt gespiegelt in der Schale Djams Von Djamschid (kurz: Djam), einem König der persischen Mythologie, wird gesagt, dass er eine Schale besessen habe, in der sich die ganze Welt spiegelte.

S. 122 f. – Die Kindheit träumt, das Alter siecht Onkel Said zitiert hier Al Ma'arri, einen arabischen Philosophen und Dichter (973–1057). Der gesamte Doppelvers lautet: *Das Leben ist ein Feuer, Rauch zuerst und endlich Asche / Die Kindheit träumt, das Alter siecht / die Jugend lebet, die rasche.* (Übertragung: Friedrich Rückert) – Siehe auch Anmerkung S. 455.

S. 122 – Die Vorrechte der Schönheit sind unermesslich. Aus: Jean Cocteau *Kinder der Nacht* (Übertragung: Friedhelm Kemp). Der Originalsatz lautet: *Les privilèges de la beauté sont immenses.*

S. 125 – Wie du zu lieben und zu trinken / Das soll mein Stolz, mein Leben sein Aus: Johann Wolfgang von Goethe *West-östlicher Divan* **(1819–1827).** Im Buch Hafiz heißt es:

Und mag die ganze Welt versinken,
Hafiz mit dir, mit dir allein
Will ich wetteifern! Lust und Pein
Sei uns, den Zwillingen, gemein!
Wie du zu lieben und zu trinken,
Das soll mein Stolz, mein Leben sein.

S. 126 – deep, dark, death-like solitude Aus: Mary Shelley *Frankenstein or The Modern Prometheus* (1818) – *Dunkle, tiefe, totengleiche Einsamkeit* (Übertragung: Alexander Pechmann).

S. 126 – die Nachrichten der Pusteblumen Die Samen der Pusteblumen bringen im iranischen Volksglauben gute Nachrichten von fernen Freunden. Sie werden auch kleine Boten genannt.

S. 126 – in den zehn Nächten Teherans *Da schab dar Tehran — Zehn Nächte in Teheran.* Das ist eine legendäre von Kurt Scharf organisierte Veranstaltung des Goethe-Instituts in Teheran. An zehn Abenden im Oktober 1977 versammelten sich etwa zweiundsechzigtausend Menschen in den Räumen der Deutsch-Iranischen Gesellschaft, um Lyrik zu hören. Die *Zehn Nächte in Teheran* gehören zu den großen kulturellen Ereignissen in der Geschichte des Niedergangs der Schah-Dynastie. (Vgl. Anmerkung S. 94)

S. 127 – dass Louis Reijtenbagh, dieser korrupte niederländische Finanzjongleur Am 4. November 2009 kam bei Sotheby's unter der Losnummer 7 das Ölgemälde Jeune Arabe (102 x 65 cm) von Kees van Dongen zum Aufruf; es wurde auf 7 bis 10 Millionen US-Dollar geschätzt und Louis Reijtenbagh für über 13 Millionen US-Dollar zugeschlagen. Der Kunstfälscher Wolfgang Beltracchi hat mittlerweile eingeräumt, dass das bei Sotheby's angebotene Gemälde von ihm stammt. Er habe das Werk allerdings für verschollen gehalten und lediglich einer Fotografie »nachempfunden«. Dass es so sehr dem wiedergefundenen Original entsprach, habe ihn selbst überrascht.

S. 127 – kurz nachdem der Gottesgaukler die Geschäfte übernommen hat Am 1. Februar 1979 kehrt Ruhollah Chomeini aus dem Pariser Exil nach Iran zurück, um die Islamische Republik zu errichten.

S. 128 – al-Chwarazmi (geb. 780, gest. etwa 850) war ein persischer Gelehrter, der bedeutende Schriften zur Mathematik, Astronomie und Geographie verfasst hat. Von seinem Namen leitet sich der Begriff *Algorithmus* ab.

S. 128 – Alles hat zum Grünen gebracht der Regen der Araber. Ein Vers aus der Elegie *Ebbe und Flut des Islam* (1879) des aus Indien stammenden muslimischen Dichters Altaf Hussain Halî. Das Versepos behandelt die Krise der arabischen Zivilisation.

S. 128 – Sussan Deyhim ist eine in New York lebende persische Komponistin, Sängerin und Performancekünstlerin.

S. 131 – Kurta Ein kragenloses, knielanges Kleidungsstück für Männer in Iran und Südasien.

S. 135 – wie mein Nachbar Julien Green es für Bilder in Häusern forderte — in Moïra, glaube ich Asjadi täuscht sich. In Julien Greens *Moïra* konnte keine derartige Stelle ausgemacht werden. Dagegen gibt es in Greens Tagebüchern einen Eintrag vom 24. Dezember 1930, in dem Green den Maler Christian Bérard zitiert: *Er sagt mir, dass er nur in Gesellschaft gehe, um seine Bilder wiederzusehen oder ihnen Häuser zu suchen, »wo sie es warm haben und man sie liebt«.*

S. 137 – Milly-la-Forêt 1947 ließ sich Jean Cocteau in einem ziemlich plüschig eingerichteten Haus in Milly-la-Forêt (eine Zugstunde südlich von Paris) nieder.

S. 138 – Rosalie, ma fille, apporte-moi le tiroir aux souvernirs Aus: Guy de Maupassant *Une vie ou L'humble vérité*, 1883 (*Ein Leben oder Die schlichte Wahrheit*) – *Rosalie, mein Kind, bring mir die Schublade der Erinnerungen.* (Übertragung: Cornelia Hasting)

S. 139 – oh, how you have to cringe and hide! Aus: Vladimir Nabokov *Lolita* (1955) — *Ach, wie sehr man sich zu ducken und zu verkriechen hat.* (Übertragung: Helen Hessel u.a.)

S. 139 – On m'aura mise en terre / Seule, laide et livide / sans toi … Aus dem Film *Cléo de 5 à 7* von Agnès Varda (1961). Etwa: *Man wird mich unter die Erde bringen / allein, hässlich und fahl / ohne dich …*

S. 142 – Sieh, wie der Raubzug deiner Locken / Aufruhr hinterlässt! Verszeilen aus dem Hafiz-Gedicht *Deinen trunkenen Augen* (Übertragung: Cyrus Atabay)

S. 142 – Poser les yeux sur la beauté, c'est déjà poser les yeux sur la mort. In etwa: *Schönheit betrachten heißt, den Tod betrachten.*

S. 144 – vielleicht ging es Thomas Mann auch so, wenn er vis-à-vis seines Schreibtischs auf seine wasserspielenden nackten Jünglinge blickte und die hohe, neue, festliche Menschlichkeit lobte 1914 kaufte Thomas Mann das Bild *Die Quelle* von Ludwig von Hofmann, auf dem drei nackte Jünglinge an einer Quelle abgebildet waren; bis zu seinem Tod 1955 hing es in seinem Arbeitszimmer. In einem Brief an Ludwig von Hofmann schrieb Thomas

Mann: *Ich liebe die hohe, neue, festliche Menschlichkeit Ihrer Kunst von Jugend auf, ich fand und liebte sie in jeder Leinwand, jedem Blatt und Blättchen, das mir von Ihnen zu Gesichte kam [...].*

S. 145 – Nought may endure but mutability! Aus dem Gedicht *On Mutabiliy* von Percy B. Shelley — Teil der Verserzählung *Alastor or The Spirit of Solitude* (1816).

S. 145 – gracia adolescente Aus: Julio Cortázar und Carol Dunlop *Die Autonauten auf der Kosmobahn* (1983). In der Übertragung von Wilfried Böhringer: *Halbwüchsigenliebreiz.*

S. 146 – Lawn Street Bezug zu Vladimir Nabokovs Roman *Lolita.* In der neuenglischen Kleinstadt Ramsdale, in der Lawn Street 342, leben die Witwe Charlotte Haze und ihre zwölfjährige Tochter Dolores, genannt Lolita, in die sich der Erzähler verliebt.

S. 147 – Schöne Männer sind mir überhaupt ein Graus Aus: Arthur Schnitzler *Der Weg ins Freie* (1908)

S. 147 – an das Bedrückende in ihr Aus: Albert Camus *Hochzeit des Lichts* (1938). *On peut comprendre en ces lieux que si les Grecs ont touché au désespoir, c'est toujours à travers la beauté, et ce qu'elle a d'oppressant. – Wenn die Griechen von der Verzweiflung angerührt wurden, so war es immer durch die Schönheit und das Bedrückende in ihr.* (Übertragung: Peter Gan und Monique Lang)

S. 150 – N'ayez pas peur. Je suis un gentilhomme Aus: Jean Giono, *Le Hussard sur le toit* (1951) — Der junge Aristokrat und Oberst der Husaren Angelo Pardi sagt dies zu der schönen Pauline de Théus. Etwa: *Keine Sorge, ich bin ein Ehrenmann.*

S. 151 – La race de diamant, qui coupe la race des vitres. Aus: Jean Cocteau *Le Grand Écart* (1923). Etwa: *Die Rasse der Diamanten, die die Rasse des Glases schneidet.* Die entsprechende Textstelle in der deutschen Fassung lautet: *Germaine gehört zur »Rasse«, zu dieser Rasse auf Erden, die nie zurückschaut, die nicht leidet, die nicht liebt, die niemals krank wird, die hart ist wie Diamanten, hart genug, um die gebrechliche gläserne Rasse zu ritzen.* (Übertragung: Friedrich Hagen)

S. 151 – Eigner Eigentlich ein Begriff Max Stirners, der einen Menschen jenseits atheistischer Frömmigkeit bezeichnet. Ob Onkel Said Stirner kannte oder ob es sich um eine eigene Wortschöpfung handelt, ist nicht überliefert.

S. 151 – Wie wird ein Jüngling seinen Weg unsträflich gehen? Psalm 119

S. 153 – Comme ils disent Titel eines Chansons von Charles Aznavour.
A l'heure ou naît un jour nouveau /
Je rentre retrouver mon lot / De solitude
(Wenn ein neuer Tag geboren wird,
kehre ich zu meinem Schicksal zurück,
zu meiner Einsamkeit)
Je pense à mes amours sans joie / Si dérisoires / A ce garçon beau comme un dieu
(Ich denke an meine lieblosen billigen Freuden, an diesen gottgleichen Jungen)

S. 155 – For such gestures, one falls hopelessly in love for a lifetime / he flicks his hand to the back of his neck Aus: Virginia Woolf *The Waves* (1931) *– But look – he flicks his hand to the back of his neck. For such gestures, one falls hopelessly in love for a lifetime. – Aber schau — er fährt sich schnell mit der Hand ins Genick. Wegen solcher Gesten kann man sich hoffnungslos für den Rest des Lebens verlieben.* (Übertragung: Maria Bosse-Sporleder)

S. 158 – Naranjas, magdalenas, dulce de higos, café In Julio Cortázars letztem Buch *Los autonautas de la cosmopista* (1983), das er gemeinsam mit Carol Dunlop geschrieben hat, nehmen die beiden tatsächlich ein paar Mal dieses Frühstück zu sich.

S. 158 – Compote de melon glacé ... In Nicolas Bouviers *Die Erfahrung der Welt* (1963) erwähntes Menü. (Vgl. Anmerkungen S. 31, S. 258, S. 394, S, 480).

S. 159 – Wo viel Weisheit, da ist viel Kummer, und wer viel lernt, der muss viel leiden. Prediger 1:18

S. 161 – mit Kunstwörtern fleißig ausstaffiert, mit nachgebeteter Verehrung angefüllt Aus: Georg Forster *Ansichten vom Niederrhein, von Brabant, Flandern, Holland, England und Frankreich im April, Mai und Junius 1790.*
Der vollständige Satz lautet: *Wo ist die Gemäldesammlung, von der man nicht nur vollständige, sondern sogar sogenannte raisonnirte Verzeichnisse hat, die mit Kunstwörtern fleißig ausstaffiert, mit Lobeserhebungen und nachgebeteter Verehrung manches berühmten Künstlernamens angefüllt sind?*

S. 162 – Ich zähle meine Anleihen nicht — ich wiege sie. Aus: Michel de Montaigne *Essais* (1572–1592). *Je ne compte pas mes emprunts, je les poise. – Meine Anleihen zähle ich nicht, ich wiege sie.*

S. 162 – making myself uncommon Aus: Charles Dickens *Great Expectations* (1861) *— The felicitous idea occurred to me a morning or two later when I woke, that the best step I could take towards making myself uncommon was to get out of Biddy everything she knew. – Einen oder zwei Tage darauf kam mir morgens beim Erwachen der glückliche Einfall, das Beste, was ich tun konnte, um ungewöhnlich zu werden, bestehe darin, aus Biddy alles herauszuholen, was sie wusste.* (Übertragung: Melanie Walz)

S. 162 – Voltaires Begriff der Eigenliebe In Voltaires *Zadig ou la destinée* (1747) heißt es: *... que l'amour-propre est un ballon gonflé de vent, dont il sort des tempêtes quand on lui a fait une piqûre. – ... dass die Eigenliebe ein windgefüllter Schlauch sei, aus dem Stürme hervorbrechen, wenn man auch nur mit einer Nadel hineinsticht.* (Übertragung: Ernst Hardt)

S. 164 – Am End weiß keiner nix Eine Zeile aus dem so genannten *Hobellied*, einem Couplet aus Ferdinand Raimunds *Der Verschwender.* – Es ist sehr wahrscheinlich, dass Shaahin die von Marlene Dietrich gesungene Version bei Onkel Said gehört hat. Die anderen sind nämlich langweilig.

S. 166 – I'm the king of the world Leonardo DiCaprio ruft diesen Satz vom Bug der Titanic.

S. 166 – früher sind die hier mit vergoldeten Schildkröten rumgelaufen. Walter Benjamin schreibt in *Das Passagen-Werk* **(1940):** *1839 war es elegant, beim Promenieren eine Schildkröte mit sich zu führen. Das gibt einen Begriff vom Tempo des Flanierens in den Passagen.*

S. 167 – Nous sommes si jeunes, nous ne pouvons pas attendre. Graffiti-Losung in Paris. Etwa: *Wir sind so jung, wir können nicht warten.*

S. 170 – Er dachte an Prousts braungoldenen Wohlklang des Namens Brabant Aus: Marcel Proust *À la recherche du temps perdu* (1913 bis 1927) – Im Original: *la sonorité mordorée du nom de Brabant.*

S. 171 – Die Welt ist wüst vom Scheitel bis zu der Füße Rand Aus: *Hafiz Gedichte aus dem Diwan* (Übertragung: Vinzenz Rosenzweig von Schwannau)

S. 172 – welcher Idiot hatte sie *eine der groteskesten Anmutungen von Unschuld* **genannt?** Der »Idiot« war James Baldwin.

S. 176 – Wenn man die Dinge aus der Distanz betrachtet, sind sie nicht mehr so viel wert Das Zitat gibt es so nicht. Onkel Said bezieht sich hier wahrscheinlich auf Giorgio Bassanis Roman *Der Reiher.* Dort heißt es: *Bastava guardare le cose della vita da una certa distanza per concludere che valevano, tutte quanto, per quello que valevano: e cioè niente, o quasi. – Man brauchte die Dinge des Lebens nur aus einer gewissen Distanz zu betrachten, um zu sehen, was an ihnen war – nämlich nichts oder so gut wie nichts.* (Übertragung: Herbert Schlüter)

S. 177 – Omar Chayyam war ein persischer Mathematiker, Astronom, Philosoph und Dichter (1048–1131). Vor allem seine Vierzeiler (*Rubaijat*) erlangten Weltruhm. (Vgl. Anmerkung S. 452)

S. 178 – Irgendso 'n Reklame-Slogan Es gibt einen Reklame-Slogan von der Genfer Uhrenmanufaktur Patek Philippe: *Eine Patek Philippe gehört einem nie ganz allein. Man erfreut sich ein Leben lang an ihr, aber eigentlich bewahrt man sie schon für die nächste Generation.*

S. 195 – Es gab drei Meere, wie bei Plinius Im dem Brief *C. Plinius grüßt seinen Gallus* (II/17) beschreibt Plinius d. J. sein Laurentinisches Gut. Das Esszimmer hat auf allen Seiten Flügeltüren und Fenster, *und so schaut man von den Seiten und von vorn gleichsam auf drei Meere.* (Übertragung: André Lambert). (vgl. Anmerkung S. 199)

S. 196 – Im schmerzhaften Selbstversuch hatte er sich ein © Viele Jahre nach dieser Aktion sah sich Farshid mit dem Vorwurf des deutschen Konzeptart-Künstlers Timm Ulrichs konfrontiert, die Idee stamme ursprünglich von ihm. Schon 2005 habe er sich in Kassel ein © auf seine Wade tätowieren lassen. Farshid hatte — die Ernsthaftigkeit der Vorwürfe gänzlich ignorierend — genauso schlicht wie direkt auf die Kongruenz der Ereignisse verwiesen: *Auf Dinge, die in der Luft liegen, kann man keinen Anspruch erheben; man greift nach ihnen, im Vorbeigehen, man fängt sie ein wie ein Schmetterling, sie gehören allen.* (Vgl. hierzu auch Anmerkung S. 199)

S. 199 – anspruchslos und doch nicht ärmlich Aus dem Brief *C. Plinius grüßt seinen Gallus* (vgl. Anmerkung S. 195)

S. 199 – Ein Original ist heute, wer zuerst gestohlen hat. Aphorismus von Karl Kraus in *Pro domo et mundo* (1919). — Viele Kunstkritiker sollten später dieses von Farshid wiedergegebene Karl-Kraus-Zitat hervorkramen, um ihm einen leichtfertigen Umgang mit fremdem Gedankengut vorzuwerfen. So wurde etwa die Erfindung des *Invisible Naked Man* durch Farshid angezweifelt. Farshid hingegen blieb beharrlich bei seinem alles nivellierenden Ceterum censeo: *Dinge liegen in der Luft.* (Vgl. hierzu auch Anmerkung S. 196)

S. 200 – wer da gesagt hat, Wunschgebäude seien zerbrechlich Hier wendet sich Farshid gegen Hafiz. Von ihm stammen die Verse:

Komm, denn das Wunschgebäude ist zerbrechlich,
bring Wein herbei, denn des Lebens Fundament
ist auf dem Wind errichtet

(Übertragung: *Cyrus Atabay*)

S. 200 – Oder müssen wir den guten Hafiz stechen? Der *Diwan* von Hafiz wurde (wie auch schon *Vergil* oder die *Bibel*) als Orakelbuch verwendet. Man sticht in den Diwan und die derart gefundene Stelle verweist auf das zu erwartende Schicksal.

S. 201 – Nur Lächeln, Schönheit und Sprache sind in der Lage, die Welt zu erobern, sie sind die wesentlichen Säulen einer jeden Nationalökonomie.
Aus: Julian Prescott, *History of economic analysis, Macmillan*, London, 2002, vol. I, p. 752. – Mit »Sprache« meint Prescott in etwa Sprachvermögen, Redegewandtheit.

S. 202 – Nimm hin, was dir zugefallen / und grüble nicht vergebens, / die Tür der Wahl / steht dir und mir nicht offen!
Verszeilen aus dem Hafiz-Gedicht *Komm, denn das Wunschgebäude ist zerbrechlich.* (Übertragung: Cyrus Atabay)

S. 202 – Die Ernte in der Werkstatt des Daseins / ist nicht sehr ergiebig, / bring Wein herbei, denn mit dem Werkzeug / dieser Welt ist's nicht weit her!
Verszeilen aus dem Hafiz-Gedicht *Die Ernte in der Werkstatt des Daseins.* (Übertragung: Cyrus Atabay)

S. 208 – Penrose-Parkett
Sir Roger Penrose (geb. 1931) ist ein englischer Mathematiker und Physiker. Er entdeckte 1973 zwei- und mehrteilige Familien aperiodischer Kachel-Muster. Mit ihnen kann eine Fläche lückenlos mit einem Parkett belegt werden, ohne dass sich dabei das Grundschema periodisch wiederholt. Da sie andererseits aber doch eine als klar erscheinende Ordnung aufweisen, werden sie quasi-periodisch genannt. (vgl. auch Quasikristalle)
Solche selbstähnlichen Muster gibt es allerdings schon viel länger. Zum Beispiel die aus dem 15. Jh. stammenden quasikristallinen Girih-Kacheln im Darb-i-Imam-Schrein in Isfahan (Iran).

S. 210/211 – Haus der Tische und Stühle
Farshids Haus der Tische und Stühle wird in der Fachliteratur der Kunstmoderne oft auch als *Haus des Zufalls* bezeichnet. In späteren Jahren hat Farshid das Motiv *Zähmung des Zufalls* immer wieder aufgenommen. So kam er etwa bei der Realisierung eines dreistöckigen Hauses für das Schriftstellerpaar Siri Hustvedt und Paul Auster in Manhattan wieder auf die alte Metalltafel und ihre Zufallslinien zurück, auf deren Grundlage er das Haus erbauen ließ (siehe Grundrisse und perspektivische Skizzen auf den folgenden zwei Doppelseiten).
Konsequenterweise gab er dem Haus den Namen eines Romans von Paul Auster: *The Music of Chance.* Wobei er in den Erklärungen gegenüber der Außenwelt (vor allem gegenüber Journalisten und Kuratoren) immer Wert darauf gelegt hatte, den Pokertisch im Erdgeschossgrundriss geplant und eingezeichnet zu haben, bevor er von dem Roman je gehört oder ihn gar gelesen hatte.
Es war reiner Zufall, dass Poker darin eine wesentliche Rolle spielte, behauptete Farshid stets. – Ein immer wieder gerne angeführtes Wort von Farshid lautete: *Spätestens seit Paul Auster sollte man dem Zufall als zweckdienlichste aller Versuchsanordnungen fürs Leben mehr Beachtung schenken, besser noch: Achtung entgegenbringen.*

Weitere Hausentwürfe Farshids auf der Grundlage der Metalltafel waren:
- Museum für Max Ernst, Man Ray, Duchamp und die ganze Bande
- Elfenbeiturm für Gottfried Wilhelm Leibniz
- Gotteshaus für Carl von Linné
- Weinschenke für Jacques den Fatalisten
- Konzerthaus für William Hayes und John Cage
- Denkmal für die Stubenfliege
- Spielcasino »Casanova« für Blaise Pascal und Chevalier de Méré

S. 214 – A subtle symphonic arrangement of stinky flowers.
Das Zitat aus *The Picture of Dorian Gray* von Oscar Wilde lautet korrekt: *A subtle symphonic arrangement of exotic flowers.*

S. 218 – Zepter seiner Leidenschaft
Aus: Vladimir Nabokov, *Lolita,* 1955 (Übertragung: Helen Hessel u. a.)

S. 219 – Welch eine Nacht! Ihr Götter und Göttinnen
Aus: Titus Petronius, *Satyricon.* Der römische Senator Titus Petronius (14 n. u. Z. – 66 n. u. Z.) erfüllte am Hof des Kaisers Nero die Funktion des Arbiter Elegantiae, des Schiedsrichters des feinen Geschmacks.

S. 220 – Schaukelpferdfliege
In *Alice hinter den Spiegeln* von Lewis Carroll kommt eine Schaukelpferdfliege vor.

S. 223 – soziale Überläufer
Dieses Wort findet sich – als Bezeichnung eines Aufsteigers – genau so in Didier Eribons *Rückkehr nach Reims.* — Zufall? Koinzidenz der Ereignisse? Vorsatz? Im französischen Original *Retour à Reims* lautet der Begriff: *transfuges de classe.*

S. 223 – ein »vergnügter Neger« bei Nabokov
In *Lolita,* 1955, erzählt Nabokov von einer Limousine, die »mit einem vergnügten Neger bemannt war«. (Übertragung: Helen Hessel u.a.) Im Original: *»A lady who lived opposite Mrs. Haze's had lent McCoo her limousine, a marvelously old-fashioned, square-topped affair, manned by a cheerful Negro.«*

S. 225 – blaulich, kräuselnd, heiter
Beschreibung des Meeres des altgriechischen Dichters Moschos (2. Jh. v. Chr.)

S. 231 – Damn this place
Aus: Robert Byron, *The Road to Oxiana (Der Weg nach Oxiana),* 1937 — Unter dem Eintrag vom 15. Januar 1934 heißt es in Bezug auf Teheran: *Diese verdammte Stadt.* (Übertragung: Matthias Fienbork).

S. 232 – Und die Leute, die beim Schlachthaus wohnen
Aus: Forugh Farrochsad. *Jene Tage.* Suhrkamp, 1993

S. 232 – Shaahin Najafis *Ingooneh*
ist ein Song von Shaahin Najafi. Shaahin Najafi ist ein 1980 in Iran geborener Singer und Songwriter. Seit 2005 lebt er in Deutschland. 2012 veröffentliche Najafi den Song *Naghi,* auf Grund dessen er mit der Fatwa belegt wurde.

S. 233 – Cyrus
Bei dem im Brief erwähnten Cyrus handelt es sich wahrscheinlich um Darius, den auf Seite 46 erwähnten Kinder- und Jugendfreund des Großvaters.

S. 233 – er war mir, was Étienne de la Boétie für Montaigne war: ein Herzensmensch
Étienne de la Boétie war ein französischer Richter und enger Freund von Michel de Montaigne. (Vgl. Anmerkung S. 53)

S. 234 – Manto
ist eine Art Mantel, der für Frauen in Iran als Mindestbedeckung vorgeschrieben ist. Er verhüllt Oberkörper, Arme und Oberschenkel.

S. 236 – nutzlose Passion
In *Das Sein und das Nichts,* 1943, spricht Jean-Paul Sartre vom Menschen als einer »nutzlosen Leidenschaft« (*L'homme est une passion inutile*).

S. 240 – Zeitehe
ist eine zeitlich begrenzte Ehe in Iran. Sie kann für einen Zeitraum von einer halben Stunde bis 99 Jahren geschlossen werden und dient ausschließlich dem geschlechtlichen Genuss (deshalb auch Genußehe genannt).

S. 244 – Il n'y a rien de plus terrible, …
Aus: *Guy de Maupassant, Une vie ou L'humble vérité,* 1883 (*Ein Leben oder Die schlichte Wahrheit*). Übertragung: Cornelia Hasting

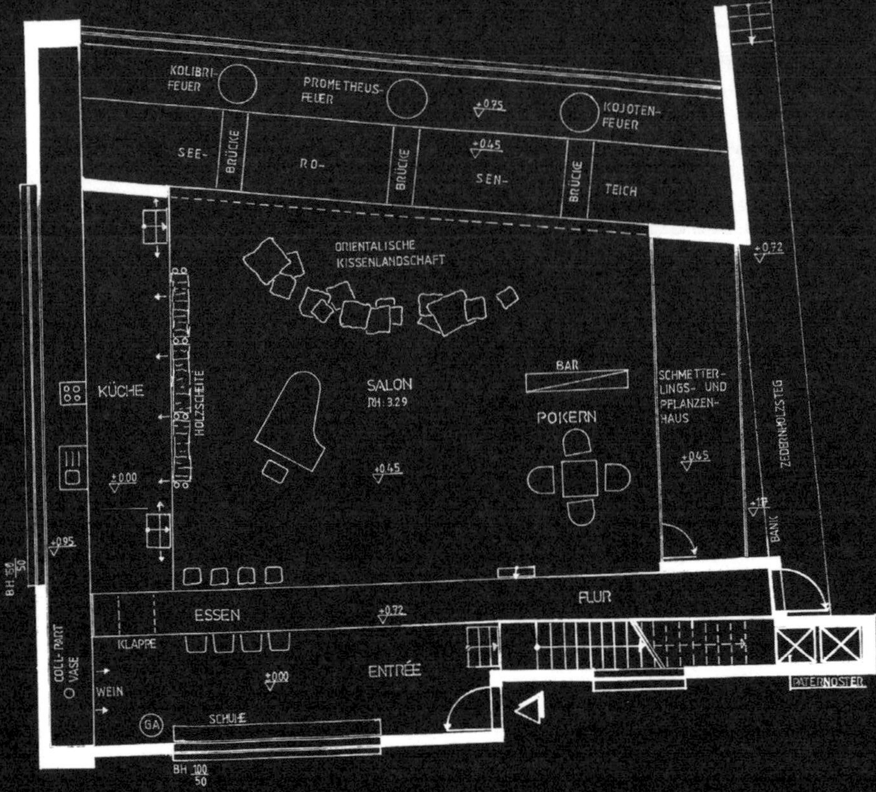

GRUNDRISS EG

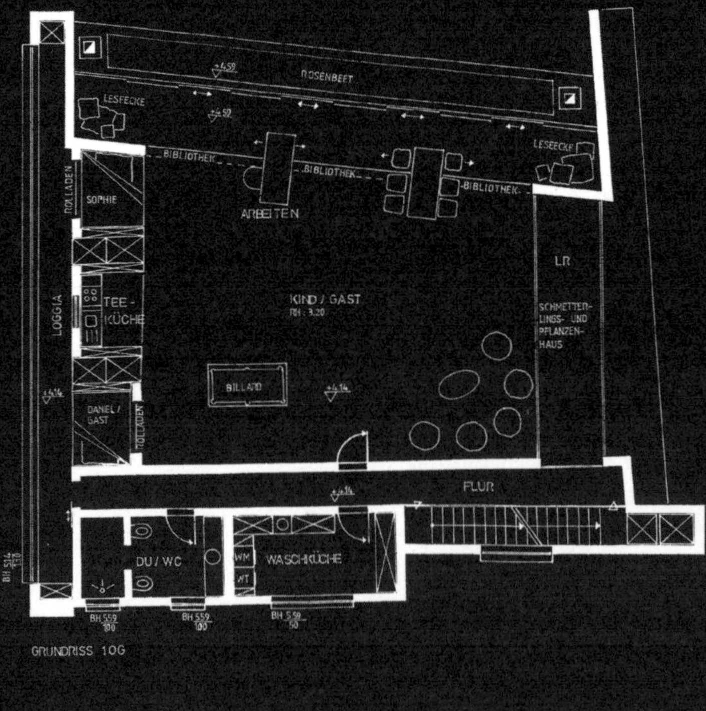

GRUNDRISS 1OG

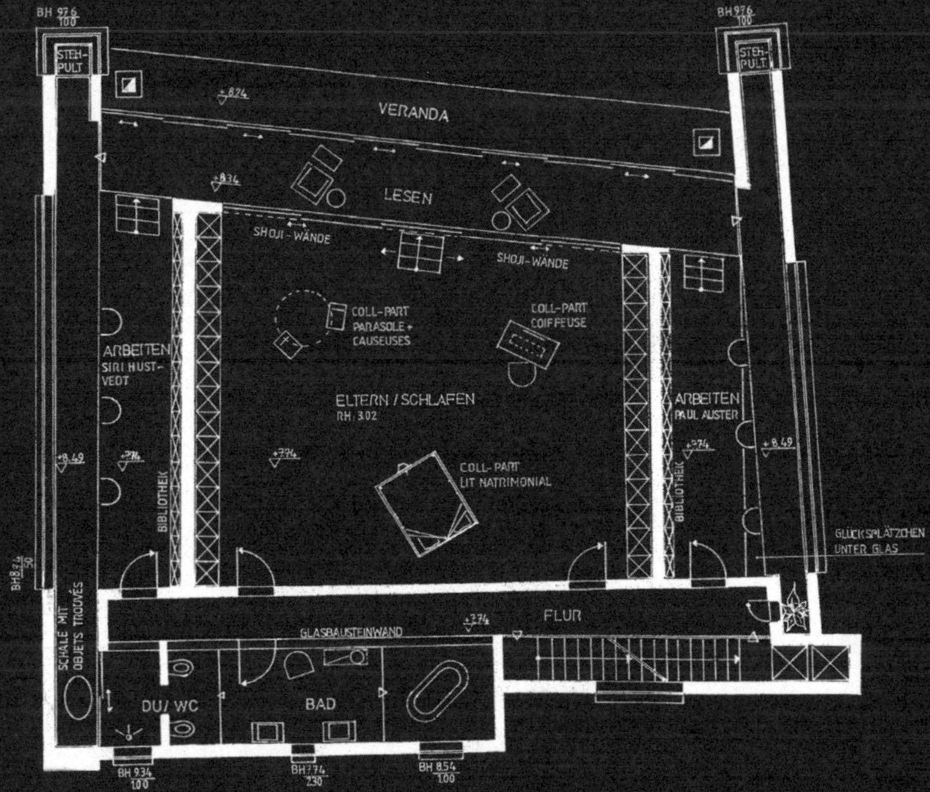

GRUNDRISS 2.OG

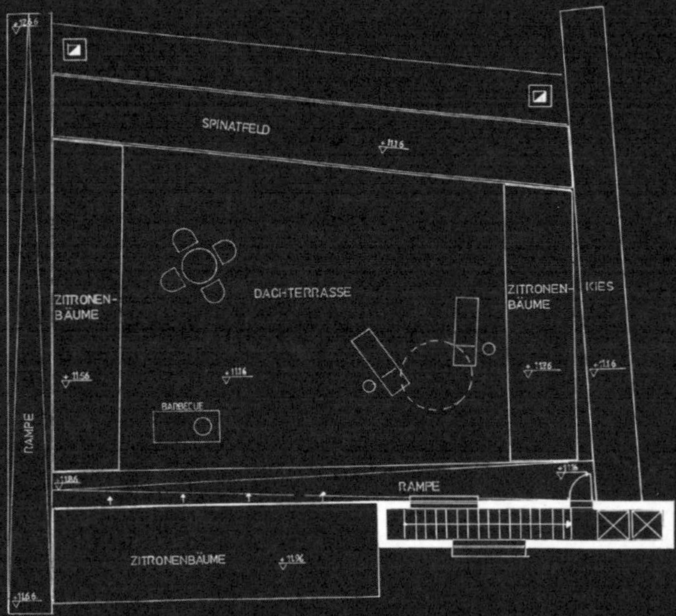

DACHTERRASSE

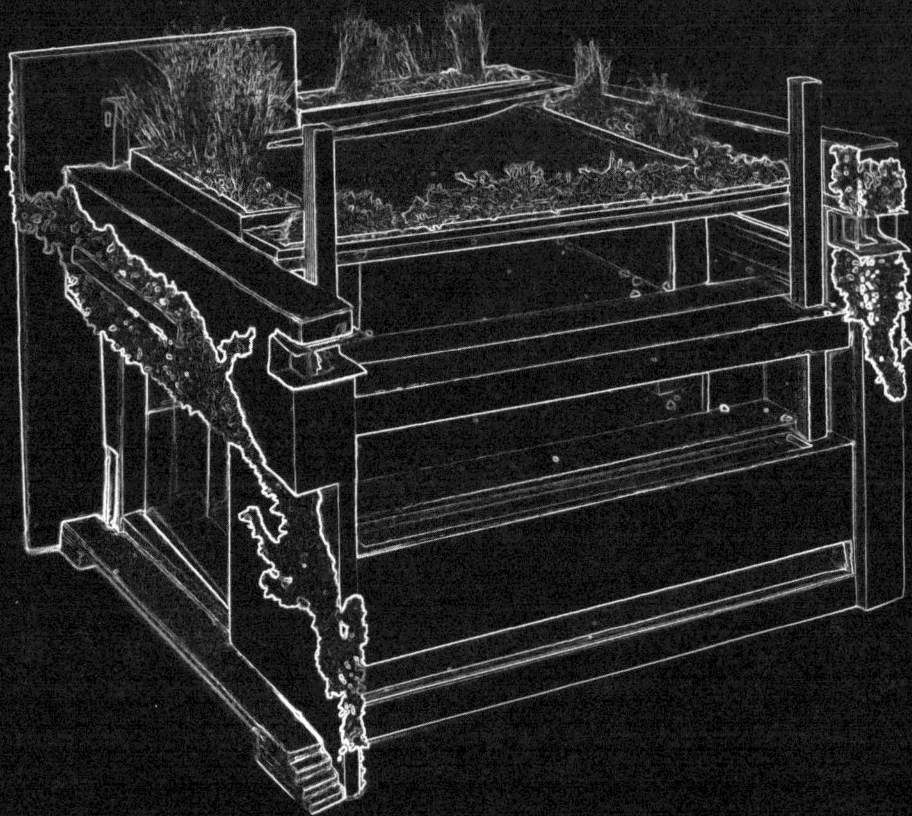

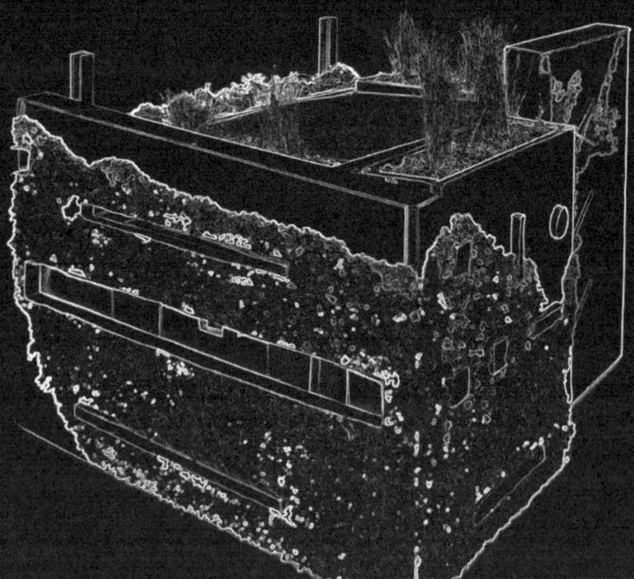

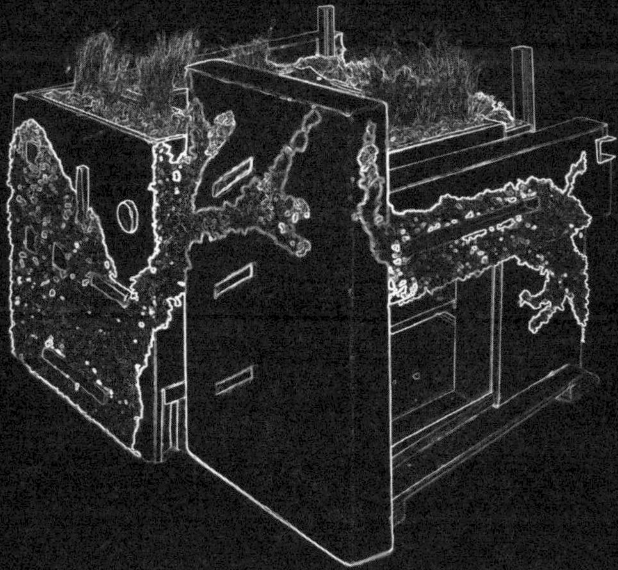

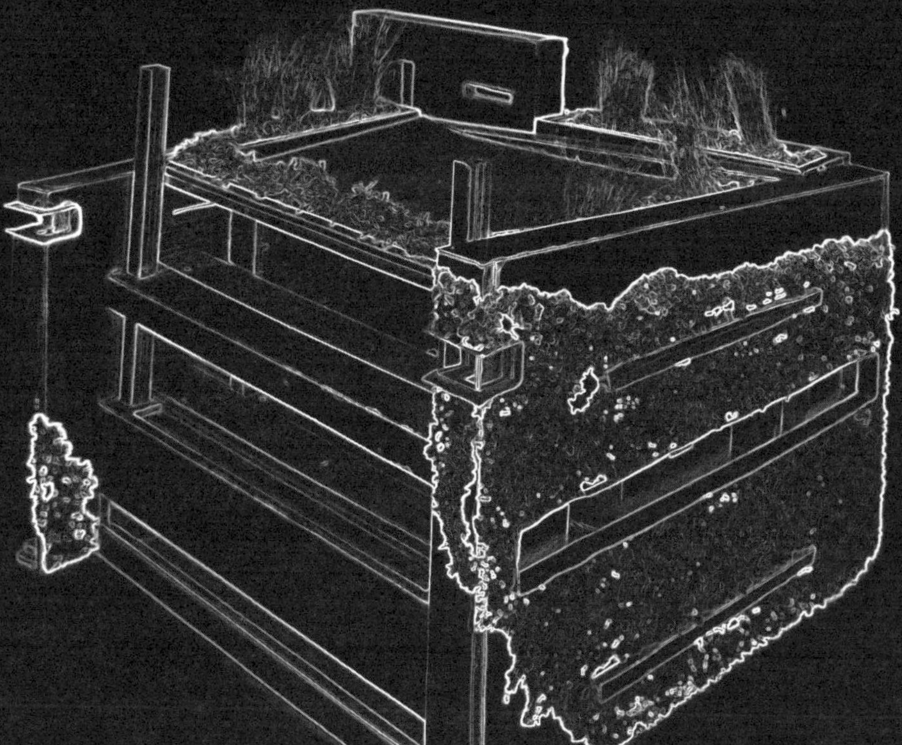

S. 245 – Wie hat es der kolumbianische Meister (nein, um Gottes Willen, nicht Márquez) gesagt? *Im Alter ist alles unschicklich: Töten, Lachen, Sex, und vor allem: Weiterleben. Bis auf Sterben ist im Alter alles unschicklich.*
Der kolumbianische Meister ist Fernando Vallejo. Großvater zitiert aus dessen Roman: *La Virgen de los Sicarios (Die Madonna der Mörder)*, 1994. (Übertragung: Klaus Laabs). Im Original heißt es: *Todo en la vejez es impropio: matar, reírse, el sexo, y sobre todo seguir viviendo. Salvo morirse, todo en la vejez es impropio.* (Vgl. Anmerkung S. 248, S. 389)

S. 247 – Even Cato, der stoische Todesverachter, wept over the dead body of his brother.
Unter Verwendung von: Mary Shelley, *Frankenstein*: or, *The Modern Prometheus*, 1818. – *Selbst Cato weint über der Leiche seines Bruders.* (Übertragung: Alexander Pechmann)

S. 248 – Was habe ich nicht alles für Bücher gelesen, und schauen sie mich an, was hat es mir gebracht? Aus: Fernando Vallejo, *La Virgen de los Sicarios (Die Madonna der Mörder)*, 1994.Übertragung: Klaus Laabs). Im Original heißt der Satz: *¡Para libros los que yo he leído! y mírenme, véanme.* (Vgl. Anmerkung S. 245, S. 389)

S. 249 – Nahid Kabiri
ist eine Lyrikerin, Choreographin und Übersetzerin aus Teheran (geb. 1948 in Kermanshah, Iran).

S. 249 – Simin Daneshwar
war eine iranische Schriftstellerin und Übersetzerin (1921–2012). Ihr Hauptwerk: *Savushun – Drama der Trauer*, 1997.

S. 249 – Hadji Baba
The Adventures of Hajji Baba of Isphahan, London, 1824 (*Die Abenteuer des Hadji Baba*) ist eine Roman des britischen Diplomaten und Schriftstellers James Morier.

S. 251 – Give me a good book, or a good newspaper, and sit me down afore a good fire, and I ask no better. Lord!
Aus: Charles Dickens, *Great Expectations, 1861 — Gib mir ein gutes Buch oder eine gute Zeitung und setz mich vor einem guten Feuer ab, und du machst mich wunschlos glücklich. Ha!* (Übersetzung: Melanie Walz)

S. 254 – Tag für Tag von neuem uns Weg zu bahnen in der klebrigen Masse, die sich Welt nennt
Aus: Julio Cortázar, *Geschichten der Cronopien und Famen (Handbuch der Unterweisungen)*, 1962 (Übertragung: Wolfgang Promies)

S. 254 – die bevorzugte Methode der Cronopien ist der Zufall
Aus: Julio Cortázar und Carol Dunlop, Die *Autonauten auf der Kosmobahn (Los autonautas de la cosmopista)*, 1983. Dort heißt es: *el azar que es el método preferido de los cronopios. — der Zufall, der die bevorzugte Methode der Cronopien ist.* (Übertragung: Wilfried Böhringer)

S. 256 – The House is Black
The House is Black (Das Haus ist schwarz) ist ein 1963 erschienener vielfach prämierter Dokumentarfilm der iranischen Dichterin Forugh Farrochsad. Der 22-minütige Film dokumentiert das Leben in der von Farah Pahlavi eingerichteten Leprakolonie Behkadeh Raji.

S. 258 – Es wird kein Bleiben geben
Entweder ein (kryptischer) Hinweis auf Nicola Bouviers Buch *Es wird kein Bleiben geben*, 2013/2016 – oder aber purer Zufall.

S. 258 – Wenn du zu meinem Grabe deine Schritte lenkst / bring Wein und Laute mit
Verse aus Hafiz' eigenem Grabgedicht. Allerdings will Hafiz – anders als der Erzähler – keine Ruhe, denn der nächste Vers lautet: damit ich zu der Spielmannsweise tanzend mich erhebe!

S. 259 – Hallo, Hallo!
Aus: Witold Gombrowicz, *Sakrilegien*, 1988.

S. 259 – On s'est aimé comme on se quitte
Hier irrt Großvater. Das Chanson, aus dem die Zeile stammt, ist nicht von Jacques Dutronc, sondern von Joe Dassin und heißt *Salut les Amoureux* (1973).

S. 259 – Wenn die Geliebte wie ein leichter Wind / An meinem Grab vorübergeht
Im Original von Hafiz heißt es: *Wenn die Geliebte wie ein leichter Wind / an Hafis' Grab vorübergeht* ... (Übertragung: Cyrus Atabay)

S. 264 – Nothing gold can stay
Titel eines 1923 geschriebenen Gedichts von Robert Frost.

S. 265 – Großmutter hatte das Lied mit ihren Studentinnen geträllert
Die Beschreibung der Großmutter (insbesondere diese Passage) erinnert in einigen Zügen an die iranisch-amerikanische Literaturprofessorin Azar Nafisi. Als diese sich weigerte, den Schleier zu tragen, wurde sie 1981 von der Universität suspendiert. Zwei Jahre lang (von 1995 bis 1997) gab sie für sieben ihrer besten Studentinnen private Workshops, bei denen sie gemeinsam verbotene Klassiker der westlichen Literatur las. Ihr Buch *Lolita lesen in Teheran* erzählt ihre Geschichte.

S. 266 – Hoffend und die Zukunft leugnend ...
sind die Abschlussverse des Gedichts *Epitaph* von Cyrus Atabay. Der Dichter und Übersetzer Cyrus Atabay war ein Neffe von Schah Mohammad Reza Pahlavi und damit Prinz des persischen Königshauses.

S. 268 – Ist bei Stendhal nicht mal jemand mitten im Selbstmord-Geklügel aufgestanden und hat in seiner Bibliothek die Preisliste für Saint-Gobain-Spiegel gesucht?
In Stendhals erstem Roman *Armance* (1827) heißt es: *Et l'homme qui pendant trois quarts d'heure venait de songer à terminer sa vie, à l'instant même montait sur une chaise pour chercher dans sa bibliothèque le tarif des glaces de Saint-Gobain. — Und der Mensch, der soeben drei Viertelstunden lang Selbstmordgedanken nachgehangen hatte, stieg auf einen Stuhl, um in einer der obersten Reihen seiner Bibliothek die Preisliste der Spiegelfabrik von Saint-Gobain hervorzusuchen.*
(Übertragung: Arthur Schurig)

S. 271 – ertrinken, versinken, unbewusst – höchste Lust!
Isoldes letzte Worte in Wagners Oper *Tristan und Isolde* sind: *In dem wogenden Schwall, / in dem tönenden Schall, / in des Welt-Atems / wehendem All —/ ertrinken, / versinken — / unbewusst — / höchste Lust!*

S. 272 – Now more than ever seems it rich to die
Verszeile aus John Keats, *Ode to a Nightingale (Ode an eine Nachtigall) — So scheint mir Sterben jetzt besonders schön.*
(Übertragung: Alexander von Bernus)

S. 273 – Komm, zobelschwarze Nacht, komm! Der Ausruf erinnert an das Renaissance-Madrigal *Come, Sable Night* des englischen Komponisten John Ward.

S. 274 – auf der Heimat Simurghs, unserem Zauber Phönix
Simrurgh ist ein zentrales Fabelwesen der persischen Mythologie. Er gilt als König der Vögel und soll übernatürliche Kräfte haben. Sein Nest befindet sich hinter dem Ort von Wahrheit und Selbsterkenntnis. Unter anderen wird das Elburs-Gebirge als dieser Ort überliefert. Die Entsprechung Simurghs im Abendland ist Phönix.
(Siehe auch Anmerkung S. 429)

S. 275 – Wer tot ist, soll sich nicht aufspielen, dafür war im Leben Zeit genug.
Großmutter zitiert hier den belgischen Dichter Hugo Claus. Das Zitat stammt aus: *Der Kummer von Belgien*, 1983

S. 276 – Golschiri
Huschang Golschiri (1937–2000) war ein oppositioneller iranischer Schritsteller.

S. 276 – The art of losing isn't hard to master
Es handelt sich um die erste Verszeile des Gedichts *One Art* von Elizabeth Bishop (1911–1979). Etwa: *Die Kunst des Verlierens ist nicht schwer zu meistern.*

S. 278 – Uferfelsen und kleines Getier
In Friedrich Nietzsches *Die fröhliche Wissenschaft*, 1882/1887 (Nr. 45) heißt es: ... *ich sehe sein [Epikurs] Auge auf ein weites, weißliches Meer blicken, über Uferfelsen hin, auf denen die Sonne liegt, während großes und kleines Getier in ihrem Lichte spielt, ...*

S. 278 – Sangak
ist ein persisches Fladenbrot aus Weizensauerteig (entweder ohne Zutaten oder wahlweise mit Sesam und/oder Mohn).

S. 278 – world in a grain of sand.
Der erste Vers des Gedichts *Auguries of Innocence* (Weissagungen der Unschuld) von William Blake lautet: *To see a World in a Grain of Sand. – Um eine Welt in einem Sandkorn zu sehn.*

S. 280 – Thomas von Aquin
war eine italienischer Dominikaner (1225–1274). Wahrscheinlich bezieht sich Großvater darauf, dass Thomas von Aquin den Tyrannenmord unter gewissen Umständen als legitim ansah.

S. 282 – C'est dur de mourir au printemps, tu sais.
Verszeile aus dem Chanson *Le Moribond* von Jacques Brel. Etwa: *Weißt du, es ist hart im Frühjahr zu sterben.*

S. 282 – Um viele Jahre bitte vor dem Tod / die sorglos sind und königlich
Aus: Algernon Swinburne, *Atalanta in Calydon*,1865. — *Pray thou thy days be long before thy death, / And full of ease and kingdom; seeing in death / There is no confort and none aftergrowth, / Nor shall one thence look up and see day's dawn / Nor light upon the land wither I go. / Live thou, and take thy fill of days, and die / When thy day comes; and make not much of death / Lest ere thy day thou reap an evil thing.*

S. 282 – diesem ollen Knauserich
Chronos, dieser olle Knauserich ist ein Zitat des deutschen Künstlers Michael Wiesinger (1942–2015)

S. 283 – Eben-Eschenbach
Großvater hat den Namen nicht richtig in Erinnerung; er meint die österreichische Schriftstellerin Marie von Ebner-Eschenbach (1830–1916).

S. 284 – Azizam
persisch: mein Liebling

S. 284 – das Heilige Wort des Rabiaten: Fay ce que vouldras.
Aus: François Rabelais, *Gargantua und Pantagruel* (zw. 1532 und 1564). – Die in Kap. 57 erwähnte Abtei Thélème hat eine einzige Ordensregel: *Fay ce que vouldras. (Tu, was dir gefällt.)*

S. 285 – Le sommeil, je ne crois plus qu'au sommeil.
In dem Film *Das Irrlicht (Le feu follet,* 1963) von Louis Malle sagt Jeanne Moreau diesen Satz. Etwa: *Einzig an den Schlaf, ich glaube einzig an den Schlaf.*

S. 286 – Sofern du willst ein Leben haben, raube dir's.
Aus: Lou Andreas-Salomé, *Lebensrückblick – Grundriß einiger Lebenserinnerungen,* 1951 (Veröffentlichung aus dem Nachlass)

S. 288 – Dieses verfluchte Odi et amo
Das 85. Gedicht des römischen Dichters Catull (1. Jh. vor Chr.) lautet: *Odi et amo. Quare id faciam, fortasse requiris. / nescio, sed fieri sentio et excrucior. (Übertragung: Ich liebe und ich hasse. Warum ich das tue, fragst du vielleicht. Ich weiß es nicht / aber ich spüre, dass es geschieht, und es quält mich.)*

S. 302 – My life has been a tapestry of rich and royal hue / An everlasting vision of the ever-changing view
Verszeilen aus dem Lied *Tapestry* von Carole King (1971).

S. 315 – Wer sein Zuhause verlässt, trägt zum Unheil bei.
Wahrscheinlich erinnert sich hier Maryvonne an Blaise Pascals Wort aus seinen Pensées (ca. 1670): *Alles Unheil kommt von einer einzigen Ursache, dass die Menschen nicht in Ruhe in ihrer Kammer sitzen können.* Im Original: *Tout le malheur des hommes vient d'une seule chose, qui est de ne pas savoir demeurer en repos, dans une chambre.*

S. 316 – O Nacktheit, ewig junge, sei gegrüßt! / O Jugend, ewig nackte, sei gegrüßt! Aus: Witold Gombrowicz, *Operette,* (Übertragung: Walter Tiel) – Im Original: *Salut, Jeunesse à jamais nue ! Nudité jeune à jamais, salut !*

S. 316 – Wie mit einem flaumigen jungen Gänschen gewischt.
Anspielung auf Rabelais' *Gargantua und Pantagruel* (Kap. 13)

S. 318 – Kunstwerke sind wie Würste, man weiß nie, was drin ist.
Eine Quelle für dieses Zitat konnte nicht ausfindig gemacht werden.

S. 319 – Le cul, c'est ce qu'il y a de plus sacré chez l'homme, c'est là qu'il a son honneur
Aus: Romain Gary, *Du hast das Leben vor dir,* 1975. — *Der Arsch ist das Heiligste am Menschen. Da sitzt seine Ehre.* (Übertragung: Christoph Roeber)

S. 320 – La peau d'une somptueuse douceur
Aus: Marguerite Duras, *Der Liebhaber,* 1984. — *Seine Haut ist von prachtvoller Zartheit.* (Übertragung: Ilma Rakusa)

S. 321 – das Leben, wenn es hoch kommt, eine Kongestion
Gottfried Benns Zitat lautet vollständig: *Das Leben währet vierundzwanzig Stunden und, wenn es hoch kommt, war es eine Kongestion.* Benn bezeichnet den Satz als seinen Lieblingsspruch. Unter anderem verwendet er ihn in der *Akademie-Rede* (5.4.1932), die Benn zur Aufnahme in die Preußische Akademie der Künste hielt.

S. 322 – die Asche von Herrn Hanswurst
Hannah Arendt hat Adolf Eichmann in einem Gespräch mit Günter Gaus (1964) einen Hanswurst geheißen.

S. 322 – Mrs. Dolly Levi / Social Introduction Arranged in an Atmosphere of Elegance and Refinement / Object: Matrimony
Text der Visitenkarte der Ehemaklerin Dolly Levi in dem Musical *Hello Dolly* (Etwa: *Dolly Levi / Arrangements geselliger Begegnungen in eleganter distinguierter Umgebung zwecks Eheschließung.*)

S. 324 – Toile-de-Jouy
Französisch für: *Stoff aus Jouy.* – Ein ursprünglich in der französischen Stadt Jouy-en-Josas mit charakteristischen Dessins (u. a. Schäfermotiven) bedruckter Kattun.

S. 330 – Malawi Gold
ist eine Cannabissorte aus der Republik Malawi in Afrika.

S. 332 – so wie es einst Lysistrata mit einem Olivenzweig tat
Wahrscheinlich eine Anspielung auf Aubrey Beardsleys Illustration der Lysistrata von Aristophanes – allerdings steckt hier Lysistrata den Olivenzweig nicht IN einen Penis.

S. 343 – Asta-su-abuelo-Karikatur
Titel einer Aquatinta von Francisco de Goya aus der Serie der *Caprichos* (1799). Sie stellt eine Kritik an der manischen Suche nach bedeutenden Ahnen dar. Asta su abuelo bedeutet in etwa: *Bis zu seinem Großvater.* Im Zusammenhang mit der Karikatur also in etwa: *Sogar dein Opa war ein Esel.*

S. 348 – ähnlich dem entzündeten Nasenpickel der Herzogin von Guermantes
In Marcel Prousts *recherche* hat die Herzogin von Guermantes einen kleinen Pickel im Nasenwinkel – *un petit bouton au coin du nez.*

S. 352 – nicht jeder, der den Pinsel in die Hand nimmt und Farben verquistet, ist ein Maler Aus: Gotthold Ephraim Lessing, *Hamburgische Dramaturgie* (101–104, 19.4.1768)

S. 352 – Niemand dankt uns das, was unter der Oberfläche ist Hier hat einer der Diskutanten aus der Sivers-Runde wohl eine Anleihe bei Honoré de Balzac gemacht. Alle Welt scheint irgendwie zu klauen, ohne zu belegen. In Balzacs Erzählung *Le Chef-d'œuvre inconnu*, 1831 *(Das unbekannte Meisterwerk)* findet sich genau dieser Satz. (Übertragung: Herma Goeppert-Frank) Im Original lautet der Satz: *Personne ne nous sait gré de ce qui est dessous.*

S. 352 – »Graue Herren«, »Lebende Tote« / Mittelmaßverrohung Der US-amerikanischer Künstler R. B. Kitaj nannte Kritiker *Graue Herren* oder *Lebende Tote*, so in seinen Erinnerungen *Confessions of an Old Jewish Painter* (2017). Auch den Begriff *Mittelmaßverrohung* bezog er auf Kritiker.

S. 355 – Nicht das Werk als solches bringt den Ruhm. Wahrscheinlich hat Hans Sivers den Satz von Gottfried Benn. In dem Essay *Das Genieproblem* (1930) kommt er zumindest wortwörtlich so vor.

S. 357 – Rätselhaftigkeit ist leicht; Klarheit ist schwer Aus: Julian Barnes, *Flauberts Papagei*, 1984. Korrekt zitiert heißt der Satz: *Rätselhaftigkeit ist leicht; Klarheit ist am allerschwersten.* (Übertragung: Michael Walter)

S. 357 – Klaren Gedanken verschwommene Bilder entgegenstellen. Abermals macht sich Farshid verdächtig, fahrlässig mit geistigem Eigentum umzugehen. Hier allerdings, indem er ein bekanntes Diktum der Filmgeschichte geradewegs ins Gegenteil verkehrt. Ein Wandslogan in Jean-Luc Godards Film *La Chinoise, (Die Chinesin*, 1967) lautet: *Il faut confronter les idées vagues avec des images claires. – Wir müssen verschwommenen Gedanken klare Bilder entgegenstellen.*

S. 358 – wie viele von euch Luschis haben eigentlich den falschen Fragonard entlarvt? In einer 2015 stattfindenden Ausstellung hat die Dulwich Picture Gallery in London Jean-Honoré Fragonards *Portrait of a Young Woman* (1769) durch eine zeitgenössische chinesische Fälschung ersetzt. Der Konzeptkünstler Doug Fishbone hat die Besucher aufgefordert, unter den 270 Meisterwerken die Fälschung ausfindig zu machen. 10 % Prozent tippten richtig.

S. 373 – Das menschliche Leben ist kurz, ich aber möchte ewig leben. Ein Satz aus dem Abschiedsbrief des japanischen Schriftstellers Yukio Mishima, der am 25. November 1970 rituellen Selbstmord beging.

S. 374 – auf einem Sofa, in einem großen stillen und sonnigen Haus Aus: Simone Signoret, *La nostalgie n'est plus ce qu'elle*

était (Ungeteilte Erinnerungen), 1977. Übertragung: Gerlinde Quenzer und Günter Seib
Im Original heißt es: *Deux chats sur un canapé, dans une grande maison silencieuse et ensoleillée.*

S. 374 – Das Leben und dazu eine Katze, das gibt eine unglaubliche Summe. In: *Mitsou, Quarante images par Baltusz* (1921), *Mitsou. Vierzig Bilder von Balthus* Aus dem Vorwort von Rainer Maria Rilke.

S. 376 – Basidschi-Milizen
Die Basidsch-e Mostaz'afin (*Mobilisierte der Unterdrückten*), kurz auch Basidschi, sind eine freiwillige paramilitärische Miliz in Iran, die sich aus der Bevölkerung rekrutiert. Sie dient auch als Hilfspolizei und geht äußerst brutal vor.

S. 377 – unter Blumen und Klee, im Tode wie im Leben ungeschieden.
Hier packt Großvater wohl aus Versehen zwei Gedichte von Friedrich Rückert in eins. Der erste Teil stammt aus dem Gedicht *Lasst im Grünen mich liegen*, der zweite Teil stammt aus einem der letzten Gedichte Rückerts, das von seiner Grabstätte handelt.

S. 378 – Everything begins and ends at the exactly wrong time and place.
In dem australischen Film *Picnic at Hanging Rock*, 1975 (*Picknick am Valentinstag*) fällt der Satz *Everything begins and ends at the exactly right time and place.* Womöglich paraphrasiert die Großmutter dieses Zitat.

S. 379 – weinfarbenen Meer
Homer spricht in der *Ilias* vom weinfarbenen Meer.

S. 379 – Sonne, Küsse und erregende Düfte
Aus: Albert Camus, *Hochzeit des Lichts*, 1938. – *Sonne, Küsse und erregende Düfte – alles Übrige kommt uns nichtssagend vor.* (Übertragung: Peter Gan und Monique Lang) – Im Original: *Hors du soleil, des baisers et des parfums sauvage, tout nous paraît futile.*

S. 380 – dieses Licht, dieser weite Himmel und das Wasser Aus: Guy de Maupassant, *Une vie ou L'humble vérité*, 1883 – Der Hauptfigur, Jeanne Le Perthuis des Vauds, scheinen nur drei Dinge an der Schöpfung wirklich schön zu sein: *das Licht, der weite Himmel und das Wasser* (Übertragung: Cornelia Hasting). Im Original: *la lumière, l'espace et l'eau.*

S. 380 – Versuche immer ein Stück Himmel zu haben über deinem Leben
Hier stibitzt Großmutter – Wie viele denn noch haben das Farshid-Gen? – offensichtlich bei Marcel Proust. In seiner *Recherche* heißt es: *Versuchen Sie immer ein Stück Himmel über Ihrem Leben zu haben.* (Übertragung: Eva Rechel-Mertens, Luzius Keller) Im Original: *Tâchez de garder toujours un morceau de ciel au-dessus de votre vie.*

S. 380 – Une maison agréablement bâtie, mais simple, où rien ne sentait ni la prodigalité ni l'avarice. Aus: Voltaire, *Zadig oder das Schicksal*, 1747 — *Ein schlicht, aber gefällig gebautes Haus, in dem nichts weder auf Verschwendung noch auf Geiz schließen ließ.* (Übertragung: Ernst Hardt)

S. 380 – Quarrel? Nonsense; we have not quarreled. If one is not to get into a rage sometimes, what is the good of being friends? Aus: George Eliot, *Middlemarch, 1871–72. – Streiten? Unsinn; wir haben uns nicht gestritten. Wenn man nicht manchmal wütend wird, was nutzt es dann, dass man gut befreundet ist.* (Übertragung: Rainer Zerbst)

S. 381 – J'ai cessé d'ignorer à l'âge de trois ou quatre ans et parfois ça me manque. Aus: Émile Ajar, *La vie devant soi*, 1975. (Übertragung: Christoph Roeber) – Émile Ajar ist eines der vielen Pseudonyme von Romain Gary.

S. 383 – Die katholischen Derwische von Giacomelli In den Jahren 1961 bis 1963 machte der italienische Fotograf Mario Giacomelli Bilder in einem Priesterseminar. Er nannte die Serie *Pretini (Junge Priester)*; sie glichen tanzenden Derwischen. Bekannt wurden die Fotografien allerdings unter dem Titel: *Io non ho mani che mi accarezzino il volto (Ich habe keine Hände, die mein Gesicht liebkosen).*

S. 386 – ein blasses, feines Licht- und Sonnenglück Aus: Friedrich Nietzsche, *Menschliches, Allzumenschliches, Vorrede*, 1878.

S. 387 – Die Hölle ist leer, die Teufel sind unter uns. Großmutter zitiert hier (etwas ungenau) aus Shakespeares *Der Sturm: Hell is empty and all the devils are here. – Die Hölle ist leer, und alle Teufel sind hier.* (Übertragung: Christoph Martin Wieland)

S. 389 – Und auch die Psychoanalytiker (»beide im Arsch«, ... Hier konnte keine Quelle ausfindig gemacht werden. Allerdings könnte Großvater bei seiner Vorliebe für den verhurenbalgten Vallejo (vgl. Anmerkungen S. 245 und S. 248) auch hier — diesmal sehr frei — auf dessen Roman *Die Madonna der Mörder* Bezug genommen haben. Dort heißt es: *Aber auf die Psychoanalyse ist geschissen, die ist noch bankrotter als Marx.* (Übersetzung: Klaus Laabs) Im Original: *¡Pero qué carajos, si el psicoanálisis está más en bancarrota que Marx!*

S. 390 – Trotzdem, schon komisch, das Leben. Da gibt's nix, gefällt mir. Aus: Henry de Montherlant, *Moustique* (Fragment, 1929; erschienen postum 1986, Übertragung: Gabriele Gerecke) Im Original: *C'est rigolo la vie tout de même. Y a pas à dire, ça me plaît.*

S. 390 – Thálatta! Thálatta! Aus: Xenophon *Anabasis* (370 v. u. Z.) – *Das Meer, das Meer!* Ausruf der griechischen Söldner, als sie bei ihrem entbehrungsreichen Rückzug nach der Schlacht von Kunaxa (401 v. u. Z.) das Schwarze Meer erreichten.

S. 391 – Ich bitte die himmlischen Mächte, ... Hier zitiert die Großmutter Voltaires *Zadig ou la destinée* (1747): *Je prie les vertus célestes que vos plaisirs soient sans mélange, votre beauté durable, et votre bonheur sans fin.* (Übertragung: Ernst Hardt)

S. 394 – teefarbene und safrangelbe Rosen – die Farben Bouviers, zu seiner Ehre Tee- und safranfarbene Rosen finden in Nicolas Bouviers *Die Erfahrung der Welt* (1963) Erwähnung. (Vgl. Anmerkungen S. 31, S. 158, S. 258, S. 480).

S. 397 – If you can dream — and not make dreams your master Vers aus dem Gedicht *If* (1895) von Rudyard Kipling (1865–1936) – Etwa: *Träume leben – und doch nicht ihr Sklave sein.* (Übertragung: Tim Klein)

S. 398 – Die Gewaltlosigkeit als Waffe Die Formulierung erinnert an Pier Paolo Pasolinis Bemerkung: *Wird Gewaltlosigkeit, wenn sie als Waffe für die Eroberung der Macht eingesetzt wird, damit nicht auch zur Gewalt?* (in einem Brief an Allan Ginsberg, 18.10.67)

S. 401 – dieser meschuggene Lars Ist hier Lars von Trier gemeint? Hm?

S. 403 – So 'ne thomas-mann-kacke kannste mit anderen machen. der thomas hat wenigstens noch den namen seines enkels geändert. Thomas Mann hat — zum Entsetzen seiner Familie — im *Doktor Faustus* seinen geliebten Enkel Frido als Nepomuk Leverkühn den minutiös geschilderten qualvollen Tod einer Hirnhautentzündung sterben lassen. Theodor Lessing hat Thomas Mann in *Tomi melkt die Moralkuh — Ein Dichter-Psychologem* (1910) als *stille, späte Goldschnittseele* bezeichnet.

S. 414 – expectation office
In dem englischen Sketch *Next Door Neighbours (Nachbarn von Nebenan)* von Charles Mathews kommt ein *Expectation Office*, ein *Büro für Erwartungen* vor. Vielleicht kennt Farshid diesen Sketch.

S. 414 – 243 Riverside Park
243 Riverside Park (Apartment 204, Telefon: 212-749 28 57) war die New Yorker Adresse von Gesine Cresspahl, der Hauptfigur aus Uwe Johnsons Roman *Jahrestage* (1970 bis 1983). — Zufall? Wie will Farshid von dieser Figur wissen? Ja, Zufall! Aber zu was ist dieser Zufall gut?

S. 415 – Julien Greens Wort von der *Ekel erregenden Vollkommenheit* der Kunst sagt es
Die einzige Textstelle, die diesbezüglich ausfindig gemacht werden konnte, stammt aus: Julien Green, *Journal, Les Années faciles* (1926–1934) — *Un peu partout, des statues d'une écœurante perfection. — Allenthalben Statuen von widerwärtiger Vollkommenheit.* (Übertragung: Brigitta Restorff) Da Onkel Said ein begeisterter Anhänger Julien Greens war, könnte Farshids »Räubern« der Weltliteratur durchaus bis hierher gelangt sein.

S. 417 – Schön gekämmte, frisierte Gedanken
Aus: Heinrich Heine, *Memoiren, Gedanken und Einfälle* (1854–55)

S. 417 – Die allmähliche Verfertigung des Unsinns beim Reden Hier paraphrasiert der Autor Heinrich von Kleists Essay *Über die allmähliche Verfertigung der Gedanken beim Reden* (1805)

S. 418 – Vor zwei Tagen war sein erster Artikel erschienen
Nachfolgend die Übersetzung des Farshid-Artikels aus dem Französischen:

DIE GEBURT DER KÜNSTLERS AUS DEM GEISTE DES FAKES

Zum Künstler, will er reüssieren, gehört eine Portion Abseitigkeit. Ein ins Garstige und Rüpelhafte gewendetes Leben: Wirtshauspöbeleien früher, Koks und Nutten heute. Épater le bourgeois, so bastelt man sich seinen veritablen Künstlermythos. Und wenn dann noch ein Gran Elend dabei ist, etwas wunderschön Zerquältes und Geschundenes, dann sind die Genie-Weihen des Kunstmarktes nicht mehr fern. Nat Tate war so einer. Er verwaist mit acht, wird irgendwann depressiv, ein visionärer Säufer, malt ein paar Brücken, schläft mit Peggy Guggenheim, und stürzt sich am 12. Januar 1960 von der Staten-Island-Fähre in die eisigen Fluten des Hudson. Seine Leiche wird nie gefunden. Um genau zu sein: Sie kann gar nicht gefunden werden, denn Nat Tate hat nie gelebt. Nat Tate ist ein Fake, eine aus dem Geist des höheren Unfugs entstandene Phantasie des britischen Schriftstellers William Boyd, ist Literatur gewordener Künstlermythos par excellence.
Die Monographie »Nat Tate — Ein amerikanischer Künstler« gibt es bereits seit zwölf Jahren. Jetzt wurde sie ins Französische übersetzt. Und die Literaturkritik überschlägt sich: »Triumph der Literatur über die Realität« jubelt TF1, »subtiles Blendwerk mit Witz« weiß FRANCE 2. Indes, Boyds Büchlein ist weder subtil, noch ein literarischer Triumph. In erster Linie ist es schmal. Ein 87-Seiten-Fleiß. Zu Teilen geschickt gebosselt. Doch die Gaukelei lugt zwischen allen Zeilen durch — und keiner hat's gemerkt. Zumindest 1998 nicht, damals bei der Erstveröffentlichung in New York. Dass frei erfundene Kunsthändler, Galerien und Institutionen seinerzeit nicht entlarvt wurden, nun denn … wer kann schon behaupten, sie alle zu kennen!? Erstaunlich bleibt es allemal. Doch dem US-amerikanischen Dichter Frank O'Hara die Leitung der Documenta II anzudichten (tatsächlich waren es Arnold Bode und Werner Haftmann) — nein, subtil ist das

wirklich nicht. Es ist auch niemandem aufgefallen, dass der nicht gerade alltägliche Freitod von Nat Tate eigentlich der von Hart Crane ist, ausgerechnet jenes Dichters, dem Tate durch dessen Gedichtband »The Bridge« sein zentrales Künstlersujet verdankt. Jede Menge Auffälligkeiten und Ungereimtheiten, viel allzu Durchsichtiges. Sieht so ein gelungener Fake aus, ein Bravourstück der Irreführung? Und mit dem »literarischen Triumph« ist es auch nicht so weit her. Denn das Ganze ist nicht neu, wie allenthalben suggeriert wird. Das Lob des literarischen Fälschers gebührt anderen: Wolfgang Hildesheimer etwa. Er hat 1981 mit seiner fiktiven Biographie des englischen Kunsttheoretikers »Marbot« nicht nur eine ganze Lesergeneration genarrt, er hat es auch — mit Boyd nicht zu vergleichen — als markanter Denker und vor allem: als vornehmer Stilist getan. Und dann Max Aub natürlich. Jusep Torres Campalans hieß diesmal das Maler-Genie, ein anarchistischer Feuerkopf und Freund Picassos, dessen Zeichnungen und Gemälde 1958 die Kunstwelt begeisterten: alles erfunden. Nicht nur die Biografie, auch das künstlerische Werk Campalans stammte von Aub. Ein Schelmenstück der Weltliteratur, brillant in der Verschränkung von Wahrheit und Dichtung, verwegen im Stil. Das alles bietet »Nat Tate« nicht, das Zwingende fehlt, und auch die erzählerische Raffinesse. Aber handelt es sich bei »Nat Tate« denn überhaupt um Schriftstellerei, um Literatur sui generis? Oder ist das Buch nicht eher Teil eines Happenings? Denn ähnlich wie bei Max Aub vor einem halben Jahrhundert vermochte auch Boyd die Experten zu foppen. Am 1. April 1998 laden David Bowie und William Boyd die Creme de la Creme der New Yorker Kunstwelt in Jeff Koons' Atelier: Es soll ein »in Vergessenheit geratener Expressionist« geehrt werden. Und die Szene kommt. Kritiker, Kuratoren, Sammler, Galeristen – alle von Rang und Namen – erscheinen, und alle haben schon mal von Nat Tate gehört, haben ihn gekannt, seine Bilder gemocht und – sitzen dem Schwindel auf. Jeff Koons – er war nicht eingeweiht – wird nachhaltig sauer bleiben. Einen schöneren Sieg über den tumben Kunstbetrieb kann man sich nicht denken. Und nun: was wäre dieser Sieg wert, wenn er auf Perfektion, auf Undurchschaubarkeit gebaut gewesen wäre? Gerade das Imperfekte, das Offen-Sichtliche gibt doch die Autoritäten der Lächerlichkeit erst preis. Etwas Chuzpe, etwas name-dropping, und schon bricht sich das Kläglich-Beschränkte einer eitlen Spezies Bahn. »Es wäre einfach gewesen, die ganzen erfundenen Fakten aufzudecken, (...) es kommt wirklich jede Menge Quatsch darin vor«, sagt Boyd. — Happy Happening!
Hier, beim netten Unterhaltungswert einer netten Kunstmarktsatire, enden in der Regel die Besprechungen zu »Nat Tate«. Sie enden hier, weil der Rest weh tut. Vor allem den Journalisten, den Kritikern. Boyd aber ist unmissverständlich: »Nat Tate ist mein Symbol für den mittelmäßigen Künstler, dem großer Ruhm zuteil wird und der daran zerbricht.« Und er nennt Namen: »Das Dilemma aus selbst empfundener Unzulänglichkeit und großem Erfolg brachte Pollock um, es brachte Kline um, Rothko brachte sich selbst um.« Boyds Stichwort hierzu heißt Hype: Der Kunstmarkt als milliardenschwere Investitions- und Wertsteigerungsmaschinerie schafft sich seine eigenen Maßstäbe, erfindet sich selbst seine Künstler, und zwar ausschließlich nach PR- und Renditekriterien. Und der Kritiker gibt — feige entschlossen — den Ja-Sager. Seit langem schon entblödet er sich, eine eigene Meinung zu haben, er allein hat Pollock & Co auf dem Gewissen. Wer Boyd also richtig liest, muss sich fragen: Wer rettet heute durch ein klares Wort die Kunstbastler Tracey Emin und Damien Hirst, wer schützt Jeff Koons und Jonathan Meese, wer Wolfgang Tillmans und Jürgen Teller? Wohl niemand. Denn solange die Bilder von Nat Tate, alias William Boyd, für gut befunden werden — und das ist in den Rezensionen von »Nat Tate« tatsächlich auch heute noch geschehen! —, gibt es keine Kunstkritik. Die Kunst-Zampanos allerorten werden weiterhin Partys besuchen — und auf lächerliche Bilder reinfallen.

William Boyd: *Nat Tate — Ein amerikanischer Künstler: 1928–1960.* Aus dem Englischen übersetzt von Christiane Besse, Édition du Seuil / Points, Paris, 87 S., illustriert, 5.95 Euro

S. 419 – Laeta omnia pro artis Lateinisch, etwa: *Nur Erfreuliches für die Kunst.*

S. 421 – dass das Purpur der Kaiser nur olle Schafswolle ist, in das Blut von Schnecken getaucht Aus: Marc Aurel, *Des Kaisers Marcus Aurelius Antonius Selbstbetrachtungen* (vermutlich zwischen 170 und 178 n.u.Z.) – *Purpur: er ist nur Schafswolle, in das Blut einer Schnecke getaucht.* (Übertragung: Albert Wittstock)

S. 423 – Ars longa, memoria brevis Die hier geäußerte Paraphrase des Hippokrates-Wortes *Vita brevis, ars longa* konnte nicht ermittelt werde. Vielleicht stammt sie ausnahmsweise mal von Farshid selbst.

S. 427 – indirekte Vermenschlichung Sivers spielt in seiner Ansprache offensichtlich auf Albert Camus' Erzählung *Jonas oder der Künstler bei der Arbeit* an. Dort heißt es: *Ich weiß zwar nicht recht, was sie sagen wollen, wenn sie von indirekter Vermenschlichung sprechen. Und doch, mit diesem Effekt bin ich in eine schöne Tiefe vorgedrungen.* (Übertragung: Guido G. Meister) — *Je ne comprends pas bien ce qu'ils veulent dire en parlant d'humanisation indirecte. Pourtant, avec cet effet, je suis allé assez loin.*

S. 429 – dass der Hund geflügelt war Vgl. Anmerkung S. 274.

S. 431 – allen voran dem »tragischen Affen« In der Sammlung und Kommentierung antiker Sprichwörter von Erasmus von Rotterdam kommt der *Tragica simia, der tragische Affe,* vor. Heiden haben, wie vom Heiligen Hieronymus überliefert, Christen derart gescholten.

S. 431 – Erzbischof Ludwig Schick Ludwig Schick forderte 2012, dass Gotteslästerung unter Strafe zu stellen sei.

S. 434 – einen Menschen, *aus lauter Flicken und Fetzen bestehend* Diese Wortwahl von Onkel Said erinnert sehr stark an Montaigne. In seinen Essays (im Kapitel *Über die Unbeständigkeit unseres Tuns*) schreibt er: *Nous sommes tous de lopins, et d'une contexture si informe et diverse, que chaque piece, chaque moment, faict son jeu. – Wir sind alle aus lauter Flicken und Fetzen und so kunterbunt unförmlich zusammengestückt, dass jeder Lappen jeden Augenblick sein eigenes Spiel treibt.* (Übertragung: Herbert Lüthy)

S. 435 – názisch Jiddisch: nazistisch

S. 436 – in Religionsdingen so liberal Aus: Robert Byron, *The Road to Oxiana (Der Weg nach Oxiana)*, 1937. (Übertragung: Matthias Fienbork). — Im Original: *But Persians, broad as their views on religion are, ...*

S. 436 – Leichter bist du als der Atem, ... Gedicht von Dschalal ud-din Rumi, kurz: Rumi (1207–1273). Rumi war ein Sufi-Mystiker und einer der bedeutendsten persischsprachigen Dichter des Mittelalters.

S. 437 – dieser Schmutz, der auf die Welt kommt ... »Leiht« sich Maryvonne hier abermals Sätze? – In Friedrich Nietzsches *Also sprach Zarathustra* (1883–1885) heißt es in Kapitel 85: *Ein neues Kind: oh wie viel neuer Schmutz kam auch zur Welt!* Und in Kapitel 20: *Voll ist die Erde von Überflüssigen, verdorben ist das Leben durch die Viel-zu-Vielen.*

S. 438 – Unserer-Lieben-Frau-vom-dicken-Bauch Ein weiterer Verweis auf Guy de Maupassants Roman *Une Vie* (1883). Der Abbé Picot sagt dort: *Les filles ne passent à l'église pour le mariage qu'après avoir fait un pèlerinage à Notre-Dame du Gros-Ventre. – Die Mädchen kommen erst zur Hochzeit in die Kirche, nachdem sie zu Unserer-lieben-Frau-vom-runden-Leib gepilgert sind, ...* (Übertragung: Cornelia Hasting)

S. 440 – Swifts Baby-Verköstigung beleben Zur Lösung von Überbevölkerung, Armut und Kriminalität in Irland schlägt Jonathan Swift (1667–1745) in seiner Satire *Ein bescheidener Vorschlag*, wie man verhindern kann, dass die Kinder der Armen ihren Eltern oder dem Lande zur Last fallen (1729) vor, irische Babys als Nahrungsmittel zu nutzen und durch Export nach London Profit daraus zu schlagen.

S. 441 – di ßline rint im fun mojl Jiddisch: Das Wasser läuft ihm im Munde zusammen

S. 444 – klingt wie Ratgebergequassel von Bucay Jorge Bucay (geb. 1949) ist ein argentinischer Therapeut und Schriftsteller.

S. 445 – Kennen Sie Prof. Batty und seinen *flipisme*? In dem Donald-Duck-Heft *Flip Decision* (1952) schlägt Prof. Batty die Entscheidungsfindung per Münzwurf vor. Das entsprechende deutsche Heft heißt *Wappen oder Zahl?* (1954), der Professor heißt dort Poth.

S. 445 – Wie Mozart, der Notenpapier mit Tinte bespritzte Hier täuscht sich Farshid. Mozart hat auf diese Art nie Kompositionen geschaffen. Es war vielmehr der englische Komponist William Hayes, der um 1750 diesen Vorschlag gemacht hat. Mozart soll aber eine Anleitung zur Walzerkomposition mittels Würfelwurf verfasst haben.

S. 448 – Wo keine Götter sind, da walten Gespenster. Das Zitat stammt aus Novalis' ›*Europa*‹*-Rede* (1799). Wörtlich heißt es: *Wo keine Götter sind, walten Gespenster.*

S. 449 – The sun will rise in the morning, I'm going to have a drink at 6:00. That's my faith. Maryvonne zitiert hier den britischen MI5-Spion Johnny Worricker aus dem Film *Page Eight*.

S. 451 – Legionäre Christi Eine weltweit agierende, machtvolle Kongregation. Ihr Gründer, der mexikanische Priester Marcial Maciel, hat wiederholt Jungen sexuell missbraucht. Er war, obwohl er das Zölibat predigte, Vater mehrerer Kinder von mehreren Frauen.

S. 452 – Ich glaube nichts hier und erhoffe nichts dort. Aus: Omar Chayyam, *Rubaiyat (Siebtes Buch: Der Dichter und seine Gegner)* (Übertragung: Hans Betghe) Die Übersetzung von Friedrich Bodenstedt lautet: *Doch glaub´ ich nichts hier und hoffe nichts künftig.* – (Vgl. Anmerkung S. 177)

S. 455 – Hat Al Ma'arri den Haddsch nicht einen *Heidenzug* genannt? Der arabische Philosoph und Dichter Al Ma'arri (973–1057) war als scharfer Religionskritiker bekannt, wobei er die Dogmen des Islam genauso erbarmungslos attackierte wie auch die des Judentums, Christentums und Zoroastrismus. (Siehe auch Anmerkungen S. 122)

S. 457 – Oder wie das Frettchen von Sredni Vashtar. In der Kurzgeschichte *Sredni Vashtar* des britischen Schriftsteller Saki (1870–1916) betet der zehnjährige Junge Conradin sein Frettchen namens Sredni Vashtar als Gott an.

S. 458 – Religion ist immer nur eine blöde Antwort auf eine blöde Frage. Das Zitat konnte bei Ludwig Feuerbach nicht ausfindig gemacht werden. Vielleicht also doch ein Krimi.

S. 458 – risikántisch Jiddisch: riskant

S. 460 – Wissen Sie, was die unübertroffene Yourcenar gesagt hat: *Als die alten Götter gestorben waren und der neue noch nicht erfunden, da war Freiheit, da lebte der Mensch für sich allein.* Marguerite Yourcenar hat nichts

Derartiges gesagt. Aber in einem Band *Flaubert-Briefe* hat sie folgenden an Mme Edma Roger des Genettes gerichteten Satz unterstrichen: *Les dieux n'étant plus et le Christ n'étant pas encore, il y a eu, de Cicéron à Marc Aurèle, un moment unique où l'homme seul a été.* (1861?) – *Als es die Götter nicht mehr gab und Christus noch nicht, war zwischen Cicero und Marc Aurel ein einmaliger Augenblick entstanden, in dem der Mensch für sich existierte.* (Übertragung: Heidrun Werner) Und in den Notizen zu ihrem Roman *Ich zähmte die Wölfin. Die Erinnerungen des Kaisers Hadrian* (1951) schreibt sie: *Dieses zweite Jahrhundert interessiert mich, weil es für eine sehr lange Zeit jenes der letzten freien Menschen war. Was uns anbelangt, so sind wir vielleicht schon sehr weit davon entfernt.*

S. 461 – Schönheit wird die Welt retten. Aus: Fjodor Dostojewski, *Der Idiot*, 1869

S. 461 – Tantum religio potuit suadere malorum Aus: Lukrez, *De rerum natura* (1. Jh. v. u. Z.) – Lukrez weist angesichts der Opferung Iphigenies darauf hin, wie verderblich Religion sein kann: *Zu derart Bösem konnte Glauben raten.*

S. 463 – Vor euch scheint man ja nur noch auf dem Mars sicher zu sein. Hier irrt sich Farshid: Hannah Arendt hat zwischen 1941 und 1945 Beiträge für die in New York erscheinende deutsch-jüdische Emigrantenzeitung *Aufbau* geschrieben. In dem Aufsatz *Ceterum Censeo* vom 26.12.1941 schreibt sie: *Vor Antisemitismus aber ist man nur noch auf dem Monde sicher.* — Nicht auf dem Mars.

S. 463 – Nos belles âmes sont racistes. Jean-Paul Sartre in seinem Vorwort zu: Frantz Fanon, *Die Verdammten dieser Erde* (1961) — *Wie rassistisch sind doch unsere schönen Seelen.* (Übertragung: Traugott König)

S. 465 – tief bedeutungsvoll wie der Klang der Kirchen Aus: Joseph Conrad, *Herz der Finsternis*, 1902 (Übersetzung: Urs Widmer) — Im englischen Original heißt es: *and perhaps with as profound a meaning as the sound of bells in a Christian country.*

S. 465 – Da gehe ich d'accord mit diesem Dr. Johnson. Von Dr. Samuel Johnson (1709–1784) sind keine diesbezüglichen Textquellen bekannt. Sollte Maryvonne den deutschen Schriftsteller Uwe Johnson (1934–1984) gemeint haben? Er spricht in seinem Hauptwerk *Jahrestage* tatsächlich fast durchweg von Negern. (Uwe Johnson hatte allerdings keinen Doktortitel, er war Diplom-Germanist.) Auch Friedrich Dürrenmatt (1921–1990) nennt Schwarze, z. B. in *Die Physiker*, nur Neger.

S. 466 – Einst bin ich Knabe, ich bin auch ein Mädchen gewesen, Neger und Zigeuner, Busch, Vogel und Fisch. Im Sühnelied des Empedokles (ca. 495–435 v. u. Z.) heißt es: *Ich war bereits einmal Knabe, Mädchen, Pflanze, Vogel und flutenttauchender, stummer Fisch.*

S. 468 – Ils se nourrissent de distinctions; ils vivent de raisonnements obscurs, & de fausses conséquences. Aus: Montesquieu, *Persische Briefe*, 1721 — *Sie ernähren sich von feinen Unterscheidungen und leben von dunklen Überlegungen und falschen Schlüssen.* (Übertragung: Peter Schunck)

S. 469 – So atavistisch wie Scaramangas dritte Brustwarze Scaramanga war James Bonds Gegenspieler in *Der Mann mit dem goldenen Colt* (1974). Er hatte eine dritte Brustwarze.

S. 469 – Sklaven und unglückliches Volk waren die ersten Christen. Aus: Heinrich Heine, *Memoiren, Gedanken und Einfälle* (1854 – 55)

S. 469 – Die Welt wurde aus einer Perle erschaffen, ...
Schöpfungsmythos der Jesiden.

S. 470 – wie bei den Caodischen / Caodismus
Maryvonne meint Caodaismus.

S. 471 – Der Mensch wird erst frei sein, wenn der letzte König mit den Eingeweiden des letzten Priesters aufgehängt sein wird.
Hier irrt sich Maryvonne; der Satz stammt nicht aus Denis Diderots *Jacques le fataliste.* Diderot schrieb ihn vielmehr in der zwischen Oktober 1790 und Juli 1791 erschienenen Revolutionszeitung *La bouche de fer.* (Im Original: *Quand le dernier roi sera pendu avec les boyaux du dernier prêtre célibataire, le genre humain pourra espérer être heureux.*)

S. 472 – Und dazu muss man noch nicht mal Einstein heißen.
Möglicherweise bezieht sich diese Bemerkung auf einen Brief, den Albert Einstein dem jüdischen Religionsphilosophen Eric Gutkind am 3.1.1954 aus Princeton geschrieben hat. Dort heißt es: *Für mich ist die unverfälschte jüdische Religion wie alle anderen Religionen eine Incarnation des primitiven Aberglaubens.*

S. 472 – Der Aberglauben ist abzustellen / Der Vampirerlass Kaiserin Maria Theresia (1717–1780) verfügte den so genannten Vampir-Erlass, der die Jagd auf Vampire und Gespenster sowie diesbezüglichen Aberglaube per Gesetz verbot. Der Wortlaut im Theresianischen Gesetzbuch, Band 3, Verordnung Nro. 385 vom 1. März 1755 lautet:
Da die Landesinnwohner in ihrer Leichtgläubigkeit nicht nur so weit gehen, daß sie dasienige, was ihnen ein Traum, oder Einbildung vorstellet, oder durch andere betrügerische Leute vorgespiegelt wird, für Gespenster und Hexerei halten, nicht minder den für besessen sich ausgebenden Leuten alsogleich Glauben beimessen, sondern daß sie auch in dieser ihrer Leichtgläubigkeit öfter von einigen mit Vorurtheile eingenommenen Geistlichen gestärket werden; wie dann letzthin in Marggrafthum Mähren die Sache soweit getrieben worden ist, daß von der Geistlichkeit verschiedene Körper unter dem Vorwande, daß sie mit dem sogenannten Magia posthuma behaftet gewesen, aus dem Freudhofe ausgegraben, und einige davon verbrennet worden, wo doch hiernächst bei der erfolgten Untersuchung sich nichts anders, als was natürlich war, befunden hat. Mithin wird verordnet, daß künftighin alle dergleichen Sachen von der Geistlichkeit, ohne Beitretung des Politikums nicht vorgenommen, sondern allemal, wenn ein solcher Fall eines Gespenstes, Hexerei, Schatzgräberei, oder eines angeblichen von Teufel Besessenen vorkommen sollte, derselbe der politischen Instanz sofort angezeiget, mithin von dieser mit Beiziehung eines vernünftigen Phisikus die Sache untersuchet, und eingesehen werden soll, ob, und was für Betrug darunter verborgen, und wie sodann die Betrüger zu bestrafen wären.

S. 476 – Unfeeling, heartless creator!
Aus: Mary Shelley, *Frankenstein: or, The Modern Prometheus* (1818). – Das Monster beschimpft Frankenstein als *gefühlskalten, herzlosen Schöpfer.*

S. 477 – Ach, wissen Sie, ich denke, wer Kind bleibt, wird gehörig alt. Was Maryvonne hier so forsch als eigene Weisheit verkündet, ist in Wahrheit — oder ist es eine Kongruenz der Erkenntnisse? — ein Wort von Novalis, und zwar aus dessen Fragmente *(Bruchstücke medizinischer Enzyklopädistik / Arzneikunst,* 1799/1800): *Je länger der Mensch Kind bleibt, desto älter wird er.* — Offensichtlich leiht nicht nur Farshid Wissen.

S. 478 – Hoffentlich wird Blasphemie bald wieder gefährlich. Zitat des Schrifstellers Martin Mosebach aus seinem in der *Frankfurter Rundschau* vom 20.6.2012 veröffentlichten Essay *Vom Wert des Verbietens.*

S. 480 – Die Minarette sind unsere Bajonette
1998 rezitierte der türkische Präsident Recep Tayyip Erdogan, damals Bürgermeister von Istanbul, aus dem Gedicht *Göttliche Armee* von Ziya Gökalp die Verse: *Die Moscheen sind unsere Kasernen, die Minarette unsere Bajonette, die Kuppeln unsere Helme, die Gläubigen unsere Soldaten.* Erdogan wurde wegen des Rezitierens dieses Gedichtes zu 10 Monaten Haft und Politikverbot verurteilt. Nach vier Monaten kam er wieder frei.

S. 480 – mit seinen besoffenen Schafhirten
Die Formulierung stammt allerdings nicht von Onkel Said. Dieser hat sie wohl bei Nicolas Bouvier entlehnt. In dessen Buch *Die Erfahrung der Welt* (1963) heißt es: *Die Eroberungen Alexanders betrachtete er als wüste Überfälle besoffener Schafhirten,* ... (Übertragung: Trude Fein und Regula Renschler) Im Original: *Il considère les conquêtes d'Alexandre comme un rezzou de bergers alcooliques,* ... (Siehe Anmerkungen S. 158, S. 258, S. 394).

S. 480 – Auch der Sherry, er kommt aus Schiraz, nicht aus Jerez.
Robert Byron behauptet in seinem Reisebericht *Der Weg nach Oxiana* (1937), dass die Etymologen sich nicht sicher seien, nach welcher Stadt — Schiraz oder Jerez — der Sherry benannt sei. Byron steht allerdings weitgehend alleine da mit dieser Ansicht.

S. 481 – Eine lieblose Kriegerreligion ...
Hier zitiert Maryvonne offensichtlich aus einem Brief (19.10.1954) von Thierry Vernet an Robert und Simone Vernet.

S. 481 – ob sie den Tempel des Mithras mit dem linken oder dem rechten Fuß zuerst betreten Maryvonne bezieht sich hier auf Voltaires *Zadig oder Das Schicksal* (1747). Dort heißt es: *L'une prétendait qu'il ne fallait jamais entrer dans le temple de Mithra que du pied gauche; l›autre avait cette coutume en abomination, et n'entrait jamais que du pied droit. — Die einen meinten, man dürfe den Tempel des Mithras niemals anders als denn mit dem linken Fuße zuerst betreten; den anderen war dieser Brauch ein Greuel, sie traten stets mit dem rechten Fuß zuerst ein.* (Übertragung: Ernst Hardt)

S. 487 – Man sieht nur, was man weiß.
Man erblickt nur, was man schon weiß und versteht, heißt es in *Gesellschaft bei Goethe* unter dem Eintrag vom 24. April 1819 .

S. 487 – Die Sonne, die uns erzog!
Womöglich nimmt Maryvonne auf Hölderlin Bezug. In seinem *Hyperion* (1797 / 1799) heißt es: *O Sonne, die uns erzog!*

S. 489 – habt ihr nicht sogar mal 'ne Fatwa gegen sie erlassen?
Im Jahr 1515 gab Shaykh al-Islam eine Fatwa heraus, die das Drucken als *haram* bezeichnete und verbot.

S. 493 – Salay
Salay (auch Salai) – italienischer Maler, bürgerlicher Name: Gian Giacomo Caprotti (ca. 1480 bis 1524). Schüler und Geliebter von Leonardo da Vinci.

S. 493 – Hockney
David Hockney — britischer Maler, Fotograf und Bühnenbildner (geb. 1937)

S. 500 – Little deadly demons
Aus: Vladimir Nabokov, *Lolita*, 1955. (Übertragung: Helen Hessel u.a.) Einen »little deadly demon«, einen »tödlichen kleinen Dämon«, nennt Nabokov das frühreife verführerische »Nymphchen« unter den »normalen Kindern«.

S. 504 – ich teile dir die neuesten nachrichten mit: ich habe mich erschossen. Am 27. April 1913 erhält Sergej Prokofjew diese Nachricht von seinem Freund Max Schmidthof.

S. 506 – Schreiben — die letzte Zuflucht des Verräters Das Zitat konnte bei Jean Genet nicht ausfindig gemacht werden. Einen Hinweis gibt es allerdings in dem Roman *La Place* von Annie Ernaux. Das Jean Genet zugeschriebene Motto dort lautet: *Je hasarde une explication : écrire c'est le dernier recours quand on a trahi. — Ich wage eine Erklärung: Schreiben — es ist die letzte Zuflucht, wenn man verraten hat.* (Übertragung: Barbara Scriba-Sethe)

S. 521 – weil der olle Goethe da mal was gesagt haben soll über Stege
J.W. Goethe hat in einem Brief an K.A. Böttiger (3. Juni 1797) tatsächlich geschrieben: ... *nur wünsche ich einen breiten Steg und überhaupt viel Rand, als die wahre Zierde jedes Buches.*

S. 522 – Ô cet ennui bleu dans le cœur! Aus: Maurice Maeterlinck, *Serres chaudes*, 1889. – Erster Vers des Gedichts *Serre d'ennui.*

S. 536/537 – Lorenza-Böttner-Type
Lorenza Böttner (1959–1994) war eine transsexuelle deutsche Künstlerin und Documenta-Teilnehmerin. Als Junge – er wurde als Ernst Lorenz geboren – mussten ihm im Alter von acht Jahren beide Arme amputiert werden, weil er von einem Strommast verletzt worden war.

S. 538/539 – Gehorche jemandem, der älter ist als du, und sei es nur für eine Nacht. Aus: Henry de Montherlant, *Moustique*, 1929/1986, (Übertragung: Gabriele Gerecke). Im Original: *Obéis à une personne plus agée que toi, ne seriat-ce que durant une nuit.*

Die Lyrikzitate von Forugh Farrochsad
folgen der Übersetzung von Kurt Scharf,
entnommen der Ausgabe *Jene Tage*
Suhrkamp Verlag Frankfurt am Main 1993

Grafische Gestaltung
nach einem Konzept von Asjadi
Thomas Walther, BBK, Dresden,
Titel: Frank Eilenberger

Herstellung
Ö GRAFIK, Dresden

Schrift
Stone Sans, Stone Serif

Papier
Munken Premium Cream

Druck
cpi, Ulm
Printed in Germany

Dieses und auch andere schöne Bücher
finden Sie auch im Internet unter:
www.verlagfaberundfaber.de

ISBN 978-3-86730-209-8

Clemens Meyer

Stäube

Erzählungen
Mit Fotos von Bertram Kober
Hardcover mit Schutzumschlag
und Lesebändchen
ISBN 978-3-86730-158-9

»Wenn Meyer mit unbestechlicher Lakonie über Abraumhalden, Wüstungen und Bergwerke schreibt, sind das immer auch innere Landschaften. Das gilt auch für Bertram Kobers Fotografien von Höhlen, Gestein und Verfall, die dem Band beigegeben sind.«
Jörg Magenau in der Süddeutschen Zeitung

»Das liest sich eindrucksvoll und verstörend, aber auch mitreißend, denn Meyer versucht nichts weniger, als ein Zeitbild zu entwerfen, von den Neunzigerjahren bis heute.«
Nicole Henneberg in der Frankfurter Allgemeinen Zeitung

Bernd Wagner

Verlassene Werke

Hardcover mit Schutzumschlag
und Lesebändchen
ISBN 978-3-86730-223-4

Dieses Opus magnum des Autors ist der Versuch, der allgegenwärtigen äußeren Chronologie der historischen Ereignisse eine innere entgegenzusetzen.

Ein fulminantes Erinnerungswerk mit zahllosen begonnenen und wieder abgebrochenen Erzählungen. Ein Blick in den damals legendären Berliner Künstlerkreis im Prenzlauer Berg. Verlassene Werke, die zu schön und anregend sind, um vergessen zu sein. Sie werden hier endlich aufgelassen.

Asjadi wurde als Sohn eines deutsch-jüdischen Kulturattachés und einer persischen Journalistin 1980 in Teheran geboren. 1982 exilierte die Familie nach Deutschland. Nach einem Studium der Germanistik und Komparatistik in Tübingen und der Politischen Wissenschaften in Zürich unterrichtete Asjadi zwei Jahre Deutsch in Teheran.
2006 kehrte er nach Deutschland zurück und arbeitet seitdem als Filmemacher, Autor und als Ausstellungskurator, bevorzugt in Moskau, Paris, Salzburg und Zürich.